中国古典文学绝妙书系

绝妙散文

主编 郭预衡

时代文艺出版社

第一册

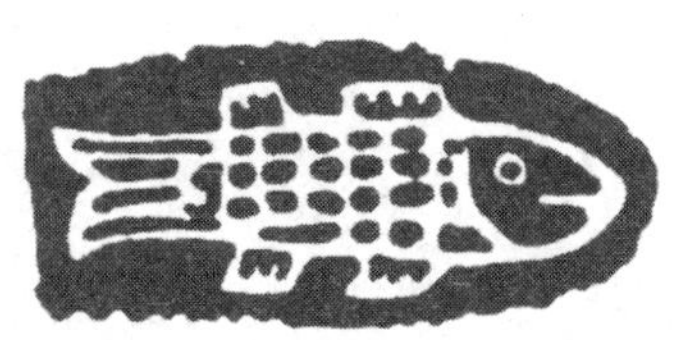

中国古典文学绝妙书系

绝妙散文

主　　编:郭预衡
责任编辑:张秀枫
责任校对:张秀枫
出　　版:时代文艺出版社
(长春市泰来街 1825 号　邮编:130062　电话:86012927)
发　　行:时代文艺出版社
印　　刷:三河市灵山装订厂
开　　本:850 × 1168 毫米　　32 开
字　　数:365 千字
印　　张:20
版　　次:2011 年 5 月第 2 版
印　　次:2011 年 5 月第 3 次印刷

书　　号:ISBN 978 - 7 - 5387 - 0975 - 9
定　　价:119.20 元(全 4 册)

目　　录

第一册

第二册

第三册

第四册

金　元　明

前　　言

郭预衡

中国古代散文，有自己的传统特征，与西欧文学理论所谓的“散文”有所不同。因此，论述中国古代的散文，不能限于抒情、写景的所谓纯文学作品。孔子曾说：“言之无文，行而不远。”准此而言，则凡讲究文采的文章，都可视为散文。中国历来的散文选本，一般也都以此为准，约定俗成，这也可以说是编选散文的一个传统。

从历史上看，中国传统的散文，不是始于所谓“文学自觉的时代”，而是始于商周时期。从甲骨记事开始，就已产生了片断的散文，此后《尚书》里的商、周之《书》，就已发展为相当完整的文章了。

到春秋战国之际，各体文章，有时韵散不分，骈散不分。这时散文常带韵语。散中有骈，更为常见。这也是时代特点。这个时期的散文著作，有《论语》、《春秋》、《国语》和《左传》。

《论语》一书，记录了孔子师徒的对话，是语录体的散文。这在当时，是一种新的形式。师徒之间，坐而论道，不同于《尚书》中的诰命之辞。其中虽是片言只语，却常含有深邃的哲理。例如《子罕》篇云："子在川上曰：'逝者如斯夫，不舍昼夜!'"又云："子曰：'岁寒，然后知松柏之后彫也。'"语虽甚简，而含义则深。有些对话，也极简炼。如《公冶长》："颜渊季路侍，子曰：'盍各言尔志?'子路曰：'愿车马衣轻裘，与朋友共，敝之而无憾。'颜渊曰：'愿无伐善，无施劳。'子路曰：'愿闻子之志。'子曰：'老者安之，朋友信之，少者怀之。'"《论语》中对话较长的一篇是《先进》篇"子路、曾皙、冉有、公西华侍坐"一章。此章也是各言其志，但写得更加生动，语言更有个性，不仅简炼而已。

《春秋》原是鲁国之史，传为孔子修订，文章极简，王安石虽曾讥为"断烂朝报"，其实是有汉语文章凝炼的特点的。

再晚一些的史传之文是《国语》和《左传》。二书相传都是左丘明所撰，内容比较接近，但也有相异之点。《国语》偏重讲述历史故事，用于训诫；而《左传》则"言事相兼"，更近于史家之文。例如《国语·周语上》记载"厉王虐"一段文字，就是叙述一段历史故事，引为教训。前因后果，鉴戒昭然。《国语》的文章开始大概都是单篇流行，后来才辑为一书，先秦的著作，其成书过程，往往如此。

《左传》一书，成书或稍晚于《国语》，思想倾向与《国语》近似。其中更系统地记载了春秋之史，而且也更突出地记载了行人的言辞。记事记言，都比《国语》更为精炼，例如隐公元年所载“郑伯克段于鄢”一段文字，事件甚繁，而用语甚简，层次分明，结构严谨。所录人物的对话，也颇有个性特点。这是史传之文新的发展。

《左传》记载人物的语言方面，特点是突出的，特别是“行人”的“辞令”，委婉曲折，极有特征。例如写子产于襄公二十五年伐陈而献捷于晋，晋人质问，子产对答，振振有辞，致使晋人无可辩驳。孔子为此而发表评论说：“言之无文，行而不远。晋为伯，郑入陈，非文辞不为功。”

对于《左传》的辞令之美，后人多有评价，唐刘知几《史通·申左》云：“左氏载诸大夫辞令，行人应答，其文典而美，其语博而奥。”又于《载言》篇云：《左传》之文，能使读者“寻绎不倦，览讽忘疲。”

《左传》之长于记事，也是突出的。例如所载几大战役，举凡战前之酝酿，战时之情景，战后之结局，故事情节，都井井有序。再如叙述重耳流亡之始末，子产施政之过程，都体现了记事之文的新发展。

先秦散文发展变化更大的时期是战国。清人章学诚说：“盖至战国而文章之变尽，至战国而著述之事专，至战国而后世之文体备。故论文于战国，而升降盛衰之故可知也。”又说：“后世之文，其体皆备于战国。”（《文史通义·诗教上》）章氏谓后世之文体皆备于战国，虽不甚确切，但战国之文有大发展，则是事实。

这时的诸子百家，著书立说，出现了百家争鸣的局面，其中九流十家，影响最大。就文章而言，影响最大者，则有儒、墨、道、法和纵横家。

战国时期的儒家之文，首推《孟子》和《荀子》。孟轲和荀卿都是孔门后学。《孟子》文章，思想和艺术都比前期的《论语》有所发展。其纵横博辩、放言无惮，表现了先秦儒家之文的特点。其中宣讲仁政，批评暴政，称道先王，指斥暴君，敢说："民为贵，社稷次之，君为轻。"而且谓梁襄王"望之不似人君"。诸如此类的言论，皆后世儒者所不敢言。其为文议论之恣肆，气势之充沛，也就远非后世儒者之文所能企及。

《荀子》之文，气势之盛，不及《孟子》，但文章也有放言无惮的特点。不仅在人性论方面，不同于《孟子》，而且对于诸子百家，也多有非议。其《非十二子》一篇，更是敢于放言的。还有在天人关系方面，敢言人定胜天，突破了儒家的传统观点。至《劝学》汉篇，引物连类，取譬设喻，文章写得十分精密，又俨然一派学者之气。

墨家本不尚文，《墨子》书，也不尚文采，其文章对后世影响亦小。但在当时，儒墨皆称"显学"。而且墨子讲"三表"之法，文章自是一家。

对于墨家的思想，孟轲攻击不遗余力，杨墨并提，以为"无父无君"，同于"禽兽"。荀卿也说墨子"蔽于用而不知文"。但庄子则称赞墨家，说"其生也勤，其死也薄"，"日夜不休，以自苦为极"，乃天下之"才士"。今从《墨子》《兼爱》《非攻》《节用》、《非乐》诸篇看来，其中对于王公大人之指责，多半是从万民百姓之利出发。在诸子百家中，这一特点是很突出的。

这时散文成就最高的是道家。道家的代表著作是《老子》和《庄子》。尽管老子说："信言不美，美言不信。"庄子也说不要"采色"和"文章"，但《老子》五千言，不仅"时有愤辞"，而且多是韵语。说过"民不畏死，奈何以死惧之"《庄子》之文，尤其恣肆。其《逍遥游》、《齐物论》各篇，形象之生动，设想之奇瑰，皆非诸子百家所能企及。鲁迅称其文"汪洋辟阖，仪态万方，晚周诸子之作，莫能先也。"（《汉文学史纲要》）

法家也是不讲文采的，但文章自有特点。其代表著作是《韩非子》。此书具有崭新的历史观点，也有无所讳忌的言论。其《五蠹》一篇，从历史发展的观点出发，说远古的天子享受甚薄，而当今的县令享受甚厚，故古之天子不难让位，而今之县令不肯去职，从物质实利来论证，不用道德观念来说教，这是早期地主阶级思想家坦率真实的文字。其时代特点是很突出的。

战国后期，最有时代特点的文章，是纵横家言。其代表著作是《战国策》。此书一般视为史传著作，但从全书的主要思想倾向看，实属纵横家。其中记载了大量的纵横家的言论和活动。虽是列国纷争的历史，也是纵横家活动的历史。纵横家的思想和言论，与当时各家比较，更加恣肆放诞，纵横捭阖，颇受后世儒者讥评。但就先秦散文而言，其文极有特点。宋人李文叔《书〈战国策〉后》云：“《战国策》所载，大抵皆纵横捭阖谲诳相轻倾夺之说也。其事浅陋不足道，然而人读之，则必向其说之美而忘其事之陋者，文辞之胜移之而已。”这种看法，是有代表性的。

九流十家之中，还有杂家一派，其代表著作为《吕氏春秋》。此书“合儒墨，兼名法”，不主一家，但主要倾向似在名法。且杂道家之言。这是战国晚期之文的特点。明人方孝孺《读〈吕氏春秋〉》谓此书敢于“诋 訾时君”，指出了其书的时代特点。

自从秦并六国，天下一统，执行文化专制，结束了百家争鸣的局面，这对文章的发展变化影响极大。《文心雕龙·诠赋》说：“秦世不文。”就是文化专制的后果。鲁迅《汉文学史纲要》列举秦世作者，首推丞相李斯。李斯之文，可称者有《谏逐客书》，写于早期，尚有战国纵横风气。到了秦兼天下之后，他又写过几篇刻石之文，颂德纪功，与前时所作不同。

汉代初年，由于多年战乱，经济困难，当时萧、曹为政，法网比较疏阔，没有立即实行文化专制的政策，于是汉初作者，又杂学诸子，为文颇有战国纵横之气。如贾谊之《过秦论》、《陈政事疏》，晁错之《论贵粟书》、《言兵事疏》等，虽已不同于战国策士之辞，却仍有管、商、纵横的余风。

到了武帝之时，“独尊儒术，罢黜百家”，这对散文的发展变化，又是一大关键。从董仲舒开始，产生了一系列的汉代儒生之文，汉代的儒生，不同于先秦的儒者。其文风也与先秦儒者不同，不过，“独尊儒术、罢黜百家”的政策，在武帝之时，并未做到令行禁止。儒术虽受到尊崇，而黄老管商之学也仍然流行。在相当长的时期里，思想并未一统，文风也未一统。例如司马迁的《史记》之文，就仍有先秦的遗风。其中对于历史上的不公，人世间的不平，多有揭示，其“是非”标准，与某些儒者不同。

在司马迁以后，汉代的儒学思想统治虽然日益加深，但散文之可称者，几百年间，为数仍是不少。即以东汉的班周而论，所著《汉书》，尽管颇受汉儒正统思想规范，但是，有些篇章。如《司马迁传》、《李陵传》、《杨王孙传》等，也都写得很有特点。此外，东汉散文值得注意的，还有王充的《论衡》，指责时弊，批评世风，与当代儒者之文大不相同。再到东汉之末，有些儒者之文，亦有新的变化，其中最有代表性的，是仲长统的《昌言》，对于现实社会，多所批判，其中《理乱》一文，揭露末代的弊政，颇有新的时代特点。

文章开始大的变化，是汉魏之际。这时汉代的王纲解纽，作为统治思想的儒学发生动摇。尤其是曹操开始当权之时，为了政治需要，大破传统思想。他下令“求贤”，宣称“不拘品行”，而“唯才是举”。他写文章，也能打破传统的格式，在他的影响之下，文章变化很大。所以鲁迅称他是“改造文章的祖师”。（《魏晋风度及文章与药及酒之关系》）曹操写的

《求贤令》、《自明本志令》等，都是具有新的时代特点的作品。与曹操同时的作者，还有孔融，此人思想之开放，文章之放诞，也是汉代少见的。所为文章，如《论祢衡书》、《论盛孝章书》，都写得“气扬采飞。”（《文心雕龙·章表》）还有《难曹公表制酒禁书》等，也写得通脱任性，无所顾忌。这样的文章，在汉魏之际，开了新的风气。

这时还出现了“建安七子”。“七子”包括孔融，但孔融与曹操同辈，文风与其他诸子不同。其他诸子，都是曹丕、曹植周围的文人，他们的文章与曹丕、曹植相似。述志抒怀，也是具有新的时代特点的，所谓“志深而笔长，梗概而多气”，既是诗的特点，也是文的特点。

魏晋之际，文章又有新的变化和发展。这时司马氏当权，“以孝治天下”，又提倡儒学，弘扬名教。这时文章的代表作者有阮籍和嵇康。《文心雕龙》称他们两人“师心以遣论，使气以命诗”。阮籍的《大人先生传》讲“君立而虐兴，臣设而贼生”，“无贵则贱者不怨，无富则贫者不争”。嵇康的《与山巨源绝交书》讲“非汤武而薄周孔”，都是针对当时而发的愤慨之辞。

两晋时期，诗文可称者有“三张、二陆、两潘、一左”之目，但就散文而言，王羲之是最突出者。他的文名一向为书名所掩。他的名篇《兰亭集序》，亦以书传，而非仅以文传。其实，他的很多文章如《与会稽王笺》、《报殷浩书》、《遗谢安书》、《戒谢万书》以及《誓墓文》等，都很有特色。

东晋之末，晋宋之际，文章由“师心”、“使气”趋向“和平”。这时的代表作者是陶渊明。鲁迅说：“到东晋，风气变了，社会思想平静得多，各处都加入了佛教的思想。再至晋末，乱也看惯了，篡也看惯了，文章便更和平。代表和平的文章的人有陶潜。”陶渊明的《五柳先生传》、《归去来辞》、《桃花源记》等，都是写得和平的。但是，渊明之文，也正如其诗，既有和平的一面，亦有愤激的一面。

再到宋、齐、梁、陈几代，朝代更易更加频繁，士人的思想观念变化很大，文章的变化亦大。这时三教并存，人无特操，文崇藻丽，骈语盛行，四六行文，蔚为风气，“俪采百字之偶，争价一句之奇”，“文多拘忌，伤其真美”。这时的作者，有“文雅的庸主”，也有“柔媚的词臣”，世人鄙薄六朝之文，概指这类作品。但是，对于六朝之文，亦未可一概而论，在这期间，也涌现了一些很有特色的作者。例如鲍照，他是以《芜城赋》见称于世的，但其文之可称者不止于此。《登大雷岸与妹书》、《瓜步山楬文》以及《请假启》等，都很有特色。

鲍照在六朝时期，是“才秀八微”的作者，他的作品与一般的“庸主”或“词臣”之文有所不同，故在当时独具特色。

至于一些词臣之文，特色又自不同。其内容虽不免贫乏，而文采却比较出色。例如孔稚珪的《北山移文》，邱迟的《与陈伯之书》，都是历代传诵的名篇；徐陵、庾信晚年的作品，也都很有特点。

当然，更有时代特点的，是盛行于这个时期的书札小品，例如陶弘景的《答谢中书书》、吴均的《与宋元思书》，都写得清新秀丽，刻画山水，前所罕见。

这时的北朝之文，亦受南朝影响，例如郦道元的《水经注》、杨衒之的《洛阳伽兰记》，虽重征实，亦杂骈语。

庾信和颜之推，都是由南入北的作者，他们的文风都有变化，“庾信文章老更成”，显然是受身世影响。所抒“乡关之思”，不同于早期之作。颜之推自称“家世文章”本来独具特点；晚年所作，更自为一体，《颜氏家训》之文，风格独特。

隋时统一南北，年祚甚短，虽禁“文华”，但文章变化不大。

到了唐代初年，天下一统，太宗为治，不同于秦皇汉武，开国之后，没有实行文化专制，而是广开才路，广开言路，这对一代文章的发展，颇有影响。

这时的文章作者，多是前代归附之臣和布衣特起之人。例如魏征，言事进谏，写了许多很有政治热情的文章。披肝沥胆，言无不尽，颇有新的时代特点。这样的文章与前代的词臣之文相比，已大不相同。

到了高宗、武后时期，文章开始变化。这是和政局的变化有关系的。高宗不再求言纳谏，言路才路，都不似贞观年间。在这个时期，产生了王勃等初唐“四杰”之文。

四杰之文也是有特点的。形式上虽多沿袭六朝的骈体，而内容则多抒发怀才不遇的牢骚。这些作者，在唐初开明政治的启迪之下，曾经幻想建功立业而不切实际，一遇蹉跌，便又牢骚愤闷。王勃的许多文章都有这样的情感，其《秋日登洪府滕王阁饯别序》之感叹“冯唐易老，李广难封”，就是这种情调。骆宾王之写《代李敬业传檄天下文》，也和他个人怀才不遇有些关系。

武后时期，建立“大周”新朝，政局变化更大。改制度。易服色，俨然改朝换代。在这易代之际，出现了一批新的词臣。其代表作者有李峤、崔融、宋之问等。李峤的《自叙表》和崔融的《则天哀册文》，都是词臣之文的代表作。

但这时也有几个不同流俗的作者，最杰出者是陈子昂。子昂仕当武后之朝，屡谏极刑，力陈时弊，敢于直谏，又继承了唐初的传统，他“少学纵横术”，行文也纵横驰骋。

在这以后，经过“开元”年间，唐朝又出现一段政治比较开明的历史阶段，与“贞观”同样，史称盛世。但此后不久，便到天宝年间，唐朝的国势由盛转衰，到了安史之乱前后，社会变化很大，文章变化亦大。许多作者，目击时艰，忧时念乱。最有代表性的作者是元结。他的文章从内容到形式都有新的特点。有些文章对于官吏的贪残，对于平民的疾苦，揭示得十分痛切。忧世之心愤世之情，具有新的时代特点。

安史之乱以后，唐代的朝政日益腐败。许多文人学者，都希望有所变革。在“永贞革新”前后，以韩愈、柳宗元为代表的一批古文家，就是这个时期的代表作者。韩愈的很多文章都是旨在改革弊政，特别是主张选拔人才、发挥人才的作用。他的《论天旱人饥状》、《论佛骨表》、《原道》、《原毁》以及《进学解》等一系列的文章，都有这样的内容。柳宗元是“永贞革新”的直接参与者，他的《贞符》、《封建论》等许多文章，都讲“辅时及物”，以救济生民为急务。贬官之后的《永州八记》一类文章，也和单纯模山范水的游记之文不同。韩愈一派的作者如李翱、皇甫湜等，在“永贞革新”失败之后，都依然关心时政。柳宗元一派的作者如刘禹锡、吕温等，所为文章，和柳宗元的倾向基本相同。

韩愈、柳宗元这时写作古文，并且带领了一批作者致力于古文，后世称为“古文运动”。表面看来，好象“古文运动”只是反对六朝以来的骈俪文体，而提倡古朴的散体。其实更重要的是在于改革文章的内容。当时古文家们都讲“明道”，实际上就是宣扬一种政治理想，用这种政治理想来改革当时的弊政。

到了唐末，朝廷更加腐败。一些文人学者如皮日休、陆龟蒙、罗隐等，不复从事朝政改革，不再多讲“文以明道”，也不再写“明道”的“古文”，而写出了杂文小品。鲁迅说：“这时诗风衰落，而小品放了光辉。”“罗隐的《谗书》，几乎全部是抗争和愤激之谈，皮日休和陆龟蒙自以为隐士，而看他们在《皮子文薮》和《笠泽丛书》中的小品文，并没有忘记天下，正是一塌胡涂的泥塘里的光彩和锋芒。”（《小品文的危机》）这样的文章，在唐末，也最有时代特征。

五代十国，天下大乱，直到宋初，才归一统。宋初之政，也似唐初，比较开明。在广开才路，广开言路方面，比唐初还进一步，于是一批文人学者，积极干政。有宋一代，关心朝政得失的文人学者，比唐代更多。事情无独有偶，这时的一些古文作者，大半也都是朝政改革中的参与者。例如“庆历新政”时期的范仲淹、欧阳修、苏舜钦；“熙宁变法”时期的王安石、苏轼、苏辙等，都是和朝政改革关系甚深的作者，这些作者，也即是后世所谓“宋代古文运动的代表作家”。其中欧阳修在古文运动中影响甚大，他主盟文坛，曾巩、王安石、苏轼父子都曾得到他的赏识和启迪。他的文风也影响了一代文章的变化。北宋一代的平易自然、明白晓畅之文，主要是在欧阳修倡导之下形成的。在欧阳修以后，成就最高、影响最大的作者是苏轼。苏轼之文，如行云流水，常行于所当行，而止于所不得不止，自谓“如万斛源泉，不择地而出”，达到了挥洒自如的极高的境界。他和欧阳修一起，为文代表北宋时期的最高成就。

南宋一代，国家偏安，抗战救亡，文人更多干预时政，早期的李纲、宗泽、胡铨、岳飞，后期的辛弃疾，陈亮等，都写出了激昂慷慨的政论文章。到了南宋之末，国破家亡，又有文天祥、谢翱等人，写出了悲歌慷慨之作。当宋元易代之际，还有邓牧，著《伯牙琴》，抨击君权，直继魏晋作者批判暴君暴政的传统，与唐宋古文的道统不同。

金、元两代之文，是继承唐宋传统的。元代王恽挽刘祁诗有云："道从伊洛传心事，文擅韩欧振古风。"即是说，思想继承宋人道学的传统，文辞继承唐宋古文的传统。这话说出了金、元两代文章的基本特征。金、元两代之文，从元好问到姚燧、虞集，所为文章，大抵如此。尤其是宋儒道学的影响是最明显的。

明代初期之文，又受元人的影响。当时号称"开国文臣之首"的宋濂，曾是元末黄溍等儒者的学生，所受道学影响亦深。他在明初写的文章，如《阅江楼记》之类，歌颂新朝，甚为得体，颇有元代"治世之音"的风气。他的"馆阁之文"，已经近于此后的"台阁体"。这同明初的极权专制也颇有关系。

到了永乐年间，极权专制继续加强，再到仁、宣之世，国家"太平无事"，这时身居台阁而又主持文柄的有杨荣、杨溥、杨士奇等，号称"三杨"，他们的文章，号称"台阁体"。这类文章主要是粉饰现实，讴歌"盛世"。

但"盛世"不长，此后的继世之君，多半昏庸顽劣而无能，不似太祖朱元璋、成祖朱棣那样专制独裁而有术。几代之后，最高的皇权便落于宦官内侍之手。这时便出现了比汉唐更甚的宦官专政。在此后的一段时期里，文人对于朝政日渐不满，文坛上产生了前后"七子"之文。前"七子"的李梦阳、何景明，在政治上都是反对宦官专政的，文学上则反对"台阁体"而主张复古。他们主张"文必秦汉"，虽然片面，但其实质，是不满粉饰现实的时文。为文模秦仿汉，不免形式主义，但其中也有揭露现实，颇有生气的作品。后“七子”如王世贞，反对权奸，也主张文章复古。其得失利弊与前“七子”相似。

当前后“七子”提倡文章复古之际，又有唐顺之，归有光等，主张为文宗法唐宋。这实际上也是“复古”。但他们反对前后“七子”之“文必秦汉”，而称赞宋元。后世称他们为“唐宋派”。其中成就最大的是归有光，他的文章不仅模仿唐宋，而且上学《史记》，所作《项脊轩志》、《先妣事略》等，抒情叙事，委婉生动，确实继承了唐宋以来平易自然、文从字顺的古文传统。

明代到了嘉靖、万历时期，朝政更加腐败，社会危机日深，加以政权失控，思想统治失灵，于是异端思想得以流行。从王守仁到李贽，对于程朱理学进行了有力的抨击，文人的思想空前活跃。这时文学上出现了以袁宏道为首的“公安派”，他们更彻底地反对“七子”之复古，而主张“独抒性灵”。他们所写的书简、游记、随笔之类，内容和形式，都很新颖，成为一种新体的小品文章。这类小品文章，大半抒写个人情志，有些闲情逸致，但其中也有愤激和不平，不免涉及时事。

在“公安派”之后，又有钟惺、谭元春等，为文主张与“公安派”相近，而有所演变，不仅“独抒性灵，而且偏向“幽深孤峭”，“单情别绪”。他们的主要成就在诗，但文章亦有特色。世称“竟陵派”。他们与“公安派”同为明代文章最有特点的作者。

到了明末，国家濒于灭亡之际，文章又有变化。这时文人不满朝政，大兴结党结社之风。东林、复社，几社的文人学者，目击时艰，更多感愤。他们又反对小品文之潇洒自适，而主张为文经世。张溥、陈子龙等倡言兴复古学，文风由此亦变，张溥的《五人墓碑记》一文，是有代表性的作品。

清初的文章作者，如顾炎武、黄宗羲、王夫之等，都是明代遗民。为文主张经世，著作崇尚征实。顾炎武且主张“不作无益之文”，这对此后学风文风都有影响。

清代初年，文网尚疏，顾炎武诸人，为文还比较敢于放言无惮。但到康熙年间，文网渐密。文化专制，超过了历朝历代。迭兴文字狱，对于文章的发展变化，影响至巨。尤其是戴名世的《南山集》一案，影响了此后一代的文章。方苞是因此案而入狱的。在方苞之后，到了姚鼐，便形成了一个新的文派“桐城派”。方苞为人，号称“学行继程朱之后，文章在韩欧之间”。也即是思想服膺程朱，文章效法韩欧。这与明代的“唐宋派”有些近似，但也有所不同。方苞倡言行文的“义法”，姚鼐主张义理、考据、文章三者并重。在理论上，他们曾有一整套的主张，当时从之者甚众。他们的文章确也实践了这些主张。尽管在文化专制之下，思想不免贫乏，不敢放言无惮；但在文章的遣词用语方面，确能发扬唐宋古文的传统，不仅文从字顺，而且“雅洁不芜”，文章之规范化，超过了前代之文。

桐城派的文章，可以看作清代的“治世之音”，沿续的时间甚久。在这中间，虽有袁枚、郑燮等才人之文，汪中、洪亮吉等骈体之文，也都未能与之抗衡。直到近代，龚自珍、魏源等出来，文章才有大的变化。当然，更大的变化，是在清末。在外来文化的激荡下，梁启超一反桐城古文之“义法”，“纵笔所至不检束”创为“新文体”，桐城之文才受到更大的冲击。唐宋古文运动以来的文统至此也就不绝如缕，起而代之的是“白话文运动”。

自从白话取代文言，汉语文章的形式出现了新的特点。但历代文章的传统并不因此中断，尤其是历代文章的“精品”，依然“万口流传”。这部《绝妙散文》之编选，就是力图选出历代散文中富有特色的作品，以备读者之观览。但古人之文，对于今天的读者，由于年代久远，阅读和欣赏，不免有些疑难。为此，本书也做了一些注释和解说。而且，为了有助于读者“知人论世”，又特写了这篇序言，列叙了历代文章的时代特点。

《国　语》

我国最早的一部国别体史料汇编。全书共21卷，分别记述西周末年至春秋时期周、鲁、齐、晋、郑、楚、吴、越八国史事，起自周穆王，终于鲁悼公。因以记言为主，故名为《国语》。旧说为鲁国史官左丘明所作。近人认为是先秦史家编纂各国史料而成。其成书年代大约在战国初年或稍后。《国语》保存的史料比较丰富，反映的思想也比较复杂。但书中“重民”、“尚礼”、“崇德”的思想比较突出，基本上体现了儒家的思想倾向。《国语》记言精练、生动、真切，且能于记言中刻画人物形象。富于文学色彩。其文学价值虽不及《左传》，但它自具特色，对后代散文也有很大影响。

邵公谏厉王弭谤

厉王虐，国人谤王[①]。邵公告曰：“民不堪命矣[②]！”王怒，得卫巫，使监谤者[③]，以告，则杀之。国人莫敢言，道路以目[④]。

王喜，告邵公曰：“吾能弭谤矣，乃不敢言[⑤]。”邵公曰：“是障之也。防民之口，甚于防川；川壅而溃，伤人必多，民亦如之[⑥]。是故为川者，决之使导；为民者，宣之使言[⑦]。故天子听政，使公卿至于列士献诗[8]，瞽献曲[9]，史献书[10]，师箴[11]，瞍赋[12]，蒙诵[13]，百工谏[14]，庶人传语[15]，近臣尽规，亲戚补察[16]。瞽、史教诲[17]，耆、艾修之[18]，而后王斟酌焉，是以事行而不悖[19]。

"民之有口也，犹土之有山川也，财用于是乎出；犹其有原隰衍沃也[20]，衣食于是乎生。口之宣言也，善败于是乎兴；行善而备败[21]，所以阜财用衣食者也[22]。夫民虑之于心而宣之于口，成而行之[23]，胡可壅也？若壅其口，其与能几何[24]？"

王弗听[25]。于是国人莫敢出言，三年，乃流王于彘[26]。

【题解】

选自《国语·周语上》，标题依普通选本。本文记邵穆公劝戒周厉王止谤的一番议论，提出了"防民之口，甚于防川"的卓越见解，反映了西周末年厉王以刑杀为威，施行暴政，压制国人批评，终于被愤怒的国人所驱逐的历史教训。文章有比喻，有例证，有议论，有恳劝，富于文采和说服力。结构谨严，情辞恳切；语言简明传神，寥寥几笔便活画出厉王这个昏君残暴而愚蠢的丑恶形象。堪称《国语》中一篇出色的佳作。

【注释】

①厉王：周厉王，名胡，夷王之子，前878—前842年在位。虐：残暴。国人：西周、春秋时对居住于国都的人的通称，属于统治阶级，有参与议论国事的权利。谤（bàng）：公开指责他人

过失。②邵公：一作“召公”，即邵穆公，名虎，周的卿士。堪：经受。命：指周厉王暴虐的政令。这句说：人民受不了暴虐的政令。③卫巫：卫国的巫师。巫：以侍奉鬼神为职业的人。监：监视。④以目：指用眼睛示意。这两句说：国人在路上相遇，没有谁敢讲话，只是互相用眼睛示意而已。意即敢怒而不敢言。⑤弭(mǐ)：遏止。弭谤：遏止谤言。乃：竟，居然。⑥是：此，指“弭谤”的作法。障：筑堤防水。这里是阻挡、堵塞的意思。甚：厉害，严重。壅（yōng)：堵塞。溃（kuì)：水冲破堤坝，即决口。川壅而溃：河流被堵塞而不通，就要决口泛滥。民亦如之：指民众的舆论也像这样。⑦为川者：治水的人。为：治理。决：疏浚水道，排除阻塞。导：通，流通。宣：通，畅达。这里有开导的意思。宣之使言：开导人民。让他们大胆讲话。⑧听政：处理政事。公卿至于列士：周王室官职分为公、卿、大夫、士各级。士是下层官员，有上士、中士、下士三个等级，故称“列士”。诗：指从民间采得的讽谏的诗。⑨瞽：无目的盲者，这里指乐师。曲：乐曲。古代以瞽者为乐官。因其所献乐曲多采自民间，故能反映民意。⑩史：史官。书：古代典籍。这句说：史官献古代文献于王，使他了解往古政治，作为借鉴。⑪师：少师。低于太师的乐官。箴（zhēn)：含有规戒意义的文辞，即箴言。⑫瞍（sǒu)：没有眸子的盲人。赋：不歌而诵，即有一定音节腔调的朗诵，指朗诵公卿列士所献的诗。⑬矇（méng)：有眸子而看不见的盲人。诵：讽诵，指讽诵那些箴谏之语。⑭百工：各种手工艺者，即各色工匠。一说，百工为古代官的总称，即百官。

⑮庶人：平民百姓。庶人地位低贱，自己对政事的意见不能直接上达，只能间接地通过他人传达给国王，故说“庶人传语”。⑯近臣：指国王身边的近侍。尽规：尽意规谏。一说“尽”同“进”，即进献规谏之语。亲戚：指父兄子弟等。补：弥补国王的过失。察：监督国王的行为。⑰瞽、史教诲：乐师、史官各尽其职用乐曲、文献对国王进行教诲。⑱耆（qí）艾：年六十称“耆”，五十称“艾”，合为老年人的通称。这里指国王的师傅及朝廷元老。修之：警戒国王。一说“修”为“修治整理”，“之”指代瞽、史的教诲。⑲斟酌：反复衡量，考虑取舍，再加实行。是以：因此。不悖（bèi）：指不违背情理。悖：违背，冲突。⑳犹：如。其：指土地。原：宽广平坦的土地。隰（xí）：低下潮湿的土地。衍：低下平坦的土地。沃：有水流灌溉的土地。㉑宣言：发表言论。善：好，兴盛。败：坏，衰败。兴：起。行善而备败：推行那些人民认为好的，防备那些人民认为坏的。㉒阜：增多，丰厚。这句说：这才是用来增加财富、器物、衣服、食品的好办法啊。㉓虑：考虑，深思熟虑。成：成熟，完善。行：这里有自然流露和传布开来的意思。㉔与：助，指赞助者。几何：多少。其与能几何：那么赞助者能有几个呢？一说“与”为语气词，无实义。“几何”指多少时间，意为不久，句意为“那么能维持多久呢”。㉕弗听：不听劝谏。㉖流：放逐。彘（zhì）：晋地，在今山西省霍县东北。厉王被流放到彘，是在前842年；据此推算，邵公谏弭谤之事当在前845年。

《左　传》

《春秋左氏传》的简称，又称《左氏春秋》或《春秋古文》。相传为春秋末年鲁国史官左丘明解说《春秋》的一部历史著作。左丘明生平不详，司马迁称他为“失明”的“鲁君子”。他出身于鲁国贵族，是鲁国很有修养的瞽史，大约与孔子同时或稍前。现在一般认为，《左传》作者实难确指。此书大约是战国初年或稍后的人根据各国史料整理润色编纂而成，与《国语》之成书同时或稍后。

《左传》是一部以《春秋》为纲的编年史，但其记事起自鲁隐公元年（前722），终于鲁悼公十四年（前453），比《春秋》增多27年。它相当详备完整地记载了春秋列国政治、外交、经济、军事和文化等方面的一些事件及有关人物的言论、活动，形象地展现了那个时代的社会生活画面。它明确地提出了民为神之主的见解，表达了民为邦之本的观点，主要体现了儒家的思想倾向。重民意，轻君位，反映了社会大变革时代的进步思潮。书中既表达了进步的哲学观点和政治观点，也杂有儒家的保守观点和宿命论等消极、落后成分。

《左传》叙事简明生动，工巧严谨，富于故事性，很有文采。它特别善于描写战争，刻画人物形象也有一定特色。其记言则委婉含蓄，典美博奥，尤其所记外交辞令，婉而不晦，显而不露。

唐代刘知几在《史通·杂说上》中赞其“工侔造化，思涉鬼神，著述罕闻，古今卓绝”。《左传》在史学上和文学上，都对后代产生了深远的影响。

郑伯克段于鄢

初[①]，郑武公娶于申[②]，曰武姜[③]，生庄公及共叔段[④]。庄公寤生[⑤]，惊姜氏，故名曰寤生。遂恶之。爱共叔段，欲立之。亟请于武公[⑥]，公弗许。

及庄公即位，为之请制[⑦]。公曰：“制，岩邑也[⑧]。虢叔死焉，他邑唯命[⑨]。”请京[⑩]，使居之，谓之京城大叔。

祭仲曰[⑪]：“都城过百雉[⑫]，国之害也[⑬]。先王之制，大都不过参国之一，中五之一，小九之一[⑭]。今京不度[⑮]，非制也。君将不堪[⑯]。”公曰：“姜氏欲之，焉辟害[⑰]！”对曰：“姜氏何厌之有！不如早为之所。无使滋蔓。蔓，难图也。蔓草犹不可除，况君之宠弟乎[⑱]！”公曰：“多行不义必自毙[⑲]。子姑待之。”

既而大叔命西鄙、北鄙贰于己[⑳]。公子吕曰：“国不堪贰，君将若之何？欲与大叔，臣请事之；若弗与，则请除之。无生民心[㉑]。”公曰：“无庸，将自及[㉒]。”大叔又收贰以为己邑，至于廪延[㉓]。子封曰：“可矣，厚将得众[㉔]。”公曰：“不义不暱，厚将崩[㉕]。”

大叔完聚，缮甲兵，具卒乘，将袭郑[㉖]。夫人将启之[㉗]。

公闻其期，曰："可矣！"命子封帅车二百乘以伐京[28]。京叛大叔段。段入于鄢[29]。公伐诸鄢。五月辛丑，大叔出奔共[30]。

书曰："郑伯克段于鄢[31]。"段不弟[32]，故不言弟；如二君，故曰克；称郑伯，讥失教也；谓之郑志[33]，不言出奔，难之也[34]。

遂置姜氏于城颍，而誓之曰："不及黄泉，无相见也[35]。"既而悔之。颍考叔为颍谷封人，闻之，有献于公[36]。公赐之食。食舍肉[37]。公问之。对曰："小人有母，皆尝小人之食矣，未尝君之羹，请以遗之[37]。公曰："尔有母遗，繄我独无[39]！"颍考叔曰："敢问何谓也？"公语之故，且告之悔。对曰："君何患焉！若阙地及泉[40]，隧而相见[41]，其谁曰不然？"公从之。公入而赋[42]："大隧之中，其乐也融融[43]"姜出而赋："大隧之外，其乐也泄泄[44]！"遂为母子如初[45]。

君子曰：颍考叔，纯孝也[46]。爱其母，施及庄公[47]。《诗》曰："孝子不匮，永锡尔类[48]。"其是之谓乎！

【题解】

选自《左传·隐公元年》，标题依《春秋》隐公元年经文。《左传》以《春秋》为纲，均按鲁国十二个君主（隐、桓、庄、闵、僖、文、宣、成、襄、昭、定、哀公）次第编年。"隐公元年"即前722年。本文所记乃郑庄公图谋霸业之前的一段插曲。周平王东迁之后，王室衰微，诸侯争霸。郑国首先崛起。郑庄公雄心勃勃，谋图霸主地位。正当此时，其家族内部发生了一场争夺权力的斗争。郑庄公处心积虑，老谋深算，一举粉碎了其弟共叔段发动的政变。本文记叙了郑庄公兄弟、母子之间错综复杂的矛盾和尔虞我诈的斗争，深刻地揭露了统治阶级自私、虚伪的本质及其内部不可调和的矛盾，无情地撕开了罩在封建伦理关系上的一层温情脉脉的面纱，把所谓"父慈、子孝、兄友、弟恭"的虚伪本质暴露无遗。

本文成功地刻画了几个鲜明的人物形象，如郑庄公的阴险狠毒，公叔段的愚昧张狂，姜氏的自私贪婪和颖考叔的纯厚机智，都能给人以深刻印象。作者精于揭示人物的内心世界和精神面貌，表现人物的性格特征。文章叙事剪裁得当，烦省合度；首尾完整，结构清晰；字句精严而微婉多切，均足见作者之匠心。

【注释】

①初：当初，起初，追述往事之词。②郑武公：姬姓，名掘突，郑桓公之子，郑国第二代君主，前770—前744年在位。郑国在今河南新郑一带，申：国名，姜姓，在今河南南阳县。③武姜：武公之妻姜氏。武是她丈夫的谥号，姜是她娘家的姓。④庄公：即郑庄公，前743—前701年在位。共（gōng）叔段：庄公的弟弟，名段。因他排行在末，故叫"叔段"。他后来出奔共邑，故又称"共叔段"。共：在今河南辉县。⑤寤（wù）生：逆生，出生时脚先下，即难产。寤通"牾"，逆，倒着。⑥亟（qì）：屡次。请：请求。⑦制：地名。一名虎牢，又名成皋，原是东虢（guó）国属地。后东虢为郑武公所灭，遂为郑地。在今河南荥阳

县汜水西。请制：指请求以制为封邑。⑧岩：险要。邑：人群聚居之地，大小不等。岩邑：险要的城邑。⑨虢叔：东虢国的国君。死焉：死在那里。他邑：其他城邑。唯命："唯命是从"的省略。⑩京：地名。在今河南荥阳县东南。⑪祭（zhài）仲：郑国大夫，字足，又称"祭足"或"祭仲足"。⑫都：这里泛指一般城邑。城：指城墙。过：超过。雉：量词，古代城墙以长三丈、高一丈、宽一丈为一雉。百雉：即三百立方丈。⑬国之害也：此言将成为国家的祸害。⑭国：指国都。这里"都"与"国"相对，指国都以外的其他城邑。参：同"三"。这几句说：按照先王规定的制度，大的都邑不超过国都的三分之一（即"百雉"），中等的不超过五分之一，小的不超过九分之一。⑮不度：不合法度，即指不合先王的规定。⑯不堪：受不了。⑰焉：怎么。辟：通"避"，躲避，避免。害：祸害。⑱厌：通"餍"，满足。何厌之有：即哪有满足的时候！早为之所：早点给他安排个地方。所：处所。滋：滋长。蔓：蔓延。滋蔓：这里指发展势力。图：谋划。难图：指难以对付。宠弟：受宠爱的弟弟，指共叔段。⑲不义：指不义的事情。毙（bì）：倒下。自毙：自行倒下，即自取灭亡。⑳既而：不久。鄙：边邑。贰：两属，指臣属二主。贰于己：使原属庄公的西、北边邑同时臣属于自己。㉑公子吕：郑国大夫，字子封。国不堪贰：国家不能忍受臣属二主的现象。若之何：对它怎么办。事：侍奉，服事，为……服务。无生民心：不要使人民生贰心。㉒无庸：不用，用不着。庸：同"用"。将自及：指将会自及祸难，自取灭亡。㉓收贰以为己邑：

指进而收两属之地为己有。廪（lǐn）延：郑地名，在今河南延津县北。㉔厚：指土地广大。得众：指得民心。㉕不义：指对君不义。不暱（nì）：指对兄不亲。暱：亲近。崩：崩溃，垮台。㉖完：修治城郭。聚：集结人马。缮：整修。甲：盔甲。兵：兵器。具：准备。卒：步兵。乘：兵车。春秋时用车战，兵车一乘，上有甲士三人，后随步卒七十二人。袭：偷袭，袭取。㉗启：开。这里指开城门，作内应。㉘帅：通"率"，率领。二百乘：战车二百乘，计有甲士六百人，步卒一万四千多人。㉙鄢（yān）：地名，在今河南鄢陵县北。一说"鄢"当作"邬"，"邬"为郑国之地。㉚五月辛丑：即隐公元年五月二十三日。古人以干支纪日。出奔：逃亡国外。㉛书曰：指《春秋》经文的记述。郑伯：指郑庄公。春秋时有五等爵：公、侯、伯、子、男。郑国君属伯爵，故称郑伯。克：战胜。㉜不弟：不像个弟弟。一说"弟"同"悌"，"不悌"即不合为弟之道。这以下几句是解释《春秋》经文的所谓"凡例"。这类文字有人认为是后人所加。㉝郑志：郑伯的本意。即指郑伯处心积虑使共叔段"自及"祸难。志：心意。㉞不言出奔：指《春秋》不写他"出奔"。难之也：难以这样说啊。因为共叔段并非自愿"出奔"。一说"难之"是责难郑伯；难：责难。㉟置：安置。城颍（yǐng）：郑地名，即临颍，在今河南临颍县西北。誓之：对她发誓。黄泉：地下的泉水，指人死后埋葬之处。不及黄泉，无相见也：不到死后不相见。意即生前永不会面。㊱颍考叔：郑国管理疆界的官吏。颍谷：郑国边邑，在今河南登封县西南。封人：管理疆界的官吏。

封：疆界。有献于公：指借贡献礼物的机会去见庄公。㊲舍：放弃，不要。这里指放在一边不吃。羹：带汁的肉食。遗（wèi）：赠与，送给。㊴繄（yī）：句首语气词，无实义。㊵何患焉：担忧什么呢？阙：通“掘”，挖掘。及泉：直到见了泉水。㊶隧：地道。这里指挖成隧道。㊷入：进入隧道。赋：赋诗。这里指诵读诗句。㊸融融：形容和睦快乐的样子。㊹泄泄（yì）：与“融融”意义相近，形容快乐舒畅的样子。㊺如初：即回复到当初那种母子关系，并非“和好如初”之意。经一番戏剧性做作之后，“遂为母子如初”。这就意味着矛盾依然存在，只不过重新蒙上一层温情脉脉的面纱罢了。㊻君子：有道德有修养的人。《左传》作者常假托“君子”发表评论，称“君子曰”。纯：真纯，纯正。㊼施（yì）：延，扩展。㊽《诗》：即《诗经》。其所引之句见《诗经·大雅·既醉》。匮（kuì）：竭尽。锡：同“赐”，赐予。这两句说：孝子的孝道无穷无尽，上天永远赐给你们幸福。㊾其是之谓乎：大概说的就是这种情况吧。其：表推测、估计的副词。

曹刿论战

十年春，齐师伐我[①]。公将战[②]。曹刿请见[③]。其乡人曰[④]：“肉食者谋之，又何间焉[⑤]？”刿曰：“肉食者鄙[⑥]，未能远谋。”遂入见。

问：“何以战[⑦]？”公曰：“衣食所安，弗敢专也，必以分人[8]。”对曰：“小惠未遍，民弗从也。”公曰：“牺牲玉帛，弗敢加也，必以信[9]。”对曰：“小信未孚，神弗福也[10]。”公曰：“小大之狱，虽不能察，必以情[11]。”对曰：“忠之属也[12]，可以一战。战则请从。”

公与之乘，战于长勺[13]。公将鼓之[14]，刿曰：“未可。”齐人三鼓，刿曰：“可矣。”齐师败绩[15]。公将驰之[16]，刿曰：“未可。”下视其辙，登轼而望之[17]，曰：“可矣。”遂逐齐师。

既克，公问其故。对曰：“夫战，勇气也[18]。一鼓作气；再而衰；三而竭[19]。彼竭我盈[20]，故克之。夫大国，难测也，惧有伏焉[21]。吾视其辙乱，望其旗靡[22]，故逐之。”

【题解】

选自《左传·庄公十年》，标题依普通选本。鲁庄公十年（前684），齐、鲁两国交战于长勺，结果是鲁国以弱胜强。这便是历史上著名的齐鲁长勺之战。本文通过战前之问、战时之情和战后之论的记述，不仅清晰而完整地描写了此战的经过，而且生动地刻画了一个杰出的爱国者和军事家的形象。文章详略得当，短小精悍，是《左传》善于描写战争的一篇出色代表作。

【注释】

①十年：即鲁庄公十年（前684）。齐师：齐国的军队。伐：攻打。我：指鲁国。作者用的是鲁国史官的口气。庄公九年（前685），鲁国曾与齐大夫盟于蔇（jì）；十年春，齐国背盟侵鲁。②

公：指鲁庄公，鲁国君主，前693—前662年在位。③曹刿（guì）：一作“曹沫”、“曹翙（huì））”，春秋时鲁国武士。相传齐君与鲁君相会于柯（在今山东阳谷县东）时，他持剑随从，以武力劫持齐君订立盟约，逼迫齐君归还了侵占鲁国的土地。④乡人：同乡的人。乡是古代一种地方行政单位，相传周制以一万二千五百户为乡。⑤肉食者：吃肉的人，指在位作官享有丰厚俸禄的贵族。谋：策划、商量。间：参与。又何间焉：又何必参与呢？⑥鄙：浅陋，指目光短浅。⑦何以战：依靠什么作战。何以：以何。靠什么。⑧衣食所安：即所安衣食，我所安享的衣食等物。弗敢专也：不敢独自享受。专：指个人独享。必以分人：一定要分给众人。⑨牺牲：祭祀时所用的牛、羊、猪。玉帛：玉器和丝织品。牺牲玉帛都是古代祭祀礼神用的物品。加：虚夸。信：真诚。弗敢加：意为不敢以小为大，以恶为美。必以信：一定要以诚实的态度对待。⑩孚（fú）：为人所信服。指由于祭祀者的“信”而产生的“感应”。小信未孚：小小的诚实不能使神信服、感动。福：保佑。⑪小大之狱：大大小小的案件。狱：指狱诉之事，即官司。察：指彻底查清，深切明了。必以情：一定要按照实情处理。情：指真实情况。⑫忠之属也：这是属于尽心竭诚为百姓办事的行为。忠：尽心竭诚。属：类。⑬公与之乘：庄公与曹刿同乘一辆兵车。长勺（sháo）：鲁地名，在今山东莱芜县东北。⑭鼓之：擂响战鼓发动鲁军进攻。⑮败绩：大败。“绩”通“迹”，凡循道而行叫“迹”。“败绩”即“败迹”，指车不能循迹而行。春秋时代战争以车战为主，战争中兵车垮了是最大的败仗，故“败绩”即“大败”之意。⑯驰之：驱驰车马追击齐军。之：指代“齐师”。⑰辙（zhé）：车辙，即车轮碾过的痕迹。轼（shì）：古代车厢前用作扶手的横木，可供人凭靠。⑱夫战，勇气也：打仗靠的是勇气。夫（fú）：语气词。放在句首，表示将发议论。⑲一鼓：擂第一通战鼓。作：振作，兴起。气：士气。再：第二次。“再”下省略“鼓”字。衰：衰落，衰退。“衰”前省略“气”字。再而衰：擂第二通战鼓士气就开始衰落了。竭：完，尽。⑳彼竭我盈：敌方士气已丧尽，我方士气正充沛。彼：指齐军。竭：这里指士气丧尽。盈：充满。这里指士气充沛、旺盛。㉑难测：指难以揣测其虚实。惧有伏焉：怕他们有埋伏。伏：埋伏，伏兵。㉒旗靡：旗帜已经倒下。靡：倒下。

宫之奇谏假道

晋侯复假道于虞以伐虢[①]。宫之奇谏曰[②]：“虢，虞之表也[③]。虢亡，虞必从之。晋不可启，寇不可玩，一之谓甚[④]，其可再乎？谚所谓‘辅车相依，唇亡齿寒’者[⑤]，其虞、虢之谓也。”

公曰：“晋，吾宗也[⑥]，岂害我哉？”对曰：“大伯、虞仲，大王之昭也[⑦]。大伯不从，是以不嗣[⑧]。虢仲、虢叔，王季之穆也[⑨]，为文王卿士[⑩]，勋在王室，藏于盟府[⑪]。将虢是灭，何爱于虞[⑫]？且虞能亲于桓、庄乎，其爱之也[⑬]？桓、庄之族何罪，而以为戮，不唯逼乎[⑭]？亲以宠逼，犹尚害之，况以国乎[15]？”

公曰：“吾享祀丰洁，神必据我[16]。”对曰：“臣闻之，鬼神非人实亲，惟德是依[17]。故《周书》曰：‘皇天无亲，惟德是辅[18]。’又曰：‘黍稷非馨，明德惟馨[19]。’又曰：‘民不易物，惟德繄物。’如是，则非德民不和，神不享矣。神所冯依[21]，将在德矣。若晋取虞而明德以荐馨香，神其吐之乎[22]？”

弗听，许晋使。宫之奇以其族行[23]，曰：“虞不腊矣。在此行也，晋不更举矣[24]。”冬晋灭虢[25]。师还，馆于虞[26]，遂袭虞，灭之，执虞公[27]。

【题解】

选自《左传·僖公五年》，标题依普通选本。春秋乱世，列国兼并。强凌弱，众暴寡，屡见不鲜。春秋初期，晋献公建都绛，开始兼并。鲁僖公二年（前658），晋曾向虞国借道，进攻虢国；鲁僖公五年（前655），晋再向虞国借道，灭虢之后复灭虞。本文记述了虞国大夫宫之奇在晋国第二次向虞国借道时对虞公的谏诤。他以清醒的政治头脑和敏锐的眼光，指出许晋借道必将给虞带来灭国之祸；并以透辟的分析，批驳了虞公的宗族观念和神权思想，表现出一位政治家的深谋远虑。宫之奇的明识远见与虞公的昏庸固执适成鲜明对比。“唇亡齿寒”的比喻，意义深刻，至今仍活在人们的口头。

【注释】

①晋侯：指晋献公，前676—前651年在位。当时晋国都于绛（今山西翼城县东）。复：再。假道：借道，借路。虞：国名。在今山西平陆县北。虢（guó）：国名，这里指的是北虢，占有今河南三门峡和山西平陆一带。②宫之奇：虞大夫。一作宫奇。③表：外面。此指外面的屏障。④启：开，引申为启发。晋不可启：切不可开启晋国的贪心。玩：忽视，疏忽。寇不可玩：对入侵者切不可玩忽大意。谓：通“为”。一之谓甚：一次已经是很严重了。⑤谚（yàn）：谚语。辅：面颊。车：牙车，即牙床骨。相依：二者紧相依靠。唇亡齿寒：唇在外，齿在内，唇亡则齿寒。⑥宗：同宗，同一祖先。晋、虞都是姬姓的诸侯国。⑦大（tài）伯：一作泰伯，周代吴国的始祖。周太王长子。虞仲：又叫仲雍、吴仲，周太王次子，泰伯之弟。大（（tài）王：即周太王，周朝的先王，名古亶（dǎn）父。昭：与下文的“穆”都是指宗庙里神主的位次。古代宗庙之制，始祖的神位居中，子孙分列左右。子在左，称为“昭”；子之子在右，称为“穆”。如此父子异列，祖孙同列。周以太王为始祖，其子三人泰伯、虞仲、王季均为“昭”。⑧嗣（sì）：继承。这两句说：太伯不从太王之命，因此没有继承王位。事实是太王欲立幼子王季，太伯与弟虞仲同避江南。⑨虢仲、虢叔：都是王季之子，封于虢。王季为昭，故其子虢仲、虢叔则为穆。⑩文王：即周文王，王季之子。卿士：又作“卿事”、“卿史”，周王室的执政大臣。⑪勋：功勋。盟府：掌管盟约、典策的官府。这两句说：他们对王室有特殊的

功劳，受封的典策还藏在盟府。⑫这两句说：既然连虢国都要灭掉，对虞国又怎么会爱惜呢？⑬桓、庄：即桓叔、庄伯，晋献公的曾祖和祖父。这两句说：况且他对虞国还能比对桓叔、庄伯的后代更亲么？⑭桓、庄之族：即桓叔、庄伯的后代。戮：杀戮。逼：迫近而构成威胁。这几句说：桓叔、庄伯的后代有什么罪呢，竟然成了杀戮的对象，还不是因为他们逼近晋国构成威胁了吗？⑮宠：宠爱。亲以宠：即亲而宠，指亲族之间非比一般的关系。这几句说：亲族之间构成了威胁尚且加以杀戮，何况国与国之间呢！⑯丰洁：指祭品丰盛而又洁净。据：安。这里有保佑的意思。⑰实：通“是”，指示代词，复指提前的宾语“人”。这两句说：鬼神并不是亲近哪一个人，而只是依从德行。⑱《周书》：这里所说的《周书》早已亡佚。所引之句现分别见伪《古文尚书》。皇天无亲，惟德是辅：上天没有私亲，只辅助有德行的人。这两句见伪《古文尚书·蔡仲之命》。⑲黍（shǔ）：黍子，碾成的米叫粘黄米。稷（jì）：指谷子。馨：散布很远的香气。黍稷非馨，明德惟馨：祭祀的黍稷不算芳香，只有德行高尚的人献上的才算芳香。这两句见伪《古文尚书·君陈》。⑳易：变更，改易。繄（yī）：语气词，无实义。这两句说：人们进献的祭品相似，不必变更，只有德行才是神真正看重的物品。这两句见伪《古文尚书·旅獒（áo）》，作“人不易物，惟德其物”。㉑冯（píng）：通“凭”。冯依：即凭依，根据和依从。㉒荐：献，进。这两句说：如果晋国占取了虞国，而崇尚德行，奉献芳香的祭品，神难道会吐出来吗？㉓弗听：指虞公不听宫之奇的谏诤。许晋使：答应了晋国使者借道的要求。以其族行：带领全家族的人逃走。㉔腊：古代一种祭祀，于阴历十二月年终合祭众神。这几句说：虞国过不了今年的腊祭了。晋国就在这一次灭掉虞国，用不着再次发兵了。㉕此句"冬"字前后，原文略有删节。㉖师还：晋军灭虢后回国。馆：住在宾馆、客舍里。馆于虞：指驻扎在虞国。㉗执：捉拿，抓住。

《战国策》

战国时代国别体史料汇编。西汉成帝时，刘向根据战国末年的纵横家著作整理编辑而成。与1973年底长沙马王堆三号汉墓出土的帛书《战国纵横家书》（此书名为帛书整理小组所定）是同类作品。《战国策》33篇，包括东、西周各1篇，秦5篇，齐6篇，楚、赵、魏各4篇，韩、燕各3篇，宋、卫合为1篇，中山1篇。主要记载当时谋臣策士的言论、计谋和游说活动，反映了战国时期的重要历史事件、斗争形势和社会面貌。其思想内容较为驳杂，主要体现了纵横家的思想倾向。全书文思开阔，气势恢宏，辞采富丽，形象鲜明，具有辩丽横肆的风格特征。对后代散文的发展影响很大。

邹忌讽齐王纳谏

邹忌修八尺有余[①]，而形貌昳丽[②]。朝服衣冠，窥镜[③]，谓其妻曰："我孰与城北徐公美[④]？"其妻曰："君美甚，徐公何能及君也[⑤]！"城北徐公，齐国之美丽者也。忌不自信，而复问其妾曰："吾孰与徐公美？"妾曰："徐公何能及君也？"旦日[⑥]，客从外来，与坐谈，问之："吾与徐公孰美？"客曰："徐公不若君之美也。"

明日，徐公来。熟视之[7]，自以为不如[8]；窥镜而自视，又弗如远甚[9]。暮，寝而思之，曰："吾妻之美我者，私我也[10]；妾之美我者，畏我也；客之美我者，欲有求于我也。"

于是入朝见威王[11]，曰："臣诚知不如徐公美[12]。臣之妻私臣，臣之妾畏臣，臣之客欲有求于臣，皆以美于徐公[13]。今齐地方千里，百二十城，宫妇左右莫不私王[14]，朝廷之臣莫不畏王，四境之内莫不有求于王。由此观之，王之蔽甚矣[15]！"

王曰："善。"乃下令："群臣吏民能面刺寡人之过者[16]，受上赏；上书谏寡人者，受中赏；能谤议于市朝[17]，闻寡人之耳者，受下赏。"令初下，群臣进谏，门庭若市[18]；数月之后，时时而间进[19]；期年之后，虽欲言，无可进者[20]。燕、赵、韩、魏闻之，皆朝于齐[21]。此所谓战胜于朝廷[22]。

【题解】

选自《战国策·齐策一》，标题依普通选本。邹忌之美不如徐公，但其妻、妾、客出于不同动机，却一致认定邹忌美于徐公。通过"熟视"徐公，又"窥镜而自视"，邹忌终于觉悟，不仅得出清醒的结论，而且从中引发出政治生活中的一番大道理，入朝劝说齐王纳谏。说明国君必须广开言路，善于听取人们的意见，使政治修明，国家才能够强大起来。按本文所记情节，与《氏春秋·达郁》之记列精子高事，《新序》之记田巴先生事和《韩诗外传》卷六之记宋昭公事皆相类似，可知当是一篇来自传说故事的拟托的说辞。它在生动而形象的故事中，包孕着深刻的寓意，具有寓言的特点。它因小及大，由此及彼，情节生动，耐人寻味，不愧为一篇颇具匠心的佳作。

【注释】

①邹忌：齐人，以善于鼓琴事齐威王，曾作齐相，封成侯。修：长。这里指身高。八尺：这里是指周尺。周制一尺约合今制七寸弱，八尺约为今市尺五尺六寸，公制一米八六。②形貌：体形相貌。昳（yì）：通："逸"。昳丽：潇洒美丽。一说昳丽为"光艳美丽"。③朝服衣冠：早晨穿戴衣帽。窥镜：照镜。窥：从小孔或缝隙里看。这里是对着镜子观察的意思。④孰：疑问代词，谁，哪个。"孰与"连用，表比较、选择。这句说：我与城北徐公相比，谁更漂亮？⑤美甚：美得很。及：比得上。⑥旦日：明日。⑦熟视：仔细地端详。⑧自以为：自己认为。不如：比不上。⑨弗如远甚：即差得太远，远远不如。⑩美：用作动词，意思是"认为……美"。美我：认为我美。私我：偏爱我。⑪威王：即齐威王，田氏，名因齐，一作婴齐，齐国国君。前356—前320年在位。⑫诚知：确实知道。⑬以：以为。皆以美于徐公：都说我比徐公漂亮。"以"下承上而省略"臣"字。⑭宫妇：指威王宫中侍妾一类人。左右：指威王身边的近侍之臣。⑮蔽：蒙蔽。王之蔽：指威王所受的蒙蔽。⑯面刺：当面指责。过：过失，错误。⑰谤议：背后进行批评议论。市朝：泛指公共场所。⑱门庭若市：王宫门口和庭院像集市一样热闹。形容群臣进谏者之多。⑲时时：往往，常常。间（jiàn）：间或，断断续

续。进：指进谏。⑳期（jī）年：一周年。虽欲言，无可进者：即使想说，也没有什么可进谏的了。㉑朝于齐：到齐国去朝拜齐王，表示齐的盟主地位。这里所谓“燕、赵、韩、魏闻之，皆朝于齐”的局面，只是作者理想中的境界，并非真实情况。此属“夸饰非实”的策士之辞，不可信以为真。此所谓战胜于朝廷：这就是人们所说的在朝廷上战胜敌人。也就是说：身在朝廷，不必用兵，就可以打败别国，取得胜利。这是作者在篇末所下的论赞之语，其主旨与所谓“式（用）于政，不式于勇；式于廊庙之内，不式于四境之外”是完全一致的。

冯谖客孟尝君

齐人有冯谖者①，贫乏不能自存，使人属孟尝君②，愿寄食门下③。孟尝君曰：“客何好”？曰：“客无好也。”曰：“客何能？”曰：“客无能也。”孟尝君笑而受之，曰：“诺④。”左右以君贱之也，食以草具⑤。

居有顷，倚柱弹其剑⑥，歌曰：“长铗归来乎⑦，食无鱼！”左右以告。孟尝君曰：“食之，比门下之客⑧！”居有顷，复弹其铗，歌曰：“长铗归来乎，出无车！”左右皆笑之，以告。孟尝君曰：“为之驾⑨，比门下之车客！”于是乘其车，揭其剑⑩。过其友曰：“孟尝君客我⑪！”后有顷，复弹其剑铗，歌曰：“长铗归来乎，无以为家⑫！”左右皆恶之，以为贪而不知足。孟尝君问：“冯公有亲乎？”对曰：“有老母。”孟尝君使人给其食用，无使乏。于是冯谖不复歌。

后孟尝君出记[13]，问门下诸客：“谁习计会，能为文收责于薛者乎[14]？”冯谖署曰[15]：“能。”孟尝君怪之，曰：“此谁也？”左右曰：“乃歌夫‘长铗归来’者也！”孟尝君笑曰：“客果有能也！吾负之[16]，未尝见也。”请而见之，谢曰[17]：“文倦于是，愦于忧[18]，而性懦愚，沉于国家之事，开罪于先生[20]。先生不羞[21]，乃有意欲为收责于薛乎？”冯谖曰：“愿之！”于是约车治装，载券契而行[22]。辞曰：“责毕收，以何市而反[23]？”孟尝君曰：“视吾家所寡有者。”驱而之薛[24]，使吏召诸民当偿者，悉来合券[25]。券遍合，起矫命[26]，以责赐诸民，因烧其券，民称万岁。长驱到齐[27]，晨而求见。孟尝君怪其疾也，衣冠而见之[28]，曰：“责毕收乎？来何疾也？”曰：“收毕矣。”“以何市而反？”冯谖曰：“君云‘视吾家所寡有者’，臣窃计，君宫中积珍宝，狗马实外厩[29]，美人充下陈[30]；君家所寡有者，以义耳，窃以为君市义。”孟尝君曰：“市义奈何？”曰：“今君有区区之薛[31]，不拊爱子其民，因而贾利之[32]；臣窃矫君命，以责赐诸民，因烧其券，民称万岁，乃臣所以为君市义也。”孟尝君不说[33]，曰：“诺。先生休矣[34]！”

后期年，齐王谓孟尝君曰[35]：“寡人不敢以先王之臣为臣[36]！”孟尝君就国于薛[37]，未至百里[38]，民扶老携幼，迎君道中终日。孟尝君顾谓冯谖[39]：“先生所为文市义者，乃今日见之！”

冯谖曰："狡兔有三窟[40]，仅得免其死耳；今有一窟，未得高枕而卧也。请为君复凿二窟！"孟尝君予车五十乘，金五百斤。西游于梁[41]，谓惠王曰[42]："齐放其大臣孟尝君于诸侯[43]，先迎之者，富而兵强。"于是梁王虚上位[44]，以故相为上将军，遣使者黄金千斤，车百乘，往聘孟尝君。冯谖先驱，诫孟尝君曰[45]："千金，重币也；百乘，显使也。齐其闻之矣[46]。"梁使三反，孟尝君固辞不往也。

齐王闻之，君臣恐惧，遣太傅赍黄金千斤[47]，文车二驷[48]，服剑一[49]，封书谢孟尝君曰[50]："寡人不祥，被于宗庙之祟[51]，沉于谄谀之臣，开罪于君[52]！寡人不足为也[53]，愿君顾先王之宗庙，姑反国统万人乎[54]！"冯谖诫孟尝君曰："愿请先王之祭器，立宗庙于薛[55]！"庙成，还报孟尝君曰："三窟已就，君姑高枕为乐矣。"

孟尝君为相数十年[56]，无纤介之祸者，冯谖之计也。

【题解】

选自《战国策·齐策四》，标题依普通选本。

战国时期，社会经历着翻天覆地的大变革。当时七国并立，力战争雄，各国统治者大都不同程度地认识到了人才的重要性。为了在乱世之中求存图强、争胜取霸，他们广开门路，积极罗致人才，因而"养士"之风，盛极一时。"当是时，魏有信陵君，楚有春申君，赵有平原君，齐有孟尝君，皆下士喜宾客以相倾。吕不韦以秦之强，羞不如，亦招致士，厚遇之，至食客三千人。"

《史记·吕不韦列传》本文所写的冯谖，便是孟尝君门下的食客之一。他为孟尝君奔走效力，经营“三窟”，巩固了孟尝君的政治地位。作者以赞赏的笔调集中描写了冯谖的多才善谋和出类拔萃。文章情节曲折，故事生动，结构完整，形象鲜明，有如一篇《冯谖传》，堪称“纪传体”的雏形。为了吹嘘策士的作用，作者于文末夸大其词地论断道：“孟尝君为相数十年，无纤介之祸者，冯谖之计也。”这话固然不可信，但它充分反映了纵横家崇计尚谋的思想倾向。

【注释】

①冯谖（xuān）：一作“冯媛”。《史记·孟尝君列传》作“冯驩（huān）。齐国策士，孟尝君的门客。②贫乏：贫困。不能自存：不能养活自己。属：同“嘱”，嘱托。孟尝君：即田文，齐国贵族，封于薛（今山东滕县南），称薛公，号孟尝君。齐湣王时曾为相，率齐、韩、魏三国联军攻秦。后又相魏，于前287年参与齐、赵、韩、魏、燕五国攻秦事。为人轻财好士，以“养士”最多而著称。与魏信陵君、赵平原君、楚春申君齐名，称四公子。③寄食：寄居而食，指作食客。④诺：应答之声，表示同意。相当于“好吧”。⑤食（sì）：用作动词，给他吃。草：粗劣。具：饭食。这句说：给他吃粗劣的饭食。⑥居有顷：住了不久。倚柱：身靠庭柱。⑦铗（jiá）：剑把。长铗归来乎：长剑啊，咱们回去吧！⑧这两句说：给他鱼吃，和食客中的鱼客一样待遇。一本“客”上有“鱼”字。据吴师道注引《列士传》：“孟

尝君厨有三列：上客食肉，中客食鱼，下客食菜。”⑨为之驾：给他准备车马。据《史记·孟尝君列传》所记，孟尝君待客分传舍、幸舍及代舍三等。传舍之客，食无鱼；幸舍之客，食有鱼而出入无车；代舍之客，出入乘舆车。⑩揭：高举。⑪客：用作动词。客我：以我为客，真正把我当客对待。⑫无以为家：没有用来养家的东西，即没法养家。⑬记：文告。出记：发出通告。⑭习：熟悉。计会（kuài）：管理和计算财务的工作，即今所称“会计”。文：孟尝君田文自称。责：通“债”。薛：孟尝君的封邑，在今山东滕县南。⑮署：签名。⑯负之：亏待了他，对不起他。⑰谢：道歉。⑱倦于是：为国事忙碌。是：指国事。愦（kuì）：昏乱。这里指心烦意乱。愦于忧：被忧虑搅得心烦意乱。⑲懦愚：懦弱愚笨。沉：沉溺。⑳开罪：得罪。㉑不羞：不以此为羞辱。㉒约车治装：准备车马，整理行装。券（quàn）契：即债券，借债的契约。古时由竹木制作，其旁刻齿，双方各执其半，作为凭证。㉓市：买。以何市而反：买什么东西带回来？㉔驱而之薛：乘车到薛邑去。驱：赶车，这里指乘车。之：往，到……去。㉕悉：全，都。合券：指验对债券。将双方各执的一半债券合齿验证，必须两相符合。㉖起：指站起身来。矫命：假托（孟尝君的）命令。㉗长驱：迅速赶车直奔目的地，一刻不停。㉘怪其疾：对他这么快回来感到怪异。衣冠（yì guàn）：用作动词，指穿好衣服，戴好帽子。㉙实：充满。外厩（jiù）：王宫外的畜栏。㉚充：充满。下陈：堂下。一说“陈”为“列”。下陈即后列，犹言“后宫”。㉛区区：小小的。㉜拊（fǔ）：通“抚”。

拊爱：抚爱。子：用作动词，即爱之如子。贾（gǔ）利：以商贾的手段谋利。这两句说：不抚爱那里的百姓，不把他们当作自己的子女一样看待，反而用商贾的手段，去向他们牟利。㉝不说（yuè）：不高兴。说：同“悦”。㉞休矣：休息吧！㉟期（jī）年：一周年。齐王：指齐湣（mǐn）王（？—前284），一作齐闵王、齐愍王，齐宣王之子，名地（一作“遂”）。前300—前284年在位。㊱先王：指齐宣王（？—前301），齐威王之子，名辟疆。前319—前301年在位。㊲就国：到自己的封邑去。国：诸侯的封地。战国时诸侯僭越称王，其大臣封地乃称国。㊳未至百里：离薛邑还有百里。㊴顾：回头看。㊵狡兔有三窟：狡猾的兔子有三个洞穴。㊶梁：即魏国。魏惠王于前361年迁都大梁（今河南开封市），此后魏亦称梁。㊷惠王：即魏惠王（前400——前319），魏武侯之子，名罃（yīng），前369—前319年在位。孟尝君为齐相是在齐湣王时，而齐湣王不与魏惠王同时（与魏襄王、魏昭王同时），故知此有误。一本“惠”作“梁”。㊸放：放逐。㊹虚上位：指空出相位。㊺诫：告诫。㊻齐其闻之矣：齐国大概也该听说这些了吧。其：语气词，表推断。㊼太傅：官名。辅导太子的官。赍（jī）：携带。㊽文车：绘有文采的车子。驷：四匹马拉的车。二驷：即二辆。㊾服剑：佩剑。㊿封书：封好的书信。(51)不祥：不吉利，运气不好。被：遭受。祟：鬼神降灾。被于宗庙之祟：遭受祖宗降下的灾祸。(52)沉：沉溺。这两句说：被谄媚阿谀的佞臣所迷惑，因而得罪了您。(53)不足为：不值得帮助。(54)顾：顾念。统：治理。统万人：治理百姓。(55)立宗庙于薛：在薛建立齐国先王的宗庙。孟尝君与齐王同族，这样做可以巩固孟尝君的政治地位。㊹孟尝君为相数十年：这是“夸饰非实”之辞。孟尝君为齐相或曰数年，或曰十余年，并无数十年。前人（如梁玉绳等）对此已有明辨。㊺纤介：微细。介：通“芥”，小草，比喻微小。

触龙说赵太后

赵太后新用事，秦急攻之[①]。赵氏求救于齐[②]。齐曰：“必以长安君为质，兵乃出[③]。”太后不肯，大臣强谏[④]。太后明谓左右[⑤]：“有复言令长安君为质者，老妇必唾其面[⑥]！”

左师触龙言愿见太后[⑦]。太后盛气而揖之[⑧]。入而徐趋[⑨]，至而自谢曰[⑩]：“老臣病足，曾不能疾走[⑪]，不得见久矣，窃自恕[⑫]，恐太后玉体之有所郄也[⑬]，故愿望见[⑭]。”太后曰：“老妇恃辇而行[⑮]”。曰：“日食饮得无衰乎[⑯]？”曰：“恃鬻耳[⑰]。”曰：“老臣今者殊不欲食，乃自强步[⑱]，日三四里，少益嗜食，和于身[⑲]。”曰：“老妇不能。”太后之色少解[⑳]。

左师公曰：“老臣贱息舒祺，最少，不肖[㉑]；而臣衰，窃爱怜之，愿令补黑衣之数[㉒]，以卫王宫。没死以闻[㉓]！”太后曰：“敬诺。年几何矣[㉔]？”对曰：“十五岁矣。虽少，愿及未填沟壑而托之[㉕]。”太后曰：“丈夫亦爱怜其少子乎[㉖]？”对曰：“甚于妇人。”太后曰：“妇人异甚[㉗]！”对曰：“老臣窃以为媪之爱燕后，贤于长安君[㉘]。”曰：“君过矣，不若长安君之甚[29]！”

左师公曰：“父母之爱子，则为之计深远[30]。媪之送燕后也，持其踵为之泣[31]，念悲其远也，亦哀之矣[32]。已行，非弗思也，祭祀必祝之[33]，祝曰‘必勿使反[34]！’岂非计久长，有子孙相继为王也哉[35]？”太后曰：“然”。

左师公曰：“今三世以前[36]，至于赵之为赵[37]，赵王之子孙侯者，其继有在者乎[38]？”曰：“无有。”曰：“微独赵，诸侯有在者乎[39]”曰：“老妇不闻也。”“此其近者祸及身，远者及其子孙[40]。岂人主之子孙则必不善哉？位尊而无功，奉厚而无劳[41]，而挟重器多也[42]。今媪尊长安君之位[43]，而封以膏腴之地[44]，多予之重器，而不及今令有功于国[45]；一旦山陵崩[46]，长安君何以自托于赵[47]？老臣以媪为长安君计短也[48]，故以为其爱不若燕后[49]。”太后曰：“诺，恣君之所使之[50]。”于是为长安君约车百乘[51]，质于齐[52]，齐兵乃出。

子义闻之[53]，曰：“人主之子也，骨肉之亲也，犹不能恃无功之尊，无劳之奉，以守金玉之重也[54]，而况人臣乎！”

【题解】

赵威后初执国柄，秦乘机前来攻打，赵只好求救于齐。齐提出要以她的小儿子长安君作人质才肯出兵，赵威后坚决不允；大臣强谏，一概不听。本文记老臣触龙以巧妙的方式从容谏说，使赵威后明白了与其让长安君“位尊而无功，奉厚而无劳”，不如让她“有功于国”，将来才能“自托于赵”的道理。终于使赵威后醒悟过来，欣然同意长安君出质，换来了齐国的救援之兵。触龙的谏说，巧妙得体，言辞委婉；动之以深情，晓之以大义，使良好的动机与圆满的效果统一起来了。本文中的赵太后，溺爱少子，专横气盛，但也毕竟能听谏说，深明大义。倘与《赵威后问齐使》对照观之，则可见作者在一定程度上写出了人物性格的复杂性和丰富性。

【注释】

①赵太后：即赵威后，赵惠文王妻，赵孝成王母。前266年，赵惠文王死，子孝成王立，因其年少，由赵威后执政。用事：执政，掌权。秦急攻之：指赵孝成王元年（前265），秦国攻打赵国，攻占赵国三城，情势危急。②赵氏：即指赵国。③长安君：赵威后的小儿子，封于长安（赵国地名），故号“长安君”。为质：作质子，亦即作人质。质：抵押。先秦时，两国结盟，往往将王子或世子派往盟国作为抵押，故名“质子”，乃：才。④强（qiǎng）谏：竭力规劝。强：竭力，极力。谏：规劝，劝说。⑤明：明白地，公开地。左右：指太后身边的臣下。⑥老妇：赵太后自称。唾（tuò）其面：啐他的脸。即朝他脸上吐唾沫。⑦左师：官名。一说为复姓。触龙：人名，赵国老臣。⑧盛气：怒气冲冲。揖（yī）：拱手行礼。按：据帛书《战国纵横家书》及《史记·赵世家》，“揖”应作“胥”。胥：通“须”，等待。⑨徐：慢慢地。趋：小步急行。古时臣见君，应小步急行，以示尊敬。触龙因脚有毛病，只好“徐趋”，既显出年老体衰脚病之态，

又可缓和气氛。⑩谢：谢罪，道歉。⑪曾：竟然。疾走：快跑。⑫窃：谦词。窃自恕：我私下宽恕自己。⑬玉体：敬词，犹言“贵体”。郄（xì）：“倻（jué）”字的假借。倻：疲劳。一说郄通“隙”，有空隙、裂缝之意，引申为不舒适。“有所郄”即“有所不适”。⑭故愿望见：所以希望谒见太后。望见：远远地望见，这是谦恭的说法。⑮恃：依靠。辇（niǎn）：用人拉挽的车子。⑯得无：该不会。衰：减少。⑰鬻（zhōu）：通“粥”。⑱今者：近来。殊不欲食：很不想吃东西，即胃口不好。乃自强（qiǎng）步：就自己勉强步行。⑲少（shǎo）：稍微。益：增加。嗜食：这里指食欲。嗜（shì）：喜爱。和：这里指舒适。和于身：身体感到舒适。⑳色：指脸色，即脸上的怒气。少解：稍微有所缓解。㉑贱息：对人谦称自己的儿子。息：子。舒祺：触龙儿子名。不肖：不贤，不成器。谦词。㉒黑衣：宫中卫士的代称。当时赵宫中卫士都穿黑衣。补黑衣之数：即指作一名宫中的卫士。㉓没（mò）死：犹言“昧死”，即冒着死罪。闻：使听闻。以闻：即禀告而使闻知。㉔敬诺：相当于“好吧”。“敬”表礼貌，“诺”为应答之词。年：年龄。几何：多少。㉕及：趁。填沟壑（hè）：指死。这是一种委婉的说法。托：托付。㉖丈夫：犹言“男子汉”。㉗异甚：特别厉害。㉘媪（ǎo）：对老年妇女的敬称。燕后：赵太后之女，嫁燕国国君，故称燕后。贤于：胜过。㉙过矣：错了。不若长安君之甚：指疼爱燕后不如疼爱长安君那么厉害。“不若”之下承前省“爱”字。㉚为之计深远：替他作长远打算。计：考虑，打算。㉛踵（zhǒng）：脚后跟。持其踵为之泣：握着她的脚后跟，为她而哭泣。这是写送别燕后的情景。燕后登车之后，太后持其踵而泣，不忍离别。㉜念悲：念其远离而悲伤。哀之，哀怜她。㉝祝之：为她祷告。㉞必勿使反（同“返”）：一定别让她被送回来。古代诸侯女远嫁别国，只有被废弃或亡国时，才返回父母之国。所以出嫁后祝其“必勿使反”。㉟这两句说：这难道不是为她作长远打算，希望她有子孙后代世世为王吗？㊱三世：三代。三世以前：即三代以前。父子相继为一世。由赵孝成王上溯，前为赵惠文王，惠文王前为赵武灵王，武灵王前为赵肃侯（前349—前326年在位）。赵国国君原为晋文公大臣赵衰的后人。前403年赵烈侯时，由晋大夫变为诸侯，建立赵国。这里所谓“三世以前”，当指赵肃侯时。㊲至于赵之为赵：一直上推到赵国建国的时候。㊳侯：用作动词，即封侯。继：指继承人，后代。这两句说：赵国君主的子孙封侯的，他们的继承人还有在侯位的吗？㊴微独：不只是。这两句说：不只是赵国，其他诸侯的子孙封侯的，他们的继承人还有在侯位的吗？㊵此：指示代词，即指代上面所说的情况。其：表推断的副词，相当于“大概”、“或者”。近者祸及身：近的祸患落在自己身上。远者及其子孙子：远的祸患落到他的子孙身上。近者：指祸患来得早的。远者：指祸患发生较晚的。㊶位尊而无功：地位尊贵却没有什么功勋。奉厚而无劳：俸禄优厚却没有什么劳绩。奉：同“俸”，俸禄。㊷挟（xié）：拥有，占有。重器：宝器。指金玉珠宝钟鼎等贵重器物。㊸尊长安君之位：使长安君的地位尊贵。㊹膏腴（yú）：肥沃。㊺及今：趁现在。㊻山陵崩：喻国君死亡。

这里婉言赵太后一旦逝世。㊼何以：即以何，凭靠什么。自托于赵：指在赵国立脚，保持自己的地位。㊽以：认为。计短：考虑不长远，未作长远打算。㊾其爱：指对长安君的爱。㊿恣君之所使之：听凭您派他到什么地方去都行，恣，听任，任凭。51约车：整备车马。乘（shèng）：古时四马一车为一乘。52质：用作动词，即作质子。质于齐：到齐国去作质子。53子义：赵国的贤士。54守：保住。金玉之重：指贵重的财宝。金玉：指钟、鼎、珠、璧之类贵重器物。

《论　语》

《论语》是孔子及其门人的言行记录。《汉书·艺文志》说："《论语》者，孔子应答弟子时人及弟子相与言而接闻于夫子之语也。当时弟子各有所记。夫子既卒，门人相与辑而论纂，故谓之《论语》。"一般认为，此书大约在战国初年由孔子的弟子后学编纂而成。

孔子《前551—前479》，名丘，字仲尼，春秋末期鲁国陬邑（今山东曲阜）人。其一生初尝从政，继而周游，终则设教、著述。他是儒家学派的创始人，也是中国历史上影响极大的思想家和伟大的教育家。孔子政治思想的核心是"礼"与"仁"，主张恢复西周制度，有保守的一面。他首开私人讲学之风，建立了系统的教育理论，总结出不少可贵的经验和行之有效的教学方法，相传有弟子三千，"身通六艺者七十有二人"。他对我国教育的普及、发展及古代文化遗产的保存、整理有巨大贡献。他的思想主张，经过后世儒者的发挥，逐渐形成了一整套维护封建统治的学说，成为中国封建文化的主体。

《论语》二十篇，内容涉及哲学、政治、教育、礼仪、文化等多方面，是研究孔子生活、思想及儒家学说的重要文献。它不仅是儒家崇奉的经典，也是一部优秀的语录体散文集。其章节简短，语言精练、形象，含蓄隽永，富于哲理；还善于通过神情语态的描写，展现人物的个性特征，颇具文学意味。《论语》虽然不是文学著作，但历来家弦户诵，对文学的影响极为深远。

子路曾皙冉有公西华侍坐

子路、曾皙、冉有、公西华侍坐①。

子曰②："以吾一日长乎尔，毋吾以也③。居则曰：'不吾知也④！'如或知尔，则何以哉⑤？"

子路率尔而对曰⑥："千乘之国⑦，摄乎大国之间⑧，加之以师旅⑨，因之以饥馑⑩；由也为之⑪，比及三年⑫，可使有勇，且知方也⑬。"

夫子哂之⑭。

"求，尔何如⑮？"

对曰："方六七十⑯，如五六十⑰，求也为之，比及三年，可使足民⑱。如其礼乐，以俟君子⑲。"

"赤，尔何如？"

对曰："非曰能之，愿学焉。宗庙之事⑳，如会同㉑，端章甫㉒，愿为小相焉㉓。"

"点，尔何如？"

鼓瑟希㉔，铿尔㉕，舍瑟而作㉖。对曰："异乎三子者之撰㉗。"

子曰："何伤乎㉘，亦各言其志也！"

曰："暮春者，春服既成[29]，冠者五六人，童子六七人[30]，浴乎沂[31]，风乎舞雩[32]，咏而归[33]。"

夫子喟然叹曰："吾与点也[34]。"

三子者出，曾皙后[35]。曾皙曰："夫三子者之言何如?"

子曰："亦各言其志也已矣!"

曰："夫子何哂由也?"

曰："为国以礼，其言不让[36]，是故哂之。""唯求则非邦也与[37]?"'安见方六七十、如五六十而非邦也者!""唯赤则非邦也与?""宗庙、会同，非诸侯而何?赤也为之小，孰能为之大[38]!"

【题解】

选自《论语·先进》，标题依普通选本。本篇记叙孔子弟子子路等四人陪奉孔子闲坐在一起，各自谈论政治理想和政治抱负的情景，同时也记叙了孔子对他们的评价，既表现了教育家孔子的循循善诱，也反映了他愤世嫉俗的苦闷和在政治上不得志的心情。文章突出了孔子思想的两个方面：一是积极入世，以礼乐治国；一是道不行于世时，则安贫自守。本篇通过简短的对话描写人物，传神写照，各具风采。刻画精细，形象鲜明。如孔子的良师风范，子路的坦率自负，冉有、公西华的谦逊，曾皙的洒脱，皆跃然纸上。语言优美隽永，充满情趣，富于诗意。特别是记曾皙的一段话，宛如一幅春光烂漫、生意盎然的游春图。凝练的语言包孕着深刻的思想，字里行间闪烁着智慧的光彩。

【注释】

①子路（前542—前480）：即仲由，字子路。曾皙：名点，曾参的父亲。冉有（前522—前489）：名求。公西华（前509—?）：名赤，字子华。这四人都是孔子的学生。侍坐：陪奉孔子闲坐。②子：古时对男子的尊称。这里指孔子。③以：因为。尔：你，你们。毋：不要。吾以：即“以吾”的倒用。以：用。这两句说：因为我比你们年龄大，没有人用我了。一说，下句中的“以”是“已”的假借字，作“止”解。句意为：不要因为我比你们年长一些而不敢说。④居：平时。则：通辄”，常常。不吾知：即“不知吾”。知：了解。这两句说：你门平时常说：“没有人了解我啊！”⑤或：有人。以：用。这两句说：如果有人了解你们，你们用什么从政呢？一说，“何以”即“如何”。句意为：你们怎么办呢？⑥率而：轻率、急迫的样子。对：答。⑦千乘之国：指拥有一千辆兵车的国家。古代常以拥有兵车的数量多少作为国家大小的标志。⑧摄：迫近。摄乎大国之间：局促地处于大国中间。一说，“摄”作“夹”解。句意为：夹在大国中间。⑨加：加上。师旅：古代军队编制，二千五百人为一师，五百人为一旅。这里用“师旅”代指战事。⑩因：仍，继。饥馑：指灾荒。《尔雅·释天》：“谷不熟为饥，蔬不熟为馑。”这里即泛指荒年。⑪为：治理。之：指代所治之国。⑫比及：等到。⑬方：指礼义。知方：懂得礼义。⑭夫子：古代对男子的尊称。学生称老师亦称“夫子”。这里即指孔子。哂（shěn）：微笑。⑮

前略“子曰”二字。下文“赤，尔何如”，“点，尔何如”与此相同。⑯方六七十：指每边长六七十里的地方。这里是说纵横各六七十里面积的国家。⑰如：或。⑱足民：使人民衣食富足。⑲如：至于。俟（sì）：等待。这两句说：至于兴礼乐教化，那只有等待贤人君子来担任了。这是自谦的话。⑳宗庙之事：指诸侯祭祀之事。宗庙是君主祭祀祖先的地方。㉑如：或。会同：指诸侯会盟之事。㉒端：礼服。章甫：礼帽。端章甫：即指穿着礼服，戴着礼帽。㉓小相：小小的司仪。小：谦词。相：诸侯祭祀或会盟时，主持赞礼的人，相当于司仪。㉔鼓：用作动词，即“弹”。希：“稀”的本字，这里指弹瑟正近尾声，故乐音稀疏。㉕铿（kēng）尔：即铿然，形容曲终收拨琴弦的声音。一说，指放下瑟的声音。㉖舍：放下。作：起。这里指站起身来。㉗异：不同。撰：同“谟”，陈述。句意为：我的志向和他们三人所说的不一样。一说“撰”解为“具”，指为政的才能。㉘伤：指妨害。何伤乎：有什么妨害呢？㉙暮春：指农历三月。春服既成：春天的衣服已穿定。㉚冠者：指成年人。古代男子二十岁束发加冠，表示已成年。童子：未成年的人，即小孩。㉛浴：洗澡。乎：于。沂（yí）：水名，在今山东曲阜南。㉜风：用作动词，即乘凉，吹风。一说，“风”为“歌咏”的意思。舞雩（yú）：鲁国祭天求雨的场所，在今山东曲阜南。㉝咏而归：一路唱歌，一路走回来。㉞喟（kuì）然：叹息的样子。与：这里表示赞许、同意。㉟后：指后走。㊱为国以礼：治理国家要讲究礼让。其言不让：他的话不谦逊。让：谦逊。㊲唯：语气词，无实义。邦：

国。与：同“欤”。这句说：难道冉求所讲的不是国家吗？下文“唯赤则非邦也与”与此相同，都是孔子先从反面发问，然后才从正面加以说明。㊳之：用法同“其”。小：指上文公西华自称“愿为小相”之“小相”。孰：谁。这两句说：如果公西华只能给诸侯做个小司仪者，那么谁能做大司仪者呢？

墨　子（约前468—前376）

名翟，鲁国（一说宋国）人，墨家学派创始人，春秋战国之际思想家。他出身于手工业者，能制造机械，也通晓军事，曾率同弟子们帮助宋国防御楚国的进攻。他早先曾学过儒家学说，后分裂出来，自创墨家学派，在当时与儒家并称“显学”，影响很大。其主要思想是“兼爱”、“尚贤”、“非攻”、“节用”，基本上反映了劳动者、小生产者的利益和愿望。《墨子》一书现存五十三篇，是墨子及墨家各派的言论总汇。全书思想严密，自成体系，文章质朴，逻辑性强。墨家在论辩中讲究“三表法”，引证古代文献、百姓见闻和政治实践的效验来说明问题，不尚空谈，说服力较强。

非攻（上）

今有一人，入人园圃[①]，窃其桃李。众闻则非之，上为政者得则罚之[②]，此何也？以亏人自利也[③]。至攘人犬豖鸡豚者[④]，其不义又甚入人园圃窃桃李[⑤]。是何故也？以亏人愈多。苟亏人愈多[⑥]，其不仁兹甚[⑦]，罪益厚[⑧]。至入人栏厩[⑨]，取人马牛者，其不仁义又甚攘人犬豖鸡豚，此何故也？以其亏人愈多。苟亏人愈多，其不仁兹甚，罪益厚。至杀不辜人也[10]，扡其衣裘[11]，取戈剑者，其不义又甚入人栏厩取人马牛，此何故也？以其亏人愈多。苟亏人愈多，其不仁兹甚矣，罪益厚。当此天下之君子[12]，皆知而非之，谓之不义。今至大为不义攻国[13]，则弗知非，从而誉之，谓之义。此可谓知义与不义之别乎？

杀一人，谓之不义，必有一死罪矣[14]。若以此说往[15]，杀十人，十重不义[16]，必有十死罪矣；杀百人，百重不义，必有百死罪矣。当此天下之君子，皆知而非之，谓之不义。今至大为不义攻国，则弗知非，从而誉之，谓之义。情不知其不义也，故书其言以遗后世[17]；若知其不义也，夫奚说书其不义以遗后世哉[18]？

今有人于此，少见黑曰黑，多见黑曰白，则必以此人为不知白黑之辩矣[19]；少尝苦曰苦，多尝苦曰甘，则必以此人为不知甘苦之辩矣。今小为非，则知而非之；大为非，攻国，则不知非，从而誉之，谓之义：此可谓知义与不义之辩乎？是以知天下之君子也，辩义与不义之乱也[20]。

【题解】

“非攻”，即谴责进攻的战争，也就是反对侵略战争。这是墨子思想的一个重要内容。但“非攻”不是一般的“非战”，而是反对侵略者发动的攻伐无罪之国的战争。对于讨伐暴虐害民的有罪之国，墨子不称“攻”而称之为“诛”，他是赞同的。至于抵抗侵略者的防御性战争，墨子不仅不反对，而且是竭力支持的。本篇善于运用类比推理法进行论证，逻辑严密。它以“入人园圃，窃其桃李”、“攘人犬豕鸡豚”、“入人栏厩，取人马牛”以至于“杀不辜人”等“不义”之事为例，层层深入地论证“苟亏人愈多，其不仁兹甚矣，罪益厚”的道理，进而论断：“今至大为不义攻国”。有力地批驳了对此“弗知非，从而誉之谓之义”的谬误是混淆黑白、颠倒是非，突出了“非攻”的主旨。其观点十分明确，是非极为分明。文章语言质朴，不尚文采，体现了墨家崇尚质实，反对“以文害用”的特点。

【注释】

①园圃（pǔ）：种蔬菜、花果、树木的场所。②非之：谴责他。上为政者：在上执政的人。得：这里指捕获。③以：因为。亏：损害。亏人自利：即损人利己。④至：至于。攘（rǎng）：偷盗，窃取。豕（shǐ）：大猪。豚（tún）：小猪。⑤甚：超过，胜过。⑥苟：如果。⑦兹：通“滋”，更加。甚：厉害，严重。⑧罪益厚：罪更重。⑨栏：养牛马的圈。厩（jiù）：马棚。栏厩：这里泛指牛马圈。⑩辜：罪。不辜人：无罪的人。⑪扡（tuō）：同“拖”。这里有夺取的意思。裘：皮衣。⑫当此：对此。⑬今至大为不义攻国：现在最大的不义，就是进攻别国。⑭一：一项，一条。必有一死罪：必定构成一项死罪。⑮若以此说往：如果按照这种说法类推。⑯十重（chóng）：十倍。下文“百重”即“百倍”。⑰情：诚，确实。书：记载。遗：遗留。这两句说：因

为确实不知道攻伐别国是不义的，所以把对它称赞的话记载下来遗留给后世。⑱夫：发语词，无实义。奚（xī）：何。奚说：怎么解释。这两句说：如果知道攻伐别国是不义的，怎么解释记载那不义之事用来遗留给后世呢？⑲以：以为，认为。辩：同“辨”，分别。白黑之辨即白与黑的分别。⑳乱：混乱，这里指是非颠倒。

孙　子（生卒年不详）

名武，字长卿，春秋时齐国人。曾以《兵法》十三篇见吴王阖闾，被任为将，率吴军攻破楚国，显名诸侯。《孙子》十三篇，号称“兵家之祖”，传为孙武所著。但此书各篇均以“孙子曰”开头，可能是其门人后学记录整理而成，基本上反映了孙武的思想。《孙子》是我国最早最杰出的兵书，总结了春秋及其以前的作战经验，将战略、战术、情报等军事原理、原则萃集一书，含有朴素唯物主义和辩证法思想，见解卓越，分析精辟。语言凝练、形象，简洁隽永；文句趋于整齐，音韵和谐铿锵。此书不仅为兵家所崇奉，而且为文人所激赏；还是一部享誉海外，有英、日、俄、德、法、捷等多种译本的名著。

谋　攻

孙子曰：凡用兵之法，全国为上，破国次之[①]；全军为上，破军次之[②]；全旅为上[③]，破旅次之；全卒为上[④]，破卒次之；全伍为上[⑤]，破伍次之。是故百战百胜，非善之善者也[⑥]；不战而屈人之兵，善之善者也[⑦]。

故上兵伐谋[⑧]，其次伐交[⑨]，其次伐兵[⑩]，下政攻城[⑪]。攻城之法，为不得已。修橹轒辒，具器械[⑫]，三月而后成；距闉[13]，又三月而后已[14]。将不胜其忿[15]，而蚁附之[16]，杀士三分之一[17]，而城不拔者[18]，此攻之灾也[19]。故善用兵者，屈人之兵，而非战也；拔人之城，而非攻也；毁人之国，而非久也[20]。必以全争于天下，故兵不顿，而利可全，此谋攻之法也[21]。

故用兵之法：十则围之，五则攻之，倍则分之[22]，敌则能战之，少则能逃之，不若则能避之[23]。故小敌之坚，大敌之擒也[24]。

夫将者，国之辅也[25]。辅周，则国必强[26]；辅隙，则国必弱[27]。故君之所以患于军者三[28]：不知军之不可以进，而谓之进[29]，不知军之不可以退，而谓之退，是谓縻军[30]；不知三军之事，而同三军之政者，则军士惑矣[31]；不知三军之权，而同三军之任，则军士疑矣[32]。三军既惑且疑，则诸侯之难至矣[33]。是谓乱军引胜[34]。

故知胜有五[35]：知可以战与不可以战者，胜；识众寡之用者[36]，胜；上下同欲者[37]，胜；以虞待不虞者[38]，胜；将能而君不御者[39]，胜。此五者，知胜之道也[40]。故曰：知彼知己，百战不殆[41]；不知彼而知己，一胜一负[42]；不知彼不知己，每战必殆。

【题解】

《孙子》十三篇，《谋攻》为其第三篇。“谋攻”即谋划攻敌。它从战略战术，指挥员的作用、取胜的条件等方面进行论述。以“不战而屈人之兵，善之善者也”为全篇主旨。文章围绕这一主旨层层展开论述，由用兵之法讲到谋攻之法，然后讲用兵之术和军事指挥员的重要作用。最后论述五条“知胜之道”，提出了“知彼知己，百战不殆”这一著名军事观点。全文不过五百余字，却把如何谋划攻敌这一重大的军事问题论述得如此精要明了，足见其语言之简练精妙。排比和对偶句式的灵活运用，也为文章生色不少。

【注释】

①凡：大凡，凡是，表总括。法：法则。全：完整。破：打破，击败。次：在排列上次一等。全国为上：使敌方全国完整地降服是上策。破国次之：出兵打破敌方国家就次一等。②军：古代军队的编制单位，一万二千五百人为一军。一说万人为一军。这两句说：使敌人全军完整地投降是上策，击败敌人一个军就次一等。③旅：古代军队五百人为一旅。④卒：古代军队一百人为一卒。⑤伍：古代军队五人为一伍。⑥善：好，高明。这两句说：因此，百战百胜还不是好中最好的。⑦屈：屈服。这两句说：不战而使敌人屈服，那才是好中最好的。⑧上兵：最好的战略方针。伐谋：破坏敌人的计划，在谋略上战胜敌人。⑨伐交：破坏敌人和它盟国的邦交，即在外交上战胜敌人。⑩伐兵：进攻敌人的军队，即在军事上战胜敌人。⑪下政：下策。攻城：攻打敌城。⑫橹（lǔ）：盾牌。修橹：大盾。攻城时用来防身。轒（fén）辒（yūn）：攻城车。有四轮，上蒙以生牛皮，下可以容十

人，往来运土填护城河，木石所不能伤。具：准备，备办。器械：这里指攻城的器械，如云梯、飞楼之类。⑬距闉（yīn）：攻城时筑的土山，用以窥视敌城内情况。也作“距堙”。⑭已：完毕。⑮将不胜其忿：指攻城之时，领兵的将领非常愤怒。⑯而蚁附之：指将领驱使他的士卒像蚂蚁爬墙一般去登城。⑰杀士三分之一：士兵伤亡三分之一。⑱而城不拔：但城没攻下。⑲此攻之灾也：这就是攻城的祸害啊！⑳毁人之国，而非久也：毁灭敌人的国家而用时不长。㉑顿：困顿，疲弊。兵不顿：军队不致困顿疲弊。一说，顿，通“钝”，不锋利。“兵不顿”即指不与敌战而不“钝兵血刀“，“兵”指兵器。这几句说：一定要用全胜的计谋争于天下。所以军队不劳顿疲弊，而可完满地取得胜利，这就是谋划攻敌的法则。㉒十则围之：有十倍优势的兵力就包围敌人。五则攻之：有五倍优势的兵力就进攻敌人。倍则分之：有一倍优势的兵力就要分散敌人。㉓敌：相当，匹敌。敌则能战之：势均力敌就要能战胜敌人。少则能逃之：比敌人兵力少就要能逃走。不若则能避之：比敌人兵力弱就要能避开。㉔小敌：指小部队。坚：坚战，即不自量力而硬拼。大敌：指大部队。擒：捕捉，俘虏。这两句说：所以弱小的军队如自不量力而硬拼，那就要成为强大敌人的俘虏了。㉕辅：辅助，协助。这句说：将帅是国君的辅助。㉖辅周：指辅助的将帅才智周备。一说指将帅与国君关系亲密无间。这两句说：将帅才智周备，则国家一定强盛。㉗辅隙：指将帅才智欠缺。一说指将帅与国君关系有缺陷。隙：缺。这两句说：将帅才智欠缺，则国家一定衰弱。㉘患：忧患，灾祸。这句说：所以国君对于军队的祸患有三种情况。㉙这两句说：不懂得军队之不可以前进，却命令它前进。㉚縻（mí）：牵制，束缚。是谓縻军：这叫做牵制、束缚军队。㉛三军：军队的通称。同三军之政：参与军队内部事务。惑：惑乱，迷惑。这几句说：不懂得军队的事务，却干涉军队的治理，军士就会迷惑。㉜权：权变，权诈。任：任用，指挥。这几句说：不懂得军事的权变，却干涉军队的指挥，军士就会怀疑。㉝难：灾难。诸侯之难：指诸侯乘机而来攻打的灾难。这两句说：全军上下既迷惑又怀疑［军心大乱］，那么列国诸侯就会乘机发兵来攻打了。㉞是谓乱军引胜：这就叫做自乱军心自取失败。引胜：指引来敌人战胜自己。㉟故知胜有五：所以知道有五种情况可以取得胜利。㊱识：懂得，知道。众：指兵多。寡：指兵少。这句说：懂得兵多的用法也懂得兵少的用法的。㊲上下：指军中官兵。同欲：愿望一致，即同心同德。㊳虞：预料，事先有准备。以虞待不虞者：以事先有准备对付事先没有准备的。㊴将能：将帅有指挥才能。御：驾御，牵制。将能而君不御者：将帅有指挥才能而国君不加牵制的。㊵知胜之道：预知取得胜利的规律。道：法则，规律。㊶殆：危殆，危险。知彼知己，百战不殆：了解敌人也了解自己，百战而无危险。㊷不知彼而知己，一胜一负：不了解敌人但了解自己，胜败的机会各占一半。㊸不知彼不知己，每战必殆：不了解敌人也不了解自己，每战都必定危险。

孟　子（约前372—前289）

名轲，字子舆，战国时邹（今山东邹县）人。孔子以后儒家学派的重要代表人物。孟子认为人性本善，在此基础上建立了他自己的政治思想体系。他口称尧舜，诵法先王，宣传仁义，提出了“仁政”和“王道”的政治主张，继承和发展了孔子关于“仁”的思想，描绘了一幅比较完整的儒家政治蓝图，其中主要包括“省刑罚，薄税敛”制民之产等具体措施。在春秋以来社会上广泛流传的“民本思想”基础上，孟子从“保民而王”出发，提出了“民为贵，君为轻，社稷次之”的主张，对当时的暴君暴政进行了猛烈抨击。但他又提出“劳心者治人，劳力者治于人”、“仕者世禄”的维护剥削阶级利益的理论，反映了他思想上的矛盾性。为了实现自己的政治主张，孟子曾游说诸侯，经历邹、任、齐、鲁、宋、滕、梁（即魏）等国。他在齐曾为“卿”，在梁也受到优遇，但他的主张却被认为“迂远而阔于事情”，不合时宜，未被采纳。孟子学不能用，于是停止政治活动，晚年和门人弟子万章、公孙丑等把他的学说整理成书，著《孟子》七篇，流传后世。

《孟子》七篇共二百六十一章，全书基本为对话体，较之《论语》简明扼要的语录体，显然已是向长篇大论的发展。《孟子》行文自然流畅，雄辩犀利；引譬设喻，富于形象；放言无悍，气势逼人，具有战国时期散文的优点和特点，对中国古代散文的发展影响甚大。

齐桓晋文之事

齐宣王问曰[①]："齐桓、晋文之事[②]，可得闻乎？"

孟子对曰："仲尼之徒，无道桓、文之事者[⑧]，是以后世无传焉；臣未之闻也。无以，则王乎[④]？"

曰："德何如则可以王矣？"

曰："保民而王，莫之能御也[⑤]。"

曰："若寡人者，可以保民乎哉？"

曰："可"。

曰："何由知吾可也？"

曰："臣闻之胡龁曰[⑥]：'王坐于堂上，有牵牛而过堂下者，王见之，曰："牛何之[⑦]？"对曰："将以衅钟[⑧]。"王曰："舍之！吾不忍其觳觫[⑨]，若无罪而就死地[⑩]。"对曰："然则废衅钟与？"曰："何可废也，以羊易之。"'不识有诸[⑪]？"

曰："有之"。

曰："是心足以王矣！百姓皆以王为爱也[⑫]，臣固知王之不忍也。"

王曰："然，诚有百姓者[⑬]。齐国虽褊小[⑭]，吾何爱一牛！即不忍其觳觫，若无罪而就死地，故以羊易之也。"

曰："王无异于百姓之以王为爱也[15]。以小易大，彼恶知之[16]！王若隐其无罪而就死地[17]，则牛羊何择焉[18]？"

王笑曰："是诚何心哉！我非爱其财而易之以羊也，宜乎百姓之谓我爱也。"

曰："无伤也，是乃仁术也[19]！见牛未见羊也。君子之于禽兽也，见其生，不忍见其死，闻其声，不忍食其肉，是以君子远庖厨也[20]。"

王说曰[21]："《诗》云：'他人有心，予忖度之[22]。'夫子之谓也[23]。夫我乃行之，反而求之，不得吾心[24]。夫子言之，于我心有戚戚焉[25]。此心之所以合于王者何也？"

曰："有复于王者曰[26]：'吾力足以举百钧[27]，而不足以举一羽；明足以察秋毫之末[28]，而不见舆薪[29]。'则王许之乎[30]？"

曰："否！"

"今恩足以及禽兽[31]，而功不至于百姓者，独何与[32]？然则一羽之不举，为不用力焉[33]，舆薪之不见，为不用明焉；百姓之不见保[34]，为不用恩焉。故王之不王[35]。不为也，非不能也。"

曰："不为者与不能者之形[36]，何以异？"

曰："挟泰山以超北海[37]，语人曰：'我不能。'是诚不能也。为长者折枝[38]，语人曰：'我不能'。是不为也，非不能也。故王之不王，非挟泰山以超北海之类也；王之不王，是折枝之类也。"

"老吾老，以及人之老；幼吾幼，以及人之幼[39]；天下可运于掌[40]。《诗》云：'刑于寡妻，至于兄弟，以御于家邦[41]。'言举斯心加诸彼而已[42]。故推恩足以保四海[43]，不推恩无以保妻子[44]。古之人所以大过人者，无他焉，善推其所为而已矣。今恩足以及禽兽，而功不至于百姓者，独何与？权，然后知轻重[45]；度，然后知长短[46]。物皆然，心为甚[47]。王请度之[48]！抑王兴甲兵，危士臣，构怨于诸侯[49]，然后快于心与？"

王曰："否，吾何快于是！将以求吾所大欲也。"

曰："王之所大欲，可得闻与？"

王笑而不言。

曰："为肥甘不足于口与[50]？轻煖不足于体与[51]？抑为采色不足视于目与[52]？声音不足听于耳与[53]？便嬖不足使令于前与[54]，王之诸臣，皆足以供之，而王岂为是哉！"

曰："否。吾不为是也。"

曰："然则王之所大欲可知已：欲辟土地[55]，朝秦、楚[56]，莅中国[57]，而抚四夷也[58]。以若所为，求若所欲，犹缘木而求鱼也[59]。"

王曰："若是其甚与[60]"？

曰："殆有甚焉[61]。缘木求鱼，虽不得鱼，无后灾；以若所为，求若所欲，尽心力而为之，后必有灾。"

曰："可得闻与？"

曰："邹人与楚人战[62]，则王以为孰胜？"

曰："楚人胜。"

曰："然则小固不可以敌大，寡固不可以敌众，弱固不可以敌强。海内之地，方千里者九[63]，齐集有其一[64]；以一服八，何以异于邹敌楚哉？盖亦反其本矣[65]！今王发政施仁[66]，使天下仕者皆欲立于王之朝[67]，耕者皆欲耕于王之野[68]，商贾皆欲藏于王之市[69]，行旅皆欲出于王之涂[70]，天下之欲疾其君者，皆欲赴愬于王[71]，其若是，孰能御之？"

王曰："吾惛，不能进于是矣[72]！愿夫子辅吾志，明以教我[73]，我虽不敏，请尝试之[74]！"

曰："无恒产而有恒心者，惟士为能[75]，若民则无恒产，因无恒心。苟无恒心，放辟邪侈，无不为已[76]。及陷于罪，然后从而刑之，是罔民也[77]。焉有仁人在位，罔民而可为也！是故明君制民之产[78]，必使仰足以事父母，俯足以畜妻子[79]；乐岁终身饱，凶年免于死亡[80]；然后驱而之善[81]，故民之从之也轻[82]。今也制民之产，仰不足以事父母，俯不足以畜妻子，乐岁终身苦，凶年不免于死亡；此惟救死而恐不赡[83]，奚暇治礼义哉[84]！王欲行之，则盍反其本矣。五亩之宅，树之以桑，五十者可以衣帛矣[85]，鸡豚狗彘之畜，无失其时[86]，七十者可以食肉矣，百亩之田，勿夺其时[87]，八口之家，可以无饥矣；谨庠序之教[88]，申之以孝悌之义[89]，颁白者不负戴于道路矣[90]。老者衣帛食肉，黎民不饥不寒[91]，然而不王者，未之有也。"

【题解】

选自《孟子·梁惠王上》，标题依普通选本，本章比较系统、具体地阐述了关于“王道”的理论和主张，突出反映了孟子的仁政思想。孟子主张“保民而王”，认为“推恩足以保四海”，指出“明君制民之产”，必须使人民生活有保障。他还形象地描绘出理想中的王国图景：“老者衣帛食肉，黎民不饥不寒”。这样的美景是诱人的，但在诸侯争霸，“天下方务于合从连衡，以攻伐为贤”的战国时代，这显然是不切实际的幻想，难怪他的政治主张要到处碰壁了。

本章层层设问，步步进逼；始终居高临下，立于主动地位，把对方引到自己的论题中来；然后反复论辩，侃侃而谈，充分体现了孟子善辩的特点。其主旨虽是关于“王道”、“仁政”的论述，但通篇巧借形象，妙用比喻，而非抽象说教，富于感染力和说服力。

【注释】

①齐宣王：田氏，名辟疆，齐威王之子，前319—前301年在位。他在位时，齐国富强。曾继其父威王在稷下广置学宫，招揽文学游说之士，任其讲学议论。②齐桓晋文之事：指齐桓公、晋文公称霸诸侯的事业。齐桓、晋文为春秋五霸之首。齐宣王想效法他们，谋为霸主，故以此问孟子。③仲尼：孔子。徒：门徒，弟子。道：讲，说，称道。④以：同“已”，意为“止”。无以：即“不得已”。王（wàng）：实行王道。无以，则王乎：如果一定要讲下去而不停止的话，那就讲讲［用仁政统一天下的］王道吧。⑤保：安。保民而王：使人民的生活得到安定，实行王

道。莫之能御：没有人能够阻挡。⑥胡龁（hé）：齐王身边的近臣。⑦之：用作动词，往。⑧衅（xìn）：古代的一种祭祀仪式，用牲畜的血涂抹在新制的器物上。衅钟：即新钟制成。杀牲取血涂抹钟的孔隙，用以祭祀。⑨舍：舍弃。舍之：即放了它。觳（hú）觫（sù）：恐惧发抖的样子。⑩若：如此。就：趋往，走向。⑪识：知道，了解。诸："之乎"的合音，即作"之乎"解。⑫爱：爱惜。这里有"吝啬"的意思。⑬诚：确实。⑭褊（biǎn）小：狭小。⑮无异：不要怪。异：用作动词，奇怪，怪异。⑯彼：他们，指百姓。恶（wū）：怎么。这两句说：用小牲（羊）去代替大牲（牛），他们怎么领会大王的用意呢？⑰隐：可怜，怜悯。⑱择：选择，区别。牛羊何择焉：牛羊有什么区别呢？⑲伤：妨害。无伤：没什么妨害，犹言"没关系"。是乃仁术也：这就是仁术啊！仁术：为仁之道。一说"仁术"即"仁爱的心术"。⑳君子：有道德有修养的人。远庖（páo）厨：远离厨房。一说"远"为使动词，"远庖厨"即"使厨房远离自己"，也就是把厨房摆在远离自己的地方。㉑说（yuè）：同"悦"，高兴，欢喜。㉒《诗》：指《诗经·小雅·巧言》。忖（cǔn）度（duó）：揣想，揣摩。所引两句诗的意思是说：别人有什么心思，我能够揣摩出来。㉓夫子之谓也：说的就是先生这样的人啊！㉔这几句说：我自己竟然这样做了，回头寻思，却不明白自己的心意。㉕戚戚：内心深受感动的样子。㉖复：禀告，报告。㉗钧：古以三十斤为一钧。㉘明：视力，目力。察：看清楚。秋毫：鸟兽在秋天新生的细毛。末：尖端，末梢。㉙舆薪：一车柴火。㉚

许：赞许，相信。㉛这以下是孟子的话，省去“曰”字，表示语气迫促。㉜独何与：这又是为什么呢？独：表诘问的语气词。㉝为：因为。㉞见：表示被动，相当于“被”。不见保：不被安抚，意为得不到安定的生活。㉟王之不王：前一个“王”字，名词，指齐宣王。后一个“王”字，用作动词，指实行王道。㊱形：情状。这里指表现。㊲挟（jiā）：夹在腋下。泰山：在齐国中（今山东泰安北）。超：跳越。北海：即渤海。在齐国之北。㊳长者：老年人。折枝：折取树枝。一说“枝”通“肢”，“折肢”即弯腰行礼；又一说指“按摩筋骨四肢”。都是指轻而易举之事，诸说皆通。㊴老吾老：前一“老”字，用作动词，敬爱。后一“老”字，名词，指老人。幼吾幼前一“幼”字，用作动词，爱抚。后一“幼”字，名词，指儿女。及：达到，这里有推广到的意思。人：指别人。㊵运：转。天下可运于掌：天下可运转于手掌上，比喻容易治理。㊶《诗》：指《诗经·大雅·思齐》。形：同“型”，示范，作榜样。寡妻：国君的正妻。御：治理。家：封邑。邦：国家。所引诗句是说：先给妻子作榜样，再推广到兄弟，进而推广到治理封邑和国家。㊷言举斯心加诸彼而已：说的就是把这种爱自家人的心推广到爱他人罢了。这是总结上引诗句的话。㊸推恩：推广恩德。保四海：指安定天下。㊹保妻子：这里的“保”指“保护”，“保全”。㊺权：秤锤，亦指秤。这里用作动词，指用秤称。此言称一称，才知道轻重。㊻度（duó）：用作动词，皆用尺量。此言量一量，才知道长短。㊼物皆然：物体都是这样。心为甚：人心更是如此。㊽度（duó）：忖度，考虑。

㊾抑：或者，还是。兴甲兵：指发动战争。危：危害。士臣：指将士。构怨：结怨，结仇。㊿为：因为，为了。肥甘：指肥美香甜的食物。不足于口：满足不了胃口。51轻煖：指轻便温暖的衣服。煖：同“暖”。52采色：即“彩色”。采：同“彩”。53声音：这里指音乐。54便（pián）嬖（bì）：指国君左右亲近宠爱的人。使令于前：在身边供使唤。55辟：开辟，扩张。欲辟土地：想要扩张领土。56朝秦、楚：使秦、楚等国都来朝贡。57莅（lì）：临。中国：指中原。莅中国：君临中原诸侯之上，即作天下霸主。58抚：安抚。四夷：指四方边远民族。“夷”是当时住在中原的人们对边远地区少数民族的贱称。59若：你的。犹：好像。缘：攀缘。这几句说：用您这样的作为去追求您的欲望，就好像爬到树上去捉鱼一样。60若是其甚与：像这样严重吗？61殆：恐怕，大概。有：同“又”。殆有甚焉：恐怕［比缘木求鱼］更严重呢。62邹：小国。楚：大国。邹、楚二国大小、强弱相差悬殊，故孟子举以为例。63海内之地：古人说中国有九州，九州外面是大海，故“海内之地”即指中国。方千里者九：纵横千里的有九处之多。64集：凑集，总计。有其一：指仅占天下土地的九分之一。65盖：同“盍”，何不。反其本：指回过头来寻求根本的办法（意即施行仁政）。66发政施仁：发布政令，施行仁政。67仕者：做官的人，指士大夫。立于王之朝：指到齐国来做官。68耕者：耕作的人，指农夫。耕于王之野：指到齐国来耕种。69商贾（gǔ）：即商人。藏于王之市：指到齐国来做生意。70行旅：来往的旅客。出于王之涂：指取道齐国。涂：同“途”，道路。

⑦疾：恨。愬：同“诉”，控诉。赴愬于王：奔赴大王这里来控诉。⑫惛（hūn）：同“昏”，昏乱，糊涂。进于是：达到这种地步，指行仁政。一说“进于是”即“进一层理解这个道理。”⑬辅吾志：辅助我实现理想。明以教我：明白地教导我。⑭不敏：不聪敏。请尝试之：愿试一试。⑮恒：常。恒产：指固定的产业，如土地、山林、田园之类。恒心：指恪守一定道德观念和行为准则的思想。惟士为能：只有士能够做到。⑯苟：如果。放：放荡。辟：同“僻”，与“邪”同义，指思想行为不合正轨。侈：放纵挥霍。放辟邪侈：指违法乱纪、胡作非为。无不为已：指什么事都干得出来，无恶不作。⑰刑：加以处罚。罔：同网，用作动词，意为张开网罗使人陷入。罔民：即坑害百姓。⑱明君：明智的君主。制：规定。制民之产：规定人民的产业。⑲事：奉事，这里指赡养。畜：同“蓄”，抚养。这两句说：一定要使他们上能够赡养父母，下能够抚养妻儿。⑳乐岁：丰年，好年成。凶年：荒年、坏年成。㉑驱：驱使，督导。驱而之善：督导他们学好向善。㉒轻：容易。从之也轻：容易服从。㉓不赡（shàn）：不足，不够。㉔奚：何。暇：闲。这句说：哪有闲暇讲求礼义呢？㉕五亩之宅：相传古代一个男丁可分得五亩土地供建住宅之用。树：种植。衣：用作动词，穿。帛：丝绵。B86□豚（tún）：小猪。彘（zhì）：大猪。无失其时：不错过时节。时：指繁殖的时节。㉗百亩之田：相传古井田制，每个男丁分得土地一百亩。夺：侵夺。这里指因劳役而妨碍生产。时：指农时。勿夺其时：不要耽误农时。㉘谨：重视。庠（xiáng）、序：古代地方学校。

殷代叫“序”、周代称“庠”。一说殷代叫“庠”，周代称“序”。这句说：重视学校教育。㊇申：指反复叮咛，再三开导。孝悌（tì）之义：孝顺父母、敬爱兄长的道理。这句说：反复地灌输孝顺父母、敬爱兄长的道理。㊈颁：同“斑”。颁白者：指须发斑白的老年人。负：指背负东西。戴：指用头顶着东西。这句说：须发花白的老年人就不至于背负着、头顶着东西在路上劳累奔波了。㊉黎民：众民，指一般百姓。一说“黎民”与上文“颁白者”对举，指黑发之人，即少壮者。

论天时地利人和

孟子曰：“天时不如地利，地利不如人和[①]。三里之城[②]，七里之郭[③]，环而攻之而不胜[④]。夫环而攻之，必有得天时者矣；然而不胜者，是天时不如地利也。城非不高也，池非不深也[⑤]，兵革非不坚利也[⑥]，米粟非不多也；委而去之[⑦]，是地利不如人和也。故曰：域民不以封疆之界[⑧]，固国不以山谿之险[⑨]，威天下不以兵革之利[⑩]。得道者多助，失道者寡助[⑪]。寡助之至[⑫]，亲戚畔之[⑬]，多助之至，天下顺之[⑭]。以天下之所顺，攻亲戚之所畔，故君子有不战，战必胜矣[⑮]。”

【题解】

选自《孟子·公孙丑下》，标题为选者所加。本章从自然时机、地理形势、人心向背等方面分析了决定战争胜负的诸多因素，认为“得道者多助，失道者寡助”。意思是说，只要施仁政，行王道，则“战必胜矣”。所谓“天时不如地利，地利不如人和”的论断，反映了孟子把“人和”看作决定战争胜负诸因素中的关键所在，显示了他对人的因素的特别重视。在孟子所处的那个时代，能有这样的认识，应该说是了不起的。不过也应该看到，“天时”、“地利”、“人和”三者往往是有联系的，不可分割的，它们之间有着辩证的关系。在一定的条件下，其重要位置的先后也会发生变化。因此，还不宜把三者对立起来，对何者更重要作绝对化的一成不变的理解。

本章紧扣中心论点反复论证，主旨突出，说理充分，层次清楚，明白畅达。

【注释】

①天时：这里指时机、气候等天然因素。不如：不及，比不上。地利：这里指山川险要，城池坚固等地理优势。人和：这里指人心齐、和睦团结。按：《荀子·王霸》说：“农夫朴力而寡能，则上不失天时，下不失地利，中得人和，而百事不废。”可见“天时、地利、人和”为当时熟语，为人们所习用，但内容各有所指。荀子就农事而言，即分别指农时、地力和分工合作。孟子这里是就战事而言，故其所指有别。②三里之城：方圆三里的小城。③郭：外城。按：内城三里，外城应为五里。《战国策·齐策六》：“三里之城，五里之郭”；“五里之城，七里之郭”。这里说“三里之城，七里之郭”，恐有误。④环：围。环而攻之：

即围攻它。⑤城：指城墙。池：城壕，即护城河。⑥兵：武器。革：皮革，指甲胄。古代甲胄用皮革或铜、铁制作。⑦米粟：指粮食储备。委：抛弃。去：离开。这里指弃城而逃走。⑧域：界限。这里用作动词，意即限制。以：用。封疆：疆界。界：界线。这句说：限制人民不必用国家的疆界。⑨谿（xī）：同"溪"。这句说：巩固国防不必靠山川的险阻。⑩威：这里用作动词，意为威服。这句说：威服天下不必靠武器的锐利。⑪道：治国之道，即指"施仁政，行王道"。寡：少。⑫之至：达到极点。⑬亲戚：指父母兄弟等。一说指内外亲属。畔：同"叛"，背叛。亲戚畔之：犹言"众叛亲离"。⑭顺：服从，归顺。⑮有：或。这两句说：所以仁德的君子或者不战，若战就一定胜利。一说"有不战"即"有不用战争的时候"，句意为：所以仁德的君子有不用战争的时候，一战就必能取胜。

庄　子（约前369—前286）

名周，战国时宋国蒙（今河南商丘县东北）人。曾作蒙漆园吏，大约与孟子同时或稍后。庄子推崇老子学说，反对儒、墨，是战国时期道家的主要代表人物。后世把他与老子并称为“老庄”。庄子的道家学说与老子确有渊源关系，但也有较大的发展变化。虽然同是主张无为，老子主张“无为而无不为”，庄子则听任自然而不为。他认为“道”是万物本源，“无所不在”，认识到事物的变化发展，指出万物“无动而不变，无时而不移”；但他又否认事物的稳定性和差别性，甚至认为“物我齐一”。他消极地逃避现实政治，追求个人精神上的绝对自由。在认识论上，陷入了怀疑主义和相对主义。这种思想对于后代产生过比较多的消极影响。但庄子能在一定程度上揭露当时剥削阶级争权夺利的实质，并辛辣地嘲笑了那些追求名利富贵的人，这说明他对当时的现实有着比较清醒的认识。

今存《庄子》一书，是庄子和他的门人后学所著文章的纂辑。《汉书·艺文志》著录五十二篇，今存三十三篇，大体上反映了庄子的思想。

《庄子》文章“深于比兴”、“深于取象”，善于运用形象说理。它“寓言十九”，文采繁富，汪洋辟阖，仪态万方。它以奇特的想象，峥嵘的议论，恣肆的文风和怪异的形象在先秦诸子散文中独步一时，对中国散文艺术的发展有重大的影响。

逍遥游

北冥有鱼，其名为鲲[①]。鲲之大，不知其几千里也；化而为鸟，其名为鹏[②]。鹏之背，不知其几千里也；怒而飞，其翼若垂天之云[③]。是鸟也，海运则将徙于南冥——南冥者，天池也[④]。

齐谐者，志怪者也[⑤]。谐之言曰："鹏之徙于南冥也，水击三千里，抟扶摇而上者九万里[⑥]，去以六月息者也[⑦]。"野马也，尘埃也，生物之以息相吹也[⑧]。天之苍苍，其正色邪[⑨]？其远而无所至极邪？其视下也，亦若是则已矣[⑩]。

且夫水之积也不厚，则其负大舟也无力。覆杯水于坳堂之上[⑪]，则芥为之舟[⑫]，置杯焉则胶[⑬]，水浅而舟大也。风之积也不厚，则其负大翼也无力。故九万里，则风斯在下矣[⑭]，而后乃今培风[⑮]；背负青天而莫之夭阏者[⑯]，而后乃今将图南[⑰]。

蜩与学鸠笑之曰[⑱]："我决起而飞[⑲]。枪榆枋而止[⑳]，时则不至，而控于地而已矣[㉑]。奚以之九万里而南为[㉒]？"

适莽苍者，三飡而反[㉓]，腹犹果然[㉔]；适百里者，宿舂粮[㉕]；适千里者，三月聚粮[㉖]。之二虫又何知[㉗]！

小知不及大知[㉘]，小年不及大年[㉙]。奚以知其然也？朝菌不知晦朔[㉚]，蟪蛄不知春秋[㉛]，此小年也。楚之南有冥灵者[㉜]，以五百岁为春，五百岁为秋；上古有大椿者[33]，以八千岁为春，八千岁为秋，此大年也[34]。而彭祖乃今以久特闻[35]，众人匹之[36]，不亦悲乎！

【题解】

选自《庄子》。本篇为《庄子》开宗明义的第一篇，无论思想、艺术都堪称《庄子》中的代表作品。逍遥：无拘无束，自由自在。游：遨游，活动。“逍遥游”即不借助任何外力，也不受任何外力限制的自由自在的遨遨。它旨在说明人应当脱弃一切外物的牵累，追求绝对自由。庄子认为，只有无所待而“游于无穷”，达到“无己”、“无功”、“无名”的境界，才是真正的“逍遥游”。然而天地万物都是“有所待”的，大至高飞九万里的鹏，小至蜩与学鸠，都需凭借一定的外界条件才能活动，因而是不自由的。庄子把“无己”看成是达到“逍遥”的唯一手段和途径。认为物我两忘，混同于自然，才能达到“无所待”的境界，实现绝对自由。这种消极逃避现实，追求自我彻底超脱的人生观，只能是一种脱离实际的虚无缥缈的空想。但文章讲到宇宙万物的各种对立关系，能够比物连类；构思意出尘外，想象超尘绝俗；运用寓言出神入化，描绘形象挥洒自如，无愧为一篇艺术精湛的杰作。

【注释】

①北冥：即北海。冥：同“溟”，海。鲲：鱼卵，这里借作

大鱼名。以鱼卵作大鱼，含有大小皆相对，无绝对差别的意思。②鹏：古“凤”字，这里用作大鸟名。③怒：振奋，奋发。怒而飞：即奋翼飞翔。若垂天之云：像垂挂在天空的云彩。一说“垂”同“陲”，边；“垂天”指天边，形容鹏翼之大，像天边的云。④海运：海波动荡。海动时必有大风，鹏借大风之力飞向南海。一说“海运”即“运于海”，指在海上飞行；运：行，指鹏飞。徙：迁徙。天池：言大海洪川是造化所形成，不是人工所造，故称“天池”。⑤齐谐：书名。一说人名。志：记载。志怪者：记载怪异的事物。⑥水击：两翼拍击水面飞行。抟（tuán）：拍击。扶摇：暴风名。一种从地面盘旋而上的暴风。⑦息：风。六月息：六月风。六月间，海上常有大风。这句说：大鹏凭借六月间的大风离开北海飞向南海。一说，“息”是“休息”、“息止”的意思，句意为：大鹏一飞半年，到天池而休息。⑧野马：指浮游的云气。春天阳气发动，远望林泽之中浮游的云气犹如奔马，故叫“野马”。一说，指飞扬的尘埃。尘：即尘土。埃：尘土中尤其细小者。息：气息。这几句说：春天原野上浮游如奔马的云气，以及细小的尘埃，都是由于生物气息的吹拂而在空中游动的。意思是说：大至鹏，小至尘埃，都必须有所凭借才能运动，即都是“有所待”的。⑨苍苍：深蓝色。其：岂，难道。正色：本色。其正色邪：难道是它的本色吗？⑩其：指代鹏。其视下也：鹏在空中向下看。亦若是则已矣：也就像这个样子罢了。⑪覆：倒。坳（ào）：凹坑。坳堂：室内低洼之处。一作“堂坳”。⑫芥：小草。芥为之舟：小草便可以在这样的水坑中当船。

⑬置：放。胶：粘住不动。⑭斯：就。在下：指在鹏翼之下。这两句说：所以大鹏高飞九万里，就是因为有大风在下面负托着它。⑮乃：才。培：通“凭”，凭借。这句说：然后才能凭借风力飞行。⑯夭：挫折。阏（è）：阻止。夭阏：阻挡，遏止。⑰图：谋。图南：谋划飞往南方。⑱蜩（tiáo）：蝉。学鸠：小斑鸠。学：一作“鸴（xué）”。⑲决起：犹言“奋起”。决：迅急起飞的样子。⑳枪：突，冲过。榆、枋（fāng）：两种树名。枋：檀树。㉑则：或。时则不至：有时或者飞不到。控：投，落下。㉒奚以：何用，哪里用得着。之：用作动词，到。南：用作动词，向南飞。为：疑问助词。这句说：哪里用得着飞到九万里的高空再向南飞呢？㉓适：往。莽苍：野外迷茫不清的样子，这里代指郊野。飡：同“餐”。反：同“返”。“三飡而反”等于说“一天就回来”。㉔犹：还。果：实，充实。果然：形容肚子很饱，胀鼓鼓的样子。㉕宿：住宿，过夜，这里指一夜。舂（chōng）：在臼内捣米去皮。宿舂粮：用一夜的时间捣米准备食粮。㉖聚：积备。三月聚粮：用三个月时间积备食粮。一说：积备三个月的食粮。㉗之：指示代词，此。二虫：指蜩与学鸠。㉘这句说：才智小的赶不上才智大的。句中两“知”字，均同“智”。㉙年：寿命，小年：指寿命短。大年：指寿命长。㉚朝菌：清晨生于阴湿处的菌类植物，生命极为短促，见日即死。晦：阴历每月的最后一天。朔：阴历的每月初一。这句说：生命只有一个早晨的菌类，不可能知道一个月的最后一天和开头一天。一说，“朝菌”，“朝秀”，朝生暮死之小虫名。晦：黑夜。朔：平旦，天明时。句

意为：小虫朝秀活不到一天，连白天黑夜都不知道。㉛蟪（huì）蛄（gū）：即寒蝉，春生夏死，夏生秋死。春秋：代指一年。㉜冥灵：大树名。一说大龟名。㉝大椿：大树名。“冥灵”与“大椿”类同神话传说，未可指实。㉞此大年也：这些是寿命长的。此句原文阙，据宋人陈景元《庄子阙误》所考补足。㉟彭祖：传说中的人物。据说姓篯（jiān），名铿（kēng），唐尧的臣，封于彭城，寿八百岁，以长寿著称，世称“彭祖”。特：独。闻：闻名，著名。以久特闻：唯独以长寿闻名于世。㊱匹：比。众人匹之：指讲求长寿的人往往拿彭祖来相比。

汤之问棘也是已[①]：

“穷发之北[②]，有冥海者，天池也。有鱼焉，其广数千里，未有知其修者[③]，其名为鲲。有鸟焉，其名为鹏，背若泰山，翼若垂天之云，抟扶摇羊角而上者九万里[④]，绝云气[⑤]，负青天，然后图南，且适南冥也。斥鴳笑之曰[⑥]：‘彼且奚适也？我腾跃而上，不过数仞而下[⑦]，翱翔蓬蒿之间，此亦飞之至也！而彼且奚适也？’”此小大之辩也[⑧]。故夫知效一官[⑨]，行比一乡[⑩]，德合一君[⑪]，而征一国者[⑫]，其自视也，亦若此矣[⑬]。而宋荣子犹然笑之[⑭]。且举世誉之而不加劝[⑮]，举世非之而不加沮[⑯]；定乎内外之分[⑰]，辩乎荣辱之境[⑱]，斯已矣[⑲]。彼其于世，未数数然也[⑳]。虽然，犹有未树也[㉑]。

夫列子御风而行[㉒]，泠然善也[㉓]，旬有五日而后反。彼于致福者[㉔]，未数数然也。此虽免乎行，犹有所待者也[㉕]。

若夫乘天地之正㉖，而御六气之辩㉗，以游无穷者㉘，彼且恶乎待哉㉙？故曰：至人无己㉚，神人无功㉛，圣人无名㉜。

【注释】

①汤：即商汤，又称武汤、武王、天乙、成汤，商朝的建立者。棘：一作“革（jí）”，人名，汤时贤大夫。是：此。是已：犹言“是矣”。已：同“矣”，语气词。这句说：商汤问棘的话就是这样的。②穷发：不生草木的地方。发：毛，指草木。旧说大地以草木为发。“穷发”犹言“不毛之地”。③广：宽。修：长。④羊角：旋风。其状盘旋而上如羊角，俗称“羊角风”。⑤绝：超越，穿过。云气：指云层。⑥斥：通“尺”。斥鴳（ān）：即小雀。一说，斥：小泽。斥鴳：小泽中的雀。⑦仞：古以八尺或七尺为一仞。⑧小：指斥鴳。大：指鹏。辩：同“辨”，区别。这句说：这就是小和大的区别啊。⑨知：同“智”，才智。效：胜任。一官：指一官之职。知效一官：才智能够胜任一官之职的。⑩行：行为，作为。比：合。一乡：古以一万二千五百户为一乡。行比一乡：行为能够迎合一乡人的心愿的。一说，比：同“庇”，庇佑，保护。句意：行为能够保护一乡人的。⑪德：道德，品德。合：符合。德合一君：品德能使国君感到满意的。⑫而：这里同“能”，指才能，能力。征：信。而征一国者：能力能够取信于一国的人。⑬其：指上述四种人。自视：对自己的看法、评价。亦若此矣：也就像这样。此：这样，指斥鴳这样的。⑭宋荣子：即宋钘（jiān），又作宋牼（kēng），战国时期与孟子

同时的思想家，与尹文同属一派，称“宋尹学派”。其学术思想渊源于道家，又杂糅墨家。其遗著一部分保存在今本《管子》中。犹然：笑的样子。之：指上述一类人。一说，犹然笑之：犹以为笑，还认为可笑。⑮举：全。举世：整个社会。誉：称赞，赞美。劝：勉励。加劝：犹言更加努力。⑯非：责难，批评。沮(jǔ)：沮丧。⑰定：确定。内：指“我”，自身。外：指“物”，外物。分：分界，区分。⑱辨：辨别。荣辱：光荣和耻辱。境：界，界限。⑲斯：此。斯已矣：如此而已。⑳数（shuò）数(shuò)：频频，常常。这两句说：宋荣子在世上并不多见。一说，“数数”犹“汲汲”，急迫的样子。句意：宋荣子对于社会并不急于去追求什么。㉑虽然：即使这样。犹：还。树：立。犹有未树：指宋荣子也还未能树立至德，尚有未曾达到的境界。㉒列子：即列御寇，郑国人。御风而行：驾着风行走。传说列子得风仙之道，能乘风游行。㉓泠（líng）然：轻妙的样子。㉔致福：得福。一说，求福。㉕待：凭借，依靠。这两句说：列子虽然免于步行，但还是有所凭借的啊。㉖若夫：至于。乘：驾驭。这里指“顺应”。天地：指万物。正：本性，指自然的本性。乘天地之正：即顺利万物的自然本性。㉗御：驾驭。这里指“因顺”、“适应”。六气：指阴、阳、风、雨、晦、明。辩：通“变”，变化。御六气之辩：即适应六气的变化。㉘无穷：指宇宙。以游无穷：指无始无终地遨游于无穷无尽的宇宙。㉙彼且恶乎待哉：他还依赖什么呢？恶（wū）：何，什么。㉚至人：庄子理想中修养最高的人。无己：忘掉自己。指顺应自然，消除物我界限。㉛神人：修养达到高妙莫测境界的人。无功：不求建功立业。㉜圣人：修养达到圣明的人。无名：不求成名。庄子认为“至人”最高，“神人”次于“至人”，“圣人”又次于“神人”。

尧让天下于许由[①]，曰：“日月出矣，而爝火不息[②]；其于光也，不亦难乎！时雨降矣。而犹浸灌[③]；其于泽也，不亦劳乎[④]！夫子立而天下治，而我犹尸之[⑤]，吾自视缺然，请致天下[⑥]。”许由曰：“子治天下，天下既已治也；而我犹代子，吾将为名乎？名者，实之宾也[⑦]。吾将为宾乎？鹪鹩巢于深林[⑧]，不过一枝；偃鼠饮河[⑨]，不过满腹。归休乎君[⑩]！予无所用天下为[⑪]。庖人虽不治庖，尸祝不越樽俎而代之矣[⑫]。”

肩吾问于连叔曰[⑬]：“吾闻言于接舆[⑭]，大而无当[⑮]，往而不反[⑯]。吾惊怖其言，犹河汉而无极也[⑰]；大有径庭[⑱]，不近人情焉。”连叔曰：“其言谓何哉？”曰：“‘藐姑射之山[⑲]，有神人居焉。肌肤若冰雪，淖约若处子[⑳]；不食五谷，吸风饮露；乘云气，御飞龙，而游乎四海之外；其神凝[㉑]，使物不疵疠，而年谷熟[㉒]，吾以是狂而不信也[㉓]。”连叔曰：“然”瞽者无以与乎文章之观[㉔]，聋者无以与乎钟鼓之声。岂唯形骸有聋盲哉？夫知亦有之[㉕]。是其言也，犹时女也[㉖]。之人也[㉗]，之德也，将旁礴万物以为一[㉘]。世蕲乎乱[㉙]，孰弊弊焉以天下为事[㉚]！之人也，物莫之伤：大浸稽天而不溺[㉛]；大旱金石流、土山焦而不热。是其尘垢秕糠[㉜]，将犹陶铸尧、舜者也[㉝]。孰肯以物为事[㉞]！宋人资章甫而适诸越[㉟]，越人断发文身[㊱]，无所用之。尧治天下之民，平海内之政，往见四子藐姑射之山、汾水之阳㊲，窅然丧其天下焉㊳。”

【注释】

①尧：即唐尧，传说中的上古帝王。许由：传说中的高士，字武仲，颍川人。相传尧要把君位让给他，他不接受而逃走，隐居于箕山下，农耕而食。尧又请他做九州长官，他洗耳于颍水边。表示不愿听到。②爝（jué）火：小火把。火把是人为的，这里寓指其多余。这两句说：太阳、月亮出来了，然而那小火把却仍在燃烧而不熄灭。③时雨：按照一定时令节气及时降落的雨。浸灌：指人灌溉。④泽：润泽。这两句说：这对于润泽土地来说，不也是徒劳的吗？⑤夫子：指许由。尸：古代替死者接受孝子祭奠的活人。后引申为无其实而徒居其位的意思，即所谓“尸位”。这里用作动词，指居于天子之位。⑥缺然：不足的样子。致：送。请致天下：请允许我把天下奉交给你。⑦名：名称。实：实际，事实。宾：从生物，附属品。名者，实之宾也：名是从属于事实的次要的东西。⑧鷦（jiāo）鹩（liáo）：小鸟名。善筑巢，又称巧妇鸟。⑨偃鼠：地行鼠，喜饮河水。一作“鼹鼠”。⑩归休乎君：即“君归休乎”的倒装句。君：指尧。意为：“您回去吧，算了吧！”⑪这句说：我对于天下无所作为。一说为：天下对于我没有什么用处。⑫庖（páo）人：厨夫。不治庖：不管理好烹饪的事。祝：主祭的官，因他对尸（神主）而祝，故称“尸祝”。越：超越。樽：酒器。俎（zǔ）：盛肉的器具。这两句

说：厨夫虽然不去管好烹饪的事，主祭的官也不会超越自己的职责去取代他。⑬肩吾、连叔：庄子虚构的人物。旧说二人是“古之有道者”。⑭接舆：春秋时楚国的隐士、姓陆名通，字接舆，与孔子同时，佯狂不仕。⑮大而无当（dàng）：大得没有边际。无当：无底，意即不着边际。⑯往而不反：犹言“说到那里是那里”，亦即漫无边际。⑰惊怖：惊异又害怕。河汉：指天上的银河。无极：无边无际。⑱径：门外路。庭：堂外地。门外之路与堂外之地差别很大，相距甚远。这里即用以喻说与常人差别很大，与人情相距甚远。⑲藐（miǎo）：辽远。姑射（yè）：传说中仙山名。一说，“藐姑射”为山名。⑳淖约：即“绰约”，姿态柔美的样子。淖（chuò）：同“绰”。处子：处女。㉑凝：凝聚，专一。神凝：指精神专注。㉒疵疠：指病害。疵（cī）：病。疠（lì）：瘟疫。年谷熟：指谷物年年丰收。㉓狂：同“诳”，荒诞不经的言论。这句说：我认为这都是荒诞不经的言论而不敢相信。㉔然：表赞同之词，犹言“对的”、“是这样”。与：参与。文章：指有文采的东西。观：观赏。这句说：是这样，瞎子不能够使他参与观赏文采的美丽。㉕知：同“智”。这句说：人的智力也与形体一样有缺陷。㉖是其言：此其言，即指接舆所说的那番话。时：通“是”。女：同“汝”。犹时女也：说的就是你（指肩吾）啊！一说，时女：处女，指上文所说的“神人”。㉗之：此，这。㉘旁礴（bó）：无所不包的样子。旁礴万物以为一：指其德行广被万物融为一体。㉙蕲：同“祈”，求。乱：作“治”解。这句说：世人求他治理天下。㉚弊弊：劳苦的样子。这句说：他哪里会劳苦地以治理天下为自己的事业！㉛大浸：大水。稽：至。这句说：洪水滔天也淹不死他。㉜尘垢：尘土和污垢。粃糠：瘪谷和谷皮，犹言“糟粕”。㉝陶：烧制瓦器。铸：熔铸金属器物。陶铸：这里是“培育”、“造就”的意思。此言用神人身上的尘垢糟粕都可以制造出尧和舜来。㉞这句说：他哪里还会把治理天下万物当作自己的事业！㉟资：贩卖。章甫：一种礼帽。适：往。诸：相当于“之于”。越：越国。这句说：宋国人到越国去出售帽子。㊱断发：剪短头发。文身：在身上刺绘花纹。这是古代越国人的风俗。古代中原一带人将头发结成云鬟，方可戴上礼帽。越人断发，礼帽对他们无用。㊲四子：旧说指王倪、齧缺、被衣、许由四人。实则此系寓言，未可指实。汾水之阳：汾水的北面。其地在今山西临汾县一带，曾为尧都。㊳窅（yǎo）然：所见深远的样子。丧：忘。

惠子谓庄子曰[①]：“魏王贻我大瓠之种[②]，我树之成而实五石[③]，以盛水浆，其坚不能自举也[④]；剖之以为瓢，则瓠落无所容[⑤]。非不呺然大也[⑥]，吾为其无用而掊之[⑦]。”庄子曰：“夫子固拙于用大矣[⑧]！宋人有善为不龟手之药者[⑨]，世世以洴澼絖为事[⑩]。客闻之，请买其方百金[⑪]。聚族而谋曰：‘我世世为洴澼絖，不过数金；今一朝而鬻技百金[⑫]，请与之。’客得之，以说吴王。越有难，吴王使之将[⑬]。冬，与越人水战，大败越人。裂地而封之[⑭]。能不龟手，一也；或以封，或不免于洴澼絖，则所用之异也。今子有五石之瓠，何不虑以为大樽而浮乎江湖[15]？而忧其瓠落无所容，则夫子犹有蓬之心也夫[16]！”

惠子谓庄子曰：“吾有大树，人谓之樗[17]；其大本拥肿而不中绳墨[18]，其小枝卷曲而不中规矩[19]。立之涂[20]，匠者不顾。今子之言，大而无用，众所同去也。”庄子曰：“子独不见狸狌乎[21]？卑身而伏，以候敖者[22]。东西跳梁[23]，不避高下，中于机辟[24]，死于罔罟[25]。今夫斄牛[26]，其大若垂天之云，此能为大矣，而不能执鼠。今子有大树，患其无用，何不树之于无何有之乡[27]，广莫之野[28]，彷徨乎无为其侧[29]，逍遥乎寝卧其下，不夭斤斧[30]，物无害者[31]。无所可用，安所困苦哉[32]！”

【注释】

①惠子：即惠施。宋人，庄子之友，战国时思想家，是名家学派的重要代表，曾做过魏相。②魏王：旧说指魏惠王。贻（yí）：赠送。瓠（hù）：葫芦。种：种子。③树：种植。成：成熟。实：容纳。石：容量单位，十斗为一石。此言葫芦之大可容五石。一说“实”为“果实”，指结的葫芦。④坚：指坚固程度，硬度，不能自举：指承受不了水的压力，禁不起提举。⑤瓠落：犹“廓落”，大而平浅的样子。无所容：不能容纳什么东西。⑥呺（xiāo）然：大而虚空的样子。⑦掊（pǒu）：击破，砸烂。⑧固：实在是。拙于用大：不善于使用大的物件。⑨不龟（jūn）手之药：即防治手上皮肤冻裂的药。龟：同“皲（jūn）”，皮肤因寒冷干燥而破裂。冬天常沾水，尤易冻裂。⑩世世：代代。洴（píng）：浮。澼（pì）：漂洗。絖（kuàng）：同“纩”，细绵絮。

洴澼絖：即漂洗丝絮。为事：作为职业。⑪方：药方。百金：金百斤。⑫鬻（yù）：卖，出售。技：指制药的技术。⑬越有难：指越国发难入侵吴国。使之将：派他统率军队。将：统率。⑭裂地而封之：分出一块土地来封赏他。⑮虑：拴，系。大樽：一名腰舟，形如酒器，拴系在身上。浮于江湖，可以自渡。其作用类似今之"救生圈"。一说，"虑"通"摅"，作"挖空"解。⑯蓬：草名，俗名蓬蒿。蓬心狭窄而弯曲，借喻见识迂曲浅陋。一说，"蓬"通"蒙"，"蓬之心"谓心有所蒙蔽，故见识短浅。⑰樗（chū））：一种木质粗劣的大树，又叫臭椿。⑱大本：主干。拥肿：即臃肿，指树上节瘤多，不平直。中（zhòng）：合。绳墨：木匠用以求直的工具。⑲卷曲：同"蜷曲"。规矩：木匠用以求圆、求方的工具。此言樗的枝干都不成材，不中用。⑳立：树立。涂：同"途"，道路。㉑狸（lí）：野猫。狌（shēng）：俗称黄鼠狼。㉒敖：通"遨"，游。敖者：指来往的鸡、鼠之类小动物，是狸狌的捕食对象。㉓跳梁：同"跳踉"，跳跃。㉔中（zhòng）：陷，遭。机辟：指猎人设置的捕捉禽兽的机关。机：弩机。辟：陷阱。25罔：同"网"。罟（gǔ）：网的通称。罔罟：泛指捕兽器具。㉖斄（lí）牛：即牦（máo）牛，产于我国青藏高原地区。㉗无何有之乡：指一无所有的地方。一说，即无有之乡。㉘广莫：广大。莫：大。一说，莫：无。"广莫之野"即"虚无缥缈之境"。㉙彷徨：徘徊。㉚不夭斤斧：不因斧头砍伐而夭折。㉛物无害者：没有什么东西会侵害它。㉜这两句说：它没有什么用处，又哪里会有什么困苦呢？

养生主

吾生也有涯，而知也无涯[①]。以有涯随无涯，殆已[②]！已而为知者[③]，殆而已矣！为善无近名，为恶无近刑[④]。缘督以为经[⑤]，可以保身，可以全生，可以养亲，可以尽年[⑥]。

庖丁为文惠君解牛[⑦]，手之所触，肩之所倚，足之所履，膝之所踦[⑧]，砉然向然，奏刀騞然[⑨]，莫不中音[⑩]，合于《桑林》之舞[⑪]，乃中《经首》之会[⑫]。文惠君曰："谆，善哉！技盖至此乎[⑬]"庖丁释刀对曰[⑭]："臣之所好者道也，进乎技矣[⑮]。始臣之解牛之时，所见无非牛者[⑯]。三年之后，未尝见全牛也[⑰]。方今之时，臣以神遇而不以目视，官知止而神欲行[⑱]。依乎天理[⑲]，批大郤，导大窾，因其固然[⑳]。技经肯綮之未尝，而况大軱乎[㉑]？良庖岁更刀，割也[㉒]；族庖月更刀，折也[㉓]。今臣之刀十九年矣，所解数千牛矣，而刀刃若新发于硎[㉔]。彼节者有间，而刀刃者无厚[㉕]。以无厚入有间，恢恢乎其于游刃必有余地矣[㉖]，是以十九年而刀刃若新发于硎。虽然，每至于族[㉗]，吾见其难为，怵然为戒[㉘]，视为止，行为迟，动刀甚微[㉙]，谍然已解，如土委地[㉚]，提刀而立，为之四顾，为之踌躇满志[㉛]，善刀而藏之[㉜]。"文惠君曰："善哉！吾闻庖丁之言，得养生焉[㉝]。"

公文轩见右师而惊曰[㉞]："是何人也？恶乎介也[㉟]天与？其

人与[36]”曰：“天也，非人也。天之生是使独也[37]，人之貌有与也[38]。以是知其天也，非人也。”

泽雉十步一啄[39]，百步一饮，不蕲畜乎樊中[40]。神虽王，不善也[41]。

老聃死[42]，秦失吊之，三号而出[43]。弟子曰：“非夫子之友邪[44]?”曰：“然。”“然则吊焉若此，可乎?”曰：“然。始也吾以为其人也[45]，而今非也。向吾入而吊焉[46]，有老者哭之，如哭其子；少者哭之，如哭其母。彼其所以会之[47]，必有不蕲言而言[48]，不蕲哭而哭者。是遁天倍情[49]，忘其所受[50]，古者谓之遁天之刑[51]。适来，夫子时也；适去，夫子顺也。安时而处顺，哀乐不能入也，古者谓是帝之县解[53]。”

指穷于为薪，火传也。不知其尽也[54]。

【题解】

选自《庄子》。养生主：养生的主要关键。文章旨在说明养生之道。作者认为，养生的主要关键是“缘督以为经”。意思是说，要顺应自然之道，把它作为处世的常法。不要为善去追求功名，也不要为恶而遭受刑辱，要善于避开一切矛盾、是非，“以无厚入有间”，在矛盾、是非的缝隙中生活，这样才能“保身”、“全生”、“养亲”、“尽年”。这样的养生之道，实际上是从老子“知足不辱，知止不殆，可以长久”的思想发展而来，只是庄子“苟全性命于乱世”的表述更加明白一些。这是庄子“无所用天下为”的政治态度在人生观上的反映，有其消极的一面，但是也是庄子对当时社会的一种消极反抗。

本文寓说理于故事之中，意趣横生，富于启发意义，描写生动形象，“庖丁解牛”一段，细节刻画精细入微。《庄子》之文往往以一个个故事环环相套，连缀成篇，共同表述一个心中心思想，形成一种独具特色的连环式的结构，本文即为典型代表。它以六段组成，第一段为全文之纲，总论养生之道。以下四段分别讲述四个寓言故事。最后一段以薪尽而火传为喻，总结全文，进一步说明顺应自然之道即为养生之要这一中心。《庄子》文章构思之妙，于此可见一斑。

【注释】

①涯：边际，极限。知（zhì）：知识，也指人的思想活动。这两句说：人的生命是有限的，而知识是无穷的。②随：追求。殆：危险，困穷。已：语尾助词。这两句说：用有限的生命，去追求无穷无尽的知识，是危险的。③已：此，即指“以有涯随无涯”。为：认为。知：通“智”，聪明，智慧。已而为知者：如此仍自以为聪明的人。一说，“为”指“追求”；句意：明知如此却仍去追求知识的人。④为善无近名：即“无为善近名”，意即不要有心为善去求取功名。为恶无近刑：即“无为恶近刑”，意即不要有心作恶而遭到刑辱。此言要顺应自然，忘掉世俗的善恶荣辱。⑤缘：顺。督：颈中央之脉称为“督”，这里用脉为喻，意为“中”、“中道”。经：常。这句说：要顺应自然的中道，把它作为常法。⑥保身：指保护身体，免遭刑辱。全生：即护全天

性，免受思虑忧惧之苦。生：通“性”。养亲：奉养双亲。一说，“亲”指精神，“养亲”即保养精神。尽年：尽享天年，指不受外在物欲的影响而中道夭折。这四句是说善于养生的结果。⑦庖（páo）丁：厨工。一说，庖指厨工，丁是厨工之名。文惠君：战国时魏国国君，因魏国后来迁都大梁（今河南开封市），故又称梁惠王。解（jiě）：分割动物的肢体。解牛：即宰牛。⑧触：接触。倚：靠。履：踩踏。踦（yǐ）：用膝盖抵住。⑨砉（huā）然向然：哗哗啦啦地响。砉：皮骨相离的声音。向：通“响”。奏：进。騞（huō）：刀裂物的声音。奏刀騞然：进刀时刷刷地响。⑩中（zhòng）：符合。中音：符合音乐的韵律。⑪桑林：传说为商汤时的乐曲名。桑林之舞：即用桑林乐曲伴奏的舞蹈。⑫经首：传说为尧时乐曲《咸池》中的一章。会：节奏，韵律。⑬譆（xī）：赞叹声。盖：通“盍（hé）”，意为“何”。技盖至此乎：你宰牛的技术怎么会达到如此地步呢？⑭释：放下。⑮道：指事物的原理、规律，与“技”对举而言，一虚一实。进：超过。技：指一般的具体的技术。⑯始：开始，当初。所见无非牛者：看到的没有不是完整的牛。意谓看不到牛身上可以进刀的空隙。⑰未尝见全牛：未曾看到过完整的牛。意谓技术熟练之后，对牛体结构非常熟悉，眼中看到的已不是一头完整的牛，而是牛体的空隙和筋骨了。⑱遇：相逢，相会。这里指接触。以神遇：用精神去和牛接触。不以目视：不用眼睛去看。官知：指器官如眼、耳等的知觉。这里专指视觉。止：停止。神欲：指精神活动。行：进行，与“止”相对。⑲依：依照。天理：指牛体的自然结构。⑳批：同“劈”。郤（xì）：通“隙”，空隙，指牛骨节间的空隙。导：顺着。窾（kuǎn）：空处，亦指牛骨节间的空隙之处。因：依照，按照。固然：本来的样子，即牛体的自然结构。这几句说：把刀劈进大的空隙，再顺着骨节间的空隙，完全依照牛的本来结构运刀。㉑技：当作“枝”。枝：枝脉。经：经脉。枝经：即经络相连的地方。肯：附着在骨上的肉。綮（qǐng）：筋肉聚结的地方。肯綮：即筋骨结合的地方。这些地方于运刀有碍。尝：试，这里指触及。未尝：不曾触及。大軱（gū）：大骨。㉒良庖：好的厨工。岁：每年。更：换。割：指不按照牛体的自然结构强行割肉。㉓族庖：指普通的厨工。族：众。折：用刀砍断骨头。㉔新发于硎（xíng）：刚从磨刀石上磨出来。硎：磨刀石。㉕节：指骨关节。间（jiàn）：间隙，空隙。无厚：没有厚度，指刀刃极薄。㉖恢恢：宽大有余的样子。游刃：转动刀刃。㉗族：指筋骨交错聚结的地方。㉘怵（chù）：然：警惕小心的样子。戒：戒备。㉙视：目光。“为”后省“之”字。视为止：即目光为之集中。行为迟：动作为之缓慢。微：轻。㉚謋（huò）然：骨肉分离的声音。一说，“謋”同“磔（zhé）”，指牛体分解的样子。解：分解，解体。委：堆积。如土委地：就像泥土堆积在地面上一样。㉛踌躇满志：悠然自得，心满意足的样子。㉜善：拭，擦。㉝养生：指养生之道。得养生焉：领悟到养生之道了。㉞公文轩：宋国人。公文：姓。轩：名。右师：宋国官名。㉟恶（wū）：何。介：独，指只有一只脚。一本“介”作“兀”，又作“趴”，为“跀”之或体，意即“断足”。古代有

"刖（yuè）刑"，是一种把脚砍掉的酷刑。"跀"即"刖"。恶乎介也：为什么只有一只脚呢？㊱天与：天生的吗？其：抑或，还是。其人与：还是被人砍断的呢？㊲是：此，指形体。这句说：这是天使我的形体只有一只脚的。㊳貌：形貌。与（yù）：并，共，指两脚并存。这句说：人的形貌原本是两脚并存的。㊴泽雉（zhì）：草泽中的雉鸟。雉：俗称野鸡。㊵蕲（qí）：通"祈"，求。畜（xù）：畜养。樊：关鸟兽的笼子。这句说：不求畜养在樊笼里。一说，"蕲"通"期"，希望。㊶王（wàng）：通"旺"。神虽王，不善也：意谓如果养于笼中，即使不必劳神觅食而精神饱满，它也觉得不好。㊷老聃（dān）：即老子，姓李，名耳，字聃，故称老聃，又字伯阳。春秋时思想家，道家创始人，楚国苦县（今河南鹿邑东）厉乡曲仁里人。按：本文借以为说，率同寓言，未可指实。㊸秦失（yì）：又作"秦佚"。姓秦，名失，老子的朋友，生平不详。吊：悼念死者。号（háo）：大声哭。三号：指大哭了几声。"三"泛指多数。㊹这一句前省略主语"子"。秦失与老子为友，理应超脱世俗礼仪之外，但他却既"吊"且"号"，故老子弟子惊疑而问之。㊺其人：指下文所说的那些痛哭的人。此言秦失开始以为这些人都是得道之人，但后来看到他们哀痛过甚，才知道他们并非得道之人。㊻向：刚才。㊼彼：他们。指"老者"和"少者"。会之：会聚在这里。㊽蕲：通"期"。不蕲言而言：本不想说话，却倾诉了真情。一说"言"借为"唁"，唁：吊丧，对和死者有关系的活人表示同情或慰问。㊾遁（dùn）：违反。倍：加。遁天倍情：违反自然之性，加添流俗之情。㊿所受：指受命于天。㊿遁天之刑：意谓违反自然天性，哀乐过分，心灵困苦，如受箠楚之刑。㊿适：偶然。来：指生。去：指死。此言老聃偶然降世，应时而生；偶然辞世，也是顺理归天。㊿帝：天，指造物者。县（xuán）解：即"悬解"。悬：系，拴绑，指为生死、哀乐所束缚。"悬解"则指生死不能系，哀乐不能入，天然的解脱。㊿指：通"脂"。这几句说：油脂作燃料有穷尽的时候，然而火种的流传却无穷无尽。）

《列　子》

相传战国时列御寇著。列御寇，亦作“列圄寇”、“列围寇”，《庄子》中有一些关于他的记载，但是否寓言中假托的人物，尚属疑问。后世道家尊他为前辈。《列子》一书，《汉书·艺文志》著录八篇，早已亡佚。今传《列子》八篇，多数学者从思想内容和语言使用上着眼，认为是魏晋时人采摘诸书荟萃而成。本书以宣扬道家贵虚之说为主。唐天宝元年（742）诏号《列子》为《冲虚真经》，成为道教的经典之一。其思想实与《庄子》相近，文辞亦类《庄子》。虽为后人抄撮诸书而成，但书中保存了不少先秦遗文和寓言故事，含义深刻，精彩动人。其叙事简练有法，文笔简劲宏妙，具有一定文学价值。

愚公移山

太行、王屋二山[①]，方七百里，高万仞[②]。本在冀州之南，河阳之北[③]。

北山愚公者，年且九十，面山而居[④]。惩山北之塞，出入之迂也[⑤]，聚室而谋曰[⑥]：“吾与汝毕力平险[⑦]，指通豫南[⑧]，达于汉阴[⑨]，可乎？”杂然相许。其妻献疑曰[⑪]：“以君之力，曾不能损魁父之丘[⑫]，如太行、王屋何[⑬]？且焉置土石[⑭]？”杂曰："投诸渤海之尾[15]，隐土之北[16]。"遂率子孙荷担者三夫[17]，叩石垦壤，箕畚运于渤海之尾[18]。邻人京城氏之孀妻有遗男[19]，始龀[20]，跳往助之。寒暑易节，始一反焉[21]。

河曲智叟笑而止之曰[22]："甚矣，汝之不惠[23]！以残年余力，曾不能毁山之一毛[24]，其如土石何[25]？"北山愚公长息曰[26]："汝心之固，固不可彻[27]，曾不若孀妻弱子。虽我之死[28]，有子存焉；子又生孙，孙又生子；子又有子，子又有孙；子子孙孙无穷匮也[29]，而山不加增，何苦而不平[30]？"河曲智叟亡以应[31]。

操蛇之神闻之[32]，惧其不已也[33]，告之于帝[34]。帝感其诚[35]，命夸娥氏二子负二山[36]，一厝朔东[37]，一厝雍南[38]。自此，冀之南，汉之阴，无陇断焉[39]。

【题解】

选自《列子·汤问》。标题依普通选本。《汤问》以"殷汤问于夏革"发端，故题为《汤问》。其主旨在于宣扬去形全性以通情，情通性达以合道的道家思想。文中引述不少寓言故事，借以阐明抽象的道理。《愚公移山》便是其中之一。这个故事寓意深刻，它启示我们，只要认识客观事物发展的规律，充分发挥人的主观能动性，不怕艰难困苦，勇敢坚持斗争，就能够改造客观世界。它所反映的朴素唯物思想和辩证观点，富于启发意义。本文故事完整，情节动人，人物形象性格鲜明。愚公与智叟，一心雄志壮，具有远见卓识，而名"愚公"；一自作聪明，目光短浅，却称“智叟”，二人适成鲜明对比。故事用神话结尾，以丰富的想象深化了寓意。

【注释】

①太行、王屋二山：太行山在山西高原和河北平原之间。王屋山在山西阳城县西南。②方：古代称面积的用语。方七百里：即纵横七百里。仞（rèn）：古以七尺或八尺为一仞。万仞：形容极高。③冀州：古“九州”之一。指今山西和陕西间黄河以东、河南和山西间黄河以北、和山东西北、河北东南部地区。河阳：黄河北岸。山之南水之北为“阳”。④且：将。面山而居：面向着山居住。面：面向，面对着。⑤惩（chéng）：苦于。塞：阻塞，指路不通。迂：绕远路。⑥聚室而谋：集合全家来商量。室：家。⑦汝：你们。毕力平险：尽全力铲平险阻。⑧指：直。豫：豫州，古“九州”之一。指今河南省黄河以南。指通豫南：一直通向豫州南部。⑨达于汉阴：到达汉水南岸。⑩杂然：纷纷地。许：赞同。杂然相许：纷纷表示赞同。⑪献疑：提出疑问。⑫曾（céng）：相当于“连……都……”，用以加强语气。损：削减，削平。魁父：小山名。丘：小土山。这句说：连魁父这样的小土山都不能削平。⑬如太行、王屋何：还能把太行、王屋这两座大山怎么样呢？如……何：即“把……怎么样”。⑭且：况且。焉：哪里。置：安放，搁。这句说：况且把土石放到哪里去呢？⑮杂曰：大家纷纷说。投：扔掉，抛弃。诸：即“之于”。投诸渤海之尾：把它（指土石）扔到渤海的末端。⑯隐土：古代传说

中的地名。⑰率：带领，率领。荷担：挑担。荷担者三夫：指挑担的三个男子。叩：敲打。垦：挖。叩石垦壤：凿石挖土。⑱箕(jī)畚(běn)：装土石的工具。这里即指用箕畚装土石。⑲京城：姓。孀(shuāng)妻：寡妇。遗男：遗孤，丧父的孤儿。⑳始龀(chèn)：刚刚换牙。龀：小孩子七、八岁换牙，乳齿脱落，长出恒齿。㉑寒暑易节：冬夏换季，指一年。易：变换。节：时节，季节。反：同“返”。始一反焉：才往返一次。㉒叟：古代对老人的称呼。止：阻止。㉓甚矣：太过分了。惠：通“慧”，聪明。甚矣，汝之不惠：“汝之不惠甚矣”的倒装句。意即“你太不聪明了”。㉔残年：指人的晚年。山之一毛：指山上的一根草。这两句说：用你晚年剩下的那点力量，连山上的一根草怕都不能毁掉。㉕其如土石何：还能把泥土、石头怎么样呢？其：用在“如……何”前面，加强反问语气。㉖长息：长叹。㉗固：固执，顽固。彻：通达，贯通。这两句说：你的思想太固执，固执得不能通达事理。㉘虽：即使。㉙穷匮(kuì)穷尽。㉚何苦：何愁。㉛亡：通“无”。亡以应：无话可答。㉜操蛇之神：即山神。神话中山海神皆执蛇。操：执，拿着，握在手里。㉝已：止。惧其不已：害怕他挖山不止。㉞帝：指神话中的天帝。㉟感其诚：被他的诚心所感动。㊱夸娥氏：神话中力气很大的神。负：背，用背驮。㊲厝(cuò)：通“措”，放置。朔东：朔方东部，指今山西北部一带。㊳雍南：雍州南部。雍州：在今陕西、甘肃一带。㊴陇断：土岗子，这里泛指山。

荀　子（约前313—前238）

名况，时人尊称荀卿，亦称孙卿，战国末儒家大师，赵国人。曾游历齐、秦，在齐稷下学宫讲学，“三为祭酒（学宫之长）”；齐襄王时，“最为老师”。后来受到齐人毁谤，投奔楚国，春申君用为兰陵（今山东苍山县西南兰陵镇）令。春申君死，荀卿免职，家居兰陵。晚年授徒并从事著述，遂终老于兰陵。其一生行事与孔子、孟子相类：始则治学，继而周游、出仕，终则设教著书。其弟子甚众，著名者有韩非、李斯、浮丘伯等。荀子是先秦诸子中最后一位大师，也是学术上集大成的一位人物。他认为人性本“恶”，故提出“隆礼”与“重法”的政治主张。他主张乐用“雅声”，色用“旧文”，械用“旧器”，但又主张“无能不官，无功不赏，无罪不罚”。他主张“原先王，本仁义”，但也主张“道不过三代，法不贰后王”。他不信鬼神天道，重人事，有突出的唯物主义自然观。这在先秦诸子中是非常杰出的思想。

《荀子》一书，又名《孙卿子》、《孙卿新书》，今传三十二篇。其中虽有荀子后学之作掺入，但大部分为荀子自著，基本上保存了荀子的学说，是较为可信的原始资料。《荀子》之文，已不再是语录或对话的连缀，而是自成体系的专题论文，标志着诸子之文的发展已更趋成熟、完善。其文博大精深，严谨周详，淳厚老练，朴实有力，体现了集通才、大儒、学者、长者为一身的荀子为文的特点。荀文的宏富和浑厚，在诸子之文中独树一帜。

劝 学

君子曰：学不可以已[1]。青，取之于蓝，而青于蓝[2]；冰，水为之，而寒于水[3]。木直中绳[4]，輮以为轮[5]，其曲中规[6]，虽有槁暴[7]，不复挺者[8]，輮使之然也。故木受绳则直，金就砺则利[9]，君子博学而日参省乎己[10]，则知明而行无过矣[11]。

故不登高山，不知天之高也；不临深谿[12]，不知地之厚也；不闻先王之遗言[13]，不知学问之大也。干、越、夷、貉之子[14]，生而同声，长而异俗，教使之然也。诗曰[15]：“嗟尔君子，无恒安息。靖共尔位，好是正直。神之听之，介尔景福[16]。”神莫大于化道，福莫长于无祸[17]。

吾尝终日而思矣，不如须臾之所学也[18]；吾尝跂而望矣，不如登高之博见也[19]。登高而招，臂非加长也，而见者远；顺风而呼，声非加疾也，而闻者彰[20]。假舆马者，非利足也，而致千里[21]；假舟楫者，非能水也，而绝江河[22]。君子生非异也，善假于物也[23]。

南方有鸟焉，名曰蒙鸠[24]，以羽为巢，而编之以发，系之苇苕[25]。风至苕折，卵破子死。巢非不完也，所系者然也。西方有木焉，名曰射干[26]，茎长四寸，生于高山之上，而临百仞之渊。木茎非能长也，所立者然也[27]。蓬生麻中，不扶而直；

白沙在涅，与之俱黑[28]。兰槐之根是为芷，其渐之滫，君子不近，庶人不服[29]。其质非不美也，所渐者然也。故君子居必择乡，游必就士[30]，所以防邪僻而近中正也[31]。

物类之起，必有所始[32]；荣辱之来，必象其德[33]。肉腐出虫，鱼枯生蠹[34]；怠慢忘身，祸灾乃作[35]。强自取柱，柔自取束[36]，邪秽在身，怨之所构[37]。施薪若一，火就燥也[38]；平地若一，水就湿也[39]。草木畴生[40]，禽兽群焉，物各从其类也。是故质的张而弓矢至焉，林木茂而斧斤至焉，树成荫而众鸟息焉，醯酸而蜹聚焉[42]。故言有招祸也，行有招辱也，君子慎其所立乎[43]！

【题解】

选自《荀子》。本文是今本《荀子》的第一篇。它是我国古代教育史上的一篇著名论文，也是荀子的代表作。“劝学”即劝导和勉励学习。文章主旨在于论述教育和学习的重要性以及学习的途径和方法，较为系统地反映了荀子的教育思想。荀子认为，人的知识并非天生具有，而是“善假于物”的结果，必须通过后天的教育、学习才能取得。他主张勤学、“隆礼”，提倡专心致志，“锲而不舍”，特别强调贤师益友的作用。这些都是很有启发意义的精辟见解。但其所讲学习的内容乃是古代先王遗训和儒家经典，未免狭隘；所讲学习的最终目的，也是不可取的，反映了荀子思想的片面性和局限性。

本文谨严细密，说理深透，旁征博引，论证详明。它以大量的自然界和日常生活中的事例作为论据，巧譬博喻几占全文之半，有时甚至是一连串类比，既生动形象，通俗贴切，又含意深刻，说服力强，有助于突出“劝学”这一中心论题。文章语言整齐流畅，颇便诵读，有不少优美而精辟的格言、成语，是先秦时代学术性较强、艺术性较高的一篇佳作。

【注释】

①君子：指有学问、有道德修养并能遵守礼法的人。荀子认为：“化师法，积文学，道礼义者为君子。”（《荀子·性恶》）已：止。②青：靛（diàn）青。取：提取，提炼。蓝：草名，即蓼（liǎo）蓝，一种作青色颜料用的植物。此言靛青是从蓼蓝草中提炼出来的，但它比蓼蓝草的颜色更青。③这几句说：冰是由水变成的，但它比水更寒冷。④木直：木材很直。中（zhòng）：符合。绳：绳墨，木工取直用的墨线。⑤輮（róu）：同“煣”，用火烘烤，使木弯曲。这句说：通过“煣”的工序，可以做成车轮。⑥其曲中规：它的弯曲程度，符合圆规的标准。⑦有：通“又”。槁（gǎo）：枯干。暴（pù）：同“曝”，晒干。槁暴：即晒干。一说，“槁”为“蔽（qiáo）”的假借字，意思是“翘起来”。暴（bào）：鼓起来。“蔽暴”指木材因受潮、热而翘鼓变形。⑧挺：直。⑨受绳：指经过墨绳校正。金：指金属制造的刀剑。砺：磨刀石。利：锋利。⑩博学：广博地学习。参：同“三”。省（xǐng）：反省、省察。此句与《论语·学而》中“吾日三省吾身”相类。三省：多次自我反省。“三”表多数，不是

实指。⑪知：同“智”。则知明而行无过矣：就会变得聪明，而行为也不会犯错误了。⑫谿（xī）：山谷。深谿：深谷。⑬先王：古代的帝王，荀子理想中的君主。⑭干（hán）：国名，即古邗国，为吴国所灭，这里即指吴国。越：越国。吴、越在今江苏、浙江一带。夷、貉（mò，通“貊”）：古代对东方和北方少数民族的贱称。干、越、夷、貉泛指四方民族。子：这里指人。⑮《诗》曰：引自《诗经·小雅·小明》。⑯嗟：感叹词。恒：常常。安息：安逸。靖：安。共：通“恭”。位：指职位。好：爱好。是：此。听：察觉。介：助。景：大。这几句引诗说：你这个君子啊，不要常常贪图安逸。安于你的职位吧，爱好正直的德行。神觉察到这种情况，就会赐给你极大的幸福。⑰神：指学问修养的最高精神境界。化道：犹言“合于道”。化：合。这两句说：学问修养的精神境界没有比合于道更高深的了，人世间的幸福没有比不遇灾祸更大的了。⑱尝：曾经。须臾（yú）：一会儿。这两句说：我曾经整天苦思苦想，还比不上学习一会儿的收获大。⑲跂（qì）：踮着脚。博见：指看得远而宽广。⑳疾：壮。加疾：指声音比平时更加宏亮。彰：清楚。闻者彰：听的人听得更清楚。㉑假：凭借，借助，利用。舆马：车马。利足：指跑得很快。利：快，迅速。致：达到。㉒舟檝（jí）：船桨。檝：同“楫”，船桨。能水：指善于游泳。绝：用作动词，指渡过。㉓生：同“性”。这两句说：君子的生性并不特别，只是善于借助外物罢了。㉔蒙鸠：即鹪（jiāo）鹩（liáo），一种善于筑巢的小鸟。㉕编之以发：用毛发编结鸟巢。系之苇苕（tiáo）：用芦苇的嫩条联结起来。系：联结。苇苕：芦苇的嫩条。㉖射（yè）干：多年生草本植物，根状茎可入药。㉗这两句说：射干的茎并没有加长，而是它生长的地方使它这样。㉘蓬：草名，又叫“飞蓬”。涅（niè）：黑泥。这四句强调了环境影响的重要，有近朱者赤，近墨者黑的意思。㉙兰槐：即白芷（zhǐ），香草名，花白味香。其苗称“兰槐”，其根称“芷”。其：若，如果。渐：浸泡。滫（xiū）：一说是淘米水，一说是尿。这里泛指脏臭水。近：接近。庶人：众人，普通人。服：佩戴。㉚居必择乡：定居一定要选择好的地方。游必就士：交游一定要趋向贤德之士。㉛防邪僻：防止受到邪恶不正的影响。近中正：接近正直的人。中正：正直。㉜物类：即万物。起：发生，兴起。这两句说：事物的发生，一定有它开始的原因。㉝象：同“像”，象征，反映。这两句说：荣辱的到来，一定反映了他自己品德的好坏。㉞腐：腐烂，腐败。枯：干枯。蠹（dù）：蛀虫。㉟这两句说：懒散到了不顾自身行为的地步，灾祸就要降临了。乃：就，于是。㊱柱：通“祝”，断折。这两句说：太刚强了就会自取断折，太柔软了就会自受约束。㊲秽（huì）：污秽。构：结。这两句说：自身邪恶污秽，就一定会招致怨恨。㊳施：放置。薪（xīn）：柴草。若一：好像一样。这两句说：堆放柴草看似一样，火总是向干燥处烧去。㊴湿：潮湿，这里指低洼的地方。这两句说：平地看似一样，水总是向低湿的地方流去。㊵畴：通“稠”。畴生：丛生。一说，“畴”通“俦”，指同类。㊶质（zhì）：箭靶。的（dì）：靶心。张：设置。这句说：因此，箭靶子摆出来了，箭也就射过来了。㊷醯（xī）：醋。蜹（ruì）：蚊类小昆虫。㊸所立：指治学的立脚点，即学些什么，以什么为指导。这三句说：所以言语有时会召来灾祸，行为有时会招来耻辱，君子必须谨慎地对待他治学的立脚点。

积土成山，风雨兴焉[①]；积水成渊，蛟龙生焉；积善成德，而神明自得，圣心备焉[②]。故不积跬步[③]，无以至千里；不积小流，无以成江海。骐骥一跃[④]，不能十步；驽马十驾，功在不舍[⑤]。锲而舍之[⑥]，朽木不折；锲而不舍，金石可镂[⑦]。螾无爪牙之利、筋骨之强[⑧]，上食埃土，下饮黄泉，用心一也；蟹八跪而二螯[⑨]，非蛇蟺之穴无可寄托者[⑩]，用心躁也。是故无冥冥之志者，无昭昭之明[⑪]，无惛惛之事者，无赫赫之功[⑫]。行衢道者不至[⑬]，事两君者不容。目不能两视而明，耳不能两听而聪；螣蛇无足而飞[⑭]，鼫鼠五技而穷[⑮]。诗曰[⑯]：“尸鸠在桑，其子七兮，淑人君子，其仪一兮。其仪一兮，心如结兮[⑰]！”故君子结于一也[⑱]。

昔者瓠巴鼓瑟而流鱼出听[⑲]，伯乐鼓琴而六马仰秣[⑳]。故声无小而不闻，行无隐而不形[㉑]；玉在山而草木润，渊生珠而崖不枯[㉒]。为善不积邪？安有不闻者乎[㉓]！

学恶乎始[㉔]？恶乎终？曰：其数则始乎诵经，终乎读礼[㉕]；其义则始乎为士[㉖]，终乎为圣人[㉗]。真积力久则入，学至乎没而后止也[㉘]。故学数有终，若其义则不可须臾舍也[㉙]。为之，人也；舍之，禽兽也。故《书》者，政事之纪也[㉚]；《诗》者，中声之所止也[31]；《礼》者，法之大分、类之纲纪也[32]。故学至乎《礼》而止矣。夫是之谓道德之极[33]。《礼》之敬文也，《乐》之中和也，《诗》、《书》之博也，春秋》之微也，在天地之间者毕矣[34]。

君子之学也，入乎耳，箸乎心，布乎四体，形乎动静[35]；端而言，蝡而动，一可以为法则[36]。小人之学也，入乎耳，出乎口，口耳之间则四寸耳，曷足以美七尺之躯哉[37]？

古之学者为己，今之学者为人[38]。君子之学也，以美其身；小人之学也，以为禽犊[39]。故不问而告谓之傲[40]，问一而告二谓之囋[41]。傲，非也；囋，非也，君子如向矣[42]。

【注释】

①这两句说：土积起来成为高山，风雨就从山里发生。兴焉：兴于此。②积善成德：经常做好事，养成高尚的品德。神明自得：自然就会达到高度的智慧。神明：指高度的智慧。自得：自然达到。圣心：指圣人的精神境界。备：具备。③跬（kuǐ）：同"跬"，半步。④骐骥（jì）：能日行千里的好马。⑤驽（nú）：劣马。十驾：指十日的行程。马行一日为一驾。功在不舍：成功的原因在于中途不停顿。舍：停止，舍弃。⑥锲（qiè）：刻。⑦镂（lòu）：雕刻。⑧螾：同"蚓"，即蚯蚓。⑨八跪：八足。螯（áo）：螃蟹身上形状像钳子的第一对足，能开合，用来取食、自卫。⑩蟺：同"鳝"，即鳝鱼。⑪冥冥：幽暗。这里用来形容对外界事物视而不见、听而不闻，埋头苦干的样子。昭昭：明显，

显著。这两句说：因此，没有埋头苦干的作风，便没有显著的成绩。⑫惛惛（hūn）：昏暗。这里用来形容专心致志的样子，与“冥冥”意思相同。赫赫：巨大。这两句说：没有专心致志的精神，就没有巨大的成功。⑬衢（qú）：十字路，这里指歧路。这句说：走上歧路的人，不能到达目的地。⑭螣（téng）蛇：传说中的一种龙，能兴云雾而飞。⑮鼫（shí）鼠：一种形状像兔子的鼠类。五技：据说鼫鼠有五种技能，但都不很到家。它能飞但不能上屋，能爬树但不能爬上树顶。能游泳但不能渡过溪流，能打洞但不能掩藏身子，能跑但落后于别的动物。穷：穷困，没有办法。⑯《诗》曰：引自《诗经·曹风·鸤鸠》。⑰尸鸠：一名布谷鸟。淑人：善人。仪：仪容，举止。这里指行动。一：指始终如一。结：指坚定专一。据说尸鸠在桑树上哺育七只小鸟，早晨从上面喂到下面，傍晚又从下面喂到上面，坚持不断，平均如一。这几句诗的意思是：布谷鸟住在桑树上，专心一意喂养七只小鸟。那善良正直的君子，行动要专一不变。行动专一不变啊，意志坚定不移。⑱结于一：指用心向善，专一不二。⑲瓠（hù）巴：古代传说中善于鼓瑟的人。据说他鼓瑟时能使鸟舞鱼跃。流：通“游”。一说，“流”应作“沉”。“沉鱼”指潜游于水底的鱼。⑳伯牙：古代传说中善于弹琴的人。六马：古代天子用六马驾车。仰秣：指马在吃草时也把头抬起来听。㉑这两句说：所以声音不管多么微小，总会被人听见；行为无论多么隐秘，也会显露出来。㉒这两句说：山中蕴藏有宝玉，草木就会滋润；深渊里长有珍珠，崖岸也生光彩。㉓这两句说：大概是没有积累善行吧，［如果积累了善行］，怎么会不被人们知道的呢？㉔恶(wū)：何。恶乎始：从哪里开始。㉕数：术，指治学的方法、途径。经：经典，指《诗》、《书》之类。礼：指典章礼制之类。㉖义：指治学的目的、意义和原则。始乎为士：从做士开始。㉗终乎为圣人：最终成为圣人。荀子以士、君子、圣人为三等。㉘真：诚。这里指踏实。力：力行。真积力久：踏实持久。没：同"殁（mò)"，死。这两句说：学习如能踏实持久，就必然能深入；要坚持学习，死而后已。㉙这两句说：所以治学的方法可能有尽，而治学的意义是一刻也不能忽略的。㉚《书》：即《尚书》。纪：通"记"，记载。㉛《诗》：即《诗经》。中声：中和之声，指符合标准的乐章。止：留存。㉜《礼》：据《荀子·大略》："礼以顺人心为本，故亡于《礼经》而顺人心者，皆礼也。"这里的《礼》即指《礼经》。它是一部关于等级制度、道德规范和礼节仪式的书。大分：大的原则。类：指以法类推的条例。纲纪：纲要，准则。㉝极：顶点。道德之极：最高的道德。㉞敬：敬重。文：指礼节，仪式。《乐》：即《乐经》，现已失传。中和：和谐，指培养和谐的感情。博：广博，博大。微：微妙，隐微。相传孔子作《春秋》，在隐微的言辞中寓有深刻的褒贬之意，后世称之为"微言大义"。在天地之间者毕矣：把天地间的事理都完备地包括无遗了。毕：完全，完备。㉟乎：于。箸：通"著（zhuó)"：附着。这里指"存贮"。布：分布。这里指体现。四体：四肢。这里指仪表举止。布乎四体：体现在仪表举止上。一说：指浑身充满学问。形乎动静：表现在行动上。端：通

“喘”，小声说话的样子。蝡（ruǎn）：慢慢行动的样子。㊱一：都。这三句说：即使是极细小的言语行动，都可以作为别人取法的榜样。㊲这几句说：小人之学，不过是从耳朵里听进去，便从口里讲出来，口耳之间的距离就只四寸罢了，这怎么能有益于修身呢？㊳这两句说：古代的人，学习是为了提高自己的修养，现在有的人，学习是为了讨好别人。㊴禽犊（dú）：小的禽兽。古人常用小禽兽如雁、羔羊等作为见面礼。这里用来比喻小人学了一点东西就喜欢向人炫耀卖弄，讨人欢心。㊵傲：通“躁”，急躁。《论语·季氏》：“言未及之而言谓之躁。”这句说：所以人家没问就去告诉人家叫做急躁。㊶囋（zàn）：啰嗦。这句说：人家问一个问题却告诉两个问题叫做啰嗦。㊷向：同“响”。如向：好像回声那样。君子如向：指君子回答问题恰如其分，问什么便答什么，既不“傲”，也不“囋”。

学莫便乎近其人[1]。《礼》、《乐》法而不说[2]，《诗》、《书》故而不切[3]，《春秋》约而不速[4]。方其人之习君子之说，则尊以偏矣，周于世矣[5]。故曰：学莫便乎近其人。

学之经莫速乎好其人[6]，隆礼次之[7]。上不能好其人，下不能隆礼，安特将学杂志顺《诗》、《书》而已耳[8]！则末世穷年，不免为陋儒而已[9]。将原先王，本仁义，则礼正其经纬蹊径也[10]。若挈裘领，诎五指而顿之，顺者不可胜数也[11]。不道礼宪，以《诗》、《书》为之，譬之犹以指测河也，以戈舂黍也，以锥飡壶也，不可以得之矣[12]。故隆礼，虽未明，法士也[13]；不隆礼，虽察辩，散儒也[14]。

问楛者，勿告也[15]；告楛者，勿问也；说楛者，勿听也。有争气者[16]，勿与辩也。故必由其道至然后接之，非其道则避之[17]。故礼恭而后可与言道之方[18]，辞顺而后可与言道之理[19]，色从而后可与言道之致[20]。故未可与言而言谓之傲，可与言而不言谓之隐[21]，不观气色而言谓之瞽[22]。故君子不傲、不隐、不瞽，谨顺其身[23]。诗曰[24]："匪交匪舒，天子所予[25]。"此之谓也。

百发失一，不足谓善射[26]；千里蹞步不至，不足谓善御[27]；伦类不通，仁义不一，不足谓善学[28]。学也者，固学一之也[29]。一出焉，一入焉，涂巷之人也[30]；其善者少，不善者多，桀、纣、盗跖也；全之尽之，然后学者也[31]。

君子知夫不全不粹之不足以为美也，故诵数以贯之[32]，思索以通之[33]，为其人以处之[34]，除其害者以持养之[35]。使目非是无欲见也，使耳非是无欲闻也，使口非是无欲言也，使心非是无欲虑也。及至其致好之也，目好之五色，耳好之五声，口好之五味，心利之有天下[36]。是故权利不能倾也，群众不能移也，天下不能荡也[37]。生乎由是[38]，死乎由是，夫是之谓德操[39]。德操然后能定[40]，能定然后能应[41]。能定能应，夫是之谓成人[42]，天见其明，地见其光，君子贵其全也[43]。

【注释】

①便：便利。其人：这里指良师益友。这句说：学习的途径

没有比接近良师益友更便利的了。②法：成法。说：指详细说明。这句说：《礼》、《乐》规定了成法，但未详细说明。③故：指先王故事。切：指切合实际。这句说：《诗》、《书》记载了前代故事，但不切合当前实际。④约：隐晦、隐约。速：迅速，这里指很快理解。这句说：《春秋》含义隐约深婉，使人不能很快理解。⑤方：仿效。其人：指良师益友。之：而。习：学习。君子之说：即君子之学。尊：指崇高的人格。以：而。徧：同“遍”，全面。周：周到，指通晓。这几句说：仿效良师益友而学习君子的学说，就能养成高尚的人格，获得全面的认识，并且通晓世事了。⑥经：通“径”，道路，途径。这句说：学习的途径没有比心悦诚服地请教良师益友收效更快的了。⑦隆礼：尊崇礼义。⑧安：则。特：仅，只。学杂志：指学到一些驳杂的记载。顺：通“训”，即训释。这句说：那就只不过学到一些驳杂的记载，给《诗》、《书》作些解释罢了！⑨末世：即没世。末世穷年，指一辈子。陋儒：学识浅陋的儒生。⑩原、本：均指探求根源。经纬：南北为经，东西为纬，这里指四通八达。蹊径：道路。这几句说：要探求先生的旨意，礼义的根本，那么学习礼义正是通达的途径。⑪挈（qiè）：提起。裘（qiú）：皮衣。诎：同“屈”。顿：整理。这几句说：就好像提起皮衣的领子，用五指去理皮毛，皮毛就都顺了。⑫道：经由。这里指实行。礼宪：即礼法。以《诗》、《书》为之：用《诗》、《书》去指导办事。以指测河：用手指去测量河水的深浅。以戈舂黍：用戈去舂粮食。戈：古代的兵器，头尖，舂（chōng）：把谷类的壳捣掉。舂用杵而不能用戈。飡：同“餐”，这里指取食。壶：古代盛食物的器具，这里指食物。以锥飡壶：用锥子代替筷子从壶中取食。不可以得之：不能够达到预期的目的。⑬法士：遵守礼法之士。⑭察辩：指明察善辩。散儒：指不遵守礼法的儒生。⑮楛（kǔ）：同“苦”，粗恶。这里指不合礼法。此言有人问不符合礼义的事，不要告诉他。⑯争气：指态度蛮横，不讲道理。⑰这两句说：所以一定得是按照礼法而来的人，然后才接待他；不是按照礼法而来的人，就回避他。⑱礼恭：指恭敬有礼。道之方：“道”的方向、途径。⑲辞顺：指言词谦逊。道之理：“道”的内容。⑳色从；指乐意听从的神色。道之致：“道”的极致，即“道”的极其深刻的含义。㉑隐：隐瞒。㉒瞽：瞎子。这里指盲目从事。㉓顺：通“慎”。谨顺其身：谨慎适当地对待那些来请教的人。㉔《诗》曰：引自《诗经·小雅·采菽》。㉕匪：同“非”，不。交：通“绞”，急切。舒：舒缓，怠慢。予：赐予，这里指赞赏。这两句引诗说：不急切又不怠慢，是天子所赞赏的。㉖这两句说：射箭一百，有一不中，不能叫做善于射箭。㉗御：驾车。这两句说：行一千里路，只差半步未达终点，不能叫善于驾车。㉘伦类：指各种事物。一：专一。这几句说：对各种事物不能触类旁通，对仁义不能专心致志，不能够叫做善于学习。㉙学也者，固学一之也：学习本来就是要专心致志于仁义的。㉚涂：道路。巷：小巷。涂巷之人：指普通人。此言一会儿学，一会儿又不学，这是普通的人。㉛全之尽之：指学习全面彻底。这两句说：要做到学得全面彻底，然后才算是好的学者。㉜夫（fu）：指示代词，指学习。不全不粹：不全面不纯粹。不足以为美：不能够认为完美。诵数：即诵说，诵读。贯：通贯，前后联系。诵数以贯之：指反复诵读使前后联系。㉝思索以通之：认真思考使融会贯通。㉞为：效法。其人：指良师益友。处：设身处地。此言效法良师益友，设身处地去实行。㉟除其害：除掉那些有害于学习的因素，持养：培养，指培养学识。㊱致：极。好（hào）：喜爱。五色：见前《马蹄》注㉞。五声：见前《论行先王之道》注⑤。五味：指酸、辛、苦、甜、咸。这几句说：到了极其喜爱学习的时候，就像眼睛喜爱看五色，耳朵喜爱听五声，嘴巴喜爱食五味，心追求占有天下那样。㊲这几句说：因此，权势利禄不能使你屈服，人多势众不能使你变心，天下万物不能使你动摇。㊳生乎由是：犹言“生由乎是”，即活着按照这样去做。㊴德操：有道德有操守。㊵定：坚定。㊶应：指能应付各种事变。㊷成人：完美的人。㊸见：同“现”，显现。光：通“广”，广大。这几句说：天显现它的光明，地显现它的广大，君子则重视学习的全面。一说，两“见”字都是“贵”字之误。贵：宝贵。这里指“以……为贵”。

屈　原（前340—前278）

名平，字原，出身于楚国贵族，生当楚怀王、顷襄王时代。他才高学博，明于治乱，善于应对，有远大的政治抱负，曾任“左徒”和“三闾大夫”之职。初得怀王信任，后怀王听信谗言怒而疏之，一度流放汉北。顷襄王继位后，谄谀用事，屈原竟被放逐于江南。秦兵攻破郢都后，他投汨罗江而死。据《汉书·艺文志》著录，屈原作品共二十五篇。其中有些篇目的真伪问题，历来颇多争议，迄无定论。但一般认为，《离骚》、《天问》确系屈原所作，无可怀疑，《九章》中虽有后人拟作之可疑者，但基本上仍可认定为屈原作品；《九歌》则是屈原在楚国民间祭歌基础上加工改造的再创作。还有《招魂》一篇，据司马迁之说，也应认为屈原所作。以《离骚》为代表的屈原作品，表达了诗人“存君兴国”的美政理想，深沉执著的爱国感情，放言无惮的批判精神和独立不迁的峻洁人格，对后世影响很大。屈原在吸取民间文学艺术营养的基础上，创造出骚体这一新的艺术形式，以飞腾的想象，优美的语言，溶合历史故事、神话传说塑造出鲜明生动的艺术形象，对我国古代诗、文的发展有极大的影响。

《卜居》相传为屈原所作。王逸《楚辞章句》说：“《卜居》者，屈原之所作也。”但据学者们考证，它实际上并非屈原所作，而是后人的作品。郭沫若在《屈原赋今译》的“后记”中指出，本篇所用韵为先秦古韵，作者应该是“离屈原必不甚远，而且是深知屈原生活和思想”的“楚人”。

卜　居

屈原既放[①]，三年不得复见[②]。竭智尽忠，而蔽障于谗[③]；心烦虑乱，不知所从[④]。乃往见太卜郑詹尹[⑤]，曰：“余有所疑，愿因先生决之[⑥]。”詹尹乃端策拂龟[⑦]，曰：“君将何以教之[⑧]？”

屈原曰：“吾宁悃悃款款、朴以忠乎[⑨]？将送往劳来、斯无穷乎[⑩]？宁诛锄草茅、以力耕乎[⑪]？将游大人以成名乎[⑫]？宁正言不讳以危身乎[⑬]？将从俗富贵以媮生乎[⑭]？宁超然高举以保真乎[⑮]？将哫訾栗斯，喔咿嚅唲，以事妇人乎[⑯]？宁廉洁正直以自清乎[⑰]？将突梯滑稽，如脂如韦，以絜楹乎[⑱]？宁昂昂若千里之驹乎[⑲]？将泛泛若水中之凫，与波上下、偷以全吾躯乎[⑳]？宁与骐骥亢轭乎[㉑]？将随驽马之迹乎[㉒]？宁与黄鹄比翼乎[㉓]？将与鸡鹜争食乎[㉔]？此孰吉孰凶？何去何从[㉕]？世混浊而不清：蝉翼为重，千钧为轻[㉖]；黄钟毁弃，瓦釜雷鸣[㉗]；谗人高张[㉘]，贤士无名。吁嗟默默兮，谁知吾之廉贞[㉙]？”

詹尹乃释策而谢曰[㉚]：“夫尽有所短，寸有所长[㉛]；物有所不足，智有所不明；数有所不逮[㉜]，神有所不通[㉝]。用君之心，行君之意。龟策诚不能知此事[㉞]。”

【题解】

“卜居”即卜问处世之道。写屈原被逐之后，借占卜决疑，询问自己应当采取什么态度来对待现实，提出了怎样做人、怎样处世的严肃问题。实际上，屈原对于孰是孰非，何去何从，早已胸有成竹，思想上他也不认为卜可决疑。设为问答，不过释懑而已。文章反映了当时楚国政治环境的黑暗，表现了屈原不变心从俗的素志。本篇以第三人称记叙，“设为问难”，构思新巧。所记屈原之语，皆一正一反，两两对照，善于从对比中突出文章的主旨。所谓“孰吉孰凶”、“何去何从”，通过对比，结论不言而喻。语言韵散相杂，而以散体为主，句法灵活，用韵随意，体现了由楚骚向汉赋过渡的形式特征。文章愤世嫉俗，“感士不遇”，实开后世“悲士不遇”题材的作品之先河。

【注释】

①既：已经。放：流放。②三年：不知具体时间，从词意看，可能指怀王时屈原被放逐谪居汉北后的三年。不得复见：指没能再见到怀王。③蔽障于谗：被小人的谗言诬陷，离间了与怀王的关系。④不知所从：无所适从，不知该怎么办。⑤往：去。太卜：掌管卜筮的官。郑詹尹：太卜名。⑥因：凭借，依靠。决：决定，判断。⑦策：蓍（shī）草，用为筮（shì）。龟：龟壳，用为卜。古代算卦用龟壳叫“卜”，用蓍草叫“筮”，根据龟壳的裂纹和蓍草的排列预测吉凶叫“占”。端策拂龟：把蓍草摆正，拂去龟壳上的灰尘。这是卜筮前的准备，以示虔诚。⑧何以

教之：即“以何教之”。这里是谦词，犹言“有何见教”。实际是问“你有什么问题”。⑨宁（nìng）：宁可、宁肯。悃悃（kǔn）款款：忠实勤苦的样子。朴以忠：即“朴而忠”，质朴而忠实。⑩将：还是：“宁……，将……”，表选择之句，犹言“宁可……，还是……”。送往劳来：指随处周旋，巧于应酬。劳：慰劳。无穷：不困贫。⑪诛：铲除。力耕：努力耕作。⑫游大人：奔走于贵幸权要之间。游：交往。⑬正言不讳：直言进谏，无所隐讳。危身：使自身受到危害。⑭媮（tōu）生：苟且偷生。媮：同“偷”。⑮超然高举：指超于物外洁身自好。保真：保全节操。真：同“贞”。一说，“真”指‘本性”，“保真”即“保全本性”。⑯哫（zú）訾（zǐ）：阿谀奉承的样子。栗斯：小心献媚的样子。喔（wò）咿（yī）嚅（rú）唲（ér）：强颜欢笑的样子。喔咿：强笑声。嚅唲：曲意顺从的样子。事：奉事。妇人：指怀王的宠姬郑袖。⑰自清：保持自身清白。⑱突梯滑（gǔ）稽：都是连绵词，形容态度圆滑，口齿伶俐的样子。脂：油脂。韦：熟牛皮。如脂如韦：像油脂那样滑，像熟牛皮那样软。絜（xié）：测量圆形。楹（yíng）：柱子。絜楹：指絜量楹柱，一定要削方为圆，比喻圆滑顺世，随俗同流。⑲昂昂：气概轩昂的样子。⑳泛泛：浮游无定的样子。凫（fú）：野鸭。偷：苟且。㉑骐骥：骏马，千里马。亢（kàng）：通“伉”，并列，对举。轭：车辕前套马用的曲木。与骐骥亢轭：即与骏马并驾齐驱。㉒驽（nú）马：劣马：迹：脚印。随驾马之迹：犹言“步驽马后尘”。㉓黄鹄（hú）：天鹅。比翼：并飞。㉔鹜（wù）：鸭。与鸡鹜争食：喻与谗佞小人争食俸禄。㉕孰吉孰凶：哪个是吉，哪个是凶？孰：谁，哪一个。凶：不吉利。何去何从：该摈弃哪个，依从哪个？㉖钧：古代重量单位，三十斤为一钧。㉗黄钟：古乐十二律之一，器最大，声最宏。这里指音律合于黄钟的乐钟。瓦釜：陶制的锅。㉘高张（zhàng）：指在朝廷窃居高位，气焰嚣张。㉙默默：不言的样子。廉贞：廉洁忠贞。㉚释：放下。谢：辞谢。㉛尺有所短，寸有所长：尺虽长于寸，但有显得短的时候；寸虽短于尺，但也有显得长的时候。比喻事物各有长处和短处。㉜数：术数，这里指占卜。逮：及，到。㉝神：神灵。通：了解。㉞这三句说：按照您的心意，实行您的主张，龟壳和蓍草实在不能知道这些事情。

韩　非（约前280—前233）

战国末年杰出的思想家，出身于韩国贵族，曾与李斯一道求学于荀子。他推崇法家学说，主张修明法制，富国强兵。见韩国日渐贫弱，多次向韩王上书献策，但不得信用，于是发愤著书立说。他的著作流传到秦国，秦王（即后来的秦始皇）见了非常赏识，特发兵攻韩，要他到秦国去。韩非出使到了秦国，却未能受到信用。后竟被李斯等人陷害，死于狱中。韩非是先秦法家集大成的代表人物。他综合了前辈法家的各种观点，吸取了荀子和道家的某些理论，建立了以“法”为中心的“法、术、势”三者合一的法家思想体系。他反对儒家的仁政思想，主张君主集权，任法而不任贤，崇尚功利，奖励耕战。主张“世异则事异”，“事异则备变”，具有进步的历史观。他提出在发展农业生产的基础上用武力兼并六国统一天下的政见，被秦始皇采纳并实行。

《韩非子》一书集中汇编了韩非的著作。它是先秦法家集大成的一部重要典籍。是在“百家争鸣”的高潮中产生的一部丰富多彩的学术巨著。今传《韩非子》共五十五篇，基本上是韩非所著，但其中也有少数篇章为后学辑录，故与先秦其他子书一样，仍属一家之学。与法家的刻深寡恩、真率直露的特点相适应，韩非的文章具有峭刻峻急、锋芒毕露的风格。其文说理精密，文笔犀利，直言畅论，透彻明晰，又善于运用大量的寓言故事和历史资料进行说理，在先秦诸子之文中自成一家，独具特色。

说 难

凡说之难，非吾知之有以说之之难也[①]，又非吾辩之能明吾意之难也[②]，又非吾敢横失而能尽之难也[③]。凡说之难，在知所说之心[④]，可以吾说当之[⑤]。所说出于为名高者也[⑥]，而说之以厚利，则见下节而遇卑贱，必弃远矣[⑦]。所说出于厚利者也，而说之以名高，则见无心而远事情，必不收矣[⑧]。所说阴为厚利而显为名高者也[⑨]，而说之以名高，则阳收其身而实疏之[⑩]；说之以厚利，则阴用其言显弃其身矣[⑪]。此不可不察也[⑫]。

夫事以密成，语以泄败。未必其身泄之也，而语及所匿之事，如此者身危[⑬]。彼显有所出事，而乃以成他故，说者不徒知所出而已矣，又知其所以为，如此者身危[⑭]。规异事而当，知者揣之外而得之[⑮]，事泄于外，必以为己也，如此者身危。周泽未渥也，而语极知[⑯]，说行而有功，则德忘[⑰]；说不行而有败，则见疑，如此者身危。贵人有过端，而说者明言礼义以挑其恶[⑱]，如此者身危。贵人或得计，而欲自以为功，说者与知焉，如此者身危。强以其所不能为[⑲]，止以其所不能已，如此者身危。故与之论大人，则以为间己矣[⑳]；与之论细人，则以为卖重[㉑]；论其所爱，则以为借资[㉒]；论其所憎，则以为尝己也[23]。径省其说[24]，则以为不智而拙之；米盐博辩，则以为多而久之[25]；略事陈意[26]，则曰怯懦而不尽；虑事广肆，则曰草野而倨侮[27]。此说之难，不可不知也。

凡说之务，在知饰所说之所矜而灭其所耻[28]。彼有私急也，必以公义示而强之[29]。其意有下也，然而不能已，说者因为之饰其美而少其不为也[30]。其心有高也，而实不能及，说者为之举其过而见其恶，而多其不行也[31]。有欲矜以智能，则为之举异事之同类者，多为之地，使之资说于我，而佯不知也，以资其智[32]。欲内相存之言，则必以美名明之，而微见其合于私利也[33]。欲陈危害之事，则显其毁诽，而微见其合于私患也[34]。誉异人与同行者，规异事与同计者[35]。有与同污者，则必以大饰其无伤也[36]；有与同败者，则必以明饰其无失也[37]。彼自多其力，则毋以其难概之也[38]；自勇其断，则无以其谪怒之[39]；自智其计，则毋以其败穷之[40]。大意无所拂悟[41]，辞言无所系縻[42]，然后极骋智辩焉[43]。此道所得，亲近不疑而得尽辞也。

伊尹为宰[44]，百里奚为虏[45]，皆所以干其上也[46]。此二人者，皆圣人也；然犹不能无役身以进，如此其污也[47]！今以吾言为宰、虏，而可以听用而振世，此非能仕之所耻也[48]。夫旷日离久，而周泽既渥[49]，深计而不疑，引争而不罪，则明割利害以致其功[50]，直指是非以饰其身[51]，以此相持，此说之成也[52]。

昔者郑武公欲伐胡，故先以其女妻胡君，以娱其意[53]。因问于群臣："吾欲用兵，谁可伐者?"大夫关其思对曰："胡可伐。"武公怒而戮之[54]，曰："胡，兄弟之国也。子言伐之，何也?"胡君闻之，以郑为亲己，遂不备郑。郑人袭胡，取之。宋有富人，天雨墙坏。其子曰："不筑，必将有盗。"其邻人之父亦云[55]。暮而果大亡其财[56]。其家甚智其子，而疑邻人之父。此二人说者皆当矣[57]，厚者为戮，薄者见疑[58]，则非知之难也，处知则难也[59]。故绕朝之言当矣[60]，其为圣人于晋，而为戮于秦也，此不可不察。

昔者弥子瑕有宠于卫君[61]。卫国之法，窃驾君车者罪刖[62]。弥子瑕母病，人间往夜告弥子[63]，弥子矫驾君车以出[64]。君闻而贤之[65]，曰："孝哉！为母之故，忘其刖罪。"异日[66]，与君游于果园，食桃而甘，不尽，以其半啖君[67]。君曰："爱我哉！忘其口味以啖寡人[68]。"及弥子色衰爱弛[69]，得罪于君，君曰："是固尝矫驾吾车，又尝啖我以余桃[70]。"故弥子之行未变于初也，而以前之所以见贤而后获罪者，爱憎之变也。故有爱于主，则智当而加亲[71]；有憎于主，则智不当见罪而加疏[72]。故谏说谈论之士，不可不察爱憎之主而后说焉[73]。

夫龙之为虫也[74]，柔可狎而骑也[75]；然其喉下有逆鳞径尺[76]，若人有婴之者[77]，则必杀人。人主亦有逆鳞，说者能无婴人主之逆鳞，则几矣[78]。

【题解】

选自《韩非子》。说（shuì）：游说。"说难"即游说之难。战国晚期，游说之风大盛。诸子出而用世，为了推行自己的主张，无不讲究游说之术。本文专论游说君主之不易，实际上也是对游说之术的探讨和游说经验的总结。文中历举游说君主的种种困难，指出"如此者身危"的种种情况，提出了如何对付这些困难的手段和办法。认为要使游说成功，必须根据不同的情况，迎合君主的心理和要求，取得君主对自己的信任。为了达到"听用而振世"的目的，不惜卑躬屈节，不惜使用诡诈的手段。这是法家在当时历史条件下揣摩出来的一套进身之术，体现了当时法家既积极进取又卑鄙倖进的两面作风。文章比较隐晦，措辞比较曲折，但锋芒仍不可掩，代表着韩非文章风格的一个方面。

【注释】

①知：同"智"。有以说之：有用来进说的能力。这句说：不是难在我向君主进说的才智不够。②辩：口才。明：阐明。这句说：也不是难在我的口才不能阐明我的意图。③失：通"佚（yì）"。横失：纵横如意，放纵不拘。这句说：也不是难在我不敢纵横如意地畅所欲言。④所说：所游说的对象，指君主。⑤以：用。当（dàng）：适合，适应。⑥为名高：追求崇高的名声。⑦见：视为，被看作。下节：节操低下。遇卑贱：指得到卑贱的待遇。弃远：被抛弃、疏远。⑧无心：无谋虑。远事情：远离事实，即不切实际。不收：不接受，不信用。⑨阴：暗中。显：公

开。⑩阳：表面上。身：指游说者。⑪阴用其言显弃其身：暗地里采纳游说者的意见而公开地抛弃游说者本身。⑫察：考察。⑬及：连及，触及。匿（nì）：隐藏。这三句说：不一定是游说者自身泄露了秘密，而是在言谈中无意触及到君主有意隐藏的事情，这样就会身遭危险。⑭彼：他，指君主。显有所出事：意谓他所作所为显然自有缘故。而乃以成他故：意即不明白说出却假托别的缘故。又知其所以为：指游说者又知道他所以要这样做的意图。⑮规：规划，筹谋。异事：不平常的大事。当：恰当，合意。知者：即智者，聪明人。揣之外而得之：从外部迹象上揣测到实情。⑯周：亲密。泽：恩泽。渥（wò）：深厚。周泽未渥：指君主对说者的恩宠还不深厚。语极知：说尽了自己所知道的一切。此犹言“交浅而言深”。⑰德忘：即“忘其德”。德：功德。⑱贵人：这里指君主。过端：过失，错误。明言礼义以挑其恶：公开讲礼义借以挑他的毛病。⑲强（qiǎng）：勉强。⑳大人：指大臣。间：离间。㉑细人：指君主身边的近侍小臣。卖重：犹言“鬻权”。近侍小臣地位虽低，但接近君主，有权有势。与君主议论近侍小臣，易被君主疑为与近侍小臣勾结出卖权势。㉒借资：凭借帮助作靠山。资：助。㉓尝：试，试探。㉔径：直接。省：略。径省其说：意即说话简略，直截了当，因为简略不文，所以被认为笨拙。㉕米盐：形容日常细微琐碎的事。博辩：广博的辩论。多而久之：指话多而说得太长。㉖略事陈意：简略地陈述意见。㉗虑：谋划。广肆：指放言不拘。草野：粗野。倨（jù）侮：傲慢无礼。㉘务：要旨。饰：文饰，美化。所矜（jīn）：所夸耀的事。灭：掩盖。这两句说：游说的要务，在于懂得美化君主自以为值得夸耀的事情，掩盖他认为耻辱的事情。㉙私急：私人的迫切要求。强：鼓励。这两句说：君主有私人的迫切要求，说者一定要宣示这合乎公义而鼓励他去做。㉚其意：指君主的心意。下：卑下。已：止。少：轻视，不满。这三句说：君主心中有卑下的念头，然而不能克制，说者就要为他虚饰美化这种念头，而且对他不去干略表不满。㉛有高：指有过高的企求。过：缺点。恶：坏处。多：称赞。这几句说：君主心中有过高的贪图，而实际达不到，说者就要为他举出这件事情的缺点，揭示它的坏处，而且称赞他不去做。㉜矜以智能：以才智能力自我夸耀。异事之同类者：指其他类似的事例。地：指依据。资：取，凭借。佯（yáng）：假装。资其智：帮助他自夸才智。这几句说：有的君主想自我夸耀才智能力，说者就要为他举出与他所谈同类的其他事例，多给他提供依据，让他借用我的说法，而我却假装不知道，这样来帮助他自夸才智。㉝内（nà）：同“纳”，进献。存：存恤，救助。相存之言：指存恤之言。微见（xiàn）：隐约地表现出，即暗示。这几句说：要向君主进献请求救助的话，说者就一定要用好的名义加以说明，而且暗示它合于君主的私利。㉞陈：述。毁诽：毁谤，非议，指舆论的不满。私患：指对君主不利。这几句说：要想陈说有危害的事情，那就要说明这事会招来毁谤和非议，而且暗示它对于君主也有害处。㉟誉：称赞。异人：他人。与同行者：与君主行为相同的人。规：筹划。异事：他事。与同计者：与君主计划相同的事。此言称赞与君主行为相同的他人，筹划与君主考虑相同的他事，目的在讨好君主，迎合君主的心意。㊱有与同污者：有跟君主同样行为不正的人。大饰：大力粉饰。无伤：没有妨害。㊲有与同败者：有跟君主同样遭到失败的人。明饰：明言掩饰。无失：没有过失。㊳自多：自我夸耀。毋以其难概之：不要用他难办的事去压抑他。概：量米粟时刮平斗斛用的木板，引申为刮平、削平之义。这里有压平、压抑的意思。㊴自勇其断：自以为作出的决断很勇敢。断：决断。无以其谪怒之：不要用他的过失去触怒他。谪：缺点，过失。㊵自智其计：自以为他的计谋高明。毋以其败穷之：不要用他的失败去困窘他。穷：窘迫，难堪。㊶大意：指说者的意见。无所拂悟：没有什么抵触。悟：通“忤（wǔ）”，违反，矛盾。拂悟：违逆，抵触。㊷系縻：抵触，摩擦。㊸极骋智辩：尽情地施展智慧和口才。㊹伊尹：名挚，商汤的相。宰：厨夫。传说伊尹为得商汤任用，设法当上汤的厨夫，后来汤发现他有才能，任为相。㊺百里奚：春秋时虞国大夫。晋灭虞，他成为奴隶。晋献公嫁女，把他作为陪嫁送给秦国。他途中外逃，在楚国被抓住。秦穆公听说他有才能，用五张羊皮把他赎去，授以国政，相秦七年。虏：奴隶。㊻干（gān）：求。干其上：求得他们的君主的重用。㊼圣人：这里指才智杰出的人。役身：身为贱役。这几句说：伊尹、百里奚这两人都是才智杰出的人，但还不能不通过身为贱役以求得任用，这样的卑污啊！㊽以吾言为宰、虏：犹言把我的这番论说作为进身之阶。宰、虏分别是伊尹、百里奚“役身以进”而“干其上”的标志，实际上成了他俩进身得用的阶梯，故这里即用“宰、虏”作为“进身手段”、“进身之阶”的代称。可以听用而振世：可以得到君主的信用从而振衰救弊。仕：通“士”。能仕：有才能的士。㊾旷日离久：指经历很长时间。周泽既渥：君主的恩宠已经深厚。㊿割：剖析。明割利害以致其功：明白剖析利害得失以帮助君主建功立业。51直指是非：直接指陈是非。饰：通“饬（chì）”，整饬，端正。这句说：直接指陈是非以帮助君主端正言行。52相持：相待。这两句说：要照这样互相对待，游说就算成功了。53娱其意：使他快乐。54戮（lù）：斩，杀。55父（fǔ）：对老年人的尊称。56亡：失。这里指被盗。57此二人：指关其思和邻人之父。当：适当，得当。58厚：重。薄：轻。59处：对待，处理。处知：指恰当地处理明白了解的事情。60绕朝：人名，春秋时秦国大夫。《左传·文公十三年》载，晋国大夫士会逃亡到秦，晋用计谋诱骗他回国，绕朝识破此计，劝秦康公不要派士会去，康公不听。又据马王堆三号汉墓出土古佚书所记，士会返晋后，用反间计，说绕朝和他同谋，因此秦国把绕朝杀了。61弥子瑕（xiá）：人名，卫灵公宠幸的臣子。卫君：指卫灵公，春秋时卫国君主，前534—前493在位。62刖（yuè）：砍断脚的刑罚。罪刖：罪该处以刖刑。63间（jiàn）往：抄近路前去。64矫：假托。这里指假传君命。65贤之：认为他贤。贤：有道德有才能。66异日：他日，有一天。67甘：甜美。不尽：没有吃完。以其半啖（dàn）君：把自己吃剩的半个桃子给君主吃。啖：给……吃。68口味：喜欢吃的东西。寡人：君主的谦词。69色衰爱弛：美色衰退，宠爱消失。弛：松弛，这里指消失。70这两句说：这个人本来就曾假托我命用我的车，又曾给我吃他吃剩的桃子。㉟智当而加亲：智能显得适当而受到加倍亲近。㊱见罪而加疏：被怪罪而愈加疏远。㊲察：仔细考察。爱憎之主：指君主的爱憎如何。㊳虫：泛指动物。㊴柔：驯服。狎（xiá）：戏弄。㊵逆鳞：倒生的鳞片。径尺：直径一尺。㊶婴：通"撄（yīng）"触犯，触动。㊷几：庶几，差不多。

《吕氏春秋》

“吕氏”即指吕不韦（前290？—前235），战国末期韩国阳翟（今河南禹县）人。他原是一位富商，后转而从事政治投机活动，资助子楚立为秦太子。子楚继位为秦庄襄王，吕不韦即为丞相，封为文信侯。庄襄王即位三年死，太子政（即后来的秦始皇）立为王，尊吕不韦为相国，号称“仲父”。后二人发生矛盾，吕不韦先被免去丞相之职，接着又被放逐迁蜀，心怀忧惧，于是饮酖自杀。

《吕氏春秋》又称《吕览》，成书于秦始皇八年（前239），是吕不韦作秦相时，由他的门下“食客”集体撰著而成，吕不韦是名义上的编撰者。但此书既以“吕氏”为旗号，又在吕不韦的主持下撰成，二者之间自然存在不可分割的关系。

《吕氏春秋》是我国第一部有组织有计划集体编撰而成的百科全书式的大著。其体式新颖，前所未有。它包括“八览”、“六论”、“十二纪”三大类，共一百六十篇文章，体制严整，自成系统。因为它成于众家之手，又是各人颇为自由地著其所闻，兼有儒、道、墨、法、名、农、阴阳、纵横、兵诸家学说，所以历来有“杂家”之称。它保存了大量先秦时代的文献和遗闻佚事，号称“备天地万物古今之事”，“瑰玮宏博，幽怪奇艳”，在文化史上具有很高的价值。它的文章条理清晰，善用寓言故事和巧妙譬喻来阐明事理，平实畅达，说理透辟，在文学上也具有一定价值。

察今

八曰：上胡不法先王之法[①]？非不贤也，为其不可得而法。先王之法，经乎上世而来者也，人或益之，人或损之，胡可得而法[②]！虽人弗损益，犹若不可得而法。东夏之命，古今之法，言异而典殊[③]。故古之命多不通乎今之言者[④]，今之法多不合乎古之法者。殊俗之民[⑤]，有似于此。其所欲同，其所为异[⑥]。口惽之命不愉，若舟、车、衣、冠、滋味、声、色之不同[⑦]。人以自是，反以相诽[⑧]。天下之学者多辩，言利辞倒[⑨]，不求其实，务以相毁，以胜为故[⑩]。先王之法，胡可得而法？虽可得，犹若不可法。

凡先王之法，有要于时也[⑪]。时不与法俱至，法虽今而至，犹若不可法[⑫]。故释先王之成法，而法其所以为法[⑬]。先王之所以为法者，何也？先王之所以为法者，人也，而己亦人也。故察己则可以知人，察今则可以知古。古今一也，人与我同耳。有道之士，贵以近知远，以今知古，以所见知所不见。故审堂下之阴[⑭]，而知日月之行，阴阳之变；见瓶水之冰，而知天下之寒，鱼鳖之藏也。尝一脟肉，而知一镬之味，一鼎之调[⑮]。

荆人欲袭宋，使人先表澭水[16]。澭水暴益[17]，荆人弗知，循表而夜涉，溺死者千有余人[18]，军惊而坏都舍[19]。向其先表之时可导也[20]，今水已变而益多矣，荆人尚犹循表而导之，此其所以败也。今世之主法先王之法也，有似于此。其时已与先王之法亏矣[21]，而曰此先王之法也而法之。以此为治，岂不悲哉！

【题解】

选自《吕氏春秋·慎大览》，这是其中的第八篇。本篇论述了因时变法的重要性，阐明了古今时世不同，不应死守古法，而应明察当今形势，依据时代的需要，不断改革法令制度的道理。同时对于那些不知变化、墨守陈规的保守者，作了生动而又深刻的讽刺。本篇运用寓言故事说理很有特色。它用了“循表夜涉”、“刻舟求剑”、“引婴儿投江”三则寓言故事，分别说明治世应“因时制宜”、“因地制宜”、“因人制宜”的道理。三个寓言故事各有侧重，但合起来则共同说明“因时变法”的重要性。像这样把寓言故事有机地组织于论说之中，分述其事、合明一理的手法，可说是颇费匠心的，足见作者很花了一番搜集、整理、筛选甚至再创作的功夫。

【注释】

①八曰：第八篇说。上：君主。胡：何。先王：指古代圣王。这句说：君主为什么不效法古代圣王的法制呢？②这几句

说：古代圣王的法制，经历了上古时代而流传到现在，被人们或者增加了一些内容，或者减少了一些内容，怎么可能向它效法呢？③东夏：东夷和诸夏，即指东方少数民族和中原地区的汉民族。命：取名。这里指给同一事物所取的名称。言异：语言不同。典：法。殊：不同。④古之命：指古代事物的名称。多不通乎今之言：与现代事物的名称多不相通。⑤殊俗之民：风俗习惯不同的民族。⑥这两句说：他们的想法一样，但做法不同。⑦口惛（wěn）：即口吻。口惛之命：即方言。不愉：不可改变。愉：通“渝”，改变。这两句说：他们的方言不可改变，就像他们乘的船、坐的车、穿的衣服、戴的帽子、爱吃的滋味、爱听的声音、爱看的颜色各不相同一样。⑧诽（fěi）：毁谤。这两句说：人们总是自以为是，而指责不同的意见。⑨言利辞倒：意即言辞锋利而颠倒是非。⑩务以相毁：致力于互相毁谤。以胜为故：以胜过对方为能事。故：事。⑪要：切合。这两句说：所有古代圣王的法制，都是切合当时形势需要的。⑫这几句说：时代是不断发展的，不可能与成法一起传下来；古代圣王的法制即使传到了现在，也还是不可能向它效法的。⑬释：舍弃。法其所以为法：学习他们根据现实需要制定法令制度的作法。⑭审：观察。阴：指日影。⑮脟（luán）：同“脔”，切成块状的肉。镬（huò）：古代煮食物的一种大锅子。鼎：古代烹煮用的器物，圆形三足两耳，也有方形四足的。鼎与镬在这里都是指煮食物的锅。这几句说：只需尝一块肉，就可以知道这一锅肉的味道和这一锅肉用了些什么调味。⑯荆人：即楚人。袭：乘人不备偷偷进攻。表：用作动词，作标志。澭（yōng）水：即灉水，黄河的一条支流。⑰暴益：突然上涨。益：同“溢”，水涨满。⑱循表：依着早先所作的标志。夜涉：趁夜涉水偷渡。溺（nì）：淹没。⑲而：如。这句说：士兵们惊慌失措的喊叫声如同都市里房舍崩塌的响声一样。⑳向：以前，早先。导：涉，蹚过。这句说：早先，当他们作标志的时候，澭水是可以蹚过去的。㉑亏：通“诡”，异，不同。

故治国无法则乱，守法而弗变则悖[1]，悖乱不可以持国[2]。世易时移，变法宜矣[3]。譬之若良医，病万变，药亦万变。病变而药不变，向之寿民，今为殇子矣[4]。故凡举事必循法以动，变法者因时而化[5]。若此论，则无过务矣[6]。夫不敢议法者，众庶也[7]，以死守法者，有司也[8]，因时变法者，贤主也。是故有天下七十一圣[9]，其法皆不同；非务相反也，时势异也[10]。故曰：良剑期乎断，不期乎镆铘[11]；良马期乎千里，不期乎骥、骜[12]。夫成功名者，此先王之千里也。

楚人有涉江者，其剑自舟中坠于水，遽契其舟，曰：“是吾剑之所从坠[13]。”舟止，从其所契者入水求之。舟已行矣，而剑不行。求剑若此，不亦惑乎[14]？以故法为其国，与此同。时已徙矣[15]，而法不徙，以此为治，岂不难哉！

有过于江上者，见人方引婴儿而欲投之江中[16]，婴儿啼。人问其故，曰：“此其父善游。”其父虽善游，其子岂遽善游哉[17]？以此任物，亦必悖矣[18]。荆国之为政[19]，有似于此。

【注释】

①悖（bèi）：荒谬，谬误。②持：保持。③这两句说：时代改变了，法令制度就应当跟着改变。④寿民：长寿的人。殇（shāng）子：犹言短命郎。未成年而夭折的叫“殇子”。⑤因时而化：根据时代的需要而变化。⑥若此论：意即像这样说的去办。过务：错事。⑦众庶：众百姓。庶：百姓，平民。⑧有司：官吏。⑨有天下七十一圣：泛指我国古代的君主。相传孔子曾登泰山，观易姓而王可得而数者七十余人，不得而数者万数也。⑩这两句说：不是他们有意追求新异，而是由于他们所处时代形势不同的缘故。⑪镆（mò）铘（yé）：也作“莫邪”，与“干将”同为春秋时吴国著名的宝剑。这两句说：人们对于好剑，期望它能斩断东西，而不要求它一定是“镆铘”。⑫骥（jì）、骜（ào）：皆千里马名。⑬遽（jù）：迅速，赶紧。契（qiè）：通“锲”，刻。遽契其舟：赶紧在坠剑之处的船舷上刻下记号。是：此，这。所从坠：从船上掉进水中的地方。⑭惑：糊涂。⑮徙：发展，变迁。⑯引：拉，牵。⑰岂：难道。遽：就。⑱任物：即任事，处理事务。这两句说：用这种思想来处理事务，也一定是荒谬的了。⑲荆国：楚国。为政：治理国政。

李　斯（？—前208）

战国时楚国上蔡（今河南上蔡县）人。少时做过郡小吏，后拜荀卿为师，与韩非一道学“帝王之术”。学成，西入秦。初为吕不韦门客。后任为郎。说秦王政，拜为长史，复拜客卿，官至廷尉。辅佐秦王，吞并六国，于前221年建立我国第一个中央集权的封建国家。秦并天下后，李斯为丞相。他积极主张废诸侯，行郡县，书同文，车同轨，改革一系列典章制度。始皇死，赵高谋立胡亥，李斯被迫胁从。虽一再委曲求全，但终为赵高谮害，竟被具以五刑，腰斩咸阳，夷灭三族。李斯之文，除《谏逐客书》等奏章外，还有泰山、琅玡台等处的刻石文，大抵歌功颂德，文学价值不高。但秦文之现存者，唯有李斯之文，故仍值得重视。

谏逐客书

秦宗室大臣皆言秦王曰：“诸侯人来事秦者，大抵为其主游间于秦耳[①]。请一切逐客[②]。”李斯议亦在逐中[③]。

斯乃上书曰：“臣闻吏议逐客，窃以为过矣[④]。

“昔穆公求士，西取由余于戎[⑤]，东得百里奚于宛[⑥]，迎蹇叔于宋[⑦]，来丕豹、公孙支于晋[⑧]。此五子者，不产于秦，而穆公用之，并国二十，遂霸西戎。孝公用商鞅之法[9]，移风易俗，民以殷盛[10]，国以富强，百姓乐用，诸侯亲服，获楚、魏之师，举地千里[11]，至今治强。惠王用张仪之计，拔三川之地[12]，西并巴、蜀[13]，北收上郡[14]，南取汉中[15]，包九夷[16]，制鄢、郢[17]，东据成皋之险[18]，割膏腴之壤[19]，遂散六国之从[20]，使之西面事秦，功施到今[21]。昭王得范雎[22]，废穰侯[23]，逐华阳[24]，强公室，杜私门，蚕食诸侯[25]，使秦成帝业。此四君者，皆以客之功。由此观之，客何负于秦哉[26]！向使四君却客而不内，疏士而不用[27]，是使国无富利之实，而秦无强大之名也。

【题解】

选自《史记·李斯列传》。这是李斯劝谏秦王政取消逐客令而上的一封奏章，写于秦王政十年（前237）。当时，李斯已为客卿。此前，韩国派水工郑国入秦，劝秦大兴水利，意在消耗秦之国力，使其不能对韩用兵。当此事被发觉后，秦宗室大臣散布流言，称六国客卿均为施离间计而来，怂恿秦王政"一切逐客"。逐客令下，李斯在被勒令出境途中向秦王政奏上此书。秦王政接受了李斯的意见，派人将李斯从骊邑追回，恢复其官职，不久拜为廷尉。

本篇力陈客卿在历史上对秦国发展所起的重大作用，论述了逐客之误，指出要使国家富强，就决不能逐客。作者旗帜鲜明，以事实为依据慷慨陈辞，气势不凡，富于说服力。文章情文并茂，音调铿锵，既排比铺张，有战国纵横辞说之风；又修饰整齐，与汉初散体赋相近。它还是一篇趋向骈偶化的政论文，清李兆洛《骈体文钞》称之为“骈体初祖”。

【注释】

①游间：游说离间。②客：指“客卿”。他国人在本国做官，称为客卿。③议亦在逐中：也在计议驱逐之列。④吏：官吏。在先秦及西汉，大小官员均可称吏。窃：表自谦之词。以为：认为。过：错。⑤昔：从前。穆公：即秦穆公，春秋时五霸之一，前659—前621年在位。由余：春秋时晋国大夫。他的祖先原是晋国人，逃亡入戎，在戎任职，奉戎王之命出使秦国。秦穆公用计离间由余和戎王，使得由余归降秦国，予以重用，任为上卿。由余为穆公出谋划策，征服了西戎，使秦灭国十二，辟地千里，称霸西戎。戎：我国古代对西部民族的统称。⑥百里奚：春秋时秦国大夫。他原是虞国大夫，晋灭虞时成了晋国的俘虏。晋献公嫁女，把他作为陪嫁的奴仆送入秦国。后来他逃走到楚国，被楚国边境的人抓住。秦穆公听说他是一位贤人，就用了五张黑色公羊皮把他赎回，任为大夫，称为五羖（gǔ，黑色公羊）大夫。他与蹇叔、由余等共同辅佐穆公成就霸业。宛（yuān）：春秋时楚地，在今河南南阳市。⑦蹇叔：百里奚的朋友。由百里奚推荐，秦穆公把他从宋国请来，任为上大夫。⑧来：招来。丕豹：晋国大夫丕郑的儿子。丕郑被杀，丕豹从晋国逃到秦国，被秦穆公任用为将。公孙支：即公孙子桑，先游于晋国，后到秦国，为秦大夫。⑨孝公：即秦孝公，名渠梁，秦献公之子，前361—前338

年在位。商鞅：见前《商君书》作家简介。⑩以：因而。殷：富足，富裕。盛：兴旺。⑪获楚、魏之师：指秦孝公二十二年（前340），秦封卫鞅于商，南攻楚国。同年，卫鞅攻打魏国，俘获魏公子卬（áng），魏割西河之地于秦。师：泛指军队。举：攻占。⑫惠王：即秦惠文王。名驷，秦孝公之子，前337—前311年在位。张仪（？—前310）：战国时魏国贵族后代，纵横家代表人物之一。曾任秦相，封武信君，帮助秦惠文君称王，力主“连横”，游说各国服从秦国。秦武王即位后，他入魏为相，不久即死。拔：攻取。三川：指黄河、洛水、伊水。三川之地：指今河南洛阳市一带，当时是周王室所在地。张仪曾请出兵三川之地，但并未实现。攻取三川之地是秦武王时的事。⑬并：并吞。巴、蜀：国名，分别在今四川重庆一带和成都一带。秦惠文王后元九年（前316），秦派司马错伐蜀，蜀亡。⑭上郡：原为魏国之地，在今陕西榆林地区。秦惠文王（前328），魏以上郡十五县（包括少梁）献于秦。⑮汉中：原为楚国之地，在今陕西汉中地区。秦惠文王后元十三年（前312），秦败楚于丹阳，虏楚将屈匄（gài），又攻楚汉中，取地六百里。⑯包：囊括，并吞。九夷：指当时属于楚国的少数民族地区。⑰制：控制。鄢（yān）：原为楚国之地，在今湖北宜城县。郢（yǐng）：楚国国都，在今湖北江陵县。⑱据：占据。成皋（gāo）：著名的军事要塞，地势险要，即今河南荥（xíng）阳县虎牢关。⑲割：割取。膏腴之壤：肥沃的土地。⑳散：解散，瓦解。六国之从：指韩、赵、魏、齐、燕、楚六国的合纵抗秦。㉑西面：面向西方。事：奉事。施（yì）：延续。㉒昭王：即秦昭襄王，惠王之子，前306—前251年在位。范雎（jū）：魏人，字叔，昭王时为秦相，封应侯。㉓废：罢免。穰（ráng）侯：即魏冉，秦昭王母宣太后的异父弟，封于穰，曾作秦相。㉔逐：赶走，驱逐。华阳：即华阳君芈（mǐ）戎，宣太后的同父弟，封于华阳。他与穰侯都因宣太后的关系在秦国操纵政权。范雎向昭王献计，免去穰侯相职，并将穰侯与华阳君等驱逐出关。㉕强公室：指增强了王室的权力。杜：杜塞。私门：与"公室"相对而言，指权豪之家。杜私门：即指抑制了权贵豪门的势力。蚕：名词作状语，像蚕食桑叶一样。蚕食诸侯：指一步步地占取各诸侯国的领土。㉖负：辜负，对不起。㉗向使：假使。却：拒绝。内：同"纳"，接纳。疏：疏远。疏士：指疏远那些外来之士。

"今陛下致昆山之玉①，有随和之宝②，垂明月之珠③，服太阿之剑④，乘纤离之马⑤，建翠凤之旗⑥，树灵鼍之鼓⑦。此数宝者，秦不生一焉，而陛下说之⑧，何也？必秦国之所生然后可，则是夜光之璧不饰朝廷⑨；犀象之器不为玩好⑩；郑、魏之女不充后宫⑪；而骏马駃騠不实外厩⑫；江南金锡不为用，西蜀丹青不为采⑬。所以饰后宫、充下陈⑭，娱心意、悦耳目者，必出于秦然后可，则是宛珠之簪、傅玑之珥、阿缟之衣、锦绣之饰，不进于前⑮。而随俗雅化、佳冶窈窕赵女不立于侧也⑯。夫击瓮叩缶、弹筝搏髀⑰，而歌呼呜呜、快耳目者，真秦之声也⑱；郑卫桑间、韶虞武象者⑲，异国之乐也。今弃击瓮而就郑卫，退弹筝而取韶虞[20]，若是者何也？快意当前，适观而已矣[21]。今取人则不然，不问可否，不论曲直[22]，非秦者去，为客者逐[23]。然则是所重者在乎色乐珠玉，而所轻者在乎人民也。此非所以跨海内、制诸侯之术也[24]。

“臣闻地广者粟多，国大者人众，兵强则士勇。是以泰山不让土壤，故能成其大[25]；河海不择细流，故能就其深[26]，王者不却众庶，故能明其德[27]。是以地无四方，民无异国，四时充美，鬼神降福[28]，此五帝、三王之所以无敌也[29]。今乃弃黔首以资敌国[30]，却宾客以业诸侯[31]，使天下之士退而不敢西向，裹足不入秦。此所谓‘藉寇兵而赍盗粮’者也[32]。

“夫物不产于秦，可宝者多；士不产于秦，而愿忠者众。今逐客以资敌国，损民以益雠[33]，内自虚而外树怨于诸侯[34]，求国之无危，不可得也。”

秦王乃除逐客之令，复李斯官。

【注释】

①陛（bì）下：对帝王的尊称。致：取得。昆山：昆仑山的省称。古时传说昆仑山产玉。②随、和之宝：指随侯之珠，和氏之璧。相传随侯曾遇见一条伤断的大蛇，他用药敷之。后来大蛇从江中衔来一宝珠报答他，此珠便被称为随侯之珠，简称“随珠”。相传楚人卞和在荆山得一璞玉，献给楚厉王。厉王命玉人（加工玉石的工匠）鉴定，玉人说是石头。厉王大怒，砍断卞和左足。楚武王即位，卞和再献此璞玉，玉人仍说是石头，卞和又

被砍断右足。直到楚文王即位，卞和怀抱璞玉哭于荆山下。文王派玉人加工雕琢，果然得到美玉，于是称它为“和氏之璧”。后来秦始皇用它作传国玉玺。③垂：挂。明月之珠：指夜光珠。④服：佩带。太阿（ē）：利剑名。相传春秋时吴国欧冶子、干将精造宝剑三把，其中一把名叫“太阿”。⑤纤离：古骏马名。⑥建：竖起，树立。翠凤之旗：指用翠凤鸟的羽毛装饰的旗帜。翠凤：一种珍奇的鸟。⑦树：设置。灵鼍（tuó）：即鼍龙，今称扬子鳄，产于长江下游，皮可蒙鼓。⑧说（yuè）：同“悦”，喜欢。⑨这两句说：如果一定要秦国出产的东西才行的话，那么，这夜光璧就不可能装饰朝廷。⑩犀象之器：指用犀牛角、象牙制作的器物。不为玩好：不能成为玩赏的东西。⑪郑、卫之女：泛指美女。当时认为郑、卫之地多美女。充：充满。后宫：嫔妃所居住的宫室。⑫骏马：良马。駃（jué）騠（tí）：骏马名。实：充满。外厩（jiù）：设在宫外的马圈。⑬丹：丹砂。青：青雘（huò）。二者均为颜料。丹青：即指颜料。采：彩饰。⑭以：用。下陈：宾主相接陈列礼品之处，位于堂下，所以称下陈。充下陈：古代统治者将财物、姬妾充实府库后宫，称为充下陈。⑮宛珠：宛地出产的珠。宛珠之簪（zān）：用宛珠作装饰的簪子。傅：通“附”，附着。玑（jī）：不圆的珠子。珥（ěr）：耳环。阿（ē）：齐国东阿（今山东东阿县）。缟（gǎo）：白色的丝织品。阿缟之衣：阿地出产的白色丝绸制作的衣服。锦绣之饰：锦绣的装饰。进：进献。⑯时：时俗。雅：娴雅。随俗雅化：指随着时俗的好尚修饰打扮，有装扮时髦的意思。佳冶：美好艳丽。窈（yǎo）

窕（tiǎo）：体态优美的样子。赵女：赵国的美女。古代赵国以出美女著名。立于侧：站立在身边，指在身边侍奉。⑰瓮（wèng）：一种乐器，形状像盛水的瓦罐。缶（fǒu）：一种乐器，形状像瓦器。搏：拍击。髀（bì）：大腿。⑱呜呜：秦地乐歌之声。真秦之声：真正的秦地音乐。⑲郑卫：即郑卫之音，指春秋末年流行于郑国、卫国的民间音乐。这种音乐优美动听。桑间：卫国濮水边上的一个地方，以民歌动听著称。这里泛指郑、卫一带的乐曲。韶虞：相传为虞舜时乐舞。武象：相传为周初的乐舞。⑳弃：舍弃。就：取，从。退：放弃。㉑快意：使内心痛快。适观：适合观赏。这几句说：这样做是为什么呢？无非是由于使内心痛快的事物就在眼前，更适合观赏的要求罢了。㉒曲直：指是非。㉓非秦者去：凡不是泰国的人都得离开。为客者逐：凡是外来的客卿一律驱逐。㉔这句说：这不是用来驾凌天下、控制诸侯的办法啊。跨：驾凌。跨海内：意即统治天下。制：控制，制服。㉕让：辞让，拒绝。成：成就，达到。㉖择：选择。不择细流：指对大小流水不加选择，一律容纳。就：达到。㉗却：推辞，拒绝。众庶：指民众。明其德：显示他的恩德。㉘这几句说：所以地方不分东南西北，百姓没有异国的区别，春夏秋冬四季富足美满，鬼神都会降给幸福。㉙这句说：这就是五帝三王之所以无敌于天下的原因。五帝、三王：见前《战国策·苏秦以游说而致富贵》注㊳。㉚乃：竟。弃：抛弃。黔首：秦国称百姓为黔首。黔：黑色。资：资助，供给。㉛业：用作动词，意即成就功业。这句说：排斥客卿来促使诸侯成就他们的功业。㉜藉：

借。兵：武器。藉寇兵：借给强盗武器。寇：杀人抢劫的暴徒，即强盗。赍（jī）：供给，送给。这句说：这就是人们所说的“借武器给暴徒，送粮食给强盗”啊。㉝损：减少。益：增加。雠：通“仇”，仇敌。这两句说：如今驱逐客卿来资助敌国，减少民众而增加仇敌的人口。㉞这句说：对内削弱了自己的国家，对外又在诸侯各国中树敌结仇。意思是说，逐客令下，被逐者心怀怨恨，必然到诸侯各国去从事反对秦国的活动。

中国古典文学绝妙书系

绝妙散文

主编　郭预衡

時代文藝出版社

第二册

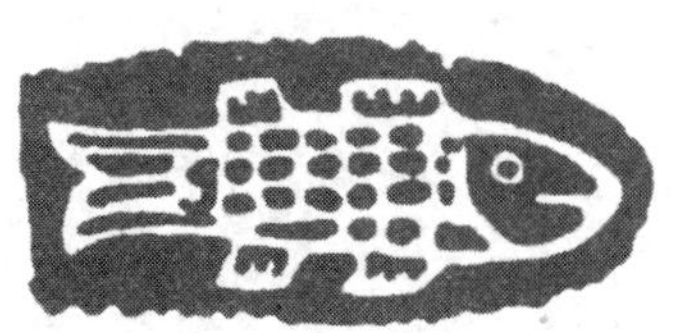

中国古典文学绝妙书系

绝妙散文

主　　编:郭预衡
责任编辑:张秀枫
责任校对:张秀枫
出　　版:时代文艺出版社
（长春市泰来街 1825 号　邮编:130062　电话:86012927）
发　　行:时代文艺出版社
印　　刷:三河市灵山装订厂
开　　本:850 × 1168 毫米　32 开
字　　数:365 千字
印　　张:20
版　　次:2011 年 5 月第 2 版
印　　次:2011 年 5 月第 3 次印刷

书　　号:ISBN 978 - 7 - 5387 - 0975 - 9
定　　价:119.20 元(全 4 册)

《晏子春秋》

也称《晏子》，是记叙春秋末期齐国晏婴的思想、言行和事迹的一部著作。旧题晏婴撰，实为后人收集先秦史书的零星记载和民间流传的故事，加以整理修润，编纂而成。作者尚难确考，一般认为，应是世居齐国或者旅居齐国的士阶层中人，于战国后期编写成书。至迟在西汉初，此书已广为流传了。

今本《晏子春秋》共8篇，215章，所记主要人物晏婴（？——前500），字平仲，夷维（今山东高密县）人，于齐灵公二十六年（前556）其父晏弱（晏桓子）死后继任齐卿，历仕灵、庄、景公三世。他身相齐国，节俭力行，名显诸侯，为当时著名政治家。《晏子春秋》中的晏婴，虽不等于历史的真实，却更富于感人的力量。他是作者调和理想的油彩，精心描画的一位具有典型意义的智慧型人物形象。像这样集中描写一人的长篇巨制，在先秦著作中堪称独步。《四库全书总目》称之为“传记之祖”，不无道理。《晏子春秋》的写作艺术也很出色。作者善于抓住富有典型意义的事件，以简洁生动的文笔叙事写人，故事性强，引人入胜。所写“谏议”，力避干巴巴的说教。无论是理直气壮的侃侃而谈，还是幽默讽刺的微言隽语，都能做到深入浅出，娓娓动人。此外，故事简洁完整，语言清新流畅，也是其突出的特点。

晏子使楚

晏子使楚。以晏子短[①]，楚人为小门于大门之侧而延晏子[②]。晏子不入，曰："使狗国者，从狗门入。今臣使楚，不当从此门入。"傧者更道从大门入[③]。

见楚王。王曰："齐无人耶?"晏子对曰："临淄三百闾[④]，张袂成阴[⑤]，挥汗成雨，比肩继踵而在，何为无人[⑥]?"王曰："然则子何为使乎?"晏子对曰："齐命使各有所主[⑦]，其贤者使使贤王[⑧]，不肖者使使不肖王[⑨]。婴最不肖，故直使楚矣[⑩]!"

【题解】

选自《晏子春秋·内篇杂下》，标题依普通选本。这是一个幽默风趣、脍炙人口的小故事。晏子出使楚国，楚国君臣不顾外交礼仪，竟一再针对晏子身材矮小这一身体特征无理挑衅。先是"为小门于大门之侧而延晏子"，意欲羞辱他；后楚王又故意当面发问"齐无人耶"，既取笑晏子又藐视齐国。晏子不卑不亢，从容应对，在谈笑风生中给对方以有力回击，使挑衅者自取其辱。所记不过三言两语，一番应对，便把晏子遇事沉着、反应敏捷、机智过人、能言善辩的勃勃英姿跃然于纸上。

【注释】

①以：因为。短：指身材矮小。②延：引进，迎接。这句

说：楚国人在大门旁边开了一道小门来迎接晏子进入。③傧者：导引宾客者，即负责接待的官员。道：通“导”，导引。更道从大门入：改领他从大门进入。④临淄（zī）：也作“临菑”、“临甾”，因城临菑水而得名，为齐之国都，故址在今山东淄博市东北。闾（lú）：里巷。三百：极言其多，并非实指。⑤张：展开。袂（mèi）：衣袖。成阴：指遮没阳光。⑥比：并列，挨着。踵（zhǒng）：脚后跟。比肩接踵：肩并着肩，脚跟着脚。为：通“谓”。何谓无人：怎么说没有人呢？⑦主：主持，掌管。各有所主：指各有其出使的对象。这句说：我们齐国派遣使臣、各自有主管的对象。⑧前一个“使”作“派遣”讲，后一个“使”作“出使”讲。⑨不肖（xiào）：不贤，品行不好。⑩直：特，特地。

《礼　记》

又称《小戴记》或《小戴礼记》，是儒家经典之一。“小戴”指西汉学者戴圣，相传《礼记》是由他编纂的。实际上，这是一部秦、汉以前儒家学者关于各种礼仪制度论著的选集。其内容较为复杂，有讨论礼制、礼意、礼节的论述，有关于孔门言论和杂事的记录，也有一部分属于儒家的哲学论文。涉及秦汉以前的社会组织、生活习俗、道德规范、文物制度等，反映了儒家的政治、伦理、哲学思想。现今通行的《礼记》是东汉郑玄注本，共四十九篇，大率是孔子弟子及其后学所记。此书保存了很多重要的资料，是研究中国古代社会情况、儒家各派的思想学说和文物制度的重要参考书。

苛政猛于虎

孔子过泰山侧，有妇人哭于墓者而哀[①]。

夫子式而听之[②]，使子路问之曰[③]：“子之哭也，壹似重有忧者[④]？”而曰[⑤]：“然，昔者吾舅死于虎[⑥]，吾夫又死焉[⑦]，今吾子又死焉！”

夫子曰：“何为不去也[⑧]？”曰：“无苛政。”夫子曰：“小子识之[⑨]，苛政猛于虎也！”

【题解】

选自《礼记·檀弓下》，标题依普通选本。苛（ke）：苛刻、残酷。苛政：繁碎、残酷的政令。一说，“政”通“征”，指繁重的杂税及劳役，“苛政”即指苛刻繁重的杂税及劳役。这是较为具体的解说。就实质而言，“苛政”即指统治者对人民群众苛刻残酷的政治压迫和经济剥削。节选的这段文字将“苛政”与吃人的“虎”相提并论，称“苛政”比“虎”更凶猛。这就非常深刻地揭露了当时统治者对人民的残酷压榨及其吃人的本质，对我们了解旧时代的黑暗和生活在“苛政”下的人民的苦难，具有一定的认识作用。本文由妇人之哭引出孔子师徒之问，再由妇人说明一家三代惨死于虎口却仍不愿离开的原因只是由于“无苛政”，最后借孔子之口点明“苛政猛于虎”的主旨。文章虽未正面论述“苛政”的危害，但通过具象的描叙，把“苛政”害民的实质和严重性暴露无遗。

【注释】

①过泰山侧：经过泰山旁。哀：悲痛，伤心。②式：通“轼”，即扶着轼敬礼。轼：古代车厢前用作扶手的横木。③子路：孔子弟子仲由，字子路。④壹：诚，的确。壹似：好像是。重：深，很。这两句说：你这样哭啊，好像是深有忧愁的样子。⑤而曰：省主语“妇人”，即妇人回答说。⑥舅：公公，即其丈夫的父亲。此与今义有别。⑦夫：丈夫。死焉：死于此，死在这里，指被老虎咬死。⑧何为：即“为何”，为什么。不去：不离开，指不离开这个地方。⑨小子：长辈对晚辈，老师对学生的称呼。识（zhì）：记住。之：指代“这件事”。

贾 谊（前200—前168）

西汉洛阳（今河南洛阳市）人。十八岁以博学能文而闻名于郡中。文帝时，由郡守吴公荐为博士，后升任太中大夫，曾一度受文帝器重，对时政多所建议，提出削弱地方势力，巩固中央政权，但遭到当时朝廷重臣如周勃、灌婴等人的反对。后被贬为长沙王太傅，又改任梁怀王太傅。梁怀王坠马而死，贾谊自伤其未能尽职，经常哭泣；加上受权贵嫉妒和排挤，胸有抱负不得施展，竟抑郁而死，终年三十三岁。贾谊之文，继承战国诸子文章的优秀传统，放言无忌，尽所欲言，指陈形势，剖析利害，疏直激切而不乏文采，为"西汉鸿文"之代表，对后世散文有较大影响。著有《新书》十卷，后人辑有《贾长沙集》。

过秦论

秦孝公据殽函之固[①]，拥雍州之地[②]，君臣固守，以窥周室[③]，有席卷天下、包举宇内，囊括四海之意，并吞八荒之心[④]。当是时也，商君佐之，内立法度，务耕织，修守战之具[⑤]；外连衡而斗诸侯[⑥]。于是秦人拱手而取西河之外[⑦]。

孝公既没，惠文、武、昭蒙故业，因遗策[⑧]，南取汉中[⑨]，西举巴蜀[⑩]，东割膏腴之地，收要害之郡[⑪]。诸侯恐惧，会盟而谋弱秦[12]，不爱珍器、重宝、肥饶之地，以致天下之士[13]，合从缔交，相与为一[14]。当此之时，齐有孟尝，赵有平原，楚有春申，魏有信陵[15]。此四君者，皆明智而忠信，宽厚而爱人，尊贤而重士，约从离横[16]，兼韩、魏、燕、赵、宋、卫、中山之众[17]。于是六国之士，有宁越、徐尚、苏秦、杜赫之属为之谋[18]，齐明、周最、陈轸、召滑、楼缓、翟景、苏厉、乐毅之徒通其意[19]，吴起、孙膑、带佗、兒良、王廖、田忌、廉颇、赵奢之伦制其兵[20]。尝以十倍之地，百万之众，叩关而攻秦[21]。秦人开关而延敌，九国之师遁逃而不敢进[22]。秦无亡矢遗镞之费[23]，而天下诸侯已困矣。于是从散约解，争割地而赂秦[24]。秦有余力而制其弊[25]，追亡逐北，伏尸百万，流血漂橹[26]。因利乘便，宰割天下，分裂河山[27]。强国请服，弱国入朝[28]。

施及孝文王、庄襄王[29]，享国之日浅，国家无事[30]。

【题解】

选自《昭明文选》第五十一卷。过：用作动词，推究过失。过秦：即讲论，推究秦王朝的过失。文章原分上、中、下三篇，载于《史记·秦始皇本纪》太史公论后，下篇在前，上篇、中篇接录其后，恐是后人补入。《陈涉世家》后又录载上篇。贾谊《新书》则合中、下篇为下篇，无中篇之名。这里只录上篇。这是一篇全面总结历史教训的文章。作者通过对秦统一六国到二世而亡这一历史过程的分析研究，总结出秦亡的原因是“仁义不施，而攻守之势异”，为汉朝的统治提出借鉴。文章评述史实，指陈利害，旨在以史为鉴，这种写法，开“史论”之先河。行文铺陈夸张，辞采富丽，气势豪迈，有战国纵横之风。前半极写秦之强盛，层层推进，“及至始皇”，达到顶点。转而写陈涉，微末不足道；并与“九国之师”对比，真不可同年而语。但“九国之师”所不能战胜的秦国，却终于被陈涉之流灭亡，犹如以卵击石，卵竟碎石，怪而不可思议。结尾画龙点睛，推出全文主旨，格外警拔出奇。本文波澜起伏，谋篇富于匠心，历来备受推崇。因夸张渲染，文中史实有失实之处。

【注释】

①秦孝公：献公子，名渠梁，前361—前338年在位。他任用商鞅，实行变法，使秦国富强，为秦始皇统一中国奠定了基础。殽（xiáo）函：殽山与函谷关的合称。殽：也称“崤”。殽山在今河南洛宁县北，函谷关在今河南灵宝县。当时殽山、函谷关是秦国的东部边境，形势险要。②雍州：古九州之一。这里指秦国当时统治的主要地区，大约包括今陕西省主要部分、甘肃及青海部分地区。③窥（kuī）：窥伺，这里有伺机夺取的意思。周室：指当时已微弱的周王朝。④席卷：像卷席子一样全部卷了去。包举：像打包裹一样全部收取。宇内：即天下。囊括：像用口袋把东西全部装进去。八荒：八方荒忽边远之地。这几句中，“席卷”、“包举”、“囊括”、“并吞”意义相近，“天下”、“宇内”、“四海”、“八方”意义相近。几句都是统一天下的意思。⑤商君：即商鞅，见前《商君书》简介。佐：辅佐。内：指在秦国内。修：整治。守战之具：指战争中用于攻守的器械。⑥外：

对外。连衡：一作“连横”，战国时期的政治斗争策略之一。东西为横。处于西方的秦国与东方六国个别联合，分化、打击其他国家，以期利用六国矛盾而各个击破的策略，叫做“连横”。⑦拱手：两手合抱表示敬意的样子。这里指轻而易举，毫不费力。西河之外：指魏国在黄河以西的大片土地。秦孝公二十二年（前340），商鞅攻魏，虏魏公子卬，大破魏师，魏惠王割西河地区于秦以求和。随后，秦又向东扩展。所以这里说“取西河之外”。⑧惠文：孝公之子，又称惠王，名驷，前337——前311年在位。武：秦武王，惠文王之子，名荡，前310——前307年在位。昭：秦昭襄王，又称昭王，名则，武王异母弟，前306——前251年在位。蒙故业：继承已有的基业。因：遵循，依照。因遗策：遵照孝公遗下的策略。⑨汉中：今陕西南部和湖北西北部一带。秦取汉中在惠王更元十三年（前312）。⑩巴蜀：两个古国名。古巴地在今四川重庆一带，蜀故地在今四川成都一带。惠王更元九年（前316），司马错伐蜀，夺取巴蜀之地。⑪膏腴：肥沃。要害：指地势险要。⑫谋：图谋。弱：用作动词，削弱。⑬不爱：不吝惜。致：招致。⑭合从：一作“合纵”，战国时与“连横”相对的另一政治斗争策略。南北为纵，六国从南到北联合抗秦，叫做合纵。缔交：缔结盟约。相与为一：互相结为一体。⑮孟尝：孟尝君田文，齐国贵族田婴之子。平原：平原君赵胜，赵惠文王之弟。春申：春申君黄歇，曾任楚国令尹。信陵：信陵君魏无忌，魏安釐王异母弟。这四人号称“战国四公子”，都以喜好招致宾客著称。⑯约从离横：结盟合纵，拆散连横。⑰兼：聚合。宋、卫、中山：战国时三个较小的国家，当时分别附属于齐、魏、赵国。⑱宁越：赵人。徐尚：宋人。苏秦：东周洛阳人。杜赫：周人。属：类，流。⑲齐明：东周臣。周最：东周君之子。陈轸：楚人。召（shào）滑：楚臣。楼缓：赵人，曾任魏相。翟景：魏人。苏厉：苏秦之弟。乐毅：中山国人，曾任燕昭王的亚卿。徒：属。通：沟通。意：意图。⑳吴起：卫国人，战国时兵家，任魏将。孙膑：齐人，孙武的后代，战国时兵家，齐威王任为军师。带佗：楚将。兒（ní）：同“倪”。兒良：越将。王廖、田忌：齐将。廉颇、赵奢：赵将。伦：类。“之伦”与“之属”、“之徒”都是“这一类人”的意思。制：管理。兵：军事。㉑叩关：指攻打函谷关。㉒延：引进。延敌：这里指迎击敌人。九国：指合纵抗秦的韩、魏、燕、赵、楚、齐、宋、卫、中山等国。楚怀王十一年（前318），苏秦约从，楚怀王为从长，山东六国兵攻秦。至函谷关，秦出兵击六国，六国兵退。㉓亡：失去，丢失。矢：箭。遗：失。镞（cù）：箭头。这句说：秦国没有破费一支箭、一个箭头。㉔赂（lù）：贿赂。㉕制其弊：利用六国的弱点去制服他们。㉖亡：逃跑。北：败北。“北”通“背”，败者背身逃走。追亡逐北：追赶战败逃跑的敌人。伏：倒仆。伏尸百万：犹言尸横百万，夸张之词。指消灭众多敌人。橹：通“卤”，大盾牌。㉗因利乘便：依靠有利条件，乘着大好形势。宰割：这里指控制。分裂河山：指夺占列国土地。㉘请服：请求臣服。朝：朝拜称臣。㉙施（yì）：延续。孝文王：秦昭襄王之子，名柱，前250年即位三天而死。庄襄王：孝文王之子，名子楚，前249——前247年在位。㉚享国之日浅：在位时间不长。

及至始皇，奋六世之余烈[①]，振长策而御宇内[②]，吞二周而亡诸侯[③]，履至尊而制六合[④]，执敲朴以鞭笞天下[⑤]，威振四海。南取百越之地[⑥]，以为桂林、象郡[⑦]；百越之君，俯首系颈，委命下吏[⑧]。乃使蒙恬北筑长城而守藩篱[⑨]，却匈奴七百余里[⑩]。胡人不敢南下而牧马[⑪]，士不敢弯弓而报怨[⑫]。于是废先王之道，燔百家之言，以愚黔首[⑬]；隳名城[⑭]，杀豪俊，收天下之兵聚之咸阳[⑮]，销锋镝，铸以为金人十二[⑯]，以弱天下之民。然后践华为城，因河为池[⑰]，据亿丈之城、临不测之溪以为固[⑱]。良将劲弩[⑲]，守要害之处；信臣精卒，陈利兵而谁何[⑳]。天下已定，始皇之心，自以为关中之固，金城千里[㉑]，子孙帝王万世之业也[㉒]。始皇既没，余威震于殊俗[㉓]。

然而陈涉，瓮牖绳枢之子，氓隶之人，而迁徙之徒也[㉔]；材能不及中庸[㉕]，非有仲尼、墨翟之贤，陶朱、猗顿之富[㉖]；蹑足行伍之间[㉗]，俛起阡陌之中[㉘]，率罢散之卒[㉙]，将数百之众，转而攻秦。斩木为兵，揭竿为旗[㉚]，天下云集而响应，赢粮而景从[㉛]，山东豪俊遂并起而亡秦族矣[㉜]。

且夫天下非小弱也，雍州之地，殽函之固，自若也[㉝]；陈涉之位，非尊于齐、楚、燕、赵、韩、魏、宋、卫、中山之君也；锄、耰、棘矜，非铦于钩、戟、长铩也[㉞]；谪戍之众，非抗于九国之师也[㉟]；深谋远虑，行军用兵之道，非及曩时之士也[㊱]。然而成败异变，功业相反。

试使山东之国，与陈涉度长絜大[㊲]，比权量力，则不可同年而语矣[㊳]。然秦以区区之地，致万乘之权[㊴]，招八州而朝同列[40]，百有余年矣。然后以六合为家，殽函为宫。一夫作难而七庙隳[41]，身死人手[42]，为天下笑者，何也？仁义不施，而攻守之势异也！

【注释】

①始皇：秦庄襄王之子，名政。奋：振作，发扬。六世：六代，指孝公、惠文王、武王、昭襄王、孝文王、庄襄王。余烈：遗留下来的功业。②策：马鞭。御：驾驭。这句说：挥动长鞭驾驭天下。③二周：指西周、东周，战国时两个小国。西周建都王城，东周建都巩，史称西周君、东周君，合称“二周”。西周灭于昭襄王五十一年（前256），东周灭于庄襄王元年（前249）。亡诸侯：指六国都被秦灭亡，时为始皇二十六年（前221）。④履至尊：登上帝位。制六合：统治天下。六合：上下四方，这里即指天下。⑤敲、朴：棍子。短的称“敲”，长的称“朴”。鞭笞（chī）：鞭打。这里喻指统治。⑥百越：也称百粤，当时居住在我国东南地区众多越族部落的总称。⑦桂林：郡名，在今广西北部。象郡：郡名，在今广西南部及其以南、以西地区。桂林郡和象郡都是秦设置的新郡。⑧俯首系颈：低着头，以绳系颈。这是古代降服的表示。委：付与。委命：把性命交出去，听凭处置。下吏：下级官吏，这里指狱吏。⑨蒙恬（tián）：秦将。前214年，秦始皇派他率军队三十万北逐匈奴，修筑长城。秦二世时被赐死。藩篱：篱笆，屏障。⑩却：使……退却。⑪胡人：指匈奴人。南下而牧马：指匈奴南下侵扰边境。⑫士：指胡人的军士。弯弓：把弓拉开，即射箭。这里指武装侵犯。报怨：报驱逐他们

的怨恨。⑬道：指施行仁义之道。燔（fán）：焚烧。燔百家之言：指前213年，秦始皇下令烧毁儒家经典、各国史记和诸子百家的著述。愚黔（qián）首：使百姓愚昧无知。黔：黑色。秦国统治者称百姓为“黔首”。⑭隳（huī）：毁坏。隳名城：毁坏坚固有名的城池，以防原六国人民据城抗秦。⑮兵：兵器。咸阳：秦的都城，在今陕西咸阳市东北。⑯销：熔毁。锋鍉（dì）：指武器。鍉：通“镝”，箭头。金人：金属铸造的人像。《史记·秦始皇本纪》载，始皇二十六年（前221）“收天下兵，聚之咸阳，销以为锺鐻，金人十二，重各千石，置廷宫中。”⑰践：登。这里指凭借、依据。华：华山，在今陕西华阴西南。因：依凭。河：黄河。池：护城河。这两句说：然后凭借华山为城墙，依靠黄河为护城河。⑱亿丈：极言其高，夸张之词。不测：指深不可测。⑲劲弩：强弓。弩：用机栝（kuò）发箭的弓。⑳信臣：忠诚可靠的将官。陈利兵而谁何：拿着锋利的武器，盘问过往行人。谁何：即盘问。何：通“呵”。“谁何”即呵问是谁，指守卫关塞的兵士盘问过往行人。㉑关中：秦以函谷关为门户，“关中”即指秦之领地。金城：喻坚固的城郭。这里指秦如今以函谷关为都城东门，犹如钢铁般坚固。㉒万世之业：《史记·秦始皇本纪》载，始皇于二十六年（前221）下命令说：“朕为始皇帝，后世以计数，二世三世至于万世，传之无穷。”㉓殊俗：不同的风俗。这里代指远方风俗不同的部族。㉔陈涉：即陈胜，阳城（今河南登封县）人，我国历史上第一次大规模农民起义的领袖。秦二世元年（前209），陈涉、吴广率戍卒九百人于蕲县大泽乡首揭义旗，反抗秦的暴政。攻占陈，号张楚，全国郡县响应。瓮牖

(yǒu)绳枢：用破瓮口作窗；用绳子拴门轴，形容居住条件极为简陋。这里指陈涉出身微贱。氓隶：当时对农民和奴隶的贱称。迁徙之徒：指陈涉本是被征发去戍守渔阳（在今北京密云西南）的戍卒。流放充边的罪人也称“迁徙之徒”。㉕中庸：指一般的平常人。㉖陶朱：春秋末越国大夫范蠡的别号。范蠡辅佐越王勾践灭吴后，去官至陶，经商致富，自称陶朱公。猗（yī）顿：春秋时鲁国人，大盐商，富比王侯。㉗蹑（niè）足：插足，置身。行伍：军队。这里指戍兵的队伍。㉘俛（miǎn）：通“勉”，奋力。倔起：奋起。阡陌（mò）：田间小路，这里指田野。一说“俛”同“俯”，“俛起”即自下而起。按：《史记》所载“俛”作“倔”。“俛起”即“崛起”，兴起。㉙罢（pí）散：疲惫散乱。“散”一作“弊”，弊：困顿。㉚斩木为兵：砍断树干当兵器。揭竿为旗：举起竹竿作旗帜。揭：高举。㉛云集而响应：如云的聚合一般，跟声响呼应一样。赢（yíng）：肩挑，担着。景：通“影”。景从：如影随形。此言人民担着粮食如影随形一般追随起义军。㉜山东：崤山以东，指东方六国。这句说：崤山以东六国的豪杰于是一齐行动起来，灭亡了秦国的嬴族。㉝自若也：依然如旧，毫无变化。㉞锄：锄头。櫌（yōu）：古代的一种翻土、盖土的农具，形如榔头。棘矜：用枣木做的杖，即枣木棍棒。棘：酸枣树。矜：杖。铦（xiān）：锋利。钩：似剑而有弯头的兵器。戟（jǐ）：古代兵器，在长柄的一端装有金属制成的枪尖，旁边附有月牙形锋刃。一说，“钩戟”为一种兵器，即带钩的戟。长铩（shā）：长矛。㉟谪（zhé）戍之众：指陈涉、吴广率领起义的九百戍卒。谪：贬职或流放，这里指被征发守边。

抗：高，强。㊱曩（nǎng）：从前。曩时之士：指上文所说宁越、徐尚、苏秦、吴起等六国之士。㊲度（duó）：量长短。絜（xié）：量粗细。度长絜大：比量长短大小，意即衡量、比较。㊳同年而语：犹言相提并论。㊴致万乘之权：求得帝王的权力。㊵招八州：取得雍州以外八州的领地。古分天下为九州，秦据九州之一的雍州。朝同列：使原与秦同为诸侯的六国前来朝拜。㊶作难（nàn）：发难，奋起反抗。七庙：天子宗庙。周制，天子宗庙奉祀七代祖先。㊷身死人手：指秦二世被赵高杀死，秦王子婴被项羽杀死。

司马相如（前179——前118）

字长卿，蜀郡成都（今四川成都）人。少时好读书，学击剑，因仰慕蔺相如之为人，改原名“犬子”为“相如”。景帝时为武骑常侍，后游梁，为梁孝王门客。武帝时，以献赋为郎，又拜为孝文园令。后因病免官，家居茂陵（今陕西兴平县东南），至元狩五年（前118）病卒。司马相如本来希望有所作为，但武帝只把他看作侍从文人而“俳优蓄之”，内心不免抑郁。其为人口吃而善著书，为汉代最杰出的赋家，代表作《子虚赋》和《上林赋》对后世影响很大。此外还有《大人赋》、《长门赋》、《美人赋》、《哀二世赋》等作品，对辞赋的发展有重大贡献。散文有《谕巴蜀檄》、《难蜀父老》、《上书谏猎》等不多几篇，较为质朴。今存《司马文园集》辑本一卷。

上书谏猎

臣闻物有同类而殊能者[①]，故力称乌获[②]，捷言庆忌[③]，勇期贲育[④]。臣之愚，窃以为人诚有之，兽亦宜然[⑤]。今陛下好陵阻险[⑥]，射猛兽，卒然遇逸材之兽[⑦]，骇不存之地[⑧]，犯属车之清尘[⑨]，舆不及还辕[⑩]，人不暇施巧[⑪]，虽有乌获、逢蒙之技不得用[⑫]，枯木朽株尽为难矣[⑬]。是胡越起于毂下[⑭]，而羌夷接轸也[15]，岂不殆哉[16]？虽万全而无患，然本非天子之所宜近也。且夫清道而后行[17]，中路而驰，犹时有衔橛之变[18]；况乎涉丰草，骋丘墟，前有利兽之乐，而内无存变之意[19]，其为害也，不亦难矣！夫轻万乘之重[20]，不以为安，乐出万有一危之涂以为娱[21]，臣窃为陛下不取。盖明者远见于未萌，而知者避危于无形[22]，祸固多藏于隐微，而发于人之所忽者也[23]。故鄙谚曰：'家累千金，坐不垂堂[24]。'此言虽小，可以喻大。臣愿陛下留意幸察。

【题解】

选自《汉书·司马相如传》，标题依普通选本。本篇是作者规劝汉武帝不要亲自打猎的一篇奏章。司马相如作为侍从之臣，常随汉武帝去长杨（在今陕西周至县）打猎。当时武帝"方好自击熊彘，驰逐野兽"，司马相如认为这样很不安全，因此上书进行劝谏。文章前面极写狩猎之险，可谓危言耸听，后面又委婉陈辞，晓之以大义。抽象的说理与生动的描叙紧密结合，陈情进谏恳切周详。作者从维护王朝统治的愿望出发对天子无限关怀，表现了对汉王朝的满腔热情和对最高统治者的耿耿忠心。文章语言"朴而能华"，富于感情，虽属御用文人的"帮闲"之作，但却写得奇崛动人，文采可观。

【注释】

①殊能：能力各有不同。②乌获：秦武王时的大力士，传说能够力举千钧。力称乌获：论力气要数乌获。③庆忌：吴王僚的

儿子，传说他能够足追奔兽，手接飞鸟，阖闾曾骑马追他而没能赶上。捷言庆忌：论敏捷要说庆忌。④贲（bēn）育：指战国时勇士孟贲和夏育。《说苑》载孟贲水行不避蛟龙，陆行不避狼虎。勇期贲育：论勇敢必定算孟贲和夏育。⑤兽亦宜然：野兽也该是这样。⑥陵：通“凌”，凌驾，攀登。阻险：险要难走的地方。⑦卒（cù）：通“猝”。卒然：突然。逸才：超群的才能。逸材之兽：指凶猛异常的野兽。⑧骇：受惊。不存：不可得安存。不存之地：指非常危险的地方。⑨犯属车之清尘：即“冒犯您”的委婉说法。属车：随从车辆。清尘：行车扬起的灰尘。清：敬辞，表尊贵之意。⑩舆：车。不及还辕：指来不及调转车头躲避。⑪不暇施巧：来不及施展武艺。⑫逢蒙：传说夏代善于射箭的人，曾学射于羿。⑬这句说：连枯木朽株也都成了障碍。⑭胡越：古代对北方、南方少数民族的泛称。这里泛指敌兵。毂（gǔ）：车轮中心可插轴的圆木，这里代指车。毂下：这里指皇帝的车驾之下。⑮羌夷：古代对西方、东方少数民族的泛称。这里也泛指敌兵。轸（zhěn）：车厢底部后面的横木，这里代指车。接轸：这里指逼近皇帝的车驾。⑯殆：危险。⑰清道：旧时帝王或大官外出，事先要清除道路，驱逐行人，以保安全。⑱衔：马嚼子。橛（jué）：车钩心，固定车厢底部和车轴之间的木橛。衔橛之变：指衔脱橛断之类的意外变故。⑲利兽之乐：贪图猎兽的乐趣。存变之意：防止变故的思想准备。⑳轻：看轻，忽视。万乘之重：指天子作为万乘之主的尊贵身份。㉑乐：喜欢。涂：道路。这句说：喜欢奔驰在万分有一分危险的道路上以为快乐。㉒明者：有眼光的人。未萌：尚未发生。知者：即“智者”，聪明的人。无形：尚未出现。这两句说：大概由于有远见的人能在事故尚未发生之前就有所预见，聪明的人能在危害尚未出现的时候就避开它。㉓这两句说：灾祸本来大多藏匿在隐秘、细微的地方，而发生在人们疏忽大意的时候。㉔鄙谚：犹言“俗话”。累：积蓄。垂：临近。堂：古代宫室，前为堂，后为室。“家累千金，坐不垂堂”的意思是说，富人非常自爱，从不靠近堂边屋檐下坐，怕的是檐上的瓦会掉下来伤人。

司马迁（前145—?）

字子长，西汉中期夏阳（今陕西韩城县南）人，我国古代最伟大的历史家和散文家。他的一生，大约与汉武帝相终始。其先代“世典周史”，父司马谈，武帝时曾作太史令，是一位渊博的学者。司马迁十岁开始诵读“古文”，并师从当时儒学大师董仲舒、孔安国。二十岁开始游历各地，几乎行遍大江南北、长城内外。所到之处，注意考察山川形势、历史、传说和风俗人情。武帝元封三年（前108）继其父任太史令。太初元年（前104），正式开始了《史记》的写作。天汉二年（前99），因李陵投降匈奴，司马迁为他辩护，触怒了武帝，被下狱治罪，惨受宫刑。太始元年（前96）被赦，出任由宦者担任的中书令。司马迁虽然愤不欲生，但仍忍辱含垢，发愤著述，于征和元年（前92）基本完成《史记》这一伟大著作。此后他便销声匿迹，事无可考。据今人推断，大约卒于汉武帝末年。

《史记》是我国第一部纪传体通史，它记述了上自黄帝、下至汉武帝太初年间大约三千多年的历史。全书由十二“本纪”、十“表”、八“书”、三十“世家”、七十“列传”组成，共一百三十篇，五十二万多字。它是一部体大思精、前所未有的伟大历史巨著，也是最伟大的散文杰作之一。它以人物传记为中心，不仅开创了我国的纪传体史学，也开创了我国的传纪文学。它不但生动地概括和表述了历史进程和历史事件，而且刻画了众多的性格鲜明的人物形象，对中国史学和文学的发展影响巨大，被鲁迅誉为“史家之绝唱，无韵之离骚”。

项羽本纪（节选）

项籍者，下相人也[1]，字羽。初起时[2]，年二十四。其季父项梁[3]，梁父即楚将项燕[4]，为秦将王翦所戮者也。项氏世世为楚将；封于项[5]，故姓项氏。

项籍少时，学书不成，去，学剑，又不成。项梁怒之。籍曰：“书足以记名姓而已；剑，一人敌，不足学；——学万人敌!”于是项梁乃教籍兵法。籍大喜，略知其意，又不肯竟学[6]。

项梁尝有栎阳逮[7]，乃请蕲狱掾曹咎书[8]，抵栎阳狱掾司马欣[9]，以故事得已[10]。项梁杀人，与籍避仇于吴中[11]，吴中贤士大夫皆出项梁下[12]。每吴中有大繇役及丧，项梁常为主办[13]，阴以兵法部勒宾客及子弟，以是知其能[14]。

秦始皇帝游会稽[15]，渡浙江[16]。梁与籍俱观。籍曰：“彼可取而代也[17]!”梁掩其口，曰：“毋妄言，族矣[18]!”梁以此奇籍[19]。

籍长八尺余，力能扛鼎[20]，才气过人，虽吴中子弟，皆已惮籍矣[21]。

秦二世元年七月[22]，陈涉等起大泽中[23]。其九月，会稽守通谓梁曰[24]：“江西皆反[25]，此亦天亡秦之时也。吾闻先即制人[26]，后则为人所制。吾欲发兵，使公及桓楚将[27]。”是时桓楚亡在泽中[28]。梁曰：“桓楚亡人[29]，莫知其处，独籍知之耳。”梁乃出，诫籍持剑居外待[30]。梁复入，与守坐，曰：“请召籍，使受命召桓楚。”守曰：“诺。”梁召籍入。须臾，梁眴籍曰[31]：“可行矣[32]！”于是籍遂拔剑斩守头。项梁持守头，佩其印绶[33]。门下大惊[34]，扰乱，籍所击杀数十百人[35]。一府中皆慴伏[36]，莫敢起。

梁乃召故所知豪吏[37]，谕以所为起大事[38]，遂举吴中兵。使人收下县[39]，得精兵八千人。梁部署吴中豪杰为校尉、候、司马[40]。有一人不得用，自言于梁。梁曰：“前时某丧，使公主某事，不能办，以此不任用公。”众乃皆伏[41]。

于是梁为会稽守，籍为裨将[42]，徇下县[43]。……

【题解】

选自《史记》，有删节。“本纪”是《史记》的五个组成部分之一。它是以帝王为纲，按年代顺序编排的大事记，主要记载历代帝王的政迹。项羽虽然不是帝王，但他在“秦楚之际”曾一度自立为“西楚霸王”，发号施令，左右天下形势，司马迁把项羽列入本纪，反映了历史发展的实际，表现了尊重客观现实的态度。作品记述了项羽由起义到灭秦，由楚汉战争到最后兵败自刎的全过程，热情歌颂了项羽的英勇善战和他在灭秦过程中所建立的丰功伟绩，充分肯定了他的历史作用，同时也写出了他的残暴不仁和他在一系列政策策略上的严重错误，展示了他必然灭亡的悲剧命运。对这位失败的英雄，作者寄予了极大的惋惜和同情。本篇叙事井然有序，丝丝入扣，描写波澜起伏、扣人心弦，特别是对项羽形象的刻画，个性特征突出，极为生动传神。出色的艺术成就使本篇成为《史记》中最为精彩动人的篇章之一。

【注释】

①下相：秦县名，在今江苏宿迁县西南。②初起时：开始起义的时候，即秦二世元年（前209）。③季父：小叔父。季：排行在后的。④项燕：秦始皇二十三年（前224），秦将王翦击破楚，虏楚王。楚将项燕立昌平君为王，驻兵淮南反秦。次年，王翦等破楚军，昌平君死，项燕自杀。⑤项：在今河南沈丘县南。⑥竟学：从头至尾学完。竟：从头至尾。⑦栎（yuè）阳：秦县名，在今陕西临潼县北。逮：追捕。栎阳逮：因罪被栎阳县追捕。一说，逮：及，因事牵连。⑧蕲（qí）：秦县名，在今安徽省宿县南。狱掾（yuàn）：主管监狱的吏属。掾：古代属官的通称。书：信。这句意思是请托蕲地掌管监狱的小官曹咎写了一封说情的书信。⑨抵：送达。⑩以故：因此之故。事得已：事情得以了结。已：止。⑪吴：秦县名，即今江苏苏州市。⑫出项梁下：不及项梁。⑬繇：同"徭"。徭役：古时人民为官府服的劳役。丧：丧事。主办：主持办理。⑭阴：暗中。部勒：组织、部署。以是知其能：借这个机会了解宾客、子弟的才能。⑮会（kuài）稽：山名，在今浙江绍兴县东南。⑯浙江：即钱塘江。一说为吴县南之南江。⑰彼：指秦始皇。这句说：他的权位可由我来取代。⑱毋妄言：不要乱说。族：灭族，即杀光全家族人。⑲奇：以为奇，即认为项羽不凡。⑳扛：举。㉑惮（dàn）：畏惧，害怕。这里有敬畏的意思。当时吴中为东南人物荟萃之地，项羽作为客民，竟

受到吴中土著子弟的敬畏，可见其才情气势确实不凡。㉒秦二世：名胡亥，秦始皇少子。始皇病死沙丘后，赵高、李斯篡改遗诏，杀公子扶苏而立胡亥为帝，称为“二世”。在位三年（前209—前207）。秦二世元年即前209年。㉓大泽：乡名，当时属蕲县，在今安徽宿县东南。㉔会稽：秦郡名，在今江苏东部及浙江西部，郡治在今江苏吴县。守：一郡的长官。通：人名，据《史记》集解引《楚汉春秋》说，这位郡守姓殷。㉕江西：长江从九江到南京的一段，流向是由西南向东北，所以古人习惯称今皖北一带为江西，而称皖南、苏南一带为江东。㉖先即制人：犹言“先发制人”即：则。制：控制。㉗桓楚：《汉书》称为吴中奇士。将：统率、率领。㉘亡：逃亡。泽中：泽薮之中。亡在泽中：犹言“亡命江湖”。㉙亡人：亡命之人。这句另一读法是：“桓楚亡，人莫知其处”。人：指人们。㉚诫：吩咐。㉛眴(shùn)：使眼色。㉜可行矣：可以动手了。㉝印绶：即指官印。绶是系在印纽上的丝绳。㉞门下：指郡守的下属人等。㉟数十百人：犹言几十百把人。㊱慴（shè）伏：吓得伏在地上。慴：害怕，同“慑”。㊲故：旧日，平素。豪吏：有出色才干的官吏。㊳谕：告诉，使人知道。㊳收下县：占取会稽郡所属各县。㊵部署：分派，任命。校尉，候：皆军官名。古代军制，将军下设校尉，校尉下为军候。司马：军中主管司法的官吏。㊶伏：通“服”。㊷裨（pí）将：副将。裨：副的。㊸徇（xùn)：带兵巡行占领地方。此句以下有删节。

沛公军霸上[①]，未得与项羽相见。沛公左司马曹无伤使人言于项羽曰[②]："沛公欲王关中[③]，使子婴为相[④]，珍宝尽有之。"项羽大怒，曰："旦日飨士卒[⑤]，为击破沛公军[⑥]！"当是时，项羽兵四十万，在新丰鸿门[⑦]；沛公兵十万，在霸上。范增说项羽曰："沛公居山东时[⑧]，贪于财货，好美姬；今入关，财物无所取，妇女无所幸[⑨]，此其志不在小。吾令人望其气[⑩]，皆为龙虎，成五采，此天子气也。急击勿失！"

楚左尹项伯者[⑪]，项羽季父也，素善留侯张良[⑫]。张良是时从沛公，项伯乃夜驰之沛公军，私见张良，具告以事[⑬]，欲呼张良与俱去。曰："毋从俱死也[⑭]。"张良曰："臣为韩王送沛公[⑮]，沛公今事有急，亡去不义[⑯]，不可不语。"

良乃入，具告沛公。沛公大惊，曰："为之奈何？"张良曰："谁为大王为此计者？"曰："鲰生说我曰[⑰]：'距关毋内诸侯[⑱]，秦地可尽王也。'故听之。"良曰："料大王士卒足以当项王乎？"沛公默然，曰："固不如也，且为之奈何？"张良曰："请往谓项伯，言沛公不敢背项王也。"沛公曰："君安与项伯有故[⑲]？"张良曰："秦时与臣游，项伯杀人，臣活之。今事有急，故幸来告良。"沛公曰："孰与君少长[⑲]？"良曰："长于臣。"沛公曰："君为我呼入，吾得兄事之[㉑]。"张良出。要项伯[㉒]。

项伯即入见沛公。沛公奉卮酒为寿[㉓]，约为婚姻[㉔]，曰："吾入关，秋豪不敢有所近[㉕]，籍吏民[㉖]，封府库，而待将军。所以遣将守关者，备他盗之出入与非常也[㉗]。日夜望将军至，岂敢反乎！愿伯具言臣之不敢倍德也[㉘]。"项伯许诺。谓沛公曰："旦日不可不蚤自来谢项王[㉙]。"沛公曰："诺。"

于是项伯复夜去，至军中，具以沛公言报项王。因言曰："沛公不先破关中，公岂敢入乎？今人有大功而击之，不义也。不如因善遇之[30]。"项王许诺。

【注释】

①沛公：即刘邦。因起兵于沛（今江苏沛县），称沛公。军：驻扎。霸上：亦作"灞上"，即灞水西之白鹿原，在今陕西西安市东南。②左司马：主管军中司法的官，当时可能设为左右二人。③欲王：想要称王。沛公入关中之前，怀王曾与诸将约定"先入定关中者王之。"今沛公先入定关中，所以曹无伤这样说。④子婴：秦二世胡亥之侄。二世三年（前207）八月，赵高杀胡亥，另立子婴为三世。子婴杀赵高，灭其族。为帝四十六日，刘邦攻破咸阳，子婴遂降。后为项羽所杀。⑤旦日：明日。飨(xiǎng)：犒劳，即大吃一顿。⑥为：将。⑦新丰：汉县名，秦时为郦邑，在今陕西临潼县东。鸿门：在新丰东，今名项王营。⑧山东：崤山以东，泛指战国时六国之地。⑨幸：亲近，宠爱。⑩望其气：望他头上的云气。这是古代迷信的方术之一，称观人头上云气，可知其人吉凶祸福。⑪左尹：官名。楚称丞相为令尹，"左尹"即令尹之佐，犹副相。项伯：名缠，因屡助刘邦有功，后被刘邦封为射阳侯，赐姓刘。⑫素：向来，一向。善：交好，友善。张良：字子房，刘邦谋士，后封于留，故称留侯。留：县名，秦置，在今江苏沛县东南。⑬具：备，详尽。告：告诉。事：指项羽将击沛公之事。⑭毋从俱死也：不要跟随他一起被杀死。一说，"从"当作"徒"。徒：白白地。⑮韩王：韩公子成。

送：从。张良是韩国的旧贵族，反秦义军起事后，项梁立韩公子成为韩王，张良为韩司徒（相当于相），刘邦率军西下时，令韩王留守阳翟（今河南禹县），张良引兵随刘邦入关。⑯亡去：逃走。⑰鲰（zōu）生：犹言一个浅陋无知的小人。鲰：杂小鱼。一说，“鲰”为姓。⑱距：通“拒”，这里指拒关而守，关：指函谷关。内：同“纳”。意谓守住函谷关而不让项羽等人进入。⑲安：怎么。故：老交情。这句说：您怎么与项伯有老交情？⑳孰与君少长：项伯和您相比，年岁谁小谁大？㉑吾得兄事之：我当像对待兄长那样对待他。㉒要：通“邀”，邀请。㉓奉：两手捧着，表敬意。卮（zhī）：酒杯。为寿：即敬酒祝人长寿。这句说：捧杯敬酒，祝项伯健康长寿。㉔约为婚姻：约定做儿女亲家。㉕秋豪：鸟兽在秋天新长出来的细绒毛。这里用来比喻极为细小之物。豪：通“毫”，细毛。秋豪不敢有所近：意谓即便是极其细小的东西也不敢碰一下。犹今言“秋毫无犯”。㉖籍：登记。籍吏民：登记所有人口。㉗非常：意外的变故。这两句说：之所以要派遣将领率兵把守函谷关，是为了防备盗贼的进出和意外事故的发生。这是刘邦对其“距关”所作的辩解。㉘倍：通“背”。背德：犹言“忘恩负义”。㉙蚤：通“早”。谢：道歉。㉚善遇之：友善地对待他。

沛公旦日从百余骑来见项王，至鸿门，谢曰：“臣与将军勠力而攻秦①，将军战河北，臣战河南，然不自意能先入关破秦②，得复见将军于此。今者有小人之言，令将军与臣有郤。”项王曰：“此沛公左司马曹无伤言之，不然，籍何以至此！”

项王即日因留沛公与饮。项王、项伯东向坐[4]；亚父南向坐——亚父者，范增也；沛公北向坐；张良西向侍。范增数目项王[6]，举所佩玉玦以示之者三[7]。项王默然不应。

范增起，出召项庄[8]，谓曰："君王为人不忍[9]，若入前为寿[10]，寿毕，请以剑舞，因击沛公于坐杀之。不者[11]，若属皆且为所虏[12]。"庄则入为寿。寿毕，曰："君王与沛公饮，军中无以为乐，请以剑舞。"项王曰："诺。"项庄拔剑起舞，项伯亦拔剑起舞，常以身翼蔽沛公[13]，庄不得击。

于是张良至军门见樊哙[14]。樊哙曰："今日之事何如？"良曰："甚急！今者项庄拔剑舞，其意常在沛公也。"哙曰："此迫矣！臣请入，与之同命[15]！"哙即带剑拥盾入军门[16]。交戟之卫士欲止不内[17]，樊哙侧其盾以撞，卫士仆地，哙遂入。披帷西向立[18]，瞋目视项王[19]，头发上指，目眦尽裂[20]。项王按剑而跽曰[21]："客何为者？"张良曰："沛公之参乘樊哙者也[22]。"项王曰："壮士！赐之卮酒！"则与斗卮酒[23]。哙拜谢，起，立而饮之。项王曰："赐之彘肩[24]！"则与一生彘肩。樊哙覆其盾于地，加彘肩上[25]，拔剑切而啗之[26]。项王曰："壮士！能复饮乎？"樊哙曰："臣死且不避，卮酒安足辞！夫秦王有虎狼之心，杀人如不能举[27]，刑人如恐不胜[28]，天下皆叛之。怀王与诸将约曰[29]：'先破秦入咸阳者王之。'今沛公先破秦入咸阳，毫毛不敢有所近，封闭宫室，还军霸上，以待大王来。故遣将守关者，备他盗出入与非常也。劳苦而功高如此，未有封侯之赏，而听细说[30]，欲诛有功之人。此亡秦之续耳[30]，窃为大王不取也!”

项王未有以应，曰：“坐。”樊哙从良坐[32]。

坐须臾，沛公起如厕[33]，因招樊哙出。沛公已出，项王使都尉陈平召沛公[34]。沛公曰：“今者出，未辞也，为之奈何?”樊哙曰：“大行不顾细谨，大礼不辞小让[35]。如今人方为刀俎[36]，我为鱼肉，何辞为?”于是遂去。乃令张良留谢，良问曰：“大王来何操[37]?”曰：“我持白璧一双，欲献项王，玉斗一双[38]，欲与亚父，会其怒[39]，不敢献，公为我献之。”张良曰：“谨诺。”当是时，项王军在鸿门下，沛公军在霸上，相去四十里。沛公则置车骑[40]，脱身独骑，与樊哙、夏侯婴、靳强、纪信等四人持剑盾步走[41]，从郦山下，道芷阳间行[42]。沛公谓张良曰：“从此道至吾军，不过二十里耳，度我至军中[43]，公乃入。”

沛公已去，间至军中[44]，张良入谢。曰：“沛公不胜杯杓[45]，不能辞。谨使臣良奉白璧一双，再拜献大王足下，玉斗一双，再拜奉大将军足下。”项王曰：“沛公安在?”良曰：“闻大王有意督过之[46]，脱身独去，已至军矣。”

项王则受璧，置之坐上。亚父受玉斗，置之地，拔剑撞而破之，曰：“唉！竖子不足与谋[47]！夺项王天下者，必沛公也，吾属今为之虏矣!”

沛公至军，立诛杀曹无伤[48]。……

【注释】

①勠力：合力，并力。②意：料想。不自意：自己没有料想到。③郤（xì）：裂隙。有郤：指二人关系有了裂痕。④东向坐：

面向东坐。古时堂上之位，对堂下者，以南向为贵；不对堂下者，唯东向为尊。⑤亚父：仅次于父，这是项羽对范增的尊称。亚：次。⑥数（shuò）：屡次。目：用作动词，看：使眼色。⑦玦（jué）：有缺口的玉环。“玦”谐音“决”，表示决断。范增举玉玦示项羽，是要让他下决心杀刘邦。三：指多次。⑧项庄：项羽的堂弟。⑨不忍：不忍心、心不狠。⑩若：你。⑪不（fǒu）：相当于“否”。不者：否则。⑫若属：你们。且：将。⑬翼蔽：掩护。⑭樊哙（kuài）：沛人，原以屠狗为业，与刘邦一同起义，屡立战功，后封舞阳侯。⑮与之同命：与项羽等拼命。同命：并命，拼命。一说，指与刘邦同生死。⑯拥：前持。拥盾：持盾于身前。⑰戟：古时一种长柄武器。交戟：持戟相交叉，禁止出入。内：同“纳”。⑱披分开，裂开。帷：帐幕。西向立：面向西方站着。这与“东向坐”的项羽正好面对。⑲瞋（chēn）目：瞪大眼睛怒目而视。⑳上指：直竖。眦（zì）：眼角。这两句形容极端愤怒的样子。㉑跽（jì）：长跪。古人席地而坐，两膝着地，臀部压在小腿上。如臀部离开小腿，身子挺直，这就叫“长跪”，也就是“跽”。“按剑而跽”是准备起身刺击的应变姿势。㉒参乘：即骖乘，坐在车右侍卫的人，又叫陪乘。㉓斗卮：大酒杯。一说，“斗”字是衍文。㉔彘（zhì）肩：猪腿。㉕加彘肩上：意即将猪腿放在盾牌上。㉖啗（dàn）：同“啖”，吃。㉗举：全，尽。这句话：杀人唯恐不多。㉘胜（shēng）：尽，这句说：加刑于人唯恐不够。㉙怀王：指战国时楚怀王的孙子熊心，原在民间为人牧羊，项梁将他立为王，仍称楚怀王，孙袭祖号，以从民望。后为项羽所杀。㉚细说：小人之言。㉛此亡秦之续耳：这是继续亡秦的道路。㉜从良坐：在张良身旁坐下。㉝如：往。如厕：托言去厕所。㉞都尉：武官名，比将军略低。陈平：阳武户牖乡（今河南兰考县境内）人，当时在项羽帐下为都尉之官，次年即去楚归汉，为刘邦谋士，屡出奇计立大功。㉟大行：大事。细谨：小节。大礼：大节。辞：害怕。拒避。让：责备，责怪。这两句是当时习用的成语，意思是：干大事不拘守小节，行大礼顾不上小的责备。㊱俎（zǔ）：宰切鱼肉等食物的砧（zhēn）板。㊲操：持，拿。来何操：来时带了些什么东西。㊳玉斗：玉制酒器。㊴会：适逢。㊵置：抛弃、留下。置车骑：让随从的车骑丢在那里不管。㊶夏侯婴：沛人，随刘邦起义，后封汝阴侯。靳强：刘邦部属，后封汾阳侯。纪信：刘邦得力部将，因救刘邦脱险，被项羽烧死。步走：徒步逃跑。㊷郦山：即骊山，在鸿门之西，今陕西临潼县东南。道：取道，经由。芷阳：秦所置县，汉改为霸陵，在今陕西长安县东。间（jiàn）行：抄小路走。间：空隙。㊸度（duò）：估计。㊹间至军中：由小路回到军中。这是张良的揣度。㊺杯杓（sháo）：都是酒器，这里代指酒。不胜杯杓：指喝得过了量，禁不起酒力。㊻督过：责备，怪罪。有意督过之：存心找他的岔子。㊼竖子：对奴仆的贱称，犹言“小子”。这是范增明斥项庄，暗讥项羽的骂人话。㊽立：立刻，马上。这句以下有删节。

项王军壁垓下[①]，兵少食尽，汉军及诸侯兵围之数重。夜闻汉军四面皆楚歌[②]，项王乃大惊曰：“汉皆已得楚乎？是何楚人之多也！”项王则夜起，饮帐中。有美人名虞，常幸从；

骏马名骓[3]，常骑之。于是项王乃悲歌慷慨[4]，自为诗曰："力拔山兮气盖世，时不利兮骓不逝[5]。骓不逝兮可奈何！虞兮虞兮奈若何[6]！"歌数阕[7]，美人和之[8]。项王泣数行下。左右皆泣，莫能仰视。

于是项王乃上马骑[9]，麾下壮士骑从者八百余人[10]，直夜溃围南出[11]，驰走。平明[12]，汉军乃觉之，令骑将灌婴以五千骑追之[13]。

项王渡淮，骑能属者百余人耳[14]。项王至阴陵[15]，迷失道，问一田父，田父绐曰[16]："左。"左，乃陷大泽中[17]。以故汉追及之。

项王乃复引兵而东，至东城[18]，乃有二十八骑。汉骑追者数千人。项王自度不得脱，谓其骑曰："吾起兵至今八岁矣，身七十余战[19]，所当者破，所击者服，未尝败北，遂霸有天下；然今卒困于此，此天之亡我，非战之罪也。今日固决死，愿为诸君快战[20]，必三胜之，为诸君溃围、斩将，刈旗[21]，令诸君知天亡我，非战之罪也。"

乃分其骑以为四队，四向。汉军围之数重。项王谓其骑曰："吾为公取彼一将。"令四面骑驰下，期山东为三处[22]。

于是项王大呼驰下，汉军皆披靡[23]，遂斩汉一将。是时，赤泉侯为骑将[24]，追项王，项王瞋目而叱之，赤泉侯人马俱惊，辟易数里[25]。与其骑会为三处。汉军不知项王所在，乃分军为三，复围之。项王乃驰，复斩汉一都尉，杀数十百人。复聚其骑，亡其两骑耳。乃谓其骑曰："何如？"骑皆伏曰[26]：

“如大王言。”

于是项王乃欲东渡乌江[27]。乌江亭长檥船待[28]，谓项王曰：“江东虽小，地方千里，众数十万人，亦足王也。愿大王急渡。今独臣有船，汉军至，无以渡。”项王笑曰：“天之亡我，我何渡为？且籍与江东子弟八千人渡江而西，今无一人还，纵江东父兄怜而王我，我何面目见之！纵彼不言，籍独不愧于心乎！”乃谓亭长曰：“吾知公长者。吾骑此马五岁，所当无敌，尝一日行千里。不忍杀之，以赐公！”

乃令骑皆下马步行，持短兵接战[29]，独籍所杀汉军数百人。项王身亦被十余创[30]。顾见汉骑司马吕马童[31]，曰：“若非吾故人乎？”马童面之[32]，指王翳曰[33]：“此项王也！”项王乃曰：“吾闻汉购我头千金[34]，邑万户。吾为若德[35]！”乃自刎而死。

王翳取其头，余骑相蹂践，争项王，相杀者数十人。最其后[36]，郎中骑杨喜、骑司马吕马童、郎中吕胜、杨武各得其一体。五人共会其体，皆是。故分其地为五：封吕马童为中水侯[37]，封王翳为杜衍侯[38]，封杨喜为赤泉侯[39]，封杨武为吴防侯[40]，封吕胜为涅阳侯[41]……

太史公曰[42]：吾闻之周生曰[43]：“舜目盖重瞳子[44]。”又闻项羽亦重瞳子。羽岂其苗裔耶[45]？何兴之暴也[46]！夫秦失其政，陈涉首难[47]，豪杰蜂起，相与并争，不可胜数。然羽非有尺寸[47]，乘势起陇亩之中[49]，三年，遂将五诸侯灭秦[50]，分裂天下而封王侯，政由羽出，号为霸王[51]，位虽不终[52]，近古以来未尝有也。及羽背关怀楚[53]，放逐义帝而自立，怨王侯叛己，难矣。自矜功伐[54]，奋其私智而不师古[55]，谓霸王之业，欲以力征，经营天下，五年卒亡其国，身死东城，尚不觉悟，而不自责，过矣[56]。乃引“天亡我，非用兵之罪也”，岂不谬哉！

【注释】

①壁：营垒。这里用作动词，指安营扎寨。垓（gāi）下：地名，在今安徽灵璧县东南的沱河北岸。②楚歌：楚地的民间歌谣。四面皆楚歌：包围项王的汉军都唱起了楚歌，说明楚人多已降汉了。③骓（zhuī）：毛色青白相间的马。这里是马名。④慷慨：愤激悲叹的样子。⑤逝：奔驰。⑥若：你。奈若何；奈你何，对你怎么办！这句犹言：“虞啊！虞啊！将你怎么打发呢！”⑦歌数阕：唱了好几遍。阕（què）：段，遍。⑧和（hè）之：跟着他唱。⑨骑（jì）：一人一马叫做“骑”。这里“骑”字多余，疑涉下文而衍，《汉书》无“骑”字。⑩麾（huī）下：主帅的大旗下，即部下。⑪直夜：中夜、半夜。一说，当夜。溃围南出：突破包围从南面冲出。⑫平明：天刚亮。⑬灌婴：少以贩缯（帛）为业，后随刘邦起义，因功封颍阴侯。⑭属：跟随。⑮阴陵：在今安徽定远县西北。⑯绐（dài）：欺骗。⑰前一个“左”字，是说“向左边走”；后一个“左”字则指项羽等向左边走去。大泽：大沼泽。传说今安徽全椒县东南之迷沟，即项羽所陷之大泽。⑱东城：在今安徽定远县东南。⑲身：这里指亲身经历，犹言“身经”。⑳快战：痛痛快快地打一仗。一本作“决战”。㉑刈（yì）旗：砍倒敌军的大旗。㉒期：约定。山东为三处：在山的东面分三处集合。相传此山即今安徽和县北之四溃山。㉓披靡：草

木随风倒伏的样子。这里形容人马败退溃乱。㉔赤泉侯：指汉将杨喜，因破项羽有功，后来封为赤泉侯。㉕叱（chì）：大声呼斥。辟易：因畏惧而退避。辟：同“避”。易：易地，挪动了地方。㉖伏：通“服”。敬佩，信服。㉗乌江：即乌江浦；渡口名，在今安徽和县东北之长江西岸。欲东渡乌江：意谓欲从乌江浦渡长江东去。㉘亭长：秦汉时制度，十里一亭，设亭长一人。“亭”是停留行旅宿食之馆，“亭长”是管理“亭”的乡官。杈（yǐ）：通“舣”，停船靠岸。㉙短兵：短小轻便的武器，如刀、剑等。㉚被：受。创：伤。被十余创：受伤十余处。㉛顾见：回头看见。骑司马：骑兵中主管法纪的官。吕马童：当是项羽旧时部下，后来反楚投汉之人，所以下面称之为“故人”。㉜面之：面向项羽。面：向。一说，“面”通“偭”，作“背”解，“面之、即背对着项羽，显其忸怩之状。㉝指王翳：把项王指给王翳看。㉞购：重赏征求。㉟吾为若德：犹言“我为你做件好事”，意即得我之头去封侯受赏。㊱最：总计，总的算来。最其后：末了总计争夺结果。㊲中水侯：中水县侯，封地在今河北献县西北。以下四人所封也都是县侯。㊳杜衍：在今河南南阳市西南。㊴赤泉：在今河南淅江县西。㊵吴防：在今河南遂平县。㊶涅阳：在今河南镇平县南。这句以下有删节。㊷太史公曰：“太史公”是司马迁自称。这里作者以所任官职的名义发表意见，“托赞褒贬”。这种体例为后世史家继承发扬，成为“论赞”之体固定下来。㊸周生：周先生，汉时学者，名字不详，应是司马迁的长辈。㊹盖：疑而未定之词，相当于“大概”。重瞳子：一只眼睛里有两个瞳仁。㊺苗：初生的芽。裔：衣服后襟。苗裔：指子孙后代。㊻暴：突然，猛然。㊼首难：首先起义。㊽尺寸：指尺寸之地。非有尺寸：没有尺寸的封地作为根基。㊾陇亩：田野。这里指民间。㊿将：率领。五诸侯：指齐、赵、韩、魏、燕五国的起义军。项羽自率楚国起义军，合为六诸侯，并力灭秦。(51)政：政令。政由羽出：即由项羽发号施令。霸王：项羽入关，分封诸侯王，自立为西楚霸王。(52)位：指西楚霸王的权势地位。(53)背关怀楚：指舍弃关中形胜之地，怀念楚地，定都彭城。背：弃。(54)自矜功伐：自我夸耀战功。功伐：犹言“功勋”。(55)奋其私智：靠他个人的才智逞强。不师古：不师法古帝王的行为事业。(56)过：错。

廉颇蔺相如列传

廉颇者，赵之良将也。赵惠文王十六年[①]，廉颇为赵将伐齐，大破之，取阳晋[②]，拜为上卿，以勇气闻于诸侯。

蔺相如者，赵人也，为赵宦者令缪贤舍人[③]。

赵惠文王时，得楚和氏璧[④]。秦昭王闻之，使人遗赵王书，愿以十五城请易璧[⑤]。赵王与大将军廉颇诸大臣谋：欲予秦，秦城恐不可得，徒见欺；欲勿予，即患秦兵之来。计未定，求人可使报秦者，未得。宦者令缪贤曰：“臣舍人蔺相如可使。”王问：“何以知之？”对曰：“臣尝有罪，窃计欲亡走燕[⑥]。臣舍人相如止臣，曰：‘君何以知燕王？’臣语曰：‘臣尝从大王与燕王会境上，燕王私握臣手，曰：“愿结友。”以此知之。故欲往。’相如谓臣曰：‘夫赵彊而燕弱，而君幸于赵王，故燕王欲结于君。今君乃亡赵走燕，燕畏赵，其势必不敢留君，而束君归赵矣[⑦]。君不如肉袒伏斧质请罪[⑧]，则幸得脱矣。’臣从其计，大王亦幸赦臣。臣窃以为其人勇士，有智谋，宜可使。”

于是王召见，问蔺相如曰：“秦王以十五城请易寡人之璧，可予不?”相如曰：“秦彊而赵弱，不可不许。”王曰：“取吾璧，不予我城，奈何?”相如曰：“秦以城求璧，而赵不许，曲在赵[⑨]；赵予璧而秦不予赵城，曲在秦。均之二策[⑩]，宁许以负秦曲[⑪]。”王曰：“谁可使者?”相如曰：“王必无人，臣愿奉璧往使。城入赵而璧留秦；城不入，臣请完璧归赵[⑫]。”赵王于是遂遣相如奉璧西入秦。

【题解】

选自《史记》。原文为廉颇、蔺相如、赵奢、李牧四人合传，这里节录关于廉颇、蔺相如主要事迹的部分。作品通过“完璧归赵”、“渑池会”和“将相和”三件大事的描写，出色地刻画了蔺相如与廉颇这一相一将、一文一武的光辉形象。蔺相如大智大勇，“一奋其气，威信敌国”；且顾全大局，不计个人恩怨。其英风伟概，流芳千古。廉颇为一代良将，以勇气闻于诸侯，而为人有偏狭之短，妒忌之心；但他重义气，识大体，知错改错，胸怀磊落，毕竟不失作为良将的豪迈气度。本篇人物刻画卓有成就，故事情节引人入胜。它赞扬了公而忘私的高尚品德，形象地说明了君臣团结、将相和睦乃是克敌制胜的保证，无愧为一篇格高艺精的佳作。

【注释】

①赵惠文王：名何，武灵王之子。赵惠文王十六年即前283年。②阳晋：本卫邑，后属齐，在今山东荷泽县西北。③宦者令：宫中太监的首领。舍人：派有职事的门客。④和氏璧：见前《谏逐客书》注②。⑤愿以十五城请易璧：情愿用十五座城池给赵国换取和氏璧。⑥窃计欲亡走燕：私下打算想要逃到燕国去。⑦束：捆绑。归：送还，引渡。⑧肉袒（tǎn）：解衣露膊。斧质：刀斧和杀人时作垫用的砧板，均为刑具。⑨曲：理曲，理亏。⑩均：衡量。之：此。一说："均"指"相等"。⑪宁许以负秦曲：宁可答应秦的请求而让它承担理曲的责任。⑫完：完整。这里有丝毫无损、原封不动的意思。

秦王坐章台见相如[①]。相如奉璧奏秦王[②]，秦王大喜，传以示美人及左右[③]，左右皆呼万岁。相如视秦王无意偿赵城，乃前曰："璧有瑕请指示王[④]。"王授璧。相如因持璧，却立[⑤]，倚柱，怒发上冲冠，谓秦王曰："大王欲得璧，使人发书至赵王，赵王悉召群臣议，皆曰：'秦贪，负其彊[⑥]，以空言求璧，偿城恐不可得。'议不欲予秦璧。臣以为布衣之交尚不相欺[⑦]，况大国乎？且以一璧之故，逆彊秦之驩[⑧]，不可。于是赵王乃斋戒五日[⑨]，使臣奉璧，拜送书于庭[⑩]。何者？严大国之威以脩敬也[⑪]。今臣至，大王见臣列观，礼节甚倨[⑫]；得璧，传之美人，以戏弄臣。臣观大王无意偿赵王城邑，故臣复取璧。大王必欲急臣[⑬]，臣头今与璧俱碎于柱矣！"相如持其璧睨柱，欲以击柱。秦王恐其破璧，乃辞谢固请，召有司案图[⑭]，指从此以往十五都予赵。相如度秦王特以诈[15]，详为予赵城[16]，实不可得，乃谓秦王曰："和氏璧，天下所共传宝也[17]。赵王恐，不敢不献。赵王送璧时，斋戒五日，今大王亦宜斋戒五日，设九宾于廷[18]，臣乃敢上璧。"秦王度之，终不可彊夺，遂许斋五日。舍相如广成传[19]。

相如度秦王虽斋，决负约不偿城[20]。乃使其从者衣褐[21]，怀其璧，从径道亡[22]，归璧于赵。

【注释】

①章台：秦离宫中台观之一，在今陕西长安县故城西南。秦王不在朝廷接见相如，而高座离宫台观之上接见他，表现出对赵国的蔑视。②奏：呈献。③传以示美人及左右：依次传递璧给姬妾和左右近臣观赏。④瑕：玉上的小斑点。玉以无瑕为贵。⑤卻立：倒退几步站定。⑥负：仗恃。负其彊：仗恃其国力强大。⑦布衣：平民。古时平民穿麻布葛布，故以布衣代指平民。⑧逆：不顺从，违逆。驩：同"欢"，欢心。⑨斋戒：古人祭祀前，沐浴更衣，戒绝欲望，以整洁身心，表示对鬼神的肃敬，称为"斋戒"。这里表示赵王对送璧的特别重视。⑩书：指国书。送书：指手授国书。庭：同"廷"，朝廷，指正式听政的朝堂。⑪严：敬重。修：奉行，表示。⑫列观（guàn）：一般的台观，非正式朝廷。倨：傲慢轻忽。⑬急：逼迫。⑭有司：负责该项事务的官吏。按图：查看地图。⑮度（duò）：估量。⑯详：通"佯"，假装。⑰共传宝：公认的宝物。⑱宾：同"傧"，傧相，即赞礼官。此言在朝廷上设立九个傧相，依次传呼使者上殿，这是当时外交上最隆重之礼。⑲

舍：止宿。广成：传舍名。传：传舍，即宾馆。⑳决负约：必须背约。㉑衣褐：穿上粗麻布短衣。㉒径道：小路。

秦王斋五日后，乃设九宾礼于廷，引赵使者蔺相如。相如至，谓秦王曰："秦自缪公以来二十余君[①]，未尝有坚明约束者也[②]。臣诚恐见欺于王而负赵[③]，故令人持璧归，间至赵矣[④]。且秦彊而赵弱，大王遣一介之使至赵[⑤]，赵立奉璧来；今以秦之彊而先割十五都予赵，赵岂敢留璧而得罪于大王乎？臣知欺大王之罪当诛，臣请就汤镬[⑥]。唯大王与群臣孰计议之[⑦]！"秦王与群臣相视而嘻[⑧]。左右或欲引相如去，秦王因曰："今杀相如，终不能得璧也，而绝秦赵之欢，不如因而厚遇之[⑨]，使归赵，赵王岂以一璧之故欺秦邪！"卒廷见相如[⑩]，毕礼而归之。

相如既归。赵王以为贤大夫，使不辱于诸侯[⑪]，拜相如为上大夫[⑫]。秦亦不以城予赵，赵亦终不予秦璧。

其后，秦伐赵，拔石城[⑬]。明年，复攻赵，杀二万人。秦王使使者告赵王，欲与王为好会于西河外渑池[⑭]。赵王畏秦，欲毋行。廉颇、蔺相如计曰："王不行，示赵弱且怯也。"赵王遂行，相如从。廉颇送至境，与王诀曰[⑮]："王行，度道里会遇之礼毕[⑯]，还，不过三十日；三十日不还，则请立太子为王，以绝秦望[⑰]。"王许之。

遂与秦王会渑池。秦王饮酒酣，曰："寡人窃闻赵王好音，请奏瑟。"赵王鼓瑟。秦御史前[⑱]，书曰："某年月日，秦王与赵王会饮，令赵王鼓瑟。"蔺相如前曰："赵王窃闻秦王善为秦声[19]，请奉盆缻秦王[20]，以相娱乐。”秦王怒，不许。于是相如前进缻，因跪请秦王。秦王不肯击缻。相如曰：“五步之内[21]，相如请得以颈血溅大王矣[22]！”左右欲刃相如，相如张目叱之，左右皆靡[23]。于是秦王不怿[24]，为一击缻。相如顾召赵御史书曰：“某年月日，秦王为赵王缻。”秦之群臣曰：“请以赵十五城为秦王寿[25]。”蔺相如亦曰：“请以秦之咸阳为赵王寿。”秦王竟酒[26]，终不能加胜于赵。赵亦盛设兵以待秦，秦不敢动。

【注释】

①缪公：即秦穆公。缪：同“穆”。从穆公到昭襄王共历二十二君。②坚明：用作动词，即坚定明确地遵守。约束：盟约。③见欺于王而负赵：被大王所欺而对不起赵国。④间至赵矣：秘密地回到赵国了。间：秘密地，悄悄地。⑤遣一介之使：派一个使臣。一介：一个。⑥请就汤镬（huò）：即指受烹煮之刑。镬：无足的大鼎。⑦孰：同“熟”，仔细。⑧嘻（xī）：惊怪之声。⑨因而厚遇之：趁此机会优待他。⑩廷见：在朝廷上以大礼延见。⑪使：出使。⑫拜：授官。上大夫：大夫位列中的最高一级，仅次于卿。⑬秦伐赵：事在赵惠文王十八年（前281）。拔：攻取。石城：在今河南林县西南。⑭好会：友好的会见。西河外渑（miǎn）池：在今河南渑池县西。当时赵、卫等国人习惯称这一带地区为西河外。⑮诀：告别。⑯度（duó）：估计。道里：路程。会遇：会见。这句说：预计去渑池的路程直到会见完成的时间。⑰绝秦望：指断绝秦国以扣留赵王来要挟的指望。⑱御史：

战国时职掌图书文籍，即当时史官，不同于秦以后职掌纠弹的御史。前：走向前去。⑲秦声：秦地音乐，犹如楚歌，越讴之称。⑳奉：进献。一本作“奏”，义同。盆缻（fǒu）：盛水的瓦器。秦人歌唱时往往以击缶为节奏。缻：同“缶”。㉑五步之内：言其距离很近。㉒请得以颈血溅大王：表示“同归于尽”的婉转说法。㉓靡：吓得倒退。㉔不怿（yì）：不高兴。㉕为秦王寿：送给秦王作为献礼。㉖竟酒：直到酒宴完毕。

既罢，归国，以相如功大，拜为上卿，位在廉颇之右[1]。廉颇曰：“我为赵将，有攻城野战之大功，而蔺相如徒以口舌为劳[2]，而位居我上。且相如素贱人[3]，吾羞，不忍为之下。”宣言曰[4]：“我见相如，必辱之！”相如闻，不肯与会。相如每朝时，常称病，不欲与廉颇争列[5]。已而相如出，望见廉颇，相如引车避匿[6]。于是舍人相与谏曰：“臣所以去亲戚而事君者[7]，徒慕君之高义也。今君与廉颇同列，廉君宣恶言，而君畏匿之，恐惧殊甚。且庸人尚羞之，况于将相乎！臣等不肖，请辞去。”蔺相如固止之，曰：“公之视廉将军孰与秦王[8]？”曰：“不若也。”相如曰：“夫以秦王之威，而相如廷叱之，辱其群臣；相如虽驽[9]，独畏廉将军哉[10]？顾吾念之[11]，彊秦之所以不敢加兵于赵者，徒以吾两人在也。今两虎共斗；其势不俱生。吾所以为此者，以先国家之急而后私雠也。”廉颇闻之，肉袒负荆[12]，因宾客至蔺相如门谢罪[13]，曰：“鄙贱之人，不知将军宽之至此也。”卒相与驩，为刎颈之交[14]。

【注释】

①右：秦汉以前，以右为上。②徒以口舌为劳：仅靠口舌为功。③素：向来，一向。贱人：出身微贱的人，指相如出身于宦者令之门。④宣言：公开扬言。⑤争列：争位次的先后。⑥引车：拉转车子方向。避匿：躲避，回避。⑦所以去亲戚而事君者：之所以离开了亲属而投托到您门下来的缘故。⑧孰与秦王：和秦王比起来谁强？⑨驽：劣马，这里指愚劣。⑩独畏廉将军哉：岂怕廉将军呢。独：岂。⑪顾吾念之：但我想到。顾：但。⑫肉袒负荆：解衣露膊，背着荆杖，表示请求惩罚。荆：荆条，可以作杖。⑬因宾客至蔺相如门谢罪：通过宾客的关系到蔺相如门上去请罪。因：凭靠，这里有绍介的意思，因为不好意思直接登门。⑭卒相与驩：终于彼此交欢。驩：同“欢”。为刎颈之交：成了生死与共的好朋友。“刎颈之交”即“生死之交”，意谓誓同生死，刎颈而无悔。

屈原列传

屈原者，名平，楚之同姓也[①]。为楚怀王左徒[②]。博闻强志，明于治乱，娴于辞令[③]。入则与王图议国事，以出号令[④]，出则接遇宾客，应对诸侯[⑤]。王甚任之。

上官大夫与之同列[⑥]，争宠，而心害其能[⑦]。怀王使屈原造为宪令，屈平属草稿未定[⑧]。上官大夫见而欲夺之，屈平不与，因谗之曰：“王使屈平为令，众莫不知，每一令出，平伐其功[⑨]，以为‘非我莫能为’也。”王怒而疏屈平[⑩]。

屈平疾王听之不聪也[11]，谗谄之蔽明也[12]，邪曲之害公也[13]，方正之不容也[14]，故忧愁幽思，而作《离骚》[15]。“离骚”者，犹离忧也。夫天者，人之始也；父母者，人之本也。人穷则反本[16]，故劳苦倦极，未尝不呼天也；疾痛惨怛[17]，未尝不呼父母也。屈平正道直行，竭忠尽智以事其君，谗人间之，可谓穷矣！信而见疑，忠而被谤，能无怨乎？屈平之作《离骚》，盖自怨生也。《国风》好色而不淫[18]，《小雅》怨诽而不乱[19]，若《离骚》者，可谓兼之矣！上称帝喾[20]，下道齐桓[21]，中述汤、武[22]，以刺世事。明道德之广崇，治乱之条贯[23]，靡不毕见[24]。其文约，其辞微，其志洁，其行廉[25]。其称文小而其指极大，举类迩而见义远[26]。其志洁，故其称物芳。其行廉，故死而不容[27]，自疏濯淖污泥之中[28]，蝉蜕于浊秽[29]，以浮游尘埃之外，不获世之滋垢[30]，皭然泥而不滓者也[31]。推此志也，虽与日月争光可也[32]。

【题解】

选自《史记》。原为屈原、贾谊合传，这里节录屈原部分。本篇记述了屈原悲剧的一生。作者高度赞美了屈原博学多才、识见高卓和忠心报国的崇高品格，对统治者的愚昧昏庸和佞臣奸小的嫉贤误国，表示了极大的愤慨，对屈原的怀才不遇和一生坎坷，满腔悲愤地挥洒了同情的眼泪。作品的字里行间，透露了作者自身的哀痛。本篇具有强烈的抒情性。作者夹叙夹议，反复咏叹，笔端饱和着真挚、丰富的感情和鲜明、强烈的爱憎。正如透过抒情诗可以看到抒情主人公的形象一样，我们从本文感情浓烈、文采缤纷的描述中，不难看到一个伟大的太史公的形象。

【注释】

①楚之同姓：屈原的祖先屈瑕，是楚武王熊通的儿子，受封于“屈”地，后代便以屈为氏，故称其为“楚之同姓”。屈、昭、景三姓同为楚国王系之大族。②楚怀王：名怀，前328—前299年在位。左徒：官名，为楚国贵臣，多由贵族近臣担任。一说，大约相当于后代的左右拾遗之类的职务。③博闻强志：指见闻广博，记忆力强。志：记。明于治乱：明白治乱兴衰的道理。娴(xián)：熟习，擅长。娴于辞令：擅长外交应酬，言语应对。④图议：谋划商讨。出号令：发布命令。⑤接遇：接待会见。应对：应付对答。⑥上官大夫：复姓上官，其名不详。王逸《离骚经序》以为即靳尚，恐不确。同列：同位，指位次相同。列：行列，位次。⑦害：忌妒。⑧造为宪令：草拟、制订国家的法令。属（zhǔ)：指写作，撰著。⑨伐：夸耀。⑩疏：疏远。⑪疾：厌恨，痛心。听之不聪：意谓不听忠言而偏听奸言，耳不能辨是非。⑫谗：谗言。谄（chǎn)：奉承、讨好。蔽明：蒙蔽了眼光。这句意思是：谄媚小人混淆黑白，蒙蔽了怀王的目光。⑬邪曲：邪恶不正。这句说：邪恶不正的小人损害了公正无私的人。⑭方正：指正直的人。不容：指不为朝廷所容。⑮《离骚》：屈原的代表作，是我国古代文学史上第一首由诗人自觉创作、独力完成的长篇抒情诗。⑯穷：不得志，无出路。这里含有肉体和精神遭受极大痛苦的意思。反本：追念本源。⑰疾：病。惨怛（dá)：悲苦，忧伤。⑱《国风》：指《诗经》中的十五国风，大部分是

各地民歌。好色：指喜好歌咏男女恋情。不淫：不邪恶，不放荡。淫：过分，无节制。此句本于《论语·八佾（yì）》：“《关雎》乐而不淫，哀而不伤。”⑲《小雅》：指《诗经》中的《小雅》七十四篇，其中多数是贵族文人之作，也有一部分民歌。怨诽：抱怨讽刺。不乱：不邪乱。⑳帝喾（kù）：号高辛氏，传说中的五帝之一。上称帝喾：指《离骚》中“凤凰既受诒兮，恐高辛之先我”的诗句。上：指远古。㉑齐桓：即齐桓公，春秋五霸之一，前685—前643年在位。下道齐桓：指《离骚》中“宁戚之讴歌兮，齐桓闻以该辅”的诗句。下：指近古。㉒汤：即商汤，商朝的建立者。武：即周武王，西周王朝的建立者，中述汤、武：指《离骚》中“汤禹俨而祇敬兮，周论道而莫差”的诗句。中：指中古。㉓广崇：广大崇高。条贯：条理、系统。这里指国家治乱的先后因果关系。㉔靡；无。毕：全部，完全。见：同“现”。靡不毕见：无不完全表现出来。㉕约：简要。微：深微，微妙。洁：纯洁，高洁。廉：廉洁，不贪。㉖指：通“旨”，意义。类：事例。迩（ěr）：近，与“远”相对。义：道理。㉗死而不容：指到死也不为楚国污浊的社会和腐化的贵族所容。㉘自疏：自我远离。濯（zhuó）淖（nào）：都是污浊之物。濯：滫（xiǔ），臭水，脏水。淖：烂泥。濯淖污泥：四字同义，比喻当时污浊的社会。㉙蝉蜕（tuì）：比喻解脱。㉚获：辱。滋：同“兹”，黑。垢：污秽。这句说：不被当时社会的污秽所侵辱。㉛皭：同“皎”。皭然：光明洁白样子。泥：用作动词，指被污泥浸渍。不滓：不被污染。㉜推：推求，推论。虽与日月争光可也：即使与日月争辉也是可以的。

屈原既绌[①]，其后秦欲伐齐。齐与楚从亲[②]。惠王患之[③]，乃令张仪详去秦[④]，厚币委质事楚[⑤]，曰："秦甚憎齐，齐与楚从亲，楚诚能绝齐，秦愿献商、於之地六百里[⑥]。"楚怀王贪而信张仪，遂绝齐。使使如秦受地[⑦]，张仪诈之曰："仪与王约六里，不闻六百里。"楚使怒去，归告怀王。怀王怒，大兴师伐秦。秦发兵击之，大破楚师于丹、淅[⑧]，斩首八万，虏楚将屈匄[⑨]，遂取楚之汉中地[⑩]。怀王乃悉发国中兵，以深入击秦，战于蓝田[⑪]。魏闻之，袭楚至邓[⑫]。楚兵惧，自秦归。而齐竟怒，不救楚，楚大困。

明年[⑬]，秦割汉中地与楚以和。楚王曰："不愿得地，愿得张仪而甘心焉。"张仪闻，乃曰："以一仪而当汉中地，臣请往如楚。"如楚，又因厚币用事者臣靳尚[⑭]，而设诡辨于怀王之宠姬郑袖。怀王竟听郑袖，复释去张仪。是时屈原既疏，不复在位，使于齐，顾反[⑮]，谏怀王曰："何不杀张仪?"怀王悔，追张仪，不及。

其后，诸侯共击楚，大破之，杀其将唐眛[⑯]。

时秦昭王与楚婚[⑰]，欲与怀王会。怀王欲行，屈平曰："秦，虎狼之国，不可信。不如无行!"怀王稚子子兰劝王行："奈何绝秦欢!"怀王卒行。入武关[⑱]，秦伏兵绝其后，因留怀王以求割地。怀王怒，不听。亡走赵，赵不内[⑲]。复之秦，竟死于秦而归葬。

长子顷襄王立[⑳]，以其弟子兰为令尹[㉑]。楚人既咎子兰以劝怀王入秦而不反也[22]。屈平既嫉之[23]，虽放流[24]，眷顾楚国[25]，系心怀王，不忘欲反[26]。冀幸君之一悟，俗之一改也[27]。其存君兴国，而欲反覆之[28]，一篇之中，三致志焉[29]。然终无可奈何，故不可以反。卒以此见怀王之终不悟也[30]。

人君无愚智、贤不肖，莫不欲求忠以自为，举贤以自佐[31]。然亡国破家相随属[32]，而圣君治国累世而不见者[33]，其所谓忠者不忠，而所谓贤者不贤也！怀王以不知忠臣之分[34]，故内惑于郑袖，外欺于张仪，疏屈平而信上官大夫、令尹子兰。兵挫地削，亡其六郡[35]，身客死于秦，为天下笑。此不知人之祸也。《易》曰[36]："井渫不食，为我心恻，可以汲。王明，并受其福[37]。"王之不明，岂足福哉[38]！

令尹子兰闻之大怒[39]，卒使上官大夫短屈原于顷襄王[40]。顷襄王怒而迁之[41]。

【注释】

①绌：同"黜（chù）"，罢免，斥退。②从亲：合纵，亲善。从：同"纵"，合纵。③惠王：即秦惠文王，名驷，前337—前311年在位。患之：对此感到忧虑。之：此，指代"齐与楚从亲"。④张仪：魏人，战国纵横家的代表人物。秦惠王十年（前328）为秦相。秦武王元年（前310）离秦返魏，卒于魏。详去秦：假装离开秦国。详：通"佯"，假装。⑤厚币：厚重的礼物。委质：屈身效劳。委：屈。质：形体。据《楚世家》，张仪于怀王十六年（前313）入楚。⑥商於（wū）：地区名。又名於中。在今河南淅川县东北。当时属秦。⑦使使：派遣使者。前一

"使"字为动词。如：往，到……去。⑧丹：即丹阳。在今陕西、河南两省间的丹江以北。淅（xī）：即析，在今河南西峡县。一说，"丹"即丹水，"淅"即淅水。"丹、淅"指丹水之北，淅水之南。⑨屈：姓。匄（gài）：名。⑩汉中：地区名，在今陕西汉中一带地区。据《楚世家》，秦取汉中在怀王十七年（前312）春。⑪蓝田：秦县名，在今陕西蓝田县西。蓝田之战也在怀王十七年。⑫邓：楚地，在今湖北襄樊市北。⑬明年：指楚怀王十八年（前311）。⑭因：凭借，依靠。厚币：用作动词，意为用厚重的礼物去贿赂。用事者：当权的人。靳尚：楚臣，与张仪有私交。后与张仪一道离楚，被魏臣张旄所杀。⑮顾反：即回来。顾、反二字同义。反：同"返"。返回。⑯唐昧：楚将。《吕氏春秋》及《汉书·古今人表》作"唐蔑"。据《楚世家》，怀王二十八年（前301），秦与齐、韩、魏共攻楚，杀楚将唐昧。⑰秦昭王：即秦昭襄王，名则，一名稷，前306—前251年在位。⑱武关：在今陕西商南县东南。据《楚世家》，怀王入武关在怀王三十年（前299）。⑲内（nà）：同"纳"，接纳，收容。据《楚世家》，怀王于顷襄王二年（前297）逃奔赵，次年死于秦。⑳顷襄王：名横，前298—前263年在位。㉑令尹：楚国最高官职，掌军政大权，职同宰相。㉒这句语意不全，可能有脱误。一说为倒装句，大意是：楚人既由于子兰劝怀王入秦而终于不归的缘故而对他十分不满。咎（jiù）：憎恶，抱怨。以：由于。㉓屈平既嫉之：屈原也因此对子兰深为嫉恨。㉔放流：即放逐，流放。据此，屈原在怀王时曾被放逐。下文又言"顷襄王怒而迁之"，便是第二次放逐了。但上文只言"疏"、"绌"，未言放逐，故难通。

郭沫若解“放流”为“放浪”，但从上文看来，屈原又并非“放浪”在外。这段文字可能也有脱误。㉕睠：同“眷（juàn）”，眷恋。顾：念。睠顾：怀念。㉖系心：挂在心上，即惦记。不忘欲反：念念不忘返回朝廷。㉗冀幸：希望。君：指楚怀王。俗：指当时楚国贵族腐败的习俗。按：怀王既已入秦而不归，这里仍说“冀幸君之一悟”，颇不可解。前人对此多有考辨、推测之辞。但都莫衷一是。㉘存：爱护。反覆之：指拨乱反正，恢复楚国过去的强盛面貌。㉙一篇之中，三致志焉：在一篇作品中再三表达这样的心意。一篇：有人认为即指《离骚》。㉚卒：终于。以此：由于这种情况。见：看出。㉛求忠：访求忠臣。自为：自治其国。佐：辅佐。㉜随属（zhǔ）：接连不断，一个接一个。㉝圣君：圣明的君主。治国：安定太平的国家。累世：历代。古称三十年为一世。累：言其多。不见：没有出现。㉞忠臣之分：指忠臣应尽的职责本分。㉟六郡：指汉中一带地方。㊱《易》：即《周易》，又称《易经》。引文为《易经·井卦》的爻（yáo）辞。㊲渫（xiè）：除去井中污泥，即淘井。恻：伤悲，痛心，难过。汲：从井中取水。这几句说：把井淘理干净了，却无人食用，使我心中难过；这井里的水原是可以汲取食用的［正如贤人所掌握的治国之道是可以供国君施用的］。如果国君英明，天下人就都能得福。㊳王之不明，岂足福哉：这是司马迁的论断之辞。意思是：楚怀王既不英明，哪能给人们带来幸福呢！㊴令尹子兰闻之大怒：这句承接上文“屈平既嫉之”。以“虽放流”到“岂足福哉”一段，是司马迁夹入的一段议沦。“闻之”的“之”即指代“屈平既嫉之”的事。㊵短：诋毁，用作动词。㊶迁：迁逐，流放。之：指屈原。

屈原至于江滨[1]，被发行吟泽畔[2]。颜色憔悴，形容枯槁[3]。渔父见而问之曰："子非三闾大夫欤[4]？何故而至此？"屈原曰："举世混浊而我独清，众人皆醉而我独醒，是以见放。"渔父曰："夫圣人者，不凝滞于物而能与世推移[5]。举世混浊，何不随其流而扬其波[6]。众人皆醉，何不餔其糟而啜其醨[7]？何故怀瑾握瑜[8]，而自令见放为？"屈原曰："吾闻之：新沐者必弹冠，新浴者必振衣[9]。人又谁能以身之察察，受物之汶汶者乎[10]！宁赴常流[11]，而葬乎江鱼腹中耳。又安能以皓皓之白，而蒙世之温蠖乎[12]！"乃作《怀沙》之赋[13]。

于是怀石，遂自投汨罗以死[14]。

屈原既死之后，楚有宋玉、唐勒、景差之徒者[15]，皆好辞而以赋见称[16]。然皆祖屈原之从容辞令[17]，终莫敢直谏。其后楚日以削，数十年竟为秦所灭[18]。

大史公曰：余读《离骚》、《天问》、《招魂》、《哀郢》[19]，悲其志。适长沙，过屈原所自沉渊，未尝不垂涕[20]，想见其为人。及见贾生吊之，又怪屈原以彼其材游诸侯，何国不容，而自令若是！读《服鸟赋》[21]，同死生，轻去就[22]，又爽然自失矣[23]！

【注释】

①江滨：长江边。滨：水边。②被：同"披"。行吟：一边走一边吟咏。泽：聚水的低洼地。畔；旁。泽畔：指泽边荒野的

草地。③颜色：指面容，脸色。憔悴：又黄又瘦的样子。形容：身形容貌。枯槁：如枯干的树木，形容十分瘦弱。④三闾大夫：官名，管理楚国公族昭、屈、景三大姓的人事工作。⑤圣人：泛指聪明贤哲的人。不凝滞于物：指对待社会上的事物不固执、不拘泥。与世推移：指随着当时的社会风气发生转变。⑥随其流：即随波逐流。比喻随顺附和世俗小人。扬其波：即推波助澜，变本加厉。⑦馎（bǔ）：同“哺”，吃。糟：酒糟。啜（chuò）：饮。醨（lí）：薄酒。这里用吃酒糟、饮薄酒比喻迁就世俗，也就是“与世推移”的意思。⑧怀：抱着。瑾、瑜：都是美玉。这里用怀抱、握持美玉比喻对美好的操守坚贞不渝。⑨沐：洗头。弹冠：弹去帽子上的灰尘。浴：洗澡。振衣：抖掉衣上的尘土。这里用来比喻自己决心保持高洁，不受世俗污染。⑩察察：清洁的样子。汶（wèn）汶：昏暗、浑浊不清的样子。身之察察：喻高洁的人格。物之汶汶：喻社会的污浊黑暗。⑪常流：即长流，指江水。常：通“长”。⑫皓皓：皎洁光明的样子。蒙：受。温有蠖（huò）：尘埃渣滓层层堆积的样子，有污染的意思。这句说：又怎能让自己高洁的品质受到世俗的污染呢？⑬《怀沙》：《楚辞·九章》中的一篇。怀沙：指怀抱沙石而投江自杀。一说，怀：怀念。沙：长沙，楚国始封之地。“怀沙”即“怀念长沙”。以下删去《怀沙》之辞。⑭汨（mì）罗：江名，在湖南东北部。⑮宋玉：楚顷襄王时人，《汉书·艺文志》著录其赋十六篇，今传者仅《九辩》一篇较可信。唐勒：与宋玉同时，曾作楚国大夫，《汉书·艺文志》著录其赋四篇，今已亡佚。景差：楚人，一作“景瑳（cuō）”，《辞》中有《大招》一篇，有人认为即其所作。

⑯辞：文辞，指写作。这句说：他们都爱好写作，而以善于作赋被人们所称赞。一说，“辞”指“楚辞”，句意则为：他们都爱好楚辞却以善于作赋为人们所称赞。按：在汉代，楚辞常被称为“赋”，实则二者虽有联系，却并非一类。它们是体制不同的两类文体。⑰祖：效法，继承。从容辞令：指文辞委婉，从容不迫。⑱日以削：一天一天地被削弱。数十年竟为秦所灭：自顷襄王二十一年（前278）屈原死，到楚王负刍五年（前223）楚为秦所灭，其间五十五年。以下删去记贾生部分。⑲《离骚》、《天问》、《招魂》、《哀郢》都是屈原作品名。《哀郢》是《九章》中的一篇。王逸认为《招魂》是宋玉所作，与司马迁看法不同。但一般认为，司马迁的看法应是可信的。⑳屈原所自沉渊：据《史记索引》引《荆州记》说：“长沙罗县（在今湖南汨罗县西北），北带汨水。去县四十里是原（屈原）自沉处，北岸有庙也。”垂涕：流泪。㉑《服鸟赋》：贾谊所作。“服”，一作“鵩”。服鸟：俗称猫头鹰。㉒同：等同。同死生：把死生的事等同看待。轻：轻视。轻去就：把做官与不做官、在朝与归野的事等闲视之。㉓爽然：开朗轻松的样子。自失：指苦恼一概消失。

李将军列传

李将军广者，陇西成纪人也[①]。其先曰李信[②]，秦时为将，逐得燕太子丹者也[③]。故槐里[④]，徙成纪。广家世世受射[⑤]。孝文帝十四年[⑥]，匈奴大入萧关[⑦]，而广以良家子从军击胡[⑧]，用善骑射，杀首虏多，为汉中郎[⑨]。广从弟李蔡，亦为郎，皆为武骑常侍[10]，秩八百石[11]。尝从行，有所冲陷折关，及格猛兽[12]。而文帝曰："惜乎，子不遇时！如令子当高帝时，万户侯岂足道哉[13]！"

及孝景初立，广为陇西都尉[14]，徙为骑郎将[15]。吴楚军时[16]，广为骁骑都尉[17]，从太尉亚夫击吴楚军，取旗[18]，显功名昌邑下[19]。以梁王受广将军印，还，赏不行[20]。徙为上谷太守[21]。匈奴日以合战[22]，典属国公孙昆邪为上泣曰[23]："李广才气，天下无双，自负其能，数与虏敌战，恐亡之[24]。"于是，乃徙为上郡太守[25]。后广转为边郡太守[26]，徙上郡。尝为陇西、北地、雁门、代郡、云中太守，皆以力战为名。

匈奴大入上郡，天子使中贵人从广勒习兵[27]，击匈奴。中贵人将骑数十，纵[28]，见匈奴三人，与战，三人还射[29]，伤中贵人，杀其骑且尽。中贵人走广[30]，广曰："是必射雕者也[31]。"广乃遂从百骑往驰三人，三人亡马步行[32]，行数十里，广令其骑张左右翼[33]，而广身自射彼三人者，杀其二人，生得一人，果匈奴射雕者也。已缚之上马，望匈奴有数千骑，见广，以为诱骑[33]，皆惊，上山陈[35]。广之百骑皆大恐，欲驰还走，广曰："吾去大军数十里，今如此以百骑走，匈奴追射我，立尽。今我留，匈奴必以我为大军之诱[36]，必不敢击我。"广令诸骑曰："前！"前，未到匈奴陈二里所[37]，止，令曰："皆下马解鞍！"其骑曰："虏多且近，即有急，奈何？"广曰："彼虏以我为走，今皆解鞍以示不走，用坚其意[38]。"于是胡骑遂不敢击。有白马将出护其兵[39]，李广上马与十余骑奔射杀胡白马将[40]，而复还至其骑中，解鞍，令士皆纵马卧[41]。是时会暮，胡兵终怪之，不敢击。夜半时，胡兵亦以为汉有伏军于旁欲夜取之，胡皆引兵而去。平旦[42]，李广乃归其大军。大军不知广所之，故弗从[43]。

【题解】

选自《史记》。李将军，即汉代名将李广。不称“李广”，而称“李将军”，可见作者对其无限爱慕和景仰的感情。本篇着力描写了李广精于骑射，英勇善战，有智有谋，抚爱士卒，为人廉洁和治军简易的优良才德和作风，赞扬了他在保卫国家的斗争中的光辉战绩，深情地刻画了作者所理想的一代名将的英雄形象。同时对李广的一生坎坷寄予了深切的惋惜和同情，并通过李广的不幸遭遇，揭露了当时统治者排挤、压制贤能的不合理现象，其中也寄寓了作者的满腔悲愤，批判的锋芒隐现于叙事之中。本篇情节连贯，故事完整。作者精于取舍，妙于剪裁，善于抓住人物一生中最富典型意义的事件和行动，通过细腻的描绘，突出人物的主要性格特征，使人物形象鲜明动人。作者还广泛运用对比手法，以假、恶、丑衬托真、善、美，以平庸衬托神勇，再加上夸张手法的大胆运用，使李广这一感人形象更加丰满、传神。

【注释】

①陇西：汉郡名，在今甘肃东部。成纪：汉县名，在今甘肃秦安县北。②先：祖先。李信，秦名将。③逐得：追获。战国时燕国太子丹派荆轲去刺秦王，不中。秦出兵攻打燕国。秦将李信追太子丹，燕王斩太子丹头献给李信。④故：旧居，原籍。槐

里：汉县名，在今陕西兴平县东南。⑤世世受射：世世代代都学习射箭之法。受：学习。⑥孝文帝十四年：前166年。孝文帝：刘恒，高祖刘邦之子，前179一前157年在位。⑦匈奴：当时的北方民族。大入：大举入侵。萧关：由关中通向塞北的交通要冲，在今宁夏固原县东南。⑧良家子：好人家的子弟，指出身正当、家世清白的人。汉代当兵的人主要有两类，一是普通人家子弟，即"良家子"，一是犯罪的人。从军击胡：参军抗击匈奴。胡：当时对匈奴的称呼。⑨用：因。杀首虏多：杀敌斩首和虏获多。首：用作动词，意即斩首。中郎：官名，也简称"郎"，属郎中令，担任宫中守卫值夜，皇帝出门则充当侍卫，年俸约六百石。⑩从弟：堂弟。皆为武骑常侍：指李广、李蔡二人都由中部升为武骑常侍（皇帝的侍从武官)。⑪秩：俸禄的等级。⑫尝从行：曾跟随文帝出行。冲陷：冲锋陷阵。折关：挫敌。一说指"抵御"。格：格斗，搏斗。⑬这几句说：可惜啊，你生不逢时。如果你生在高帝争天下的时候，博取个万户侯的封爵又有什么值得一提的呢！万户侯：封邑万户的侯爵。⑭孝景：即孝景帝，文帝之子刘启，前156—前141年在位。陇西都尉：即陇西郡尉，郡守的副职，管该郡武事。⑮骑郎将：皇帝的侍从武官，管理、统率骑郎的将领。骑郎：骑马护从皇帝车驾的郎官。⑯吴、楚军时：指吴、楚七国造反起兵的时候，事在汉景帝三年（前154）正月。⑰骁（xiāo）骑都尉：统领骁骑的都尉。骁骑：骑兵中的一种，有如所谓"轻骑兵"。都尉：禁卫军中的将领。⑱太尉：主管全国军事的最高长官，当时的"三公"之一。亚夫：即周亚夫，绛侯周勃的儿子，汉代名将。取旗：指夺取了敌人的军旗。

⑲显功名：立功显名。昌邑：当时梁国的重要城邑，在今山东巨野东南。⑳梁王：即梁孝王刘武，文帝之子，景帝之弟，封于梁。在捍卫汉王朝，平定吴、楚之乱中，梁国有大功劳。李广在梁国地面上作战，战功卓著。梁孝王出于敬慕而授给他将军印。但这是违犯汉廷法令的事，所以还朝以后，李广没有受到赏赐。由此事可见汉景帝与梁孝王兄弟之间的尖锐矛盾。㉑徙：调任。上谷：秦、汉时郡名，在今河北西北及中部的一部分地区。㉒日：每天。以：与。合战：交锋争战。㉓典属国：官名，主管当时向汉朝称臣的各外族国家的事务。公孙昆（kún）邪（yé）：复姓公孙，名昆邪。上：指汉景帝。㉔负：仗恃。数（shuò）：屡次。敌战：正面交战。亡：伤亡。㉕上郡：汉郡名，在今陕西北部及内蒙古部分地区。㉖后广转为边郡太守：这以下四句，至“皆以力战为名”，据张文虎《校勘史记索隐集解正义》说，应移置下段之末”大军不知广所之，故弗从”之后。其中，“徙上郡”三字为衍文。张说有理。北地：郡名，在今甘肃东北和宁夏部分地区。雁门：郡名，在今山西西北部。代郡：在今山西、河北两省北部。云中：郡名，在今山西西北部和内蒙古西南部一带地区。㉗天子：指景帝。中贵人：即宦官。因居宫中，与皇帝关系密切，有地位，受宠信，故称中贵人。勒习兵：部勒训练军队，含有观察监督的意思。勒：部勒，约束。㉘将骑（jì）数十：率领几十名骑兵。纵：放马奔驰。㉙还射：转身而射。㉚走广：逃奔到李广处。㉛是必射雕者也：这一定是匈奴的专门射雕的能手。雕：猛禽，飞翔迅疾，极难射。“射雕者”自然是极善射的能手。㉜乃遂：于是立即。从百骑：带百名骑兵做随从。往驰：

疾驰急追。亡：同“无”。一说，“亡”即“失”。㉝张左右翼：如两翼似的张开，向左右包抄过去。㉞以为诱骑：认为是来引诱他们上当的骑兵。㉟陈：通“阵”，即摆好阵势。㊱必以我为大军之诱：必然以为我们是为大军作先遣，来引诱他们上当的。㊲所：通“许”。“二里所”即“二里许”，二里左右。㊳用坚其意：以这种作法来坚定他们的猜疑，即让他们认定确是“诱骑”。㊴白马将：一个骑白马的匈奴将领。护：监护，统辖。㊵奔射：奔驰着射箭。㊶纵马卧：放开马匹，各自躺下。㊷平旦：次日天明。㊸从：指跟随接应。

居久之，孝景崩，武帝立[①]。左右以为广名将也，于是广以上郡太守为未央卫尉[②]，而程不识亦为长乐卫尉[③]。程不识故与李广俱以边太守将军屯[④]，及出击胡，而广行无部伍行陈[⑤]，就善水草屯，舍止[⑥]，人人自便，不击刁斗以自卫[⑦]，莫府省约文书籍事[⑦]，然亦远斥候[⑧]，未尝遇害。程不识正部曲行伍营陈[⑨]，击刁斗，士吏治军簿至明[⑩]，军不得休息，然亦未尝遇害。不识曰：“李广军极简易，然虏卒犯之，无以禁也[⑪]。而其士卒亦佚乐，咸乐为之死[⑫]。我军虽烦扰[⑬]，然虏亦不得犯我。”是时汉边郡李广、程不识皆为名将，然匈奴畏李广之略[⑭]，士卒亦多乐从李广而苦程不识。程不识孝景时以数直谏为太中大夫[⑮]，为人廉，谨于文法[⑯]。

后，汉以马邑城诱单于[⑰]，使大军伏马邑旁谷，而广为骁骑将军，领属护军将军[⑱]。是时单于觉之，去，汉军皆无功。

其后四岁[⑲]，广以尉卫为将军，出雁门击匈奴[⑳]。匈奴兵多，破败广军，生得广。——单于素闻广贤，令曰：“得李广必生致之[21]。”——胡骑得广，广时伤病，置广两马间，络而盛卧广[22]。行十余里，广详死[23]，睨其旁有一胡儿骑善马[24]，广暂腾而上胡儿马[25]，因推堕儿[26]，取其弓，鞭马南驰数十里，复得其余军，因引而入塞[27]。匈奴捕者骑数百追之，广行取胡儿弓[28]，射杀追骑，以故得脱。于是至汉，汉下广吏[29]。吏当广所失亡多[30]，为虏所生得，当斩，赎为庶人[31]。

顷之[32]，家居数岁。广家与故颍阴侯孙屏野居蓝田南山中射猎[33]。尝夜从一骑出，从人田间饮。还至霸陵亭[34]，霸陵尉醉，呵止广[34]。广骑曰：“故李将军。”尉曰：“今将军尚不得夜行，何乃故也[36]”，止广宿亭下[37]。居无何，匈奴入杀辽西太守[38]，败韩将军[39]，后韩将军徙右北平死[40]，于是天子乃召拜广为右北平太守。广即请霸陵尉与俱，至军而斩之[41]。广居右北平，匈奴闻之，号曰“汉之飞将军，”避之数岁，不敢入右北平。

【注释】

①崩：天子死叫“崩”。武帝：即汉武帝刘彻，景帝之子。前140—前87年在位。②未央卫尉：未央宫的卫队长。未央宫是当时皇帝居住的地方。卫尉是“九卿”之一，职掌宫门守卫。③长乐卫尉：长乐宫的卫队长。长乐宫是太后居住的地方。④故：过去，从前。边太守：边郡太守。将军屯：统管军队驻防的事。将：用作动词，统率，管理。屯：驻防。⑤广行：指李广行军。部伍：即部曲行伍。当时军队编制，大将军营五部，部下有曲，曲下有屯。行阵：行列和阵势。此言李广行军，部队没有严格的

编制和一定的行列阵势。⑥就：趋往。善水草：指水源充足、牧草茂盛的地方。屯：驻扎。舍止：犹“起居”。⑦刁斗：铜制的军用饭锅。白天用来烧饭，夜晚用来敲击巡逻。⑦莫：通“幕”。幕府：将帅驻扎的大帐幕，引申为将帅的办事处。省约：即简化。文书籍事：指公文表册一类的事项。⑧远斥候：远远地派出哨探。斥候：侦察敌情的哨兵。一说，“远斥候”指远离边塞哨兵而深入敌境。⑨正：整齐划一，严格要求。营阵：军队休息时的营位和行军时的阵容。⑩至明：极为明白，一丝不苟。一说，“至明”指直到天明。⑪然虏卒犯之，无以禁也：然而敌人突然来侵犯，也无奈他何。卒：通“猝（cù）”，突然，仓猝。⑫佚：通“逸”。逸乐：安逸快乐。咸：都。乐为之死：甘愿为他效死出力。⑬烦扰：事务纷烦，紧张忙乱。⑭略：计谋，策略。⑭太中大夫：皇帝的文职侍从官员，掌管论议。⑯谨于文法：严格谨慎地执行法令规章。⑰马邑：汉县名，在今山西朔县。诱单于：武帝元光二年（前133），汉朝派马邑豪绅聂壹为间谍，去匈奴利诱单于，诡称愿作内应，让单于带兵来占取马邑。单于相信了他，带领十余万骑兵进入武州塞（在今山西朔县西）。汉伏兵三十余万在马邑两旁的山谷中。结果被匈奴发觉，引兵而去。汉军徒劳无功。⑱骁骑、护军：都是将军的头衔。这类头衔的将军总称为“杂号将军”，主事征伐，待战事完毕便撤消，并非常设之职。领属：属某人统领，受某人指挥。当时护军将军是韩安国，为主将。⑲其后四岁：即武帝元光六年（前129）。⑳雁门：即雁门关，在今山西代县西北，是当时北方要塞之一。㉑生致之：活捉后送他到单于那里。㉑置：放置。络：用绳结成网兜。盛：兜放。盛卧广：指让李广在两马间的网兜里躺着。㉓详：通“佯”，假装。㉔睨（nì）：偷眼斜视。胡儿：匈奴少年。善马：好马。快马。㉕暂：突然。腾：腾跃。㉖因推堕儿：于是把匈奴少年推下马去。堕：指从马上掉落下地。㉗复得其余军：重又遇到部下剩余的军队。因引而入塞：于是带领他们进入塞内。塞：指雁门关。㉘行取胡儿弓：边走边拿起从匈奴少年那里夺取的弓箭发射。㉙汉下广吏：汉廷把李广交给执法官吏审处。㉚当：判决。所失亡多：所损失、伤亡的人马太多了。㉛当斩：应当处以斩首。赎为庶人：交纳钱粮赎罪，得免死刑，削去官职，降为平民。庶人：平民。㉜顷之：不久。㉝故：从前。颍阴侯孙：即颍阴侯灌婴的孙子灌强。当时灌强因罪免侯，所以称“故”。屏野：退隐田野。蓝田南山：即今陕西蓝田县终南山，是当时朝贵退休之地。这句说：李广在家和前颍阴侯的孙子一同退隐田野，住在蓝田南山中以射猎消遣。㉞霸陵：汉文帝的陵墓。霸陵亭即在霸陵附近，亭长由霸陵县尉兼任，专门看守陵墓。霸陵县在今陕西长安县东。㉟呵止广：大声怒喝，禁止李广通行。㊱这两句说：就是现任的将军也不准犯禁夜行，何况还是过去的将军呢！㊲止广宿亭下：扣留了李广，让他在驿亭中歇宿。㊳居无何：过了不久。匈奴入杀辽西太守：匈奴入侵，杀死了辽西太守，事在武帝元朔元年（前128）秋。辽西：郡名，在今河北东北部、内蒙古昭乌达盟和辽宁西部。㊴韩将军：即韩安国，当时以卫尉为材官将军（杂号将军之一），驻守渔阳（今北京市密云县西南），为匈奴所败，抢掠去千余人及畜产等，所以这里说“败韩将军”。㊵徙右北平死：武帝怒韩安国之败，派使者责备他，又把他调到渔阳东北的右北平驻扎。韩安国既被远调，更见疏远，忧愧呕血而死。右北平：郡名，在今河北蓟县以东和辽宁部分地区。㊶请霸陵尉与俱，至军而斩之：请求让霸陵尉同他一道去右北平，等霸陵尉一到军中就把他杀了。按：李广怀私恨而斩霸陵尉，念念不忘曾受“呵止”之辱，可见其心胸狭隘，缺乏大将风度。

广出猎，见草中石，以为虎而射之，中石没镞[①]，视之石也。因复更射之，终不能复入石矣。广所居郡，闻有虎，尝自射之。及居右北平，射虎，虎腾伤广，广亦竟射杀之。

广廉，得赏赐，辄分其麾下[②]，饮食与士共之。终广之身，为二千石四十余年，家无余财，终不言家产事。广为人长[③]，猨臂[④]，其善射亦天性也。虽其子孙他人学者，莫能及广。广讷口少言[⑤]，与人居则画地为军陈，射阔狭以饮[⑥]。专以射为戏，竟死[⑦]。广之将兵乏绝之处[⑧]，见水，士卒不尽饮，广不近水；士卒不尽食，广不尝食。宽缓不苛，士以此爱乐为用[⑨]。其射，见敌急[⑩]，非在数十步之内，度不中不发，即应弦而倒。用此，其将兵数困辱，其射猛兽亦为所伤云[⑪]。

【注释】

①中（zhòng）石没镞（zú）：射中了石头，连箭头也全都钻进了石内。镞：箭头。②辄：总是，立即。分：通“颁”，颁赐。麾（huì）下：部下。③为人长：身材高大。④猨：同“猿”。猿臂：喻李广两臂既长又灵活。传说有一种通臂猿，两臂可以通过肩部而自由伸缩，使臂长增加一倍，故这里以“猿”为喻。⑤讷

(nè) 口：言语迟钝，笨口拙舌。少言：很少讲话。⑥画地为军陈，射阔狭以饮：这是一种射箭比输赢的游戏。即在地上画出许多或宽或窄的行列，然后从高处射下去。箭能直立在窄的行列中算胜。如果把箭射到宽行中，或没有直立起来，或射出行列之外，都算输。输的应罚酒。但因上述输的情况有所不同，所以罚酒的数量也不同。陈：通“阵”。⑦竟死：一直到死（都是这样）。⑧广之将兵：指李广平时带兵的通例。乏绝之处：指到了粮食和水源缺乏甚至断绝的地方。⑨宽缓：指李广对待士兵宽大，要求不严。不苛：不苛刻，不烦琐。以此：因此。爱：爱戴。乐为用：乐于为他所用。⑩急：逼近。⑪用此：因此。数困辱：屡次受到敌人的围困和窘辱。其射猛兽亦为所伤：与上文“虎腾伤广”相照应。

居顷之，石建卒，于是上召广代建为郎中令[①]。元朔六年，广复为后将军[②]，从大将军军，出定襄击匈奴[③]。诸将多中首虏率[④]，以功为侯者，而广军无功。后二岁，广以郎中令将四千骑出右北平，博望侯张骞将万骑与广俱，异道[⑤]。行可数百里，匈奴左贤王将四万骑围广[⑥]。广军士皆恐，广乃使其子敢往驰之[⑦]。敢独与数十骑驰，直贯胡骑[⑥]，出其左右而还，告广曰：“胡虏易与耳[⑨]！”军士乃安。广为圜陈外向[⑩]，胡急击之，矢下如雨。汉兵死者过半，汉矢且尽，广乃令士持满毋发[⑪]，而广身自以大黄射其裨将[⑫]。杀数人，胡虏益解[⑬]。会日暮，吏士皆无人色，而广意气自如，益治军[⑭]。军中自是服其勇也。明日，复力战，而博望侯军亦至，匈奴军乃解去。汉军罢[15]，弗能追。是时广军几没[16]，罢归。汉法：博望侯留迟后期[17]，当死，赎为庶人；广军功自如[18]，无赏。

初，广之从弟李蔡与广俱事孝文帝。景帝时，蔡积功劳至二千石。孝武帝时，至代相[19]。以元朔五年为轻车将军，从大将军击右贤王，有功，中率，封为乐安侯[20]。元狩二年中，代公孙弘为丞相[21]，蔡为人在下中[22]，名声出广下甚远。然广不得爵邑，官不过九卿[23]，而蔡为列侯，位至三公[24]。诸广之军吏及士卒，或取封侯。广尝与望气王朔燕语曰[25]："自汉击匈奴，而广未尝不在其中，而诸部校尉以下[26]，才能不及中人，然以击胡军功取侯者数十人。而广不为后人，然无尺寸之功以得封邑者[27]，何也？岂吾相不当侯邪？且固命也[28]？"朔曰："将军自念，岂尝有所恨乎[29]？"广曰："吾尝为陇西守，羌尝反[30]，吾诱而降，降者八百余人，吾诈而同日杀之[31]。至今大恨独此耳！"朔曰："祸莫大于杀已降，此乃将军所以不得侯者也。"

【注释】

①居顷之：过了不久。石建：万石君石奋的儿子，武帝时曾作郎中令。石建卒及李广"代建为郎中令"在武帝元朔六年（前123）。②后将军：当时有前、后、左、右四将军，位上卿，金印紫绶，皆掌兵及四夷。③大将军：位与丞相、太尉相近，是军职中最高的。这里指卫青。卫青字仲卿，平阳（今山西临汾县南）人，武帝皇后卫子夫的同母异父弟，汉代名将，以征匈奴著称。定襄：汉郡名，在今山西右玉县以北及内蒙古西南部。④中（zhòng）：符合。率（lǜ）：标准，规定。首虏率：指按斩敌首级

多少而加官晋爵的标准。⑤博望：汉县名，在今河南南阳县东北。张骞（qiān）：汉中人，武帝初为郎，应朝廷之募，出使西域，因功封博望侯。异道：不同路，即分路进兵。⑥可：大约。左贤王：匈奴大单于下面的最高长官之一，与右贤王共同襄助大单于处理国事。左贤王负责统辖匈奴东部，右贤王负责统辖匈奴西部。李广出右北平，恰在左贤王辖区内。⑦敢：李广之子李敢。往驰之：快马冲向敌人的包围圈。⑧直贯胡骑：一直穿过匈奴的骑兵包围阵。⑨易与：容易对付。⑩圜：同“圆”。圜阵：布成圆形的阵势。外向：面向着外，背靠着背。⑪持满毋发：把弓拉满，不要放箭。⑫大黄：弩弓名，又叫黄肩弩，一种黄色的可以连发的大弓。裨（pí）将：副将。⑬益解（xiè）：渐渐松懈，散开。益：渐渐。解：通“懈”，松弛，散开。⑭会：恰好。无人色：指脸色苍白，不像活人，形容非常惊恐。意气自如：神色气概和平常一样，毫无变化。盖治军：指更加有精神地整顿队伍，巡视行阵。⑮罢（Pí）：通“疲”，疲劳。⑯几没：几乎全军覆没。⑰留迟后期：行军迟缓，在约定会合的日期未能到达。⑱军功自如：军功与败罪相当，两相抵销。⑲代相：代国的相。代国：在今河北尉县东北及山西北部。⑳元朔五年：前124年。轻车将军：杂号将军之一。大将军：仍指卫青。乐安：汉县名，在今山东博兴县北。㉑元狩二年：前121年。公孙弘：字季，薛（在今山东滕县东南）人，是汉代以儒术而登丞相位的第一人，与董仲舒共同助汉武帝实行罢黜百家，独尊儒术。公孙弘是司马迁最憎恶的人物之一。他于元朔年间为丞相，封平津侯。其为人外宽内深，妒贤嫉能，常排挤、打击德才之士。杀主父偃，徙董仲舒于胶西，都是他暗中使的坏心计。㉒下中：属下等中的中等。这是指才干而言。汉时论人分九品，即上、中、下三等中又各分上、中、下。“下中”居第八等。㉓爵邑：爵位和封邑。九卿：汉时以丞相、太尉、御史大夫为“三公”，以太常、光禄勋、卫尉、太仆、廷尉、鸿胪、宗正、大司农、少府为“九卿”。“九卿”位在“三公”下。李广官只做到卫尉，郎中令，所以说他“官不过九卿”。㉔列侯：也称彻侯，通侯。封有一定领地，地位高于无领地的“关内侯”。刘邦曾规定：“非刘氏者不得王，非有功者不得侯。”故在汉代，对一般官员而言，封为列侯是最高的荣誉。李蔡曾为丞相，故说他“位至三公”。㉕望气：古代的一种迷信活动，用所谓观察天象、云气的办法预测人的吉凶祸福。这里的“望气”指望气者。王朔：当时有名的望气家。燕语：私下闲谈。燕：安闲。㉖诸部：指李广曾经率领过的若干部队。校尉以下：泛指一般地位低的军吏士兵。㉗不为后人：比起别人来，不算落后。这是指才能与战绩而言。尺寸之功：些微的功劳。尺寸：形容短少。㉘相：指容貌，骨相。固：本来。命：指命运。这两句说：难道是我的相生得这样不该封侯呢？还是本来就命中注定的呢？㉙岂尝有所恨乎：难道曾经有过什么遗憾的事情吗？恨：遗憾。㉚羌（qiāng）：当时居住在陇西一带的少数民族。尝反：曾起兵反汉。㉛诱而降：用计诱骗他们投降。诈：用诡计。

后二岁，大将军、骠骑将军大出击匈奴[①]。广数自请行[②]，天子以为老，弗许。良久，乃许之。以为前将军。——是岁，元狩四年也。广既从大将军青击匈奴，既出塞，青捕虏，知单于所居，乃自以精兵走之[3]。而令广并于右将军军，出东道[4]。东道少回远，而大军行，水草少，其势不屯行[5]。广自请曰："臣部为前将军，今大将军乃徙令臣出东道。且臣结发而与匈奴战[6]，今乃一得当单于[7]，臣愿居前，先死单于[8]。"大将军青亦阴受上诫[9]，以为李广老，数奇[10]，毋令当单于，恐不得所欲[11]。而是时公孙敖新失侯[12]，为中将军从大将军，大将军亦欲使敖与俱当单于，故徙前将军广。广时知之，固自辞于大将军。大将军不听。令长史封书与广之莫府[13]，曰："急诣部如书[14]。"广不谢大将军而起行，意甚愠怒而就部，引兵与右将军食其合军出东道[15]。军亡导，或失道，后大将军[16]。大将军与单于接战，单于遁走，弗能得而还。南绝幕[17]，遇前将军、右将军。广已见大将军，还入军。大将军使长史持糒醪遗广[18]，因问广、食其失道状。青欲上书报天子军曲折[19]。广未对。大将军使长史急责广之幕府对簿[20]。广曰："诸校尉无罪，乃我自失道，吾今自上簿至莫府[21]。"广谓其麾下曰："广结发与匈奴大小七十余战，今幸从大将军出接单于兵，而大将军又徙广部，行回远，而又迷失道，岂非天哉！且广年六十余矣！终不能复对刀笔之吏[22]。"遂引刀自刭。广军士大夫一军皆哭。百姓闻之，知与不知，无老壮，皆为垂涕。而右将军独下吏，当死，赎为庶人。

【注释】

①后二岁：即元狩四年（前119）。骠（piào）骑将军：位仅次于大将军。这里指霍去病。霍去病为卫青姊子，汉代名将。②

数自请行：屡次主动请求随行参战。③走之：追逐单于。④并：合并。右将军：指赵食（yì）其（jī）。出东道：从东路出征。⑤少：通“稍”，略。回：迂回。大军行：指卫青所率领的主力军的行动路线。不屯行：不驻扎下来，中途不停留。这几句意思是：李广出东道迂回遥远，而卫青所率领的大军所走路线又因水草少，中途不能停留，势必加速前进。这样，李广等自然就容易掉在后面，不能按预定日期会师。⑥结发：即束发。古代男子二十岁束发戴冠，故结发即指成年。⑦当：亲自遇到。⑧先死单于：先同单于决一死战。⑨阴受上诫：暗地里接受了皇上的告诫。⑩数奇（jī）：运气不好。古以偶为吉，奇为凶。偶：双数。奇：单数。引申为幸与不幸。⑪恐不得所欲：恐怕不能实现所要达到的愿望。意思是怕李广运气不好而让单于走脱。这反映了武帝和卫青的迷信。⑫公孙敖：汉武帝时将领，当初为骑郎，曾在卫青有危难时救过他的命。后来公孙敖因三次跟随卫青出击匈奴有功，封为合骑侯。元狩二年（前121），公孙敖与霍去病等分道出击匈奴，未能如期与霍去病会师，当斩，赎为庶人。所以这里说他“新失侯”。⑬长史：将军手下的属官，因其为诸吏之长，所以叫“长史”，大约相当于今之“秘书长”。封书：指写好公文，加印封好。莫：通“幕”。莫府：即幕府。⑭急诣部如书：赶快到右将军军部去，按照文书执行！诣：到……去。部：指右将军的军部。⑮不谢：不辞别。愠（yùn）：怨恨，生气。就部：前往右将军的军部。引兵：带领军队。合军：两军合并。⑯亡：同“无”。亡导，没有向导。或：同“惑”。或失道：迷惑而走错了路。后大将军：掉在大将军卫青的后面。⑰南绝幕：指大军南归，横过大沙漠。绝：横渡，横过。幕：通“漠”，指大沙漠。⑱持糒（bèi）醪（láo）遗（wèi）广：拿着干粮和浊酒送给李广。糒：干粮。醪：浓浊的酒。遗：赠送。⑲军曲折：军情的曲折细节，指出兵不利的详细情况。⑳急责：紧急责令。幕府：指李广幕府中的官吏，即下文所谓“校尉”。对簿：回答质问。簿：指文状。㉑上簿至幕府：亲自到大将军幕府去回答质问。㉒终：终竟。不能复对：不能再去面对。刀笔之吏：指管理文书法令的官吏。古时文书写在简牍上，用笔书写，有误则用刀削去，故有“刀笔”之称。

广子三人，曰当户、椒、敢，为郎[①]。天子与韩嫣戏[②]，嫣少不逊，当户击嫣，嫣走，于是天子以为勇。当户早死，拜椒为代郡太守，皆先广死。当户有遗腹子名陵。广死军时，敢从骠骑将军。广死明年。李蔡以丞相坐侵孝景园壖地[③]，当下吏治，蔡亦自杀，不对狱，国除[④]，李敢以校尉从骠骑将军击胡左贤王，力战，夺左贤王鼓旗，斩首多，赐爵关内侯[⑤]，食邑二百户，代广为郎中令。顷之，怨大将军青之恨其父[⑥]，乃击伤大将军。大将军匿讳之[⑦]。居无何，敢从上雍，至甘泉宫猎[⑧]，骠骑将军去病与青有亲，射杀敢。去病时方贵幸，上讳云鹿触杀之[⑨]。居岁余，去病死。而敢有女为太子中人[⑩]，爱幸。敢男禹，有宠于太子，然好利，李氏陵迟衰微矣[⑪]！

李陵既壮，选为建章监[⑫]，监诸骑。善射，爱士卒。天子以为李氏世将，而使将八百骑。尝深入匈奴二千余里，过居延[⑬]，视地形，无所见虏而还。拜为骑都尉[⑭]，将丹阳楚人五千人[⑮]，教射酒泉张掖[16]，以屯卫胡。数岁，天汉二年秋[17]，贰师将军李广利将三万骑击匈奴右贤王于祁连天山[18]，而使陵将其射士步兵五千人，出居延北可千余里，欲以分匈奴兵，毋令专走贰师也。陵既至期还，而单于以兵八万围击陵军。陵军五千人，兵矢既尽，士死者过半，而所杀伤匈奴亦万余人。且引且战[19]，连斗八日，还未到居延百余里[20]。匈奴遮狭绝道[21]。陵食乏而救兵不到，虏急击，招降陵。陵曰："无面目报陛下。"遂降匈奴。其兵尽没。余亡散得归汉者四百余人。单于既得陵，素闻其家声，及战又壮，乃以其女妻陵而贵之。汉闻，族陵母妻子。自是之后，李氏名败，而陇西之士居门下者，皆用为耻焉[22]。

太史公曰："传曰[23]：'其身正，不令而行；其身不正，虽令不从。'其李将军之谓也。余睹李将军，悛悛如鄙人[24]，口不能道辞。及死之日，天下知与不知，皆为尽哀。彼其忠实心，诚信于士大夫也[25]。谚曰：'桃李不言，下自成蹊[26]。'此言虽小，可以谕大也[27]。"

【注释】

①为郎：言兄弟三人都为郎。汉代有以父兄之任，使其子弟为郎的制度。②韩嫣：汉武帝的宠幸。戏：调笑戏谑。③坐侵孝景园壖（ruán）地：因仅占景帝陵园神道外边空隙地带的罪名。壖：同"堧"，城郭旁或河边的空地。这里指景帝陵园神道两边的空地。神道：正对着陵墓的通道，两边排列着石碑石像，以及种植松柏等。④不对狱：不愿对簿就狱。国除：除去领地及封号。⑤关内侯：比列侯低一等。有侯号，居京畿，无国邑，故

名。⑥恨其父：使他的父亲抱恨而死。王念孙说，“恨”通“很”，违背的意思，指卫青违背了李广“臣愿居前”的请求。⑦匿讳之：隐瞒了这件事，不使张扬。⑧从上雍：随从武帝到雍。雍：汉县名，在今陕西凤翔县南。甘泉宫：原为秦的离宫，武帝时为游猎避暑的地方。⑨讳云鹿触杀之：指隐瞒真情说假话，宣称李敢是被鹿撞触而死的。⑩太子：指武帝长子刘据，卫皇后所生。元狩元年（前122）立为太子。征和二年（前91），因巫蛊案发兵斩江充，后被丞相刘屈氂打败，自杀。中人：没有位号的宫妾。⑪陵迟：犹“陵夷”，言丘岗之日渐低平，借指颓败、衰落。衰微：衰弱。陵迟衰微：犹言越来越衰落了。⑫建章监：护卫建章宫的卫队长。建章宫：在未央宫西，建于汉武帝太初元年（前104）。监：监督军队的长官。⑬居延：即居延海，在今内蒙古额济纳旗北境。⑭骑都尉：羽林军长官，秩比二千石。⑮丹阳：汉郡名。郡治即今安徽宣城县。其地古代属楚。⑯酒泉、张掖：皆汉郡名，在今甘肃境内。⑰天汉二年：前99年。⑱贰师将军：李广利的封号。他是武帝宠姬李夫人之兄。武帝为了让他有立功封侯的机会，发动了对大宛的战争。因大宛国都贰师城出产汗血马，武帝为克贰师城取汗血马，故封李广利为“贰师将军”。祁连天山：即祁连山。⑲且引且战：犹言“边退边打”。引：领兵而退。⑳还未到居延百余里：即距离居延还有百余里。㉑遮狭绝道：拦住了狭窄的通道，断绝了归路。㉒居门下者：指曾经出入于李氏之门的宾客。皆用为耻：都以为耻辱。按；自“李陵既壮”至“皆用为耻焉”这一大段文字，据清人梁玉绳、杭世骏考证，乃“后人妄续”，“断非子长笔”。㉓传：汉代称儒家的六艺为“经”，解释经书的著作叫“传”，此外一切贤人著作如《论语》、《孟子》等也叫“传”。这里指的是《论语》。所引四句见《论语·子路》。㉔悛悛（xún）：同“恂恂”，谨厚诚朴的样子。鄙人：乡下人。㉕信：取信，这两句说：他那忠实的心确实使士大夫深信而感动了。㉖蹊（xī）：小路。桃李不言，下自成蹊：桃、李虽然不言不语，但其花美果鲜，人们纷纷自觉前往观赏、采摘，在树下自然踩出一条路来。这里用来比喻李广虽“口不能道辞”，但其“忠实心”和英雄业绩感动了天下人。㉗谕：同“喻”。

报任安书

太史公牛马走司马迁再拜言[①]，少卿足下：曩者辱赐书[②]，教以顺于接物，推贤进士为务[③]。意气懃懃恳恳，若望仆不相师，而用流俗人之言[④]。仆非敢如此也！仆虽罢驽[⑤]，亦尝侧闻长者之遗风矣。顾自以为身残处秽[⑥]，动而见尤[⑦]，欲益反损，是以独郁悒而与谁语。谚曰：“谁为为之？孰令听之[⑧]？”盖钟子期死，伯牙终身不复鼓琴[⑨]。何则？士为知己者用，女为说己者容。若仆大质已亏缺矣[⑩]，虽才怀随和[⑪]，行若由夷[⑫]，终不可以为荣，适足以见笑而自点耳[⑬]。书辞宜答，会东从上来[⑭]，又迫贱事[⑮]，相见日浅，卒卒无须臾之闲[⑯]，得竭志意。今少卿抱不测之罪，涉旬月[⑰]，迫季冬[⑱]，仆又薄从上雍[⑲]，恐卒然不可为讳[⑳]，是仆终已不得舒愤懑以晓左右[㉑]，则长逝者魂魄[㉒]，私恨无穷。请略陈固陋。阙然久不报[㉓]，幸勿为过。

【题解】

选自《昭明文选》卷四十一。原载《汉书·司马迁传》，两本文字略有不同。标题亦作《报任少卿书》。这是司马迁答复任安的一封信。任安字少卿，荥（xíng）阳人，曾任益州刺史、北军使者护军。汉武帝征和二年（前91），江充巫蛊案发生，戾太子发兵与丞相刘屈氂战于长安城中（其时武帝在甘泉宫）。任安既受太子令其发兵之节，却又按兵观望。后太子败，任安遂以“有两心”，“怀诈”持两端而被武帝下狱处死。此书即作于征和二年十一月，任安被杀之前。信中以回答任安“不能推贤进士”的责备为线索，倾诉了自己因李陵事件而惨受腐刑的全过程，叙说了自己隐忍苟活、发愤著书的目的、决心和毅力，抒发了极端沉痛悲愤的心情，字里行间流露出对汉武帝、对酷吏政治、以及对当时整个官僚社会的无比愤怒和厌恶。文章直抒胸臆，慷慨激烈，气魄宏大，笔力雄健。文势起伏跌宕而如一气呵成，感情沉郁豪壮而含忧愁幽思，真可谓“无韵之《离骚》”。

【注释】

①太史公：汉代史官太史令的通称，这里是司马迁自称官职。牛马走：自谦之辞，意即“您的仆人”。一说“牛马走”应作“先马走”，犹言“马前走卒”。再拜言：即“再拜陈言”。②曩（nǎng）：从前。辱赐书：承您屈尊写信给我。③顺：通“慎”，《汉书》作“慎”。接物：即处事。顺于接物：谨慎地待人处事。推贤进士为务：以推荐人才作为义务。④懃（qín）：同

“勤”。懃懃恳恳：殷勤恳切。《汉书》作“勤勤恳恳”。望：怨恨。不相师：没能遵从您的意见办事。而用流俗人之言：反而听从了世俗之人的话。⑤罢驽：拙劣、低下。罢：通“疲”，疲弱。驽：劣马。⑥顾：只是。身残处秽：指身受宫刑而言。⑦见尤：被人指责。⑧谁为为之，孰令听之：为谁做呢？又让谁听呢？谁为：为谁。孰令：让谁。⑨钟子期和伯牙都是春秋时楚国人。伯牙善弹琴，而钟子期能知音。二人遂为知心好友。后钟子期死，伯牙认为世无知音，便破琴绝弦，从此不再弹琴。⑩大质：指身体。亏：残。⑪才怀随和：有珠玉一般可贵的才华。随：指随侯之珠。和：指和氏之玉。⑫行若由夷：品行像许由、伯夷那样高尚。由夷：许由、伯夷，二人历来被看作不贪富贵、品德高尚的典范人物。⑬点：通“玷”，玷污，污辱。⑭会：适逢。东从上来：即“从上东来”，指跟随汉武帝由甘泉宫向东回到长安来。武帝此次巡幸甘泉宫，在征和二年夏。⑮迫：急。贱事：谦词，指自己所担负的烦杂事务。⑯相见日浅：彼此见面的日子很少。浅：少。卒卒（cù）：犹言“匆匆”。卒：同“猝”。须臾：片刻。闲：空暇。⑰涉旬月：过一个月。涉：渡过。旬月：满月。⑱迫：接近。季冬：十二月。按汉代法律规定，十二月处决囚犯。⑲薄：迫近。从上雍：跟随武帝到雍地去。雍：汉县名，在今陕西凤翔县南，那里有汉代所筑祭五帝的坛。汉武帝常往祭祀。据《汉书·武帝纪》载：“（征和）三年春正月，行幸雍。”⑳卒然：突然。不可为讳：指任安将被处死。这是委婉之辞。㉑晓：明告。左右：指任安。不直称对方，而说“以晓左右”，是表示尊敬。㉒长逝者：即死者，指任安。㉓阙然久不报：过了很久还没有回信。阙：同“缺”，间隔。阙然：指隔了很久。

仆闻之：修身者，智之符也；爱施者，仁之端也；取与者，义之表也；耻辱者，勇之决也；立名者，行之极也[①]。士有此五者，然后可以托于世，而列于君子之林矣。故祸莫憯于欲利[②]，悲莫痛于伤心，行莫丑于辱先，诟莫大于宫刑[③]。刑余之人，无所比数[④]，非一世也，所从来远矣。昔卫灵公与雍渠同载，孔子适陈[⑤]；商鞅因景监见，赵良寒心[⑥]；同子参乘，袁丝变色[⑦]：自古而耻之。夫以中材之人，事有关于宦竖[⑧]，莫不伤气，而况于慷慨之士乎？如今朝廷虽乏人，奈何令刀锯之余荐天下之豪俊哉[⑨]！仆赖先人绪业[⑩]，得待罪辇毂下[⑪]，二十余年矣。所以自惟[⑫]，上之不能纳忠效信，有奇策材力之誉，自结明主；次之又不能拾遗补阙[⑬]，招贤进能，显岩穴之士[⑭]；外之不能备行伍，攻城野战，有斩将搴旗之功[⑮]；下之不能积日累劳，取尊官厚禄，以为宗族交游光宠[⑯]。四者无一遂[⑰]，苟合取容，无所短长之效[⑱]，可见于此矣。向者仆亦尝厕下大夫之列[⑲]，陪外廷末议[⑳]，不以此时引纲维[㉑]，尽思虑，今已亏形为扫除之隶[㉒]，在阘茸之中[㉓]，乃欲仰首伸眉，论列是非，不亦轻朝廷、羞当世之士邪？嗟乎！嗟乎！如仆尚何言哉！尚何言哉！

【注释】

①符：符信。智之符：意即智慧的表征。爱施：乐于施舍。仁之端：仁德的开端。取与：索取与给予。义之表：义的表现。

意思是“取”和“与”一定要合乎“义”。耻：用作动词。耻辱者：以被辱为可耻。勇之决：是具备勇敢品德的的先决条件。这里有“知耻近乎勇”的意思。行：品行。极：最高准则。②憯(cǎn)：通“惨”。欲：贪欲。③诟（gòu)：耻辱。宫刑：古代破坏生殖机能的酷刑，又称“腐刑”。④无所比数：不被人视为同类，不计算在同类之中。意即受人鄙视。⑤卫灵公：卫国国君，前534—前493年在位。雍渠：卫灵公宠信的宦官。卫灵公与夫人同车出游，令雍渠坐在旁边，让孔子坐在后面的车上。孔子以为耻辱，离卫而去，据《家语》说，孔子“去卫，过曹”，这里说“适陈”，事未详。⑥景监：秦孝公宠信的宦官。商鞅由景监荐引而见秦孝公。赵良：秦孝公时的贤士，曾劝商鞅引退。寒心：恐惧战栗的意思。赵良劝商鞅引退时，认为商鞅由景监引荐是不光彩的事，因而为他寒心。⑦同子：汉文帝时的宦官赵谈。司马迁因避父（司马谈）讳，改称“同”，“子”是尊称。参(cān）乘：古时乘车陪坐于车右的人。袁丝：即袁盎，字丝，汉文帝时大臣。变色：指发怒而变脸色。汉文帝乘车去朝见母亲，赵谈陪坐于车右，袁盎伏于车前谏阻之。⑧宦竖：即宦官。竖：供役使的小臣。⑨刀锯之余：宦官的代称，指受过刀锯之刑，刑体被残毁的人。这里是司马迁自称。⑩绪业：余业，遗业。这里指司马谈传留下来的学术和“太史公”职务。⑪待罪：即做官，谦词。辇（niǎn）毂（gǔ)：皇帝的车驾。辇毂下：指皇帝左右。⑫惟：自思。⑬拾遗补阙：为皇帝拾取遗漏，弥补缺失，指向皇帝进谏纠正过失。阙：通“缺”。⑭岩穴之士：指隐居而有才德的人。⑮搴（qiān)：拔取。搴旗：指战争中勇敢地拔取敌军的旗帜。⑯交游：指朋友。光宠：荣耀。⑰遂：成就。⑱苟合取容：苟且迎合以取得容身之地。无所短长之效：犹言“无所成就”。无所：无有。短长：犹“小大”。效：成效、效果。⑲厕(cì)：参与其间，杂次其中。下大夫：指太史令之职。太史令秩俸六百石，位为下大夫。⑳外廷：即外朝。汉时称大司马、侍中、散骑诸吏为中朝（内朝），称丞相以下至六百石为外朝。末议：发表意见的自谦之词。㉑纲维：指国家的典章法纪。引纲维：根据国家的典章法纪有所申张说明。㉒扫除之隶：指地位低下的人，谦词。㉓阘（tà）茸（rǒng)：“阘”为小户，“茸”为小草，并指微贱。

且事本末未易明也。仆少负不羁之行，长无乡曲之誉[①]。主上幸以先人之故，使得奏薄伎，出入周卫之中[②]。仆为戴盆何以望天[③]，故绝宾客之知，亡室家之业[④]，日夜思竭其不肖之才力，务一心营职，以求亲媚于主上。而事乃有大谬不然者!

夫仆与李陵，俱居门下，素非能相善也[⑤]。趋舍异路[⑥]，未尝衔杯酒、接慇懃之余欢。然仆观其为人，自守奇士[⑦]，事亲孝，与士信，临财廉，取与义，分别有让，恭俭下人[⑧]，常思奋不顾身，以殉国家之急[⑨]。其素所蓄积也，仆以为有国士之风[⑩]。夫人臣出万死不顾一生之计，赴公家之难，斯以奇矣。今举事一不当，而全躯保妻子之臣，随而媒蘖其短[⑪]，仆诚私心痛之。且李陵提步卒不满五千，深践戎马之地，足历王庭[⑫]，垂饵虎口，横挑强胡[⑬]，仰亿万之师[⑭]，与单于连战十有余日，所杀过半当，虏救死扶伤不给[15]。旃裘之君长咸震怖[16]，乃悉征其左、右贤王[17]，举引弓之人[18]，一国共攻而围之。转斗千里，矢尽道穷，救兵不至，士卒死伤如积。然陵一呼劳军[19]，士无不起，躬自流涕，沬血饮泣[20]，更张空拳[21]，冒白刃，北向争死敌者[22]。陵未没时，使有来报，汉公卿王侯皆奉觞上寿。后数日，陵败书闻，主上为之食不甘味，听朝不怡，大臣忧惧，不知所出。仆窃不自料其卑贱，见主上惨怆怛悼[23]，诚欲效其款款之愚[24]。以为李陵素与士大夫绝甘分少[25]，能得人之死力，虽古之名将，不能过也。身虽陷败，彼观其意[26]，且欲得其当而报于汉[27]。事已无可奈何，其所摧败，功亦足以暴于天下矣[28]。仆怀欲陈之，而未有路，适会召问，即以此指，推言陵之功[29]，欲以广主上之意，塞睚眦之辞[30]。未能尽明，明主不晓，以为仆沮贰师[31]，而为李陵游说，遂下于理[32]。拳拳之忠，终不能自列[33]，因为诬上，卒从吏议[34]。家贫，货赂不足以自赎[35]；交游莫救视，左右亲近不为一言。身非木石，独与法吏为伍，深幽囹圄之中[36]，谁可告诉者！此真少卿所亲见，仆行事岂不然乎？李陵既生降，颓其家声[37]，而仆又佴之蚕室，重为天下观笑[38]。悲夫！悲夫！事未易一二为俗人言也[39]。

【注释】

①少负不羁之行：少年时没有高远出众、不可羁系的行为表现。负：无。不羁：这里指行为高远，不可羁系。乡曲：乡里。②奏：进献。薄伎：小技艺，指下文所说“文史星历”等专业技

能。周卫：周密警卫的地方，指宫禁。③戴盆何以望天：古代谚语，意谓头上顶着盆子怎么还能望天呢。比喻忠于职守，专心致志，无暇他顾。④知：知遇、了解，这里指交往。亡：抛弃，不顾。⑤李陵：汉朝名将李广的孙子，汉武帝时的将领。俱居门下：李陵曾为建章监，司马迁为太史令，均任职于宫门内，所以说“俱居门下”。素：平素。善：交好。⑥趋：趋向。舍：止。趋舍异路：意谓彼此努力的方向和道路均有所不同，亦即志向不同。⑦自守奇士：以奇士的节操自守。⑧分别：指长幼尊卑。分别有让：指待人接物有分别，讲礼让。恭俭下人：谦恭自约，甘居人后。⑨殉（xùn）：为了某种目的而献身。⑩素所蓄积：指一向的修养。国士：国内所推重的人才。⑪媒糵（niè）：意即构陷、夸大。媒：通“酶”。糵：通“糵”，酒麴，即用以酿酒的酵母。媒糵其短：像酵母一样把李陵的过失涨大起来。⑫王庭：指匈奴单于的大本营。⑬横挑：勇猛地挑战。⑭仰：仰攻。李陵军被围在山谷之中，匈奴军居高临下，所以李陵军是仰攻。⑮所杀过半当：指杀敌之数超过自己人数的一半。按：《汉书·司马迁传》作“所杀过当”，即杀敌之数超过自己人数。不给：指匈奴死伤太多，来不及抬运。⑯旃（zhān）：通“毡”，毛织品。裘：皮衣。旃裘：匈奴人所用，这里代指匈奴。这句说：匈奴的统治者都大为震惊害怕。⑰左、右贤王：地位仅次于大单于的匈奴统治者。左、右贤王分别管辖匈奴东部、西部地区。⑱举：尽。举引弓之人：凡能拉开弓的人，全部征调。⑲劳：慰劳，鼓励。⑳沬（huì）：通“颒（huì）”，以手掬水洗脸。沬血：指血流满面。饮泣：泪流口中，形容极度悲愤。㉑张：拉开。空拳（quān）：空弓。拳：有强力的弩弓。意谓箭已射尽，拉开空弓以示愤怒杀敌之情。㉒北向争死敌者：向北争着与敌人拼死战斗。㉓惨怆（chuàng）怛（dá）悼：悲哀伤心。㉔款款：忠实恳切的样子。㉕绝甘分少：好吃的东西，自己不要，让给别人；稀罕的东西，分给别人。㉖彼观其意：犹言“观彼之意”。㉗得其当：得到适当的机会。一说，指得一与其罪过相当的功劳而归汉以功抵罪。㉘其所摧败：指李陵曾以步卒五千人击破匈奴八万人。暴：这里有显扬、昭示的意思。㉙指：意思。推言：论说。㉚广主上之意：宽慰皇帝的心。塞：堵塞。睚（yá）眦（zì）：怒目而视。睚眦之辞：指对李陵充满怨恨的坏话。㉛沮：毁谤。贰师：指贰师将军李广利。李广利是汉武帝所宠爱的李夫人的哥哥。武帝想让他在出征匈奴时立功封侯，以他为主力军，李陵和另外的“因杅（yú）将军”都是偏师，协助贰师征讨匈奴。但李陵曾遇敌奋战，李广利却无功而还。司马迁极力替李陵说话，无形中贬低了李广利。武帝因此不满，认为他是在有意中伤贰师。㉜理：指大理寺，古代治狱的官署。遂下于理：于是交给大理寺问罪。㉝拳拳：忠诚恭谨的样子。列：陈，陈述。㉞因为诬上：指被狱吏定下“诬上”的罪名。“诬上”犹言“欺君”，这在封建时代是很大的罪名。卒从吏议：指皇上终于依从了众吏的判决。㉟货赂：即钱财。自赎：汉代法律规定，可以出钱赎罪。㊱幽：囚禁，关押。囹（líng）圄（yǔ）：监狱。㊲颓：败坏。家声：家族的声誉。㊳佴（èr）：推置，打入。蚕室：初受宫刑的人所住的温密之室。重：复，又。㊴一二：犹言“一一地”。

仆之先非有剖符丹书之功[1]，文史星历，近乎卜祝之间[2]，固主上所戏弄，倡优所畜[3]，流俗之所轻也。假令仆伏法受诛，若九牛亡一毛，与蝼蚁何以异？而世又不与能死节者[4]，特以为智穷罪极，不能自免，卒就死耳。何也？素所自树立使然也[5]。人固有一死，或重于泰山，或轻于鸿毛，用之所趣异也[6]。太上不辱先[7]，其次不辱身，其次不辱理色[8]，其次不辱辞令；其次诎体受辱[9]，其次易服受辱[10]，其次关木索、被箠楚受辱[11]，其次剔毛发、婴金铁受辱[12]，其次毁肌肤、断肢体受辱，最下腐刑极矣！传曰[13]："刑不上大夫。"此言士节不可不勉励也，猛虎在深山，百兽震恐，及在槛阱之中[14]，摇尾而求食，积威约之渐也[15]。故士有画地为牢，势不可入，削木为吏，议不可对[16]，定计于鲜也[17]。今交手足，受木索，暴肌肤，受榜箠[18]，幽于圜墙之中[19]。当此之时，见狱吏则头抢地，视徒隶则心惕息[20]。何者？积威约之势也。及以至是，言不辱者，所谓强颜耳[21]，曷足贵乎？且西伯，伯也，拘于羑里[22]；李斯，相也，具于五刑[23]；淮阴，王也，受械于陈[24]；彭越、张敖[25]，南面称孤，系狱抵罪；绛侯诛诸吕[26]，权倾五伯，囚于请室[27]；魏其，大将也，衣赭衣，关三木[28]；季布为朱家钳奴[29]；灌夫受辱于居室[30]。此人皆身至王侯将相，声闻邻国，及罪至罔加[31]，不能引决自裁，在尘埃之中[32]。古今一体，安在其不辱也？由此言之，勇怯，势也；强弱，形也。审矣，何足怪乎？夫人不能早自裁绳墨之外[33]，以稍陵迟[34]，至于鞭箠之间，乃欲引节[35]，斯不亦远乎！古人所以重施刑于大夫者，殆为此也。夫人情莫不贪生恶死，念父母，顾妻子。至激于义理者不然，乃有所不得已也。今仆不幸，早失父母，无兄弟之亲，独身孤立，少卿视仆于妻子何如哉？且勇者不必死节[36]，怯夫慕义，何处不勉焉[37]？仆虽怯懦欲苟活，亦颇识去就之分矣，何至自沉溺缧绁之辱哉[38]！且夫臧获婢妾[39]，犹能引决，况仆之不得已乎？所以隐忍苟活，幽于粪土之中而不辞者，恨私心有所不尽，鄙陋没世而文采不表于后世也[40]。

古者富贵而名摩灭，不可胜记，唯倜傥非常之人称焉[41]。盖文王拘而演《周易》[42]；仲尼厄而作《春秋》[43]；屈原放逐，乃赋《离骚》[44]；左丘失明，厥有《国语》[45]；孙子膑脚，兵法修列[46]；不韦迁蜀，世传《吕览》[47]；韩非囚秦，《说难》、《孤愤》[48]；《诗》三百篇，大底圣贤发愤之所为作也[49]。此人皆意有所郁结，不得通其道，故述往事，思来者[50]。乃如左丘无目，孙子断足，终不可用，退而论书策，以舒其愤，思垂空文以自见[51]。仆窃不逊，近自托于无能之辞，网罗天下放失旧闻，略考其行事，综其终始，稽其成败兴坏之纪，上计轩辕[53]，下至于兹[54]，为十表，本纪十二，书八章，世家三十，列传七十，凡百三十篇。亦欲以究天人之际，通古今之变，成一家之言[55]。草创未就，会遭此祸。惜其不成，是以就极刑而无愠色。仆诚以著此书，藏之名山，传之其人[56]，通邑大都[57]，则仆偿前辱之责[58]，虽万被戮，岂有悔哉！然此可为智者道，难为俗人言也。

【注释】

①剖符丹书：朝廷颁发给有功之臣的证券。汉初规定，凡受封剖符丹书的有功之臣，后世子孙有罪可以赦免。②文史星历：都是太史令掌管的事。文：文献。史：史籍。星：天文。历：历法。近乎：近于，近似。卜：负责占卜的官。祝：祭祀时负责祭礼的人。③固：本来。倡优所畜：被当成乐师优伶一样畜养着。④不与：不认为是。与：称许，肯定。能死节者：能为坚守节操而死的人。⑤素所自树立使然也：意谓自己的工作和职业使得人们如此轻视。⑥用：因。之：代指死。趋：趋向，这句说，因为死的趋向不同。⑦太上：最上。⑧不辱理色：犹言“不伤面子”。理色：颜色，即面色。⑨诎：通“屈”。诎体受辱：指身体被捆绑而弯曲，意谓因罪被囚禁。⑩易服：换上罪人的衣服。古代罪人穿赭（深红）衣。⑪关：贯，指戴上。木：指枷。索：绳。关木索：即披枷带锁。箠（chuí）：杖。楚：荆条。都是刑具。被箠楚：即被杖打。⑫剔毛发：即髡（kūn）刑。剔：通“剃”。婴金铁：脖子上戴着铁圈，即钳刑。婴：缠绕。⑬传：指《礼记·曲礼上》。⑭槛（jiàn）：围野兽的栅栏。阱：陷阱。⑮积：积累。威约：威力约制。渐：浸渍，引申为渐进。这里用作名词，指渐受感染的结果。这句说：长期的威力约制，渐渐地把猛虎驯服了。⑯画地为牢，势不可入：即使在地上划个范围作为监牢，也决不进入。削木为吏，议不可对：即使削一个木头人作狱吏，也决不可去同他对答。议：通“义”。⑰定计于鲜：意即早拿定主意。鲜：通“先”。⑱暴肌肤：指受刑的人剥去衣服，光身受刑。榜箠：鞭打。⑲圜墙：监狱。圜：通“圆”。⑳抢地：叩头触地。

徒隶：狱卒。心惕息：心惊胆战，害怕得不敢喘气。㉑强颜：强为厚颜，犹言“厚着脸皮”。㉒西伯：即周文王。伯：方伯，一方诸侯之长。周文王曾为西方诸侯之长。羑（yǒu）里：地名，在今河南汤阴县北，周文王曾被殷纣王囚禁于此。㉓李斯：秦始皇的丞相。具于五刑：指先后受五种刑罚，即劓（割鼻）、刖（斩左右趾）、笞杀（打死）、枭首（斩首）、菹（剁成肉酱）。具：具备。㉔淮阴：淮阴侯韩信，汉高祖刘邦的大将。械（xiè）：手铐脚镣一类的刑具。受械：被戴上刑具。陈：地名，在今河南淮阳县。韩信先为楚王，被刘邦猜忌。刘邦用计在陈逮捕了他。㉔彭越：刘邦功臣，被封为梁王，后被吕后捕杀。张敖：刘邦的女婿，功臣张耳之子，张耳死后，继嗣为赵王，因谋反罪被捕入狱。㉖绛侯：刘邦功臣周勃。诸吕：刘邦之妻吕后的亲属。诸吕专权，刘氏倾危，周勃与陈平等共诛诸吕，拥立文帝。后被人诬告，曾一度下狱。㉗权倾五伯（bà）：权势超过春秋时五霸。伯：通“霸”。请室：请罪之室。㉘魏其：魏其侯窦婴，汉景帝时大将军。后与丞相田蚡不和，下狱，被杀。三木：在头、手、足三处所加的刑具，即枷、手铐和脚镣。㉙季布：项羽的将领。项羽败死后，季布为逃避刘邦的缉捕，曾隐姓埋名在大侠朱家处为奴。钳：颈上套铁圈。㉚灌夫：武帝时将军，因得罪丞相田蚡，被囚于居室。居室：亦称保宫，是当时拘讯犯罪贵族的地方。㉛罔：通“网”，法网。㉜引决自裁：都是自杀的意思。在尘埃之中：即指在监狱之中。㉝绳墨：这里指法律。㉞以：同“已”。稍：渐。陵迟：颓败，犹今所谓“落魄”。㉟引节：犹言“死节”，即为坚持气节而死。㊱勇者不必死节：意谓真正的勇士不一定就为节义而死。㊲怯夫慕义，何处不勉焉：意谓怯懦的人如果仰慕节义，在什么地方不能勉励自己呢？㊳去就：何去何从，这里指舍生就义。沉溺：指陷身其中，不能自拔。缧（lěi）绁（xiè）：捆绑囚犯的绳索。引申为囚禁。㊴臧获：古时对奴婢的贱称。这里泛指奴仆。㊵私心有所不尽：内心想做的事尚未完成。鄙陋：瞧不起，以之为耻辱。没世而文采不表于后世：身死之后没有文章著述在后世流传。㊶摩：通“磨”。不可胜记：多得无法记述。倜（tì）傥（tǎng）：洒脱卓异的样子。称：指受到后人的称道。㊷演：推演。相传伏羲画八卦，文王被囚于羑里时，演成六十四卦，成为《周易》一书的基础。㊸厄：困厄。孔子周游列国，曾困厄于陈、蔡。这里指孔子晚年叹道不得行，而作《秋》。㊹《离骚》：屈原的代表作，我国古代最杰出的抒情长诗。㊺左丘：左丘明，春秋时期鲁国史官，相传《国语》是他作的。㊻孙子：战国时军事家孙膑，著有兵法。膑（bìn）：古代一种剔掉膝盖骨的酷刑。修列：编成。㊼不韦：秦始皇的相国吕不韦。他因罪免职。后又奉命迁蜀，在途中自杀。《吕览》：即《吕氏春秋》。㊽韩非：战国时韩国公子，作有《说难》、《孤愤》等。㊾《诗》：即《诗经》，是我国最早的一部诗歌总集，共收西周和春秋时期的诗歌三百零五篇。大底：即“大抵”。按：这一段论及“倜傥非常之人”发愤著述的文字，与历史事实不尽相符。㊿不得通其道：不能行其道。思来者：犹言“寄希望于后来者”，使后世的人见到自己的心志。(51)垂：流传。空文：指文章著作，与“行事”相对而言，故称“空文”。见：同“现”。(52)稽：考察。纪：纲纪，这里指道理、规律。(53)轩辕：即黄帝，传说为中原各族的祖先。㊹兹：此，今。㊺究天人之际：探求天地自然与人类社会的关系。古今之变：指历史变革。成：成就。㊻传之其人：传给可传的人。其人：指与己同志、能传己书的人。㊼通：流布。一说，“通邑”即“大邑”，与“大都”义同。㊽责：通“债”。

且负下未易居[①]，下流多谤议。仆以口语遇遭此祸，重为乡党所笑，以污辱先人，亦何面目复上父母丘墓乎？虽累百世，垢弥甚耳！是以肠一日而九回，居则忽忽若有所亡，出则不知其所往。每念斯耻，汗未尝不发背沾衣也！身直为闺阁之臣[②]，宁得自引深藏岩穴邪？故且从俗浮沉，与时俯仰，以通其狂惑[③]。今少卿乃教以推贤进士，无乃与仆私心剌谬乎[④]？今虽欲自雕琢，曼辞以自饰[⑤]，无益，于俗不信，适足取辱耳。要之[⑥]，死日然后是非乃定。书不能悉意[⑦]，略陈固陋。谨再拜。

【注释】

①负下未易君：背负着罪名在社会上不容易居处。②直：只不过。闺阁之臣：指宦官。③从俗浮沉：随波逐流。时：指时势。通：抒发。狂惑：指内心的悲愤和郁结。④剌（là）谬：违背，不合。⑤自雕琢：自我妆饰。曼辞：美辞，好听的话。⑥要之：总之。⑦悉意：尽意。

刘　向（前77——前6）

本名更生，字子政，西汉沛（今江苏沛县）人，著名经学家、目录学家和散文家。汉皇族楚元王刘交四世孙。宣帝时曾任谏大夫、给事中，元帝初任散骑宗正给事中。因被宦官弘恭、石显诬陷，中废十余年。成帝即位，石显等伏诛，复得进用，乃更名为向。以故九卿，召拜为中郎，使领护三辅都水，后升光禄大夫、中垒校尉。成帝河平三年（前26），受命领校中五经秘书，撰成《别录》，为我国目录学著作之开山。其为人简易无威仪，廉靖乐道，不交接世俗，专心致志于经术。所作辞赋三十三篇，大多亡佚，今存《九叹》、《请雨华山赋》等。另有《洪范五行传》、《新序》、《说苑》、《列女传》等，今存。

战国策序

周室自文、武始兴，崇道德，隆礼义[①]。设辟雍泮宫庠序之教[②]，陈礼乐弦歌移风之化，叙人伦，正夫妇，天下莫不晓然；论孝悌之义，惇笃之行，故仁义之道满乎天下，卒致之刑措四十余年[③]。远方慕义，莫不宾服，雅颂歌咏，以思其德。下及康、昭之后[④]，虽有衰德，其纲纪尚明。及春秋时，已四五百载矣，然其馀业遗烈，流而未灭。五伯之起，尊事周室。

五伯之后，时君虽无德，人臣辅其君者，若郑之子产、晋之叔向、齐之晏婴[5]，挟君辅政，以并立于中国[6]。犹以义相支持，歌诗以相感，聘觐以相交，期会以相一[7]，盟誓以相救。天子之命，犹有所行；会享之国，犹有所耻。小国得有所依，百姓得有所息。故孔子曰[8]："能以礼让为国乎，何有[9]！"周之流化[10]，岂不大哉！

及春秋之后，众贤辅国者既没，而礼义衰矣。孔子虽论《诗》、《书》，定礼、乐，王道粲然分明[11]；以匹夫无势，化之者七十二人而已[12]，皆天下之俊也[13]。时君莫尚之，是以王道遂用不兴[14]。故曰："非威不立，非势不行。"

仲尼既没之后，田氏取齐，六卿分晋[15]。道德大废，上下失序。至秦孝公[16]，捐礼让而贵战争，弃仁义而用诈谲，苟以取强而已矣[17]。夫篡盗之人列为侯王，诈谲之国兴立为强，是以转相放效，后生师之[18]。遂相吞灭，并大兼小，暴师经岁[19]，流血满野。父子不相亲，兄弟不相安，夫妇离散，莫保其命，湣然道德绝矣[20]。晚世益甚：万乘之国七，千乘之国五[21]，敌侔争权[22]，尽为战国，贪饕无耻[23]，竞进无厌，国异政教，各自制断；[24]上无天子，下无方伯[25]，力功争强，胜者为右[26]，兵革不休，诈伪并起。当此之时，虽有道德，不得施设，有谋之强，负阻而恃固[27]，连与交质，重约结誓，以守其国。故孟子、孙卿儒术之士，弃捐于世[28]；而游说权谋之徒，见贵于俗。是以苏秦、张仪、公孙衍、陈轸、代、厉之属[29]，主从横短长之说，左右倾侧：苏秦为从，张仪为横，横则秦帝，从则楚王，所在国重，所去国轻。

然当此之时，秦国最雄，诸侯方弱。苏秦结之，合六国为一，以傧背秦[30]。秦人恐惧，不敢窥兵于关中，天下不交兵者二十有九年。然秦国势便形利，权谋之士咸先驰之。苏秦始欲横，秦弗用，故东合从。及苏秦死后，张仪连横[31]，诸侯听之，西向事秦。是故始皇因四塞之国，据崤、函之阻，跨陇、蜀之饶，听众人之策，乘六世之烈，以蚕食六国，兼诸侯，并有天下。仗于诈谋之积，终无信笃之诚，无道德之教、仁义之化以缀天下之心[32]。任刑法以为治，信小术以为道。遂燔烧《诗》、《书》，坑杀儒士，上小尧、舜，下邈三王[33]。二世愈甚，惠不下施，情不上达，君臣相疑，骨肉相疏；化道浅薄，纲纪坏败，民不见义，而悬于不宁。抚天下十四岁，天下大溃[34]。诈伪之弊也！其比王德，岂不远哉？孔子曰[35]："导之以政，齐之以刑，民免而无耻；导之以德，齐之以礼，有耻且格[36]。"夫使天下有所耻，故化可致也。苟以诈伪偷活取容，自上为之，何以率下[37]？秦之败也，不亦宜乎！

战国之时，君德浅薄。为之谋策者，不得不因势而为资，据时而为画[38]。故其谋，扶急持倾，为一切之权[39]；虽不可以临教化，兵革救急之势也。皆高才秀士，度时君之所能行，出奇策异智，转危为安，运亡为存，亦可喜，皆可观。

【题解】

刘向受汉成帝诏令校理中秘书（宫内的藏书），每校完一部，即分列篇目，提取其要旨，录奏皇上，称为"叙录"。内容包括：

著录书名篇目，叙述校勘经过，介绍著者生平、思想，说明书名含义，评述著书目的及其性质，评论思想或史实是非，剖析学术源流以及确定书的价值等，实为一书简要评价，类乎今之“前言”、“后语”或书评的综合。本篇即选自《战国策书录》，删去了前面说明校勘情况和为什么定书名为《战国策》的一段文字。标题依普通选本。作者以历史的观点，记述了《战国策》产生的社会背景。认为周以礼让为国，春秋以后，礼崩乐坏，儒家之道不行。到了战国时期，“道德大废，上下失序”，“兵革不休，诈伪并起”，因而纵横家应运而兴，成为当时左右政治局势的重要人物。作者还认为，以苏秦、张仪为代表的纵横家“皆高才秀士”；称他们“出奇策异智，转危为安，运亡为存”；而主要记载他们的言论、行动的《战国策》，则是“亦可喜，皆可观”的。值得注意的是，汉武帝罢黜百家之时，曾经突出地指责纵横之术，还曾在策问严助时明确指示：“具以《春秋》对，毋以苏秦从横！”（《汉书·严助传》）这样看来，本文作者的思想是比较解放的，其论述也是比较大胆的。

【注释】

①文、武：指周文王、周武王。兴：兴盛。崇：崇尚。隆：尊崇。②辟雍：周王朝为贵族子弟所设立的大学。泮（pàn）宫：本是春秋时鲁国泮水上所建之宫。汉文帝命博士撰《王制》，称天子之学有“辟雍”，诸侯之学有“泮宫”，自此以后，便以“泮宫”为学宫之名。庠（xiáng）序：古代地方所设的学校，与帝王的辟雍、诸侯的泮宫等大学相对而言。③卒：终于。致：取

得。刑措：无人犯法，刑法搁置不用。也作“刑错”。④下及：后来到了。康：指周康王姬钊。昭：指周昭王姬瑕。⑤子产：即公孙侨、公孙成子，春秋时郑国的相，是一位有作为的政治家。叔向：羊舌氏，名肸，春秋时晋国大夫。晏婴：字平仲，春秋时齐国的相，历仕灵公、庄公、景公三世。⑥挟（xié）：辅佐。中国：指中原。⑦聘：诸侯之间通问修好。觐（jìn）：诸侯秋季朝见天子。这里即指会见。相交：指互相交好。期会：约期聚会。相一：指互相求得一致。⑧孔子曰：见《语·里仁》。⑨让：不争。为：治理。何有：有何困难。这两句说：能够用礼让来治理国家吗？这有什么困难呢？⑩流化：广布教化。⑪王道：儒家的政治概念，即通过“以德服人”来平治天下的政治主张，与“以力服人”的“霸道”对举。粲然：鲜明、明白的样子。⑫以：因为。匹夫：庶人，平民。无势：指没有权势。化：教化，这里指接受教育而感化。七十二人：据说孔子有弟子三千，身通六艺者七十有二人。⑬俊：才智出众的人。⑭是以：因此。遂：就。用：因而。⑮田氏取齐：又称“田氏代齐”。春秋时齐国的田氏即陈氏（古“陈”、“田”音同通用）。齐景公时，田桓子（即陈无宇）用大斗出贷、小斗收进等办法笼络人心，势力日渐强大。前481年，田成子（即田常）杀死齐简公，从此齐国由田氏专政，史称“田氏代齐”。六卿分晋：春秋晚期晋国由赵、韩、魏、知、范、中行六卿专权，史称“六卿分晋”。至前458年，知、赵、韩、魏四家尽分范、中行的土地；前453年，赵、韩、魏三家又灭知氏，三分其地。从此，晋国为赵、韩、魏三家所瓜分，史称“三家分晋”。⑯秦孝公（前381—前338）：战国时秦国君，名渠梁，前361—前338年在位。他任用商鞅变法，使秦国日益富强。⑰捐：抛弃。贵：重视。诈谲（jué）：欺骗，诡诈。苟：苟且。意谓不讲道义，不择手段。⑱放（fǎng）：通“仿”。师：效法”。⑲暴（pù）师：指军队在外征战，蒙受风霜雨露。⑳湣（hūn）然：昏乱的样子。㉑万乘之国七：指秦、齐、楚、燕、韩、赵、魏。千乘之国五：指东周、西周、宋、卫、中山。㉒敌侔（móu）：指地位对等，力量相当。㉓贪饕（tāo）：贪得无厌。㉔制断：裁决、决断。意谓各行其是，不受别国主宰。㉕方伯：一方诸侯之长。㉖力功：以武力攻伐。功：通“攻”。一说，“力功”当为“力政”，“政”通“征”，“力功”即“力征”，言专以武力相征伐，意思相同。右：古以右为尊。㉗负阻而恃固：依靠山川险阻，仗恃地形险要城郭坚固。㉘弃捐于世：被当世所抛弃。㉙苏秦、张仪、公孙衍、陈轸、代、厉：都是纵横家的代表人物，战国政治舞台上的活跃角色。《战国策》一书所记载的主要对象。苏秦（？—前284）：字季子，东周洛阳人。张仪（？—前310）：魏国贵族后代，曾任秦相，封武信君，力主“连横”。公孙衍：又叫“犀首”，魏国人，曾任魏相。陈轸：夏（中原）人，曾先后仕于秦、楚、魏等国。代、厉；即苏代、苏厉；苏秦的兄弟。属：类。㉚傧：排斥，抛弃，同“摈”。傧背：犹言“对抗”。㉛及苏秦死后，张仪连横：作者这样说，大概是根据《史记》的记载。但《史记》的记载在这一点上是有误的。当代学者据1973年底长沙马王堆三号汉墓出土的帛书《战国纵横家书》考证，苏秦实晚于张仪。当张仪为秦相之时，苏秦还只是一个年轻的游说者。张仪死于前310年，苏秦死于前284年，比张仪晚死近26年。㉜缀（zhuì）：连结。缀天下之心：指凝聚、团结天下人心。㉝小：轻视，小看。邈（miǎo）：通“藐”，轻视。三王：指夏禹、商汤、周文王。㉞抚（fǔ）：据有，占有，这里指统治。十四岁：指前221年秦始皇统一天下到秦二世三年（前207年）灭亡，共十四年。溃：散乱，瓦解。㉟孔子曰：见《论语·为政》。㊱这一段引文说：用政治来教导人民，用刑罚来整治人民，人民只求苟免于罪过，却没有廉耻之心。如果用德来教导人民，用礼来规范人民，人民就不但有廉耻之心，而且真心归顺。㊲何以率下：用什么来率领臣民呢？㊳据时而为画：根据时势变化的情况作出谋划。㊴扶急持倾：扶助急难，扶持倾危。一切之权：即权宜之计。一切：权宜。权：权变，机变，与“经”相对。古称道之至当不变者为“经”，反“经”合道便是“权”。因此，“权”又指计谋、诡变。

班　固 (32—92)

字孟坚，东汉扶风安陵（今陕西咸阳市东北）人。父班彪是当时著名学者，曾续《史记》作《史记后传》。班固自幼聪颖，年九岁即能写文章，诵诗赋。十六岁入洛阳太学，博览群书，九流百家著作，无不穷究。所学无常师，不为章句，举其大义而已。为人宽和厚道，不以才能自高，颇受时人敬慕。二十五岁继承父业，在班彪《史记后传》的基础上开始撰写《汉书》。后有人告发他“私改作国史”，被捕下狱，尽取其家书。其弟班超上书辩解，具言班固著述原委。汉明帝见到书稿，也很赞赏，因而获释。后被召为兰台令史，又升为郎，典校秘书，同时继续《汉书》的撰写。经二十余年努力，基本完成。汉和帝永元初（89），以中护军身份随大将军窦宪出征匈奴。后窦宪因谋反案被诛，班固受牵连入狱，死于狱中，时年六十一岁。班固死后，其妹班昭及班昭弟子马续将《汉书》未完成的一部分志、表续成。

《汉书》是我国第一部断代史，体例承袭《史记》而有所改进。全书分十二帝纪、八表、十志、七十传，共一百篇，记载了自汉高祖元年（前206）到王莽地皇四年（23）间二百二十九年的历史。班固从封建正统观念出发，以儒家的伦理道德作为评价历史事件和历史人物的标准，有一定局限性。但班固是一位渊博的学者，他继承了我国古代的优秀史学传统，尊重客观事实，较真实地暴露了汉代的社会矛盾和统治阶级的面目。《汉书》以宏博、典雅、深厚、严密见长，其写人叙事“言皆精练，事甚该密”（《史通·六家》），文学成就也很可观，对后代文章影响颇大。

苏武传

武字子卿，少以父任[①]，兄弟并为郎[②]。稍迁至栘中厩监[③]。时汉连伐胡[④]，数通使相窥观[⑤]。匈奴留汉使郭吉、路充国等前后十余辈[⑥]。匈奴使来，汉亦留之以相当[⑦]。

天汉元年[⑧]，且鞮侯单于初立[⑨]，恐汉袭之，乃曰：“汉天子，我丈人行也[⑩]。”尽归汉使路充国等[⑪]。武帝嘉其义[⑫]，乃遣武以中郎将使持节送匈奴使留在汉者[⑬]；因厚赂单于，答其善意[⑭]。武与副中郎将张胜及假吏常惠等[⑮]，募士、斥候百余人俱[⑯]。既至匈奴，置币遗单于[⑰]。单于益骄，非汉所望也[⑱]。

方欲发使送武等，会缑王与长水虞常等谋反匈奴中[⑲]——缑王者，昆邪王姊子也[⑳]，与昆邪王俱降汉，后随浞野侯没胡中[㉑]，及卫律所将降者[㉒]，阴相与谋劫单于母阏氏归汉[㉓]。会武等至匈奴，虞常在汉时，素与副张胜相知，私候胜[㉔]，曰：“闻汉天子甚怨卫律，常能为汉伏弩射杀之。吾母与弟在汉，幸蒙其赏赐。”张胜许之，以货物与常。

后月余，单于出猎，独阏氏、子弟在。虞常等七十余人欲发[㉕]；其一人夜亡告之[㉖]。单于子弟发兵与战，缑王等皆死；虞常生得。单于使卫律治其事。张胜闻之，恐前语发[㉗]，以状语武。武曰："事如此，此必及我。见犯乃死，重负国[28]！"欲自杀。胜、惠共止之。虞常果引张胜[29]。单于怒，召诸贵人议，欲杀汉使者。左伊秩訾曰[30]："即谋单于，何以复加？宜皆降之[31]。"单于使卫律召武受辞[32]。武谓惠等："屈节辱命，虽生，何面目以归汉！"引佩刀自刺，卫律惊，自抱持武，驰召毉[33]。凿地为坎[34]，置煴火，覆武其上，蹈其背以出血[35]。武气绝，半日复息[36]。惠等哭，舆归营[37]。单于壮其节，朝夕遣人候问武，而收系张胜[38]。

【题解】

选自《汉书》卷五十四《李广苏建传》，原附于《苏建传》之后。这里选《苏武传》部分，略有删节，传末赞语亦从略。本篇记述了苏武在匈奴的艰苦处境和高尚情操，赞美了苏武坚贞不屈的民族气节，表现了他不畏强暴，不为利诱，历尽艰辛，受尽折磨，百折不挠，宁死不屈的英雄气概，字里行间渗透了作者对苏武的颂扬之情。本篇通过典型的场面、具体的情节和生动的细节描写来刻画人物形象，运用对比反衬的手法，突出人物的性格特点，又以出色的对话描写揭示人物的精神世界，塑造出血肉丰满的动人形象。本篇是历代传诵的名作，清人赵翼在《廿二史札记》中称赞它："叙次精采，千载下犹有生气，合之李陵传，慷慨悲凉，使迁为之，恐亦不能过也。"

【注释】

①以：凭靠。以父任：凭靠父亲的职位而任官。汉制，官至

二千石以上的人，其子弟可任为郎。苏武的父亲苏建曾任代郡太守，因功封平陵侯，所以苏武得享这种待遇。②兄弟并为郎：苏武及其兄苏嘉、弟苏贤，都以父亲的关系，同为郎官。郎：官名，皇帝近侍。③稍迁：逐渐升迁。栘（yí）：汉宫中的园名。厩：马棚。栘中厩监：栘园中掌管鞍马、鹰犬及射猎用具的官。④连伐胡：接连地讨伐匈奴。⑤数（shuò）通使：屡次派遣使者。窥观：窥探、观察对方情况。⑥留：这里有扣留的意思。十余辈：十几批。⑦当：抵。以相当：作为抵偿。⑧天汉：汉武帝年号。天汉元年：即前100年。⑨且（jū）鞮（dī）侯：匈奴乌维单于的兄弟。单（chán）于：匈奴君主的称号。⑩丈人：对男子长辈的尊称。行（háng）：行辈。这句说：汉朝的皇帝是我的长辈。⑪尽归：全部送还。⑫嘉其义：赞许他的义气。⑬中郎将：官名。节：使臣所持的一种信物，也叫"旄节"。以竹为柄，柄长八尺，上面缀三层旄牛尾的装饰品。这句意谓汉武帝于是派遣苏武以中郎将的身份出使，持着旄节，护送原扣留在汉的匈奴使者回国。⑭厚赂：赠送丰厚的礼物。善意：指友好的表示。⑮假吏：临时充任的属吏。这里指使臣的随员。募：招募。士：士兵。斥候：侦察员。俱：同行。一说，"募士"为名词，即指招募来的兵士。⑰置：准备，安排。币：泛指用作礼物的玉、马、皮、帛等。遗（wèi）：赠送。⑱非汉所望：不是汉王朝所期望的那样。⑲会：适逢。缑（gōu）王：匈奴的一个贵族亲王。长水：地名，在今陕西蓝田县。虞常：人名。⑳昆（kūn）邪王：匈奴贵族亲王，统率所部居于匈奴西方，于武帝元狩二年（前121）降汉。㉑浞（zhuó）野侯：即汉将赵破奴，太原人。太初二年

（前103），他曾率二万骑击匈奴，兵败被俘而降，全军皆没于匈奴。当时缑王也随他征匈奴，因兵败而重新陷于胡地。㉒卫律：原是长水胡人，生长于汉。曾由李延年推荐，出使匈奴。返回时正值李延年因罪被捕，他恐受到牵连，便逃奔匈奴。匈奴封他为丁零王。沈钦韩说，“降者”下脱去“虞常”二字。虞常当时属卫律统辖。㉓阏（yán）氏（zhī）：匈奴王后的称号。㉔私候胜：偷偷地拜访张胜。候：拜问。㉕发：指起事。㉖夜亡告之：夜间逃出去向单于告密。㉗前语：指不久前虞常私访张胜时二人的谈话。发：指被揭发出来。㉘见犯：被侵犯，被凌辱，指事情发作后必将受到匈奴的凌辱。重：更加。这两句意谓自己作为使臣，不能约束副使张胜，已有负于国，若不此时自杀，等到被凌辱才死，那就更加辜负了国家。㉙引：牵引，指连带把张胜供出。㉚左伊秩訾：匈奴的王号。有左、右之分。㉛即：假使。加：加重。这几句大意是说：他们只是谋杀卫律便被处死，假使谋害单于的话，又该怎样加重他们的处罚呢？应该让他们全部投降。㉜召武受辞：叫苏武来受审。受辞：受审，取口供。㉝驰召毉：骑马去叫医生。毉：古“医”字。㉞凿（záo）：挖。坎：坑。㉟煴（yūn）火：初燃未旺有烟无焰的火。覆武其上：意即把苏武的身体面向下伏在坑上。蹈：通“掐”。蹈其背以出血：即轻扣其背使出血，不让血淤滞体中为害。㊱复息：恢复正常呼吸。息：呼吸。㊲舆归营：指把苏武抬回汉使的营帐。舆：用作动词，指用轿子抬着。㊳单于壮其节：意谓单于认为苏武很有气节，有雄壮的气概。壮：用作动词，认为其节壮。朝夕：早晚。收系：逮捕监禁于狱中。收：逮捕。系：拘囚。

武益愈[1]。单于使使晓武，会论虞常[2]，欲因此时降武。剑斩虞常已，律旦：“汉使张胜，谋杀单于近臣[3]，当死。单于募降者赦罪[4]。”举剑欲击之，胜请降。律谓武曰：“副有罪，当相坐[5]。”武曰：“本无谋[6]，又非亲属，何谓相坐？”复举剑拟之[7]，武不动。律曰：“苏君！律前负汉归匈奴，幸蒙大恩，赐号称王；拥众数万，马畜弥山[8]，富贵如此！苏君今日降，明日复然。空以身膏草野[9]，谁复知之！”武不应。律曰：“君因我降，与君为兄弟。今不听吾计，后虽欲复见我，尚可得乎？”

武骂律曰：“女为人臣子[10]，不顾恩义，畔主背亲，为降虏于蛮夷，何以女为见[11]！且单于信女，使决人死生；不平心持正，反欲斗两主[12]，观祸败！南越杀汉使者，屠为九郡[13]。宛王杀汉使者，头县北阙[14]。朝鲜杀汉使者，即时诛灭[15]。独匈奴未耳。若知我不降明[16]，欲令两国相攻。匈奴之祸，从我始矣！”律知武终不可胁，白单于。单于愈益欲降之，乃幽武，置大窖中，绝不饮食[17]。天雨雪，武卧啮雪，与旃毛并咽之[18]，数日不死，匈奴以为神。乃徙武北海上无人处，使牧羝，羝乳乃得归[19]。别其官属常惠等[20]，各置他所。

武既至海上，廪食不至[21]，掘野鼠去中实而食之[22]。杖汉节牧羊，卧起操持，节旄尽落[23]。积五六年，单于弟於靬王弋射海上[24]。武能网纺缴，檠弓弩[25]，於靬王爱之，给其衣食。三岁余，王病，赐武马畜、服匿、穹庐[26]。王死后，人众徙去。其冬，丁令盗武牛羊，武复穷厄[27]。

【注释】

①武益愈：苏武的创伤更好些了。②晓：告知。会：共同。论：判决。这两句说，单于派人通知苏武，要共同来判虞常的罪。③近臣：亲近的大臣。这里是卫律自指。④募：招求。这句说：单于招求投降的人，赦免他们的罪。⑤副：副使，指张胜。相坐：相连坐。古代法律，凡犯谋反大罪者，其亲属也要连同治罪，叫做连坐。这里是说，副使有罪，正使也应当连带治罪。⑥本无谋：本来就没有和他同谋。⑦拟之：做出要杀他的样子。拟：比拟。⑧弥山：满山。⑨膏：用作动词，使之肥沃。这句意谓白白地死后身葬草野，化为肥料。⑩女：即“汝”，你。⑪何以女为见：见你干什么！王念孙《读书杂志》说原句本作“何以见女为”，意思相同。⑫斗两主：意谓挑拨汉朝天子和匈奴单于的关系，使他们互相争斗。⑬屠：平定。南越杀汉使者，屠为九郡：指武帝元鼎五年（前112），南越王相吕嘉杀死南越王、王后及汉使者，叛汉。武帝派兵讨伐，吕嘉败死。汉以其地设置南海、苍梧、合浦、交阯、九真、儋耳、珠厓、郁林、日南等九郡。⑭宛王：大宛国王。大宛为西域国名。县：同“悬”。北阙：汉宫的北门。事指汉武帝太初元年（前104），汉派使者去大宛求良马，大宛不给，并攻杀汉使。太初四年（前101），汉攻大宛，其国中贵人杀死国王毋寡，汉军另立其贵人亲汉者昧蔡为王。所以这里说，毋寡的头终于悬挂在汉朝宫殿的北门之下。⑮朝鲜杀汉使者，即时诛灭：事指武帝元封二年（前109）派遣涉何出使

朝鲜。涉何派御者刺死伴送他的朝鲜人，谎报为杀了朝鲜将领，因而被武帝封为辽东东部都尉。朝鲜发兵袭击涉何，杀之。汉武帝遣将攻朝鲜。至第二年，朝鲜相杀其王右渠，降汉。⑯若：你。明：明白。这句说：你明知我不会投降。⑰幽：囚，关押。大窖：收藏东西的地下仓库。饮（yìn）食（shì）：用作动词。绝不饮食：即断绝其生活供应，不给喝的和吃的东西。一说，“不”下脱“与”字，句本作“绝不与饮食”，如此则“饮食”作名词，指饮料和食物。⑱啮（nie）：咬。旃（zhān）：通“毡”。咽：吞。⑲北海：即今西伯利亚的贝加尔湖。当时为匈奴北界。羝（dī）：公羊。乳：生育，这里指生小羊。羝乳乃得归：要公羊生小羊才得放回。这是匈奴方面故意出难题，以表示决不放还。⑳别：分开，隔离。㉑廪（lǐn）食：公家供给的食物。这里指匈奴应供给苏武的粮食。㉒去：通“弆（jǔ）”，收藏。屮（cǎo）：古“草”字。这句说，挖掘野鼠并储存草实作为食物。王先谦《汉书补注》引刘攽说：“今北方野鼠之类甚多，皆可食也。武掘野鼠，得即食之；其草食，乃颇弆藏耳。”一说，此言苏武掘取野鼠所储藏的草实而食之。㉓杖：用作动词，拄着。卧起操持：夜晚睡觉和白天牧羊时都拿着它。节旄：指节上缀挂的旄牛尾饰物。㉔於（wū）靬（jiān）王：且鞮侯单于之弟。弋（yì）射：射猎。㉕网：王念孙说，“网”上应有“结”字。缴（zhuó）：系在箭上的丝绳。檠（qíng）：矫正弓弩的器具，这里用作动词，指矫正弓弩。㉖服匿：一种口小腹大，底平的容器，用来盛酒酪，类似坛子。穹庐：圆顶的毡帐。㉗丁令：即丁零。匈奴族的别支，当时卫律为丁零王。穷厄：穷困。

初，武与李陵俱为侍中[1]。武使匈奴明年，陵降，不敢求武[2]。久之，单于使陵至海上，为武置酒设乐。因谓武曰："单于闻陵与子卿素厚，故使陵来说足下，虚心欲相待[3]。终不得归汉，空自苦亡人之地，信义安所见乎[4]？前长君为奉车[5]，从至雍棫阳宫[6]，扶辇下除[7]，触柱折辕，劾大不敬[8]，伏剑自刎，赐钱二百万以葬。孺卿从祠河东后土[9]，宦骑与黄门驸马争船[10]，推堕驸马河中溺死。宦骑亡，诏使孺卿逐捕，不得，惶恐饮药而死[11]。来时，太夫人已不幸，陵送葬至阳陵[12]。子卿妇年少，闻已更嫁矣。独有女弟二人[13]，两女一男，今复十余年，存亡不可知。人生如朝露，何久自苦如此！陵始降时，忽忽如狂[14]，自痛负汉，加以老母系保宫[15]，子卿不欲降，何以过陵[16]！且陛下春秋高，法令亡常[17]，大臣亡罪夷灭者数十家[18]，安危不可知。子卿尚复谁为乎？愿听陵计，勿复有云[19]！"

武曰："武父子亡功德，皆为陛下所成就[20]，位列将，爵通侯[21]，兄弟亲近，常愿肝脑涂地[22]。今得杀身自效[23]，虽蒙斧钺汤镬[24]，诚甘乐之。臣事君，犹子事父也；子为父死，亡所恨。愿勿复再言！"

陵与武饮数日，复曰："子卿壹听陵言[25]。"

武曰："自分已死久矣[26]！王必欲降武，请毕今日之驩，效死于前[27]！"陵见其至诚，喟然叹曰："嗟乎，义士！陵与卫律之罪，上通于天！"因泣下霑衿，与武决去[28]。陵恶自赐武[29]，使其妻赐武牛羊数十头。

后陵复至北海上，语武："区脱捕得云中生口，言太守以下吏民皆白服[30]，曰：'上崩[31]'"武闻之，南乡号哭，欧血，旦夕临，数月[32]。

【注释】

①李陵：汉名将李广孙，字少卿。武帝时曾为侍中，后任骑都尉。天汉二年（前99），率兵五千，与匈奴作战，因无接应，力竭而降。侍中：官名，汉时为加官（即由他官兼任者），掌管皇帝的车马服物。②武使匈奴明年：即天汉二年（前99）。苏武于天汉元年（前100）出使匈奴。求：访。此言李陵因降自愧，不敢访武。③素厚：指一向交情深厚。足下：称对方的敬辞，这里指苏武。"虚心欲相待"：主语是"单于。"④空自苦亡人之地：空自在无人之地受苦。亡：无。前略"于"字。信义安所见乎：你的信义又表现在哪里呢？意谓有谁看得见呢。见：同"现"。⑤长君：指苏武的哥哥苏嘉。奉车：即奉车都尉，掌管皇帝乘车的官。皇帝出行，例须随侍。⑥从：随从。雍：地名，在今陕西凤翔县南。棫（yù）阳宫：在雍之东北。⑦除：殿阶。⑧劾：被弹劾。大不敬：即不敬天子，是十种不可赦免的重罪之一的大罪名。⑨孺卿；苏武弟苏贤的字。从祠：随从皇帝前往祭祀。河东：郡名，在今山西南部黄河以东地区。后土：地神。⑩宦骑（jì）：骑马侍卫皇帝的宦官。黄门：宫禁的门。黄门驸马：皇帝的骑侍。⑪饮药：指服毒。⑫来时：指李陵出兵离开长安时。太夫人：指苏武母亲。不幸：指逝世。阳陵：汉县名，在今陕西咸

阳市东，汉景帝陵墓所在地。⑬女弟：妹妹。⑭忽忽：心神不安，迷惘恍惚的样子。⑮系：拘囚。保宫：本名“居室”，汉代少府属下的衙门，有时用作拘囚的地方，犹今之“看守所”。李陵降匈奴后，其家属曾被囚于保宫。当李陵对苏武讲这话时，其家族早已被诛灭了。⑯这两句说：您不想投降的心情，怎么能胜过我呢？⑰春秋：指年岁。春秋高：谓年老。亡常：即无常，没有定规。意谓随心所欲，滥用刑法。⑱夷灭：诛杀，即指灭族。⑲这两句说：希望你听从我的计议，不要再说什么。⑳成就：栽培，提拔。㉑位列将：指苏武之父苏建曾为右将军，武为中郎将，兄嘉为奉车都尉，弟贤为骑都尉。爵通侯：指苏建封平陵侯。㉒亲近：指为武帝所亲近。肝脑涂地：形容竭尽忠诚之心，牺牲自己也在所不惜。㉓杀身自效：牺牲自己来效忠天子。㉔蒙：受到。钺（yuè）：大斧。斧钺：古军法用来杀人的斧子。镬（huò）：无足大鼎。汤镬：一种把人投入滚汤中煮死的酷刑。这里都泛指刑戮。㉕壹：决定之辞，犹言“一定”，与下文“壹别长绝”的“壹”（同“一”）不同。㉖自分（fèn）：自己料定。㉗王：指李陵，匈奴封他为右校王。一说指“单于”。毕：结束。驩：通“欢”。效死于前：意即死在你（李陵）的面前。㉘霑：同“沾”，沾湿。衿：同“襟”，衣襟。决：同“诀”，诀别，辞别。㉙恶（wù）：指羞恶，不好意思。赐：赠与。㉚区（ōu）脱：亦作“瓯脱”，两国边界地带。云中：郡名，在今内蒙古河套东部一带地区。生口：活人，指俘虏。白服：指穿孝衣。㉛上崩：皇帝死。这里指后元二年（前87）汉武帝死。㉜乡：通“向”。南乡：向着南方。欧（ǒu）：通“呕”。旦夕：早晚。临：哭奠。

数月：指一连数月如此。

昭帝即位[1]，数年，匈奴与汉和亲。汉求武等，匈奴诡言武死。后汉使复至匈奴，常惠请其守者与俱[2]，得夜见汉使，具自陈道[3]。教使者谓单于，言“天子射上林中[4]，得雁，足有系帛书，言武等在某泽中。”使者大喜，如惠语以让单于[5]。单于视左右而惊，谢汉使曰：“武等实在。”

于是李陵置酒贺武曰：“今足下还归，扬名于匈奴，功显于汉室。虽古竹帛所载，丹青所画，何以过子卿[6]！陵虽驽怯[7]，令汉且贯陵罪，全其老母，使得奋大辱之积志[8]，庶几乎曹柯之盟[9]，此陵宿昔之所不忘也[10]！收族陵家，为世大戮，陵尚复何顾乎[11]？已矣，令子卿知吾心耳！异域之人，壹别长绝！”陵起舞，歌曰：“径万里兮度沙幕[12]，为君将兮奋匈奴[13]。路穷绝兮矢刃摧[14]，士众灭兮名已隤[15]。老母已死，虽欲报恩将安归！”陵泣下数行，因与武决。单于召会武官属[16]，前以降及物故[17]，凡随武还者九人。

武以始元六年春至京师[18]。诏武奉一太牢谒武帝园庙[19]。拜为典属国[20]，秩中二千石[21]；赐钱二百万，公田二顷，宅一区。常惠、徐圣、赵终根皆拜为中郎[22]，赐帛各二百匹。其余六人，老，归家，赐钱人十万，复终身[23]。常惠后至右将军，封列侯，自有传。武留匈奴凡十九岁，始以强壮出，及还，须发尽白。

武来归明年，上官桀、子安与桑弘羊及燕王、盖主谋反[24]，武子男元与安有谋[25]，坐死。初，桀、安与大将军霍光争权[26]，数疏光过失予燕王[27]，令上书告之。又言苏武使匈奴二十年，不降，还，乃为典属国。大将军长史无功劳，为搜粟都尉[28]，光颛权自恣[29]。及燕王等反，诛，穷治党与[30]，武素与桀、弘羊有旧[31]，数为燕王所讼[32]，子又在谋中，廷尉奏请逮捕武[33]。霍光寝其奏[34]，免武官。

【注释】

①昭帝：汉武帝子，名弗陵，于前87年即位。②守者：指看守常惠的人。与俱：指与他一道去见汉使。③具：完全。陈道：陈述。具自陈道：自己完全陈述了事情的经过。④上林：即上林苑，本秦时旧苑，汉武帝时扩建，周围三百里，是汉代皇帝的猎场。故址在陕西长安附近。⑤如惠语：按常惠所教的一番说法。让：责备。⑥竹帛：竹简和白绢，古时供书写用。这里指史册。丹青：丹砂和青雘（huò），都是绘画用的颜料。这里指图画。这几句说：即使古代史书上所记载的和图画上所描绘的杰出人物，也没有能超过您的。⑦驽怯：谦辞，指无能和胆怯。⑧令：假使。且：姑且。贳（shì）；宽赦。全：保全。奋：施展，奋发。大辱：指自己兵败投降事。积志：积蓄已久的志愿。这句意谓让我能奋起实现在奇耻大辱下积蓄已久的志愿。⑨庶几：也许可以，表希望。曹柯之盟：指春秋时鲁庄公将领曹沫在齐、鲁于柯邑会盟时，执匕首劫持齐桓公，迫使桓公归鲁侵地事。这句意谓希望做出像曹沫劫持齐桓公那样的折服敌国的事。⑩宿昔：以前。李陵投降匈奴之初，汉并未杀其家属。后因讹传李陵为匈奴

训练军队，以与汉军对敌，武帝遂处死其全家。这里的“宿昔”，当指李陵已降而其家属尚未被杀之时。一说，“宿昔”即“夙夕”，犹言“早晚”。⑪收：逮捕。族：灭族。戳：耻辱。顾：留恋。⑫径：经过。度：渡过，越过。幕：通“漠”。沙幕：即沙漠。⑬为君将：指作为汉武帝的将领。奋：奋战。⑭路穷绝：指被困狭谷，无路可走。矢刃摧：兵器都已折毁。⑮士众：指兵士。隤（tuí）：败坏。⑯召会：召集。官属：指随从苏武出使匈奴的人员。⑰物故：死亡。⑱始元：汉昭帝年号。始元六年：即前81年。⑲奉：进献。太牢：以牛、羊、豕三牲为祭品。谒：这里指祭告。园庙：陵墓的祀庙。⑳典属国：官名，掌管臣属于汉朝的外族事务。㉑秩：俸禄的等级。中二千石：汉代官吏俸禄以粮食数量分等级。二千石中又分出“中二千石”、“二千石”、“比二千石”三等。中二千石月俸为一百八十斛谷。㉒徐圣、赵终根：都是随苏武出使的官吏。中郎：官名，掌宿卫侍值，属郎中令。㉓复：免除徭役。㉔上官桀：武帝末封安阳侯，与霍光同辅昭帝。其子上官安，娶霍光女，生女，为昭帝皇后。上官安被封为桑乐侯。上官桀父子欲废昭帝，杀霍光，立燕王，事败被灭族。桑弘羊：武帝时任治粟都尉，领大司农，掌管全国盐铁及均输。昭帝年幼即位，他与霍光等共同辅政，任御史大夫。因被指为与上官桀等谋废昭帝而立燕王，被杀。燕王：名旦，武帝第三子，昭帝之兄。盖主：武帝长女，昭帝长姊，封鄂邑长公主，因嫁盖侯（王信），故又称盖主。谋反事败，她与燕王都自杀。㉕安：即上官安。㉖霍光：字子孟，河东平阳（今山西临汾西南）人。武帝时任奉车都尉，昭帝年幼即位，他与桑弘羊等同受武帝遗诏辅政，任大司马大将军，封博陆侯。昭帝死后，迎立昌邑王刘贺为帝，不久又废，改立宣帝。一切政事，都由他决定。㉗数：屡次。疏：条陈。这句意谓上官桀父子屡次把霍光的过失分条记录下来，交给燕王旦。㉘大将军：指霍光。长史：指大将军属下的长史杨敞。搜粟都尉：官名，也称治粟都尉，掌管收纳军粮。㉙颛：通“专”。恣：放肆。㉚穷治：彻底追查根究。党与：犹“党羽”，同党合谋的人。㉛有旧：有旧交。㉜讼（sòng）：为人辨冤。这句意谓燕王曾屡次上书，为苏武功高而官位太低抱不平。㉝廷尉：主管刑狱的官。㉞寝：搁置不理。这句说，霍光把廷尉的奏章搁置起来。也就是没有同意逮捕苏武。

数年，昭帝崩。武以故二千石与计谋立宣帝[①]，赐爵关内侯，食邑三百户[②]。久之，卫将军张安世荐武明习故事[③]，奉使不辱命，先帝以为遗言[④]。宣帝即时召武待诏宦者署[⑤]。数进见，复为右曹典属国[⑥]，以武著节老臣[⑦]，令朝朔望[⑧]，号称祭酒[⑨]，甚优宠之。武所得赏赐，尽以施予昆弟故人，家不余财。皇后父平恩侯、帝舅平昌侯、乐昌侯、车骑将军韩增、丞相魏相、御史大夫丙吉[⑩]，皆敬重武。

武年老，子前坐事死，上闵之[⑪]。向左右：“武在匈奴久，岂有子乎？”武因平恩侯自白[⑫]：“前发匈奴时，胡妇适产一子通国，有声问来[⑩]，愿因使者致金帛赎之。”上许焉。后通国随使者至，上以为郎。又以武弟子为右曹[⑭]。

武年八十余，神爵二年病卒[⑮]。……

【注释】

①故二千石：即前二千石。苏武已被免官，所以称“故”。与（yù）：参与。宣帝：汉武帝曾孙刘询。这句说，苏武以前任二千石官的身份，参与了谋立宣帝的计划。②关内侯：一种封爵。有侯的称号，但无统辖的土地。食邑：又称采邑，采地。食其封邑的租税，所以称为食邑。汉制封爵大致按等级的高低，给以封地户数。③张安世：字子孺，杜陵（今陕西西安市东南）人，张汤之子。昭帝时，任右将军、光禄勋，封富平侯。昭帝死，与霍光定策立宣帝，为大司马。明习：通晓熟习。故事：指朝章典故。④先帝：指昭帝。这句说，昭帝遗言曾讲到苏武的“明习故事，奉使不辱命。”⑤待诏：指听候宣召。宦者署：宦者令的衙门。因其靠近皇宫，所以在这里待诏。⑥右曹：尚书令下面的官，是一种加官。这里说苏武除任典属国的官职外，再加上“右曹”衔。⑦著节：节操卓著，人所共知。⑧朔：初一日。望：十五日。令朝朔望：令苏武只在每月的初一和十五去朝见皇帝，其余时间免其朝见。这是皇帝对苏武的特殊优待。⑨祭酒：古代宴会和祭祀时，必推一年高有德的人先举酒以祭，称为“祭酒”。故后来称年高有德的人为“祭酒”。这里是朝廷对苏武所加的尊称。⑩平恩侯：宣帝后之父许广汉的封号。平昌侯：宣帝之舅王无故的封号。乐昌侯：王无故之弟王武的封号。韩增、魏相、丙吉：都是宣帝初年的功臣。⑪闵：同“悯”，怜悯。⑫因平恩侯自白：通过平恩侯向皇帝陈述。⑬声问：音讯，消息。⑭武弟子：苏贤的儿子。⑮神爵：宣帝年号。神爵二年：即前60年。

孔　融（153—208）

字文举，东汉鲁国（今山东曲阜）人，孔子二十世孙。七世祖孔霸，为汉元帝师，位至侍中。父孔宙，为太山都尉。孔融幼有异才，性好学，博涉广览。为人宽容少忌，喜奖掖后进，在当时声名颇显。曾为侍御史、北海相。曹操迎献帝都许，征为将作大匠，迁少府。因不满曹操雄诈，常加抨击，终为曹操所忌，被构罪下狱弃市，妻子皆被杀。孔融是东汉末年的名士，又是建安七子之一。他的文章很能代表建安前期的特点，胆大气盛，无所忌惮，以才气取胜。明人张溥说：“东汉词章拘密，独少府诗文，豪气直上。”（《汉魏六朝百三家集题辞》）所著有《孔少府集》辑本。

与曹公论盛孝章书

岁月不居[①]，时节如流，五十之年，忽焉已至：公为始满，融又过二[②]；海内知识，零落殆尽[③]。惟有会稽盛孝章尚存。其人困于孙氏[④]，妻孥湮没，单孑独立[⑤]，孤危愁苦，若使忧能伤人，此子不得永年矣[⑥]。

《春秋传》曰[⑦]：“诸侯有相灭亡者，桓公不能救，则桓公耻之[⑧]。”今孝章，实丈夫之雄也，天下谈士，依以扬声[⑨]，而身不免于幽縶[⑩]，命不期于旦夕[⑪]，吾祖不当复论损益之友[⑫]，而朱穆所以绝交也[⑬]。公诚能驰一介之使，加咫尺之书[⑭]，则孝章可致，友道可弘矣[⑮]。

今之少年，喜谤前辈，或能讥评孝章，孝章要为有天下大名[⑯]，九牧之人[⑰]，所共称叹。燕君市骏马之骨，非欲以骋道里，乃当以招绝足也[⑱]。惟公匡复汉室[⑲]，宗社将绝[⑲]，又能正之。正之之术，实须得贤。珠玉无胫而自至者，以人好之也[㉑]。况贤者之有足乎？昭王筑台以尊郭隗[㉒]，隗虽小才而逢大遇，竟能发明主之至心，故乐毅自魏往[㉓]，剧辛自赵往[㉔]，邹衍自齐往[㉕]。向使郭隗倒悬而王不解[㉖]，临难而王不拯[㉗]，则士亦将高翔远引，莫有北首燕路者矣[㉘]。

凡所称引，自公所知，而复有云者，欲公崇笃斯义[㉙]，因表不悉[㉚]。

【题解】

选自《昭明文选》卷四十一，标题原作《论盛孝章书》。刘盼遂《文选篇题考误》说，“论”上当有“与曹公”三字。不然则“似人物论一篇矣”。言之有理，据改。这是孔融于汉献帝建安九年（204）写给曹操的一封信。信中向曹操推荐盛孝章并为他求援。盛孝章：名宪，会稽（今浙江绍兴）人，为当时著名之士，与孔融交好，曾任吴郡（今江苏吴县等地）太守，后因病去官。孙策平定江东，诛杀英豪。盛孝章素有高名，深为孙策所忌。孔融担心他不免于祸，故写信向当时专权的曹操求援。汉朝因此征召盛孝章为骑都尉，但诏书未到，孝章已被孙策之弟孙权杀害。本文从友道和好士两个方面恳切陈词，抒写怜友之情，爱才之心，情辞委婉迫切，富于豪情。文中援引事实，陈明利害，富于感染力和说服力。

【注释】

①居：停留。②公：指曹操。始满：言曹操的年龄刚满五十岁。过二：孔融自谓已五十二岁。③知识：相知相识，指有交谊的人。零落：指死亡。殆：几乎，近于。④其人：指盛孝章。孙氏：孙氏的东吴政权，即指孙权。⑤孥（nú）：儿子。湮没：指死亡。孑（jié）：孤单。⑥此子：指盛孝章。永年：长寿。⑦《春秋传》曰：见《春秋公羊传·僖公元年》。⑧桓公：指齐桓公。这几句引文说的是春秋时北方的狄人灭掉邢国，作为春秋五霸之一的齐桓公却不能救邢国，应该引为耻辱。这里以齐桓公来比曹操，以此说明曹操应该救助盛孝章。⑨谈士：游谈之士。汉末封建士大夫有品评人物的风气，知名之士可用片言只语评定人物高下。这两句说，天下清议之士，都要依靠盛孝章来宣扬自己的声名。⑩幽絷（zhí）：囚禁。絷：拘禁，束缚。⑪命不期于旦夕：指生命危在旦夕，随时都有死的可能。旦夕：早晚。⑫吾祖：指孔子。孔融是孔子后裔，故称孔子为“吾祖”。论损益之友：见《论语·季氏》：“孔子曰：益者三友，损者三友。友直、友谅、友多闻，益矣。友便辟、友善柔、友便佞，损矣。”意谓与正直、诚实和见闻广博的人交朋友是有益的，而与谄媚逢迎、两面三刀和夸夸其谈的人交朋友则是有害的。⑬朱穆：字公叔，东汉后期人。因感于当时世风浇薄，不讲友道，曾著《绝交论》

以示讽刺。这句和上句意思是说，如果像盛孝章这样的人，处境如此困危，竟然无人救援的话，那么家祖孔子就无须再议论“损益之友”，而难怪朱穆要写他的《绝交论》了。⑭一介：一个。咫尺之书：指简短的书信。咫：八寸。⑮致：罗致，召来。弘：弘扬，光大。⑯要：总之。⑰九牧：指九州，即天下。古代九州的长官叫牧伯，故称。⑱燕君：指燕昭王。市：买。骋道里：跑远路。绝足：绝尘之足，指跑得极快的千里马。据《战国策·燕策一》载，燕昭王想招贤，郭隗（wěi）对他说：古代有位国君用千金求购千里马，三年没买到。他身边的一位内侍花了三个月时间，用五百金买回一匹死千里马的头。国君大怒，内侍对他说：买一匹死千里马尚且肯用五百金，何况活的呢？普天之下一定会认为大王善于买马，千里马就会来了。果然不到一年，千里马买到了三匹。这里说“市骏马之骨”，可能是传闻异词。这三句说，燕昭王买骏马之骨，当然不是想用它跑路，而是为了招来千里马。意谓盛孝章即使不是出色人材，但将他招来可博取好贤的名声，贤人必将接踵而至。⑲匡复：挽救将亡之国，使之转危为安。⑳宗社：宗庙社稷，指汉朝政权。㉑胫（jìng）：小腿。这里指足。《韩诗外传》卷六第二十七章记船人盍胥对晋平公说：“夫珠出于江海，玉出于崑山，无足而至者，犹主君之好也。士有足而不至者，盖主君无好士之意耳。何患于无士乎？”这两句意谓，只要有好士之心，贤者必至。㉒昭王筑台以尊郭隗：《战国策·燕策一》记，燕昭王接收了残破的燕国后登上王位，一心想招贤纳士，以报齐国破燕之仇。郭隗对他讲，大王果真想招致贤士，那就先从我开始吧。我尚且受到敬奉，比我高明的自然就会来了。于是燕昭王专门为郭隗“筑宫”，并且拜他为师。又相传昭王于易水东南筑黄金台，置千金于台，延聘天下贤士。㉓乐毅：本为魏人，由魏往燕，拜上将军。为燕伐齐，下七十余城，封昌国君。㉔剧辛：战国时贤士，由赵往燕，曾向昭王献攻齐之计。㉕邹衍：一作驺衍，齐人，著名阴阳家。由齐往燕，昭王师事之。㉖向：从前。使：假使。倒悬：倒挂着，比喻处境困苦艰危。解：解救。㉗拯：拯救。㉘高翔远引：犹言“远走高飞”。北首燕路：向北走上前往燕国的道路。首：向。㉙崇笃：尊崇，重视。斯义：这个道理。指上文所述友道、好士之义。㉚因表不悉：因盛孝章的事表白己见，言不尽意。不悉：不尽。

曹　操（155—220）

字孟德，东汉末沛国谯（今安徽亳县）人。祖父曹腾为宦官，桓帝时任中常侍大长秋，封费亭侯。父曹嵩为曹腾养子，官至太尉。曹操少时即机警，有权数，任侠放荡。二十岁时，举孝廉为郎，授洛阳北部尉。黄巾起义时，拜骑都尉，参与镇压起义军，升为济南相，后辞官归乡里。董卓乱时，随袁绍讨伐董卓，后迎献帝迁都于许昌，拜司空，封武平侯。建安五年（200）击败袁绍，统一北方。建安十三年（208）拜丞相。南征荆州，败于赤壁，形成三国鼎立形势。建安二十五年（220）病逝于洛阳。其子曹丕称帝后，追尊为魏武帝。

曹操不仅是三国时期杰出的政治家、军事家，而且是卓有建树的文学家。他有深湛的文学修养，在戎马倥偬、政务繁忙之中，写下了不少诗文。在他的倡导和影响下，形成了一个“邺下文人集团”，促进了文学的繁荣发展。其文学成就主要表现在诗歌创作上。他的诗歌深受乐府民歌的影响，但又富于创造性，往往以旧题写时事，以旧调表现新内容。反映动乱现实，抒写宏大抱负，情感深沉激越，风格苍劲悲壮。他的散文很有特色，内容和形式都突破了旧的传统。其文多为短篇，不骈不散，自由随便，任意挥洒，意到笔随，有真率之心，无虚假之情。文章风格“清峻”、“通脱”、“简约严明”。鲁迅在《魏晋风度及文章与药及酒之关系》中，称他“是一个改造文章的祖师”。毕生著述甚丰，宋以后多有散佚，明人张溥辑其作品为《魏武帝集》。

求贤令

自古受命及中兴之君[①]，曷尝不得贤人君子与之共治天下者乎[②]！及其得贤也，曾不出闾巷，岂幸相遇哉？上之人不求之耳。今天下尚未定，此特求贤之急时也。“孟公绰为赵、魏老则优，不可以为滕、薛大夫[③]。”若必廉士而后可用，则齐桓其何以霸世[④]！今天下得无有被褐怀玉而钓于渭滨者乎[⑤]？又得无有盗嫂受金而未遇无知者乎[⑥]？二三子其佐我明扬仄陋[⑦]，唯才是举，吾得而用之。

【题解】

选自《三国志·魏书·武帝纪》，标题依普通选本。这是曹操于建安十五年（210）春下的一道令。建安十三年（208），曹操率军南征。在著名的赤壁之战中，严重受挫于孙权、刘备联军。他深感事业艰难，为了进一步巩固自己的权势，壮大自己的力量，尽快完成统一大业，实现宏伟的理想，于是下令求贤。文中鲜明地提出不拘品行、“唯才是举”的主张。这不仅表现了曹操求贤若渴、广纳人才的迫切心情，而且打破了东汉以来专用世家豪族的察举制度，一反旧观念、旧传统，具有革新精神。文章写得豪爽、坦率、自然、通脱，不同于一般的诏令。

【注释】

①受命：指受“天命”。古代统治者托神权以巩固统治地位，自称受命于天，故将开国即位说成是受天命。这里即指开国。中兴：由衰落而重新兴盛。②曷：何。曷尝：何曾，哪里有过。③孟公绰：鲁国大夫，属孟孙氏。赵、魏：晋国贵族赵氏和魏氏。老：家老，家臣的头头。优：指才力有余裕。滕、薛：春秋时的小国，在今山东滕县及其东南薛城一带。语出《论语·宪问》。意思是说，孟公绰要是做赵氏、魏氏的家臣，他的才能就有余裕；但却没有能力做滕、薛这样小国的大夫。④齐桓：即齐桓公。他不计旧仇，任用管仲进行改革，成为春秋时第一个霸主。这两句意谓齐桓用管仲而为霸主，管仲有治国的才能，但不是廉士。⑤被：披。褐（hé）：粗布短衣。被褐怀玉：穿粗布衣而怀宝玉，比喻怀才而未为人所知。钓于渭滨：相传姜太公（吕尚）曾在渭水边钓鱼，被周文王用为国师，周从此兴盛起来。⑥盗嫂受金：《史记·陈丞相世家》载，陈平由魏无知推荐给刘邦，有人攻击他与嫂子私通，又接受过贿赂。刘邦就此责问魏无知。魏无知说：你所问的是“行”，我所荐的是“才”。当今楚汉相争，最需要的是人才，“盗嫂受金何足疑乎?”刘邦因而重用陈平。⑦二三子：指左右僚属，即“你们”。佐：助。明扬：发现并推举出来。仄陋：狭隘、卑贱。指出身贫贱而有才能的人。

诸葛亮（181—234）

字孔明，琅玡阳都（今山东沂南县南）人，三国时期杰出的政治家、军事家。东汉末，隐居邓县隆中（今湖北襄樊市西），有“卧龙”之称。建安十二年（207），刘备三顾茅庐，他出而辅佐刘备，建立了蜀汉政权，与魏、吴形成三分鼎立的局势。曹丕代汉自立，他说刘备称帝，任丞相。建兴元年（223）刘备病故，刘禅（后主）继位，他被封为武乡侯，领益州牧，政事无论大小，均由他决定。当政期间，励精图治，赏罚严明，政绩卓著。他东联孙吴，北伐曹魏，鞠躬尽瘁，病死于军中，谥忠武侯。后世称诸葛武侯。他的文章写得周密畅达，被刘勰誉为“志尽文畅”（《文心雕龙·章表》）。有《诸葛丞相集》辑本。

出师表

先帝创业未半而中道崩殂[①]，今天下三分，益州疲弊[②]，此诚危急存亡之秋也[③]。然侍卫之臣不懈于内，忠志之士忘身于外者，盖追先帝之殊遇，欲报之于陛下也[④]。诚宜开张圣听，以光先帝遗德，恢弘志士之气[⑤]，不宜妄自菲薄，引喻失义[⑥]，以塞忠谏之路也。宫中府中俱为一体，陟罚臧丕，不宜异同[⑦]。若有作奸犯科及为忠善者，宜付有司论其刑赏[⑧]，以昭陛下平明之治，不宜偏私，使内外异法也。

侍中、侍郎郭攸之、费祎、董允等[9]，此皆良实，志虑忠纯，是以先帝简拔以遗陛下[10]。愚以为营中之事，事无大小，悉以咨之[11]，然后施行，必能裨补阙漏[12]，有所广益。将军向宠，性行淑均[13]，晓畅军事，试用于昔日，先帝称之曰能，是以众议举宠为督。愚以为营中之事，悉以咨之，必能使行阵和睦[14]，优劣得所。亲贤臣，远小人，此先汉所以兴隆也；亲小人，远贤臣，此后汉所以倾颓也。先帝在时，每与臣论此事，未尝不叹息痛恨于桓、灵也[14]。侍中、尚书、长史、参军，此悉贞亮死节之臣[16]，愿陛下亲之信之，则汉室之隆，可计日而待也。

臣本布衣，躬耕于南阳[17]，苟全性命于乱世，不求闻达于诸侯[17]。先帝不以臣卑鄙，猥自枉屈[19]，三顾臣于草庐之中，咨臣以当世之事，由是感激，遂许先帝以驱驰[20]。后值倾覆[21]，受任于败军之际，奉命于危难之间，尔来二十有一年矣[22]。先帝知臣谨慎，故临崩寄臣以大事也[22]。受命以来，夙夜忧叹[24]，恐托付不效，以伤先帝之明，故五月渡泸，深入不毛[25]。今南方已定，兵甲已足，当奖率三军[26]，北定中原[27]，庶竭驽钝[28]，攘除奸凶，兴复汉室，还于旧都[29]。此臣之所以报先帝而忠陛下之职分也。

至于斟酌损益[30]，进尽忠言，则攸之、祎、允之任也。愿陛下托臣以讨贼兴复之效；不效，则治臣之罪，以告先帝之灵。若无兴德之言，则责攸之、祎、允等之慢[31]，以彰其咎[31]。

陛下亦宜自谋，以咨诹善道[33]，察纳雅言[33]，深追先帝遗诏，臣不胜受恩感激。今当远离，临表涕零，不知所言。

【题解】

选自《三国志·蜀书·诸葛亮传》，标题依普通选本。这是诸葛亮于蜀汉建兴五年（227），率军北伐曹魏，临行前给蜀汉后主刘禅上的一篇奏章。篇名为后人所加，又称《前出师表》，“表”即臣下给皇帝的奏章。诸葛亮深感刘禅暗弱，颇有内顾之忧，故针对刘禅的弊病进行规谏，谆谆告诫、反复劝勉刘禅要继承先帝的遗志，广开言路，刑赏公正，防止偏私用事，亲贤臣，远小人。表达了自己对蜀汉的耿耿忠心和北取中原的坚定意志。所言切实中肯，情词诚挚恳切，表现了作者忠诚勤勉、贤明正派的性格和作风。文章分析精辟，说理晓畅，语言朴实无华，感情色彩浓烈，历来为人们所推重。

【注释】

①先帝：去世的皇帝，这里指刘备（221 一 223 年在位）。崩殂（cú）帝王之死的讳言。②三分：指当时魏、蜀、吴三国割据。益州：指蜀汉统治区。汉置益州，即今四川大部分及陕西、云南、贵州的部分地区。疲弊：指国力贫弱。③秋：这里作“时”解，含有“关键时刻”的意思。④追：怀念。殊遇：特殊的恩遇。报：报答。陛下：古代臣下对帝王的尊称，这里指刘备之子后主刘禅（223—263 年在位）。⑤开张圣听：即广开言路，听取各方面的意见。圣：对皇帝的敬词。光：发扬光大。恢弘：

发扬振奋。⑥菲薄：鄙薄。妄自菲薄：随便看轻自己。引喻失义：言谈不合道理。引：称引。喻：譬喻。⑦宫中：指皇宫中侍奉皇帝的近臣。府中：指丞相府里的官员。俱为一体：意谓都是蜀汉之臣，同为一个整体。陟（zhì）：提升。臧（zāng）：赞美。否（pǐ）：贬斥。“陟罚”指升降官吏，“臧否”指褒贬人物。这几句说，在皇宫中和丞相府里任职的官员，同是蜀汉臣子，赏罚褒贬不应有差别。按：刘禅后期宠信宦官，此时恐已露端倪，故有此言。⑧作奸犯科：指为非作歹，违法乱纪。作奸：干坏事。犯科：触犯法律。科：科条，指法律条文。有司：主管某部门的官吏。⑨侍中、侍郎：官名，都是侍奉皇帝的近臣。郭攸之：字演长，南阳人，当时任侍中。费祎（yī）：字文伟，江夏人，当时任侍中。董允：字休昭，枝江人，当时任黄门侍郎。三人均有德才，为诸葛亮所识拔。⑩良实：忠良诚实。简拔：选拔。简：选择。⑪悉：尽。咨：询问，商议。⑫裨（bì）补阙漏：弥补缺欠、疏漏。裨：弥补，补助。阙：同“缺”。⑬向宠：字巨违，襄阳宜城人。刘备时为牙门将。刘备伐吴兵败，只有向宠的部队完好无损，诸葛亮认为他善于治军。后主时，封都亭侯，为中部督，掌管宿卫兵。诸葛亮北伐中原，上表后主，升他为中领军。性行淑均：性情和善，办事公正。⑭行（háng）阵：指军队。⑮桓、灵：指东汉末年的桓帝刘志（147—167年在位）和灵帝刘宏（168—189年在位）。桓、灵都宠用宦官、外戚，捕杀贤良，朝政腐败，造成汉末大乱，故历来被认为昏君。⑯侍中：指前面提到的郭攸之、费祎、董允等人。尚书：协助皇帝处理政务的官吏，这里指陈震，字孝起，南阳人，建兴三年（225）拜尚书。长

(zhǎng) 史：汉丞相及三公（太尉、司徒、司空）府均设长史，为三公辅佐。这里指丞相长史张裔，字君嗣，成都人。参军：汉末丞相及诸王开府者，均置参军，为重要幕僚。这里指蒋琬、字公琰，零陵湘乡人。建兴元年（223），丞相诸葛亮开府，蒋琬为东曹掾，后升参军。贞亮死节之臣：坚贞正直、能以死报国的忠臣。⑰布衣：平民。躬耕：亲自耕种。南阳：郡名，即今河南西南部和湖北西北部一带地区。诸葛亮隐居于南阳郡邓县的隆中。⑱闻达：扬名显达。诸侯：这里泛指东汉末年割据一方的各豪强势力和政治集团。⑲卑鄙：出身低微而识见鄙陋。这里是谦词。猥（wěi）：谦词，表示谦卑。枉屈：委屈，指屈尊就卑。⑳驱驰：奔走效劳。㉑倾覆：大败。指建安十三年（208）刘备在当阳长坂（今湖北当阳东北）被曹操打败之事。㉒"受任"及"奉命"：指刘备被曹操打败后，诸葛亮接受委任，奉命出使东吴，联合孙权抗曹。尔来二十有一年矣：从建安十二年（207）刘备与诸葛亮相遇，到建兴五年（227）上此表时，已有二十一个年头了。㉓临崩寄臣以大事：章武三年（223），刘备伐吴失败，病危于永安（今四川奉节县东白帝城），临终召见诸葛亮，托付国家大事："君才十倍曹丕，必能安国，终定大事。若嗣子可辅，辅之；如其不才，君可自取。"亮涕泣说："臣敢竭股肱之力，效忠贞之节，继之以死！"（见《三国志·蜀书·诸葛亮传》）㉔夙（sù）：早晨。夙夜：早晚。㉕泸：泸水，指今雅砻江下游和金沙江会合雅砻江以后一段。不毛：不长五谷的未开发的地方。建兴三年（225），诸葛亮南征，平定叛乱，稳定了后方。㉖奖率：鼓励，率领。㉗中原：黄河流域，这里指曹魏所占地区。㉘庶竭驽钝：谦词，即希望尽我平庸的能力。㉙攘：排除。奸凶：指曹魏。汉室：汉朝皇室。旧都：指两汉国都长安和洛阳。㉚斟酌损益：衡量得失，考虑去取。㉚慢：轻忽，怠慢。㉜彰其咎：暴露、揭示他们的过失。㉝咨诹（zōu）：询问。善道：指治理国家的好办法。㉞察纳：考察，采纳。雅言：正确的意见。

曹　丕（187—226）

字子桓，沛国谯（今安徽亳县）人，曹操次子。建安十六年(211)，为五官中郎将，副丞相。二十二年（217），立为魏太子。建安二十五年（220）曹操病故，曹丕代汉称帝，谥为魏文帝。曹丕不仅是邺下文人集团的核心人物之一，对建安文学的繁荣有组织、倡导之功，而且也是建安文学的代表作家之一。他有较高的文学修养和理论建树，所作《典论·论文》和《与吴质书》是我国较早的文学批评重要著作。他的诗清丽婉转，现存约四十首，其中《燕歌行》是我国现存最早的完整的七言诗。他的散文说理周密，文词流丽，抒情色彩浓重。作品有辑本《魏文帝集》。

典论论文

文人相轻，自古而然。傅毅之于班固，伯仲之间耳[①]，而固小之[②]，与弟超书曰[③]："武仲以能属文为兰台令史[④]，下笔不能自休[⑤]。"夫人善于自见，而文非一体，鲜能备善[⑥]，是以各以所长，相轻所短。里语曰："家有弊帚，享之千金。[⑦]斯不自见之患也。

今之文人，鲁国孔融文举[⑧]，广陵陈琳孔璋[⑨]，山阳王粲仲宣[⑩]，北海徐干伟长[⑪]，陈留阮瑀元瑜[⑫]，汝南应玚德琏[⑬]，东平刘桢公干[14]。斯七子者[15]，于学无所遗[16]，于辞无所假[17]，咸以自骋骥騄于千里，仰齐足而并驰[18]，以此相服，亦良难矣。盖君子审己以度人，故能免于斯累而作论文[19]。

王粲长于辞赋，徐干时有齐气，然粲之匹也[20]。如粲之《初征》《登楼》《槐赋》《征思》[21]，干之《玄猿》《漏卮》《圆扇》《橘赋》[22]，虽张、蔡不过也[23]。然于他文，未能称是[24]。琳、瑀之章表书记，今之隽也[25]。应玚和而不壮，刘桢壮而不密。孔融体气高妙，有过人者，然不能持论，理不胜辞[26]，以至乎杂以嘲戏[27]。及其所善，扬、班俦也[28]。

常人贵远贱近，向声背实[29]，又患暗于自见，谓己为贤。

夫文本同而末异[30]，盖奏议宜雅，书论宜理，铭诔尚实，诗赋欲丽[31]。此四科不同，故能之者偏也；唯通才能备其体。

文以气为主，气之清浊有体，不可力强而致[32]。譬诸音乐，曲度虽均，节奏同检[33]，至于引气不齐，巧拙有素[34]，虽在父兄，不能以移子弟[35]。

盖文章，经国之大业，不朽之盛事[36]。年寿有时而尽，荣乐止乎其身，二者必至之常期，未若文章之无穷。是以古之作者，寄身于翰墨，见意于篇籍，不假良史之辞，不托飞驰之势[38]，而声名自传于后。故西伯幽而演《易》[39]，周旦显而制《礼》[40]，不以隐约而弗务，不以康乐而加思[41]。夫然则古人贱尺璧而重寸阴[42]，惧乎时之过已。而人多不强力，贫贱则慑于饥寒，富贵则流于逸乐[43]，遂营目前之务，而遗千载之功，日月逝于上，体貌衰于下，忽然与万物迁化[44]，斯志士之大痛也。

融等已逝，唯干著论，成一家言[45]。

【题解】

选自《昭明文选》卷五十二，标题依普通选本。《典论》是曹丕精心结撰的一部论著，《论文》是其中的一篇。六臣注《文选》吕向说："文帝《典论》二十篇，兼论古者经典文事。有此篇，论文章之体也。"据《艺文类聚》卷十六下兰《赞述太子赋》："著典宪之高论"，可知曹丕写成《典论》，是在他做太子的时候。曹丕自己对这部著作十分爱重，曾书赠孙权和张昭，但全书大概在宋代就亡佚了。今存习见者，仅本篇及《三国志·魏书·文帝纪》裴松之注所引的《自叙》而已。本篇先批评文人相轻的陋习，次论孔融等七子的创作和著述，以及不同文体的特点，最后指出了文学的独立地位，强调了文学自身的价值，见解独到，论述精辟。本篇是我国文学批评史上专篇论文的开始，内容涉及作家论、文体论和风格论，虽然仅仅是略引端绪，但像这样的专门文论，在散文领域中前所未有，对于后代的影响也是非常重要的。

【注释】

①傅毅：字武仲，茂陵（今陕西兴平县东北）人。东汉文学家。章帝时为兰台令史，拜郎中，与班固等共同主持校理图书的工作。班固：字孟坚，《汉书》的作者，见前班固简介。伯仲：兄弟的次序，长为伯，次为仲。伯仲之间：谓二者相差无几。这

两句说，傅毅对于班固说来，文才相差无几。②小：藐视，小看。之：指代傅毅。③超：班超，字令升，班彪的少子，班固之弟。④属（zhǔ）：连缀。属文：写文章。兰台：汉时宫中藏书之处，由御史中丞掌管。后又设置兰台令史，主持图书校理和办理书奏的工作。⑤休：止。下笔不能自休：意谓他写起来没完没了，不能很好地驾驭文字。⑥鲜：少。备善：指全都写得好。⑦里：里巷，民间。里语：民间谚语。弊帚：破笤帚。享：当。享之千金：谓以破笤帚当千金之价，极言重视自己的东西。⑧孔融：字文举，东汉鲁国（今山东曲阜）人。见前孔融简介。⑨陈琳：字孔璋，广陵（今江苏江都县东北）人。初为何进主簿，后归袁绍。绍败，归附曹操，军国书檄，多由他拟稿。⑩王粲：字仲宣，山阳高平（今山东邹县西南）人。博学多才，诗赋俱佳，少年时即为蔡邕所称赏。曾因避难往荆州依刘表，后归附曹操。⑪徐干：字伟长，北海（今山东寿光县）人，受曹操征召，为司空军谋祭酒掾属，五官将文学。⑫阮瑀：字元瑜，陈留（今河南陈留县）人。受曹操征召为司空军谋祭酒，管记室，后为仓曹掾属。善作书檄，又能诗。⑬应玚：字德琏，汝南（在今河南汝南县东南）人。受曹操征召为丞相掾属，后为五官中郎将文学。⑭刘桢：字公干，东平（今山东东平县东）人，为曹操丞相掾属。其诗文劲挺清丽，五言诗在当时负有重名。⑮斯：此。七子：即指上举七人。“七子”之称，始见于此。后世称为“建安七子”或“邺下七子”。除孔融反对曹操被杀外，其余六人都为曹氏效力，形成曹魏文学集团。⑯遗：余留。于学无所遗：犹言无所不学。⑰辞：文辞，文章。假：借。于辞无所假：意谓写作不因袭前人，能自创新辞。⑱咸：都。骋：驰骋。骥騄：泛指良马。仰：恃，指各恃其才。齐足而并驰：犹言“并驾齐驱”。⑲君子：有道德有修养的人。这里是曹丕自谓。审：辨察。度：衡量。斯累：指上文所说“文人相轻”而无自见之明的负累和毛病。这两句意谓作为有道德有修养的君子，能够辨察自己然后衡量别人，所以能免除“文人相轻”的负累而平心地写出这篇论文。⑳齐气：指舒缓的个性和风格。古人认为，齐地的生活环境和风俗习惯以舒缓为特征，影响到作家的个性和作品的风格，呈现舒缓的气象，称为“齐气”。匹：匹敌。指水平相当，相等。㉑《初征》、《登楼》《槐赋》、《征思》：都是王粲所作赋名。其中《初征赋》、《槐赋》见严可均辑《全后汉文》卷九十。《登楼赋》见《文选》。《征思赋》已佚。㉒《玄猿》、《漏卮》、《圆扇》、《橘赋》：都是徐干所作赋名。《圆扇赋》见严可均辑《全后汉文》卷九十三，其余三赋已佚。㉓张、蔡：指张衡、蔡邕。张衡：字平子，东汉天文学家、文学家，河南南阳西鄂（今河南南召县南）人。善辞赋，代表作有《西京赋》、《东京赋》、《思玄赋》等。蔡邕：字伯喈，陈留圉（今河南杞县南）人，东汉文学家、书法家，亦善辞赋，赋作有《述行赋》。不过：不能超过。㉔称：相副，相称。是：此，指其辞赋。这两句说，王粲、徐干的其他文体之作比不上他们的辞赋好。㉕章：臣属上奏天子的书。表：汉魏以后，臣属上奏天子说明事情、表白忠心的书称“表”。《文心雕龙·章表》：“汉定礼仪，则有四品：一曰章，二曰奏，三曰表，四曰议。章以谢恩，奏以按劾，表以陈情，议以执异。”书记：指一般公文和应用文。隽（jùn）：通“俊”，才智出众，这里有“最为出色”的意思。㉖持论：立论，议论。理不胜辞：指其辞过于理，即文辞很好而说理不足。㉗杂以嘲戏：指文中夹杂有嘲讽和戏谑之词。如孔融《与曹公书》言“武王伐纣，以妲己赐周公”，以讽操子丕私纳袁熙妻甄氏，并称“以今度之，想当然耳”之类，就是嘲戏的例子。㉘扬、班：指扬雄、班固。扬雄有《解嘲》，班固有《答宾戏》，是“嘲戏”之作的名篇。俦：匹配。这两句说，至于孔融那些杂以嘲戏的文章，好的尚可与扬雄、班固的这一类文章相匹敌。㉙向声背实：崇尚虚名，不重实际。向：趋向。背：背弃。㉚本：根干。末：枝梢。本同，即源同，指文章的共同性。末异：即流异，指不同文体的特殊性。㉛雅：典雅。《文心雕龙·定势》：“章表奏议，准的乎典雅。”这句说，奏议应该典雅。书：文书、文牍。论：论文。宜理：应说理明白。铭：刻于器物、碑石，用以规戒、褒赞的韵文。诔（lěi）：叙列死者德行，予以表彰并致哀悼的文体。尚实：崇尚真实。诗赋欲丽：诗赋要求清丽。㉜气：主要指作家的才气。清浊：主要指气的刚柔，即清刚浊柔。体：分别。不可力强而致：不能勉强获得。致：招致，得到。㉝曲度：曲谱。均：同。检：法度，规定。㉞引气不齐：指演奏乐器（如箫、管之类）时用气不同。素：本，这里指人的天赋本性。㉟移：转移，这里指传授。㊱经国：治国。大业、盛事：犹言盛大的事业。不朽：古有所谓“三不朽”之说。《左传·襄公二十四年》：“太上有立德，其次有立功，其次有立言。虽久不废，此之谓不朽。”文章属“立言”范围，所以说是不朽之盛事。㊲翰墨：即笔墨，指文章。寄身于翰墨：指从事文章写作。见（xiàn）：显露，表现。篇籍：篇章书籍。㊳假：借。史：史官，记事的官。飞驰：指飞黄腾达，身居高位的达官贵人。这两句大意是：由于古代作者从事写作，足以表达自己的意见，所以无须假借良史的记述，也无须依托权贵的势力。㊴西伯：指周文王。文王在殷时为西伯。幽：拘囚。史载殷纣王曾将文王囚禁于羑里，文王因而推演《易》象而作卦辞。㊵周旦：即周公旦。周公是周武王之弟，成王之叔。显：显达。制《礼》：创制礼法。相传周公平定管、蔡、霍三叔之乱后制礼作乐。㊶隐约：穷困。一说，“隐约”为失志的样子。弗务：意谓不去致力于著述。康乐：安乐。加：移。加思：指转移著述的念头。㊷夫然：如此，这样。璧：平而圆，中心有孔的玉。这里泛指美玉。阴：光阴。“尺”与“寸”相对而言，“尺”言其长，“寸”言其短。㊸强力：努力。慑（shè）：恐惧，害怕。流：放纵。㊹迁化：变化，指死亡。㊺逝：逝世。一家言：指有独特见解，自成一说足以传世的论著。曹丕在《与吴质书》中称徐干“著《中论》二十篇，成一家之言”。

曹　植（192—232）

字子建，曹操之子，曹丕之弟。他“生乎乱，长乎军”，一生热烈追求建功立业，颇有雄心壮志。他才思敏捷，年十岁余，即诵读诗、论及辞赋数十万言。每进见难问，应声而对，“言出为论，下笔成章”，很受曹操钟爱，曾打算立他为太子。由于他“任性而行，不自雕励，饮酒不节”，再加上曹丕暗中活动，耍弄手腕，终于失去了曹操的欢心。后来曹丕称帝，对他忌妒、迫害。曹丕死后，其子曹睿继位，他仍被猜忌，虽身为藩王，但屡遭压迫，最终郁郁而死。曹植为“建安之杰”，是当时文坛领袖之一。其前期作品豪壮奔放，后期作品则沉郁悲凉，更富现实内容。今存诗八十多首，散文、辞赋四十余篇，有《曹子建集》流传。

与杨德祖书

植白：数日不见，思子为劳[①]，想同之也[②]。

仆少小好为文章，迄至于今，二十有五年矣[③]。然今世作者，可略而言也。昔仲宣独步于汉南[④]，孔璋鹰扬于河朔[⑤]，伟长擅名于青土[⑥]，公干振藻于海隅[⑦]，德琏发迹于大魏[⑧]，足下高视于上京[⑨]。当此之时，人人自谓握灵蛇之珠[⑩]，家家自谓抱荆山之玉[11]，吾王于是设天网以该之[12]，顿八纮以掩之[13]，今悉集兹国矣。然此数子犹复不能飞轩绝迹[14]，一举千里[15]。以孔璋之才，不闲于辞赋[16]，而多自谓能与司马长卿同风[17]，譬画虎不成反为狗也[18]。前书嘲之，反作论盛道仆赞其文[19]。夫钟期不失听[20]，于今称之，吾亦不能妄叹者[21]，畏后世之嗤余也[22]。

世人之著述，不能无病[23]。仆常好人讥弹其文[24]，有不善者，应时改定。昔丁敬礼常作小文[25]，使仆润饰之，仆自以才不过若人[26]，辞不为也。敬礼谓仆，卿何所疑难，文之佳恶，吾自得之，后世谁相知定吾文者耶[27]？吾常叹此达言[28]，以为美谈。昔尼父之文辞，与人通流[29]，至于制《春秋》，游夏之徒乃不能措一辞[30]。过此而言不病者[31]，吾未之见也。

盖有南威之容，乃可以论于淑媛[32]；有龙渊之利，乃可以议于断割[33]。刘季绪才不能逮于作者[34]，而好诋诃文章，掎摭利病[35]。昔田巴毁五帝，罪三王，呰五霸于稷下，一旦而服千人[36]。鲁连一说，使终身杜口[37]。刘生之辩，未若田氏，今之仲连，求之不难，可无息乎？人各有好尚，兰茝荪蕙之芳，众人所好，而海畔有逐臭之夫[38]；咸池六茎之发[39]，众人所共乐，而墨翟有非之之论[40]，岂可同哉！

今往仆少小所著辞赋一通相与[41]。夫街谈巷说，必有可采，击辕之歌，有应风雅[42]。匹夫之思，未易轻弃也[43]。辞赋小道，固未足以揄扬大义，彰示来世也[44]。昔扬子云先朝执戟之臣耳[45]，犹称壮夫不为也[46]。吾虽德薄，位为藩侯[47]，犹庶几戮力上国[48]，流惠下民[49]。建永世之业，流金石之功[50]，岂徒以翰墨为勋绩[51]，辞赋为君子哉！若吾志未果，吾道不行，则将采庶官之实录[52]，辩时俗之得失[53]，定仁义之衷[54]，成一家之言，虽未能藏之于名山，将以传之于同好[55]。非要之皓首，岂今日之论乎[56]？其言之不惭，恃惠子之知我也[7]。

明早相迎，书不尽怀。植白。

【题解】

选自《昭明文选》卷四十二。这是曹植写给杨修的一封信。杨修：字德祖，太尉杨彪之子，华阴（今属陕西）人。才高学博，机智过人。建安中，举孝廉，授职郎中，丞相请代理仓曹属主簿。受到曹氏父子的重视，与曹植关系尤为密切，为其“羽翼”之一。曾极力为曹植谋划，以使曹植得立为太子。后曹植失宠，曹丕立为太子，曹操恐日后酿成内乱，借故将杨修处死。曹植在这封信中，阐述了自己对文学的见解和政治抱负。其中谈到“世人之著述，不能无病”，因而“好人讥弹其文，有不善者，应时改定”，能够比较客观地对待文学批评。这与曹丕《典论·论文》中所提出的“文非一体，鲜能备善”，不可“暗于自见，谓己为贤”的见解，是基本一致的。但曹植认为“辞赋小道，固未足以揄扬大义，彰示来世”，却与曹丕所谓文章乃“经国之大业，不朽之盛事”的观点相左。因为曹植念念不忘建功立业，其活动目标在政治方面，而这方面不甚得意；其文章又已经做得不错，故敢说“岂徒以翰墨为勋绩，辞赋为君子哉”，视文章为无用之小道。鲁迅在《魏晋风度及文章与药及酒之关系》中说，这大概是曹植的“违心之论”。

【注释】

①子：您。劳：苦。思子为劳：想您想得很苦。②想同之也：料想您思念我也同样。③有：用在整数与零数之间，相当于“又”。④仲宣：王粲的字。独步：独一无二，一时无人能赶上。汉南：汉水之南，指荆州。王粲曾在荆州依附刘表。后归附曹操。⑤孔璋：陈琳的字。鹰扬：像鹰一样奋扬，比喻大展雄才。河朔：指黄河以北地区。陈琳曾在冀州作袁绍的记室。⑥伟长：徐干的字。擅名：得享盛名。青土：指青州之地。徐干为北海郡人，北海郡位于古青州东部。⑦公干：刘桢的字。振藻：显耀文彩。海隅：海边。刘桢是东平宁阳（今山东宁阳县南）人，宁阳靠近海边。⑧德琏：应玚的字。发迹：指由隐微而显身扬名。大魏：一作“此魏”，指魏都许昌一带。应玚是汝南南顿（今河南项城县北）人。南顿靠近魏都许昌。⑨足下：敬词，指杨修。高视：眼睛向上看，一般人不放在眼里。这里指杰出。上京：即京师（洛阳）。杨修随其父太尉杨彪在京师。⑩握：持有。灵蛇之珠：即随侯之珠，见前《谏逐客书》注②。⑪荆山之玉：即和氏之璧，亦见前《谏逐客书》注②。⑫吾王：指曹操。建安二十一年（216），曹操自立为魏王。天网：天大的罗网，喻网罗人才的举措。该：包揽兼收。⑬顿：整顿。八纮（hóng）：大地的极限，犹言八极。掩：尽取。这句意谓整顿天下八方，尽取各地人才。⑭犹复不能：也还没能。飞轩绝迹：高飞到了极境。轩：高。绝迹：不见行迹，形容极高，指达到最高境界。⑮一举千里：即一

飞千里，一振翅即飞出千里远。⑯闲：熟习，熟练。⑰多：盛。司马长卿：即汉代辞赋大家司马相如。同风：同样风采。此言对辞赋并不熟习的陈琳却盛称自己与司马相如同属一流。⑱画虎不成反为狗：古代谚语。这里喻指陈琳妄自夸大，结果反而不妙。⑲前书嘲之：前曾写信去嘲讽他。盛道仆赞其文：大大地称说我赞扬他的文章。⑳不失听：指钟子期善听音，不会错误地领会曲意。㉑妄叹：乱加叹赞。㉒嗤（chī）：讥笑。㉓病：毛病，缺点。㉔好（hào）：喜爱。讥弹：指责，批评。其文：指自己的文章。㉕丁敬礼：即丁廙（yì），字敬礼，建安中官黄门侍郎，与其兄丁仪和杨修都是曹植的密友，同为曹植"羽翼"，谋划拥立曹植为太子。曹丕继位后，被杀。㉖若人：这个人，指丁廙。㉗这几句大意是：丁廙告诉我，您何必为难呢？文章好坏的声名，自然是归于我的，后世又有谁知道我的文章是经谁修改过的呢？㉘叹：指叹赏。达言：通达的言论。㉙尼父：即孔子。父同"甫"，古代对男子的美称。孔子死后，鲁哀公诔（lěi），（叙述死者生前事迹，表示哀悼）孔子称"尼父"。通流：交流，指互相商讨。㉚游：即言偃，字子游。夏：即卜商，字子夏。都是孔子弟子。《论语·先进》："文学子游、子夏。"意即二人熟悉文献。措一辞：即置一辞，参加一点意见。《史记·孔子世家》："孔子在位听讼，文辞可与人共者，弗独有也。至于为《春秋》，笔则笔，削则削，子夏之徒，不能赞一辞。"㉛过此：除开这个（指《春秋》）。不病：没有毛病。㉜南威：古代美女。《战国策·魏策二》："晋文公得南之威，三日不听朝，遂推南之威而远之，曰：后世必有以色亡其国者。"南威之容：南威那样美的容貌。淑媛：

美女。㉝龙渊：古宝剑名。唐人避唐高祖李渊讳改称龙泉。断割：切断宰割，这里指锋利。㉞刘季绪：建安时刘表之子，官至乐安太守，著有诗、赋、颂六篇。才不能逮于作者：文才没能达到著作家的水平。㉟诋诃（hē）：诋毁指责。掎（yǐ）摭（zhí）：指摘，挑剔。㊱田巴：战国时齐国辩士。呰（zǐ）：同“訾”，诋毁，说坏话。稷下：齐国都城的西门叫稷门。齐宣王好文学，在稷门外设立学宫。谈说之士，聚会于稷下。据说田巴曾在狙丘和稷下等地跟人辩论。他毁谤五帝、三王和五霸，一时之间，竟使千人为之折服。㊲鲁连：即鲁仲连。杜口：闭口。据说鲁仲连去见田巴先生，指责他在外国军队压境、国家危亡之时，所发议论于国无利，请他闭口，田巴果然闭口不言了。㊳兰茝（chǎi）荪蕙：都是香草名。逐臭之夫：据《吕氏春秋·遇合篇》载，一个身有奇臭的人，他的亲戚、兄弟、妻妾、朋友都没法和他住在一起。他自觉苦恼，只好住到海边去。没想到海边竟有喜欢他的臭味的人，昼夜追随着他不肯离开。这里借喻爱憎违反常情的人。㊴咸池：相传为黄帝乐名。六茎：相传为颛顼乐名。㊵非之之论：指墨子著有《非乐》篇。㊶往：送去。一通：一份。相与：相赠。㊷街谈巷说：指民间传说。击辕之歌：指民歌。古代有田野中人拍击车辕唱歌，人称之为击辕之歌。有应风雅：指符合《诗经》中《国风》和大、小《雅》的精神。㊸匹夫：一个人，泛指平常人。思：情思见解。未易轻弃：不能轻易摒弃。㊹揄扬：发挥，阐扬。大义：指大道理。彰示：明白垂示。来世：后代。㊺扬子云：即扬雄。先朝：指西汉。执戟之臣：执戟侍卫皇帝的郎官。扬雄曾作过给事黄门郎。㊻壮夫不为：扬雄《法言·

吾子》："或问：'吾子少而好赋?'曰：'然，童子雕虫篆刻。'俄而曰：'壮夫不为也。'"意谓作赋铺采摛文，是童子所习的小技，男子汉是不屑于写的。㊼藩侯：古代诸侯，护卫王室，常被比作藩篱（屏障），故称藩侯。㊽庶几：希望的意思。戮力：并力，合力。上国：藩国称王室为上国，这里指魏国。㊾流惠：扩大流布恩惠。㊿流：流传。金石之功：古人常把功绩铭刻在金石上，以期流传后世。金：指钟鼎之类。石：指碑碣之类。《吕氏春秋·求人》："故功绩铭乎金石。"51岂徒：岂只，岂仅。翰墨：笔墨，指文章。勋绩：功业。52庶官：众官，百官。《三国志·魏书·陈思王传》注引《典略》"庶"作"史"。实录：指史料。53辨：辨析。54定仁义之衷：意谓折中于仁义。衷：中，不偏不倚，正理善道。55藏之于名山：把书藏在山中，以防散失。司马迁《报任安书》："藏之名山，传之其人。"同好：志同道合的人。56要（yāo）：约。皓首：白头。这两句意谓他的这个著作计划，不到头发白了时候，是作不成的，这岂是今天所能谈论的呢？57惠子：即惠施，战国时人，与庄子为知友，常互相辩论。惠施死后，庄子有"无与言之"之叹。这里以惠施比杨修，自比庄子，谓彼此交情深厚，故敢"言之不惭"。

阮　籍（210—263）

字嗣宗，陈留尉氏（今河南尉氏县）人，父阮瑀为“建安七子”之一，其本人则是“竹林七贤”之一。为人倜傥狂放，或闭门读书，累月不出；或登山临水，经日忘归。博览群书，尤好《老》、《庄》，嗜酒，能啸，善弹琴。任性不羁，喜怒不形于色。志气宏放，傲然自得。齐王曹芳时，受太尉蒋济征召，作过尚书郎。高贵乡公曹髦即位，封关内侯，官散骑常侍。司马昭辅政，籍闻步兵厨营人善酿，有贮酒三百斛，便求为步兵校尉，世称阮步兵。本有济世之志，但身当魏、晋易代之际，政治黑暗，性命多忧，故消极遁世，沉醉酒乡。才高能文，作《咏怀诗》八十余首，为世所重。著作有辑本《阮籍集》。

大人先生传（节选）

或遗大人先生书[1]，曰：“天下之贵，莫贵于君子[2]。服有常色[3]，貌有常则[4]，言有常度[5]。行有常式[6]。立则磬折[7]，拱若抱鼓[8]。动静有节[9]，趋步商羽[10]。进退周旋[11]，咸有规矩[12]。心若怀冰[13]，战战慄慄[14]。束身修行[15]，日慎一日。择地而行，唯恐遗失[16]。诵周、孔之遗训[17]，叹唐、虞之道德[18]。唯法是修[19]，唯礼是克[20]。手执珪璧[21]，足履绳墨[22]。行欲为目前检[23]，言欲为无穷则[24]。少称乡闾[25]，长闻邦国。上欲图三公[26]，下不失九州牧[27]。故挟金玉[28]，垂文组[29]。享尊位，取茅土[30]。扬声名于后世，齐功德于往古[31]。奉事君上，牧养百姓[32]。退营私家[34]，育长妻子。卜吉宅，虑乃亿祉[35]。远祸近福，永坚固己。此诚士君子之高致[35]，古今不易之美行也[37]。今先生乃被发而居巨海之中[38]，与若君子者远[39]，吾恐世之叹先生而非之也[40]。行为世所笑[41]，身无由自达[42]，则可谓耻辱矣。身处困苦之地，而行为世俗之所笑，吾为先生不取也[43]。"

于是大人先生乃逌然而叹[44]，假云霓而应之曰[45]："若之云尚何通哉[46]！夫大人者，乃与造物同体[47]，天地并生；逍遥浮世[48]，与道俱成[49]；变化散聚[50]，不常其形。天地制域于内[51]，而浮明开达于外[52]。天地之永固，非世俗之所及也[53]。吾将为汝言之。往者天尝在下[54]，地尝在上，反覆颠倒，未之安固，焉得不失度式而常之？天因地动[55]，山陷川起[56]，云散震坏[57]，六合失理[58]，汝又焉得择地而行，趋步商羽？往者群气争存[59]，万物死虑[60]，支体不从[61]，身为泥土，根拔枝殊[62]，咸失其所，汝又焉得束身修行，磬折抱鼓？李牧功而身死[63]，伯宗忠而世绝[64]，进求利而丧身[65]，营爵赏而家灭[66]，汝又焉得挟金玉万亿，祗奉君上[67]，而全妻子乎？且汝独不见失虱之处于裈中[68]，逃乎深缝，匿乎坏絮[69]，自以为吉宅也。行不敢离缝际[70]，动不敢出裈裆，自以为得绳墨也。饥则啮人[71]，自以为无穷食也[72]。然炎丘火流[73]，焦邑灭都[74]，群虱死于浑中而不能出，汝君子之处区内，亦何异夫虱之处裈中乎[75]！……"

【题解】

选自《阮籍集》。这是一篇赋体传记。“大人先生”是作者虚构的人物。“大人”、“先生”都是表示尊敬的称呼，实际上是作者理想的化身。本文在虚幻的外形下，对当时的统治，尤其是虚伪的礼法制度，作了激烈的斥责和无情的讽刺。文中说：“先生以应变顺和，天地为家，运去势隤，魁然独存。”这正是他自己身处乱世的全身之道。作者对于现实社会愤慨极深，认为已无可救药，因而只图自保。他的消极“应变”，并非厌世，实为愤世。文章杂用赋体，奇偶相成，韵散并用，颇有独创性。全文可分三个部分：第一部分写大人先生驳斥“君子”的非难，第二部分写他遇见愤世疾俗的隐士，第三部分写他遇见通达自得的薪者。这里节录其第一部分中的两节。

【注释】

①或遗（wèi）：有人给予。书：信。②君子：这里指趋附司马氏的士人。③服：穿着服饰。常色：有一定的颜色。④貌：容颜，这里指面部表情。则：标准，规定。⑤度：尺度，指一定的分寸。⑥行：行为。式：模式。⑦磬（qìng）折：弯腰如磬，形容鞠躬的姿态。⑧拱：拱手，指两手合抱，打拱致敬。⑨节：节拍，犹言“板眼”。⑩趋步：指走路时步子的快慢。商、羽：乐调名，这里指合乎音乐的节拍。⑪进退周旋：即进进出出，与人打交道。⑫咸：都。⑬怀：抱。⑭战战慄慄：惊恐小心的样子。⑮束身：约束自己。修行：修养德行。⑯遗失：这里指疏忽失礼。⑰诵：背诵。周、孔：指周公、孔子。⑱叹：赞叹。唐、

虞：指唐尧、虞舜。⑲法：指礼法。⑳克：约束。㉑珪（guī）璧：古代王侯朝聘祭祀用的玉器。㉒足履绳墨：指笔直地行走。㉓目前：指当世。检：法式，榜样。㉔无穷：指后世千秋万代。则：准则。㉕乡闾：乡邑里闾，指家乡地方。㉖图：图谋，谋取。三公：指朝廷最高官职。各时代"三公"所指不同，东汉以太尉、司徒、司空为三公。㉗九州牧：指地方政权的最高官职。古分全国为"九州"，"牧"为一州之长。㉘金玉：指珍宝。㉙垂：垂挂，佩带。文组：有花纹的丝织绶带。佩带组绶，表示身居尊位。㉚取茅土：指被封为诸侯。古代皇帝社祭的坛用青、赤、白、黑、黄五色土建成，分别代表东、南、西、北、中五个方位。分封诸侯时，取封地所在方位的色土，用白茅包好授给被封的人，作为分得土地的象征。㉛齐：看齐，等同。往古：这里指古代圣贤。㉜牧养：治理养育。㉝退营私家：谓退朝或告退之后，可以经营自己的家室。㉞卜吉宅：用占卜选定风水吉祥的宅地。㉟虑：考虑。亿：极言其多而长久。祉（zhǐ）：福。亿祉：指世代不绝的福禄。㊱诚：确实。高致：高雅的情趣。㊲易：改变。美行：美好的行为。㊳被（pī）：同"披"。巨海：大海。这里指远离尘寰，不问世事。㊴若：此，这些。㊵非：非议。㊶行为世所笑：行为被世人所耻笑。㊷无由自达：无法使自己进荐于君上。㊸不取：不可采取。㊹逌（yóu）然：舒适自得的样子。㊺假：借。假云霓而应之：凭借云霓而回答。霓（ní）：副虹。雨后天空中与虹同时出现的彩色圆弧。㊻若：你。云：这里指言论。㊼造物：指万物的创造。同体：同为一体。㊽逍遥：自由自在、无所拘束的样子。浮世：飘游世间。㊾道：这里指道家所谓的“道”，即指宇宙万物的本原、本体。俱成：同时形成。⑩散聚：分散聚合，这里指生死。51制：形成。域：区域，境界。内：指内心。这句说：以天地形成其内心世界。52浮明：自在明智。开达：自然表现。外：指外在形迹。这句说：在形迹上表现为自在而明智。53这两句说：大人心目中天地的永久而巩固，不是世俗之人所能料想得到的。54尝：曾经。55因：随。56川起：河谷上突。57震：雷。《易经·说卦》：“震为雷”。58六合：指天地四方。失理：失去条理，即指天地四方颠倒混乱。59群气：指万物。古人认为精气为物，气聚而物生。60死虑：忧虑死亡。61支体：即肢体。从：顺从，听从。62枝殊：意谓枝叶脱离根干。63李牧：战国晚期赵国名将，屡建战功，封武安君。后赵王中秦反间计，听信宠臣的诬告，冤斩李牧。64伯宗：春秋时晋国大夫，忠而好直谏，为权臣谗害，被杀。世绝：绝了后代。65进：指仕进，做官。66营：营谋。67祗（zhī）奉：敬奉。68虱（shī）：虱子。裈（kūn）：裤子。这句说：况且，你难道没有看见过虱子处在裤子中吗？69逃乎深缝：逃到裤子的深缝中去。匿乎坏絮：躲藏到坏了的棉絮中间。70际：边。71啮（niè）：咬。72无穷食：有吃不完的食物。73炎丘：炎土，指南方炎热之地。火流：形容酷热，谓热气蒸腾如火流。74焦邑灭都：烤焦了城邑，熔化了都市。这是用夸张的笔调极写其炎热。75区内：即世上。这两句说：你们这些君子活在世界上，和那些虱子处在裤子里，又有什么不同呢？

嵇　康（223—262）

字叔夜，谯郡铚（今安徽宿县西）人。少有奇才，卓尔不群，任性放达，宽简大量。学无师承，博览赅通。长好《老》、《庄》之学，恬静寡欲。善于作文、弹琴、咏诗，常修养性服食之事。与阮籍等游，为“竹林七贤”之一。与魏宗室通婚，官中散大夫，世称嵇中散。曾隐居山阳（今属河南）二十年。因不与司马氏合作，而且发表反对礼法，不满时世的言论，遭钟会构陷，为司马昭所杀。嵇康的诗作长于四言，风格清峻，《幽愤诗》较有名。所作散文思想新颖，言辞激烈，往往与古时旧说反对，持论犀利而论说随便，继承了汉末魏初“通脱”的特点。著有《嵇康集》。

与山巨源绝交书

康白：足下昔称吾于颍川[①]，吾常谓之知言[②]；然经怪此意[③]，尚未熟悉于足下，何从便得之也？前年从河东还[④]，显宗、阿都说足下议以吾自代[⑤]，事虽不行[⑥]，知足下故不知之[⑦]。足下傍通[⑧]，多可而少怪[⑨]，吾直性狭中[⑩]，多所不堪，偶与足下相知耳[⑪]。间闻足下迁[⑫]，惕然不喜[⑬]，恐足下羞庖人之独割，引尸祝以自助[⑭]，手荐鸾刀，漫之膻腥[⑮]，故具为足下陈其可否。

吾昔读书，得并介之人[16]，或谓无之，今乃信其真有耳。性有所不堪，真不可强。今空语同知有达人[17]，无所不堪，外不殊俗而内不失正，与一世同其波流而悔吝不生耳[18]。老子、庄周，吾之师也，亲居贱职[19]；柳下惠、东方朔，达人也，安乎卑位，吾岂敢短之哉[20]？又仲尼兼爱，不羞执鞭[21]；子文无欲卿相，而三登令尹[22]；是乃君子思济物之意也[23]。所谓达能兼善而不渝，穷则自得而无闷[24]。以此观之，故尧、舜之君世[25]，许由之岩栖[26]，子房之佐汉[27]，接舆之行歌[28]，其揆一也[29]。仰瞻数君，可谓能遂其志者也。故君子百行，殊途而同致[30]；循性而动，各附所安[31]。故有处朝廷而不出，入山林而不返之论[32]。且延陵高子臧之风，长卿慕相如之节[33]，志气所托，不可夺也。

吾每读尚子平、台孝威传[34]，慨然慕之，想其为人。少加孤露[35]，母兄见骄[36]，不涉经学，性复疏懒，筋驽肉缓，头面常一月十五日不洗，不大闷痒，不能沐也[37]。每常小便而忍不起，令胞中略转乃起耳[38]。又纵逸来久，情意傲散[39]，简与礼相背[40]，懒与慢相成，而为侪类见宽[41]，不攻其过；又读庄、老，重增其放；故使荣进之心日颓[42]，任实之情转笃[43]。此由禽鹿少见驯育，则服从教制[44]；长而见羁，则狂顾顿缨，赴蹈汤火[45]；虽饰以金镳，飨以嘉肴，逾思长林而志在丰草也[46]。

【题解】

选自《嵇康集》。山巨源：名涛，河内怀（今河南武陟县西南）人，与嵇康、阮籍等友好，为“竹林七贤”之一。但他未坚持隐退，于四十岁以后出仕。他任尚书吏部郎时，想请嵇康出来替代自己的职务。嵇康予以回绝，并写给他这封有名的绝交书，时约在魏元帝景元二年到三年之间（261——262）。不久，作者即被害。在这封信中，作者斥责山涛荐己出仕之卑劣，陈述所谓“必不堪者七，甚不可者二”等拒绝为官的理由。宣称“非汤武而薄周孔”，“老子、庄周，吾之师也”，表达了蔑视世俗礼法的坚决态度。作者实际上是借题发挥，对司马氏利用礼法阴谋篡夺深表不满。这无异于公开宣告与以司马氏为首的上层社会彻底决裂，因而为“世教所不容”。本文具有强烈的反传统的叛逆精神。文章以析理持论见长，行文恣肆，无所忌惮。笔端蕴蓄愤懑，鄙夷不屑之情溢于言表。于娓娓述说中，夹杂冷嘲热讽，嬉笑怒骂，皆成文章。文笔锋锐，颇有力度；又婉转譬喻，妙语解颐。故刘勰赞其“志高而文伟”（《文心雕龙·书记》）。

【注释】

①颍川：指山嵚，山涛的叔父，曾做过颍川（今河南许昌市东）太守，这里以官称之。②知言：知己之言。③经：常。此意：指嵇康不愿出世的意愿。④河东：郡名，今山西南部黄河以东地区。⑤显宗：公孙崇，字显宗。阿都：吕安，字仲悌，小名阿都。嵇康的好友。⑥不行：未成。⑦故：通“固”，原来。知：了解。⑧傍通：指通达事理，善于应变。⑨多可而少怪：多认可

而少疑怪。⑩狭中：指心胸狭隘。⑪不堪：不能忍受。相知：相识。⑫间：最近。迁：升官。⑬惕然：担心、忧惧的样子。⑭庖人：厨夫。祝：主祭的官。因其对尸（神主）而祝，故称“尸祝”。这两句用“越俎代庖”的成语。见《庄子·逍遥游》：“庖人虽不治庖，尸祝不越樽俎而代之。”⑮荐：进。鸾刀：刀柄带铃的屠刀。漫：沾污。⑯并介之人：偏狭孤介的人。⑰空语：空谈。达人：通达的人。⑱外不殊俗：外表上不异于时俗。内不失正：内心不失正道。悔吝：悔恨，指后悔遗憾之心。⑲贱职：职位卑下。指老子为周柱下史和庄周为宋漆园吏。⑳柳下惠：即展禽，名获，字季，春秋时鲁国人。居于柳下，卒谥为惠，曾为鲁国典狱官，被罢职三次，不以为意。东方朔：字曼倩，汉武帝时，除一度为太中大夫外，常为郎官，虽曾上书，终不见用，曾作《答客难》以自慰。卑位：低下的职位。短：不足，缺陷。这里用作动词，指轻视。㉑兼爱：指孔子的仁爱思想。不羞执鞭：不以执鞭赶车为羞惭。《论语·述而》：“子曰：‘富而可求也，虽执鞭之士吾亦为之。”意谓如果有合乎道义的富贵可求，即使让我去作执鞭赶车的人也干。㉒子文：春秋时楚国人。令尹：楚国官名，相当于后世的相。《论语·述而》：“令尹子文，三仕为令尹，无喜色；三已之，无愠色。”㉓济物：指救世济人。㉔达：显达。不渝：不变。穷：困穷，指仕路不通。无闷：无忧虑烦闷。《孟子·尽心上》：“穷则独善其身，达则兼善天下。”《易经·乾文言》：“遁世无闷”。㉕君世：为君于世，犹言“君临天下”。㉖许由：尧时隐士。传说尧想把天下让给他，他不受，逃隐于箕山（今河南登封县东南）。岩栖：指隐居山林。㉗子房：

即张良，字子房，辅佐刘邦统一天下，建立汉朝。㉘接舆：春秋时楚国的隐士。他曾唱着歌从孔子旁边走过，讽劝孔子归隐。见《论语·微子》。㉙揆：原则，道理。㉚百行：各种行为表现。殊途：道路不同。同致：目的地相同。《易传·系辞》："天下同归而殊途，一致而百虑。"㉛循性：顺其本性。附：归附。各附所安：各得其安。㉜处朝廷：指做官。入山林：指归隐。《韩诗外传》卷五第三十三章："朝廷之士为禄，故入而不能出。山林之士为名，故往而不能返。入而亦能出，往而亦能返，通移有常，圣也。"㉝延陵：春秋时吴国公子，姓延陵，名季札。高：崇尚。子臧：曹国公子。曹宣公死时，曹人将立子臧为君，他因自己不当立而逃走。吴国诸樊要立季札，季札辞绝，便引子臧之事自勉。长卿：司马相如的字。他原名犬子，史载他仰慕蔺相如的为人，改名相如。节：气节，节操。㉞尚子平：东汉隐士。《后汉书·逸民传》作"向子平"，说他在儿女婚嫁后，便恣意游五岳名山，不知所终。台孝威：名佟，东汉隐士，隐居武安山，凿穴而居，以采药为业。㉟孤：幼年丧父。露：瘦弱。㊱见骄：指受到母兄的骄惯放任。㊲能（nài）：通"耐"。不能沐：不愿洗澡。沐：洗头。这里也可理解为"沐浴"，即洗澡。㊳胞：这里指膀胱。㊴纵逸来久：放纵已久。傲散：孤傲散漫。㊵简：举止随便。㊶侪类：同辈们。宽：宽容。㊷荣进：指做官求荣。颓：减弱，衰退。㊸任实：指放任本真之性。笃：深厚。㊹由：同"犹"，如同。驯育：驯服饲养。教制：管教约束。㊺羁：束缚。顿：毁坏。缨：丝绳，这里指套索。汤：沸水。这几句说：如果是长大后才被束缚，那么它一定会疯狂四顾，乱蹦乱跳毁坏套索，即使赴汤蹈火也不顾。㊻镳（biāo）：马笼头。这里指鹿笼头。金镳：言其贵重。飨：饮宴，这里指喂养。嘉肴：佳美的肉食。逾：越发。《文选》六臣注本作“愈”。长林、丰草：指鹿原本生活其间的草野之地。

阮嗣宗口不论人过[①]，吾每师之，而未能及。至性过人[②]，与物无伤，唯饮酒过差耳[③]。至为礼法之士所绳，疾之如仇，幸赖大将军保持之耳[④]。吾不如嗣宗之贤，而有慢弛之阙[⑤]，又不识人情，闇于机宜[⑥]；无万石之慎，而有好尽之累[⑦]，久与事接，疵衅日兴[⑧]，虽欲无患，其可得乎？又人伦有礼，朝廷有法，自惟至熟[⑨]，有必不堪者七，甚不可者二。卧喜晚起，而当关呼之不置[⑩]，一不堪也。抱琴行吟，弋钓草野[⑪]，而吏卒守之，不得妄动，二不堪也。危坐一时。痹不得摇[⑫]，性复多虱，把搔无已[⑬]，而当裹以章服，揖拜上官[⑭]，三不堪也。索不便书，又不喜作书[⑮]，而人间多事，堆案盈几，不相酬答，则犯教伤义[⑯]；欲自勉强，则不能久；四不堪也。不喜吊丧，而人道以此为重，已为未见恕者所怨，至欲见中伤者[⑰]；虽瞿然自责，然性不可化[⑱]；欲降心顺俗，则诡故不情，亦终不能获无咎无誉[⑲]；如此，五不堪也。不喜俗人，而当与之共事，或宾客盈坐，鸣声聒耳，嚣尘臭处，千变百伎[⑳]，在人目前，六不堪也。心不耐烦，而官事鞅掌，机务缠其心，世故繁其虑[㉑]，七不堪也。又每非武而薄周孔[㉒]，在人间不止此事[㉓]，会显，世教所不容[㉔]，此甚不可一也。刚肠疾恶，轻肆直言[㉕]，遇事便发，此甚不可二也。以促中小心之性，统此九患[26]，不有外难，当有内病，宁可久处人间耶？又闻道士遗言，饵术黄精[27]，令人久寿，意甚信之。游山泽，观鱼鸟，心甚乐之。一行作吏，此事便废，安能舍其所乐，而从其所惧哉？

【注释】

①阮嗣宗：即阮籍，字嗣宗。②至性：指纯真的天性。③过差：过度，过量。④礼法之士：指那些以虚伪的礼法来维护自己私利的人。绳：这里指用礼法为标准去衡量，弹劾。疾：恨。大将军：指司马昭。据《文选》李善注引孙盛《晋阳秋》说：何曾向司马昭建议惩治阮籍。但因阮籍对司马氏的反对不太慢弛之阙：散漫放任的缺点。⑥闇于机宜：不知随机应变。闇：同"暗"，不明。⑦万石：即汉代石奋，官至太中大夫，诸侯相。他同其子四人都以谨慎小心著称，均官至二千石（俸禄），合为万石，故时号"万石君"。好尽：直言尽情，不知避忌。累：负累，毛病。⑧疵：病。衅：过隙，事端。疵衅日兴：意谓出纰漏和得罪人的事天天都会发生。⑨惟：思，考虑。至熟：十分成熟。⑩当关：守门的差役。不置："不停，不止。⑪弋（yì）钓：射鸟钓鱼。⑫危坐：端坐。痹：麻木。摇：动。⑬性：指身体。把（pá）：通"爬"。把搔：用手搔痒。⑭章服：官服。揖（yī）：拱手行礼。上官：上级官员。⑮便：习。书：写字。作书：写信。⑯犯教伤义：指触犯礼教主，有失礼仪。⑰己为：自己的行为。未见恕者所怨：不被人宽恕而为人所怨恨。至欲见中伤者：甚至有人借此对我加以陷害。⑱瞿（jù）然：恐惧担心的样子。"瞿"

一作："惧"，义同。化：改变。⑲降心：压抑心意。诡故：违背本性。不情：不合心愿。无咎无誉：不受怪罪，不受称赞。这里偏指"无咎"。⑳聒（guō）：喧扰，声音嘈杂。嚣尘臭处：声音嘈杂，尘埃飞扬，环境污秽的地方。千变百伎：指各种各样的花招伎俩。㉑鞅掌：繁忙纷乱的样子。机务：指官府要务。世故：指世俗中的人情应酬。㉒每：常常。非：非难。汤：商汤。武：周武王。薄：鄙薄。周：周公。孔：孔子。这句意谓自己又常常非难和鄙薄儒家所崇奉的圣贤。㉓此事：即指上述非难、鄙薄儒家圣贤之事。㉔会显：会当显著，暴露。世教：指正统礼教。一说，"此事"当属下句，即"此事会显"成句。㉕轻肆直言：轻率放肆，直言无忌。㉖促中小心：即心胸狭隘。九患：指上述"七不堪"、"二不可"之患。㉗饵：服食。术（zhú）：白术。术与黄精都是中药材。㉘一行作吏：犹言一去作官。

夫人之相知，贵识其天性，因而济之[1]。禹不偪伯成子高[2]，全其节也；仲尼不假盖于子夏[3]，护其短也；近诸葛孔明不偪元直以入蜀[4]；华子鱼不强幼安以卿相[5]，此可谓能相终始，真相知者也。足下见直木必不可以为轮，曲者必不可以为桷[6]，盖不欲枉其天才[7]，令得其所也。故四民有业[8]，各以得志为乐，唯达者为能通之[9]，此足下度内耳[10]，不可自见好章甫，强越人以文冕也[11]；己嗜臭腐，养鸳雏以死鼠也[12]。吾顷学养生之术，方外荣华，去滋味，游心于寂寞[13]，以无为为贵；纵无九患，尚不顾足下所好者[14]。又有心闷疾，顷转增笃，私意自试，不能堪其所不乐；自卜已审[15]，若道尽涂穷则已耳，足下无事冤之，令转于沟壑也[16]。吾新失母兄之欢[17]，意常凄切！女年十三，男年八岁，未及成人，况复多病。顾此悢悢[18]，如何可言！今但愿守陋巷，教养子孙，时与亲旧叙阔，陈说平生[19]；浊酒一杯，弹琴一曲，志愿毕矣。足下若嬲之不置，不过欲为官得人，以益时用耳[20]。足下旧知吾潦倒粗疏，不切事情[21]，自惟亦皆不如今日之贤能也。若以俗人皆喜荣华，独能离之，以此为快，此最近之，可得言耳[22]。然使长才广度，无所不淹，而能不营[23]，乃可贵耳。若吾多病困，欲离事自全，以保余年，此真所乏耳[24]。岂可见黄门而称贞哉[25]？若趋欲共登王途，期于相致，时为欢益[26]，一旦迫之，必发其狂疾，自非重怨[27]，不至于此也。野人有快炙背而美芹子者[28]，欲献之至尊，虽有区区之意，亦已疏矣[29]。愿足下勿似之！其意如此，既以解足下，并以为别[30]！嵇康白。

【注释】

①因而济之：指顺其天性成全它。②偪：逼迫。伯成子高：夏禹时隐士。《庄子·天地》载：伯成子高是尧、舜时代的诸侯。舜授天下给禹，伯成子高认为“后世之乱自此始矣”，于是辞去诸侯，躬耕于野。这里说，禹不逼迫伯成子高出来作官。③假：借。盖：雨伞。子夏：即卜商，字子夏，孔子弟子。《孔子家语·致思》载，孔子将出行，遇雨，有弟子请他向子夏借伞。孔子知道子夏吝啬，为了掩饰子夏暴露缺点，不肯去借。④元直：即徐庶，字元直。《三国志·蜀志·诸葛亮传》载，徐庶本与诸葛亮辅佐刘备，后因母为曹操所俘，不得已而投曹操，刘备和诸葛

亮都未加阻留。⑤华子鱼：即华歆，字子鱼，魏文帝时拜相。幼安：即管宁，字幼安。二人少时是好友。华歆荐举管宁为官，管宁坚决不肯，华歆也不勉强他。⑥轮：车轮。桷（jué）：方形的椽子。⑦枉：屈，改变。天才：指天然的特点。⑧四民：指士、农、工、商。⑨达者：通达的人。通：通晓、明白。之：代指“各以得志为乐”。⑩度：识度，意料。⑪章甫：古代一种冠名。越人：古越地（今福建、浙江一带）居民。文冕：有文饰的冠冕。《庄子·逍遥游》说，宋人到越国去卖章甫，没想到越人断发文身，根本用不着戴帽子。这里借以说明人们爱好不同，不可相强。⑫鸳雏：传说中凤凰一类的鸟。臭腐：喻做官。《庄子·秋水》说，惠子做了梁国的相，怕庄子来夺位，于是派人搜寻庄子。庄子去见他，讲了鹓（通“鸳”）雏的故事。说鹓雏“非梧桐不止，非练实不食，非醴泉不饮”，而鸱得到一只腐鼠，却生怕鹓雏来抢去这臭腐之物。⑬顷：近来。养生之术：指保养身心，延年益寿的方法。方：正在。外：鄙弃，排斥。去滋味：摒弃美味。寂寞：指清静恬淡。⑭不顾：不屑于理睬。⑮卜：考虑，盘算。审：明白，清楚。⑯无事冤之：平白无故地冤屈我。转于沟壑：辗转于山沟河谷之间，意谓流离而死。这里指陷于绝境。⑰新失母兄之欢：指胞兄新死。⑱悢悢（liàng）：悲伤的样子。⑲叙阔：叙说离别之情。阔：分开，这里指离别。陈说平生：谈论一生经历的事情。⑳嬲（niǎo）：纠缠，骚扰。嬲之不置：纠缠不放。为官得人：替官家拉人。以益时用：以补当世之用。㉑潦倒：颓放的样子。粗疏：指行为简慢，不拘礼法。不切事情：不懂世故，不近人情。㉒此最近之：这样最切合我的真情实况。可得言耳：可以说的就是这些。㉓然：若。长才：大才，高才。广度：大度量。淹：淹通，贯通。营：经营，这里指钻营于仕途。㉔真所乏：指真是不长于作官。一说“真”指天性，言天性短于作官。㉕黄门：指宦官。宦官为阉者，不能为人道之事，无所谓贞洁。这句意谓不当称赞本无才能的人。㉖趋：促，急于。王途：仕途。致：招致。期于相致：希望把我招去。欢益：欢乐。㉗重怨：深仇大恨。㉘野人：乡野之人。快：快意，舒适。炙：烤，这里指太阳晒。美芹子：认为芹菜好吃。《列子·杨朱》载，从前宋国有个农民，认为太阳晒背最能取暖，想把这办法献给国君。同里的富人就告诉他，从前有人爱吃芹菜，向乡绅称道，遭到众人嘲笑。㉙区区：诚挚。疏：迂远，不切实际。㉚解足下：向你解释。别：表示绝交的婉词。

李　密 (224——287)

字令伯，三国时犍为武阳（今四川彭山县东）人。一名虔。父早亡，母何氏改嫁，由祖母刘氏抚养成人。以当时著名学者谯周为师，广涉博览，尤精《春秋左氏传》。为人机警辩捷，服事祖母以孝闻名。曾任蜀国尚书郎，数次出使吴国，有才辩，吴人甚为称赏。蜀亡后屏居乡里。晋武帝泰始三年（267），立太子，征召他为太子洗马。他以祖母年老多病，无人奉养为由，推辞不就。后祖母去世，他才出仕，历任尚书郎、河内温县令、汉中太守等职。因受诏赋诗，末章曰："人亦有言，有因有缘。官无中人，不如归田。明明在上，斯语岂然。"得罪晋武帝，被免官，后卒于家中。

陈情事表

臣密言：臣以险衅[①]，夙遭闵凶[②]。生孩六月，慈父见背[③]。行年四岁，舅夺母志。[④]祖母刘，愍臣孤弱[⑤]，躬亲抚养。臣少多疾病，九岁不行，零丁孤苦，至于成立[⑥]。既无伯叔，终鲜兄弟[⑦]。门衰祚薄[⑧]，晚有儿息[⑨]。外无期功强近之亲[⑩]，内无应门五尺之僮[⑪]，茕茕孑立[⑫]，形影相吊[⑬]。而刘夙婴疾病[⑭]，常在床蓐[⑮]。臣侍汤药，未尝废离。

逮奉圣朝[16]，沐浴清化[17]。前太守臣逵[18]，察臣孝廉[19]。后刺史臣荣[20]，举臣秀才。臣以供养无主，辞不赴命。诏书特下，拜臣郎中[21]，寻蒙国恩[22]，除臣洗马[23]。猥以微贱[24]，当侍东宫[25]，非臣陨首所能上报[26]。臣具以表闻，辞不就职。诏书切峻[27]，责臣逋慢[28]，郡县逼迫，催臣上道。州司临门[29]，急于星火。臣欲奉诏奔驰，则以刘病日笃[30]，欲苟顺私情，则告诉不许[31]。臣之进退，实为狼狈。

伏惟圣朝以孝治天下[32]，凡在故老，犹蒙矜育[33]，况臣孤苦，特为尤甚。且臣少事伪朝[34]，历职郎署[35]，本图宦达[36]，不矜名节[37]。今臣亡国贱俘，至微至陋，过蒙拔擢[38]，岂敢盘桓[39]，有所希冀[40]？但以刘日薄西山[41]，气息奄奄[42]，人命危浅[43]，朝不虑夕。臣无祖母，无以至今日，祖母无臣，无以终余年。母孙二人，更相为命，是以区区不能废远[44]。臣密今年四十有四，祖母刘今年九十有六，是臣尽节于陛下之日长，报刘之日短也。乌鸟私情[45]，愿乞终养。

臣之辛苦，非独蜀之人士及二州牧伯所见明知[46]，皇天后土，实所共鉴。愿陛下矜愍愚诚[47]，听臣微志。庶刘侥幸[48]，保卒余年[49]，臣生当陨首，死当结草[50]。臣不胜犬马怖惧之情，谨拜表以闻。

【题解】

选自《昭明文选》卷三十七，标题也简称为《陈情表》。“表”是古代臣下给皇帝的奏章。《文心雕龙·章表》说：“章以谢恩，奏以按劾，表以陈情，（一作“请”），议以执异。”晋武帝司马炎征召李密为太子洗马，他难以应诏，使奏上这篇《陈情表》，向晋武帝陈述自己的身世遭遇，说明祖母与自己相依为命，如今祖母病卧床蓐，命在朝夕，自己暂时不能应召为官的狼狈处境和内心苦衷。辞意恳切，婉转凄恻，感人肺腑。晋武帝览表之后也被感动，称其名不虚传，不再勉强他出仕，且赐给奴婢二人及赡养费用。本文语言极富特色，如"茕茕孑立，形影相吊"，"日薄西山，气息奄奄"，"人命危浅，朝不虑夕"等，都是历代传诵的名句。

【注释】

①以：因。险衅（xìn）：险恶的征兆，指命运坎坷。②夙（sù）：早，这里指幼年时。闵（mǐn）凶：忧患凶险，指不幸的事情。③见背：弃我而去，指死亡。④舅夺母志：舅父强迫母亲改嫁。⑤愍（mǐn）：通"悯"，怜悯，哀怜。⑥不行：不能走路。零丁：孤独无依。成立：成人。⑦终：这里相当于"又"。鲜：少。⑧门衰祚（zuò）薄：门庭衰落，福分浅薄。门：指家道。祚：福。⑨息：子女。⑩期（jī）：服丧一年。功：服丧九个月称"大功"，五个月称"小功"。强近：比较亲近。古代宗法社会，以亲属关系的亲疏规定服丧期的长短。这句意谓，在外面没有血统亲近的亲戚。⑪应门：照应门户。五尺：当时的五尺相当于现在的三市尺多。僮：儿童，小仆人。这句说，家里没有照看门户的僮仆。⑫茕茕（qióng）：孤单，无依靠的样子。孑（jié）：孤单，孤独。⑬吊：慰问。形影相吊：只有自己的身体和影子作伴，形容孤单。⑭夙：素来，一向。婴：缠绕。夙缨疾病：犹言

一向病魔缠身。⑮蓐（rù）：草垫子。⑯逮：及，到了。圣朝：指晋朝。⑰沐浴：这里指蒙受。清化：清明的政治教化。⑱太守臣逵：郡的长官，其人不详。⑲察：考察荐举。孝廉：汉武帝时，所设察举科目之一，令郡国向中央推举当地孝顺父母和德行清廉的人。郡举孝廉，州举秀才。魏晋沿袭这一制度。⑳刺史臣荣：州的长官，其人不详。㉑拜：授给官职。郎中：官名，尚书曹司的官员。㉒寻：不久。㉓除：原为“除旧官，就新官”的意思。后即用以指授职。洗（xiǎn）马：也作“先马”，太子的属官。晋时改掌宫中图籍。㉔猥：鄙，谦词。㉕东宫：太子居东宫，故以“东宫”代指太子。㉖陨（yǔn）首：丢掉脑袋。这里指杀身。陨：坠落。㉗切峻：急切严厉。㉘逋（bū）：拖延，迟延。慢：延慢。㉙州司：州官。㉚日笃：一天天病重。㉛告诉：向长官申诉苦衷。不许：不获允许。㉜伏惟：俯伏思惟，下对上的敬词。㉝矜育：怜悯，抚养。㉞伪朝：指被晋灭掉的蜀汉政权。㉟历职郎署：指在蜀汉曾做过郎中和尚书郎。郎署：郎官的官署。㊱宦达：宦途显达。㊲不矜名节：不以名节自我夸耀。矜：夸耀。㊳拔擢（zhuó）：提拔。过蒙拔擢：犹言受到破格提拔。㊴盘桓：徘徊不进的样子。㊵希冀：企图。有所希冀：犹言别有企图。李密原是蜀汉旧臣，现在不受晋的征召，怕受到疑忌，所以一再申明自己并非故意标榜名节。㊶薄：迫近。日薄西山：太阳迫近西山，比喻人年老将死。㊷奄奄：气息微弱的样子。形容快要断气。㊸危浅：危弱，这里指生命垂危，活不长了。㊹区区：渺小的意思，这里是自称的谦词。废远：放弃奉养而远离。㊺乌鸟：乌鸦。相传乌鸦能反哺其母，故常用“乌鸟私情”用来比喻人的孝心。㊻二州牧伯：指上文提及的刺史荣和太守逵。㊼矜愍：怜悯。㊽庶：庶几，或许。㊾卒：终。㊿结草：春秋时晋大夫魏颗未遵父魏武子临终遗嘱以其宠妾殉葬，后与秦将杜回交战，见一老人结草绊倒杜回，因而擒获。魏颗夜梦老人自称是魏武子妾的父亲，特来报恩。事见《左传·宣公十五年》。

中国古典文学绝妙书系

绝妙散文

主编 郭预衡

时代文艺出版社

第三册

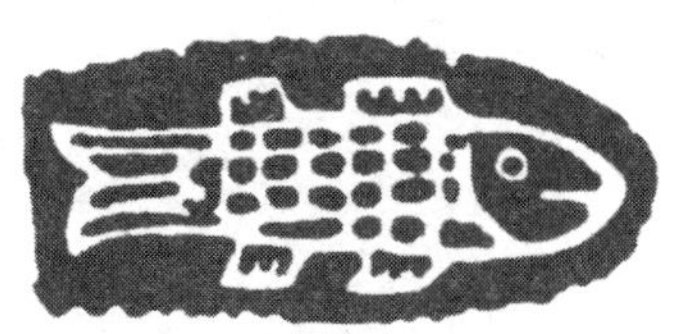

中国古典文学绝妙书系

绝妙散文

主　　编:郭预衡
责任编辑:张秀枫
责任校对:张秀枫
出　　版:时代文艺出版社
（长春市泰来街 1825 号　邮编:130062　电话:86012927）
发　　行:时代文艺出版社
印　　刷:三河市灵山装订厂
开　　本:850×1168 毫米　　32 开
字　　数:365 千字
印　　张:20
版　　次:2011 年 5 月第 2 版
印　　次:2011 年 5 月第 3 次印刷

书　　号:ISBN 978-7-5387-0975-9
定　　价:119.20 元(全 4 册)

陶渊明（365—427）

字元亮，一说名潜，字渊明。卒后友朋私谥靖节，故又称靖节先生。晋宋时期浔阳柴桑（今江西九江市西南）人。出身于没落的官僚家庭。其曾祖父陶侃，曾为晋朝大司马。祖父陶茂、父亲陶逸做过太守、县令一类的官。外祖父孟嘉，做过征西大将军。陶渊明少时丧父，家道衰落，生活贫苦。他勤奋好学，受过良好教育。少怀“济世”壮志，曾几次出仕，先后任过江州祭酒、镇军参军、建威参军、彭泽令等官职，但都为时不长。于四十一岁时由彭泽令任上弃官归田，从此隐居不仕，躬耕田园，直至死去。

陶渊明是中国文学史上的伟大诗人之一。他的作品，现存诗一百二十多首，文七篇，辞赋三篇，以诗的成就最为杰出。特别是他的田园诗多方面地描写和歌咏田园风光、农村生活和农业劳动，表达了鄙夷功名利禄的思想、热爱大自然的志趣和守志不移的情操，反映了对黑暗现实的憎恶和不与统治者同流合污的决心。他的田园诗平淡而隽永，自然而奇崛，真淳而醇美，质朴而幽深，在诗歌史上独树一帜，对后代山水田园诗的创作有很大影响。他的文章也很有特色，朴实无华，具有自然、和谐之美。但他对世事并未遗忘，对现实也并非漠不关心。诗文中有不少篇章表现了壮志难酬的苦恼和愤懑，包含有对现实政治的不满情绪。

所以鲁迅说他还有“金刚怒目”式的一面，并非“浑身是静穆”(《“题未定”草》六、七)。著有《陶渊明集》。

归去来兮辞

归去来兮，田园将芜，胡不归[①]！既自以心为形役，奚惆怅而独悲[②]！悟已往之不谏，知来者之可追[③]。实迷途其未远，觉今是而昨非[④]。舟摇摇以轻飏[⑤]，风飘飘而吹衣。问征夫以前路，恨晨光之熹微[⑥]。乃瞻衡宇[⑦]，载欣载奔[⑧]。僮仆欢迎，稚子候门。三径就荒[⑨]，松菊犹存。携幼入室，有酒盈樽[⑩]。引壶觞以自酌，眄庭柯以怡颜[⑪]。倚南窗以寄傲，审容膝之易安[⑫]。园日涉以成趣[⑬]，门虽设而常关。策扶老以流憩[⑭]，时矫首而遐观[⑮]。云无心以出岫[⑯]，鸟倦飞而知还。景翳翳以将入[⑰]，抚孤松而盘桓[⑱]。

归去来兮，请息交以绝游。世与我而相违[⑲]，复驾言兮焉求[⑳]！悦亲戚之情话，乐琴书以消忧。农人告余以春及，将有事于西畴[㉑]。或命巾车，或棹孤舟[㉒]。既窈窕以寻壑，亦崎岖而经丘[㉓]。木欣欣以向荣，泉涓涓而始流[㉔]。羡万物之得时，感吾生之行休[㉕]！

已矣乎！寓形宇内复几时，曷不委心任去留[㉖]？胡为遑遑欲何之[㉗]？富贵非吾愿，帝乡不可期[㉘]。怀良辰以孤往，或植杖而耘耔[㉙]。登东皋以舒啸[㉚]，临清流而赋诗。聊乘化以归尽，乐夫天命复奚疑[31]！

【题解】

选自《陶渊明集》卷五，参照《文选》卷四十五。《文选》标题无“兮辞”二字。序文从略。归去来：即“归去”的意思，“来”为语气词，无实义。文章取篇首四字为篇名。原序中标明时间为“乙巳岁十一月”，可知本文作于晋安帝义熙元年（405），是作者辞去彭泽令后初归家时所作。文章表现了作者对恶浊现实的不满，描叙了摆脱官场束缚、远道归来的喜悦心情和向往淳朴的农村田园生活的高洁情趣，同时也流露了“乐天知命”的消极处世情绪。感情真切率直，语言自然和谐，有如一首优美的抒情诗。

【注释】

①芜：荒芜。胡：何，为什么。②心：指精神。形：指躯体。役：役使。以心为形役：意谓为了满足肉体生活的需要而做官，便是精神屈服于肉体，被肉体所役使了。奚：何。惆怅：失意感伤的样子。③谏：劝止。这里是挽回的意思。追：这里是赶快补救的意思。这两句出自《论语·微子》：“往者不可谏，来者犹可追。”④今是：指现在的归隐。昨非：指以前的入仕。⑤飏（yáng）：船慢行的样子。轻飏：轻轻飘荡的样子。⑥征夫：行人。前路：前面的路程。熹（xī）微：光线微弱的样子。⑦乃：才，刚。瞻：望见。衡宇：以横木为门的简陋房屋。衡：衡门。

《诗经·陈风·衡门》："衡门之下，可以栖迟。"意谓贤者安于贫贱。后世即常以"衡门"、"衡宇"指贫贱者的居处。宇：屋檐。⑧载：语助词，且，又。⑨三径：据《文选》李善注引《三辅决录》说：汉代蒋诩于王莽当国时隐居不出，在舍前竹下开了三条小路，只与羊仲、求仲往来其间。这里是作者借言自己的院落。就荒：趋于荒废。⑩盈：满。樽（zūn）：酒器。⑪引：举起。眄（miǎn）：斜视。这里指随意浏览。庭柯：院中的树木。柯：树枝。怡颜：使面容和悦。⑫寄傲：寄托傲世的情怀。审：深知。容膝：仅能容下双膝，形容居室狭小。易安：容易安身。⑬涉：涉足。成趣：成趋，成了散步场所。⑭策：拄着。扶老：手杖。流：周游。憩（qì）：休息。⑮矫首：抬头。遐观：远望。⑮岫（xiù）：山峰。⑰景：日光。翳翳（yì）：昏暗的样子。⑱盘桓：徘徊，流连。⑲相违：相背，不合。⑳驾言：指出游。《诗经·邶风·泉水》："驾言出游"。这里截取"驾言"，以代"出游"。言：语气词，无实义。㉑春及：春天到了。事：指农事。畴：已耕作的田地。㉒巾车：有帷幕的车子。棹（zhào）：船桨。这里用作动词，划动。㉓窈窕：幽深曲折的样子。壑（hè）：山沟。崎岖：山路高低不平的样子。㉔涓涓：细水慢流的样子。㉕行休：行将结束，指死亡。㉖已矣乎：犹言"算了吧"。寓形宇内：托身于天地之间，即活在世上。曷不：何不。委心：随意。去留：指死生。任去留：即死生由命的意思。㉗胡为：何为，为什么。遑遑：匆忙急迫、心神不定的样子。欲何之：要到何处去。㉘帝乡：古人指天帝所居的地方，即仙境。期：望。㉙怀：想念，希望。良辰：好时光。植杖：把手杖立在一边。耘：除草。耔（zǐ）：培土。㉚皋：水边高地。舒啸：放声长啸。一说，指徐徐发出啸音。㉛乘化：顺应大自然的变化规律。归尽：指至死。乐夫天命：乐天知命。

桃花源记

晋太原中[①]，武陵人捕鱼为业[②]。缘溪行[③]，忘路之远近。忽逢桃花林，夹岸数百步，中无杂树，芳草鲜美，落英缤纷[④]。渔人甚异之，复前行，欲穷其林[⑤]。

林尽水源[⑥]，便得一山。山有小口，仿佛若有光。便舍船从口入[⑦]。初极狭，才通人[⑧]。复行数十步，豁然开朗[⑨]。土地平旷，居舍俨然[⑩]，有良田、美池、桑竹之属[⑪]。阡陌交通[⑫]，鸡犬相闻。其中往来种作，男女衣著，悉如外人[⑬]。黄发垂髫[⑭]，并怡然自乐。见渔人，乃大惊，问所从来，具答之[⑮]。便要还家[⑯]，设酒杀鸡作食。村中闻有此人，咸来问讯[⑰]。自云先世避秦时乱，率妻子邑人来此绝境[⑱]，不复出焉，遂与外人间隔。问今是何世，乃不知有汉，无论魏、晋。此人一一为具言所闻，皆叹惋。余人各复延至其家[⑲]，皆出酒食。停数日，辞去。此中人语云："不足为外人道也[⑳]。"

既出，得其船，便扶向路[㉑]，处处志之[㉒]。及郡下，诣太守[㉓]，说如此。太守即遣人随其往，寻向所志，遂迷，不复得路。

南阳刘子骥[24]，高尚士也。闻之，欣然规往[25]。未果，寻病终[26]。后遂无问津者[27]。

【题解】

选自《陶渊明集》卷六，记后有诗，从略。本文一般认为是陶渊明晚年所作。关于桃花源，前人有种种附会之说，均不足信。其实，本文内容为作者所虚构，文中地名、人名不必实指。它是作者在现实的基础上运用想象而勾勒的一幅理想化的社会画图。作者所描绘的只有父子无君臣，人人劳动无剥削，大家平等无压迫的理想社会，在一定程度上反映了农民的愿望，也反映了对当时社会的不满和否定，但这无疑是一种乌托邦式的空想。本文标志着作者对理想的进一步探求。从仕途回归田园，再从田园向往“桃源”，反映了陶渊明思想的变化、发展和对社会认识的深化。所谓“世外桃源”，千百年来成为人们心目中理想社会或虚幻世界的代称，由此可见其影响之深远。本文于虚构情节中杂以真人姓名，既增悬念，又添真实感。情节曲折新奇，故事首尾完整，引人入胜，发人深思。所谓“不知有汉，无论魏、晋”，寓意良深。描叙简洁明畅，语言清新精拔，无愧为历代传诵的名篇。

【注释】

①太元：东晋孝武帝（司马曜）年号，公元376—396年。②武陵：郡名，治所在今湖南常德市。③缘：沿着，顺着。④无

杂树：没有别种树木，意即纯为桃树。落英：落花。一说，“落”解为“始”，“落英”即指初开的花朵。缤纷：盛多的样子。⑤异：惊异，奇怪。复：再，又。穷：尽，用作动词。⑥林尽水源：桃花林的尽头，正是溪水发源的地方。⑦舍：同“捨”，放弃。这句说，就离开小船，登岸从洞口进去。⑧才：仅仅，只。才通人：仅能供一人通过。⑨豁（huò）然：开阔的样子。⑩俨然：整齐分明的样子。⑪属：类。⑫阡陌：田间小道。南北叫阡，东西叫陌。交通：纵横相连。⑬悉如外人：完全同桃花源外边的人一样。⑭黄发：指老年人。老年人发色由白转黄，故以之代指。垂髫（tiáo）：儿童头上下垂的短发，这里即指儿童。黄发垂髫：犹言“老老少少”。⑮具：全。都。⑯要（yāo）通“邀”，邀请。⑰咸：都。讯：消息。这句说，都来探问外界消息。⑱邑人：同乡人。绝境：与外界隔绝的地方。⑲延：约请。⑳不足：不值得，用不着。外人：指桃花源外的人。这两句说，桃花源里的人叮嘱渔人说：“（关于这里的情况）用不着对外面的人去讲。”㉑扶：沿着。向路：旧路，指先前来时走过的路。便扶向路：就沿着原路回去。㉒志：作上标记。㉓及郡下：指回到郡治所在地（武陵）。诣：往见。㉔刘子骥：名驎之，字子骥，南阳（今河南南阳市）人，东晋末隐士，好游山泽。他曾到衡山采药，深入忘返。其事迹见《晋书·隐逸传》。㉕规往：计划前往。㉖未果：没有实现。寻病终：不久病死了。㉗津：渡口。问津：即问路。这里有探访寻找的意思。后遂无问津者：后来就再也没有去探寻的人了。

吴　均 (469——520)

字叔庠，南朝吴兴故鄣（今浙江安吉县西北）人。家世寒贱，好学有俊才。梁武帝天监初为吴兴郡主簿，累迁奉朝请。通史学，欲撰《齐书》，求借齐起居住及群臣行状，武帝不许。于是私撰《齐春秋》，披露了统治集团的不少丑闻。武帝恶其实录，竟以"其书不实"而问罪，不仅焚其书，而且免其职。后又被召见，奉诏撰写《通史》。草本纪、世家已毕，唯列传未成，卒。工诗文。其诗清新隽永，且多反映社会现实之作。其文工于写景，尤以小品书札见长，文体清拔秀丽，时人仿效之，称为"吴均体"。著述颇丰，多已散佚，今传《吴朝请集》辑本、《续齐谐记》等。

与宋元思书

风烟俱净，天山共色，从流飘荡，任意东西[①]。自富阳至桐庐[②]，一百许里，奇山异水，天下独绝。水皆缥碧[③]，千丈见底，游鱼细石，直视无碍。急湍甚箭，猛浪若奔[④]，夹岸高山，皆生寒树[⑤]。负势竞上，互相轩邈[⑥]，争高直指[⑦]，千百成峰。泉水激石，泠泠作响[⑧]。好鸟相鸣，嘤嘤成韵[⑨]。蝉则千转不穷[⑩]，猿则百叫无绝。鸢飞戾天者，望峰息心[⑪]，经纶世务者，窥谷忘返[12]。横柯上蔽，在昼犹昏；疏条交映，有时见日[13]。

【题解】

选自《艺文类聚》卷七。宋元思：原作“朱元思”。黎经诰《六朝文絜笺注》说：“‘宋’一作‘朱’，非。案宋元思，字玉山。刘峻有《与宋玉山元思书》。”今据改。本文以书信的形式描绘了富阳至桐庐沿途的景色。文笔清新简洁，描绘明快生动，令人一新耳目。特别是“水皆缥碧，千丈见底，游鱼细石，直视无碍”的描写，为后世散文家所效法。从唐代柳宗元《小石潭记》所写“潭中鱼可百许头，皆若空游无所依”，到明代袁中道《西山十记》所写“流水澄澈，洞见沙石，……小鱼尾游，翕忽跳达”，都分明受到了它的启发。由此可见其写景状物功力之深和影响之大。

【注释】

①从流：随水飘流。这两句意谓任船随流而行。②富阳：今浙江富阳县。桐庐：今浙江桐庐县。两地相隔百余里，均在钱塘江沿岸。③缥碧：苍青色。④急湍（tuān）：急流的水。甚箭：比飞箭还要快。若奔：形容猛浪势如奔马。⑤寒树：耐寒常绿的树。⑥负：依仗。负势：凭依地势。竞上：争高。轩：高举。邈：远。互相轩邈：互争高远。⑦争高直指：形容群峰争高，直指天空。⑧激：水的冲击。泠泠（líng）：水流的声音。⑨嘤嘤

(yīng)：鸟鸣的声音。⑩转：同“啭”，原指鸟鸣，这里指蝉鸣。⑪鸢（yuān)：鹞鹰。戾：至。《诗经·大雅·旱麓》：“鸢飞戾天”，是说“鹞鹰展翅高飞直上云天”。这里用“鸢飞戾天”比喻飞黄腾达之辈。这两句意思是：那些追求高官厚禄飞黄腾达的人，见到这样的高峰，也一定会消失竞进之心。⑫经纶：经营，治理。世务：这里指政务。这两句说：就是那些成天忙于政事的人，看了这样的山谷，也会留连忘返。⑬横柯：树木的横枝。条：小枝。这几句说：树木枝干纵横，遮蔽了天空，虽在白昼，也如黄昏；只在枝条稀疏的地方，有时才可见到日光。

郦道元（？－527）

字善长，北魏范阳涿鹿（今河北涿县）人。其父郦范，北魏文成时为青州刺史，进爵永宁侯。道元初袭父爵，例降为伯。御史中尉李彪因道元执法清正严峻，将他从太傅掾引为书侍御史。后李彪被仆射李冲参奏，道元因系属官受牵连免职。景明中，为冀州镇东府长史，为政严酷，令人畏惧。后历任东荆州刺史、河南尹、御史中尉等职。雍州刺史萧宝夤反，道元被派任关右大使，赴任途中，被萧宝夤害死。事平之后，朝廷追赠吏部尚书、冀州刺史、安定县男。为人好学，博览群书。遍历北方，留心观察水道等地理现象，撰《水经注》一书，为后世留下一部富于文学价值的地理巨著。

巫 峡

江水又东迳巫峡[①]，杜宇所凿以通江水也[②]。江水历峡，东迳新崩滩[③]，其间首尾百六十里，谓之巫峡，盖因山为名也。

自三峡七百里中[④]，两岸连山，略无阙处[⑤]。重岩叠嶂，隐天蔽日，自非亭午夜分，不见曦月[⑥]。至于夏水襄陵，沿泝阻绝[⑦]。或王命急宣[⑧]，有时朝发白帝，暮到江陵[⑨]，其间千二百里，虽乘奔御风，不以疾也[10]。春冬之时，则素湍绿潭[11]，回清倒影[12]，绝巘多生怪柏[13]，悬泉瀑布，飞漱其间[14]，清荣峻茂[15]，良多趣味。每至晴初霜旦[16]，林寒涧肃[17]，常有高猿长啸，属引凄异[18]，空谷传响，哀转久绝[19]。故渔者歌曰：巴东三峡巫峡长[20]，猿鸣三声泪沾裳！

【题解】

节选自《水经注·江水》。本文描写巫峡的山形水势，勾画峡中四时景色的变化，艺术地再现了巫峡山水的自然美，给读者以美的艺术感受，从而唤起对祖国壮丽山川的热爱之情。文章构思精巧，意境优美，描写绘声绘色，富于诗意。作者以清新俊逸，极富表现力的短语，描绘景物，渲染气氛，写出了山水的神韵。一扫六朝堆砌词藻、滥用典故的绮靡之风，给文坛送来了一股刚健清新的气息。本文是历代传诵的名篇，特别对后世游记文学的发展很有影响。

【注释】

①江水：长江。巫峡：在四川巫山县东，因巫山而得名。②杜宇：传说中古蜀国的君主，号称望帝。据《华阳国志》说，因遇水灾，望帝禅位其相开明，自隐西山，死后魂化杜鹃。③新崩滩：江中滩名。《水经注》说，这里的山曾于东汉和东晋时两次崩塌，滩上多石，皆崩崖所致，故称新崩滩。④三峡：瞿塘峡、巫峡、西陵峡的合称。瞿塘峡在四川奉节县东，西陵峡在湖北宜

昌市西。⑤略无阙处：丝毫没有缺口的地方。阙：同“缺”。⑥嶂（zhàng）：像屏障一样直立的山峰。亭午：正午。夜分：夜半。曦（xī）：日光，这里指太阳。这几句说：层层叠叠的山岩，遮蔽了天日，若不是正午和夜半，就见不到太阳和月亮。⑦襄：上。这里指江水漫上。陵：山岗。沿：顺流而下。泝（sù）：逆流而上。阻绝：阻断隔绝。这两句说：到了夏季，长江水涨，漫上山陵，上下交通断绝。⑧王命：指皇帝的诏命。急宣：急速传达。⑨白帝：城名。在今四川奉节县东。江陵：即今湖北江陵县。这两句说：有时早晨从白帝城出发，傍晚就到了江陵。⑩乘奔：骑着奔驰的马。御风：驾风。这两句说：即使乘着快马驾着风，也没有这么快。⑪素湍（tuān）：白色的急流。绿潭：绿色的深水。⑫这句意谓：在回旋的清水中，倒映着两岸的影象。⑬绝巘（yǎn）：极高的山峰。绝，指最高处。巘：山峰。⑭飞漱（shù）：飞溅喷洒。⑮清：指泉水清澈。荣：指树木繁密。峻：指山峰峻峭。茂：指岸草茂盛。⑯晴初：初晴的日子。霜旦：降霜的早晨。⑰林寒涧肃：指秋气肃杀，林涧清冷。⑱属引：连续不断。这两句说：常有高处的猿长声鸣叫，叫声连续不断。⑲转：同“啭”这里指婉转的猿鸣之声。这句说：凄哀的猿叫声许久才停止。⑳巴东：指今四川奉节、云阳、巫山等县。

庾信 (513—581)

字子山，南阳新野（今河南新野县）人。出身贵族。其父庾肩吾为梁太子中庶子，官度支尚书，是齐、梁时著名宫体诗人。庾信自幼出入梁朝宫廷，与徐陵同为梁朝宫廷文人，写了不少淫靡绮丽的诗赋，世称“徐庾体”。侯景叛乱，梁都建康失守，他逃往湖北江陵，辅佐梁元帝。后奉命出使西魏，在出使期间梁亡。他被西魏强留长安，一直到死，未能回到南朝。北周代魏后，他更被重视，官高位显。但因国破家亡，羁旅北地，内心痛苦，常有“乡关之思”。故其后期所作诗赋，萧瑟悲凉，内容、风格与其早期作品迥然不同。庾信艺术造诣颇高，可说是六朝集大成的作家，在文学史上有承前启后之功。著作今传《庾子山集》。

哀江南赋序

粤以戊辰之年①，建亥之月②，大盗移国，金陵瓦解③。余乃窜身荒谷，公私涂炭④。华阳奔命，有去无归⑤。中兴道销，穷于甲戌⑥。三日哭于都亭⑦，三年囚于别馆⑧，天道周星，物极不反⑨。傅燮之但悲身世⑩，无处求生；袁安之每念王室⑪，自然流涕。昔桓君山之志事，杜元凯之平生，并有著书，咸能自序[12]。潘岳之文采，始述家风；陆机之辞赋，先陈世德[13]。信年始二毛[14]，即逢丧乱，藐是流离，至于暮齿[15]。燕歌远别[16]，悲不自胜；楚老相逢，泣将何及[17]。畏南山之雨，忽践秦庭[18]；让东海之滨，遂餐周粟[19]。下亭漂泊，高桥羁旅[20]。楚歌非取乐之方，鲁酒无忘忧之用[21]。追为此赋，聊以记言，不无危苦之辞，唯以悲哀为主。

日暮途远，人间何世。将军一去，大树飘零；壮士不还，寒风萧瑟[22]。荆璧睨柱，受连城而见欺[23]；载书横阶，捧珠盘而不定[24]。钟仪君子，入就南冠之囚[25]；季孙行人，留守西河之馆[26]。申包胥之顿地，碎之以首[27]；蔡威公之泪尽。加之以血[28]。钓台移柳，非玉关之可望[29]；华亭鹤唳，非河桥之可闻[30]！

孙策以天下为三分，众才一旅[31]；项籍用江东之子弟，人唯八千[32]。遂乃分裂山河，宰割天下。岂有百万义师，一朝卷甲，芟夷斩伐，如草木焉[33]！江淮无涯岸之阻，亭壁无藩篱之固[34]。头会箕敛者，合纵缔交[35]；锄耰棘矜者，因利乘便[36]。将非江表王气，终于三百年乎[37]？是知并吞六合，不免轵道之灾[38]，混一车书，无救平阳之祸[39]。呜呼！山岳崩颓，既履危亡之运[40]；春秋迭代[41]，必有去故之悲。天意人事，可以悽怆伤心者矣！况复舟楫路穷，星汉非乘槎可上[42]；风飙道阻，蓬莱无可到之期[43]。穷者欲达其言；劳者须歌其事。陆士衡闻而抚掌，是所甘心[44]；张平子见而陋之，固其宜矣[45]！

【题解】

选自《庾子山集》卷一。《哀江南赋》是庾信晚年的名作，据《北史》本传载，庾滞留北地，“虽位望通显，常作乡关之思，乃作《哀江南赋》，以致其意”。“哀江南”取自《楚辞·招魂》“魂兮归来哀江南”句。梁武帝都建邺，元帝都江陵，均在江南，故借以为题。该赋以作者自身遭遇为线索，生动而真实地概括了梁朝由盛而衰的历史，揭露了梁朝政治的腐败，统治集团的昏庸无能和争权夺利给国家、人民带来的灾难与痛苦，抒发了作者的故国之思，饱含着作者对乱离中人民的同情。这里选录的是该赋的序言。序中列叙作赋意图，说明背景并概括了赋的基本内容。序用骈文的艺术形式，大量用典使事，倾诉难言之隐，抒写复杂的思想感情。写得气韵恢宏，“凄怆伤心”，风格苍凉、悲壮，动人肺腑。正如杜甫在《咏怀古迹》中所称：“庾信生平最萧瑟，暮年诗赋动江关！”

【注释】

①粤：发语词。戊辰之年：梁武帝太清二年（548）。②建亥之月：农历十月。③大盗：窃国篡位者，这里指侯景。移国：易国，篡国。《南史·梁武帝纪》：“太清二年八月戊戌，侯景举兵反。十月，……至建邺。”金陵：即建邺，今之南京，梁都。瓦解：指沦陷。④窜身：逃亡。荒谷：这里借指江陵。公私：公室私门。涂炭：陷入泥途炭火之中，喻遭受灾难。⑤华阳：指江陵。江陵在华山之阳（山南）。梁元帝平定侯景之乱后，都于江

陵。奔命：这里指奉命奔走，出使西魏。有去无归：庾信于梁元帝承圣三年（554）出使西魏，同年十一月，西魏攻陷江陵，元帝被杀，庾信被扣于北方不得南归。⑥中兴道销：指梁朝经侯景乱后中兴之道就此销亡。穷：穷尽，完结。甲戌：元帝承圣三年，岁在甲戌。⑦都亭：都城内的亭子。据《晋书·罗宪传》载，蜀将罗宪守永安城，听说蜀后主刘禅降魏，率领部下在都亭哭了三天。这里借表自己对梁亡的哀痛。⑧馆：客馆，使者住的馆舍。别馆：正馆以外的馆舍。春秋时，鲁国叔孙婼（chuò）出使晋国，曾被拘于晋国别都箕邑（今山西太谷东）的客馆。这里借表自己被羁留西魏。⑨天道：自然之道。周星：岁星十二年运行一周，故称周星，古人认为岁星是天之贵神，其所临之国有福。这两句意谓：按照天理，周星照临梁地，应使梁有中兴之福，可称"物极则反"；但事实不然，则为"物极不反"了。⑩傅燮：字南容，东汉末为汉阳太守。《后汉书》本传载，王国、韩遂等围攻汉阳，城中兵少粮尽。其子傅干劝他弃城归乡，他慨然而叹："汝知吾必死邪！盖圣达节，次守节。……世乱不能养浩然之志，食禄又欲避其难乎？吾行何之，必死于此。"终于进兵战死。这里借表自己被羁留异国，只能悲叹身逢厄运，困死他乡。⑪袁安：字邵公，东汉人，官司徒。《后汉书》本传载，袁安因皇帝幼弱，外戚专权，每逢上朝或与公卿谈及国事，"未尝不噫呜流涕"。这里借以悲叹梁王朝的覆亡。⑫桓君山：即桓谭，字君山，东汉人，著有《新论》二十九篇。志事：有志于事业。杜元凯：即杜预，字元凯，西晋人，著有《春秋左氏经传集解》。

平生：一生。自序：自己写文章阐述生平志趣。序：同“叙”，阐述。⑬潘岳：字安仁，西晋诗人，曾作《家风诗》，述其家族风尚。陆机：字士衡，西晋作家，曾作《祖德赋》、《述先赋》，歌颂其祖先功德。陈：陈述。⑭二毛：头发斑白，黑、白二色毛发相间。侯景之乱时，庾信三十六岁。⑮藐：远。是：此。暮齿：晚年。⑯燕歌：指燕太子丹在易水送别荆轲时，荆轲临别作歌：“风萧萧兮易水寒，壮士一去兮不复还。”这里是作者借言出使后一去不返。一说“燕歌”指乐府《燕歌行》，乃伤别之作。⑰楚老：代指故国父老。《汉书·龚舍传》载，汉末楚人龚胜，仕汉为光禄大夫，王莽即位，不应征而饿死。死后有楚地父老来吊，哭甚哀。这里借言自己身事二君，有愧故人。泣将何及：只有相对而泣罢了，无可奈何。⑱南山之雨：《列女传·贤明传》载，南山有玄豹，雾雨天七日而不出来求食，是为了保护皮毛，藏而远害。这里是说，自己本来也有避害全身的愿望，但国事危急不得不奉命出使西魏。忽：匆匆。践：到。秦庭：喻指西魏。⑲东海之滨：《孟子·离娄上》：“伯夷避纣，居北海之滨。太公避纣，居东海之滨。”周粟：武王灭纣，伯夷、叔齐以为不义，不食周粟而饿死首阳山。事载《史记·伯夷列传》。这两句意谓：自己没能像伯夷、叔齐那样以身殉义，而是失节做了西魏、北周的官。⑳下亭：地名。《后汉书·范式传》载，汉代孔嵩赴京都，途经下亭，马被盗。高桥：一作“皋桥”，在苏州市阊门内。《后汉书·梁鸿传》说，汉代皋伯通住在桥边，梁鸿曾投靠于他，住在廊房下，被人雇用舂米。这里用孔嵩、梁鸿羁旅漂泊的不幸来喻说自己羁宦异国的痛苦。㉑楚歌：楚地之歌。项羽被围垓下，夜闻四面楚歌。又，《汉书·高帝纪》载，刘邦欲立戚夫人子如意为太子，不成，戚夫人涕泣。刘邦安慰她说："为我楚舞，吾为若楚歌。"鲁酒：鲁地之酒。《庄子·胠箧》："鲁酒薄而邯郸围"。歌可取乐，酒可忘忧，但"楚歌"、"鲁酒"则非。这两句是说国亡身困，歌与酒都不能消忧解愁。㉒将军：指东汉冯异。据《后汉书》本传，冯异为人谦虚谨慎，当别人自夸军功时，他常独自倚树不语，军中称他为"大树将军"。壮士：指荆轲。这几句是说，自己离开故国，一去不返，想到旧地风物。有无限萧瑟零落之感。㉓荆璧：即和氏璧。这两句是用蔺相如完璧归赵的故事，见《史记·廉颇蔺相如列传》。意谓蔺相如使秦未被秦欺，自己出使西魏却被欺而不得归。㉔载书：盟书。珠盘：诸侯盟誓所用器物。盟誓要割牛耳，取血歃盟，珠盘用来盛牛耳。《史记·平原君列传》载，毛遂随平原君出使楚国，与楚合从。楚王未决，毛遂按剑历阶而上，终于使楚王捧铜盆歃血为盟。这两句是说毛遂帮助平原君与楚定了盟，而自己却未能定盟而返。㉕钟仪：春秋时楚人。南冠：楚冠。《左传·成公七年》载，钟仪被囚于晋，戴南冠而操南音。这里以钟仪自比，言己本楚人，羁留魏、周，实如南冠之囚。㉖季孙：即季孙意如，春秋时鲁国大夫。他随鲁昭公去参加诸侯的盟会，晋国拘留了他。在放他回国之前，又曾说要将他拘留于西河之馆。行人：使者。事见《左传·昭公十三年》。这里用以自喻。㉗申包胥：春秋时楚国大夫。顿地：叩头至地。吴攻楚，申包胥求救于秦，秦国不肯出兵。他倚墙而立，痛哭七日不绝，直至秦答应出兵救楚，才“九顿首而坐”。事见《左传·定公四年》。这两句是说江陵沦陷，自己不能像申包胥那样求到救兵。㉘蔡威公：刘向《说苑·权谋》载，春秋时蔡威公见国家将亡，闭门哭了三天，泪尽而继之以血。这里借表自己对梁亡的悲痛心情。㉙钓台：在武昌西北，这里借指南方故国。移柳：《晋书·陶侃传》载，侃为武昌太守时，曾“整阵于钓台”，种过许多柳树。都尉夏施盗官柳种于自家之门，陶侃见了问道：“此是武昌西门前柳，何因盗来此种?”夏施惶恐谢罪。玉关：玉门关，在今甘肃敦煌西北，这里借指北地。这两句意谓：故国的风物不是羁留北地的人所能望见的。㉚华亭：在今江苏松江县。《世说新语·尤悔》记，陆平原（陆机）兵败于河桥，为人所谗，被司马颖杀害，临刑叹曰：“欲闻华亭鹤唳，可复得乎?”这两句说：华亭鹤鸣，哪里是败于河桥的陆机所能听到的呢？意谓故国的鸟鸣自己也听不到了。非：一作“岂”。㉛孙策：字伯符，三国时吴郡富春（今浙江富阳县）人。先以数百人依袁术，后平定江东，建立吴国。三分：指魏、蜀、吴三分天下。一旅：五百人。《三国志·吴志·陆逊传》说，昔孙策创基立业，“兵不一旅，而开大业”。㉜项籍：即项羽。江东：长江南岸南京一带地区。《史记·项羽本纪》载，项羽开始起兵于江东时，有精兵八千人。㉝百万义师：指平定侯景之乱的梁朝大军。卷甲：卷起兵甲，形容溃败奔逃。芟（shān）夷：铲除，消灭。这几句说，梁拥有百万大军，却一下就溃败，致使侯景等叛军像除草伐木一样滥杀百姓。㉞涯岸：河岸。亭壁：军中的亭障、营垒。藩篱：以竹木编织的屏障。这两句说：江淮没有高岸为险阻，营垒还不如藩篱坚固。㉟头会箕敛：《汉书·陈余传》："头会箕敛以供军费。""头会"指按人头数出谷，"箕敛"是说用箕征收。头会箕敛者：指主管征收赋税的下级官吏。合从缔交：这里指起事者合谋结交，相互勾结。㊱耨（nòu）：锄一类的锄草工具。一作"耰（yōu）"，形如大木榔头，捣碎土块平整土地的农具。棘矜：用枣木做的杖，即枣木棍棒。棘：酸枣树。矜：杖。锄耨棘矜者：指出身下层的人。这两句语出贾谊《过秦论》。这里意谓出身微贱的陈霸先（陈高祖）和一些下层人士，乘梁朝衰弱混乱之机，取而代之。㊲江表：江外，指长江以南建康一带。王气：天子之气。江表王气：指长江以南的王朝命运。三百年：从吴到梁五个朝代都建都于建康，前后共约三百年。㊳六合：天地四方，即指天下。轵（zhǐ）道之灾：指刘邦入关，秦王子婴奉符玺在轵道向刘邦投降。轵道：在今陕西咸阳市西北。这两句以秦轵道之降喻指梁元帝江陵之降。㊴混一：统一。混一车书：即指统一天下。这里指晋的统一中国。干宝《晋纪·总论》："太康之中，天下书同文，车同轨。"平阳：今山西临汾。平阳之祸：指西晋怀、愍二帝先后被刘聪、刘曜捉到平阳杀害之事。㊵崩颓：垮塌。《国语·周语》："山崩川竭，亡之征也。"履：经遇。㊶春秋迭代：喻朝代更替。迭代：循环更替。㊷楫（jí）：船桨。星汉：即银河。槎（chá）：水中浮木，即木筏。张华《博物志》有乘浮槎上天河的记载。这两句意谓走投无路，没有归宿。㊸飙（biāo）：暴风。蓬莱：传说中的海上神山。㊹陆士衡：即陆机。

抚掌：拍手。《晋书·左思传》载，陆机听说左思在写《三都赋》时，抚掌嘲笑，以为左思不自量力。这两句借此表示自己作《哀江南赋》，即使受人嘲笑，也心甘情愿。㊺张平子：即张衡，字平子。陋：轻视。《艺文类聚》卷六十一载，张衡认为班固的《两都赋》鄙陋，于是自己另作《两京赋》。这两句是作者的谦词。

魏　徵（580--643）

字玄成，魏州曲城（今河北巨鹿）人。唐代著名政治家、历史学家、文学家。少孤贫，有大志，好读书，尤属意于纵横之术。曾出家为道士。隋末，参加李密义军，后随其投唐。

太宗时，拜为谏议大夫，敢于直言极谏，先后进谏二百余事，多能切中时弊，被太宗誉为人镜，史称诤臣。迁秘书监、门下省侍中，至光禄大夫，封郑国公，世称魏郑公。

魏徽曾主持《隋书》、《群书话要》的编撰，《隋书》序论及《梁书》、《陈书》、《齐书》的总论皆出自其手，时称良史。故其为文，长于以史为鉴。

魏徵论文崇尚质朴纯正，反对淫靡纤巧，主张南北文风，“各去所短，合其两长，则文质彬彬，尽善尽美矣。”（《隋书·文学传序》）他的疏谏政论，虽用骈体，但词旨剀切，气势雄峻，无堆砌典故之弊，开唐代散文化骈为散的风气之先。其文集散佚，后人辑有《魏郑公谏录》五卷《续录》二卷传世。其言论多见于吴兢所著《贞观政要》。

谏太宗十思疏

臣闻求木之长者①，必固其根本；欲流之远者，必浚其泉源[②]；思国之安者，必积其德义[③]。源不深而望流之远，根不固而求木之长，德不厚而思国之安，臣虽下愚[④]，知其不可，而况于明哲乎[⑤]！人君当神器之重[⑥]，居域中之大[⑦]，不念居安思危[⑧]，戒奢以俭[⑨]，斯亦伐根以求木茂，塞源而欲流长也[⑩]。

凡百元首[⑪]，承开景命[⑫]，善始者实繁[⑬]，克终者盖寡[⑭]，岂取之易、守之难乎[⑮]？盖在殷忧[⑯]，必竭诚以待下[⑰]；既得志，则纵情以傲物[⑱]。竭诚，则吴、越为一体[⑲]；傲物，则骨肉为行路[⑳]。虽董之以严刑[㉑]，震之以威怒[㉒]，终苟免而不怀仁，貌恭而不心服[㉓]。怨不在大[㉔]，可畏惟人[㉕]，载舟复舟[㉕]，所宜深慎[㉗]。

诚能见可欲[㉘]，则思知足以自戒[㉙]；将有作[㉚]，则思知止以安人发[㉛]；念高危[㉜]，则思谦冲而自牧[㉝]；惧满盈[㉞]，则思江海下百川[㉟]；乐盘游[㊱]，则思三驱以为度[㊲]；忧懈怠[㊳]，则思慎始而敬终[㊴]；虑壅蔽[㊵]，则思虚心以纳下[㊶]；惧谗邪[㊷]，则思正身以黜恶[㊸]；恩所加，则思无因喜以谬赏[㊹]；罚所及，则思无以怒而滥刑[㊺]。总此十思，宏兹九德[㊻]。简能而任之[㊼]，择善而从之，则智者尽其谋，勇者竭其力，仁者播其惠[㊽]，信者效其忠[㊾]。文武并用，垂拱而治[㊿]。何必劳神苦思，代百司之职役哉！[51]

【题解】

谏：规劝君主或尊长，使之改正错误和过失。

疏：奏疏。臣下向君主陈述意见的一种文体。

唐王朝是唐太宗李世民借助于隋末农民起义摧枯拉朽的力量建立起来的。因此基业草创之初，唐太宗有鉴于隋王朝二世而亡的历史教训，励精图治，采取了一系列措施，抵御外敌，巩固边防，奖励生产，发展经济，广开言路，网罗人材。到贞观中期，唐王朝政治开明、经济发展，社会安定，人民富庶，成为封建社会的盛世，史称“贞观之治”。但随之而来的则是唐太宗的志满意得，好大喜功。连年发兵，以扩疆土，大兴土木，营造宫殿苑囿，搜罗珍玩奇物。于是贞观十一年（637）魏徵上此疏以谏。

此疏针对太宗希望长治久安，害怕重蹈亡隋复辙的心理，以“思国之安者，必积其德义”为主旨，重申了民能载舟，民能覆舟的道理，规劝太宗要“居安思危，戒奢以俭”。并从为政、用人、生活、修养等十个方面，对“积其德义”、“居安思危”加以具体化。

魏徵在《群书治要序》中反对“浮艳之词”、“迂诞之说”，所以他的奏疏，虽仍用骈体，但已异于六朝骈文的好隶事、尚华艳。本文表意直率，行文质朴，言辞婉转。说理取譬，正反相证，条分缕析，层层推进，透辟剀切。与贞观十三年所上《十渐不克终疏》，均为其谏疏之代表作。

【注释】

①长（zhǎng）：生长发育。②浚（jùn）：疏通挖深水道。③德义：道德、仁义。④下愚：低能愚钝。自谦之词。⑤明哲：明智而洞察事理的人。此指唐太宗。⑥神器：帝位。⑦域中：天地

之间。《老子》第21章："故天大、地大、道大、王亦大。域中有四大，而王处其一焉。"⑧居安思危：在平安时思虑可能产生的危险。⑨戒奢以俭：戒除奢侈而崇尚节俭。⑩"斯亦"两句：这就如砍伐树根而求树木茂盛，堵塞源头而希望流水长远。⑪凡百元首：古代一切帝王。⑫承天景命：承受上天的大命。景：大。发⑬繁：多。⑭克：能。盖：大概。寡：少。⑮"岂取之"两句：难道夺取天下容易，守住天下困难吗？⑯殷忧：忧虑深重。⑰竭诚：尽心尽意。待下：对待臣民。⑱纵情：放纵自己。傲物：傲慢地对待一切人和事物。⑲吴越为一体：仇敌能团结成一个整体。吴越：春秋时两个敌对的诸侯国。后以喻仇敌。⑳行路：陌路人。㉑董：督责。㉒震：威慑。㉓"终苟免"两句：结果使人只图免除刑罚而不会怀念皇上的恩德，表面恭顺而内心不服。㉔怨不在大：怨恨不在于其大小。《尚书·康诰》："怨不在大，亦不在小。"孔颖达疏曰："人之怨不在事大，或由小事而起；虽由小事而起，亦不恒在事小，因小至大。"㉕可畏惟人：可怕的只是百姓。人，民。因避太宗李世民讳而改。㉖载舟覆舟：《荀子·王制》："君者舟也，庶人者水也。水则载舟，水则覆舟。"百姓如水，能拥戴君王，也能推翻君王。㉗所宜深慎：所要特别小心的。㉘诚能：果真能够。可欲：合意想要的东西。《老子》第3章："不见可欲，使民心不乱。"㉙知足以自戒：以知满足自我戒止。《老子》第37章："知足不辱。"第39章："祸莫大于不知足。"㉚将有作：将要兴土木营造。㉛知止以安人：知道适可而止，使百姓得安宁。《老子》第37章："知止不殆。"

㉜念高危：想到居高位的危险。㉝谦冲而自牧：《易经·谦卦》："谦谦君子，卑以自牧也。"冲：虚。自牧：自我修养。㉞惧满盈：怕自满。㉟江海下百川：象江海能使许多小河流下而汇纳之。㊱盘游：打猎游乐。㊲三驱：《易经·比卦》："王用三驱，失前禽。"围猎时堵住三面，留前面一路，让被围猎禽兽逃起一些。一说，一年围猎三次。度，限度。㊳忧懈怠：忧怕松懈懒散。㊴慎始而敬终：谨慎地开始，认真地结束。㊵虑壅蔽：忧虑耳被堵塞，目被遮蔽。㊶纳下：接纳下属的意见。㊷谗（chán）邪：谗佞奸邪的小人。㊸黜（chù）恶：斥退邪恶之人。㊹谬（miù）赏：奖赏不当。谬：错误。㊺滥刑：乱施刑罚。㊻宏：弘扬、扩大。九德：《尚书·皋陶谟》："宽而栗，柔而立，愿而恭，乱而敬，扰而毅，直而温，简而廉，刚而塞，强而义。"一说指忠、信、敬、刚、柔、和、固、贞、顺。泛指各种德行。㊼简：选拔。㊽播：散布。惠：恩惠。㊾信者：诚实的人。㊿垂拱而治：垂衣敛手，不用操劳而能把天下治理好。《尚书·武成》："垂拱而天下治。"51百司：百官。职役：职务。

王　勃 (650——676)

字子安，绛州龙门（今山西河津县）人。祖王通，为隋末大儒。勃聪颖早惠好学，未及冠，应幽素举及第，授朝散郎。沛王李贤召为王府修撰。因戏作《檄英王鸡》文，被高宗斥逐出府。任虢州参军时，因擅杀官奴，按律当诛，遇赦除名。后随父赴交趾任，渡海溺水，惊悸而死，年仅27岁。王勃与杨炯、卢照邻、骆宾王以文词齐名，史称初唐"四杰"。他们的诗文虽未能尽脱齐梁艳丽绮靡的余习，但从内容到风格都已开初唐风气之先。王勃的离别怀乡、登山临水之诗颇多佳作。他的骈文词采华赡，气势奔放。崔融称"王勃文章宏逸，固非常流所及。"（《旧唐书文苑传》）信然。今存《王子安集》。

秋日登洪府滕王阁饯别序

南昌故郡，洪都新府[①]。星分翼、轸[②]，地接衡、庐[③]。襟三江而带五湖[④]，控蛮荆而引瓯越[⑤]。物华天宝，龙光射牛斗之墟[⑥]；人杰地灵，徐孺下陈蕃之榻[⑦]。雄州雾列[⑧]，俊采星驰[⑨]。台隍枕夷夏之交[⑩]，宾主尽东南之美[⑪]。都督阎公之雅望，棨戟遥临[⑫]；宇文新州之懿范，襜帷暂驻[⑬]。十旬休暇[⑭]，胜友如云[⑮]；千里逢迎[⑯]，高朋满座。腾蛟起凤，孟学士之词宗[17]；紫电清霜，王将军之武库[18]。家君作宰，路出名区[19]；童子何知，躬逢胜饯[20]。

时维九月，序属三秋[21]。潦水尽而寒潭清[22]，烟光凝而暮山紫。俨骖騑于上路[23]，访风景于崇阿[24]。临帝子之长洲，得仙人之旧馆[25]。层峦耸翠，上出重霄[26]；飞阁流丹，下临无地[27]。鹤汀凫渚，穷岛屿之萦回[28]；桂殿兰宫，列冈峦之体势[29]。披绣闼，俯雕甍[30]，山原旷其盈视，川泽盱其骇瞩[31]。闾阎扑地，钟鸣鼎食之家[32]；舸舰弥津，青雀黄龙之轴[33]。虹销雨霁，彩彻区明[34]。落霞与孤鹜齐飞，秋水共长天一色[35]。渔舟唱晚，响穷彭蠡之滨[36]；雁阵惊寒，声断衡阳之浦[37]。

遥襟甫畅，逸兴遄飞[38]。爽籁发而清风生[39]，纤歌凝而白云遏[40]。睢园绿竹，气凌彭泽之樽[41]；邺水朱华，光照临川之笔[42]。四美具，二难并[43]。穷睇眄于中天，极娱游于暇日[44]。天高地迥[45]，觉宇宙之无穷；兴尽悲来，识盈虚之有数[46]。望长安于日下[47]，目吴会于云间[48]。地势极而南溟深[49]，天柱高而北辰远[50]。关山难越，谁悲失路之人；沟水相逢，尽是他乡之客[51]。怀帝阍而不见，奉宣室以何年[52]？

嗟乎！时运不齐，命途多舛[53]。冯唐易老，李广难封[54]。屈贾谊于长沙，非无圣主；窜梁鸿于海曲，岂乏明时[55]？所赖君子见机，达人知命[56]。老当益壮，宁移白首之心；穷且益坚，不坠青云之志[57]。酌贪泉而觉爽，处涸辙而犹欢[58]。北海虽赊，扶摇可接[59]；东隅已逝，桑榆非晚[60]。孟尝高洁，空怀报国之情[61]；阮籍猖狂，岂效穷途之哭[62]！

勃，三尺微命，一介书生[63]。无路请缨，等终军之弱冠[64]；有怀投笔，爱宗悫之长风[65]。舍簪笏于百龄，奉晨昏于万里[66]。非谢家之宝树，接孟氏之芳邻[67]。他日趋庭，叨陪鲤对[68]；今兹捧袂，喜托龙门[69]。杨意不逢，抚凌云而自惜[70]；钟期既遇，奏流水以何惭[71]！

呜呼！胜地不常，盛筵难再[72]。兰亭已矣，梓泽丘墟[73]。临别赠言，幸承恩于伟饯[74]；登高作赋，是所望于群公[75]。敢竭鄙怀，恭疏短引[76]。一言均赋，四韵俱成[77]。请洒潘江，各倾陆海云尔[78]。

【题解】

洪府即今江西省南昌市。唐设都督府，滕王阁是高祖李渊之子滕王李元婴作洪州都督时所建。高宗上元二年（675），王勃随父赴交趾令任（一说前往省父），途经南昌，参加了都督阎公在滕王阁举行的宴会，赋诗作序。

序文由洪州的位置、地势、人才写到宴会，用铺陈夸张的笔法写出滕王阁的壮丽及周围的三秋风光，渲染宴会的盛况。再从宴会娱游，写到人生遇合和身世感慨。抒发了作者远大的政治抱负及怀才不遇之情，表达了奋发向上的进取精神和对所谓“圣君”、“明时”的不满。文中虽然也流露出封建文人的悲观宿命情绪，但人生态度还是积极的。

本文的写作技巧十分高超。在骈文精美严整的形式中，融写景、叙事、抒情为一体。通篇词采华美，对仗工整，声调和谐，句式富于变化，文气奔放而流畅，没有板滞堆砌之疵。

【注释】

①“南昌”两句：点明滕王阁所在地。南昌是汉豫章郡郡治所在，故称“故郡”；唐称洪州，设都督府，故称“新府”。②星分翼轸（zhěn）：星空的分野属于翼轸两个星宿。古人把天上星宿位置与地上的区域相对应，称之为分野。翼、轸，均为天上星宿名，其分野对应古代吴、楚地区，豫章郡古属楚地，故云。③地接衡庐：州境与湖南的衡山和江西的庐山相连接。④襟：衣襟。用为动词，面对。三江：即松江、娄江、东江。带：腰带。用作动词，围绕。五湖：即太湖、鄱阳湖、青草湖、丹阳湖、洞庭湖。⑤控：控制。蛮荆：今湖南湖北地区，古为楚地，因开发较晚，旧称南蛮。引：接引。瓯越：今浙江省部分地区，古属越地。⑥“物华”两句：谓此地物产华美，如天降之宝，其光彩上射斗牛两个星宿。《晋书·张华传》载，张华见斗牛二星之间有紫气，后使雷焕于豫章郡丰城狱中掘地得二剑，一名龙泉，一名太阿。龙光：指宝剑的光芒。雷焕称“宝剑之精，上彻于天。”⑦“人杰”两句：此地有灵秀之气，人物也特别杰出。《后汉书·徐稚传》载，徐稚，字孺子，豫章人，后汉高士。陈蕃：字仲举，后汉汝南人，志操高洁。他任豫章太守时，“在郡不接宾客，唯稚来特设一榻，去则悬之。”⑧雄州：雄伟富庶的州郡。雾列：象雾那样聚列。⑨俊采：英俊有文采的人才。星驰：象群星那样

奔驰。⑩“台隍”句：洪州正当中原和荆楚的交界之处。台：楼阁台基。隍：无水的护城壕。夷，旧指南方少数民族，此指荆楚地区。夏：指中原地区。⑪“宾主”句：谓与宴的宾主都是东南地区的俊杰。⑫“都督”两句：谓都督阎公（名字不详）声望很高，远道前来洪州任职。都督：《唐六典》：“都督府都督一人，从三品。”棨（qǐ）戟：带套的戟。古代官吏出行时作前导的仪仗。《后汉书·舆服志上》：“公以下至二千石，骑吏四人，千石以下至三百石县长二人，皆带剑持棨戟为前列。”遥临：从远处来临。⑬“宇文”两句：新州（治所在今广东新兴县）的宇文刺史有良好的风范，他的车马也在此暂留。懿范：美好的风范。襜帷：车帷。此代指车马。⑭十旬休假：谓恰逢十天一旬的休假日。唐制每旬（十天）休假一天。《资治通鉴》卷244，胡三省注：“一月三旬，遇旬则下直而休沐，谓之旬休。”⑮胜友如云：良友云集。⑯千里逢迎：迎接远道千里而来的客人。⑰“腾蛟”两句：孟学士（名不详）那样的文章宗师，才华横溢，如蛟龙腾空，凤凰起舞。《西京杂记》卷二载：董仲舒梦蛟龙入怀，乃作《春秋繁露》。扬雄著《太玄经》，梦吐凤凰集《玄》之上。学士：唐时弘文、崇文二馆所设的官名。掌管著述。词宗：文词的宗师。⑱“紫电”两句：王将军（名不详）富于谋略，如武库中有宝剑。紫电：宝剑名。《古今注》上：“吴大皇帝有宝剑六，……二曰紫电。”青霜：状剑刃之锋利。《西京杂记》卷一：“高祖斩白蛇剑，刃上带着霜雪。”武库：兵器库，喻胸中韬略。《晋书·杜预传》：“预在内七年，损益万机，不可胜数，朝野称美，号曰：‘杜武库’，言其无所不有也。”⑲“家君”两句：家父（王福畤作（交趾）县令，路经洪府这样著名的地区。⑳“童子”两句：我这个无知的少年亲逢这样盛大的饯别宴会。㉑“时维”两句：谓正当九月重阳节。维：在。九月：应作“九日”。农历九月九古有登高之俗。序：指四季节气的次序。三秋：秋季三个月，九月为第三月，故称“三秋”。㉒潦（liǎo）水：雨后积水。㉓俨：整顿。骖、騑：古代驾车的四匹马，中间两匹称服。两旁的称骖或騑。上路：指大路。㉔崇阿：高高的山坡。㉕“临帝子”两句：临：来到。帝子：与下“仙人”均指滕王李元婴。长洲，古苑名。此指滕王阁所在地。㉖“层峦”两句：群山耸立，苍翠层叠，高出云霄。㉗“飞阁”两句：架空的阁道，流光溢彩，几乎看不到地。无地：几乎看不到地。王巾《头陀寺碑文》：“飞阁逶迤，下临无地。”㉘“鹤汀”两句：鹤凫止息的沙洲，极尽岛屿萦绕回环之景象。汀（tīng）：水边陆地。凫（fú）：野鸭。渚（zhǔ）：水中小洲。㉙“桂殿”两句：华美的宫殿，体势如高低起伏的山冈。㉚披：开。绣闼（tà）：装饰锦绣的门。雕甍（méng）：雕刻精美的屋脊。甍：屋脊。《释名·释宫室》：“屋脊曰甍。甍，蒙也，在上覆蒙屋也。”㉛“山原”两句：放眼望去，山原辽阔，尽入眼底，川泽浩渺，令人惊奇。旷：空阔。盈视：满目。盱（xū）：张目望。骇：惊奇。瞩（zhǔ）：注视。㉜“闾阎”两句：闾阎：街道房屋。扑地：满地。鲍照《芜城赋》：“廛闬扑地。”钟鸣鼎食：鸣钟为号，列鼎而食的人家。指富贵人家。鼎：古代盛食品的贵重容器三足两耳，青铜铸就。㉝

舸舰”两句：舸（gě）、舰：均是大船。《方言》：“南楚江、湘，凡船大者谓之舸。”弥：满。津：渡口。青雀、黄龙：指船头作鸟头和龙头形的船。轴：同“舳”，船后的柂，代指船。㉞“虹销”两句：采虹消散，雨过天晴，日光普照，天宇明朗。霁（jì）：雨止天晴。彩：指日光。彻：通彻上下。区：指天衢，即宇宙。㉟“落霞”两句：天上晚霞与湖中孤骛并飞，秋水清澈，与碧空相映，水天一色。语本庾信《马射赋》：“落花与芝盖齐飞，杨柳共青旗一色。”（《丹铅总录》十九）骛（wù）：野鸭。㊱“渔舟”两句：傍晚渔舟上唱出的歌声，传到鄱阳湖边，彭蠡（lǐ）：今江西鄱阳湖。㊲“雁阵”两句：群雁惊天寒而排成队形南飞，鸣声止于衡阳的水滨。雁阵：雁飞时排成的队阵。衡阳，今湖南衡阳市。境内衡山有回雁峰。相传雁至此即止。浦：水边。㊳“遥襟”两句：旷远的胸怀刚刚舒畅，超逸的意兴，迅速地飞起。襟：胸襟。甫：才。遄（chuán）：急速。㊴爽：参差不齐。爽籁：此指箫管之属。《文选·南州桓公九井作》诗：“爽籁警幽律。”李善注：“《尔雅》句：‘爽，差也。’箫管非一，故言爽焉。”㊵纤歌：娇美的歌声。白云遏：白云止而不行。《列子·汤问》载，歌者秦青，“抚节悲歌，声振林木，响遏行云。”㊶“睢园”两句：盛宴如梁孝王菟园之宴会，与会者的酒量豪气有过于陶潜。睢园：西汉梁孝王（刘武）的菟园，在睢阳（今河南商丘县）。《水经·睢水注》：“睢水东南流，历于竹圃……世人言梁王竹园也。”凌：胜。彭泽：陶渊明曾为彭泽令，故称。其《归去来辞》云：“携幼入室，有酒盈樽。”樽：酒杯。㊷“邺水”两句：谓与会者多如曹植、谢灵运那样富于文才。邺（yè）水：指邺郡。今河北临漳县。是曹魏兴业之地。曹氏父子曾在此聚集了许多文人。朱华：莲花。曹植《公讌诗》：“秋兰被长坂，朱华冒绿池。”临川：指曾任江西临川内史的谢灵运。《宋书·谢灵运传》称他“文章之美，江左莫逮。”㊸“四美”两句：良辰、美景、赏心、乐事同时具备，贤主、嘉宾同时聚会。谢灵运《拟魏太子邺中集序》：“天下良辰、美景、赏心、乐事，四者难并。”㊹“穷睇眄”两句：极目眺望天空之中，在闲暇时尽情娱游。穷：尽，极。睇眄（tìmiǎn）：斜视。此状流览。中天：天空之中。㊺迥（jiǒng）：远。㊻盈虚：盈亏。指宇宙万物，有满有亏，有盛有衰。有数：有一定的气势、规律。㊼长安：唐代的京都，称西京。日下：旧时以帝王比日。京师乃帝王所居。故以日下为京城的代称。《世说新语·夙惠》载：“晋明帝数岁，坐元帝膝上。有人从长安来，……因问明帝：‘汝意谓长安何如日远?’答曰：‘日远，不闻人从日边来，居然可知。’元帝异之。明日集群臣宴会，告以此意，更重问之。乃曰：‘日近。’元帝失色曰：‘尔何故异昨日之言邪?’答曰：‘举目见日，不见长安。’”㊽目：动词，遥望。吴会：吴郡，治所在今江苏省苏州市。云间：与上句“日下”均有双关辞义，既指白云之间，又是今江苏松江县的古称。㊾“地势”句：谓我国地势西北高而尽于东南至南海则深。极：尽。南溟，南海。㊿天柱：《神异经》：“昆仑之上，有铜柱焉。其高入天，所谓天柱也。”北辰：北极星。(51)“沟水”两句：与会者来自各方，暂聚即散。沟水：古诗《白头吟》：“今日斗酒会，明日沟水头。蝶躞御沟上，沟水东西流。”沟水，一作“萍水”。㊷“怀帝阍”两句：怀念朝廷而不得见，何时才能象贾谊那样被召见于宣室。帝阍：《离骚》：“吾令帝阍开关兮，倚阊阖而望予。”原指为天帝守门者，借指帝居。奉：侍奉。宣室：汉未央宫前殿的一个宫室名。汉文帝曾在这里召见贾谊。㊸舛（chuǎn）：相背。㊹“冯唐”两句：冯唐：西汉安陵人。曾为郎中，文帝问之曰：“父老，何自为郎？”冯唐据实以答，被任为车骑都尉。景帝时任楚国相，后免官。武帝时有人推荐他，但他已90余岁，不堪任职了。（详《史记·张释之冯唐列传》）李广：汉武帝时抗击匈奴之名将，功勋卓著，却终未得封侯。详《史记·李将军列传》。㊺“屈贾谊”四句：以贾谊、梁鸿的遭遇为例，说明贤能在圣明之时也难免不幸。屈：委屈。贾谊：汉文帝时杰出的政治家，多所建议，为灌绛等人所谗，贬为长沙王太傅。圣主：圣明的君主。窜：逃（使动用法）。梁鸿：后汉章帝时人。过京师时曾作《五噫》之歌讽刺时政，惹怒章帝，不得不逃至齐、鲁之间。后又往吴地，为人舂米。（详《后汉书·逸民传》）海曲：滨海之地。㊻“所赖”两句：全凭君子达人能见机行事，乐天安命。赖：依靠、仰仗。见机：察觉细微的预兆。《易·系辞下》：“君子见几而作。”达人：通达事理的人。知命：知道自己的命运而安守之。《易·系辞上》：“乐天知命故不忧。”㊼“老当”四句：年老志当更壮，怎能在白头之时改变初衷？穷困应当更坚强，不能失落高尚的志节。宁：岂，哪能。穷且益坚：《后汉书·马援传》：“丈夫为志，穷当益坚，老当益壮。”青云之志：高尚的志节。《续逸民传》："嵇康早有青云之志"。㊽"酌贪泉"两句：谓有操守的人虽处污浊而能自洁，象小鱼处涸辙，心情依然欢畅，贪泉：《晋书·吴隐之传》："隐之为广州刺史，未至州十里，地名石门，有水曰贪泉，饮之者怀无厌之欲。隐之酌而饮之，因赋诗曰：'古人云此水，一歃怀千金。试使夷齐饮，终当不易心。'及至州，清操愈厉。"爽：清爽。涸辙：积水干枯的车辙。《庄子·外物》："周昨来，有中道而呼者，周顾视车辙中，有鲋鱼焉。周问之曰：'鲋鱼来，子何为者邪?'对曰：'我东海之波臣也。君岂有斗升之水而活我哉?'周曰：'诺，我且南游吴越之王，激西江之水而迎子，可乎?'鲋鱼忿然作色曰：'吾失我常与！我无所处，吾得斗升之水然活耳。君乃言此，曾不如早索我于枯鱼之肆。'"此处乃反用其意。㊾"北海"两句：谓北海虽远，乘风可到。赊：远。《庄子·逍遥游》说北冥（即海）有鱼，化而为鸟，其名为鹏。"鹏之徙于南冥也，水击三千里，抟扶摇而上者九万里。"㊿"东隅"两句：谓早年虽然失意，晚年犹可有所作为。东隅、桑榆，分别指日出、日落处。《后汉书·冯异传》："（帝）降玺劳异曰："可谓失之东隅，收之桑榆。"61"孟尝"两句：孟尝，字伯周，东汉人。任合浦太守，有政绩。后辞官隐居。桓帝时，杨乔称其"清行出俗，能干绝群"，荐举他，却不获用。年70，卒于家。（详《后汉书·循吏传》）。62"阮籍"两句：阮籍字嗣宗，西晋"竹林七贤"之一。见世乱而佯狂，常驾车出门，任凭马不由道路而走。走不通时，就恸哭而返。见《晋书·阮籍传》。以上四句谓：自己象孟尝一样，虽不受皇帝重视，但仍怀着报效国家的志向而不改。绝不象阮籍那样颠狂而哭途穷。㊸“三尺”两句：是王勃表明自己地位低微的牢骚之词。三尺微命：指绅长三尺，只受一命的低级官吏。《礼记·玉藻》：“绅制（腰带的标准），士长三尺。”《周礼·春官·典命》郑玄注曰：“王之下士一命。”周代任官，自一至九命。王对低级官吏，只宣布一次，就算任命了。王勃官微职卑，故云。另一说，三尺，指法律。汉代书写法律的竹简长三尺。称“三尺法”。王勃任虢州参军，因擅杀官奴，法当诛，后遇赦，故自称犯过“三尺法”的卑微性命。一介，一个，多用于自谦之词。介，通“芥”。芥、小草，常用以喻轻微的东西。㊹“无路”两句：谓自己象终军一样，已至弱冠之年，却无请缨报国的机会，请缨：喻投军请命报国。缨，绳子。终军：字子云。汉武帝时为谏议大夫。《汉书·终军传》：“南越与汉和亲，乃遣军使南越，说其王，欲令入朝，比内诸侯。军自请，愿受长缨，必羁南越王而致之阙下。”终军死时年20余。古代年20称弱冠。㊺“有怀”两句：谓自己有投笔从戎的胸怀，爱慕宗悫那样乘风破浪的志向。投笔：以投笔从戎喻弃文习武。《后汉书·班超传》：“（超）家贫，常为官佣书，以供养（母），久劳苦。尝辍业投笔叹曰：‘大丈夫无他志略，犹当效傅介子、张骞，立功异域，以取封侯，安能久事笔砚间乎！’”宗悫（què）：字元幹，南朝宋南阳人。年少时叔父问他志愿，他说：“愿乘长风破万里浪。”（详《宋书·宗悫传》）。㊻“舍簪笏”两句：为侍奉父母于万里之外，甘心舍去一生的仕途。簪笏（zān hù）：指代官职。簪，用来把帽子别在头发上的一种首饰。笏，古代官员上朝时拿着的手板。百龄：指一生，一辈子。晨昏：指晨省昏定。《礼记·曲礼》："凡为人子之礼，冬温而夏凊，昏定而晨省。"郑玄注："定，安其床衽也；省，问其安否何如。"万里，指赴交趾的路程。㊼"非谢家"两句：谓自己虽无谢家子弟那样的门第和材质，但却受过孟轲的好邻居那样的环境影响。谢家宝树：《世说新语·言语》："谢太傅（谢安）问诸子侄：'子弟亦何预人事，而正欲使其佳？'诸人莫有言者。车骑（谢玄）答曰：'譬如芝兰玉树，欲使其生于庭阶耳。'"后因以芝兰玉树喻优秀子弟，称谢玄为"谢家宝树"。孟母芳邻：刘向《列女传·母仪传》载，孟轲幼年时，其母为培养他的好品德，曾三次迁居，选择在学宫附近定居。㊽"他日"两句：日后到了交趾，也将象孔鲤那样承受父亲教诲。趋庭：快步走过庭前。古礼过君、父之前要快走，以示恭敬。叨陪：犹言幸同，幸从。叨，叨光，谦辞。鲤对：用孔子之子孔鲤趋庭应对的故事。《论语·季氏》："（孔子）尝独立，鲤趋而过庭。曰：'学诗乎？'对曰：'未也。''不学诗，无以言。'鲤退而学诗。他日，又独立，鲤趋而过庭。曰：'学礼乎？'对曰：'未也。''不学礼，无以立。'鲤退而学礼。"㊾"今兹"两句：谓今得阎都督款待，可比鱼跳龙门。会兹：现在。捧袂（mèi）：手提衣襟，坐在席上，以示恭敬。托：托足，登。龙门：在今山西河津县西北，陕西韩城县东北。两岸夹山，形如门阙，黄河至地，水险流急。古代传说，鱼鳖之类如能游过龙门，即可化为龙。东汉李膺，声名极高，人称受其接待为登龙门。后遂以喻得名人援引而提高声望。⑩“杨意”两句：谓如不逢杨得意那样仗义之人，即便写得绝妙的辞赋，也只能自我叹惜。杨意，即汉武帝时的狗监（为皇帝养狗的官）杨得意。汉武帝赞赏《子虚赋》而欲见作者，杨称赋乃司马相如所作。相如于是见召，并献《大人赋》。“天子大悦，飘飘有凌云之气，似游天地之间。”（见《史记·司马相如列传》）。⑪“钟期”两句：谓如遇钟子期那样的知音。为他赋诗作文，又有何愧！钟期：古之知音者。《列子·汤问》：“伯牙善鼓琴，钟子期善听。伯牙鼓琴，志在高山，钟子期曰：‘善哉，峨峨兮若泰山！’志在流水，曰：‘善哉，洋洋乎若江河！’伯牙所念，钟子期必得之。”这里以奏流水比喻自己赋诗作序。⑫“胜地”两句：象滕王阁这样的胜地不常有，这样盛大的宴会也不易再有。⑬“兰亭”两句：兰亭盛宴已成往事，金谷园也成了废墟。兰亭：在今浙江绍兴市西南。地名兰渚，有亭名兰亭。东晋王羲之曾会同贵族在上巳日宴集于此，并作有《兰亭集序》以记其事。梓泽，在今河南洛阳市西北，西晋贵族石崇的金谷园在此。石崇常与附从他的一班文人在此宴集。丘墟：废墟。⑭“临别”两句：在这盛宴上，承主人恩宠，临别赠言，撰文见意。赠言：赠以良言，以示期望和劝勉。《说苑杂·言》：‘子路将行，辞于仲尼，曰：‘赠汝以车乎？以言乎？’子路曰：‘请以言。’”承恩：指承主人招待。伟饯：盛大的饯别宴会。⑮“登高”两句：至于登高而作赋，将有待于与会的诸公了。《韩诗外传》卷七：“孔子曰：‘君子登高必赋。’”《汉书·艺文志》：“登高能赋，可以为大夫。”群公：指在座的宾主。⑯“敢竭”两句：竭尽鄙陋的胸怀，恭敬地写出短小的引言（指此序）。疏，条录，一一写出。⑦“一言”两句：主人发出一句倡议，请大家都作一首四韵诗。王勃所作诗为：“滕王高阁临江渚，佩玉鸣銮罢歌舞。画栋朝飞南浦云，珠帘暮卷两山雨。行云潭影日悠悠，物换星移几度秋。阁中帝子今安在，槛外长江空自流。”⑱“请洒”两句：请尽情地抒发象潘岳、陆机那样如江似海的文才，写诗作赋。钟嵘《诗品》：“陆才如海，潘才如江。”潘岳，陆机均为西晋文人。

骆宾王 (619——?)

字观光，义乌（今属浙江）人。七岁能诗，有“神童”名。初为道王府属，后曾从军西北，西南。历任武功主簿、长安主簿、数次上书武后言事，被诬以坐赃罪，系狱一年，贬为临海丞。徐敬业起兵讨伐武则天，骆宾王为其幕府。兵败，不知所终。

骆宾王长于七言歌行和律体，其诗多抒发从戎报国之志和怀才不遇之愤，边塞诗成就尤高。他的长篇七古《帝京篇》，铺叙了帝京长安的雄伟壮丽，揭露了权要贵戚的腐化享乐，宣泄了坎零落魄的悲愤。全篇以赋为诗，多用双声迭韵，上下蝉联，音节圆转优美，属对精切，“是用铺张扬厉的赋法膨胀过了的乐府新曲。”（闻一多《唐诗杂论·四杰》）对元白长庆体有影响。著有《骆临海集》。

代李敬业传檄天下文

伪临朝武氏者[①]，人非温顺，地实寒微[②]。昔充太宗下陈[③]，尝以更衣入侍[④]。洎乎晚节[⑤]，秽乱春宫[⑥]。密隐先帝之私[⑦]，阴图后庭之嬖[⑧]。入门见嫉，蛾眉不肯让人[⑨]；掩袖工谗，狐媚偏能惑主[⑩]。践元后于翚翟[⑪]，陷吾君于聚麀[⑫]。加以虺蜴为心[⑬]，豺狼成性。近狎邪僻，残害忠良[⑭]。杀姊屠兄，弑君鸩母[⑮]。神人之所共疾，天地之所不容。犹复包藏祸心，窥窃神器[16]。君之爱子，幽之于别宫[17]；贼之宗盟[18]，委之以重任。

呜呼！霍子孟之不作，朱虚侯之已亡[19]。燕啄皇孙，知汉祚之将尽[20]；龙漦帝后，识夏庭之遽衰[21]。

敬业皇唐旧臣，公侯冢子[22]。奉先帝之遗训，荷本朝之厚恩[23]。宋微子之兴悲，良有以也[24]；桓君山之流涕，岂徒然哉[25]！是用气愤风云，志安社稷。因天下之失望，顺宇内之推心[26]。爰举义旗[27]，誓清妖孽。

南连百越[28]，北尽三河[29]，铁骑成群，玉轴相接[30]。海陵红粟，仓储之积靡穷[31]；江浦黄旗，匡复之功何远[32]。班声动而北风起，剑气冲而南斗平[33]。暗呜则山岳崩颓[34]，叱咤则风云变色[35]。以此制敌，何敌不摧！以此攻城，何城不克！

公等或家传汉爵，或地协周亲[36]，或膺重寄于爪牙，或受顾命于宣室[37]。言犹在耳，忠岂忘心！一抔之土未干，六尺之孤安在[38]？倘能转祸为福，送往事居[39]，共立勤王之勋[40]，无废大君之命，凡诸爵赏，同指山河[41]。若其眷恋穷城，徘徊歧路，坐昧先几之兆，必贻后至之诛[42]。

请看今日之域中，竟是谁家之天下！

移檄州郡，咸使知闻。

【题解】

李敬业，即徐敬业，唐开国元勋徐世勣之孙。徐世勣因功由太宗敕姓李。敬业少有勇名，屡从勣征讨。高宗时历任太仆少卿、眉州刺史，后贬柳州司马。光宅元年（684），则天废中宗，他起兵十万讨伐，自称匡复府上将，领扬州大都督，兵败被杀。骆宾王入敬业幕掌文书，为他写了这篇檄文。檄文是用于征召、晓喻或声讨的一种文书。

武则天有雄才大略，而高宗、中宗庸弱。她临朝执政40余年。称帝16年，在加强中央集权、削弱世家豪族势力、破格遴选人材，发展和强盛国力方面作出贡献。但她工心计，擅权术，培植党羽，任用酷吏，严刑峻法，滥杀无辜，颇多暴行。

骆宾王为维护李唐的正统，以封建君臣之义相号召，历数武后谋权篡位的种种罪恶，痛揭其奸，虽不尽符合史实，却极富鼓动性。清吴楚材、吴调侯评曰："起写武氏之罪不容诛，次写起兵之事不可缓，末则示之以大义，动之以刑赏。雄文劲采，足以壮军声而作义勇，宜则天见檄而叹其才也。"（《古文观止》）吴氏所谓则天见而叹赏之事，见于段成式《酉阳杂俎》卷一，文曰："骆宾王为徐敬业作檄，极疏大周过恶。则天览及'蛾眉不肯让人'，'狐媚偏能惑主'，微笑而已。至一抔之土未干，六尺之孤安在？'不悦曰：'宰相何得失如此人。'"所载虽不一定属实，但全文确实气势充沛，感情强烈，符合檄文"振此威风，暴彼昏乱"，"必事昭而理辨，气盛而辞断"（刘勰《文心雕龙·檄移》）的要求，是骈体檄文之名作。

【注释】

①伪：表示不合法，不予承认。临朝：君临朝廷，执政。武

氏：即武则天（624—705），名曌（zhào），并州文水（今山西文水县）人。唐太宗时入宫为才人，太宗死后为尼。高宗时被召为昭仪，后立为皇后，参与朝政，号天后，与高宗并称“二圣”。弘道元年（683）高宗死，中宗即位。次年，她亲自临朝，废中宗为庐陵王，立相王（李旦）为帝（睿宗）。载初元年（690），降皇帝为皇嗣，自称圣神皇帝，改国号为周。后中宗复位，上尊号为则天大圣皇帝，不久即去世。②地：指门第，家族的社会地位。③下陈：《文选·上秦始皇书》：“所以饰后宫，充下陈。”李善注：“下陈，犹后列也。”此指武则天入宫为“才人”。《新唐书·后妃传》：“太宗闻（武）士彟（hù）女美，召为才人，方十四。”《旧唐书·后妃传》：“才人九人，正五品。”④更衣：更换衣服，古人也用作上厕所的婉词。汉武帝之后卫子夫出身寒微，曾为平阳主讴（歌）者，武帝过平阳主，“既饮，讴者进，上望见，独说（悦）卫子夫。是日武帝起更衣，子夫侍尚衣轩中，得幸。”（详《史记·外戚世家》）此用卫子夫的典故。⑤洎（jì）：及，至。晚节：晚年的节操，此指后来的行为。⑥秽乱春宫：指武氏与尚为太子的高宗发生了淫乱关系。春宫：即东宫，太子所居的宫室。⑦密隐：遮掩。武则天在太宗死后，一度为尼姑，以掩盖其原来的身份。（见《新唐书·则天皇后本纪》）⑧阴图：暗中图谋。后庭：指高宗后宫。嬖（pì）：宠幸。《左传·隐公三年》陆德明释文：“贱而得幸曰嬖。”⑨“入门”两句：被选入宫的嫔妃，都遭到武则天的嫉妒。邹阳《狱中上梁王书》：“女无美恶，入宫见妒。”蛾眉：形容女子细弯的眉毛如蚕蛾的触须。指代美女。此指武则天。⑩“掩袖”两句：暗指武则天自毙亲生女儿，而嫁祸于王皇后，使皇后失宠，自己夺位的事。掩袖：以袖掩鼻，厌闻恶臭的一种表示。工谗：巧于进谗。《战国策·楚策》记载，魏王遗美人予楚怀王，怀王悦之。王姬郑袖对美人说：“王爱子之美矣，虽然，恶子之鼻。子为见王，则必掩子鼻。”新人见王因掩其鼻。王谓郑袖曰：“夫新人见寡人则掩其鼻，何也?”郑袖回答说：“其以恶闻君王之臭也。”于是楚王怒而劓之。《新唐书·后妃传》载，武后工于心计权术，甚得高宗宠爱。封为昭仪。“昭仪生女，后就顾弄。去，昭仪潜毙儿衾下。伺帝至，阳为欢言，发衾视儿，死矣。又惊问左右，皆曰：‘后适来。昭仪即悲涕。帝不能察，怒曰：‘后杀吾女，往与妃相谗媢，今又尔邪!’由是昭仪得入其訾，后无以自解，而帝愈信爱，始有废后意。……昭仪乃诬后与母厌胜，帝挟前憾……下诏废后”⑪践：践踏。元后：指正宫皇后。翚（huī）：雉之白质王色文者。翟：山雉之尾长者。古代皇后的车画翚翟为饰，衣织翚翟的文彩。此句指武后让高宗废王皇后，取而代之。⑫聚麀（yōu）：父子共同占有一个配偶。太宗高宗都曾以武氏为嫔妃，故云。《礼记·曲礼》：“夫惟禽兽无礼，故父子聚麀。”麀：雌鹿。⑬虺蜴（huīyì）：蝮蛇和蜥蜴。⑭“近狎”两句：指武则天亲近李义府等奸佞，陷害长孙无忌、褚遂良等人。高宗欲废王皇后时，长孙等人固争，帝犹豫；而李义府、许敬宗则表请则天为后，帝意遂决。长孙无忌因此见恨，被诬谋反，置于黔州，投缳而死；褚遂良左迁为潭州都督；再贬为爱州刺史，郁郁而死。李义府则受宠幸。（详《新唐书·后妃传》等）近狎：亲近。邪僻：小人。⑮“杀姊屠兄”两句：武则天姊嫁贺兰越石为妻，其女贺兰氏在宫中，颇承恩宠，结果被则天毒死，并委罪于其伯父之子惟良、怀运，此二人亦被其杀害。又，则天立为皇后之后，其兄武元庆、武元爽均被流配而死。（均见《旧唐书·外戚传》）弑（shì）：古时称臣杀君、子杀父母为弑。君：指高宗。鸩（zhèn）：鸟名。羽紫绿色，有毒。置于酒中，饮之立死。则天母杨氏，死于高宗咸亨元年（670）。所谓弑君鸩母事，并无历史记载。一说，鸩母，当指谋害王皇后事。⑯窥窃神器：指武氏预谋称帝。窥：窥伺。神器：指帝位、政权。⑰“君之”两句：君之爱子：指高宗次子睿宗李旦。幽：幽禁。高宗死后，中宗继位，后被武氏废，改立李旦。《新唐书·后妃传》：“时睿宗虽立，实囚之，而诸武擅命。”⑱贼之宗盟：指武氏宗族武承嗣、武三思等。⑲“霍子孟”两句：感叹唐朝廷中，没有霍光那样的大臣和刘章那样的宗室挽救唐王朝危亡的命运。霍子孟：即霍光，字子孟。汉武帝时任大司马大将军。武帝死，辅佐年幼的昭帝；昭帝崩，迎昌邑王（刘贺）即位，因贺荒淫失道，光废之，改立宣帝（刘询），安定了汉朝基业。作：兴起。（详《汉书，霍光传》）朱虚侯：汉高祖子齐悼惠王（刘肥）的次子刘章，封朱虚侯。高祖死后，吕后及诸吕擅权。吕后死，吕禄、吕产欲为乱，章知其谋，乃与周勃、陈平等尽诛诸吕，迎立文帝。（详《史记·吕后本纪》、《汉书·高五王传》）⑳“燕啄”两句：以赵飞燕喻武则天，指斥其残杀皇子皇孙、。汉成帝（刘骜）时，童谣云：“燕燕尾涎涎，张公子，时相见。木门仓琅根，燕飞来，啄皇孙，皇孙死，燕啄矢。”后成帝出游，见舞女赵飞燕而幸之。她因无子而妒杀了许多皇子。（见《汉书·五行志》）唐高宗永徽六年(655)，则天为后之后，先后废掉或杀害了太子李忠、李弘、李贤（后两人乃其亲生）等多人。（详《新唐书》之高宗本纪、则天皇后本纪、后妃传等）祚（zuò）：国家的命运。㉑“龙漦”两句：夏之衰亡，在神龙下降时已见征兆。漦（lí）龙的涎沫。帝后：指周幽王之王后褒姒。相传夏朝将亡，有二神龙降于宫廷，自称是褒之二君。夏帝问卜于神，以为请其漦藏之乃吉。于是用木合把漦封存了三代而不敢开启。到周厉王末年，启木合而龙漦流出，化为玄鼋。一宫女遭之而受孕，生褒姒。褒姒成为幽王王后，废太子，招致犬戎之祸，幽王被杀，西周亡。（见《史记·周本记》）遽：急剧。㉒公侯：指徐敬业的祖父徐勣（原名世勣，因避太宗李世民讳，改名勣，以功赐姓李），封英国公。卒赠太尉。父徐震袭封。冢（zhǒng）子：嫡长子。皇唐：大唐。㉓荷：蒙受。㉔“宋微子”两句：微子：殷纣王的庶兄。周灭殷后，封他于宋。殷亡后，微子往朝周，途经殷墟，悲伤感叹于其地之荒芜，作《麦秀歌》。良：确实。以：缘故、原因。㉕“桓君山”两句：以桓谭自比，谓自己失去世爵，贬谪外地而感伤，并非徒然。后汉桓谭字君山，光武帝时官议郎、给事中。因反谶讳遭贬，抑郁而死。《新唐书·李敬业传》：“嗣圣元年，（徐敬业）坐赃，贬柳州司马。”㉖“因天下”两句：顺因天下对武后的失望，国人对徐敬业的信任。㉗爰：句首语助词。㉘百越：古代对南方各部族的总称。此指他们所居的今浙江、福建一带。㉙三河：指河东、河内、河南。相当于今山西、河南一带的中原地区。㉚玉轴：华美的车子。一说轴同“舳”（zhú），船尾，指代船。㉛“海陵”两句：形容粮草仓储之多。海陵：指唐代扬州。隋唐时在这里设米仓以备海运接济东北边军。红粟，久储而色赤的霉米。《文选·吴都赋》：“覸海陵之仓，则红粟流衍。”李善注引《汉书》曰：“太仓之粟，红腐而不可食。”㉜“江浦”两句：谓徐敬业等应运兴兵，很快就会匡复唐朝天下。江浦：泛指徐敬业起兵的长江一带。黄旗：古时以天空出现黄旗紫盖状的云气为出帝王的征兆。《三国志·吴志·孙权传》裴松之注引《吴书》陈化曰：“旧说紫盖黄旗运在东南。”㉝“班声”两句：谓队伍已整装待命，武器精良充足。班声：战马嘶鸣声。《左传·襄公十八年》：“有班马之声，齐师其遁。”班马，原指离群之马。剑：指龙泉剑。相传晋代张华见斗、牛二星之间有紫气，后使人于丰城狱中掘地得二剑，一曰龙泉。一曰太阿。（见《晋书·张华传》）。㉞喑（yīn）呜：形容怒气。㉟叱咤（chìzhà）：怒喝声。《史记·淮阴侯列传》：“项王喑噁叱咤，千人皆废。”㊱“公等”两句：谓你们这班官员，有的有世袭的爵位，有的是皇亲国戚。家传汉爵：指世受唐朝的封爵。地：指门庭地位。周亲：至亲。㊲“或膺”两句：分别受过唐高宗的重托。膺：受。重寄：重托。爪牙：指将领。《汉书，李广传》：“将军者，国之爪牙也。”顾命：皇帝临死的遗诏。宣室：汉未央宫政殿之前室，汉文帝曾在此受厘（受福）。此泛指皇宫之殿。㊳“一抔”两句：谓高宗刚死不久，被废为庐陵王的中宗何在？一抔（pōu）：一捧，一掬。一抔之土：指坟土。《史记·张释之传》："假令愚民取长陵（汉高祖陵墓）一抔土，陛下何以加其法乎？"高宗葬于光宅元年（684）八月，九月徐敬业起兵扬州，故云一抔之土未干。孤：幼而无父的人。《论语·泰伯》："可以托六尺之孤。"邢昺疏："谓可委托以幼少之君也，若周公、霍光也。"古代帝王临死时，遗诏令大臣辅佐太子继位，叫托孤。孤，这里指中宗。弘道元年（683）十二月，高宗死，中宗嗣位；次年二月，被武则天废为庐陵王，软禁于房州，故云六尺之孤安在。㊴送往事居：送走死的（指高宗），侍奉活着的（指中宗）。㊵勤王：臣下起兵救援王室。《左传·僖公二十五年》："求诸侯莫如勤王。诸侯信之，且大义也。"㊶同指山河：这是封爵的誓言。《汉书·高惠高后孝文功臣表序》："汉兴，封爵之誓曰：使黄河如带，泰山若厉，国以永存，爰及苗裔。"意为有功者将获爵位，子孙永享，可以指山河为誓。㊷"若其"四句：如果留恋孤立无援的城邑，迟疑徘徊，坐视事前的征兆而不见，必然给予后到的惩罚和诛杀。这是警告为武氏守城效力者。穷域：孤立无援的城邑。先几之兆：事前的征兆。《易经·系辞下》："几者动之微，吉之先见者也。"贻：给予。后至之诛：传说禹会诸侯时，因为防风氏后至，禹杀而戮之。（《国语·周语下》）《周礼·大司马》："比军众，诛后至者。"

王　维（701——761）

字摩诘，太原祁（今山西省祁县）人，随父迁居蒲州（今山西省永济县）。开元九年（721）进士，任大乐丞，因伶人舞黄狮贬为济州司库参军。开元二十九年（741），张九龄执政，擢为右拾遣，迁监察御史。开元二十五年（737）李林甫上台，张九龄罢相，王维亦官亦隐，先后在终南山和辋川别墅过着悠闲的生活。天宝十五载（756），王维被安史叛军所俘，迫授伪职。乱平，贬为太子中允。乾元二年（759），转尚书右丞。世称"王右丞"。

王维文学艺术造诣甚高，诗文书画音乐皆能名家。诗歌创作以张九龄罢相为界，前期内容较充实积极，有抒愤言志之作，边塞立功之计等，情调较昂扬；后期他"万事不关心"，以诗歌阐禅悟道，消极内容较多。但也有大量山水田园诗，成为盛唐山水田园诗派的代表者。他擅长众体，并有佳作。他善于把握自然景物的特征，描绘其动态的万千姿态，捕捉其音韵声响，并溶入自己的主观情感，构成物我混一的幽美意境，形成"诗中有画"的艺术特色，有《王右丞集》传世。

山中与裴秀才迪书

近腊月下[①]，景气和畅，故山殊可过[②]。足下方温经[③]，猥不敢相烦[4]。辄便往山中，憩感配寺[5]，与山僧饭讫而去[6]。北涉玄灞[7]，清月映郭[8]，夜登华子冈[9]，辋水沦涟[10]，与月上下。寒山远火，明灭林外[11]。深巷寒犬，吠声如豹。村墟夜舂[12]，复与疏钟相间。此时独坐，僮仆静默，多思曩昔[13]，携手赋诗、步仄迳[14]、临清流也。

当待春中，草木蔓发，春山可望，轻鲦出水[15]，白鸥矫翼[16]，露湿青皋[17]，麦陇朝雊[18]。斯之不远[19]，倘能从我游乎？非子天机清妙者，岂能以此不急之务相邀[20]？然是中有深趣矣，无忽[21]！因驮黄蘗人往[22]，不一[23]。山中人王维白。

【题解】

裴迪，字不详，关中人。唐天宝中曾官尚书省郎，天宝后任蜀州刺史。与杜甫、李颀有交往，而与王维更是志趣相投，“维得宋之问蓝田别墅，在辋口，辋水周于舍下，别涨竹洲花坞，与道友裴迪浮舟往来，弹琴赋诗，啸咏终日。”（《旧唐书·王维传》）王维著名的《辋川集》20首五绝，就是与裴迪唱和所作。山，指陕西蓝田县南20里的峣山，是辋川别墅的所在地。秀才：唐代人对士子的泛称。

王维之诗，“诗中有画”，此文亦然。文中所写冬夜山水景色，突出“光”字：月夜清光，水中月光，寒山火光；用以动衬静的手法，渲染了一个“静”字：深巷犬吠，村墟夜舂，寒寺疏钟。有“鸟鸣山更幽”的意境。作者在寒夜独坐之时，作阳春偕游之想，与冬夜的萧瑟寒寂相反，作者想象中的山中春色是万物得时、生机勃然的，两相比照，不仅丰富了内容，而且开拓了意境。所以高步瀛称：“昔人谓摩诘诗中有画，画中有诗，此文幽隽华妙。有画所不到处。”（《唐宋文举要》）。

【注释】

①腊月：十二月。古代在农历十二月举行腊祭。下：指月末。②“故山”句：故居山景很值得过访，游览。故山：即峣山。殊：很，极。过：过访游览。③足下：古代对对方的尊称，多用于书札中。温经：温习经书。唐代科举有“明经”的科目。④猥：鄙贱，此为自谦之辞。不敢相烦：不敢以同游之事打扰麻烦。⑤憩（qì）：止息。感配寺：在蓝田县西南辋谷，今废。⑥讫（qì）：完华，终了。⑦涉：渡水。玄：水深绿而近黑，故曰玄。灞：河名，渭河支流。在陕西省中部，源出蓝田县东秦岭北麓，纳辋水，经长安，过灞桥，入渭河。⑧郭：外城。此指蓝田县的外城。⑨华子冈：王维辋川别墅的二十景之一。⑩辋水：即辋谷水，诸水汇合如车辋（车轮外周）环凑，故名。水在蓝田县南，入灞水。沦涟：如轮而旋的水波。⑪明灭林外：于树林外时隐时现。⑫舂（chōng）：捣米。⑬曩（nǎng）昔：往昔，从前。⑭仄（zè）经：狭窄的小路。⑮轻鲦（tiáo）：轻快的鲦鱼。鲦：一种狭长的小鱼。⑯矫翼：举翼，张翅。⑰青皋：青草覆盖的水边高地。⑱朝雊（gòu））：清晨野鸡的鸣叫。《诗经·小雅·小弁》：“雉之朝雊，尚求其雌。”⑲斯之不远：春天景色不久即可到来。斯：此。⑳“非子”两句：不因为你是天性恬淡，妙趣横

生的人，怎能用这样不急的事相邀请呢？子：你。天机：自然天性。与“嗜欲”相对而言。《庄子·大宗师》：“其嗜欲深者其天机浅。”㉑无忽：不要忽略、轻视。㉒“因驮”句：于是托驮运黄蘗的人捎信给你。黄蘗（bò）：芸香科的药材。㉓不一：信中套语，意谓不再一一细说。

李　白（701—762）

字太白，号青莲居士，祖籍陇西成纪（今甘肃天水市附近）。先世流徙中亚。五岁左右随父迁居绵州（今四川省江油县）青莲乡。早年在蜀中就读、习剑、行侠、学道、漫游。二十五岁出蜀漫游全国各地。天宝初，应诏赴长安，供奉翰林。虽受优宠，却只能歌功颂德，无法施展其才志。他的狂放傲世，也不为权贵所容。因此天宝三载（744）即辞官出京，又开始长期漫游。他目睹政乱时危，却投诉无门，报国无路。心焦如焚。天宝十四载（755），安史之乱爆发，正隐居庐山的李白，参加了永王璘的军队。永王磷被肃宗视为叛逆，兵败而死。李白坐系入狱，并被流放夜郎，途中遇赦，晚年飘泊江南一带，病卒于当涂。

李白思想极为驳杂，儒、道、纵横游侠思想对他都有影响。他有“奋其智能，愿为辅弼，使寰区大定，海县清一”（《代寿山答孟少府移文书》）的远大政治抱负。却不愿走科举之途，希望以隐逸、求仙养誉待时，实现其“济苍生”，“安社稷”的理想，然后功成身退。

李白诗歌近千首，抒发理想，倾吐郁愤，抨击时弊，讴歌山河，想象丰富奇特，气势雄伟奔放，语言自然清新，风格恣肆飘逸，成为继屈原之后，浪漫主义诗歌的高峰。有《李太白全集》传世。

与韩荆州书

白闻天下谈士相聚而言曰[①]：“生不用万户侯[②]，但愿一识韩荆州”，何令人之景慕[③]，一至于此耶！岂不以有周公之风，躬吐握之事[④]，使海内豪俊，奔走而归之。一登龙门[⑤]，则声誉十倍。所以龙盘凤逸之士[⑥]，皆欲收名定价于君侯[⑦]。愿君侯不以富贵而骄之，寒贱而忽之[⑧]，则三千宾中有毛遂，使白得颖脱而出，即其人焉[⑨]。

白陇西布衣[⑩]，流落楚汉[⑪]。十五好剑术，偏干诸侯[⑫]。三十成文章，历抵卿相[⑬]。虽长不满七尺，而心雄万夫，王公大人，许与气义[⑭]。此畴曩心迹[⑮]，安敢不尽于君侯哉[⑯]！

君侯制作侔神明发[⑰]，德行动天地，笔参造化发[⑱]，学究天人[⑲]。幸愿开张心颜，不以长揖见拒[⑳]。必若接之以高宴，纵之以清谈，请日试万言，倚马可待[㉑]。今天下以君侯为文章之司命[㉒]，人物之权衡[㉓]，一经品题[㉔]，便作佳士。而君侯何惜阶前盈尺之地，不使白扬眉吐气，激昂青云[㉕]耶？

昔王子师为豫州，未下车即辟荀慈明，既下车又辟孔文举[㉖]；山涛作冀州，甄拔三十余人，或为侍中、尚书[㉗]；先代所美[㉘]。而君侯亦荐一严协律，入为秘书郎[㉙]，中间崔宗之、房习祖、黎昕、许莹之徒[㉚]或以才名见知，或以清白见赏。白每观其衔恩抚躬，忠义奋发，以此感激[㉛]，知君侯推赤心于诸贤腹中，所以不归他人，而愿委身国士[32]。倘急难有用，敢效微躯[33]。

且人非尧舜，谁能尽善？白谟猷筹画[34]，安能自矜[35]？至于制作，积成卷轴，则欲尘秽视听[36]，恐雕虫小技[37]不合大人。若赐观刍荛[38]，请给纸墨，兼之书人[39]。然后退扫闲轩[40]，缮写呈上。庶青萍结绿，长价于薛卞之门[41]。幸惟下流[42]，大开奖饰[43]，唯君侯图之。

【题解】

韩荆州，韩朝宗，玄宗开元间曾任荆州刺史，以喜奖掖后进著称。李白不屑于走通常的应试入仕之途，而企图借助隐逸、交游、干谒扩大声誉，一鸣惊人，一飞冲天，故投书求荐。

这是一篇干谒求荐之作。作者通过他人的评价和态度，颂誉韩荆州的道德、学问和文章，所以虽有恭维和过誉，却无卑求和媚态；借历史人物举贤和赞扬韩荆州奖掖后进，表达求荐之望，所以只见作者出仕用世，“扬眉吐气，激昂青云之上”的强烈愿望，和对自己才学的高度自信，而不见其乞怜之状。文章诚如《古文观止》卷七所评：“本是欲以文章求知于荆州，却先将荆州人品极力抬高，以见国士之出不偶，知己之遇当急。至于自述处，文气骚逸，词调豪雄，到底不作寒酸求乞态。自是青莲本色。”全文豪气逼人，旁征博引，运转自如，才情横溢。多用对仗，音调铿锵。有战国纵横家文蹈厉奋发之风。

【注释】

①谈士：游谈之士。孔融《与曹操论盛孝章书》："天下谈士，以扬声。"②生：平生。万户侯：食邑万户的侯爵。③景慕：景仰美慕。④"岂不"两句：难道不是因为您有周公之风，能躬行他吐哺、握发之事吗？周公：周文王子姬旦，武王弟、曾助武王灭商。躬，躬行，亲身实践。吐：吐哺（口中食物）。握：握发。《韩诗外传》卷三载："成王封伯禽（周公之子）于鲁。周公诫之曰：'往矣。子无以鲁国骄士。吾文王之子、武王之弟，成王之叔父也，又相天下，吾于天下亦不轻矣。然一沐三握发，一饭三吐哺，犹恐失天下之士。"说明周公礼贤下士，常常中断自己的沐浴和吃饭接待来客。⑤一登龙门：龙门：在今山西河津县和陕西韩城县之间的黄河中，两岸夹山，水险流急。传说鱼鳖之类能游过龙门，可以化为龙，后以喻由名人接引提携而提高声望。《后汉书·李膺传》："膺以声名自高，士有被其容接者，名为登龙门。"⑥龙盘凤逸：龙潜伏于深渊，时机一到，就象凤一样飞翔，以喻隐居待时的贤士。盘：盘踞。逸：飞动。《三国志·杜袭传》："龙蟠幽薮，待时凤翔。"⑦收名定价：得到名望和评价。君侯：东汉以来对州牧的称呼。此指韩荆州。⑧"愿君侯"两句：愿您不要以自己的富贵而骄士，也不要因士的贫贱而轻之。忽：轻忽。⑨"则三千"三句：三千宾：战国时赵国平原君好士，养食客三千。毛遂：平原君门客。《史记·平原君列传》载，公元前258年，秦侵赵，平原君奉使楚求救。选门下食客文武兼备的20人同行，毛遂自赞请从。平原君说："夫贤士之处世

也，譬若锥之处囊中，其末立见。今先生处胜之门下三年于此矣，左右未有所称诵，胜未有所闻，是先生无所有也。先生不能，先生留。”毛遂说：“臣乃今日请处囊中耳。使遂早得处囊中，乃颖脱而出，非特其末见而已。”于是让其随行，果建功，待为上客。颖，尖端，此指锥尖。以“脱颖”喻得到机会，旋展才能。即其人焉：自己即是毛遂那样的人。⑩陇西：古郡名。始置于秦，治所在狄道（今甘肃临洮），李白自称为十六国时凉武昭王陇西李暠之后。布衣：平民。⑪楚汉：指古代楚国，汉水流域。当时李白家于安陆（属湖北）来往于襄阳、江夏一带。⑫偏：同遍。干：干谒，求见，诸侯：指各州郡长官。⑬历抵：普遍拜访干谒。历：普遍。抵：干犯。此作干谒讲。李白《赠裴十七仲堪诗》：“历抵海岱豪，结交鲁朱家。”⑭许与：赞许。气义：气概和道义。⑮畴曩（nǎng）：从前。⑯尽：详尽地表露。⑰制作：为“制礼作乐”的省略语。《礼记·明堂位》：“朝诸侯于明堂，制礼作乐。”此以制礼作乐指代政绩。下文“至于制作”的“制作”，指作诗为文。侔（móu）：如同，等同。⑱笔参造化：此指文笔精妙，说理明透，其功可参赞天地。参：参赞。造化：天地。⑲学究天人：学问穷极天道和人事的精微处。《诗品序》：“文丽日月，学究天人。”究：研究，探究。天人：即天人之际。指自然与人事的关系。⑳“幸愿”两句：希望韩荆州开诚相待，不以自己的简慢而加以拒绝。开张心颜：坦诚相与，和颜相待。长揖：深深地拱手。古代对尊长行礼是跪拜，平行的礼节是长揖。㉑“必若”四句：如韩荆州以盛大的宴席接待他，任他尽情畅谈，请让他一天写一万字的文章，很快便可写就。高宴，上等的宴席。纵，放任，不节制。清谈：本指魏晋时以宣扬老庄之说为主的玄谈。倚马可待：东晋桓温北伐时，命袁虎作露布（公告）。袁倚马起草，“手不辍笔，俄得七纸，殊可观。”（《世说新语·文学》）㉒司命：神话中主宰功名禄位的神，即文昌星。此指评判文章优劣的权威。㉓权衡：衡量、评定。权：秤锤；衡：秤杆。㉔品题：品评。㉕激昂青云：激扬意气，凌驾青云之上。㉖“昔王子师”三句：王子师：名允，东汉灵帝时任豫州（今河南汝南西）刺史。下车：旧指官吏到任。辟（pì）：征辟，聘任。荀慈明：名爽，汉末名士。兄弟八人，他最有名。人称“荀氏八龙，慈明无双。”孔文举：名融，建安七子之一。曾任北海相，时称“孔北海”。《后汉书·王允传》：“中平元年（184），黄巾贼起，特选拜豫州刺史，辟荀爽、孔融等为从事。㉗“山涛”三句：山涛：字巨源，西晋“竹林七贤”之一。“羊祜执政，（涛）出为冀州（今河北冀县）刺史……甄拔隐屈，搜访贤才，旌命三十余人，皆显名当时。人怀慕尚，风俗颇革。”甄拔：考察并选拔。侍中：掌管传达皇帝诏令的官员。尚书：协助皇帝处理政务的官员。㉘美：赞美，称道。㉙“而君侯”两句：协律：太常寺管乐律的官员。严协律：可能指严武。武字季鹰，陕西华阴人。秘书郎：掌管图书经籍的官员。《新唐书·韩朝宗传》：“朝宗喜识拔后进，尝荐崔宗之、严武于朝，当时士咸归重之。”㉚崔宗之：崔日用之子，曾任侍御史。与李白、杜甫、孟浩然等俱有交往。为“饮中八仙”之一。房习祖等三人俱未详。㉛“白每观”

三句：每当看到他们感恩戴德，扪心自问，奋发忠义之心，自己也很受感动。衔恩，感恩。抚躬，扪心自问（如何报答）。躬：自身。㉜“知君侯”三句：知道由于您与这些贤士推心置腹，以诚相待，所以他们不投奔别人，而愿托身在您门下。《后汉书·光武帝纪》：“萧王（即光武）推赤心置人腹中，安得不投死乎?”国士：国内杰出的贤士。此指韩荆州。㉝敢效微躯。愿献出自己的生命。敢：谦词。效：献。微躯：微贱之身。亦自谦之词。㉞谟猷（móyóu）：谋划打算。㉟自矜：自夸。㊱尘秽视听：沾污耳目。尘秽：脏东西，用为动词。㊲雕虫小技：微不足道的小技，指诗文写作等，自谦之词。雕虫：雕绘成虫形的文字。指虫书，秦代八种字体之一。西汉学童必习秦书八体。汉代扬雄曾把辞赋比作雕虫小技。《法言·吾子》：“或问：‘吾子少而好赋?’曰：‘然。童子雕虫篆刻。’俄而曰：‘壮夫不为也。’”㊳“若赐”句：如蒙赏光观看我的文章。刍荛（chúráo）：原指割草砍柴者。《诗经·大雅·板》：“先民有言，询于刍荛。”此为谦言自己文章或言论之词。㊴兼之书人：再派给抄写之人。㊵闲轩：空闲的小屋。㊶“庶青萍”两句：意谓希望自己的诗文能得韩荆州的赏识。庶：或许。青萍：宝剑名。结绿：宝玉名。长价：增长价值。薛卞：薛烛和卞和。薛善审定宝剑。（见《吴越春秋》卷四）卞善识别宝玉（见《韩非子·和氏》）此以两人喻韩荆州。㊷惟：《古文析义》作推，推奖。下流：李白自指，谦称。一说：“下”，尊礼意，犹“礼贤下士”之“下”。“下流”，指礼让在己之下者。㊸奖饰：奖励称誉。

李　华 (715—766)

字遐叔，赵州赞皇（今属河北）人。唐代散文家。开元二十三年（735）进士。天宝二年（743），举博学宏词。拜监察御史，为权贵所嫉，除右补阙。安禄山陷长安，被俘获，署伪凤阁舍人。乱平，贬杭州司户参军。上元中，以左补阙，司封员外郎召之。称疾不拜。李岘擢为检校吏部员外郎。以风痺去官。大历初，卒。

与萧颖士齐名，同为古文运动的先驱，时称“萧李”。“其文词绵丽，精彩焕发”。（《四库全书总目》卷一五〇）后人辑有《李遐叔文集》。

吊古战场文

浩浩乎！平沙无垠[①]，敻不见人[②]。河水萦带[③]，群山纠纷[④]。黯兮惨悴[⑤]，风悲日曛[⑥]。蓬断草枯，凛若霜晨；鸟飞不下，兽挺亡群[⑦]。亭长告余曰[⑧]：“此古战场也，尝覆三军[⑨]，往往鬼哭，天阴则闻”。伤心哉！秦欤汉欤！将近代欤！

吾闻夫齐魏徭戍，荆韩召募[⑩]，万里奔走，连年暴露。沙草晨牧，河冰夜渡。地阔天长，不知归路。寄身锋刃，腷臆谁诉[⑪]？秦汉而还，多事四夷[⑫]；中州耗斁[⑬]，无世无之。古称戎夏，不抗王师[⑭]。文教失宣，武臣用奇[⑮]。奇兵有异于仁义，王道迂阔而莫为[16]。

呜呼噫嘻！吾想夫此风振汉，胡兵伺便[17]，主将骄敌，期门受战[18]。野竖旄旗，川回组练[19]。法重心骇，威尊命贱[20]。利镞穿骨[21]，惊沙入面。主客相搏，山川震眩[22]。声折江河，势崩雷电。至若穷阴凝闭[23]，凛冽海隅[24]。积雪没胫[25]，坚冰在须。鸷鸟休巢[26]，征马踟蹰[27]。缯纩无温[28]，堕指裂肤。当此苦寒，天假强胡[29]。凭陵杀气[30]，以相剪屠。径截辎重[31]，横攻士卒。都尉新降，将军复没。尸踣巨港之岸[32]，血满长城之窟。无贵无贱，同为枯骨，可胜言哉！鼓衰兮力竭，矢尽兮弦绝。白刃交兮宝刀折，两军蹙兮生死决[33]。降矣哉，终身夷狄；战矣哉，暴骨沙砾[34]。鸟无声兮山寂寂，夜正长兮风淅淅[35]。魂魄结兮天沈沈，鬼神聚兮云幂幂[36]。日光寒兮草短，月色苦兮霜白。伤心惨目，有如是耶！[37]

吾闻之，牧用赵卒，大破林胡，开地千里，遁逃匈奴[38]。汉倾天下，财殚力痡[39]。任人而已，其在多乎！周逐猃狁[40]，北至太原。既城朔方，全师而还。饮至策勋，和乐且闲，穆穆棣棣，君臣之间[41]。秦起长城，竟海为关[42]。荼毒生民[43]，万里朱殷[44]。汉击匈奴，虽得阴山，枕骸遍野[45]，功不补患。

苍苍蒸民[46]，谁无父母？提携捧负，畏其不寿。谁无兄弟？如足如手；谁无夫妇？如宾如友。生也何恩，杀之何咎[47]？其存其没，家莫闻知；人或有言，将信将疑；悁悁心目，寤寐见之[48]。布奠倾觞，哭望天涯，天地为愁，草木凄悲；吊祭不至，精魂无依，必有凶年，人其流离。

呜呼噫嘻！时耶命耶？从古如斯[49]！为之奈何？守在四夷[50]。

【题解】

吊：文体名。追悼死者，致辞表示感慨，称吊文。天宝末年，唐玄宗好大喜功，穷兵黩武，边将邀功，轻启边衅，将士丧命，民生涂炭。夺石堡城，征云南则其两例。有鉴于此，作者借吊古战场之亡灵以讽，现实针对性很强。

文章首先渲染了一片阴森、荒凉、凄惨的景象，通过亭长之口，点明这是“尝覆三军”，“荼毒生灵”的古战场。然后说明“秦汉而还，多事四夷”的根本原因在于“文教失宣，武臣用奇。”接着重笔浓彩地铺陈了胡骑凭陵，主将骄敌，致使士卒尸骨山积，血流成河的战况；用气氛渲染、景物烘托战争的紧张、艰苦、激烈、残酷。又用赵与汉、周与秦两组对比说明：用兵之道，“任人而已，其在多乎！”再从人伦之道，骨肉之情的角度，对无辜牺牲的亡灵表示沉痛的哀悼、深切的同情。最后以“为之奈何？守在四夷”结穴，点明主旨，发人深警。

文章充分运用了辞赋铺陈夸张的手法、渲染气氛，描摹情状，通过吊祭抒情来申述作者宣教化、施仁政、守在四夷的主张。还调动了设问、反诘、比喻、对仗、排比、对比、感叹等多种修辞手段，增加文章的生动性和感染力。句法以四言为主，杂以骚体，亦骈亦散，错落有致。全文用韵，转韵十余次，读来不仅流畅上口，而且动人心魄。

【注释】

①垠（yín）：边，岸，界限。②敻（xiòng）：远，辽阔。③萦带：萦回如带。④纠纷：重叠交结。卢照邻《至望喜瞩目言怀贻剑外知己》："碧流递萦注，青山互纠纷。"⑤惨悴：憔悴。⑥曛：赤黄色。⑦挺：通"铤"，快跑。《左传·文公十七年》："铤而走险，急何能择"。⑧亭长：古代十里为一亭，设亭长以理民事。⑨三军：《周礼·夏官·司马》："凡制军万有二千五百人为军。王六军，大国三军，次国二军，小国一军。"后泛指军队。⑩"吾闻"两句：齐魏荆韩，均为战国时期的诸侯国。荆，即楚国古称。楚原建于荆山一带，故名。徭戍：服役卫戍。召募：征召，募集。⑪腷（bì）臆：忧郁。愤懑。⑫四夷：东夷、西戎、南蛮、北狄，旧时统称四夷。是旧时华夏统治者对中原以外各少数民族的蔑称。⑬中州：中原地区。耗斁（yì）：损耗，败坏。《诗·大雅·云汉》："耗斁下土，宁丁我躬。"斁：败坏。⑭"古称"两句：古时有少数民族和华夏诸侯国不与帝王之师相对抗的说法。⑮文教"两句：文化礼教不施行，武将使用诡诈权术。奇：出人意外，变幻莫测。《老子》："以正治国，以奇用兵。"⑯迂阔：遥远不切实际。⑰伺便：侦侯、观察便利的时机。⑱期门受战：在城门等候攻战。期门：汉代官名，掌执兵出入护卫。武帝好微行，与待诏陇西北地良家子弟能骑射者期诸殿门，故有期门之号。此作侯于门讲。⑲组练：组甲，被练，皆指将士的衣甲服装，后指代精锐部队。⑳"法重"两句：严刑峻法，令

人心惊，将官位尊威严，士兵位卑命贱。㉑镞（zú）：箭头。㉒“主客”两句：主客：指敌我双方。震眩：心惊眼花。㉓穷阴：犹穷冬。穷：终极。孟浩然《赴京途中遇雪》：“穷阴连晦朔，积雪满山川。”㉔海隅：海角。此指边塞。㉕胫：小腿。㉖鸷鸟：猛禽，如鹰鹯之类。休巢：栖息于巢。㉗踟蹰（chíchú）：徘徊不进，犹豫。㉘缯（zēng）：古代丝织品的泛称。纩（kuàng）：丝棉。㉙假：借。此指给予。㉚凭陵杀气：以战争杀伐之气氛相欺凌。高适《燕歌行》：“胡骑凭陵杂风雨”，“杀气三时作阵云。”凭陵：依仗势力欺凌他人。㉛径截辎（zī）重：直接截夺军需物资。辎重：行军时携带的粮草、器械等物资。㉜踣（bó）：跌倒。此指倒卧。㉝蹙（cù）：紧迫，迫近。㉞“降矣哉”四句：表示两种可供的选择及其悲惨后果。㉟淅淅（xī）：象声词。形容风雨雪或落叶声。㊱幂幂（mì）：深浓貌。幂：遮盖食物之巾；用巾覆盖食物的动作。㊲“牧用”四句，牧：李牧（？—前229年），战国赵人。守赵北边。“习骑射，谨烽火，多间谍，”“厚遇战士”。“匈奴以李牧为怯”，“边士日得赏赐而不用，皆愿一战。”“单于闻之，大率众来入，李牧多为奇陈（阵），张左右翼击之，大破，杀匈奴十余万骑。灭襜褴，破东胡，降林胡。”（《史记·李牧列传》）林胡：古代北方少数民族，亦称澹林。业畜牧，精骑射。赵筑长城御之。后为李牧击败而归附赵。遁逃：此作使动用法。㊳“汉倾”两句：倾：尽数而出。殚（dān）：竭，尽。痡（fū）：病。此指疲困。㊴猃狁（xiǎnyǔn）：古代北方少数民族。亦作猃狁、荤粥、獯鬻等。从事游牧。公元前八世纪，周宣王屡次出兵抵御玁狁进袭，并在朔方筑城垒。春秋时称戎、狄。㊵“饮至”四句：记述周“全师而还”后，饮酒庆典，论功行赏，君臣和穆的情况。饮至：古代，盟伐既归，合饮于宗庙，谓之饮至。《左传·桓公二年》：“凡公行，告于宗庙。反行，饮至、舍爵、策勋焉。礼也。”策勋：记功于策。策：连编简谓之策。此作动词。穆穆：和平恭敬貌。棣棣：娴雅和顺貌。㊶竟海：止于海。㊷荼毒：残害。㊸朱殷（yān）：红色、赤黑色。此状血色。《左传·成公二年》：“左轮朱殷。”注：“朱，血色。血色久则殷。殷，音近烟。今人谓赤黑为殷色。”㊹枕骸：互相枕藉的尸骸。㊺苍苍：指天。蔡琰《胡笳十八拍》十六：“泣血仰头兮诉苍生，生我兮独罹此殃。”蒸民：众民，百姓。蒸；通“烝”，众多。㊻提携捧负：形容搀扶孝敬老人。㊼“生也”两句：谴责统治者对“苍苍蒸民”，活着时并无恩德，将他们送死，他们又有什么罪过？㊽“悁悁”两句：悁悁（juān）：忧闷貌。《诗·陈风·泽陂》：“寤寐无为，中心悁悁。”《传》：“悁悁犹悒悒也。”寤：醒。寐：寝睡。㊾“布奠”八句：分述祭吊或祭吊不至的结果。布奠：安排祭奠。凶年：灾年。《老子》：“大军之后，必有凶年。”㊿“时耶”两句：谓从古至今均如是，是时代使然呢？还是天命使然？斯：此。(51)“为之”两句：应该怎么办呢？应施行仁政，使四夷归服。守在四夷：谓天子行仁德，四夷自然归服，能为天子守土。《左传·昭公二十三年》“古者天子，守在四夷”。

韩　愈 (768—824)

字退之，河内河阳（今河南孟县）人。郡望昌黎，世称韩昌黎。幼孤贫，由嫂抚养，刻苦读书。贞元八年（792）进士擢第。德宗时官至监察御史。贞元十九年，因疏谏旱饥蠲租而被贬为阳山令。宪宗朝，裴度率诸镇平定淮西吴元济，韩愈任行军司马。以功迁刑部侍郎，后又因谏阻宪宗迎佛骨，被贬为潮州刺史。穆宗时官至吏部侍郎，故又有“韩吏部”之称。死后谥为“文”，复有“韩文公”之称。

韩愈是唐代著名的政治家、思想家，又是杰出的散文家和诗人。他与柳宗元同为唐代古文运动的倡导者。他主张文以明道，不平则鸣，有尚奇务险的审美追求，不仅提出了古文运动的文学理论，而且有成就斐然的创作业绩。在碑志、序记、书信等诸多文体上均有创新。他的散文，气势磅礴，恣肆奇崛又明快流畅、构思运笔，云谲波诡，修辞造语，巧妙灵活。他的散文创作不仅“起八代之衰”（苏轼《韩文公庙碑》），而且“集八代之成。”（刘熙载《艺概·文概》）在复古的旗帜下革新，成为一代宗师。他的诗歌，以文为诗，风格雄奇狠重，“为唐诗之一大变。”（叶燮《原诗·内篇上》）今存《韩昌黎集》。

原　毁

古之君子，其责己也重以周，其待人也轻以约[①]。重以周，故不怠[②]；轻以约，故人乐为善[③]。闻古之人有舜者[④]，其为人也，仁义人也；求其所以为舜者[⑤]，责于己曰："彼[⑥]，人也；予[④]，人也。彼能是[⑧]，而我乃不能是!"早夜以思[⑨]，去其不如舜者，就其如舜者[⑩]。闻古之人有周公者[⑪]，其为人也，多才与艺人也[⑫]；求其所以为周公者，责于己曰："彼，人也；予，人也。彼能是，而我乃不能是!"早夜以思，去其不如周公者。就其如周公者。舜，大圣人也，后世无及焉[⑬]，周公，大圣人也，后世无及焉；是人也[⑭]，乃曰[⑮]："不如舜，不如周公，吾之病也[⑯]。"是不亦责于身者重以周乎[⑰]！其于人也[⑱]，曰："彼人也，能有是，是足为良人矣；能善是，是足为艺人矣[⑲]。"取其一不责其二，即其新不究其旧[⑳]，恐恐然惟惧其人之不得为善之利[㉑]。一善，易修也[㉒]，一艺，易能也[㉓]，其于人也，乃曰："能有是，是亦足矣。"曰："能善是，是亦足矣。"不亦待于人者轻以约乎！

今之君子则不然，其责人也详，其待己也廉[㉔]，详，故人难于为善；廉，故自取也少[㉕]。己未有善，曰："我善是，是亦足矣。"己未有能，曰："我能是，是亦足矣。"外以欺于人，内以欺于心，未少有得而止矣[㉖]，不亦待其身者已廉乎[㉗]！

其于人也，曰：“彼虽能是，其人不足称也[28]；彼虽善是，其用不足称也[29]。”举其一不计其十，究其旧不图其新[30]，恐恐然惟惧其人之有闻也[31]。是不亦责于人者已详乎！夫是之谓不以众人待其身[32]，而以圣人望于人[33]，吾未见其尊己也。

虽然，为是者，有本有原，怠与忌之谓也[34]。怠者不能修[35]，而忌者畏人修。吾常试之矣。尝试语于众曰：“某良士。某良士。”其应者，必其人之与也[36]；不然，则其所疏远不与同其利者也[37]；不然，则其畏也[38]。不若是[39]，强者必怒于言，懦者必怒于色矣[40]。又尝语于众曰：“某非良士。某非良士也。”其不应者，必其人之与也；不然，则其所疏远不与同其利者也；不然，则其畏也。不若是，强者必说于言[41]，懦者必说于色矣。是故事修而谤兴，德高而毁来[42]。

呜呼！士之处此世，而望名誉之光[43]、道德之行[44]，难已！将有作于上者[45]，得吾说而存之[46]，其国家可几而理欤[47]！

【题解】

原：推根究源。毁：毁谤。原毁：推究毁谤风盛的本原。韩愈一生重视人材的培养和奖励，本人也深受“事修而毁兴，德高而毁来”之害，所以在这篇批评文章中，对社会上对人求全责备的坏风气痛下针砭。

文章以“古之君子”之责己“重以周”，待人“轻以约”，与今之君子之责人详待己廉加以对比分析，并指出今之君子之所以如此，其病根在于“怠”与“忌”，深中肯綮。接着描摹世情刻薄，曲尽其态。最后呼吁执政者能扭转此风，以利国家。全文理至切当而语至平易，是韩愈“文从字顺”的论文主张的体现。全文用排偶而略加变易，文意便有不同，且层层深入，惟结尾处用单行。可见韩愈提倡古文，兼能取骈体之所长。

【注释】

①“古之”三句：古时的君子，要求自己严格而全面，对待别人宽容而（要求）很少。重：严格。以：而。周：全面。轻：宽容。约：简约《论语·卫灵公》：“君子躬自厚而薄责于人。”②不怠：不懈怠。③人乐为善：人乐于做好人好事。④舜：我国传说中的远古的圣君。⑤“求其”句：探求舜之所以能成为这样的仁义之人的缘故。⑥彼：指舜。⑦予：我。⑧是：这样。《孟子·离娄下》：“孟子曰：“舜，人也；我，亦人也；舜为法于天下，可传于后世，我由未免为乡人也。”《孟子·滕文公上》：“颜渊曰：‘舜何人也，予何人也，有为者亦若是。”⑨早夜以思：从早到晚地思考。⑩就：接近，靠近。⑪周公：姓姬名旦，周文王之子，周武王之弟，西周初年著名的政治家，被后人奉为圣贤。⑫多才与艺人也：多才干和技能的人。《尚书·金縢》载有周公“多材多艺”之语。⑬后世无及焉：后世之人没有能及得上的。⑭是人：这个人，指古之君子。⑮乃：却。⑯病：缺点。⑰“是不亦”句：这不就是对自己要求严格而全面吗？⑱其于人也：他（指古之君子）对于别人。⑲“彼人”五句：那个人（指别人）能有这（些优点），这足以成为优秀的人；能擅长这个（技艺），

这足以成为有技能的人。⑳“即其新”句：取他新的（长处），不追究他旧的（缺点）。㉑“恐恐然”句：小心谨慎地只怕他得不到做善事的好处。㉒易修：容易修养做到。㉓易能：容易学会。㉔廉：少，低。㉕自取也少：自己得到的少。㉖“未少”句：还没有稍有所得就停止了。㉗已：太。㉘不足称：不值得称道称赞。㉙其用：他的作用。㉚“究其”句：一味追究别人旧的（过差），而不考虑别人新的（进步和成就）。㉛闻（wèn）：声誉。㉜不以众人彼其身：不以众人能做到的来要求自身。㉝“而以”句：却以圣人的标准来要求别人。㉞“虽然”四句：虽说如此，这样做的人，有其根源，是由于懈怠和妒忌。㉟修：学习修养。㊱与：党与，友朋。㊲“则其”句：那是他所疏远和不与他有共同利益的人。㊳畏：所惧怕的人。㊴不若是：要不然。㊵“强者”两句：强硬者用语言表示愤怒，懦弱者在脸上表示愤怒。㊶说：通“悦”。㊷事修：事情做好了。㊸光：光大。㊹行：推行。㊺将有作于上者：居上位而想有所作为的人。㊻存：存想，记住。㊼可几而理：差不多可以治理得好。几：庶几，表希冀之词。

进学解

国子先生晨入太学[①]，招诸生立馆下，诲之曰[②]：“业精于勤荒于嬉[③]，行成于思毁于随[④]。方今圣贤相逢[⑤]，治具毕张[⑥]。拔去凶邪，登崇畯良[⑦]。占小善者率以录[⑧]，名一艺者无不庸[9]。爬罗剔抉，刮垢磨光[10]。盖有幸而获选，孰云多而不扬[11]？诸生业患不能精，无患有司之不明[12]；行患不能成，无患有司之不公。”

言未既[13]，有笑于列者曰[14]：“先生欺余哉！弟子事先生[15]，于兹有年矣[16]。先生口不绝吟于六艺之文，手不停披于百家之编[17]；记事者必提其要[18]，纂言者必钩其玄[19]；贪多务得，细大不捐[20]；焚膏油以继晷[21]，恒兀兀以穷年[22]。先生之业，可谓勤矣。抵排异端，攘斥佛、老[23]；补苴罅漏，张皇幽眇[24]；寻坠绪之茫茫，独旁搜而远绍[25]；障百川而东之，回狂澜于既倒[26]。先生之于儒，可谓有劳矣。沉浸酞郁，含英咀华[27]。作为文章，其书满家。上规姚、姒，浑浑无涯[28]，周《诰》、殷《盘》，佶屈聱牙[29]，《春秋》谨严[30]，《佐氏》浮夸[31]，《易》奇而法[32]，《诗》正而葩[33]，下逮《庄》、《骚》[34]，太史所录[35]，子云、相如[36]，同工异曲[37]。先生之于文，可谓闳其中而肆其外[38]矣。少始知学，勇于敢为；长通于方，左右具宜[39]。先生之于为人，可谓成矣[40]。然而公不见信于人，私不见助于友。跋前踬后，动辄得咎[41]。暂为御史，遂窜南夷[42]。三年博士，冗不见治[43]。命与仇谋，取败几时[44]。冬暖而儿号寒，年丰而妻啼饥。头童齿豁，竟死何裨[45]？不知虑此，而反教人为[46]？”

先生曰：“吁！子来前！夫大木为杗[47]，细木为桷[48]，欂栌侏儒[49]，根阒扂楔[50]，各得其宜[51]，施以成室者，匠氏之工也[52]。

玉札丹砂[53]，赤箭青芝[54]，牛溲马勃[55]，败鼓之皮[56]，俱收并蓄，待用无遗者，医师之良也[57]。登明选公[58]，杂进巧拙[59]，纡余为妍[60]，卓荦为杰[61]，校短量长[62]，惟器是适者[63]，宰相之方也[64]。昔者孟柯好辩[65]，孔道以明[66]，辙环天下，卒老于行[67]；荀卿守正[68]，大论是弘[69]，逃谗于楚，废死兰陵[70]。是二儒者，吐辞为经，举足为法[71]，绝类离伦，优入圣域[72]，其遇于世何如也？今先生学虽勤，而不繇其统[73]；言虽多，而不要其中[74]；文虽奇，而不济于用；行虽修[75]，而不显于众。犹且月费俸钱，岁靡廪粟[76]。子不知耕，妇不知织。乘马从徒[77]，安坐而食。踵常途之促促，窥陈编以盗窃[78]。然而圣主不加诛，宰臣不见斥，兹非其幸欤！动而得谤，名亦随之，投闲置散，乃分之宜[79]。若夫商财贿之有亡，计班资之崇庳，忘己量之所称，指前人之瑕疵[80]，是所谓诘匠氏之不以杙为楹，而訾医师以昌阳引年，欲进其豨苓也[81]。”

【题解】

进学：作者任国子博士时，进入太学工作。解：解说，解释。另一说，进学：使学业有所进益。解：辩解。

作者韩愈才高而不获重用，正道直行却屡遭贬责，因而模仿汉代东方朔《答客难》、扬雄《解嘲》一类的文体，假设学生为他遭遇不平而提出疑问，然后作者再作解嘲式的解答，但在写法上与东方朔、扬雄却有所不同：“诸篇都是自疏己长，此则把自家许多伎俩，许多抑郁，尽数借他人口中说出，而自家却以平心和气处之。看来无叹老嗟卑之迹，其实叹老嗟卑之心，无有甚于此者。”（林云铭《韩文起》卷二）“说到极谦退处，愈显得世道之乖，人情之妄。”（林纾《韩柳文研究法》）。

本文在政治方面不仅抒发了怀才不遇的牢骚，而且提出了“拔出凶邪，登崇畯良”和“觝排异端，攘斥佛老’，的主张。在学行修养，特别是治学和论文方面都提出了独到的见解。评前代之文也要言不繁，颇中肯綮。

本文首段发端，中段辨驳，末段解嘲，首尾呼应。篇中用韵。语多对偶，整饬简洁而有参差变化，极修辞之妙。问答之中，啼笑横生，庄谐间作，自具风格。

【注释】

①国子：即太学生，属于中央学校的学生。先生：指博士，即太学生的教师。一说，国子先生，即国子博士。国子博士是官名，国子先生是称呼。太学：唐代的国子监，下分七个“学”，即国子学、太学、广文馆、四门学、律学、书学、算学。七学各置博士。②诲：教导。③“业精”句：学业的精通在于勤勉，而其荒废则由于嬉戏。④“行成”句：德行的成就在于善于思索，而其败坏则由于因循。随：追随、因循。⑤圣贤：此指圣明之君、贤能之臣。⑥治具：法令。《史记·酷吏列传》：“法令者，治之具。”也泛指一切规章制度。毕张：完全设立。⑦登崇：提拔。畯良：有才能而善良的人。畯：通“俊”。⑧“占小善”句：有一点优点的人大都录用。⑨“名一艺”句：有一技之长的人没

有不用的。庸：用。⑩“爬罗”两句：指搜罗选拔教育培养人材。爬罗：爬梳网罗；剔抉：剔选抉择。刮垢磨光：刮去污垢，磨出光亮。⑪“盖有幸”两句：大概有（才学不足）侥幸而被选中的，谁说有因才能多而被埋没不用的。幸：侥幸。孰云：谁说。不扬：不举，不被提拔。⑫有司：负有专职的官员和部门。⑬既：完，终。⑭列：行列。此指诸生站立的行列。⑮事：侍奉。此指跟着先生学习。⑯于兹：到现在。有年：很有几年。⑰“先生”两句：先生遍读六经和诸子百家之书。吟：吟诵。六艺：即六经，指《诗》、《书》、《礼》、《乐》、《易》、《春秋》。披：披阅。⑱记事者：指史籍之类的书。提要：提取纲要。⑲纂言者：指学术论著。钩：探索。钩其玄：探索书中的微言妙义。⑳“贪多”两句：不知满足地探求多种学问，必求有所收获，小的大的都不放弃。㉑焚：点燃。膏油：指灯油。继：续。晷：指日光。㉒兀兀：专心不旁顾的样子。旧本作“矻矻”（kèkè），勤恳用力的样子。穷年：终年。㉓“觝排”两句：排斥佛老之类的异端邪说。觝排：排斥，抵触。异端：邪说。此指佛老学说。攘斥：排斥。㉔“补苴”两句：弥补充实儒学中的漏洞及不完备之处，解释说明深奥难懂之处。苴（jū）：草垫。此作动词“填塞”讲。补苴：填补。罅（xià）：同隙。罅漏：缺漏。张皇：张大、伸明。幽眇：幽深隐约。㉕“寻坠绪”两句：寻求遥远的失传了的（儒家）道统，独自广泛搜寻，深远地继承。坠：失坠。绪：事业。韩愈《原道》：“尧以是传之舜，舜以是传之禹，向以是传之汤，汤以是传之文武，文武以是传之孔子，孔子以是传之孟柯，柯之死，不得其传焉。”旁搜：广泛地寻找。远绍：远继。㉖“障百川”两句：阻挡住百川（比喻异端邪说）之泛滥，使之都东流入海（喻纳入儒家正轨），挽转来势凶猛的异端邪说。障：阻挡。百川：大小江河。东之，使水东流。回：挽转。猛澜：猛猛的波涛。倒：倾倒。㉗“沉浸”两句：沉浸在浓厚馥郁之中，仔细体会精华。沉浸：喻潜心体会。醲郁：本指香味浓厚，喻书中精华。含、咀：含味咀嚼。英，华：都指花。喻精华。㉘“上规”两句：向上取法《虞书》、《夏书》，深浩无际。规：取法、模仿。姚：虞舜的姓。姒：夏禹的姓。姚姒：指《尚书》中的《虞书》、《夏书》、深深：深浩的样子。扬雄《法言·问神》：“虞夏之书深深尔。”涯：边际。㉙“周诰”两句：殷周的文章，古奥艰涩，读着不顺口。周诰：指《尚书》中《大诰》、《康诰》、《酒诰》之类的周代文告。殷盘：指《尚书》中的《盘庚》三篇。佶屈：曲折。聱（áo）牙：口齿不顺利。㉚《春秋》：指《春秋经》。文字简约，却寓褒贬，故称“谨严”。㉛《左氏》：指《春秋左氏传》，叙述内容铺张夸大，有超出“经”的范围之处，故云“浮夸”。㉜《易》奇而法：《易经》虽多变化，却有法则。《易》：指古代占卜之书《易经》。奇：指卦的变易，用幻象来说明问题。㉝《诗》正而葩：《诗经》内容醇正，文彩丰富。《论语·为政》：“子曰：‘诗三百，一言以蔽之，曰：思无邪。’”葩：花。㉞逮：及，到。《庄》：《庄子》。《骚》：屈原的《离骚》。㉟太史所录：指司马迁的《史记》。太史：史官，此指曾为汉武帝朝太史令的司马迁。㊱子云：汉代扬雄的字。此指扬雄所著的《太玄》、《法言》之类的书。相如：汉代司马相如，曾作《子虚赋》、《上林赋》等。㊲同工异曲：本指乐工所奏曲调不同，而工妙相等。此指上述诸作，风格不同，成就略等。㊳闳其中而肆其外：指文章内容博大精深，文辞奔放畅达。闳（hóng）：宽阔。肆：开展。㊴“少始”四句：自幼好学，敢作敢为，年长后通达道理，到处都能得心应手。长：年长。方：道理。具：全，都。宜：相宜、合适。㊵成：具备，完美。㊶“跋前”两句：形容进退两难，动不动就得罪。跋：践。踬：阻碍。《诗·豳风·狼跋》：“狼跋其胡，载踬其尾。”说狼前进即踩其胡（项下悬肉），后退则踏其尾。㊷“暂为”两句：韩愈于贞元十八（802，或言十九年）作监察御史，因上《论天旱人饥状》而被贬为连州阳山（今属广东）令。窜：逐。南夷：指岭南一带。㊸“三年”两句：做了几年博士，闲散而无建树。三年，概括成数。一本作“三为”。韩愈四为博士。也不止三年。冗：闲散。不见治：不见治绩。㊹“命与仇”两句：命运与仇敌打交道，随时遭受挫折。谋：相伴，相合。取败：受挫。几时：随时随刻。㊺“头童”两句：头秃牙落，一直到死，有何补益。童：发秃。豁：缺。竟死：到死。裨：补益。㊻“不知”两句：不懂得忧虑这些，反来教训别人。㊼ 宋（máng）：房梁。㊽ 桷（jué）：椽。㊾ 欂栌（bólú）：柱子上的方木，即斗拱。侏儒：指侏儒柱，梁上的短小支柱。㊿椳（wěi）：门户的枢轴。闑（miè）：门阃，两扇门间的竖闩。扂（diàn）：门键，门插棍。楔：楔子，塞紧脱缝或从旁支撑的斜木。51各得其宜：各得到其合适的用处。52匠氏：匠人。㊸玉札：中药名，即地榆。丹砂：朱砂。㊹赤箭：药草，色红，箭杆形，上有花。一说即天麻。青芝：一名龙芝，灵芝的一种。㊺牛溲：牛尿。马勃：一种药草，又名马屁菌。㊻败鼓之皮：破烂的鼓皮，可入药。㊼“俱收”三句：（各种药材，无论贵贱），良医兼收并蓄，都可用而没有遗弃的。㊽登明选公：选择提拔人材，公平合理。㊾杂进巧拙：技能灵巧和笨拙的，都量才录用。㊿纡余为妍：性格和缓而美好。纡余：屈曲貌。妍：美好。(61)卓荦为杰：才能超众而杰出。卓荦：指才能突出。(62)校短量长：比较人材的优劣。(63)惟器是适：根据名人的才能，安排合适的工作。器：指人的才质。适：合用。(64)方：道，术。(65)孟轲好辩：孟子曾说：“余岂好辩哉，余不得已也。”（《孟子·滕文公下》）。(66)孔道以明：孔子的儒道因此而明。(67)“辙环”两句：周游列国，死于途中。辙：车轮迹。环：周遍。(68)荀卿：战国赵人，游学于齐，曾任祭酒，是襄王时著名的学者。后受谗害，逃往楚国。楚春申君任他为兰陵令。春申君死。荀卿被废，死于兰陵。正：醇正。守正：指信守孔子之道。荀卿《非十二子》指责子思、孟柯，但始终尊崇孔子。韩愈所谓“大醇而小疵”者盖亦指此。(69)大论：指荀子的学术议论。弘：发扬。(70)兰陵：今山东枣庄市。(71)“吐辞”两句：指孟柯荀卿的言论成为经典，他们的行为成为后人的规范。(72)“绝类”两句：指两人与众不同，进入了圣人的境界。绝、离：都是不同的意思。类、伦：同类、同辈。优：足够。圣域：圣人的境地。(73)繇：同“由”。统：道统。(74)要：恰当、恰合。中（zhòng）：关键要害之处。(75)行：行为。

修：有修养。⑯岁：每年。靡：耗费。廪粟：指俸米。⑰乘马从徒：出门骑马并有随从。⑱"踵常途"两句：拘谨地按常规走路，袭取古人的说法而无创见。踵：脚跟。此作动词"跟着走"讲。促促：拘谨貌。窥：看。陈编：陈旧的书籍。盗窃：指偷袭古代的理论。⑲"动而"四句谓：有所动作而受谤，名声亦随而被毁，被安置在闲散的职位上，是理所应当的。⑳"若夫"四句：至于计较俸禄之多少，官职的高低，忘记了自己材能所相称的标准，指责别人的毛病。高：高度。财贿：钱财，此指俸禄。亡：同"无"。班资：官阶资格。庳：同"卑"。己量：自己的材能分量。所称：所合的标准。瑕疵：缺点。㉑"是所谓"三句：这就是质问工匠为什么不用小木橛做柱子，指责医师为什么不用豨苓代替昌蒲作延年益寿的药。诘：责备。杙（yì）小木橛。楹：柱子。訾（zǐ）：指责。昌阳：即昌蒲，一种草药名，有健身补养的作用。引年：保身延年。豨苓：又名猪苓，一种草药名，有利尿治渴的作用，药效与昌阳异。

毛颖传

毛颖者，中山人也[①]。其先明眎[②]，佐禹治东方土[③]，养万物有功，因封于卯地，死为十二神[④]。尝曰："吾子孙神明之后[⑤]，不可与物同，当吐而生[⑥]。"已而果然。明眎八世孙䨲[⑦]，世传当殷时居中山，得神仙之术，能匿光使物[⑧]，窃恒娥[⑨]，骑蟾蜍入月[⑩]，其后代遂隐不仕云。居东郭者曰㕙，狡而善走[11]，与韩卢争能，卢不及[12]。卢怒，与宋鹊谋而杀之[13]，醢其家[14]。

秦始皇时，蒙将军恬南伐楚[15]，次中山[16]，将大猎以惧楚。召左右庶长与军尉[17]，以连山筮之[18]，得天与人文之兆[19]，筮者贺曰："今日之获，不角不牙[20]，衣褐之徒[21]，缺口而长须[22]，八窍而趺居[23]，独取其髦[24]，简牍是资[25]，天下其同书[26]。秦其遂兼诸侯乎？"遂猎，围毛氏之族，拔其豪[27]，载颖而归[28]，献俘于章台宫[29]，聚其族而加束缚焉[30]。秦皇帝使恬赐之汤沐[31]。而封诸管城[32]，号曰管城子[33]，日见亲宠任事。

颖为人强记而便敏[34]，自结绳之代[35]以及秦事，无不纂录[36]；阴阳、卜筮、占相、医方、族氏、山经、地志、字书、图画、九流百家、天人之书[37]，及至浮图、老子、外国之说[38]，皆所详悉；又通于当代之务，官府簿书[39]，市井货钱注记，惟上所使[40]。自秦皇帝及太子扶苏、胡亥、丞相斯、中车府令高[41]，下及国人，无不爱重。又善随人意，正直邪曲巧拙，一随其人。虽见废弃，终默不泄[42]。惟不喜武士，然见请亦时往。

累拜中书令[43]，与上益狎[44]，上尝呼为中书君[45]。上亲决事，以衡石自程[46]，虽宫人不得立左右，独颖与执烛者常侍，上休方罢。颖与绛人陈玄、弘农陶泓及会稽褚先生友善[47]，相推致[48]，其出处必偕。上召颖，三人者不待诏，辄俱往，上未尝怪焉。

后因进见，上将有任使，拂拭之[49]，因免冠谢[50]。上见其发秃，又所摹画不能称上意。上嘻笑曰：“中书君老而秃[51]，不任吾用[52]。吾尝谓君中书，君今不中书邪[53]？”对曰：“臣所谓尽心者[54]。”因不复召，归封邑，终于管城。

其子孙甚多，散处中国夷狄，皆冒管城[55]，惟居中山者能继父祖业。

太史公[56]曰：毛氏有两族。其一姬姓，文王之子，封于毛，所谓鲁、卫、毛、聃者也[57]。战国时有毛公、毛遂[58]。独中山之族，不知其本所出，子孙最为蕃昌[59]。《春秋》之成，见绝于孔子，而非其罪[60]。及蒙将军拔中山之豪，始皇封诸管城，世遂有名，而姬姓之毛无闻。颖始以俘见，卒见任使[61]，秦之灭诸侯，颖与有功[62]，赏不酬劳，以老见疏，秦真少恩哉！

【题解】

毛：指兔毛。颖：此指笔尖。韩愈在德宗贞元年间，曾因上疏“极论宫市之弊”和“请宽民徭而免田租”，由监察御史被贬为连州阳山（今属广东省）令，此后曾任国子博士等职。因长期被贬，他心情十分郁愤。本文约作于宪宗元和初年。

作者将毛笔拟人化，仿《史记》传记的体例，为之作传。文章把许多历史传说和神话故事编织起来，充分叙述了毛颖的通古今和劳苦功高，通过他“赏不酬劳，以老见疏”的遭遇，批评了统治者的“少恩”，抒发了作者胸中的郁闷和愤慨。

文章构思新颖奇特。用诙谐幽默的拟人和双关，从一枝小小的毛笔，敷衍出如此恣肆奇特，妙趣横生的寓言故事。文章亦笔亦人，如说毛颖“又善随人意，正直邪曲巧拙，一随其人，虽见废弃，终默不泄。”云云，真可谓曲尽情志，婉折有致。文章寓庄于谐，在滑稽诙谐中宣泄了作者深沉郁积的悲愤。林纾评曰：“文近《史记》，然终是昌黎真面，不曾片语依傍《史记》。”近实。

本文一出，曾招致时论非议，认为“讥戏不近人情，此文章之甚纰缪者（《旧唐书·韩愈传》）为此，柳宗元写了《韩愈所著毛颖传后题》一文，大加推崇，以正视听，纠偏见。李肇也认为“韩愈《毛颖传》，其文尤高，不下史迁。”（《国史补》卷下）

【注释】

①中山：山名，在今江苏省溧水县东南十五里。《元和郡县志》：“江南道宣洲溧水县中山，在县东南一十五里，出兔毫，为笔精妙。”②明眎：兔的别名。《礼记·曲礼》：“兔曰明眎。”眎：同“视”。《本草纲目》：“言其目不瞬而了然也。”③东方：古以十二地支划分方位，东方是卯位。④十二神：即十二生肖，与地支相配的动物。子为鼠，丑为牛，寅为虎，卯为兔。大约东汉以后术数家即编造出人生于某年即肖某物之说。（见《论衡·物势》）。⑤神明：因能“养万物”故称。⑥当吐而生：古代传说，兔从口中生下。《论衡·奇怪》：“兔吮豪而怀子，及其子生，从口而出。”⑦䨲（nóu）：刚生下的小兔。⑧匿光使物：隐匿在

光亮下使人看不见，用法术驱使人与物。《本草纲目》集解引天玄《主物簿》云："孕环之兔，怀于左腋，毛有文采。至百五十年，环转于脑，能隐形也。"⑨窃恒娥：其事未详。恒娥，亦作"姮娥"，即嫦娥。《淮南子·览冥训》："羿请不死之药于西王母，恒娥窃以奔月。"⑩骑蟾蜍入月：其事不详。蟾蜍(chánchú)：虾蟆。古代神话，"月中有兔，与蟾蜍并。"（《初学记·天部上》引《五经通义》）⑪居东郭"两句：东郭：东门外。郭：外城。㕙（jùn）：狡兔名。狡：健。《新序·杂事》："齐有良兔曰东郭㕙，盖一旦而走五百里。"⑫"与韩卢"两句：韩卢：古代韩国名。《战国策·齐策三》："韩子卢者，天下之疾犬也。韩子卢逐东郭逡，环山者三，腾山者五，兔极于前，犬废于后。"⑬宋鹊：宋国良犬。《博物志》卷四："宋有骏犬曰鹊。"⑭醢（hǎi）：剁成肉酱。⑮蒙将军恬：泰国名将，传说他是毛笔的发明者。⑯次：宿歇。⑰左右庶长：秦制爵二十级，左庶长是第十级，右庶长是第十一级。⑱连山：古代占卜的一派，相传为《周易》以前的古《易》。连山卦以纯艮开始，艮象征山，故名。筮：用蓍草卜卦。⑲人文：指人事。⑳不角不牙：兔无角，也无犬齿，故云。㉑衣褐之徒：原指穿粗麻织成衣服的平民百姓，此指长毛的兔。㉒缺口：兔缺上唇。㉓八窍而趺（fū）居：八窍：《埤雅》卷三："咀嚼者九窍而胎，独兔雌雄八窍。"这是古人不明动物生理的妄说。趺居：即趺坐，双足交迭而坐。㉔髦：毛中之长毫。㉕简牍是资：供给书写。简：竹或木制簿片。牍：书版。简牍都是古代书写材料，此用作动词书写。资：供给，取资。按，崔豹《古今注》载，蒙恬造笔，“以柘木为管，鹿毫为柱，羊毛为被，……非兔毫竹管也。”㉖同书：指秦统一文字。㉗豪：族中豪杰。毫：通作“豪”。此处是双关语。㉘颖：利用“颖”字有杰出的人物、毛的尖端两义，取作人名。㉙章台宫：秦宫名。㉚“聚其族”句：喻制笔时先把笔头捆扎好。束缚：约束。㉛汤沐：用水洗浴。㉜封诸管城：喻毛笔笔头制好后，再按上笔管。管城：周初管叔所封，春秋为郑地，隋置管城县，今河南郑县人。这里是双关语。㉝管城子：隐称笔。㉞强记：强于记忆。便敏：简便敏捷。㉟结绳之代：指没有文字的远古时代，相传人们结绳以记事。《易·系辞下》：“上古结绳而治。”㊱纂：聚集。录：记录。㊲“阴阳”句：阴阳：指阴阳家之术。占相：占测、相面之术。山经：《山海经》的简称。地志：记载地理沿革的史志。字书：解释文字、声韵、训诂之书。九流：指儒、道、阴阳、法、名、墨、纵横、杂、农九家。百家：诸子百家。天人之书：关于天人关系的书。㊳浮图：梵文“佛陀”的音译。此指佛教。㊴簿：簿籍，如户口、田亩册等。书：文书。㊵上：皇帝。㊶“自秦”句：扶苏：秦始皇的长子。胡亥：秦始皇之少子，即秦二世。丞相斯：丞相李斯。中车府令高：即中车府令赵高。中车府令，秦官名，掌乘舆路车之事。㊷终默不泄：最终还是沉默不泄露内情。㊸中书令：官名。即中书谒者令，典尚书奏事。㊹狎：亲近。㊺中书君：得心应手，适于书写。中：适宜。㊻以衡石自程：即为自己定出每日阅读公文分量的指标。衡：秤。石：一百二十斤。程：限量。《史记·秦始皇本纪》：“天下之事，无小大皆决于上，上至以衡石量书（木简），日夜有呈，不中呈不得休息。”㊼“颖与”句：绛：郡名，今山西省新绛县。当时产墨。玄：黑色。此指墨。墨以时间久为好，故称陈玄。弘农：郡名，在今河南省灵宝县南，当时产砚。泓：水，此指砚。砚有陶制者，所以称陶泓。会稽：郡名。今浙江省绍兴市，当时以产纸著称。褚：与“楮”谐音，楮树皮是造纸原料。此指纸。㊽推致：推许称道。㊾拂拭：轻轻掸抹。㊿免冠谢：脱冠谢罪。古人除非居丧或有过失，否则不去冠。冠、管同音。笔管也叫笔帽。系双关用法。51老而秃：笔用久而毫毛脱落。52不任：不堪。53“吾尝”两句：我曾说你适宜书写，现在你不中用了吗？54尽心：毛笔以最尖最长的毛为笔心，笔心秃了，笔便不中用了，此为“尽职”，之双关语。55冒：冒充。56太史公：此文仿《史记》，故作者以历史家正史列传的体例作论赞。57鲁卫毛聃：指周文王四个儿子的封地；周公旦封鲁（今山东曲阜市）；康叔封卫（今河南淇县）；毛伯郑封在毛（今河南宜阳县）；聃季载封在沈（今安徽阜阳县西沈丘集）。58毛公：战国时赵国隐士。《史记·信陵君列传》：“公子闻赵有毛公，藏于博徒。”毛遂：战国时赵国人。平原君门客，曾自荐使楚。59蕃昌：蕃衍昌盛。60“《春秋》之成”三句：《春秋》写成之后，[中山之族] 被孔子搁置起来，这并不是它本身的罪过。相传鲁哀公十四年西狩获麟，孔子慨叹说：“吾道穷矣！”《公羊传》何休注：“此亦天告夫子将没之征，故云尔。”据云《春秋》写到这里就终止了。61卒见任使：后被信任使用。62与：参与。

刘禹锡 (772—842)

字梦得，洛阳（今属河南省）人。自称是汉代中山王刘胜后裔，祖籍中山（今河北定县）。唐德宗贞元九年（793）进士，同年登博学宏词科。十一年登吏部取士科，授太子校书，后任监察御史。永贞元年（805）参加王叔文为首的政治集团，任屯田员外郎、判度支盐铁案，提出一系列改革主张。改革失败后，被贬为朗州（今湖南常德市）司马，后又做过许多地方的刺史。文宗大和二年（828）入朝为主客郎中，晚年迁太子宾客，后人称“刘宾客”。

刘禹锡是中唐进步的思想家、杰出的文学家。其诗歌创作风格豪劲，所作政治讽刺诗，怀古诗和民歌体诗歌均有特色。他的散文题旨幽微，辞藻清丽，长于议论，在古文运动中占有重要地位。著有《刘梦得文集》三十卷、《外集》十卷。

陋室铭

山不在高，有仙则名；水不在深，有龙则灵。斯是陋室，惟吾德馨[①]。苔痕上阶绿，草色入帘青。谈笑有鸿儒[②]，往来无白丁[③]。可以调素琴[④]，阅金经[⑤]。无丝竹之乱耳[⑥]，无案牍之劳形[⑦]。南阳诸葛庐[⑧]，西蜀子云亭[⑨]。孔子云：“何陋之有[10]。”

【题解】

铭：文体的一种，多刻在器物和碑石上，用于歌颂功德或昭申鉴戒。全文紧扣一个“陋”字展开，作者先用奇警新颖的比喻说明室之陋否，取决于德之有无，点明了文章的主旨；然后用室外的幽静与室内之高雅相映衬，用“有”与“无”相对比，用诸葛之草庐、扬雄的玄亭为喻，最后借引孔子之语，说明如此之室，何陋之有?

文章抒发了作者洁身自好，不随波逐流的志趣。作者一生屡遭打击，长抱“天与所长不使施”（《子刘子自传》）之恨。但他并不屈服，也不沉沦，文中引古代高士为同调，既表明他对理想的执着追求，也表明他孤芳自赏，鄙夷世俗的节操。

文章仅81字，短小精悍，构思巧妙、结构严谨，格调典雅，文字清丽，历来传诵不衰。

【注释】

①惟吾德馨：因为我的德行而使陋室充满芳香。惟：同“以”，表示原因。馨：芳香。《尚书·君陈》：“黍稷非馨，明德惟馨。”②鸿儒：大儒，泛博学之士。《论衡·超奇》：“能精思著文，连结篇章者为鸿儒。”③白丁：白衣，未得功名的平民。此指无文化的人。④素琴：不加雕饰彩绘的琴。素：无饰曰素。⑤金经：用泥金书写的佛经。一说，指《金刚经》。⑥丝竹：泛指

音乐。丝：弦乐器。竹：管乐器。⑦案牍：指官场文书。⑧南阳：今湖北省襄阳县西。诸葛亮曾在南阳草庐中隐居躬耕。⑨子云：汉代文学家扬雄字子云，蜀郡成都人。他在成都有一宅，人称扬子宅，亦称草玄堂，为其著《太玄》之处。⑩“孔子云”两句：意为“有何陋”。《论语·子罕》：“子欲居九夷。或曰：‘陋，如之何？’子曰：‘君子居之，何陋之有？’”

柳宗元（773——819）

字子厚，祖籍河东郡解县（今山西永济县），世称“柳河东”。他出生于长安，少精敏而有文名，出入经史百子。21岁中进士，任秘书省校书郎。26岁第博学鸿词科，任集贤殿正字，博览群书，通观古今。贞元十七年（801）调任蓝田尉，得以了解世风民情。贞元十九年（803）任监察御史里行。顺宗即位，他参与王伾、王叔文等人的永贞改革，被任命为礼部员外郎。改革失败后，被贬为邵州刺史，途中，改永州（今湖南零陵县）司马，前后长达十年之久。他寄情山水，交往佛释以遣苦闷，并关心现实，写了大量文章驳难政敌。元和十年（815），被召入京，他满心以为可一展才志，不料又远放柳州刺史。在柳州任上，他关心民瘼，采取一系列改革措施，解民倒悬，深得民心。元和十四年卒于任所，故又称“柳柳州”。

柳宗元是中唐进步的思想家和政治家，也是著名的文学家。他具有进步的历史观和朴素的唯物思想，反对天命论。他和韩愈一起领导古文运动，认为文章应辅物及时，其文学主张与韩愈大同小异。他的散文创作立意新颖，章法严谨，以杂文、寓言、山水游记等成就最高，为唐宋八大家之一。他的诗歌清新峻洁，似淡实浓，自成一家。有《柳河东集》行世。

种树郭橐驼传

郭橐驼，不知始何名。病偻[1]，隆然伏行[2]，有类橐驼者，故乡人号之“驼”。驼闻之曰：“甚善，名我固当[3]。”因舍其名[4]，亦自谓“橐驼”云。

其乡曰丰乐乡，在长安西。驼业种树[5]，凡长安豪富人为观游及卖果者[6]，皆争迎取养[7]。视驼所种树，或移徙，无不活；且硕茂早实以蕃[8]。他植者虽窥伺效慕[9]，莫能如也。

有问之，对曰：“橐驼非能使木寿且孳也[10]，能顺木之天以致其性焉尔[11]。凡植木之性：其本欲舒[12]，其培欲平[13]，其土欲故[14]，其筑欲密[15]。既然已[16]，勿动、勿虑[17]，去不复顾。其莳也若子。其置也，若弃[18]，则其天者全，而其性得矣。故吾不害其长而已[19]，非有能硕茂之也[20]；不抑耗其实而已[21]，非有能早而蕃之也。他植者则不然。根拳而土易[22]。其培之也，若不过焉则不及[23]。苟有能反是者[24]，则又爱之太恩[24]，忧之太勤，旦视而暮抚，已去而复顾。甚者[26]，爪其肤以验其生枯[27]，摇其本以观其疏密[28]，而木之性日以离矣[29]。虽曰爱之，其实害之；虽曰忧之，其实仇之。故意不我若也[29]，吾又何能为哉?”

问者曰：“以子之道，移之官理，可乎[31]?”驼曰：“我知种树而已，理非吾业也[32]。然吾居乡，见长人者好烦其令[33]，若甚怜焉，而卒以祸[34]。旦暮吏来而呼曰：'官命促尔耕，勖尔植[35]，督尔获，蚤缫而绪[36]，蚤织而缕[37]，字而幼孩[38]，遂而鸡豚[39]。'鸣鼓而聚之[40]，击木而召之，吾小人辍飧饔以劳吏者且不得暇[41]，又何以蕃吾生而安吾性耶？故病且怠[42]。若是，则与吾业者，其亦有类乎[43]？"

问者嘻曰[44]："不亦善夫[45]！吾问养树，得养人术[46]。"传其事，以为官戒也[47]。

【题解】

橐驼（tuótuó）：即骆驼。因驼背而称郭氏为橐驼。文章系柳宗元早年在京城任职时所作。

文章用"顺木之天，以致其性"的养树方法，说明顺民之性以养民的道理。揭露并讽刺了统治者的苛政烦令对百姓的搔扰侵害，提出宽简为政，让百姓安居乐业的主张。虽有老庄清静无为，顺应自然的思想影响，但意在矫救时弊，与民生息。

本文为纪传体，故对郭橐驼的籍贯、姓名、外貌、职业、特长都有所交待；文章以树为喻，讲为政之理，深入浅出，生动活跃，立意有如寓言；在表现手法上，又具备了传奇小说的某些特点。如主人公郭橐驼，未必真有其人其事。作者用对话形式，把许多同类劳动者的经验和对问题的看法，集中在郭氏身上，类似小说的典型化手法。可见这是一篇以寓言立意论政，用小说手法写成的一篇别开生面的传记文。

文章名曰传，重在理，所以叙事简而说理详。作者借宾形主，构思巧妙。“他植者”为宾，“长人者”为主，而在写法上却以繁笔写养树，以简笔写“养人”。为使道理彰著，作者还采用了两组对照：郭氏植树之法与他植者对照；郭氏养树法与“长人者”的养人术相对照，其论精到透辟，其理发人深省。

【注释】

①偻（lǚ 又音 lǒu）：曲背。②隆然伏行：背脊隆突，弯腰而行。③名我固当：这样称呼我原本恰当。④舍其名：放弃他的原名。⑤业种树：以种树为业。⑥为观游及卖果者：种植花木果木以供观赏游玩及贩卖水果的人。⑦争迎取养：争相迎接和奉养郭橐驼。⑧硕茂：硕大茂盛。早实以蕃：结果实早而多。以：而。蕃：指结果实多。⑨他植者：其它种树的人。窥伺效慕：暗中观察，仿效。⑩“橐驼”句：意谓并非我能使树木活得长而繁殖得多。孳：滋生得多。⑪“能顺”句：意谓能够顺应树木的天性，以便充分发挥它的本性。尽：极，尽。⑫本：根。舒：舒展。⑬培：培土。⑭故：旧。此指原来培植树苗的故土。⑮筑：捣土的杵。此指砸土。密：此指结实。⑯既然已：既已这样做完了。⑰虑：思考，记挂。⑱“其莳也”四句：种植时，象爱护子女一样小心；种完后，象丢弃一样不管。⑲不害其长：不妨害它的生长。⑳硕茂之：使之高大茂盛。㉑抑耗其实：不抑制损耗树的果实。㉒根拳：根部拳曲而不舒展。土易：以新土换旧土。㉓“其培也”两句：他们培土，不是过分就是不够。㉔苟：如果。反是者：与这种做法相反的。㉕恩：关切。㉖甚者：更过分的。㉗

"爪其肤句"：意谓用指甲划开树皮，以检验它的死活。㉘"摇其本"句：摇动树干，以观看树叶的疏密。㉙日以离：日益丧失。㉚故不我若：所以不如我。㉛"以子"三句：拿你种树的道理，移用于为官治民，可以吗？"治"作理。乃避唐高宗李治之讳。㉜理非吾业：治理管理百姓，不是我的职业。"理"，一本作"官理"。㉝长人者：为官的人。长（zhǎng）：治。烦其令：烦琐地发令。㉞"若甚"两句：好象是很爱怜百姓，结果却造成祸害。㉟勖（xù）：勉励。㊱蚤：同"早"。缫：同"缲"（sāo），煮茧抽丝。而：同"尔"，你。绪：丝的头绪。㊲织而缕：把你们的线织成布。缕：线。㊳字：抚育。㊴遂：成长，喂大。豚：小猪。㊵聚之：与下文召之，均指召集百姓。㊶"吾小人"句：意谓我们百姓停止吃早饭晚饭，来招待官吏还不得工夫。辍：停止。飧（sūn）：晚饭。饔（yōng）：早饭。㊷病：困，劳。怠：同"殆"，疲弊。㊸"若是"三句：象这样，则与我的同行（指"他植者"），大概也相类似吧。㊹嘻（xī）：叹息声。㊺不亦善夫：这不是很好吗？㊻养人术：养民的方法。㊼以为官戒：以此作为官吏们的警戒。

捕蛇者说

永州之野产异蛇[1]，黑质而白章[2]，触草木尽死，以啮人[3]，无御之者[4]。然得而腊之以为饵[5]，可以已大风、挛腕、瘘、疠[6]，去死肌[7]，杀三虫[8]。其始，太医以王命聚之[9]，岁赋其二[10]，募有能捕之者[11]，当其租入[12]。永之人争奔走焉[13]。

有蒋氏者，专其利三世矣[14]。问之，则曰："吾祖死于是[15]，吾父死于是，今吾嗣为之十二年[16]，几死者数矣[17]。"言之貌若甚戚者[18]。

余悲之，且曰："若毒之乎[19]余将告于莅事者[20]，更若役，复若赋，则何如[21]？"

蒋氏大戚，汪然出涕曰[22]："君将哀而生之乎[23]？则吾斯役之不幸[24]，未若复吾赋不幸之甚也[25]。向吾不为斯役[26]，则久已病矣[27]。自吾氏三世居是乡，积于今，六十岁矣。而乡邻之生日蹙[28]，殚其地之出，竭其庐之入[29]，号呼而转徙[30]，饥渴而顿踣[31]，触风雨，犯寒暑[31]，呼嘘毒疠[33]，往往而死者相藉也[34]。曩与吾祖居者[35]，今其室十无一焉；与吾父居者，今其室十无二三焉；与吾居十二年者，今其室十无四五焉。非死则徙尔。而吾以捕蛇独存。

"悍吏之来吾乡[36]，叫嚣乎东西，隳突乎南北[37]，哗然而骇者，虽鸡狗不得宁焉。吾恂恂而起[38]，视其缶[39]，而吾蛇尚存，则弛然而卧[40]。谨食之[41]，时而献焉[42]。退而甘食其土之有[43]，以尽吾齿[44]。盖一岁之犯死者二焉[45]。其余则熙熙而乐[46]，岂若吾乡邻之旦旦有是哉[47]？今虽死乎此[48]，比吾乡邻之死则已后矣，又安敢毒耶？"

余闻而愈悲。孔子曰："苛政猛于虎也[49]。"吾尝疑乎是，今以蒋氏观之，犹信[50]。呜呼！孰知赋敛之毒，有甚是蛇者乎！故为之说，[51]以俟夫观人风者得焉[52]。

【题解】

说：一种文体。或发表议论，或记叙事情，或夹叙夹议，都为阐明道理。

文章借捕蛇者自述一家三代的悲惨遭遇，深刻地揭露了统治者的横征暴敛给人民带来的深重灾难，令人信服地得出了“赋敛之毒有甚是蛇者”的结论，表达了作者对劳动人民的深切同情。

全文借典故“苛政猛于虎”立意，紧扣一个“毒”字做文章。先极言蛇之毒，捕蛇之害；后说赋敛之毒，用捕蛇之毒，竟成熙乐，反衬出之。其中悍吏骚扰，虽鸡犬不得宁与捕蛇者“恂恂而起”，见蛇尚存，则“弛然而卧”的描写生动传神，比照鲜明。

文章妙在将蛇之毒及赋敛之毒甚于是蛇，都从捕蛇者口中说出，真实可信。文中穿插对话，排句与对句相间，长句与短句错综，使文章波澜多姿。

【注释】

①永州：今湖南省零陵县。②黑质而白章：黑底白花。质：体。章：花纹。③啮（niè）：咬。④御：抵御，抵挡。⑤腊（xī）：干肉。此作动词：做成肉干。饵：食品，此指药饵。⑥已：止。此指治疗。大风：麻疯病。挛踠（luánwǎn）：手脚拳曲不能伸展的病。瘘（lòu）：颈肿。疠（lì）：癞疮。⑦死肌：指痿缩而

失去机能的肌肉。⑧三虫：指三尸之虫。道家以为人体内有三种作祟的虫：上者在脑中，伤人眼；中者在胸，伤五脏；下者在腹，伤胃。（见《酉阳杂俎·玉格》）一说，指蛔虫、赤虫、蛲虫。⑨"太医"句：意谓御医奉皇帝的命令征集这种蛇。⑩岁赋其二：每年征收两次。⑪募：征召。⑫当其租入：用蛇抵租税。⑬争奔走焉：争相从事此事。⑭专其利：独享这事的好处。三世：三代。⑮是：此，指代捕蛇。⑯嗣：继承、接替。⑰几（jī）：将近，几乎。数矣：多次。⑱貌：面部表情。戚：悲伤。⑲若毒之乎：你以之为毒，怨恨此事吗？若：你。⑳莅事者：主管政事的人。此指地方官。莅：临视。㉑"更若役"三句：更换你的徭役（指捕蛇），恢复你的租税，那怎么样？㉒汪然：流泪多的样子。㉓哀而生之乎：怜悯而让我活下去吗？生：使动用法。㉔斯役：指捕蛇。㉕未若：不如。不幸之甚：更痛苦。㉖向：假使。㉗病：此指贫困不堪。㉘生：生计。日蹙（cù）：一天比一天窘迫。㉙"殚其地"两句：谓拿出他们土地上的全部出产，竭尽他们家里的全部收入。殚（dàn）：尽。出：出产。庐，房舍，此指家。入：收入。㉚转徙：辗转迁徙，即流亡。㉛顿踣（bó）：困顿跌倒。㉜"触风雨"两句：谓顶风雨，冒寒暑。犯：冒。㉝呼嘘毒疠：呼吸瘴气。㉞死者相藉：死人一个压一个。藉：枕，垫。㉟曩（nǎng）：从前。㊱悍吏：强暴的差吏。㊲"叫嚣"两句：形容差役横暴，到处叫嚷破坏。隳（huī）突：《文选·陈琳为袁绍檄豫州文》："所过隳突，无骸不露。"李周翰注："隳，坏；突，破也。"㊳恂恂（xún）：担心的样子。㊴缶

(fǒu)：小口大腹的瓦罐。㊵弛（shí）然：松弛放心的样子。㊶谨食（sì）之：小心地喂养它们。㊷时而献焉：按时贡献上去。㊸甘食：甜美地食用。㊹以尽吾齿：以尽我的天年。㊺犯死者二：二次冒死亡的危险。㊻熙熙：和乐的样子。㊼“岂若”句：哪象我的乡邻那样天天有死亡的威胁呢！㊽虽死乎此：即便死于此事（指捕蛇）。㊾苛政猛于虎也：残酷的政治比老虎还凶啊。《礼记·檀弓下》：“孔子过泰山侧，有妇人哭于墓者而哀。夫子式而听之。使子路问之，曰：‘子之哭也，壹似重有忧者?’而曰：‘然，昔者吾舅死于虎，吾夫又死焉，今吾子又死焉。’夫子曰：‘何为不去也?’曰：‘无苛政。’夫子曰：‘小子识之，苛政猛于虎也。’”㊿犹信：庶几可信。51故为之说：因此写了这篇“说”。52俟（sì）：等待。观人风者：考察民情风俗的人。

送薛存义序

河东薛存义将行，柳子载肉于俎[①]，崇酒于觞[②]，追而送之江之浒[③]，饮食之[④]。

且告曰：凡吏于土者[⑤]，若知其职乎[⑥]？盖民之役，非以役民而已也[⑦]。凡民之食于土者[⑧]，出其什一[⑨]，佣乎吏[⑩]，使司平于我也[⑪]。今我受其值，怠其事者，天下皆然[⑫]。岂唯怠之[⑬]，又从而盗之[⑭]。向使佣一夫于家[⑮]，受若值，怠若事，又盗若货器，则必甚怒而黜罚之矣[⑯]。以今天下多类此，而民莫敢肆其怒与黜罚者[⑰]，何哉？势不同也[⑱]。势不同而理同，如吾民何[19]？有达于理者[20]，得不恐而畏乎[21]！

存义假令零陵二年矣[22]。早作而夜思[23]，勤力而劳心，讼者平[24]，赋者均[25]，老弱无怀诈暴憎[26]。其为不虚取值也的矣[27]，其知恐而畏也审矣[28]。

吾贱且辱[29]，不得与考绩幽明之说[30]；于其往也，故赏以酒肉而重之以辞[31]。

【题解】

薛存义：柳宗元的同乡，今山西永济县人。曾代理永州零陵县令，离任前，柳宗元为之饯行，并作序以赠。

柳宗元系心民瘼，所治多有惠政。在本文中，他提出为吏者“民之役也”的观点，认为当官是为民办事的，应当“早作而夜思，勤力而劳心”，做到：“讼者平，赋者均”，斥责了当时的一般官吏虚受百姓供养，不仅“怠其事”，并且“从而盗之”。指出“民不敢肆其怒与黜罚”，不过是官吏有权有势，但长此以往，“得不恐与畏乎?”表达了作者进步的民主思想。

文章前规后颂，运用比喻，层层递进地阐明了为吏之道。“文势圆转，如珠走盘。”（钟惺《山晓阁选唐大家柳柳州全集》卷二）“天下皆然”一语，骂倒古今贪官蠹吏。

【注释】

①柳子：柳宗元自称。俎（zǔ）：古代祭祀时盛肉的礼器。此泛指食具器皿。②崇酒：斟满了酒。觞（shāng）：酒杯。③

追：追随。浒：水边。④饮（yìn）：给喝。食（sì）：给食。⑤吏于土者：在地方上做官的人。吏：动词，做官。⑥“若知”句：你知道他的职责吗？⑦“盖民”两句：生来是人民的仆役，不是用来役使人民罢了。⑧食于土者：靠种田过活的人。⑨出其什一：拿出他们的十分之一收入。指向官府缴纳赋税。⑩佣乎吏：雇佣官吏。乎：助词，无义。⑪使司平于我：让官吏掌管公平治理。⑫“今我”三句：现在官吏中接受百姓薪俸，却不认真为他们办事的人，到处都是。值：薪俸，报酬。怠：懈怠，不认真。⑬岂唯：哪里只是。⑭盗之：偷盗他们。⑮向使：假使。⑯黜（chù）：驱逐。⑰肆：发泄。⑱势：地位、权势。⑲如吾民何：拿百姓怎么样？意谓百姓不会长期忍受。⑳达于理者：通达这一道理的人。㉑得不：能不。㉒假令：代理县令。㉓早作而夜思：昼夜辛劳。㉔讼者平：诉讼者处理得公平。讼：打官司。㉕赋者均：缴纳赋税者负担合理。㉖“老弱”句：无论老少，都没有内怀欺诈、外露憎恨的。㉗“其为”句：薛存义是不白拿俸薪是确实的。㉘“其知”句：他知恐惧害怕是慎审的。审：明确，详细。㉙贱：地位低下。辱：指被贬。㉚与：参预。考绩：考核官吏的政绩。幽明：昏暗、清明，此指昏官与清官。说：评议。㉛重之以辞：再加上这些话。

至小丘西小石潭记

从小丘西行百二十步，隔篁竹[①]，闻水声，如鸣珮环[②]，心乐之。伐竹取道[3]，下见小潭，水尤清冽[4]，全石以为底[5]，近岸卷石底以出[6]，为坻为屿，为嵁为岩[7]。青树翠蔓[8]，蒙络摇缀[9]，参差披拂[10]。

潭中鱼可百许头[11]，皆若空游无所依[12]。日光下澈[13]，影布石上，佁然不动[14]，俶尔远逝[15]。往来翕忽[16]，似与游者相乐。

潭西南而望，斗折蛇行[17]，明灭可见[18]。其岸势犬牙差互[19]，不可知其源。

坐潭上，四面竹树环合，寂寥无人，凄神寒骨[20]，悄怆幽邃[21]。以其境过清，不可久居，乃记之而去。

同游者：吴武陵、龚古、余弟宗玄[22]，隶而从者[23]：崔氏二小生[24]，曰恕己，曰奉壹。

【题解】

本文为《永州八记》之一。开头用未见其形，先闻其声的手法展示小石潭环境的清幽，以鱼写潭，则潭水之清澈可以想见；以鱼写人，则人羡鱼乐之情溢于言表。作者状形传神，布影设色，笔墨经济，手法高超。结尾以清寂幽邃之境写凄寒悄怆之感，情景交融。全文不独写景状物，直是柳氏人格、心灵的写真。

【注释】

①篁（huáng）竹：竹林。②珮环：都是古人佩戴在身上的玉制装饰品，走路时相碰作响。③伐竹取道：砍伐竹子，开出小

路。④清洌（liè）：水清冷的样子。⑤全石以为底：以全石为潭底。全石：整块石头。全一作“泉”，则断句应为“泉，石以为底。”⑥“近岸”句：靠近岸边的潭底之石，向上卷起，露出水面。以：而。⑦“为坻（chí）为屿”两句：形成坻、屿、嵁（kān）：不平的岩石。⑧翠蔓：翠绿的蔓草。⑨蒙络摇缀：互相遮掩、缠绕、摇曳、连接。⑩参差披拂：长短不齐，随风飘动。⑪可百许头：大约有百条左右。许：上下，左右。⑫空游无所依：就象在空中游动而无所依傍。⑬“日光”两句：日光直射水底，鱼影映在石上。⑭佁（yǐ）然：痴呆不动的样子。⑮俶（chù）尔远逝：骤然向远处游去。俶尔：骤然。逝：往，去。⑯翕（xì）忽：轻快疾速的样子。⑰斗折蛇行：水流曲折陡然，弯若游蛇。⑱明灭可见：可见溪流时隐时现，忽明忽暗。⑲“岸势”句：岸势如同犬牙交错。⑳凄神寒骨：使人心神凄，肌骨寒冷。凄、寒，都作使动用法。㉑悄怆幽邃：寂静幽深。㉒吴武陵：信州（今江西上饶市）人。元和初进士。裴度平淮西吴元济，武陵曾献策。后任韶州刺史，808年被贬永州，系作者挚友。龚古：不详。㉓隶而从者：附属跟从的人。㉔崔氏：《柳河东集》旧注：“崔简之子。”按：崔简乃作者姐夫。小生：男青年。

杜　牧 (803—852)

字牧之，京兆万年（今陕西省西安市）人。宰相杜佑之孙。26岁中进士，曾历任黄州（今湖北省黄冈县）、池州（今安徽省贵池县）、湖州（今浙江省吴兴县）等州刺史，官至中书舍人。

杜牧才兼文武，为人“刚直有奇节”，“敢论列大事，指陈病利尤切至”（《新唐书·杜牧传》）。曾上书就抗击回鹘侵扰、削弱藩镇力量及财赋等问题直陈己见。在理想落空之后，他不免颓放消极，纵情声色。他的诗文创作内容也不外乎上述两个方面。诗歌豪健峻爽而清丽，与李商隐并称小“李杜”。古文以雄辩蹈厉见长。存有《樊川文集》。

阿房宫赋

六王毕，四海一[①]。蜀山兀，阿房出[②]。覆夺三百余里，隔离天日[③]。骊山北构而西折，直走咸阳[④]。二川溶溶[⑤]，流入宫墙。五步一楼，十步一阁；廊腰缦回[⑥]，檐牙高啄[⑦]；各抱地势，钩心斗角[⑧]。盘盘焉，囷囷焉，蜂房水涡[⑨]，矗不知乎几千万落[⑩]。长桥卧波，未云何龙[⑪]？复道行空，不霁何虹[⑫]？高低冥，不知西东[⑬]。歌台暖响，春光融融；舞殿冷袖，风雨凄凄[⑭]。一日之内，一宫之间，而气候不齐。

妃嫔媵嫱[15]，王子皇孙，辞楼下殿，辇来于秦[16]。朝歌夜弦，为秦宫人。明星荧荧，开妆镜也[17]；绿云扰扰，梳晓鬟也[18]；渭流涨腻，弃脂水也[19]，烟斜雾横，焚椒兰也[20]；雷霆乍惊，宫车过也[21]；辘辘远听，杳不知其所之也[22]。一肌一容，尽态极妍[23]，缦立远视，而望幸焉[24]，有不见者，三十六年！燕赵之收藏，韩魏之经营，齐楚之精英，几世几年，摽掠其人，倚叠如山[26]；一旦不能有，输来其间[27]；鼎铛玉石，金块珠砾，弃掷逦迤，秦人视之，亦不甚惜[28]。

嗟乎！一人之心，千万人之心也[29]。秦爱纷奢[30]，人亦念其家，奈何取之尽锱铢，用之如泥沙[31]！使负栋之柱[32]，多于南亩之农夫；架梁之椽，多于机上之工女；钉头磷磷，多于在庾之粟粒[33]；瓦缝参差，多于周身之帛缕；直栏横槛，多于九土之城郭[34]；管弦呕哑[35]，多于市人之言语。使天下之人，不敢言而敢怒，独夫之心[36]，日益骄固。戍卒叫[37]，函谷举[38]。楚人一炬，可怜焦土[39]。

呜呼！灭六国者，六国也，非秦也；族秦者[40]，秦也，非天下也。嗟乎！使六国各爱其人，则足以拒秦。使秦复爱六国之人，则递三世可至万世而为君[41]，谁得而族灭也？秦人不暇自哀[42]，而后人哀之；后人哀之而不鉴之[43]，亦使后人而复哀后人也。

【题解】

阿房宫：秦宫名，故址在今陕西西安阿房村。《史记·秦始皇本纪》："三十五年（前212）……始皇以为咸阳人多，先王之宫廷小……乃营作朝宫渭南上林苑中。先作前殿阿房，东西五百步，南北五十丈，上可以坐万人，下可以建五丈旗。……阿房宫未成；成，欲更择令名名之。作宫阿房，故天下谓之阿房宫。隐宫徒刑者七十余万人，乃分作阿房宫，或作丽山。发北山石椁，乃写蜀荆地材皆至。关中计宫三百，关外四百余。"两年后，始皇死。又三年，秦亡，宫未竣工，被项羽付诸一炬。

杜牧自述："宝历大起宫室，广声色，故作《阿房宫赋》。"（《上知己文章启》）可见作者旨在以史为鉴，针砭现实。本文作于唐敬宗（李湛）宝历元年（825）。

全文分两大部分。第一部分分三层铺叙描写：先陈述阿房宫宫室之多，占地之广，庭宇之宏伟幽深；再夸张嫔妃媵嫱之多，揭露宫中生活的淫逸奢糜；然后揭示这种豪华奢侈的生活全靠巧取豪夺。"秦人视之，亦不甚惜。"两句，总上启下，转入第二部分议论。

第二部分先用夹叙夹议的方法，在对比中排比，揭露秦始皇穷奢极欲，诛求掠夺无度，终于导致"戍卒叫，函谷举，楚人一炬，可怜焦土"的结局。然后作者以迥异俗见的史识，得出"灭六国者，六国也，非秦也；族秦者，秦也，非天下也"的深刻结论。并正面提出了"爱民"的主张：嗟夫！使六国各爱其人（即民，避李世民讳而改），则足以拒秦；使秦复爱六国之人，则递三世可至万世而为君，谁得而族灭也！"这是全文的中心所在。意在让唐代统治者哀而鉴之。

全文议论精辟警策，足为万世箴诫。作者想象丰富瑰丽，夸张大胆奇特，文词华美而不浮艳，句式骈散相间，整齐而错落有致。是一篇历代传诵不衰的文赋。

【注释】

①“六王”两句：秦灭六国，天下统一。六王：指战国时代楚齐韩赵燕魏六国之王。毕：结束。四海：古代以为中国四周有海环绕，故以四海指代中国。一：统一。②“蜀山”两句：四川山岭上的林木被砍伐光了，阿房宫也就平地而起了。兀：光秃。出：出现。③“覆压”两句：阿房宫占地面积广阔，楼宇高大，遮天蔽目。《三辅黄图》：“阿房宫，亦曰阿城……规恢三百余里。离宫别馆，弥山跨谷，辇道相属，阁道通骊山八百余里。”覆压：覆盖。④“骊山”两句：阿房宫建在骊山北面转向西延伸，一直到咸阳。骊山：在陕西临潼县东南。构：建构，营造。咸阳：秦国故都，在今陕西省咸阳市城东。⑤二川：指渭川、樊川。溶溶：水流动貌。⑥廊腰：连接楼阁的游廊的转折处。缦（màn）回：游廊曲折，如缦带回环萦绕。缦：无文采的缯帛。⑦檐牙：檐角高翘，形如牙齿。高啄：如禽鸟昂首啄物。⑧“各抱”两句：大小宫宇各依地形建造，结构错综精密，浑然一体。抱：环抱，依托。钩心：各座宫宇由游廊与中心钩连，承“廊腰”句。斗角：檐角并出相错接，承“檐牙”句。⑨“盘盘焉”三句：形容宫宇的层叠稠密。盘盘：盘结回旋的样子。囷囷（qūn）：屈曲攒聚的样子。蜂房：蜂窝。水涡：漩涡。⑩矗：高耸。落：院

落，一组房屋。⑪“长桥”两句：阿房宫横跨渭水的长桥，如龙卧波。作者设问：天空无云，何处来龙？加以突出。《史记·秦始皇本纪》：“为复道，自阿房渡渭，属之咸阳。”《易经·乾卦》：“云从龙，风从虎。”古人谓有龙必有云。⑫“复道”两句：阿房宫的复道，凌空架设，形如彩虹。作者设问：不是雨后晴空，怎有彩虹？意在强调。复道：阁道，连接楼阁的空中通道、《史记·秦始皇本纪》：“（阿房宫）周驰为阁道，自殿下直抵南山，表南山之颠以为阙。”霁（jì）：雨后天晴。⑬“高低”两句：楼阁与复道高低错落，令人分不清方向。冥迷：暗迷，分不清之貌。⑭“歌台”四句：楼阁之上，歌声温柔，如春光之融和；殿宇之中，舞袖飘曳，如风雨之凄凉。比喻歌与舞给人的不同感受。⑮妃：皇帝之妾，太子王侯之妻。嫔（pín）、嫱（qiáng）：古代内宫女官名，亦姬妾之属。《左传·哀公元年》：“宿有妃嫔御焉。”杜预注：“妃嫱，贵者，嫔御，贱者。”媵（yìng）：后妃陪嫁之女，妾中地位更低者。《礼仪·士昏礼》郑玄注：“古者嫁女必侄娣从，谓之媵。”此处泛指六国的后妃。⑯“辞楼”两句：谓离开六国的宫殿楼宇，乘辇来秦。辇：人力推拉之车。秦汉后专指帝后的乘舆。此作“乘坐”讲。⑰“明星”两句：由于六国后妃都成了秦王姬妾，宫女众多，以至妆镜闪烁，如同繁星。荧荧：光亮闪烁貌。⑱“绿云”两句：宫女晨起梳理的乌发浓黑，如绿云纷乱。扰扰：纷乱貌。⑲“渭流”两句：宫妃倒掉的含胭脂香粉的洗脸水，使渭水为之上涨而滑腻。⑳“烟斜”两句：宫中点燃椒兰之类的香料，使空气中香烟袅袅，雾气弥漫。㉑“雷霆”两句：宫中车队出行，如雷霆骤至，使人心惊。㉒“辘辘”两句：车声渐远渐小，远到不知其所往。辘辘：车声。杳（miǎo）：渺远。之：往。㉓“一肌”两句：每个宫女的肌肤容颜都极其娇美，仪态万千。㉔“缦立”两句：伫立远视，盼望帝王临幸。缦立：久立。幸：旧称帝王驾临某地，或得帝王宠爱。㉕“有不得”两句：意为许多宫女在秦始皇在位的36年中从未见过他的面。㉖“燕赵”六句：泛言六国搜刮的百姓的金银财富之多。摽掠：抢劫掠夺。倚叠：堆积。㉗“一旦”两句：有朝一日，国家灭亡，财产也不能保有，都被运到秦国来了。㉘“鼎铛”五句：秦人对这些财宝，并不珍惜，用鼎作锅，视玉如石，把金当土，以珠为砂。鼎：金属浇铸的三足两耳的贵重器皿，被视为国家重器。铛（chēng）：锅类的器皿。逦迤（lì yì）：接连不断的样子。㉙“一人”两句：谓秦始皇一人想要舒适，天下人也希望舒适，人同此心。㉚纷奢：繁多奢侈。㉛“奈何”两句：为何掠夺之时，锱铢必取；使用之时，如泥沙一样不加珍惜。锱（zī）铢：古代小单位的量度。六铢为一锱，二十四铢为一两。㉜负栋之柱：支撑栋梁的柱子。㉝“钉头”两句：钉头密排，多于谷仓中的小米粒。磷磷：水石明净的样子，此处状钉头密集。庾：露天谷仓。㉞九土：九州。㉟呕哑：管弦乐器发出的嘈杂之声。㊱独夫：众叛亲离的统治者，此指秦始皇。《尚书·泰誓下》：“独夫受洪惟作威。”蔡沈注：“言（纣）天命已绝，人心已去，但一独夫耳。”㊲戍卒叫：秦二世元年（前209），陈涉、吴广等一班被秦征发作戍卒的人，行至大泽乡，揭竿起义。㊳函谷举：指秦王子婴于汉元年（前206）十月降刘邦而秦亡之事。函谷：关隘名，秦国东边的险关，在河南省灵宝县东北。举：攻下。刘邦由武关（陕西商县）入咸阳，未经函谷。听人进言，派兵守函谷关，欲拒诸侯而王关中。十一月中，项羽听说后大怒，派黥布攻破函谷，入关中，引出“鸿门宴”，并有下文屠咸阳城事。㊴“楚人”两句：指西楚霸王项羽屠烧秦宫室事。《史记·项羽本纪》：“项羽引兵西屠咸阳，杀秦降王子婴，烧秦宫室，火三月不灭，收其货宝妇女而东。”㊵族：族灭。《尚书·泰誓上》：“罪人以族。”孔传：“一人有罪，刑及父母兄弟妻子。”㊶“则递”句：就可将帝位从三世（始皇、二世、孺子婴）传递万世。《史记·秦始皇本纪》载，前221年，秦始皇统一天下后，诏令曰：“自今以来，除谥法，朕为始皇帝，后世以计数，二世、三世至千万世，传之无穷。”㊷不暇自哀：来不及自己哀悯自己。㊸鉴之：以之（秦）为镜。

王禹偁 (954—1001)

字元之，济州巨野（今属山东）人，宋太宗太平兴国八年（983）进士，端拱元年（988），擢右拾遗，直史馆，后又拜左司谏、知制诰。任大理评事，以论妖尼道安罪，贬为商州团练副史。淳化四年（993）召回，至道元年（995），坐讪谤朝廷罪贬知滁州。真宗即位，复知制诰，预修《太祖实录》。以直书史事，得罪宰相，又遭谗毁，咸平二年（999）贬知黄州。后移任蕲州，卒。人称王黄州。

王禹偁固直言敢谏，屡遭贬谪，作《三黜赋》以见志："屈于身兮不屈其道，任百谪而何亏！"他推崇李杜的诗风和韩柳的文风，反对宋初的浮华文风，是当时诗文革新的先驱。其诗文多触及时政，反映民生疾苦，风格质朴平易，清新淡雅。著有《小畜集》、《小畜外集》。

黄冈新建小竹楼记

黄冈之地多竹，大者如椽[①]。竹工破之，刳去其节[②]，用代陶瓦[③]，比屋皆然[④]，以其价廉而工省也。

子城西北隅[⑤]，雉堞圮毁[⑥]，蓁莽荒秽[⑦]，因作小楼二间，与月波楼通[⑧]。远吞山光，平挹江濑[⑨]，幽阒辽夐[⑩]，不可具状[11]。夏宜急雨，有瀑布声；冬宜密雪，有碎玉声。宜鼓琴，琴调虚畅[12]；宜咏诗，诗韵清绝[13]；宜围棋，子声丁丁然[14]；宜投壶[15]，矢声铮铮然：皆竹楼之所助也。

公退之暇[16]，披鹤氅[17]，戴华阳巾[18]，手执《周易》一卷[19]，焚香默坐，消遣世虑[20]。江山之外，第见风帆沙鸟[21]、烟云竹树而已。待其酒力醒，茶烟歇[22]，送夕阳，迎素月，亦谪居之胜概也[23]。

彼齐云、落星[24]，高则高矣！井干、丽谯[25]，华则华矣！止于贮妓女，藏歌舞[26]，非骚人之事[27]，吾所不取。

吾闻竹工云：竹之为瓦，仅十稔[28]，若重覆之，得二十稔。”噫！吾以至道乙未岁[29]，自翰林出滁上；丙申[30]，移广陵；丁酉[31]，又入西掖[32]。戊戌岁除日[33]，有齐安之命[34]。己亥闰三月[35]，到郡。四年之间[36]，奔走不暇；[37]未知明年又在何处！岂惧竹楼之易朽乎？幸后之人与我同志，嗣而葺之[38]，庶斯楼之不朽[39]。

咸平二年八月十五日记。

【题解】

黄州：今湖北省黄冈县。王禹偁在宋真宗咸平二年（999），因在《太祖实录》中直书史事而被贬黄州。次年，建竹楼两间，并作此文。文章紧扣竹楼的内外景物展开描写：围绕“声”字，一气描写了竹楼的六“宜”；以“声”写楼，以“声”抒情，勾画出一个幽邃、清隽、充满诗情的境界。在此基础上抒发了作者消遣世虑，怡然自适之情。然后，通过对比议论，表现作者对官场荒淫奢华的鄙夷，反衬竹楼的素朴，主人的高雅。最后，借竹楼的寿命长短为题，发泄自己屡遭贬谪的愤懑。

本文构思精巧，含蓄蕴藉，情景交融，将叙述、描写、议论、抒情熔于一炉，行文流畅，不事雕琢。

【注释】

①椽（chuán）：房椽，承屋瓦之圆木。②刳（kū）：剖，削。③用代陶瓦：用竹代替泥土烧制的屋瓦。④比（bì）屋皆然：家家户户都是这样。比屋：房屋并列。⑤子城：大城所附属的小城，即“月城”或“瓮城”，用以加强城防。⑥雉堞：城上女墙，排列如齿形，作掩护用。圮（pǐ）：坍塌。⑦蓁莽：通“榛莽”，杂乱丛生的草木。⑧月波楼：在黄州府治西北城上。作者《月波楼咏杯》诗序说：“月波之名，不知得于谁氏，图缀故老，皆无闻焉。”诗云：“兹楼最轩豁，旷望西北陬。”⑨平挹（yì）：平汲。挹：汲取。濑：水激石间为濑。⑩幽阒（qù）：寂静。阒：静无人声。辽敻（xiòng）：辽远。⑪不可具状：不能一一具体描绘形状。⑫琴调虚畅：琴声悠扬。⑬诗韵清绝：诗的韵味清新已极。绝：极。⑭丁（zhēng）丁：象声词。⑮投壶：古人宴会时的游戏。设特制之壶。宾主依次投矢其中，多者为胜，负者饮。⑯公退之暇：公事完毕后的空暇。⑰鹤氅（chǎng）：鸟羽编成之裘。衣之以示清高绝尘。⑱华阳巾：隐士帽。曹魏时，韦节隐居华山，自称“华阳子”。其所制头巾，称华阳巾。⑲《周易》：书

名，亦称《易经》，古代卜筮之书。⑳消遣世虑：排除、摒弃尘世的杂念。㉑第见：但是。㉒茶烟歇：煮茶烟气消散。㉓胜概：恬静、闲适的状况。㉔齐云：楼名，在吴县（今江苏苏州市）治子城上。唐曹恭王所建。落星：楼名，在建业（今南京市）东北。吴嘉禾（孙权年号）元年（232），于桂林苑落星山起三重楼，名曰落星楼。㉕井干：楼名，在长安。《史记·武帝本纪》："乃立神明台、井干楼，度五十余丈。"《索隐》："言筑累万木，转相交加如井干。"丽谯：楼名。原意为高楼。㉖"止于"两句：（齐云、落星虽高，井干、丽谯虽丽），只不过贮藏妓女，陈列歌舞罢了。㉗骚人：文士诗人。㉘稔（rěn）：谷子一熟为一稔，引申指一年。㉙至道乙未：宋太宗至道元年（995）。是年，禹偁召为翰林学士。孝章皇后卒，丧礼不够隆重，禹偁与客言，当遵旧礼。因讪谤，贬知滁州（今安徽滁县）。㉚丙申：即至道二年（996），禹偁改知广陵（今江苏扬州市）。㉛丁酉：至道三年（997）。㉜西掖：唐时门下、中书两省在宫中左右掖，故称门下省为左掖、西掖。是年真宗即位，禹偁因上书言事，复知制诰。㉝戊戌：真宗咸平元年（998）。岁除日：农历腊月除夕。㉞齐安：黄州。禹偁因在《太祖实录》中直言赵匡胤篡周之事，贬知黄州。㉟已亥：咸平二年（999）。㊱四年之间，指995—999年。㊲奔走不暇：疲于奔命，了无闲暇。㊳嗣而葺之：继而修速之。葺（qì）：修建。㊴庶：表希望之词。

范仲淹 (989—1052)

字希文，苏州吴县（今苏州市）人。北宋政治家、文学家，北宋前期改良运动的领袖。宋真宗大中祥符八年（1015）进士。景祐年间知开封府，因上《百官图》，刺时相吕夷简，贬饶州。后任陕西经略安抚副使，戍边多年，西夏不敢觊觎，人称“龙图老子”。庆历三年（1043）任枢密院副使，参知政事。范仲淹诗词文均很出色，有《范文正公集》。

岳阳楼记

庆历四年春[①]，滕子京谪守巴陵郡[②]。越明年[③]，政通人和，百废具兴[④]。乃重修岳阳楼，增其旧制[⑤]，刻唐贤、今人诗赋于其上；属予作文以记之[⑥]。

予观夫巴陵胜状[⑦]，在洞庭一湖[⑧]。衔远山[⑨]，吞长江，浩浩汤汤[⑩]，横无际涯[⑪]，朝晖夕阴[⑫]，气象万千，此则岳阳楼之大观也。前人之述备矣。然则北通巫峡[⑬]，南极潇湘[⑭]，迁客骚人[⑮]，多会于此，览物之情，得无异乎[⑯]？

若夫霪雨霏霏[⑰]，连月不开，阴风怒号，浊浪排空，日星隐耀[⑱]，山岳潜形；商旅不行，樯倾楫摧[⑲]；薄暮冥冥[⑳]，虎啸猿啼；登斯楼也，则有去国怀乡[㉑]，忧谗畏讥，满目萧然，感极而悲者矣。

至若春和景明[22]，波澜不惊，上下天光，一碧万顷；沙鸥翔集[23]，锦鳞游泳[24]，岸芷汀兰，郁郁青青[25]。而或长烟一空，皓月千里[26]，浮光跃金[27]，静影沉璧[28]，渔歌互答，此乐何极！登斯楼也，则有心旷神怡，宠辱偕忘[29]，把酒临风，其喜洋洋者矣。

嗟夫！予尝求古仁人之心，或异二者之为[30]。何哉？不以物喜，不以己悲[31]。居庙堂之高[32]，则忧其民；处江湖之远[33]，则忧其君：是进亦忧，退亦忧。然则何时而乐耶？其必曰：先天下之忧而忧[34]，后天下之乐而乐乎？噫！微斯人，吾谁与归[35]！时六年九月十五日。

【题解】

岳阳楼是岳州巴陵县（今湖南省岳阳市）城西门楼，矗立于湘北洞庭湖畔。相传楼址为三国吴将鲁肃训练水师的阅兵台，楼建于唐初，唐代张说为岳州刺史时，常与文人到这里游赏赋诗，后成为名胜之地。

本文写于宋仁宗庆历六年（1046），作者时知邓州（治所在今河南省邓县）。当初，作者因忤吕夷简而被放逐数年。庆历三年之后，夏竦、吕夷简被欧阳修、蔡襄等上书弹劾而先后罢官。范仲淹、韩琦等掌权，提出十项改革政治的主张，又引起某些官僚的不满。结果在庆历四年，范仲淹被出为陕西河东宣抚使。同年，滕子京被贬岳州。庆历五年，范仲淹先后被贬邠州、邓州。

他虽对自己的遭遇愤愤不平，却以“古仁人”鞭策自己，勉励滕子京。范公偁《过庭录》云：“滕子京负大才，为众所嫉。自庆历谪巴陵，愤郁颇见辞色。文正（范仲淹）与之同年友善，爱其才，恐后贻祸；然滕豪迈自负，罕受人言，正患无隙以规之。子京忽以书抵文正，求岳阳楼记，故记中云：‘不以物喜，不以己悲，先天下之忧而忧，后天下之乐而乐。’其意盖有在矣。”

本文通过览岳阳楼景色所引起的悲喜之情，生发忧、乐之心的议论，表现作者“先天下之忧而忧，后天下之乐而乐”的怀抱。其思想感情突破了个人的悲喜，而着眼于天下，因而高于一般的“迁客骚人”，这在封建社会是难能可贵的。

全文写景议论均紧扣一个“异字”。景色的阴晴变化及览物之情的悲喜变化，均源于“异”字；由悲喜之情而生发的忧乐之心的议论，也围绕着“异”字。本文开始叙事，中间写景、抒情，写景部分全用对比，八百里洞庭“衔远山，吞长江”的浩瀚气势，正是作者襟怀的写照。写景为抒情、议论铺垫张本，环环相生，转换自然。韵散相间，奇偶互用的句式增强了文章的感染力。

【注释】

①庆历：宋仁宗（赵祯）的年号（1041—1048 年）。庆历四年：1044 年。②滕子京：名宗谅，河南洛阳人。与范仲淹是同年进士。曾知泾州，后有人诬告他浪费了公家十六万贯钱，因而被贬到岳州。巴陵郡：即岳州、治所在今湖南岳阳县。③越明年：

第二年，即庆历五年（1045）。越：及，到。④百废具兴：各种废置的事都兴办起来了。欧阳修《与滕待制子京书》称其政绩云："去宿弊以便人，兴无穷之长利。⑤增其旧制：扩建了旧时的规模。⑥属：嘱咐，嘱托。⑦胜状：壮丽景色。⑧洞庭湖：在湖南省北部，北连长江，南接湖、资、沅、澧四水。面积2820平方公里，号称"八百里洞庭"，是我国第二大淡水湖，素称"鱼米之乡"。⑨衔：含衔。⑩汤汤（shāng）：水势盛大的样子。⑪横无际涯：广无边际。横：广。⑫朝晖夕阴：早晨晴朗，傍晚阴暗。晖：日光，又同"辉"，照耀。阴：云翳，阴暗。⑬巫峡：长江三峡之一，在四川省巫山县东，在洞庭湖的西北方。⑭南极潇湘：往南直通潇水和湘水。极：尽，直通。潇：水名。湘江支流，在湖南南部，长336公里。湘：江名。湖湘最大河流。全长817公里，在湘阴县入洞庭洞。⑮迁客：被贬官左迁的人。骚人：诗人。因屈原赋有"离骚"，后称诗人为骚人。⑯得无异乎：能没有不同吗？⑰霪雨：同淫雨，连绵不断的雨。霏霏：状雨丝细密。⑱耀：光辉。⑲樯倾楫（jí）摧：桅杆倾倒，船桨折断。樯：桅杆。楫：船桨。⑳薄暮：傍晚。冥冥：天色昏暗。㉑去国：离开国都。㉒景：指日光。㉓沙鸥：一种水鸟，栖息沙洲，翔于江海之上。翔集：或飞翔，或止息。㉔锦鳞：原指色彩鲜明的鱼鳞，此处用以指鱼。㉕"岸芷"两句：岸上的香芷和岸边平处的兰草。芷：香草。汀：岸边平坦的地方。郁郁：形容香气浓郁。㉖"而或"两句：有时弥漫的烟雾一下消散净尽，明月照耀千里湖面。㉗浮光跃金：水面月光浮动，像是金色的光辉随波跳动。

㉘静影沉璧：月映静水，宛如玉璧沉水底。璧：圆形的玉器。㉙偕：一作“皆”。㉚“或异”句：或者有不同于上而两种情绪的。二者：指去国怀乡之悲和心旷神怡之喜两种情绪。㉛“不以”两句：有修养的人不因外物的美好而喜悦，不以己身境遇不好而悲伤。㉜庙堂：指朝廷。高：指高的官位。㉝江湖：指草野，对“朝廷”而言。远：僻远。㉞“先天下”两句：欧阳修《资政殿学士户部侍郎文正范公神道碑铭》：“公少有大节，于官贵贫贱，毁誉欢戚，不一动其心，而慨然有志于天下，常自诵曰：“士当先天下之忧而忧，后天下之乐而乐也。”㉟微：非，没有。斯人：指古之仁人。与：语词，谁与归：即归向谁，与谁同道。

欧阳修（1007—1072）

字永叔，晚年号六一居士，庐陵（今江西吉安县）人。出身寒微，仁宗天圣八年（1030）进士，做过谏官和主考官，也做过按察使、知州等地方官。晚年又任过枢密副使、参知政事等军政要职。欧阳修早年主张革新政治，曾支持范仲淹等的政治改革运动，当范仲淹等被诬为朋党时，欧阳修又为之辩护，因此遭到吕夷简等的排斥，屡遭贬谪。直到晚年，他始终坚持以“宽简”、“节用”为政的观点。对王安石推行的新法，欧阳修有所批评。

欧阳修是历史学家，又是金石学家，但他最主要的成就还是在文学方面。在古文的倡导写作方面影响最大。他的文章写得“文从字顺”，纡徐委婉，明白晓畅，是北宋文风改革的倡导者，又是有宋一代文风的开创者。他的诗、词也都是名家。著有《欧阳文忠公文集》。

朋党论

臣闻朋党之说，自古有之，惟幸人君辨其君子、小人而已[①]。

大凡君子与君子以同道为朋[②]，小人与小人以同利为朋，此自然之理也[③]。然臣谓小人无朋，惟君子则有之，其故何哉？小人所好者禄利也，所贪者财货也。当其同利之时，暂相党引以为朋者[4]，伪也；及其见利而争先，或其利尽而交疏[5]，则反相贼害，虽其兄弟亲戚不能相保。故臣谓小人无朋，其暂为朋者，伪也。君子则不然，所守者道义，所行者忠信，所惜者名节。以之修身[6]，则同道而相益[7]；以之事国[8]，则同心而共济[9]，终始如一。此君子之朋也。故为人君者，但当退小人之伪朋，用君子之真朋[10]，则天子治矣[11]。

尧之时，小人共工、驩兜等四人为一朋，君子八元、八恺十六人为一朋。舜佐尧退四凶小人之朋，而进元恺君子之朋，尧之天下大治[12]。及舜自为天子，而皋、夔、稷、契等二十二人并列于朝，更相称美，更相推让[13]，凡二十二人为一朋，而舜皆用之，天下亦大治。《书》曰[14]："纣有臣亿万，惟亿万心；周有臣三千，惟一心。"纣之时，亿万人各异心，可谓不为朋矣，然纣以亡；周武王之臣三千为一大朋，而周用以兴。后汉献帝时，尽取天下名士囚禁之，目为'党人'[15]；及黄巾贼起[16]，汉室大乱，后方悔悟，尽解党人而释之[17]，然已无救矣。唐之晚年，渐起朋党之论[18]。及昭宗时，尽杀朝之名士，或投之黄河，曰：此辈清流，可投浊流。而唐遂亡矣[19]。

夫前世之主，能使人人异心不为朋，莫如纣；能禁绝善人为朋，莫如汉献帝；能诛戮清流之朋，莫如唐昭宗之世，然皆乱亡其国。更相称美推让而不自疑，莫如舜之二十二臣，舜亦不疑而皆用之；然而后世不诮舜为二十二人朋党所欺[20]，而称舜为聪明之圣者，以辨君子与小人也[21]。周武之世，举其国之臣三千人共为一朋，自古为朋之多且大莫如周，然周用此以兴者，善人虽多而不厌也[22]。

夫兴亡治乱之迹[23]，为人君者可以鉴矣[24]。

【题解】

朋：党与，同类。朋党：为私利而勾结在一起，排斥异己的宗派集团。本文指因某种共同的目的而结成的集团。仁宗景祐三年（1036），范仲淹被吕夷简等人排挤，欧阳修等人上书言事，以“朋党”之罪名被贬官。此后朋党之说喧嚣不息。庆历三年（1043）范仲淹、韩琦等革新派上台执政，欧阳修也由渭州召回京城，任太常丞知谏院。以夏竦等为代表的保守派反对庆历新政，散布流言，攻击富弼、范仲淹、欧阳修等人私立朋党。欧写此文以斥之。

中国历来有“君子不党”之说。“朋党”向来与“奸邪”同义。欧阳修敢于为“朋党”正名翻案，提出“小人无朋，惟君子则有之”的观点，破陈见而立新论，石破天惊。

这是一篇驳论文章，前半部分从理论上论述了君子“以同道为朋”，故为“真朋”；小人“以同利为朋”，故“伪也”的道理，得出为人君者，“但当退小人之伪朋，用君子之真朋，则天下治矣。”的结论。后半部分用正反两方面的一系列史实，引古证今，论证了上述结论。全文有理有据，逐层辩证深入，又层层用对比手法，是非分明，论辩细密，说理精辟，多排比句式，气势充沛。

【注释】

①人君：皇帝，同下文的“主”。②同道：共同的道德规范、共同的政治理想和奋斗目标。下文的“道义”、“忠信”、“名节”即“道”之具体内容。③自然之理：自然而然的道理。《礼记·表记》：“君子之接如水，小人之接如醴；君子淡以成，小人甘以坏。”以上三句即此意。④暂相党引：暂时以私利而互相援引勾结。⑤利尽而交疏：因利益好处没有了或得不到了而交往减少，彼此疏远。⑥之：指上文的“道义”、“忠信”、“名节”。修身：加强自身修养。⑦同道而相益：因志同道合而相得益彰。⑧事国：为国效力做事。⑨同心而共济：同心协力，和衷共济，战胜困难，一起前进。济：渡水。⑩“但当”两句：退：黜退，贬逐。用：进用，信用。⑪治：大治，治理好。⑫“尧之时”六句：《史记·五帝本纪》：“昔高阳氏有才子八人，世得其利，谓之八恺。高辛氏有才子八人，世谓之八元。此十六族者，世济其美，不陨其名。至于尧，尧未能举。舜举八恺，使主后土，以揆有事，莫不时序；举八元，使布五教于四方：父义、母慈、兄友、弟恭、子孝，内平外成。昔帝鸿氏有不才子，掩义隐贼，好行凶慝，天下谓之浑沌（即驩兜）；少皞氏有不才子，毁信恶忠，崇饰恶言，天下谓之穷异（即共工）；颛顼有不才子，不可教训，不知话言，天下谓之梼杌（即鲧）。此三族世忧之，至于尧，尧未能去。缙云氏有不才子，贪于饮食，冒于货贿，天下谓之饕餮

（即三苗），天下恶之，比之三凶。舜宾于四门，乃流四凶族，迁于四裔，以御螭魅。于是四门辟，言毋凶人也。”以上六句即用此。⑬“及舜”四句：皋：皋陶，也称咎繇，传说为舜臣，掌刑狱之事。夔：传说为舜臣，典乐之官。稷：传说为舜臣，农官。契（xiè）：传说为舜臣，为司徒。以上四人皆为舜之贤臣。更（gēng）相：交相、互相。舜时二十二贤人互相称美推让之事见《史记·五帝本纪》。如舜派禹治水，“禹拜稽首，让与稷、契与皋陶”；舜任命益为虞（掌管山泽出产之官），“益拜稽首，让于诸经朱虎、熊罴”；舜任伯夷为秩宗（掌管礼仪、祭祀的官），“伯夷让夔、龙”等。⑭《书》：《尚书》。《尚书·泰誓》：“受（即纣）有臣亿万，惟亿万心；予有臣三千，惟一心”。《泰誓》系周武王伐纣，部队渡孟津时作。⑮“后汉献帝”三句：后汉献帝时：应为后汉灵帝时。公元167年，汉桓帝死，12岁的灵帝即位，外戚窦武执政，联络陈蕃、李膺等人，谋削宦官。谋泄，窦武、陈蕃等人反为宦官所诛。当时窦武、陈蕃、刘淑均为士人领袖，时称“三君”，李膺等被称为“八俊”，郭泰、范滂等称“八顾”，张俭、刘表等称“八及”，度尚等称“八厨”，均属“清流”。窦武、陈蕃被杀后，灵帝大兴党狱，杀李膺、范滂等一百多人，禁锢六七百人，逮捕太学生千余人，党人五服之内的亲属及门生故吏中有官职者，全部免官禁锢。文中所说的囚禁“名士”，“目为‘党人’，”即指此。⑯黄巾贼起：指汉灵帝中平元年（184），张角领导的黄巾起义。称“贼”系作者的阶级偏见。⑰“后方”两句：《后汉书·党锢列传》：“中平元年，黄巾贼起，中常侍吕强言于帝曰：'党锢久积，人情多怨，若久不赦宥，轻与张角合谋，为变滋大，悔之无救。'帝惧其言，乃大赦党人，诛徙之家，皆归故乡。"⑱"唐之"两句：指晚唐前期以牛僧孺和李德裕为首的朝臣之间的党争，自穆宗朝，历文、武、宣三朝，前后延续近四十手，史称牛李党争。至晚唐后期逐渐变为宦官与朝臣之间的南北司之争。⑲"及昭宗时"七句：昭宗，应为昭宣帝（哀帝）。《新五代史·唐六臣传》："初，唐天祐三年(906年，《资治通鉴·唐纪八十一》为天佑二年905)，梁王（朱全忠）欲以嬖吏张廷范为太常卿，唐宰相裴枢以谓太常卿唐常以清流为之，廷范乃梁客将，不可。梁王由此大怒，曰：'吾常语裴枢纯厚，不陷浮薄，今亦为此邪！'是岁四月……宰相柳璨希梁王旨，归其谴于大臣。于是左仆射裴枢、独孤损、古仆射崔远、守太保致仕赵崇、兵部侍郎王赞、工部尚书王溥、吏部尚书陆扆，皆以无罪贬，同日赐死于白马驿。凡搢绅之士，与唐而不与梁者，皆诬以朋党，坐贬死者数百人，而朝廷为之空。"投之黄河：《旧五代史·李振列传》："天祐中，唐宰相柳璨希太祖(朱全忠)旨，谮杀大臣裴枢、陆扆等七人于滑州白马驿。时振自以咸通、乾符中尝应进士举，累上不第，尤愤愤，乃谓太祖曰：'此辈自谓清流，宜投于黄河，永为浊流。'太祖笑而从之。"或：一作"咸"。唐遂亡：天祐四年（907）三月甲辰，昭宣帝禅位，朱全忠建后梁，唐亡。⑳诮：讥嘲、责备。㉑以：因为。㉒多而不厌：即多多益善之意。不厌：不满足。㉓迹：事迹，史迹，引申为道理。㉔鉴：镜，此为鉴戒之意。《资治通鉴·唐纪十二》载，魏徵死后，唐太宗思念不已，说："人以铜为镜，可以正衣冠；以古为镜，可以见兴替；以人为镜，可以知得失。魏徵没，朕亡一镜矣。"

醉翁亭记

环滁皆山也[1]，其西南诸峰，林壑尤美。望之蔚然而深秀者[2]，琅琊也[3]。山行六七里，渐闻水声潺潺，而泻出于两峰之间者，酿泉也[4]。峰回路转，有亭翼然临于泉上者[5]，醉翁亭也。作亭者谁？山之僧曰智仙也。名之者谁？太守自谓也[9]。太守与客来饮于此，饮少辄醉，而年又最高，故自号曰醉翁也[7]。醉翁之意不在酒，在乎山水之间也。山水之乐，得之心而寓之酒也[8]。

若夫日出而林霏开[9]，云归而岩穴暝[10]，晦明变化者，山间之朝暮也[11]。野芳发而幽香，佳木秀而繁阴，风霜高洁，水落而石出者，山间之四时也[12]。朝而往，暮而归，四时之景不同，而乐亦无穷也。

至于负者歌于途[13]，行者休于树，前者呼，后者应，伛偻提携[14]，往来而不绝者，滁人游也。临谿而渔[15]，谿深而鱼肥；酿泉为酒，泉香而酒洌[16]；山肴野蔌，[17]杂然而前陈者[18]，太守宴也。宴酣之乐，非丝非竹[19]；射者中[20]，奕者胜[21]；觥筹交错[22]，起坐而喧哗者，众宾欢也。苍颜白发[23]，颓然乎其间者[24]，太守醉也。

已而夕阳在山，人影散乱，太守归而宾客从也。树林阴翳[25]，鸣声上下[26]，游人去而禽鸟乐也。然而禽鸟知山林之乐，而不知人之乐；人知从太守游而乐，不知太守之乐其乐也[27]。醉能同其乐，醒能述以文者[28]，太守也。太守谓谁？庐陵欧阳修也。

【题解】

醉翁亭在安徽滁县西南十里的琅琊山中。北宋仁宗庆历六年（1046）欧阳修知滁州时，命山僧智仙建亭于酿泉旁，以为游息之所，并名之为醉翁亭。

醉翁亭是全文中心景物；作者用移步换景的写法点明它的位置，渲染它四周环境的清秀幽深。摄景由远而近，由大到小，由山及水，由望至行，犹如导游入胜，给人美不胜收之感，体现欧文纡徐曲折的风格。

太守是中心人物，文中凡九见。写建亭者是虚，写命名者太守是实；写滁人游是陪衬，写太守宴是中心；写众客醉是烘托，写太守醉是主体。这种烘云托月、盘马弯弓的写法，也体现欧文纡徐委曲的风格。

“乐”是全文的中心线索，凡十见。就种类言，有禽鸟之乐、滁人之乐、宾客之乐、太守之乐；就太守之乐的内容而言，有山水之乐、宴酣之乐、乐人之乐，而乐人之乐，才是“醉翁”之意所在；就表现太守之乐的手法而言，第一段直接叙述，说明醉翁之意不在酒，在乎山水之间。第二段借景抒情：借四时美景，抒发“乐亦无穷”之情。第三段烘托陪衬。第四段议论比较，分析禽鸟之乐、众人之乐与太守之乐的不同，点明文章主旨。表现手法的灵活多变，也是欧文曲折委备的原因之一。

本文句式亦骈亦散，创造性地运用了21个长短错落、句型各型的“也”字句，增加了文章纡徐委曲的情致。

【注释】

①滁：滁州，在安徽东部，滁河流域，今为安徽滁县。朱熹《语类》卷百三十九：“欧公文多是修改到妙处，顷有人买得他《醉翁亭记》原稿，初说‘滁州四面有山’凡数十字，末后改定，只曰‘环滁皆山也’五字而已。”②蔚然：草木茂盛的样子。③琅琊：山名。在滁县西南十里，古称摩陀岭。西晋伐吴，琅琊王司马伷率兵尝驻此，因名。④酿泉：一名让泉，原名玻璃泉，在琅琊山醉翁亭旁。泉水清流寒冽，甘醇可口，终年不竭。“酿泉秋月”为滁州十二景之一。⑤翼然：如鸟张翅的样子。⑥太守：汉代郡的长官之称，这是作者借称知州。自谓：自称。⑦醉翁：欧阳修《赠沈遵》诗：“我时四十犹强力，自号醉翁聊戏客。”⑧“山水”两句：山水的乐趣，由心中体会到，并寄托在饮酒之中。⑨林霏：指林中雾气。霏：雨雪飘飞或烟云很盛的样子。⑩“云归”句：云气归聚则山谷阴暗：暝：昏暗。⑪“晦明变化”两句：日出林霏则山明，云归岩穴则阴暗，这种变化是山间早晚的景象。⑫四时：四季。文中“野芳发”指春景，“佳木秀”指夏景，“风霜”是秋景，‘水落’是冬景。⑬负者：背负着东西的

人。⑭伛偻（yǔ lǚ）：弯腰曲背的样子。指代老者。提携：牵引而行《礼记·曲礼上》："长者与之提携，则两手奉长者之手。"注："谓牵将行。"此指手领着走的孩子。⑮渔：捕鱼、钓鱼。⑯泉香而酒洌：一作"泉洌而酒香"。洌：水清。此指酒清而不浊。宋方勺《泊宅编》载，欧原作为"泉洌而酒甘"，后苏东坡改写作"泉甘而酒洌"。⑰山肴（yáo）：野味。肴：荤菜。蔌（sù）：菜。⑱杂然而前陈：错杂地陈列在面前。⑲非丝非竹：不用乐器。竹：弦乐器。竹：管乐器。⑳射：此指投壶。古代酒席间比赛射箭的游戏。作者的《居士外集》卷廿一内有《九射格》一文，并附图，是用九个动物形象作为射箭的目标。射中的有不同的饮酒方法。今本《九射格》末有注："《醉翁亭记》云：'射者中'，恐或谓此。"㉑奕：下棋。㉒觥（gōng）筹交错：酒杯的酒筹交互错杂，形容宾至尽兴，互相敬酒。觥：一种大酒杯。筹：指记饮酒数目的筹码。㉓苍颜：苍老的容颜。㉔颓然：醉倒的样子。㉕阴翳：荫蔽。㉖鸣声上下：鸟高低翻飞，故鸣声随之上下。㉗"不知"句：却不知道太守以他们之乐为乐。㉘"醉能"两句：醉了能与滁人和宾客同乐，醒了能用文章记述其乐。

秋声赋

欧阳子方夜读书，闻有声自西南来者，悚然而听之[①]，曰："异哉！"初淅沥以萧飒[②]，忽奔腾而砰湃[③]，如波涛夜惊，风雨骤至。其触于物也，鏦鏦铮铮[④]，金铁皆鸣；又如赴敌之兵[⑤]，衔枚疾走[⑥]，不闻号令，但闻人马之行声。余谓童子："此何声也？汝出视之。"童子曰："星月皎洁，明河在天[⑦]。四无人声，声在树间。"

余曰："噫嘻悲哉，此秋声也，胡为而来哉[⑧]！盖夫秋之为状也[⑨]，其色惨淡[⑩]，烟霏云敛[⑪]；其容清明，天高日晶[⑫]；其气慄冽[⑬]，砭人肌骨[⑭]；其意萧条，山川寂寥。故其为声也，凄凄切切，呼号愤发[⑮]。丰草绿缛而争茂[⑯]，佳林葱茏而可悦[⑰]。草拂之而色变[⑱]，木遭之而叶脱。其所以摧败零落者，乃其一气之余烈[⑲]。夫秋，刑官也[⑳]，于时为阴[㉑]；又兵象也[㉒]，于行用金[㉓]。是谓天地之义气，常以肃杀而为心[㉔]。天之于物，春生秋实，故其在乐也，商声主西方之音，夷则为七月之律[㉕]。商，伤也，物既老而悲伤；夷，戮也，物过盛而当杀[㉖]。

"嗟夫！草木无情，有时飘零，人为动物，惟物之灵[㉗]，百忧感其心，万事劳其形，有动于中，必摇其精[㉘]。而况思其力之所不及，忧其智之所不能！宜其渥然丹者为槁木，黟然黑者为星星圆[㉙]。奈何以非金石之质[㉚]，欲与草木而争荣？念谁为之戕贼[㉛]，亦何恨乎秋声！"

童子莫对，垂头而睡。但闻四壁虫声唧唧，如助予之叹息。

【题解】

这是篇文赋，作于宋仁宗嘉祐四年（1059），作者 53 岁时。

当时朝廷因循苟且，官场龌龊，积弊丛生，内外交困。作者因支持范仲淹的改革，曾屡遭贬谪。这时他虽官高位尊，却处于上下掣肘，进退维谷的境地。所以在赋中，作者由秋声萧瑟，万物凋零，联想到世事坎坷，人生易老，壮志蹉跎，发出“百忧感其心，万事劳其形”，“思其力之所不及，忧其智之所不能”这样无可奈何的叹喟。

赋题为“秋声”，而对秋“色”、秋“容”、秋“气”、秋“意”加以全面描写，对秋声作全方位的立体的渲染烘托。而全赋最见精彩的还是对秋声的描摹，由远及近，由小而大，由“声”及“势”，由抽象而具象，由动至静，惟妙惟肖，精彩纷呈。为后面的议论作了很好地铺垫。

文中妙喻层出不穷。如珠落玉盘。熔叙述、描绘、抒情、议论于一炉。“异哉”、“噫嘻悲哉”、“嗟夫”这些抒情感叹词的运用，使感情层深迭进，有一唱三叹之致。

【注释】

①悚（sǒng）然：惊惧的样子。②淅（xī）沥：细雨声。此处“淅沥”、“萧飒”均形容风声。以：而。③砰湃：同澎湃，波涛声，此处状风声。④锹（cōng）锹铮铮：金属撞击声。⑤赴敌：出击敌人。⑥衔枚：古代行军时，士兵口衔枚，以防喧哗。枚：筷状小棒。⑦明河：众星灿烂，组成的银河。⑧胡为：何为，即为何。⑨秋之为状：秋天所呈的情状，指下文所述的秋色、秋容、秋气、秋意等。⑩其色惨淡：指秋天草木枯黄，其色

暗淡。⑪烟霏云敛：烟气飘飞，云雾消失。霏：飞散。敛：敛藏。⑫日晶：阳光灿烂。⑬慄冽（lì liè）：即凛冽，寒冷。⑭砭（biǎn）：刺。⑮愤发：犹奋发。⑯缛（rù）：稠密。⑰葱茏：草木青翠茂盛的样子。⑱草拂之：草被它掠过。⑲一气之余烈：秋气的余威、余力。⑳“夫秋”两句：秋季是自然界的刑官。《周礼》把官职按天地春夏秋冬分为六类。因为秋有肃杀之气，所以把职掌刑法、狱讼的刑官分属于秋。㉑于时为阴：秋季在时令上属阴。古人以阴阳配合四时，把春夏分属于阳，秋冬分属于阴。《汉书·律历志》：“春为阳中，万物以生，秋为阴中，万物以成。”㉒兵象：战争的象征。因战争是肃杀之事，古代多在秋季用兵，所以说秋是兵象。㉓于行用金：在金木水火土五行之中，秋属金。《汉书·五行志》：“金，西方，万物既成，杀气之始也。”“用”，一作“为”。㉔“是谓”两句：古人以秋天为决狱讼、征不义、诛暴慢、张扬义的季节。义：是仁义礼智信五行之一，与金木水火土五行中的“金”相配，指秋季。《汉书·天文志》：“太白曰西方秋金，义也。”又《礼记·乡饮酒义》：“天地严凝之气，始于西南，而盛于西北，此天地之尊严气也，此天地之义气也。”孔颖达疏：“西南，象秋始。”肃杀：酷烈萧索。㉕“故其”三句“所以就音乐而论，商声代表西方的声音，七月初秋，正值夷则之律。按我国古代乐理，乐分宫商角徵（zhǐ）羽五音。《礼记·月令》：“孟秋之月，其音商，律中夷则。”古代以五音与四方、四时相配，以西方商声属秋。夷则：古代十二律之一。每律分属一月。《史记·律书》：“七月也，律中夷则。夷则，言阴气之贼万物也。”《史记正义》引《白虎通》：“夷，伤也；则，法也，言万物始伤被刑法也。”㉖杀：削减。㉗惟物之灵：人是万物的灵长。惟：为，是。《尚书·泰誓》：“惟人，万物之灵。”㉘必摇其精：一定会损耗精神。《庄子·在宥》：“必静必清，无劳汝形，无摇汝精，乃可以长生。”摇：摇落，损耗。㉙“宜其”两句：该当他红颜衰老，乌发斑白。宜：该，当。渥（wò）然：润泽的样子。丹：朱红色。《诗秦风·终南》：“颜如渥丹。”槁木：枯木《庄子·齐物论》：“形固可使如槁木。”黝（yǒu）然：黑的样子。黝然黑者：谓乌黑的头发。一本“黝”作“黟”。星星：头发斑白的样子。谢灵运《游南亭》诗：“戚戚感物叹，星星白发垂。”㉚奈何：怎么。非金石之质：指人的身体没有金石那样坚实的质地。㉛念谁为之戕（qiāng）贼：寻思是谁伤害自己而致衰老的。戕贼：摧残，伤害。㉜亦何恨乎秋声：又何必怨恨秋声的凄切呢？意谓忧思催老。

苏　洵（1099——1006）

字明允，眉山（今属四川省）人，北宋散文家，“唐宋八大家”之一。27 岁始攻学，参加进士及茂才异等考试皆不中。悉焚所作，闭门谢客，更加发愤，遂通晓六经百家之说，下笔顷刻千言。仁宗嘉祐二年（1057）年，与其子轼、辙至京，获宰相韩琦、翰林学士欧阳修的赏识援引，并将其《几策》2 篇、《权书》10 篇、《衡论》10 篇上呈仁宗。一时声名大噪。除秘书省校书郎。后为霸州文安县（今属河北省）主簿，又与修《太常因革礼》，书成而卒。

洵好方略权谋，喜论治道，崇尚贾谊的思想和韩、孟的文章。他的文章“少或百字、多或千言，其指事推理，引物托谕，侈能使之约，远能见之近，大能使之微，小能使之著，烦能不乱，肆能不流。其雄壮俊伟，若决江河而下也。”（曾巩《苏明允哀词》）受《孟子》、《战国策》影响甚大。与轼、辙合称“三苏”。著有《嘉·祐集》。

六国论

六国破灭，非兵不利①，战不善②，弊在赂秦③。赂秦而力亏④，破灭之道也。或曰：六国互丧⑤，率赂秦耶⑥？曰：不赂者以赂者丧。盖失强援不能独完[7]。故曰弊在赂秦也。

秦以攻取之外[8]，小则获邑，大则得城。较秦之所得，与战胜而得者，其实百倍；诸侯之所亡，与战败而亡者，其实亦百倍。则秦之所大欲，诸侯之所大患，固不在战矣。

思厥先祖父[9]，暴霜露[10]，斩荆棘，以有尺寸之地[11]。子孙视之不甚惜，举以予人，如弃草芥[12]。今日割五城，明日割十城，然后得一夕安寝。起视四境，而秦兵又至矣。然则诸侯之地有限，暴秦之欲无厌[13]，奉之弥繁，侵之愈急[14]，故不战而强弱胜负判矣[15]。至于颠覆，理固宜然[16]。古人云："以地事秦，犹抱薪救火，薪不尽，火不灭[17]。"此言得之[18]。

齐人未尝赂秦，终继五国迁灭，何哉？与嬴而不助五国也[19]。五国既丧，齐亦不免矣。燕赵之君，始有远略，能守其土，义不赂秦[20]，是故燕虽小国而后亡，斯用兵之效也。至丹以荆卿为计，始速祸焉[21]。赵尝五战于秦，二败而三胜[22]，后秦击赵者再，李牧却之[23]。洎牧以谗诛[24]，邯郸为郡[25]，惜其用武而不终也。且燕赵处秦革灭殆尽之际[26]，可谓智力孤危，战败而亡，诚不得已。向使三国各爱其地[27]，齐人勿附于秦，刺客不行[28]，良将犹在[29]，则胜负之数[30]，存亡之理，当与秦相较，或未易量[31]。

呜呼！以赂秦之地，封天下之谋臣，以事秦之心，礼天下之奇才，并力西向[32]，则吾恐秦人食之不得下咽也[33]。悲夫！有如此之势，而为秦人积威之所劫[34]，日削月割，以趋于亡。

为国者无使为积威之所劫哉[35]！

夫六国与秦皆诸侯，其势弱于秦，而犹有可以不赂而胜之之势。苟以天下之大，下而从六国破亡之故事，是又在六国下矣[36]。

【题解】

六国：指战国时代楚齐韩魏燕赵六国。

北宋自真宗景德元年（1004）与契丹订澶渊之盟后，每年输契丹银十万两，绢二十万匹。仁宗庆历二年（1042），契丹又遣使至宋，索晋阳（今山西太原市）及瓦桥（今河北雄县易水上）以南十县地，结果定盟加岁币银十万两，绢十万匹，并且称“纳”。庆历三年（1043），西夏主赵元昊上书请和，宋朝答应每年给西夏银十万两，绢十万匹，茶三万斤。苏洵不满于向契丹、西夏纳币以求苟安的作法，故作此文，并于嘉祐元年（1056），由欧阳修上呈仁宗。“安内以养外”是北宋国策，苏洵在本文中以六国赂秦而亡的史实告诫统治者，如步六国后尘，必蹈六国覆辙；并进一步指出：六国与秦均为诸侯国，若不赂秦，或可取胜；以宋朝之大，面对外侮，输帛纳银，绥靖苟安，实“在六国下”。文章借史议政，切中要害，表现了作者卓越的史识、政见和无畏的勇气以及对国家命运的深切关注。

作为史论，本文论点明确，开宗明义，提出六国破灭，弊在赂秦的中心论点，高屋建瓴，统摄全篇。然后层层展开论述，条理清晰，说理透辟，论证严密，具有无可辩驳的逻辑力量。

文中多处运用设问、假设、慨叹，对比等手法，以议论为主，融描绘、抒情于其中。文章曲折有致，纵横恣肆，语言老辣简劲。

【注释】

①兵不利：兵器不锋利。②战不善：仗打得不好。③弊：弊病。赂秦：指以割地的方法讨好秦国，以求苟安。贾谊《过秦论》："于是从散约败，争割地而赂秦。"④力亏：实力受到损失。《战国策·秦策一》："苏子（秦）为赵合从，说魏王曰：'……夫事秦，必割地效质，故兵未用而国已亏矣。'"⑤互丧：彼此都灭亡。⑥率：都、全。⑦强援：强有力的援助。独完：单独保全。⑧以攻取之外：指秦除用战争夺取诸侯的领土之外。⑨厥：其，他们。此指六国君主。先祖父：指其祖与父等先人。⑩暴（pù）霜露：不避霜露。暴：暴露。⑪以：因而。尺寸之地：喻小小的国土。⑫"举以"两句：予：同"与"，给。如弃草芥：喻轻弃不惜。芥：草。《孟子·离娄上》："视天下悦而归己，犹草芥也。⑬厌：通"餍"，满足。⑭"奉之"两句：奉送秦国的（土地）越多，（秦）侵略（六国）越急迫厉害。⑮判：分明、清楚。⑯理固宜然：理所当然。⑰"古人云"五句：战国及以后有不少人说过类似的话，比喻秦的贪心和割地事秦之危险。《战国策·魏策三》："孙臣谓魏王：'……以地事秦，譬犹抱薪而救火也。薪不尽，则火不止。今王之地有尽，而秦之求无穷，是薪火之说也。'"又《史记·魏世家》载，苏代曾对魏安厘（xī）王

说："以地事秦，譬犹抱薪救火，薪不尽，火不灭"。⑱得之：得其理，说对了。⑲与嬴：与秦国联合。与：帮助。《战国策·秦策一》高诱注："与，犹助也"。一说，作"亲"讲。《管子·霸言》："与，亲也"。嬴：秦姓，以代秦。⑳义：秉持大义，坚守原则。㉑"至丹"两句：丹：燕太子丹。荆卿：荆轲。燕丹派荆轲佯装献图纳地，行刺秦始皇。未果，秦大怒，发兵灭燕。（见《战国策·燕策三》）速祸：加速了秦灭燕的祸患。㉒"赵尝"两句：秦赵实不止五战，此系设辞。《战国策·燕策一》："苏秦将从（纵），北说燕文侯曰："'…秦赵五战，秦再胜，而赵三胜。'"㉓李牧：赵国大将，曾屡次打败秦兵。却：打退。《史记·赵世家》载，赵幽缪王迁三年（前233），秦军攻赵，李牧率师与战肥下（河北藁城）却之。封牧为武安君。四年（前232），秦攻番吾（今河北平山县南），李牧与之战，却之。"㉔洎（jì）：及至。《史记·廉颇蔺相如列传》载：赵幽缪王迁七年（前229），秦使王翦攻赵，赵使李牧等御之。秦以金贿赂赵王宠臣郭开，为反间计，郭开诬李牧谋反。赵王信谗，暗中捕杀李牧。㉕邯郸：赵国都城，此指代赵国，谓秦灭赵，将其变为秦国的一个郡。㉖"且燕赵"句：这时燕赵处于秦国将把其他东方国家消灭净尽的时候。意指燕赵最后被灭之。㉗三国：指楚、魏、韩三个秦之邻国，皆先燕赵而亡。㉘刺客：指荆轲。㉙良将：指李牧。㉚数（shù）：命运。㉛或未易量：或许未可轻易估量定夺。㉜并力西向：指六国合力西向抗秦。㉝食之不得下咽：喻秦惧六国合纵，而寝食不安。㉞"有如此"两句：有这样好的形势，却被秦国长期积累的威势所挟制。劫：威逼，控制。㉟“为国者”句：警告治国者不要被敌国的积威所胁制。㊱“苟以”三句：如果以现今天下之大，却降格蹈袭六国赂秦破亡的覆辙，这种做法又在六国之下了。

周敦颐（1017—1073）

原名敦实，字茂叔，道州营道（今湖南省道县）人。家居庐山莲花峰下，前有溪，取祖籍营道的濂溪命名，世称濂溪先生。曾任分宁（今江西省修水县）主簿、知南康军（今江西省星子县一带）等州县地方官，颇有政绩。后弃官潜心学问，成为宋明理学的开山祖，宋代著名理学家程颢、程颐都是他的学生，著有《太极图说》、《通书》。谥号元公。其裔孙将此二书与其他散著合刻为《周元公集》。

爱莲说

水陆草木之花，可爱者甚蕃[①]。晋陶渊明独爱菊[②]；自李唐来[③]，世人甚爱牡丹[④]；予独爱莲之出淤泥而不染，濯清涟而不妖[⑤]，中通外直[⑥]，不蔓不枝[⑦]，香远益清[⑧]，亭亭净植[⑨]，可观而不可亵玩焉[⑩]。

予谓菊，花之隐逸者也[⑪]；牡丹，花之富贵者也；莲，花之君子者也。噫！菊之爱[⑫]，陶之后鲜有闻，莲之爱，同予者何人？牡丹之爱，宜乎众矣[⑬]。

【题解】

文章借物喻人，品评菊、牡丹、莲，以菊作衬托衬、牡丹作反衬，烘云托月，赞美了莲高洁清秀，抒发了深挚的爱莲之情，表现了作者不慕富贵荣华、洁身自好的情操和志向。

文章涵蕴丰富，寄寓遥深，体物传神入微，综合运用正写反衬、拟人比喻、象征寄托等手法、张弛自如。句式多变，或排比，或对偶，长短错落，有抑扬之姿，摇曳之美。

【注释】

①蕃：繁，多。②晋陶渊明独爱菊：萧统《陶渊明传》载："尝九月九日出宅边菊丛中坐，久之，满手把菊，忽值弘（江州刺史王弘）送酒至，即便就酌，醉而归。"陶渊明咏菊诗文甚多，如"三径就荒，松菊犹存"（《归去来兮辞》）"采菊东篱下，悠然见南山"（《饮酒》）"芳菊开林耀，青松冠岩列"（《和郭主簿》）等。"渊明之属意于菊，其意不在菊也，寄菊以舒其情也。"（方孝孺《逊志斋集》卷六）③李唐：指唐朝，唐朝皇帝姓李。④世人甚爱牡丹：唐李肇《唐国史朴》载："京城贵游尚牡丹。每春暮，车马若狂。种以求利，一本有直数万者。"⑤濯清涟而不妖：经过清水的洗涤，洁净而不妖艳。濯；洗涤。⑥中通外直：指莲花之茎里面贯通，外面笔直。⑦不蔓不枝：不蔓延，无枝节。⑧香远益清：香气远播，更觉清香扑鼻。⑨亭亭：耸立的样子。净植：洁净地树立着。⑩"可远观"句：只可远远地观赏而不可走近肆意玩弄。亵：轻慢。⑪隐逸：隐居避世。⑫菊之

爱：对菊的爱好。⑬宜乎：当然，适宜。

曾 巩（1019—1083）

字子固，南丰（今属江西省）人。出身于世代儒学官宦之家，少警敏能文。嘉祐二年（1057），欧阳修知贡举，巩中进士，历任太平州（今安徽省当涂县）司法参军，馆阁校勘，集贤校理，后又知齐州、襄州、洪州、福州、亳州、沧州等。元丰三年（1080）受神宗召见。次年，为史馆修撰，“典五朝史事”。元丰五年，拜中书舍人，次年病故。

曾巩立言于欧阳修、王安石间，纡徐而不烦，简奥而不晦，卓然自成一家。”（《宋史·曾巩传》）曾文淳朴自然、从容周详而条理分明，为唐宋八大家之一。有《元丰类稿》传世。

墨池记

临川之城东[①]，有地隐然而高[②]，以临于溪，曰新城。新城之上，有池洼然而方以长[③]，曰王羲之之墨池者[④]，荀伯子《临川记》云也[⑤]。羲之尝慕张芝“临池学书，池水尽黑[⑥]”。此为其故迹，岂信然邪？

方羲之之不可强以仕[⑦]，而尝极东方[⑧]，出沧海[⑨]，以娱其意于山水之间，岂有徜徉肆恣[⑩]，而又尝自休于此邪[⑪]！羲之之书晚乃善[12]，则其所能，盖亦以精力自致者，非天成也[13]。然后世未有能及者，岂其学不如彼邪？则学固岂可以少哉！况欲深造道德者邪[14]？

墨池之上，今为州学舍[15]。教授王君盛恐其不彰也[16]，书“晋王右军墨池”之六字于楹间以揭之[17]，又告于巩曰：“愿有记。”推王君之心[18]，岂爱人之善，虽一能不以废[19]，而因以及乎其迹邪？其亦欲推其事以勉其学者邪[20]？夫人之有一能，而使后人尚之如此[21]？况仁人庄士之遗风馀思[22]，被于来世者何如哉[23]。

庆历八年九月十二日[24]，曾巩记。

【题解】

墨池：在今江西省临川县，相传是东晋著名书法家王羲之练习书法时洗笔砚的地方。本文题目一作《晋右将军墨池》。

这是一篇杂记，有叙事，有议论，中心是论证勤学对于学艺、学问、道德的重要性。文章借事立论，通过王羲之墨池的事例来阐明道理，生发广，开拓深。中心突出，以小见大，章法细密，条理分明，层层相生，曲尽其意。不重雕饰，平实自然，多用诘问，却不大声色，以揣度语气出之，婉转从容。沈德潜评本文“用意或在题中，或出题外，令人徘徊赏之。”（《唐宋八大家文读本》卷二十八）深中肯綮。

【注释】

①临川：今江西省临川县。宋为抚州治所。②隐然：不明显。③洼然：凹下去的样子。方以长：方而长。④王羲之：字逸少，晋瑯琊（今山东临沂县）人，官至右将军、会稽内史，东晋著名的书法家。前人论其笔势，“以为飘若浮云，矫若惊龙。”（见《晋书》本传）因他曾官右军将军，所以后人称“王右军”。⑤荀伯子（378—438）：南朝宋颍川颍阴（今河南许昌市）人，晋时任尚书祠部郎，入宋为尚书左丞，出补临川内史。（见《宋书》本传）著《临川记》六卷。乐史《太平寰宇记》卷一一〇载：“荀伯子《临川记》云：‘王羲之尝为临川内史，置宅于郡城东高坡，名曰新城。旁临回溪，特据层阜，其地爽垲，山川如画，今旧井及墨池犹在。’”意谓这是荀伯子《临川记》上说的。⑥“羲之”两句：张芝：字伯英，东汉末年的书法家，擅草书，人称“草圣”。相传他勤苦练字，因为常洗笔砚的缘故，临近的池水都染黑了。（《见三国志·魏书·刘劭传》注引《文章叙录》）王羲之羡慕并学习他。曾与人书说：“张芝临池学书，池水尽黑。使人耽之若是，未必后之也。”（见《晋书》本传）⑦方：正当，强以仕：勉强做官。就《晋书》本传载：骠骑将军王述，少有名誉，与王羲之齐名，而羲之甚轻之。王羲之任会稽内史时，王述为扬州刺史，后又检察会稽郡刑政，羲之深以为耻，遂称病去职，隐居于会稽山阴（今浙江省绍兴市）并誓不再仕。⑧尝极东方：曾游历到最东边的地方。极：穷尽。⑨出沧海：出游东海。《晋书》本传载：“羲之既去官，与东土人士尽山水之游，

弋钓为娱。……遍游东中诸郡，穷诸名山，泛沧海。叹曰：“我卒当以乐死。’”⑩岂有：难道是，莫不是，表揣度的疑问。倘徉（cháng yáng）：随意漫游。肆恣：纵情，任意。此指羲之纵情游山玩水。⑪自休于此：在这里停留。⑫“羲之”句：王羲之的书法晚年才精妙。虞和《论书表》：“羲之书在始未有奇，殊不胜庾翼、郗愔，迨其末年，乃造其极。尝以章草答庾亮，亮以示翼，翼叹服，因与羲之书云：‘吾昔有伯英章草书十纸，过江亡失，常痛妙迹永绝。忽见足下答家兄书，焕若神明，顿还旧观。’”（亦见《晋书》本传）。⑬“盖亦”两句：这也是靠自己费精力、用工夫而达到的，不是先天生成的。⑭深造道德：在道德上深造苦修。⑮州学舍：宋代州、郡、府、县均设学校。《宋史·职官志七》载：“庆历四年（1044），诏诸路、州、军、监，各令立学。……自是州郡无不有学。”此指抚州州学的房舍。⑯教授：官名，其职责是以经术行义训导诸生，掌其课试之事，而纠正不如规者。（见《宋史·职官志七》）此指州学教授。彰：显著。⑰楹（yíng）：柱子。揭：张示、挂起。⑱推：推原，推究。⑲虽一能不以废：即使是一技之长（此指羲之的书法），也不湮没他。⑳“其亦欲”句：还是想推广王羲之学书之事来勉励他的学生们呢。第一个“其”表揣测，第二、三个“其”分别指代王羲之、王教授。㉑尚之如此：崇尚、崇敬到这样。尚：推崇。㉒仁人庄士：行仁修德的庄重之士。遗风余思：遗传后世道德风范。㉓“被于”句：影响于后世的又该是怎样的呢？被：加给，覆盖。此作“影响”讲。㉔庆历：宋仁宗（赵祯）年号（1041—1048）。

司马光（1019—1086）

字君实，陕州夏县（今属山西闻喜、垣曲二县）人。宋代著名史学家、文学家。仁宗宝元二年（1039）进士，历任起居舍人同知谏院，御史中丞。王安石变法，司马光因政见不合，自请判西京御史台，退居洛阳十五年。致力于主编《资治通鉴》。哲宗元祐元年（1086），任尚书左仆射兼门下侍郎，主持“元祐更化”，尽废新法。当政八个月而卒。谥文正，追封温国公。著有《司马文正公集》、《稽古录》等。

司马光奉英宗之诏主编《资治通鉴》，原名《通志》或《历代君臣事迹》。神宗以为“鉴于往事，有资于治”，于是改定今名。该书记载了自战国初至五代（前403—959）共1362年的政治、军事等史实，是一部编年体史书。它体例严谨，取舍审慎，考证详密，叙事清晰，文字简洁畅达，具有很高的史料价值和文学价值。

谏院题名记

古者谏无官[①]，自公卿大夫至于工商，无不得谏者。汉兴以来始置官。夫以天下之政，四海之众，得失利病，萃于一官使言之[②]，其为任亦重矣。居是官者，当志其大[③]，舍其细，先其急，后其缓，专利国家，而不为身谋。彼汲汲于名者[④]，犹汲汲于利也[⑤]，其间相去何远哉[⑥]！

天禧初[⑦]，真宗诏置谏官六员，责其职事。庆历中[⑧]，钱君始书其名于版[⑨]。光恐久而漫灭，嘉祐八年[⑩]，刻著于石。后之人将历指其名而议之曰：某也忠，某也诈，某也直，某也回[⑪]。呜呼，可不惧哉！

【题解】

谏院：谏官官署。宋代专设谏院，以左右谏议大夫为之长，下隶司谏、正言。题名：题记姓名。本文先述谏官之责，说明其任之重，强调谏官应有的品德和素质："专利国家"，"不为身谋"。最后指出题名旨在让后人评议，以督促谏官公而无私，正而不阿。文章立论正大，文笔简洁明快。

【注释】

①谏无官：无专掌谏诤的官。②萃（cuì）：聚集。③志：用心，留意。④汲汲：急于求得的样子。⑤犹：如同。⑥其间：指任谏官者之职责与为名为利者之间。⑦天禧：宋真宗赵恒年号（1017—1021）⑧庆历：宋仁宗赵祯的年号（1041——1048）。⑨钱君：钱公辅。与司马光"情厚故交"，曾因直谏遭贬。神宗时，曾知谏院。版：名籍。《周礼·天官·宫伯》："掌王宫之士庶子，凡在版者。"注："版，名籍也，以版为之。"⑩嘉祐：宋仁宗年号（1056—1063）⑪回：奸邪。《尚书·泰哲》："崇信奸回。"

王安石（1021——1086）

字介甫，晚年号半山，临川（今江西省抚州市）人。宋仁宗庆历二年（1042）进士，任淮南节度判官。受曾巩、欧阳修、文彦博等人的赏识。为实现“矫世变俗之志”，他屡求外任，历任鄞县（今浙江宁波）令、舒州（今安徽潜山县）通判、知常州、江东提点刑狱等职，兴利除弊，颇有政绩。嘉祐四年（1059）王安石入京任度支判官，不满“积贫”、“积弱”的现实，立志“改易更革”，写了《上仁宗皇帝言事书》，提出一整套改革措施，但仁宗、英宗均未采纳。治平四年（1067），知江宁府（今江苏南京市），得李公著等的赞扬。神宗熙宁二年（1069）出任参知政事。始立制置三司条例司，议行新法，推行农田水利、青苗、均输、免役、市易、保甲等法，以期富国强兵。此后在变法与反变法的斗争中，一再罢相、起用。由于新法推行不力，流弊丛生，收效甚微。晚年退居金陵，封荆国公，世称王荆公。信奉佛、道，以游山玩水，读书著述为事。

王安石是著名的政治家，又是杰出的文学家。他强调文以明道，经世致用。散文尤其是议论文、墓志和记的成就颇高，风格雄健峭拔。被列为唐宋古文八大家之一。其诗早年多反映社会现实、民生疾苦，艺术上不太成功；其咏物抒怀、赠答写景诗风格独特，成就很高。其词意境开阔，一洗五代旧习。有

《临川先生文集》。

读孟尝君传

世皆称孟尝君能得士，士以故归之，而卒赖其力[①]，以脱于虎豹之秦[②]。嗟乎！孟尝君特鸡鸣狗盗之雄耳[③]，岂足以言得士？不然，擅齐之强[④]，得一士焉，宜可以南面而制秦[⑤]，尚何取鸡鸣狗盗之力哉[⑥]！夫鸡鸣狗盗之出其门，此士之所以不至也。

【题解】

孟尝君传：指《史记·孟尝君列传》。孟尝君，战国时齐国公族，田文，号孟尝君，封于薛（今山东省滕县南）。曾任齐相。招致贤士，有食客数千人。秦昭王闻其贤，使之入秦，以为秦相。后因谗被囚。昭王谋欲杀之。其门客有能为狗盗者，乃夜为狗，混入宫中，偷得狐白裘，贿赂王妃，得脱。他连夜逃亡，至函谷关，天尚未明，其门客又学鸡鸣，群鸡相应，守关人开启关门，孟尝君得以逃出秦境，回到齐国。

这是一篇读史扎记，对历来认为孟尝君“能得士”的观点提出异议。王安石认为孟尝君所养不过鸡鸣狗盗之徒，而真正的“士”应有经世济时的雄才大略。这是读史的新见。但他把制秦的理想寄托在“一士”身上，而无视其他助力，则不免偏颇。而这一认识的偏激，也曾影响了他的用人和新法推行。

全文仅88个字，以“世皆”起笔，质疑传统观点，用“嗟夫”顿挫，然后连用三个反诘句进行逻辑推理，层层进逼，驳倒俗见。文笔简而健，推理严而气势盛。

【注释】

①卒：最终。赖：仰仗，依赖。②虎豹之秦：《史记·苏秦列传》：“夫秦，虎狼之国也。”③特：只是，不过是。④擅：拥有，专有。⑤“宜可以”句：谓应该以此使齐为霸主，制服秦国。南面：称王。⑥“尚何取”句：还用得着鸡鸣狗盗之辈的能力吗?

答司马谏议书

某启[①]：昨日蒙教[②]，窃以为与君实游处相好之日久[④]，而议事每不合，所操之术多异故也[④]。虽欲强聒[⑤]，终必不蒙见察[⑥]，故略上报[⑦]，不复一一自辨。重念蒙君实视遇厚[⑧]，于反覆不宜卤莽[⑨]，故今具道所以[⑩]，冀君实或见恕也[⑪]。

盖儒者所争，尤在于名实[⑫]。名实已明，而天下之理得矣。今君实所以见教者，以为侵官、生事、征利、拒谏[⑬]，以致天下怨谤也。某则以谓受命于人主，议法度而修之于朝廷，以授之于有司，不为侵官[⑭]；举先王之政[⑮]，以兴利除弊，不为生事；为天下理财，不为征利；辟邪说[⑯]，难壬人[⑰]，不为拒谏。至于怨诽之多，则固前知其如此也[⑱]。

人习于苟且非一日[19]，士大夫多以不恤国事、同俗自媚于众为善[20]。上乃欲变此[21]，而某不量敌之众寡，欲出力助上以抗之，则众何为而不汹汹[22]？然盘庚之迁[23]，胥怨者民也[24]，非特朝廷士大夫而已[25]。盘庚不为怨者故改其度[26]：度义而后动，是而不见可悔故也[27]。

如君实责我以在位久，未能助上大有为，以膏泽斯民[28]，则某知罪矣；如曰今日当一切不事事[29]，守前所为而已，则非某之所敢知。无由会晤[30]，不任区区向往之至[31]。

【题解】

司马谏议：指时任谏议大夫的司马光。他是反对王安石变法的代表人物之一。此信写于熙宁三年（1070）即王安石执政后的第二年。司马光曾写了一封《与王介甫书》，列举新法之弊。

本文是书信与驳论的结合，写得理直气壮。由于作者坚信新法利国利民，所以观点明确，议论斩钉截铁。文章具有极强的概括力，把司马光洋洋三千言的长信概括为“侵官、生事、征利、拒谏”八个字，把当时的官场风气概括为“习于苟且”、“不恤国事，同俗自媚于众”，“一切不事事”，切中时弊。作者尖锐透辟地指斥对方的谬论，往往一语破的。最后借盘庚迁都之故实，表明自己“不为怨者故改其度”的态度和决心。由于是书信体的驳论，所以言词客套委婉而又峭劲有力，清末古文家吴汝纶评曰：“固由傲兀性成，究亦理足气盛，故劲悍廉厉无枝叶如此。”所论甚当。

【注释】

①某：古代书信，都自称名。起草时为省事，也写作某。也有由于作者的子孙、门人编集时，用“某”字代称，以示尊敬或避讳的。启：说，陈述。②蒙教：承受教诲。是收到来信的客气说法。此指熙宁三年（1070）司马光的《与王介甫书》。③君实：司马光的字。游处：交游往来相处。④所操之术：此指所持的政见和学术流派。操：持。术：方法、道路。⑤强聒（guō）：硬要说给人听。聒：《楚辞·九思》注：“多声乱耳为聒。⑥不蒙见察：不被谅解、理解。⑦略：简略。上报：写回信的一种客气说法。王安石接到司马光的信后，曾有一封简短的复函，所以说“故略上报”。此信已失传，在司马光给王安石的第二封信中曾提及此信。⑧视遇：看待。厚：优厚。⑨反覆：此指书信往来答辩。卤莽：即鲁莽，草率。⑩所以：所持的理由。⑪冀：希望。或：或许。见恕：见谅。得到谅解。⑫“盖儒者”两句：名实：名称和实际。《孟子·告子下》：“先名实者，为人也。”赵岐注：“名者，有道德之名。实者，治国惠民之功实也。”这里是说：自己要议法度、兴利除弊、理财和辟邪说，而司马光诬他是侵官、生事、征利、拒谏。作者认为这种恶名不符合实际，所以应辨明是非。⑬“以为”句：侵官：侵犯原来官吏的职权。司马光指责设立“制置三司条例司”来理财，侵夺了原来主管财政的“盐铁、度支、户部三司

的职权。生事：无事生非，凭空制造事端。司马光攻击新法是“生事扰民”。征利：求利，谋利。此指与民争利。拒谏：拒绝劝谏。（参见司马光《与王介甫书》）⑭“某则”四句：我却以为从皇帝那里接受命令，议定法令制度，并在朝廷上加以修正，再分别交给各级官吏，不能算是侵官。人主：指宋神宗赵顼。有司：古代设官分职，各有所司。指主管的官署和官员。⑮举：施行。先王：泛指过去的贤明君主。⑯辟：驳斥，抨击。⑰难：诘难。壬人：《汉书·元帝纪》：“是故壬人在位，而吉士雍蔽。”颜师古注引服虔曰：“壬人，佞人也。”指巧言献媚的人。⑱“固前”句：本来事先就料到会是这样（指怨诽）的。⑲“人习于”句：人们习惯于得过且过并非一天。苟且：偷安，得过且过。⑳恤：关心。同俗自媚于众：附和世俗，讨好众人。㉑上：指神宗。乃：却。此：指上述现象。㉒汹汹：喧闹。㉓盘庚：殷代的一个国君。曾把国都由黄河以北迁于亳（指西亳，今河南省安阳市西）。《尚书·盘庚》序：“盘庚五迁，将治亳殷，民咨胥怨，作《盘庚》三篇。”孔颖达疏：“自汤至盘庚，凡五迁都。今盘庚将欲迁居，而治于亳之殷治。民皆恋其故居，不欲移徙，咨嗟忧愁，相与怨上。盘庚以言辞诰之。史叙其事，作《盘庚》三篇。”㉔胥：皆。㉕非特：不只是。㉖故：缘故。度（dù）：计划，决定（名词）。《左传·昭公四年》：“（子产）曰且吾闻为善者不改其度，故能有济也。民不可逞，度不可改。”㉗“度义”两句：考虑这样做合宜，然后行动，认为这是正确的，因此看不出有值得改悔的地方。度：

忖度，考虑（动词）。义：同“宜”，合宜。是：对的、正确。㉘膏泽斯民：施恩惠给人民。膏：油。泽：雨露。均用作动词。㉙一切不事事：什么事都不做。前一个“事”用作动词。㉚无由会晤：没有机会和你见面。㉛“不任”句：谓内心不胜仰慕。旧时写信的客套话。不任：不胜。区区：小。此谦指自己内心。向往之至：仰慕到极点。

游褒禅山记

褒禅山亦谓之华山。唐浮图慧褒始舍于其址[①]，而卒葬之。以故，其后名之曰褒禅。今所谓慧空禅院者[②]，褒之庐冢也[③]。距其院东五里，所谓华山洞者，以其乃华山之阳名之也[④]。距洞百余步，有碑仆道[⑤]，其文漫灭[⑥]，独其为文犹可识，曰花山[⑦]。今言“华”如“华实”之“华”者，盖音谬也[⑧]。

其下平旷，有泉侧出，而记游者甚众[⑨]，所谓前洞也。由山以上五六里，有穴窈然[⑩]，入之甚寒，问其深，则其好游者不能穷也[⑪]，谓之后洞。余与四人拥火以入[⑫]，入之愈深，其进愈难，而其见愈奇[⑬]。有怠而欲出者[⑭]，曰：“不出，火且尽。”遂与之俱出。盖予所至，比好游者尚不能十一[⑮]，然视其左右，来而记之者已少[⑯]。盖其又深，则其至又加少矣。方是时，予之力尚足以入，火尚足以明也[⑰]。既其出，则或咎其欲出者[⑱]，而予亦悔其随之，而不得极夫游之乐也[19]。

于是予有叹焉。古人之观于天地、山川、草木、虫鱼、鸟兽，往往有得，以其求思之深而无不在也[20]。夫夷以近[21]，则游者众；险以远，则至者少，而世之奇伟、瑰怪、非常之观[22]，常在于险远，而人之所罕至焉，故非有志者不能至也。有志矣，不随以止也[23]。然力不足者，亦不能至也；有志与力，而又不随以怠[24]，至于幽暗昏惑而无物以相之，亦不能至也[25]。然力足以至焉，于人为可讥，而在己为有悔[26]；尽吾志也，而不能至者，可以无悔矣，其孰能讥之乎[27]？此予之所得也[28]。

余于仆碑，又有悲夫古书之不存，后世之谬其传而莫能名者，何可胜道也哉[29]！此所以学者不可以不深思而慎取之也[30]。四人者：庐陵萧君圭君玉[31]，长乐王回深父[32]，余弟安国平父、安上纯父[33]。至和元年七月某日，临川王某记[34]。

【题解】

褒禅山在今安徽省含山县北十五里，旧名华山、北三里曰华阳山，亦名兰陵山。唐贞观年间慧褒禅师结庐山下，卒葬于此，山因以名。山色翠霭，有龙洞、罗汉洞，曲折深幽，怪石错落。有龙女泉、白龟泉，水清且不涸。本文作于宋仁宗至和元年（1054），王安石在舒州（今安徽安庆市）以殿中丞任通判时。

本文前半记游，后半议论，是篇借题发挥的文章。作者借游洞经历，抒发感想，说明“世之奇伟、瑰怪、非常之观，常常在于险远”，而要领略之，则须要志、力、物、法诸方面的条件；又说明古书散失，后世之“谬其传而莫能名之者”甚多，故研究学问，必须“深思而慎取之”，不能人云亦云，以谬传谬。所阐之理，于学于事，意蕴丰富，发人深思。

文章叙议结合，以议为主，记叙简明，议论深刻，不枝不蔓，重点突出，脉络清晰，结构严谨。既代表了王安石散文的风格，又可见宋文长于议论的特点。

【注释】

①浮图：梵语的译音，有佛、佛徒、佛塔诸义。文中指僧。慧褒：唐高僧，慕含山县北山之胜景，结庐其下，寒暑不出。圆寂后，葬于山趾，后人因名其山为褒禅山。舍：结庐，筑室居住。②禅院：佛寺。禅：梵语“禅那”的省称。意为静修，后泛指与佛事有关的人和物。③庐冢（zhǒng）：屋舍和坟墓。④“以其”句：因它在华山南面而命名之。阳：山南。⑤仆道：倒伏道旁。仆：倒伏。⑥其文漫灭：碑文磨灭不清。⑦“独其”两句：文中唯独“华山”两字尚可辨认。⑧“今言”两句：谓现在把“华山的华（huā），读作“华实的“华”（huá），怕是读错了音。汉字初无“花”字，“华”字兼有上述两字的音与义。“花”字后出，“华”、“花”才分别使用。⑨记游：在游览处题字、赋诗文留念。窈然：幽深的样子。⑪“好游者”句：喜爱游历者不能穷尽它。⑫拥火以入：携举火把而

入内。⑬“入之”三句：入洞愈深，行进愈困难，而所见的景色也更加奇异。⑭“有怠”句：有懒于前进而想退出的人。⑮“盖予”两句：大约我在洞内所走到的，还不及好游历者的十分之一。⑯“然视”两句：但看洞的左右壁，能到这儿且记所游的人已很少了。⑰尚足以明：还足够照明之用。⑱“或咎”句：有人责怪那些“怠而欲出”的人。⑲“不得”句：没能尽这次游玩之兴。⑳“以其”句：因为古人思考探求得十分深刻周密的缘故。无不在：没有不到之处。状周密。㉑夷以近：平坦而离得近。以：而。㉒非常之观：少见而不平凡的景象。㉓不随以止：不盲目跟随别人而停止。㉔不随以怠：不迁就于惰性。㉕“至于”两句：到达幽暗的地方，却没有外物的辅助，也不能到达尽头。相（xiàng）：辅佐，帮助。㉖“然力足”三句：然而力量足以达到，（却没有达到），对别人来说，是有可讥笑的；而对于自己，是有可后悔的。㉗“尽吾志”四句：尽心尽力，却没能达到的人，可以没有悔恨了，又有谁能讥讽他呢？㉘“此予”句：这是我的心得体会。㉙“余于”四句：对于倒卧的碑石，我又悲叹古书的散佚，后人以讹传讹，终不能弄清真相，这类事情怎么数得过来呵！谬其传：错误的传播。㉚“此所以”句：这就是读书人不可不深入思考，慎重取舍的原因。此：指古书失存、后代谬传的现象。㉛庐陵：今江西吉安县。萧君圭君玉：未详。㉜长乐：今福建长乐县。王回：字深父，福建侯官（今闽侯）人。进士及第，为忠武军节度推官，知南顿县。㉝“余弟”句：王安石兄弟七人，安石行三。

安国字平父，行四，神宗熙宁初，以才行召试及第，除西京国子教授。曾议安石知人不明、聚敛太急。帝不悦，授崇文院校书。屡以新法谏，为吕惠卿所陷，罢归。安上，字纯上，行七。

㉞临川：今江西省抚州市。

中国古典文学绝妙书系

绝妙散文

主编 郭预衡

時代文藝出版社

第四册

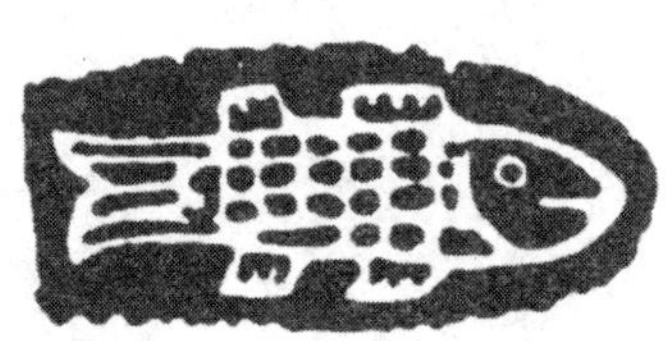

中国古典文学绝妙书系

绝妙散文

主　　编:郭预衡
责任编辑:张秀枫
责任校对:张秀枫
出　　版:时代文艺出版社
（长春市泰来街 1825 号　邮编:130062　电话:86012927）
发　　行:时代文艺出版社
印　　刷:三河市灵山装订厂
开　　本:850×1168 毫米　　32 开
字　　数:365 千字
印　　张:20
版　　次:2011 年 5 月第 2 版
印　　次:2011 年 5 月第 3 次印刷

书　　号:ISBN 978-7-5387-0975-9
定　　价:119.20 元(全 4 册)

苏　轼（1037——1101）

字子瞻，号东坡居士，眉州眉山（今属四川）人。嘉祐六年（1061）通过制科考试后，步入仕途，由于与王安石政见不合，先后出任杭州通判，密州、徐州、湖州知州。元丰二年（1079），被政敌以讪谤新政罪下狱，史称“乌台诗案”。案后被贬为黄州团练副使。神宗死后，旧党执政，苏轼奉召回京，官至起居舍人、中书舍人、翰林学士。又因反对司马光等人尽废新法，开罪旧党，先后知杭州、颍州、扬州、定州。哲宗亲政后，新党复起，又先后被贬到惠州（广东惠州市）、儋州（今海南省）。建中靖国元年（1101）徽宗即位，内迁，病死于常州。

苏轼为人耿直敢言，才华超众，豪放旷达，随缘自适，善谐谑，极富个性。他的思想以儒家为主，但老庄哲学和释道思想在遭迫害后相当浓重。政治上主张“渐变”和“人治”，虽与王安石政见不合，但始终关心国计民生，在各地方任上政绩斐然。

苏轼是北宋成就最高的文学家、艺术家。他的诗、文、词、书法、绘画都成就卓著，堪称名家。他的诗歌题材广泛，重才气、重议论、善谐谑、善修辞，是北宋诗歌创作的高峰。他的论说文立意新颖，论证精辟，纵横驰骋，波澜层出；抒情散文如行云流水，充满诗情画意，是北宋诗文革新运动的集大成者。他的词开拓题材，创新风格，别开豪放旷达派，具有划时代的意义。

著有《苏东坡集》、《东坡乐府》等。

留侯论

古之所谓豪杰之士者，必有过人之节[①]。人情有所不能忍者[②]，匹夫见辱[③]，拔剑而起，挺身而斗，此不足为勇也。天下有大勇者，卒然临之而不惊[④]，无故加之而不怒；此其所挟持者甚大[⑤]，而其志甚远也。

夫子房受书于圯上之老人也[⑥]，其事甚怪。然亦安知其非秦之世，有隐君子者[⑦]，出而试之？观其所以微见其意者[⑧]，皆圣贤相与警戒之义，世人不察，以为鬼物[⑨]，亦已过矣。且其意不在书。当韩之亡[⑩]，秦之方盛也，以刀锯鼎镬[⑪]待天下之士，其平居无罪夷灭者[⑫]，不可胜数。虽有贲育[⑬]，无所复施。夫持法太急者，其锋不可犯，而其势未可乘。子房不忍忿忿之心[⑭]，以匹夫之力，而逞于一击之间[⑮]。当此之时，子房之不死者，其间不能容发[⑯]，盖亦已危矣。千金之子，不死于盗贼。何者？其身之可爱，而盗贼之不足以死也[⑰]。子房以盖世之才，不为伊尹太公之谋[⑱]，而特出于荆轲聂政之计[⑲]，以侥倖于不死，此圯上老人之所为深惜者。是故倨傲鲜腆而深折之[⑳]，彼其能有所忍也，然后可以就大事，故曰“孺子可教也”。

楚庄王伐郑，郑伯肉袒牵羊以逆。庄王曰：“其君能下人，必能信用其民矣”。遂舍之[21]。勾践之困于会稽，而归臣妾于吴者，三年而不倦[22]。且夫有报人之志[23]，而不能下人者，是匹夫之刚也。夫老人者，以为子房才有余，而忧其度量之不足，故深折其少年刚锐之气，使之忍小忿而就大谋。何则？非有生平之素[24]，卒然相遇于草野之间，而命以仆妾之役[25]，油然而不怪者[26]，此固秦皇之所不能惊，而项籍之所不能怒也[27]。观夫高祖之所以胜，而项籍之所以败者，在能忍与不能忍之间而已矣。项籍惟不能忍，是以百战百胜，而轻用其锋[28]；高祖忍之，养其全锋而待其弊[29]，此子房教之也。当淮阴破齐，而欲自王，高祖发怒，见于词色[30]。由此观之，犹有刚强不忍之气，非子房其谁全之？

太史公疑子房，以为魁梧奇伟，而其状貌乃如妇人女子，不称其志气。呜呼，而愚以为此其所以为子房欤[31]！

【题解】

留侯，即张良（？ 前186），字子房。原为韩国贵族。韩亡，使客刺秦始皇未果。后辅佐刘邦灭秦败楚，平定天下，建立汉朝，被封为留侯。

《留侯论》是作者早年参加制科考试所上的一篇史论。就张良为圯上老人拾履而得奇书、成就大业之事，围绕一个“忍”字，反复曲折，展开评论。以先前不能“忍”，击秦失败为反衬，以郑伯肉袒迎楚、勾践臣妾于吴为陪衬，以张良劝刘邦立韩信为王作论据，正反论证，腾挪变化；层层演进，辨析周密，翻空出奇，推陈见而出新论。体现苏轼的议论文纵横恣肆，笔下生风的特点。

苏轼曾在因文字而得罪后自述其少年时“读书作文，专为应举而已。……故每纷然诵说古今，考论是非。……妄论利害，搀说得失，此正制科人习气。”（《答李端叔书》）他的这篇文章立论正有这种偏颇，把刘项的成败，张良的功业完全归之为忍与不忍，而忽略了其它诸多因素，未免有以偏概全之嫌。

【注释】

①节：节操。②“人情”句：有人情不能忍的事。③匹夫见辱：普通人受到侮辱。④卒然：猝然，突然。临之：遇到（这种事情）。⑤所挟持者：此指志向抱负。⑥“夫子房”句：《史记·留侯世家》记载，张良使刺客在博浪沙中锤击秦始皇未成，乃更改姓名，逃到下邳。在圯（yí，桥）上遇一老人，老人把鞋掉到圯下，令张良：“孺子下取履。”张良最初很生气，后来强忍给他取来，并给他穿上。老人说：“孺子可教矣。”给了张良一本《太公兵法》，并告诉张良说：“十三年，孺子见我，济北谷城山下黄石，即我矣。”⑦隐君子：有道德学问的隐士。⑧微见：隐约显露。见：同“现”。⑨以为鬼物：古代有人曾认为圯上老人乃鬼物。《史记·留侯世家》：“学者多言无鬼神，然言有物（指精灵），至如留侯所见老父予书，亦可怪矣。”《论衡·自然》：“张良游泗水之上，遇黄石公，授太公书，盖天佐汉诛秦，故命令神石为鬼书授人。”⑩韩之亡：秦吞六国，最先亡韩，时在前230

年。⑪鼎镬（huò）：用锅烹人的刑罚。镬，无足的大鼎，即大锅。⑫平居：平时。夷灭：指灭族。夷：平掉。古代杀戮罪人全家、全族称“夷”。⑬贲育：孟贲、夏育，都是古代勇士。⑭忿忿：气愤不平的样子。⑮一击之间：指张良使刺客用铁锤袭击秦始皇的事。《史记·留侯世家》记载，张良原为韩国贵族，秦灭韩后，他执意报仇，得力士，为铁锤重百二十斤。“秦皇帝东游，良与客狙击秦皇帝博浪沙中，误中副车。秦皇帝大怒，大索天下，求贼甚急，为张良故也。”⑯其间不能容发：相距甚近，不容一发。比喻情势危急到极点。⑰“千金之子”五句：谓身分贵重的人，不值得和盗贼拼命而死。千金之子喻富贵人家的子弟。⑱伊尹：商汤的大臣。太公：周文王、武王的大臣。谋：指有关国计民生的谋略。⑲特：只。荆轲：曾为燕太子丹刺秦王。聂政：曾为严仲子刺韩相侠累。计：指行刺的下策。⑳倨傲：傲慢。鲜腆：不厚，有菲薄之意。又鲜腆是连绵字，可能有污辱的意思。折：折辱，侮辱。㉑“楚庄王”六句：郑伯：指郑襄公。肉袒：脱上衣露体，表示等待责打或杀戮的请罪行为。牵羊：用羊作奉献的礼物。逆：迎。下人：谦虚居人之下。《左传·宣·十二年》载，楚庄王围郑，‘克之，入自皇门，至于逵路。郑伯肉袒牵羊以逆，曰：‘孤不天，不能事君，使君怀怒，以及敝邑，孤之罪也，敢不唯命是听！……’左右曰：‘不可许也，得国无赦。’王曰：‘其君能下人，必能信用其民矣，庸可几乎?’退三十里，而许之乎。”㉒“勾践”三句：归臣妾于吴：意谓投降吴国，为其臣妾。《国语·越语下》记载，越王勾践与吴国作战失败，被困在会稽，“令大夫种守于国，与范蠡入官于吴，三年而吴人遣之”。又《史记·越王勾践世家》：“越王乃以余兵五千人，保栖于会稽，乃令大夫种行成于吴，膝行顿首曰：‘勾践请为臣，妻为妾。’”㉓报人：向人报仇。㉔素：素交，有故交和深交的意思。㉕仆妾之役：奴仆妾婢干的事，指命张良拾履之事。㉖油然：和顺的样子。《庄子·知北游》：“油然不形而神。”释文：“油然，谓无所惜也。”㉗“此固”两句：张良的这种修养，秦始皇不能使他惊惧，项籍也不能使他发怒。㉘“项籍”三句：项羽只因为不能忍，因此虽然百战百胜，但轻易动用锐气，卒致败亡。㉙弊：疲弊，衰竭。㉚“当淮阴”四句：淮阴：指淮阴侯韩信。《史记·淮阴侯列传》载，刘邦被项羽围于荥阳（今河南荥泽县西南），韩信夺得齐地，派人求刘邦封他为“假王”。刘邦大怒，骂曰：“吾困于此，旦暮望若来佐我，乃欲自立为王。”张良踏刘邦的脚，耳语道：“汉方不利，宁能禁信之王乎？不如因而立，善遇之，使自为守，不然，变生。”刘邦醒悟，急中生智，复骂曰：“大丈夫定诸侯，即为真王耳，何以假为？”便派张良前往，立信为齐王，征其兵击楚。词色：言词和脸色。㉛“太史公”六句：《史记·留侯世家》：“太史公曰：余以为其人计魁梧奇伟，至见其图，状貌如妇人好女，盖孔子曰：‘以貌取人，失之子羽。’留侯亦云。”称：相称，配得上。作者认为张良表面的柔弱，是长期修养的结果，正是其长处所在。

赤壁赋

壬戌之秋[①]，七月既望[②]，苏子与客泛舟游于赤壁之下。清风徐来，水波不兴。举酒属客[③]，诵明月诗，歌窈窕之章[④]。少焉[⑤]，月出于东山之上，徘徊于斗牛之间[⑥]。白露横江[⑦]，水光接天。纵一苇之所如，凌万顷之茫然[⑧]。浩浩乎如冯虚御风[⑨]，而不知其所止。飘飘乎如遗世独立，羽化而登仙[⑩]。

于是饮酒乐甚，扣舷而歌之[⑪]。歌曰："桂棹兮兰桨[⑫]，击空明兮溯流光[⑬]。渺渺兮予怀[⑭]，望美人兮天一方[⑮]。客有吹洞箫者[⑯]，倚歌而和之[⑰]。其声呜呜然，如怨、如慕、如泣、如诉[⑱]，余音袅袅，不绝如缕[⑲]。舞幽壑之潜蛟[⑳]，泣孤舟之嫠妇[㉑]。

苏子愀然[㉒]，正襟危坐[㉓]而问客曰："何为其然也[㉔]？"客曰："'月明星稀、乌鹊南飞[㉕]，此非曹孟德之诗乎？西望夏口[㉖]，东望武昌[㉗]，山川相缪[㉘]，郁乎苍苍，此非孟德之困于周郎者乎[㉙]？方其破荆州[㉚]、下江陵，顺流而东也，舳舻千里，旌旗蔽空[㉛]，酾酒临江[㉜]，横槊赋诗[㉝]，固一世之雄也，而今安在哉？况吾与子渔樵于江渚之上，侣鱼虾而友麋鹿[㉞]，驾一叶之扁舟，举匏樽以相属[㉟]；寄蜉蝣于天地[㊱]，渺沧海之一粟[㊲]！哀吾生之须臾[㊳]，羡长江之无穷，挟飞仙以遨游[㊴]，抱明月而长终。知不可乎骤得[㊵]，托遗响于悲风[㊶]。"

苏子曰："客亦知夫水与月乎？逝者如斯，而未尝往也；盈虚者如彼，而卒莫消长也[42]。盖将自其变者而观之，则天地曾不能以一瞬[43]；自其不变者而观之，则物与我皆无尽也，而又何羡乎[44]？且夫天地之间，物各有主，苟非吾之所有，虽一毫而莫取[45]。惟江上之清风，与山间之明月，耳得之而为声，目遇之而成色，取之无禁[46]，用之不竭，是造物者之无尽藏也[47]，而吾与子之所共适[48]。"

客喜而笑。洗盏更酌[49]。肴核[50]既尽，杯盘狼籍[51]。相与枕藉乎舟中[52]，不知东方之既白。

【题解】

赤壁：计有三处。一在湖北武昌县西赤矶山，《水经·江水注》认为即建安十三年（208），孙刘联军攻曹操处；一在湖北蒲圻县西北赤壁山，见《元和郡县志》；一在湖北黄冈县西北江滨，一名赤鼻矶，因其断岩临江，突出下垂，色呈赭赤，形如悬鼻，故名。此即文中之赤壁。

苏轼在因文字狱获罪后，贬为黄州团练副使。居闲职，处险境，悲年华易逝，苦事业无成，故寄情山水，以求解脱。曾两游赤壁，写下前后赤壁赋和《念奴娇·赤壁怀古》词。

文章首先展示出一幅月白风清，诗情画意的江上泛舟图。抒发酌酒赋诗，飘然欲仙的欢乐之情。接着写主人放歌，客人相和，由箫声凄切，引出赋体传统的主客答问；由凭吊历史人物，引出感慨现实人生短促，贲志难伸。最后作者以眼前景物为喻，阐述“变”与“不变”的哲理，巧妙地表达了作者由乐生悲，由悲转喜的感情转化过程。但苏轼用以自慰的“万物与我皆无尽”，不外乎是庄子“薪尽而火传”、“佛教”“形往而神存”之类的唯心观点，他的旷达也离不了庄子齐万物，等荣辱的思想。总之，文章既表现了苏轼豪放旷达的情怀，也反映出他以酒乐山水排遣苦闷消极颓放的一面。

这是一篇别开生面的散体赋。文中叙事井然，状景如画，抒情豪兴酣畅，议论理趣兼备。四者水乳交融，浑然一体，行文清新流畅，舒卷自如，纵横恣肆，体现出苏文横溢的才情。

【注释】

①壬戌：宋神宗（赵顼）元丰五年（1082）。②既望：农历每月十六日。望：指十五日。③举酒属客：举起酒杯，向客人敬酒。属：劝酒。④诵明月两句：明月之诗：指《诗·陈风·月出》。窈窕之章：即其首章。原文是“月出皎兮，佼人僚兮，舒窈纠兮，劳心悄兮。”窈纠，即窈窕。⑤少焉：稍过了一会儿。⑥“徘徊”句：月亮流连于南斗、牵牛两星宿之间。因作者泛舟荡漾于江上，故观月有徘徊之感。⑦白露：江上水气在月色下呈乳白色，状如白露。⑧“纵一苇”两句：听凭小船在浩茫的江上飘泛。纵：听凭，任凭。一苇：《诗·卫风·河广》：“谁谓河广，一苇杭（航）之。”苇喻小船。所如：所往。凌：越，渡。⑨“浩浩乎”：浩浩然像凌空驾风而行。浩浩：旷远貌。冯：同“凭”，依凭。虚：太空。御风：驾御着风。⑩“飘飘乎”两句：

飘飘然像是遗弃了人世，无牵无挂，得道成仙，飞入仙境。羽化：道家谓人修炼得道，飞升成仙为羽化。⑪扣舷：拍打船帮（掌握节拍）。⑫桂棹（zhào）：桂木做的船。棹：本谓舟旁拨水之具，此代舟。兰桨：木兰做的桨。⑬“击空明”句：船桨击打清澈如空的江水，在月光闪动的江面溯流而行。空明：指月光下明澈如空的水。韩愈《祭郴州李使君文》：“航北湖之空明，觑鳞介之惊透。”泝：回溯，逆流而行。流光：指与水同时流动的月光。⑭渺渺兮予怀：我的胸怀宽阔广大。渺渺：辽远、宽阔的样子。⑮美人：喻所思慕向往的人。⑯客：指绵竹道士杨世昌，字子京。苏轼《次孔毅父韵》云：“杨生自言识音律，调箫入手清且哀。”（见赵翼《陔余丛考》卷二十四）洞箫：古以箫之无蜡蜜封底者为洞箫。今称单管直吹，正面五孔，背面一孔者为洞箫。⑰倚歌而和之：按着歌的节拍，吹出曲调。⑱“其声”两句：那声音呜呜的，象哀怨、象羡慕、若哭泣、又如倾诉。⑲“余音”两句：余音缭绕悠扬，如丝缕纤细而不断。⑳舞幽壑之潜蛟：使深涧中潜伏的蛟龙起舞。幽壑：深涧。㉑泣孤舟之嫠（lí）妇：使孤舟上的寡妇悲泣。泣：使动用法。㉒愀（qiǎo）然：忧愁的样子。《国语·楚语上》：“子木愀然。”注：“愀然，愁貌。”㉓正襟危坐：整理衣襟而端坐。㉔何为其然：箫声为什么这样呢？㉕“月明”两句：曹操《短歌行》中的两句诗。相传是曹操（字孟德）攻吴，屯兵赤壁，乘月观景时所作。㉖夏口：地名。在湖北省武昌县西的黄鹄山上。㉗武昌：今湖北省鄂城县。㉘缪：同“缭”，缭绕。㉙“此非”句：这不是曹操受困于周郎之处吗？周郎：即周瑜。他任建威中郎将时年仅24岁，吴中皆呼为周郎。（《三国志·吴书·周瑜传》）汉献帝建安十三年（208），曹操以舟师攻孙权。孙吴联合刘备，以周瑜为都督，大败曹操于乌林赤壁。（见《通鉴·汉纪五十七》）㉚“方其”两句，建安十三年赤壁之战前，曹操曾攻破荆州，刺史刘表（已故）之子刘琮降服。后又攻克江陵，沿江而下，进驻赤壁。荆州：当时荆州的州治在湖北襄阳。㉛舳舻（zhú lú）两句：战舰接续排列千里，旌旗蔽云遮日。舳舻：长方形大船。《汉书·武帝记》：“舳舻千里，薄枞阳而出。”王先谦补往引钱大昭云：“汉律名船方长为舳舻；舳一曰船尾，舻一曰船头。”㉜酾（shí）酒临江：临江斟酒。酾：滤酒。㉝横槊赋诗：行军中在马上横吟诗。槊：长矛。元稹《杜子美墓系铭》：“曹氏父子，鞍马间为文，往往横槊赋诗。”㉞“况吾”两句：何况我与你捕鱼砍柴于沙洲之上，以鱼虾为伴侣，与麋鹿为朋友。作者时在贬中，故云：侣、友：意动用法。渚：江中小沙洲。麋：类鹿，稍大。㉟匏（páo）樽：用葫芦做的酒器。匏：葫芦之一种。㊱“寄蜉蝣”句：象蜉蝣一样，寄生于天地之间。蜉蝣：一种朝生暮死的小昆虫。㊲“渺沧海”句：渺小得象漂浮在海上的一粒粟米。㊳须臾：顷刻，片时。㊴挟：持，带。遨游：漫游。㊵骤得：经常地、频频地得到。《楚辞·九歌》：“时不可兮骤得”。王逸注：骤：“数也。”㊶“托遗响”句：在悲风之中寄托洞箫之余音。㊷“客亦知夫”五句：你也知道水和月吗？流去的象这滔滔的江水，但实际并未消失；圆缺变化象那月亮，却最终没有增减。《论语

·子罕》："子在川上曰："逝者如斯夫，不舍昼夜。"逝：往，去。斯：此，指水。盈虚：月的圆缺。㊸"盖将"两句：如果从变化的方面观察它，那么天地万物简直连一眨眼的时间都不曾停止。盖：发语词，解释原因。曾：竟，简直。用于否定或疑问句。㊹"物与我"两句：那么天地万物和我都无穷尽，而又何必羡慕沧海之博大，长江之无穷呢？㊺"苟非"两句：如果不是自己所有，虽然象丝毫那样细小的东西也不取。㊻无禁：无止，无碍。㊼"是造物"句：这是自然界的无穷无尽的宝藏。㊽"而吾与子"句：而且是吾与你所共同享用的。适：享用。㊾洗盏更酌：洗涤杯盏，再斟酒。㊿肴：荤菜。核：果品。51狼籍：零乱。52相与枕藉：（醉后）互相枕垫着睡觉。藉：垫。

石钟山记

《冰经》云[①]："彭蠡之口有石钟山焉[②]。"郦元以为下临深潭[③]，微风鼓浪，水石相搏[④]，声如洪钟。是说也[⑤]，人常疑之。今以钟磬置水中[⑥]，虽大风浪不能鸣也，而况石乎！至唐李渤始访其遗踪[⑦]，得双石于潭上，扣而聆之，南声函胡[⑧]，北音清越[⑨]，桴止响腾[⑩]，余韵徐歇[⑪]。自以为得之矣。然是说也，余尤疑之。石之铿然有声者，所在皆是也，而此独以钟名，何哉[⑫]？

元丰七年六月丁丑[⑬]，余自齐安舟行适临汝[⑭]，而长子迈将赴饶之德兴尉[⑮]，送之至湖口[⑯]，因得观所谓石钟者。寺僧使小童持斧，于乱石间，择其一二扣之，硿硿焉[17]。余固笑而不信也[18]。至暮夜月明，独与迈乘小舟，至绝壁下。大石侧立千尺，如猛兽奇鬼，森然欲搏人[19]，而山上栖鹘[20]，闻人声亦惊起，磔磔云霄间[21]；又有若老人欬且笑于山谷中者，或曰："此鹳鹤也[22]。"余方心动欲还[23]，而大声发于水上，噌吰如钟鼓不绝[24]，舟人大恐。徐而察之，则山下皆石穴罅[25]，不知其浅深，微波入焉，涵淡澎湃而为此也[26]。舟回至两山间，将入港口，有大石当中流，可坐百人，空中而多窍[27]，与风水相吞吐，有窾坎镗鞳之声[28]，与向之噌吰者相应，如乐作焉。因笑谓迈曰："汝识之乎？噌吰者，周景王之无射也[29]；窾坎镗鞳者，魏庄子之歌钟也[30]。古之人不余欺也[31]。"

事不目见耳闻而臆断其有无[32]，可乎？郦元之所见闻殆与余同[33]，而言之不详；士大夫终不肯以小舟夜泊绝壁之下，故莫能知；而渔工水师虽知而不能言[34]，此世所以不传也。而陋者乃以斧斤考击而求之，自以为得其实[35]，余是以记之，盖叹郦元之简，而笑李渤之陋也。

【题解】

石钟山：位于江西省湖口县，西临鄱阳湖。它包括上钟山、下钟山两部分。上钟山在县治南，下钟山在县治此，两山相向，当地人称之为双钟。

这是篇带考辨性的游记，其中有生动的比喻、形象的拟人，以描写作者耳闻目见的景物，还有在此基础上生发出的雄辩的驳论、透辟的说理，具有苏文文、情、理并茂的特点。

苏轼在文中强调了实地考察，获取第一手材料的重要性，反对主观臆断，草率盲从，这是科学的，注重调查研究的态度。但是也有意无意地流露出封建士大夫沾沾自喜于一得之见（也表现在他对渔工舟师的轻视上）的弊病。后人也有用山上有洞、形如覆钟，故名石钟山的见解，对他的结论提出非议的。如俞樾在《春在堂随笔》卷七中，记载彭雪琴侍郎曾“语余云：湖口县钟山有二，一在城西，滨鄱阳湖，曰上钟山；一在城东，临大江曰下钟山。下钟山即东坡作记处。……吾居湖口久，每冬日水落，则山下有洞门出焉。入之，其中透漏玲珑，乳石如天花散漫，垂垂欲落，途径蜿蜒如龙，峭壁上皆枯蛤粘著，宛然鳞甲。洞中宽敞，左右旁通，可容千人。最上层，则昏黑不可辨。烛而登，其地平坦，气亦温和，蝙蝠大如扇，夜明砂积尺许。旁又有小洞，蛇行而入、复广，可容三人坐。壁上镌“丹房”二字，且多小诗，语皆可喜。……盖全山皆空，如钟覆地，故得钟名。上钟山亦中空，此两山皆当以形论，不当以声论。东坡当日，犹过其门，而未入其室也。”早在明嘉靖二十五年（1546）罗洪先在《念庵罗先生文集》卷五《石钟山记》中就得出过这样的结论。他们于冬春枯水时进山调查，得出以上结论。而东坡在大水季节山门被淹时月夜探山，结论不尽全面正确。尽管如此，他的《石钟山记》仍不失为一篇游记杰作。

【注释】

①《水经》：是一部专门记载江河源流的地理书。为三国时人所著，作者姓名不传。今本《水经》没有苏轼所引的这句话。②彭蠡（lǐ）：即鄱阳湖，在江西省北部。③郦元：即郦道之，北魏人，《水经注》的作者。苏轼所引下段文字亦不见全本《水经注》中。④水石相搏：水石撞击。⑤是说：指上文所引郦道元《水经注》的说法。⑥钟磬（qìng）：均为古代打击乐器。钟多用铜铁铸成，磬用玉或石制成。⑦李渤：洛阳人。唐宪宗元和年间出任江州刺史；曾寻访过石钟山，写有《辨石钟山》一文。文中说："次于南隅，忽遇双石……询诸水滨，乃曰：'石钟也，有铜铁之异焉。'……若非潭滋其山，山涵其英，联气凝质，发为至灵，不然则安能产兹奇石乎！乃知山仍石名，旧矣。"遗踪：旧址，遗迹。⑧南声函胡：南边的石头声音厚重不清。⑨北声清越：北面的石头声音清脆响亮。⑩桴（fú）止响腾：鼓槌停止了敲击，石头发出的声音却经久不息。桴：鼓槌。⑪余韵徐歇：余音袅袅，慢慢消失。歇：止。⑫"石之"四句：能够撞击而发出响亮声音的石头到处都生，而单单这块以钟命名，为什么呢？铿然：金石撞击之声。⑬"元丰"句：即1084年阴历六月初九。⑭齐安：今湖北黄冈县。适：去，往。临汝：今河南临汝县。苏轼因乌台诗案被贬黄州团练副使四年多，于元丰七年调任汝州。⑮迈：苏迈，字伯达，苏轼长子，善为文。饶：饶州。德兴，今江西德兴县。尉：县尉，主管一县治安的官吏。⑯湖口：今江西湖口县。⑰硿硿焉：硿硿地响。硿硿：石相击之声。⑱：本来，

仍然。⑲森然欲搏人：阴森可怕地象要抓人。⑳栖：鸟禽止宿。鹘（qǔ）：鹰类的猛禽。㉑磔磔（zhé 哲）：猛禽的鸣叫声。㉒"又有"三句：欬同"咳"。鹳：（guàn）：一种类似鹤和鹭的水鸟。颈嘴较长。㉓心动：惊悸，紧张。㉔噌吰（chēn hōng）：重而响的钟声。㉕石穴罅（xià）：石洞和石缝。罅：裂缝。㉖"涵淡"句：水浪激荡澎湃而形成这样的声音。涵淡：水波动荡的样子。㉗空中而多窍（qiào）：当中是空的，而且多窟窿。㉘窾（kuān）坎镗鞳（táng tà）：撞击钟鼓的声音。㉙周景王：东周的君主，姬姓，名贵。无射（yì）：钟名。《国语·周语》载：大钟铸于周景王二十四年（前521）。㉚魏庄子：魏绛，春秋时鲁国大夫。谥号"庄子"。歌钟：编钟，古代的一种乐器。据《左传·鲁襄公十一年（前561）》记载，郑人献歌钟、磬等乐器给晋侯，晋侯赐一半给魏绛。㉛不余欺：没有欺骗我。乃否定句宾语前置。㉜臆断：凭主观猜测下判断。㉝殆：大概，大体。㉞渔工水师：渔夫水手。不能言：不善言辞表达。㉟"而陋者"两句：而浅陋的人竟然用刀斧敲击石头来寻求命名的原因，还自以为弄明白了其中的道理。陋者，知识浅薄的人，斤：斧类的砍伐工具。

文天祥（1263—1283）

字履善，一字宋瑞，号文山。吉州庐陵（今江西吉安）人。理宗宝祐四年（1265），进士第一。开庆元年（1259），因反对宦官劝帝迁都，弃官归家。后受奸相贾似道的排挤，再度罢官。度宗时，起为湖南提刑，改知赣州。恭帝德祐元年（1275），元军东下，乃起兵勤王，入卫临安（今浙江杭州）。次年，任右丞相，出使元营谈判，被扣留。逃脱后又回温州拥立端宗，力图恢复，辗转抗战。最后兵败被俘，拘囚大都（今北京）四年，坚贞不屈，从容就义。他后期的诗文激昂慷慨，苍凉悲壮，表现了崇高的爱国精神和民族气节。有《文山先生全集》。

指南录后序

德祐二年正月十九日[①]，予除右丞相兼枢密使[②]，都督诸路军马[③]。时北兵已迫修门外[④]，战、守、迁皆不及施[⑤]，缙绅、大夫、士萃于左丞相府[⑥]，莫知计所出。会使辙交驰[⑦]，北邀当国者相见[⑧]，众谓予一行，为可以纾祸[⑨]。国事至此，予不得爱身，意北亦尚可以口舌动也[⑩]。初，奉使往来留北者[⑪]，予更欲一觇北[⑫]，归而求救国之策。于是辞相印不拜[⑬]，翌日[⑭]，以资政殿学士行[⑮]。

初至北营，抗辞慷慨，上下颇惊动，北亦未敢遽轻吾国[16]。不幸吕师孟构恶于前[17]，贾余庆献谄于后[18]，予羁縻不得还[19]，国事遂不可收拾[20]。予自度不得脱[21]，则直前诟虏帅失信，数吕师孟叔侄为逆[22]，但欲求死，不复顾利害。北虽貌敬[23]，实则愤怒，二贵酋名曰馆伴[24]，夜则以兵围所寓舍，而予不得归矣。

未几，贾余庆等以祈请使诣北[25]，北驱予并往，而不在使者之目[26]，予分当引决[27]，然而隐忍以行[28]，昔人云："将以有为也[29]"。至京口，得间，奔真州[30]，即具以北虚实告东西二阃[31]，约以连兵大举，中兴机会，庶几在此。留二日，维扬帅下逐客之令[32]，不得已，变姓名[33]，诡踪迹[34]，草行露宿，日与北骑相出没于长淮间，穷饿无聊[35]，追购又急[36]天高地迥[37]，号呼靡及[38]。已而得舟，避渚洲[39]，出北海[40]，然后渡扬子江[41]，入苏州洋[42]，展转四明、天台以至于永嘉[43]。

呜呼！予之及于死者，不知其几矣[44]：诋大酋[45]，当死；骂逆贼，当死；与贵酋处二十日争曲直[46]，屡当死；去京口，挟匕首以备不测，几自到死[47]；经北舰十余里为巡船所物色，几从鱼腹死[48]；真州逐之城门外[49]，几彷徨死[50]；如扬州[51]，过瓜洲扬子桥[52]，竟使遇哨[53]，无不死；扬州城下，进退不由[54]，殆例送死[55]；坐桂公塘土围中，骑数千过其门，几落贼手死[56]；贾家庄几为巡徼所陵迫死[57]；夜趋高邮，迷失道，几陷死；质明，避哨竹林中，逻者数十骑，几无所逃死[58]；至高邮，制府檄下，几以捕系死[58]；行城子河，出入乱尸中，舟与哨相后先，几邂逅死[60]；至海陵，如高沙，常恐无辜死[61]；道海安、如皋，凡三百里，北与寇往来其间，无日而非可死[62]；至通州，几以不纳死[63]；以小舟涉鲸波[64]，出无可奈何，而死固付之度外矣[65]！呜呼！死生昼夜事也。死而死矣[66]，而境界危恶，层见错出[67]，非人世所堪，痛定思痛，痛何如哉[68]”

予在患难中，间以诗纪所遭[69]，今存其本不忍废。道中手自抄录，使北营，留北关外[70]，为一卷；发北关外，历吴门、毘陵、渡瓜洲、复还京[71]，为一卷；脱京口，趋真州、扬州、高邮、泰州、通州，为一卷；自海道至永嘉，来三山[72]，为一卷。将藏之于家，使来者读之[73]，悲予志焉。

呜呼！予之生也幸，而幸生也何为[74]？所求乎为臣，主辱臣死有余僇[75]；所求乎为子，以父母之遗体行殆而死，有余责[76]。将请罪于君[77]，君不许；请罪于母，母不许。请罪于先人之墓，生无以救国难，死犹为厉鬼以击贼[78]，义也；赖天之灵，宗庙之福，修我戈矛[79]，从王于师，以为前驱[80]，雪九庙之耻[81]，复高祖之业[82]，所谓誓不与贼俱生，所谓“鞠躬尽力，死而后已”，亦义也[83]。嗟夫，若予者，将无往而不得死所矣[84]。向也，使予委骨于草莽[85]，予虽浩然无所愧怍[86]，然微以自文于君亲[87]，君亲其谓予何[88]？诚不自意，返吾衣冠，重见日月[89]，使旦夕得正丘首，复何憾哉[90]，复何憾哉！

是年夏五[91]，改元景炎[92]，庐陵文天祥自序其诗[93]，名曰《指南录》。

【题解】

《指南录》是文天祥的一部诗集名。共四卷。内容反映元兵攻临安（杭州），作者出使敌营，后又逃出，辗转长江南北的一段抗敌生活，时间是宋恭帝德祐二年，即端宗景炎元年（1276）至景炎二年，地点包括自浙江至福建。集名取“臣心一片磁针石，不指南方不肯休。”（《渡扬子江》）的意思。卷首已有《自序》一篇，这是《后序》。

作者简括地记叙了他临危受命，出使元营，与敌抗争，被囚脱逃，九死一生，投奔宋廷的艰险历程。作者在夹叙夹议中直抒胸臆，表达出作者碧血丹心，气贯长虹的爱国精神和大义凛然，九死不悔的民族气节，揭露了敌人的骄横无理和宋廷的腐败无能，表达了对时局的忧患和对屈膝媚敌的忿懑。为文不假雕饰，而感情奔放饱满，气势悲壮慷慨，文字遒劲简炼，故感人至深。文中一连用了21个“死”字，促节短句，有令人惊心动魄的审美效果。

【注释】

①德祐：宋恭帝的年号（1275——1276）。1276年，元兵掳恭帝，文天祥等在福州立赵昰为帝，即端宗，改元景炎。②予：我。除：授官。右丞相：南宋置左右丞相。是执掌朝政的最高行政职务。枢密使：掌管全国军权的最高职务。③都督：统领监督。④北兵：元兵：修门：原为战国时楚郢都的城门。《招魂》

“魂兮归来，入修门些。”王逸注：“修门，郢城门也。”此代指临安城门。《指南录·自序》：“时北兵驻高亭山，距修门三十里。”⑤“战守”句：是战，是守，或是迁都，都已来不及实施了。⑥缙绅：本指把手板插入衣带的官僚服饰，后用以指代官吏。萃：聚集。左丞相：指吴坚。⑦会：正当。使辙交驰：指宋元双方使者的车马往来奔驰。⑧当国者：主持国政的人。⑨“众谓”两句：众人认为我去一趟，可以缓解祸患。纾祸：解除祸患。《宋史·文天祥传》：“寻除右丞相兼枢密使，使如军中请和，与大元丞相伯颜抗论高亭山。”同行者有吴坚、谢堂、贾余庆等人。⑩意：料想。尚可以口舌动：还可以用言辞说服。⑪初：先前。无留此者：没有被扣留在元营的。⑫“予更欲”：我更想要察看一下元营的虚实。觇（zhān）：察看。⑬不拜：不接受任命。⑭翌（yì）日：第二天。⑮资政殿学士：宋朝优遇宰相罢政后的荣誉官衔，为皇帝高级顾问，此指以资政殿学士的身份前往。⑯“初至”四句：抗辞：正言直词。《风俗通·穷通》：“抗辞以拒其侮。”文天祥要元军撤退，“巴延（即伯颜）语渐不逊。天祥曰：‘我南朝状元、宰相，但欠一死报国，刀锯鼎镬，非所惧也。’巴延辞屈，诸将相顾动色。”（见《续资通鉴·宋纪·一八二》）⑰吕师孟构恶于前：吕师孟，汉奸吕文焕（原为宋襄阳守将，后叛降元）之侄，时为兵部尚书。构恶：结怨。《指南录·纪事》：“先是，予赴平江，入疏言：‘叛逆遗孽不当待以姑息，乞举《春秋》诛乱贼之法’意指吕师孟。”构恶事当指此。或说，构恶为做坏事的意思。《新元史·吕文焕传》载，至元十二年（1275），伯颜分兵南下，以吕文焕为向导，趋常州。宋遣兵部侍郎吕师孟去元军中求和，他阴请吕文焕促成和议。⑱贾余庆献谄于后：贾余庆，官同签书枢密院事、知临安府，在文天祥辞相印后作右丞相。与文天祥同使元，却向元军计囚天祥。《指南录·纪事》："予既絷维，贾余庆的逢迎继之，而国事遂不可收拾。"又《使北》："贾余庆凶狡残恶，出于天性，密告伯颜，使启北庭，拘予于沙漠。"⑲羁縻：此作扣留讲。《元史·伯颜传》："天祥数请归，伯颜笑而不答。天祥怒曰：'我此来为两国大事，彼皆遣归，何故留我？'伯颜曰：'勿怒。汝为宋大臣，责任非轻，今日之事，政当与我共之。'令忙古歹，唆都馆伴羁縻之。"⑳遂：终于。㉑自度（duó）：自己忖度，估量。㉒"则直前"两句：诟：责骂。虏帅：指元相伯颜。失信：指不放文天祥归宋。《指南录·纪事》："正月二十日至北营，……越二日，予不得回阙，诟虏酋失信，盛气不可止。"数（shǔ）：列举罪状，严加斥责。《续资治通鉴·元纪一》："元巴延引文天祥与吴坚等同坐。天祥面斥贾余庆卖国，且责巴延失信。吕文焕从旁谕解之。天祥并斥文焕及其侄师孟，父子兄弟受国厚恩，不能以死报国，乃全族为逆。文焕等惭恚，遂与余庆共劝巴延拘天祥，令随祈请使北行。"（亦见《指南录·纪事》）㉓貌敬：表面上恭敬。㉔二贵酋：指忙古歹（时为万户）、唆都（时任宣抚），皆元军高级将领。馆伴：指待外国使臣的人员。㉕祈请使：奉表请降的使节。宋时祈请金放还徽、钦二帝时所派使臣，称"祈请使"。此时尚沿用此称。㉖目：列。前去元军谈判的使者，除文天祥被扣留外，其余贾余庆、吴坚、谢堂等人于德祐二年二月充任祈请使，往元京大都（今北京）请降。（见《宋史·瀛国公纪》）㉗分：本分。引决：自杀。㉘隐忍：屈志忍耐。司马迁《报任安书》有“引决自裁”、“隐忍苟活”的话。㉙“昔人”两句：韩愈《张中丞传后叙》记载：张巡与其部将南霁云被俘，将斩，张巡激励南霁云“不可为不义屈”，“云笑曰：‘欲将以有为也。公有言，云敢不死?’即不屈。”文天祥引以表示自己暂时隐忍，以图有所作为。㉚“至京口”三句：《指南录·脱京口)：“二月二十九日夜，予自京口城中间道出江浒，登舟泝金山，走真州。”与文天祥同时脱险者有杜浒等十一人。京口：今江苏省镇江市。时在元军手中。间：空隙。此指机会。真州：今江苏省仪征县。时在宋军手中。㉛东西二阃（kǔn)：指淮东制置使李庭芝和淮西制置使夏贵。阃：城郭门限。《史记·张释之冯唐列传》：“阃之外者，将军制之。”此处“阃”代指统兵在外的将军。㉜“维扬帅”句：维扬：扬州府的别称。庾信《哀江南赋》：“淮南维扬，三千余里。”当时是淮东制置使驻地。文天祥逃到真州后，与安抚使苗再成计议中兴之事，写信约淮东帅李庭芝等共破元军。李庭芝怀疑文天祥通敌，命令苗再成把他杀掉，苗再成不忍，把他放走。（见《指南录·议纠合两淮复兴》《出真州》）㉝变姓名：文天祥被逐出后，曾改姓名为清江人刘洙。（见《指南录·过黄岩》）㉞诡踪迹：隐秘自己的行踪。㉟无聊：无聊赖，没有依靠和托身之所。㊱追购：悬赏追缉。㊲迥：远。㊳号呼靡及：呼天不应，呼地不灵。靡：无。㊴渚洲：长江中的沙洲（因已被元军所占，故“避”。）㊵北海：指淮海，在长江口以北。㊶扬子江：长江自扬州以下旧称扬子江。㊷苏州洋：今上海附近的海域。㊸四明：今浙江省宁波市。天台：今浙江省天台县。永嘉：今浙江省温洲市。㊹不知其几：不知有多少次。㊺诋：骂。大酋：指敌帅伯颜。㊻争曲直：争辨是非曲直。㊼“去京口”三句：《指南录·候船难》：“予先遣二校坐舟中，密约待予甘露寺下，及至，船不知所在。意窘甚，交谓船已失约，奈何！予携匕首，不忍自残，甚不得已，有投水耳。余元庆褰裳涉水，寻一二里许，方得船至，各稽首以更生为贺。”㊽“经北舰”三句：物色：本指形貌，引申为按形貌索求。《后汉书·严光传》：“乃令以物色求之。”此指搜寻。《指南录·上江难》：“予既登舟，意泝流直上，他无事矣。乃不知江岸皆北船，速亘数十里，鸣梆唱更，气焰甚盛。吾船不得已，皆从北船边经过，幸而无问者。至七里江，忽有巡者喝云：‘是何船？’梢答以‘河屯船’。巡者大呼云：‘歹船’歹者，北以是名反侧奸细之称。巡者欲经船前，适潮退，阁浅不能至。是时舟中皆流汗。其不来，侥倖耳。”㊾“真州”句：《文山先生全集》卷十七《纪年录》：“丙子，宋德祐二年，三月初三日，真州绐（诓骗）出西城门，闭弗纳，寻遣兵护送出境。”即上文维扬帅下令逐客事。㊿徬徨：徘徊，不知所往。51如：往。52瓜州：在江苏省扬州市南东边。扬子桥：在扬州市南十五里。53竟使：倘使。54不由：不由自主。55殆例送死：几乎照例是要送死的。56“坐桂公塘”三句：桂公塘：地名，在扬州城外。《指南录·至扬州》：“予不得已，去扬州城下，随卖柴人趋其家。而天色渐明，行不能进。至十五里头，半山有土围一所，旧是民居，毁荡无余，无椽瓦，其间马粪堆积。时惟恐北有望高者，见一队人行，即来追逐，只得入此土围中暂避。……数千骑随山而行，正从土围后过。一行人无复人色，傍壁深坐，恐门外得见。若一骑入来，即无噍类矣！时门前马足与箭筒之声，历落在耳，只隔一壁。幸而风雨大作，骑只经去。”㊿“贾家庄”句：贾家庄：在扬州城北。巡徼：指宋方巡逻兵。《指南录·贾家庄》：“予初五日随三樵夫，黎明至贾家庄，止土围中。”又《扬州地分官》：“初五至晚，地分官五骑咆哮而来，挥刀欲击人，凶焰甚于北，亟出濡米（给钱），方免毒手。”58“夜趋”七句：高邮：今江苏县名。质明：黎明。《指南录·高沙道中》：“予雇骑夜趋高沙，越四十里，至板桥，迷失道。一夕，行田畈中，不知东西。风露满身，人马饥乏。旦行雾中，不相辨。须臾，四山渐明，忽隐隐见北骑，道有竹林，亟入避。须臾，二十余骑绕林呼噪。虞庆张庆右眼内中一箭，项二刀，割其髻，裸于地，帐兵王青缚去。杜架阁与金应林中被获，出所携黄金赂逻者得免。予藏处距杜架阁不远，北马入林，过吾傍三四，皆不见，不自意得全。”59“至高邮”三句：制府：指淮东制置使李庭芝的官府。檄：晓谕或声讨的文书，捕系：拘捕。《指南录·至高沙》：“予至高沙，奸细之禁甚严……闻制使有文字报诸郡，有以丞相来赚城，今觉察关防。于是不敢入城，急买舟去。”60“行城子河”两句：城子河：在高邮县境内。舟：指自己所乘的船。哨：指元军哨兵。邂逅：不期而遇，此指与敌军遭遇。《指南录·发高沙》：“二月六日城子河一战，我师大捷。”又“自至城子城，积尸盈野，水中流尸无数，臭不可当，上下几二十里无间断。”又：“自高邮至稽家庄，……以水为寨，统制官稽耸……云：‘今早报湾头马（指湾头镇敌骑）出，到城子河边，不与之相遇，公福人也。’为之嗟叹不置。”㉛“至海陵”三句：海陵：今江苏省泰县。高沙：即高邮旧名（见乾隆《高邮州志》）。无辜：无罪。㉜“道海安”四句：道：经过。海安、如皋：均江苏省县名。《指南录·泰州》“予至海陵，问程趋通州，凡三百里河道，北与寇出没其间，真畏途也。”㉝‘至通州’两句：通州：今江苏南通市。纳：接纳。当时通州也属李庭芝管辖，所以通州守官杨师亮也不敢接纳。《指南录·闻谍》：“予既不为制钺（指淮东制置使李庭芝）所容，行至通州，得谍者云：‘镇江府走了文相公，许浦一路有马来提。’闻之悚然。”㉞鲸波：指汹涌的海浪。㉟固付之度外：本来就把它（指死）置之度外。㊱死而死矣：死就死吧。㊲层见错出：层叠交错地出现。㊳“痛定思痛”两句：韩愈《与李翱书》：“如痛定之人，思当痛之时，不知何能自处也。”意谓一人遭受痛苦之后，再追忆当时的痛苦，更加悲痛。㊴间：空隙，此为抽空的意思。㊵留：拘留。北关外：指临安城北的高亭山，时为元兵驻地。㊶吴门：即吴县，今苏州市。毘（pí）陵：即常州，今常州市。㊷三山：即今福州市，因城中有闽山、越王山、九仙山三山故名。这时宋端宗（赵昰）在福州即位。㊸来者：后来的人。㊹幸生：侥倖生存，苟活。㊺“所求乎”两句：谓君已受辱，自己做臣的虽身死也有余罪（因未能使君免于受辱）。《礼记·中庸》："君子之道四，丘未能一焉。所求乎子以事父，未能也；所求乎臣以事君，未能也；所求乎弟以事兄，未能也；所求乎朋友，先施之，朱能也。"僇（lù）：罪。⑯"以父母"两句：父母遗体：指父母所给的自己的身体。行殆：轻冒危险。《礼记·祭义》："不敢以先父母之遗体行殆。"殆：危险。⑰请罪：即请求处分自己未死之罪。⑱厉鬼：凶恶的鬼。⑲修我戈矛：修整我的武器。《诗·秦风·无衣》："王于兴师，修我戈矛，与子同仇。"⑳以为前驱：愿为先锋。《诗·卫风·伯兮》："伯也执殳，为王前驱。"㉑九庙之耻：指皇帝祖宗的耻辱。九庙：古代帝王立七庙以祀祖先，至王莽增建黄帝太初祖庙和帝虞始祖昭庙，共九庙。后代帝王沿用九庙。㉒高祖：指宋太祖（赵匡胤）。㉓"所谓"三句：诸葛亮《后出师表》："先帝虑汉贼不两立，王业不偏安，故托臣以讨贼也。……臣鞠躬尽瘁，死而后已。"㉔"若予"两句：象我这样的人，将无处不是我死的合适场所。㉕委骨于草莽：死于荒野。委骨：弃骨。㉖浩然无所愧怍：意即正大光明，没有惭愧的地方。《孟子·公孙丑上》："我善养吾浩然之气。"又《孟子·尽心上》：仰不愧于天，俯不怍于人。"怍（zuò）：惭愧。㉗微以自文：不能以此文饰自己的过失。㉘"君亲"句：国君、父母将会怎样责备我呵。其：表推测语气。㉙"返吾"二句：衣冠：衣冠之乡，即南宋国土。日月：喻帝、后。德祐二年五月，端宗即位于福州，任命文天祥为右丞相、枢密使。㉚"使旦夕"二句：如果能旦夕之间死于故国（宋朝），我还有什么可遗憾的呢？《礼记·檀弓上》："古之人有言曰：狐死正丘首，仁也。"传说狐死时，头一定对着自己的窟穴，以示不忘本。后人引申指死在故乡。⑼是年夏五：这年的夏历五月。⑽改元：改变年号。景炎：宋端宗年号（1276—1278）。⑾庐陵：今江西省吉安县。

王若虚（1174—1243）

字从之，河北省藁城县人。曾任著作郎、延州刺史、直学士等官。金亡后，返归故里。他是金代著名的文学家，对于经、史和各家诗文多所评论，有一定的见解。学者称滹南先生。著有《滹南遗老集》。

焚驴志

岁己未[①]，河朔大旱[②]，远迩焦然无主赖[③]。镇阳帅自言忧农[④]，督下祈雨甚急。厌禳小数[⑤]，靡不为之[⑥]，竟无验。既久，怪诬之说兴[⑦]。适民家有产白驴者，或指曰："此旱之由也。云方兴，驴辄仰号之，云辄散不留。是物不死，旱胡得止?"一人臆倡[⑧]，众万以附。帅闻，以为然，命亟取[⑨]，将焚之。

驴见梦于府之属某曰[⑩]："冤哉焚也！天祸流行，民自罹之[⑪]，吾何预焉[⑫]？吾生不幸为异类[⑬]，又不幸堕于畜兽。乘负驾驭，惟人所命[⑭]；驱叱鞭箠[⑮]，亦惟所加[⑯]。劳辱以终，吾分然也[⑰]。若乃水旱之事，岂其所知，而欲寘斯酷欤[⑱]？孰诬我者，而帅从之[⑲]！祸有存乎天，有因乎人[⑳]，人者可以自求，而天者可以委之也[㉑]。殷之旱也，有桑林之祷，言出而雨[㉒]；

卫之旱也，为伐邢之役，师兴而雨[23]；汉旱，卜式请烹弘羊[24]；唐旱，李中敏乞斩郑注[25]。救旱之术多矣，盍亦求诸是类乎[26]？求之不得，无所归咎[27]，则存乎天也，委焉而已。不求诸人，不委诸天，以无稽之言[28]，而谓我之愆[29]。嘻，其不然！暴巫投魃[30]，既已迂矣[31]，今兹无乃复甚[32]？杀我而有利于人，吾何爱一死？如其未也，焉用为是以益恶[33]？滥杀不仁，轻信不智，帅胡取焉？吾子，其属也，敢私以诉[34]。

某谢而觉[35]，请诸帅而释之[36]。人情初不怿也[37]。未几而雨，则弥月不解[38]，潦溢伤禾[39]，岁卒以空[40]。人无复议驴。

【题解】

志：记。这是一篇生动的寓言，作者假借白驴托梦的话，讽刺了统治者焚驴求雨的迷信愚妄，讥嘲了他们不求诸己，反省自己的治理不善、不当，却惯于委过于人，甚至殃及无辜动物的愚蠢可笑。作者虽认为“祸有存乎天，有因乎人”，但从所举事例来看，重点却在“因乎人”，因此解救的办法也主要是“求诸人”。

文章假借白驴托梦的话，切合其身份、酷肖其口吻，描摹其心理，多用反诘、感叹句和语气，表达其委屈不平的心情，读来十分生动。

【注释】

①岁己未：金章宗（完颜璟）承安四年（1199）。②河朔：

泛指黄河以北的地区。③远迩：远近。焦然：庄稼枯焦的样子。无主赖：没有依靠。④镇阳：今河北省正定县。帅：指地方长官。⑤厌、禳：都是古代祈祷解除灾难的巫术。小数：小法术。⑥靡不为之：无所不为。⑦怪诬：怪诞荒谬。⑧臆倡：主观想当然地倡议。⑨亟：急。⑩见梦：犹言“托梦”。府之属：帅府中的僚属。⑪罹（lí）：遭遇病灾困危等不幸。⑫预：相干。⑬异类：指非人类。⑭惟人所命：惟人命是从。⑮叱：呵叱。箠（chuí）鞭打。⑯亦惟所加：也任凭施加。⑰分：本分。⑱寘：同“置”。斯：此。酷：酷刑。此指焚烧。⑲“孰诬”两句：是谁诬告我，而镇阳帅竟然盲从之。⑳“祸有”两句：灾祸的原因有在于天的，有缘于人的。㉑委：听任不管。㉒“殷之旱也”三句：桑林：地名，即桑山之林。（见《淮南子·本经》）言出而雨：谓祈祷之灵验。求雨的话刚说出，雨就下来了。《吕氏春秋·顺民》：“昔者汤克夏而正天下。天大旱，五年不收。汤乃以身祷于桑林，曰：‘余一人有罪，无乃万夫；万夫有罪，在余一人；无以一人之不敏，使上帝鬼神伤民之命’。于是剪其发，鄺其手，以身为牺牲，用祈福于上帝，民乃甚悦，雨乃大至。”㉓“卫之旱也”三句：邢：古国名，周公之子封此，在今河北省邢台市西南，后为卫所灭。《左传·僖公十九年》：“卫人伐邢，以报菟圃之役，于是卫大旱。卜有事于山川，不吉。宁庄子曰：‘昔周饥，克殷而年丰；今邢方无道，诸侯无伯，天其或者欲使卫讨邢乎？’从之，师兴而雨。”㉔“汉旱”两句：卜式：汉代河南人，以牧羊致富。曾任太子太傅。弘羊：即桑弘羊，洛阳（今洛阳市东）

人。武帝时，任治粟都尉，领大司农。卜式痛恨桑弘羊推行的盐铁酒类的官营专卖政策，当时天旱，武帝令官求雨，卜式说："烹弘羊，天乃雨。"（见《史记·平准书》）㉕"唐旱"两句：李中敏：唐代陇西人，曾任监察御史、司门员外郎等官。文宗时，郑注擅权跋扈，曾先后诬陷宋申锡等多人。时天大旱，文宗求致雨之术，中敏上书曰："今致雨之方，莫若斩郑注，而雪申锡。"（见《旧唐书》本传）㉖"救旱"两句：救旱灾的方法多了，何不也求之于上述这些方法呢？㉗无所归咎：无处归罪。㉘无稽之言：无根据的话。稽：考察，考核。㉙愆（qiān）：过失，罪过。㉚暴巫：令巫在太阳地里求雨。暴：同"曝"。投魃（bá）驱逐旱神。魃：古代神话传话中的旱神。㉛迂：迂腐，迂笨。㉜今兹无乃复甚：现在这样做（指焚驴求雨）只怕是更甚吧。无乃：只怕。㉝益恶：增加罪恶。㉞敢私以诉：大胆地私下把这件事向你申诉。敢：谦词。如同说"大胆地"。㉟谢：道歉。觉：醒。㊱"请诸"句：请之于帅而放了它。㊲不怿：不高兴。㊳弥月：满一个月。不解：此指雨不止。㊴潦（lǎo）：雨水大。伤禾：伤害了庄稼。㊵岁：年成。卒：最终。空：此指没有收成。

元好问 (1190——1257)

字裕之，号遗山，太原秀容（今山西省忻县）人。祖系出自北朝拓跋魏。金兴定三年（1219）进士。官至行尚书省左司员外郎。金末，入翰林知制诰。金亡不仕，从事著述，致力于金史整理。所编《中州集》、《壬辰杂编》，保存了许多金代作家的作品，以资修金史稽查择取。

元好问是金代成就最高的文学家。他工诗词，善散文，而诗歌成就最高。他的诗歌广泛而深刻地反映了国破家亡的现实，“国家不幸诗家幸，赋到沧桑句便工”（赵翼《题遗山诗》）道出了元好问的诗史价值。他的七古、七律成就尤高，风格雄健苍凉。有《元遗山全集》行世。

市隐斋记

吾友李生为予言：“予游长安，舍于娄公所[①]。娄，隐者也，居长安市三十年矣。家有小斋，号曰市隐，往来大夫士多为之赋诗，渠欲得君作记[②]，君其以我故，为之[③]。”

予曰：“若知隐乎[④]？夫隐，自闭之义也[⑤]。古之人隐于农、于工、于商、于医卜、于屠钓，至于博徒、卖浆、抱关吏、酒家保，无乎不在[⑥]，非特深山之中[⑦]、蓬篙之下，然后为隐。前人所以有大小隐之辩者[8]，谓初机之士[9]，信道未笃[10]，“不见可欲，使心不乱[11]”，故以山林为小隐；能定能应，不为物诱[12]，出处一致[13]，喧寂两忘[14]，故以朝市为大隐耳。以予观之，小隐于山林，则容或有之[15]，而在朝市者未必皆大隐也。自山人索高价之后[16]，欺松桂而诱云壑者多矣[17]，况朝市乎？今夫干没氏之属[18]，胁肩以入市，叠足以登垄断[19]，利嘴长距[20]，争捷求售[21]，以与佣儿贩夫血战于锥刀之下[22]，悬羊头，卖狗脯[23]，盗跖行，伯夷语[24]，曰：‘我隐者也’，而可乎？敢问娄之所以隐奈何[25]？”

曰：“鬻书以为食，取足而已，不害其为廉[26]；以诗酒游诸公间，取和而已[27]，不害其为高。夫廉与高，固古人所以隐也；子何疑焉。”

予曰：“予得之矣[28]，予为子记之。虽然，予于此犹有未满焉者[29]。请以韩伯休之事终其说[30]。伯休卖药都市，药不二价，一女子买药，伯休执价不移[31]。女子怒曰：‘子韩伯休耶？何乃不二价？’乃叹曰：‘我本逃名[32]，乃今为儿女子所知！’弃药经去，终身不返。夫娄公固隐者也，而自闭之义，无乃与伯休异乎？言，身之文也，身将隐，焉用文之？是求显也[33]。奚以此为哉[34]？予意大夫士之爱公者强为之名耳，非公意也[35]。君归，试以吾言问之。”

贞祐丙子十二月日[36]，河东元某记。

【题解】

市隐：指隐于闹市。《晋书·邓粲传》："隐之为道，朝亦可隐，市亦可隐。隐初在我，不在于物。"作者借隐士娄公求记之机，对于"大隐隐朝市"的传统说法提出质疑，讽刺了那些名为隐逸，实则沽名钓誉的人，揭露了他们"悬羊头，卖狗脯"的手法和"盗跖行、伯夷语"的实质。

作者长于分析，对于大隐小隐、真隐假隐，都能举例论析，下笔用语，也有所区别。对于"干没民之属"争锥刀之利的丑态和行为，描摹生动形象，因而讽刺辛辣，揭露深刻；对于娄公，因为他尚不失"廉与高"，却好名，"号曰市隐，往来大夫士多为之赋诗"与"索高价"的"山人"既有同，又有异，所以作者用韩廉和介之推的故事正面劝谏，委婉讽刺。

【注释】

①舍：寄居。所：寓所。②渠：他。③"君其"两句：犹言你看在我面子上，作篇记吧。其语助词，表示劝勉。④若知隐乎：你知道"隐"的涵义吗？⑤自闭：自我封闭，与世隔绝。⑥"古之人"三句：屠钓：太公虽望未遇周文王时，曾屠牛于朝歌，钓鱼于渭水。（见《史记·齐太公世家》及《索隐》）博徒：赌徒。赵国隐士毛公曾隐于博徒。卖浆：指卖酒。赵国处士薛公曾隐于卖浆家。抱关吏：看守城门的役吏。魏国隐者侯嬴曾为大梁夷门关吏。（均见《史记·魏公子列传》）酒家保：《汉书·栾布传》："穷困赁佣于齐，为酒家保。"无乎不在：无所不在。指无

论什么行业，都可隐遁。⑦特：只。⑧“前人”句：大隐：意同“市隐”，指所谓身居朝市而行为高洁不出仕的人。《文选·反招隐》诗：“小隐隐陵薮，大隐隐朝市；伯夷窜首阳，老聃伏柱史。”李翰周注：“伯夷·叔齐自窜首阳之山，老聃为周柱下史；伯夷之德，不如老聃。则小隐劣于大隐明矣。”⑨初机之士：此指刚刚学道的人。⑩笃：忠实，虔诚。⑪“不见”两句：语出《老子》。意谓因学道不深，不能自持，只好避免见到会引发欲望的东西，以免心乱。⑫“能定”两句：定：指有操守。应：应付世事。《荀子·劝学篇》：“德操然后能定，能定然后能应，能定能应，夫是之谓成人。”物：世俗之物。⑬出处：指出仕和隐居。蔡邕《荐皇甫规文》：“出处抱义，皦然不污。”⑭喧寂两忘：无论是喧闹还是寂静，一概忘却。⑮容或：或许，可能。⑯山人索高价：用唐李渤隐少室山，以不应左拾遗召的故事。韩愈《寄卢仝》诗：“少室山人索价高，两以谏官征不起。”注：“孙曰：李渤，字濬之，刻志于学，与仲兄涉偕隐庐山。久之，徙少室山。元和元年，……以左拾遗召，不至；四年，河阳少尹杜兼遣吏持诏敦促，又不赴。公（指韩愈）为河南令，遗渤书，譬说，渤善公言，始出家东都。”山人：指隐士，因多隐遁山林，故称。⑰“欺松桂”句：孔稚圭《北山移文》：“诱我松桂，欺我云壑。”意谓“山人”以隐博誉之后出仕，欺骗松桂云壑的人多了。⑱干没氏：指与世沉浮，追逐私利的人。《三国志·傅嘏传》：“岂敢寄命洪流，以缴干没乎？”裴松之注：“有所缴射，不计干燥与沉没而为之也。”顾炎武《日知录》卷三十二：“干没：大抵是徼幸取利之意。”⑲“胁肩”两句：胁肩：耸起肩膀，故作恭敬，形容逢迎的丑态。《孟子·滕文公下》：“胁肩谄笑，病于夏畦。”赵岐注：“胁肩，竦体也。”焦循正义：“胁肩者，故为竦敬之状也。”叠足：脚踏着脚，形容小人急于图利的情状。垄断：断而高的冈垄。古代商人登上高地，左右探望，以求易于获取厚利，进行交易。《孟子·公孙丑下》：“有贱丈夫焉，必求垄断而登之，以左右望，而罔市利。”⑳利嘴长距：比喻竞争手段的厉害。距，指鸡爪。《文选·东京赋》：“秦政利嘴长距，终得擅场。”㉑争捷：争胜。㉒佣儿贩夫：指给人作佣工的人和肩挑小贩。锥刀：即锥刀之利，喻微小的利益。《后汉书·舆服志》：“争锥刀之利，杀人若刈草。”㉓“悬羊头”两句：《续汉书·百官志》注引光武帝《原丁邯诏》有类似的话：“悬牛头，卖马脯。”㉔“盗跖行”两句：行为若盗贼，言语似伯夷。即“悬羊头，卖狗脯”之意。盗跖：相传为春秋末期人，曾率众起义反抗。而历来的文学作品大多把他作为盗贼的代表人物。《孟子·滕文公下》：“仲子所居之室，伯夷之所筑与？抑亦盗跖之所筑与？”㉕“敢问”句：大胆地请问娄之所以隐为什么？㉖“鬻（yù）书”三句：卖书以为生计，只求维持生活而已，无害于他为人的清廉。鬻：卖。㉗取和而已：求与人和睦相处而已。㉘得之矣：知道了娄公“之所以隐”者。㉙“予于此”句：我对于此（即娄公之所以隐者）还有不满足的地方。㉚韩伯休：韩康，字伯休，霸陵人，东汉时隐士。文中所说的故事，见《后汉书·逸民传》。㉛执价不移：坚持原价不变动。㉜我本逃名：我本来为逃避名声而以卖药隐居。㉝“言身之文”五句：言：指立说、立言。身之文：人身的文饰。春秋时介之推，曾随晋文公出亡，凡十九年。后文公还国为君，赏从亡者，介之推不言禄，禄亦不及，乃与母偕隐而死。这五句话即介之推与其母隐遁时所说。（见《左传·僖公二十四年》）意谓人将要隐退了，还用什么文饰！若要文饰，即是想求显，便与隐遁的本意相违背了。㉞奚以此为哉：要名与显又有何用呢。㉟“予意”两句：我猜想这是那些爱戴娄公的大夫士强为他邀名罢了，不是他的本意。㊱贞祐丙子：金宣宗（完颜珣）贞祐四年（公元1216）。

宋　濂（1310—1381）

字景濂，浙江浦江（今浙江省义乌县）人。号潜溪，幼贫，刻苦攻读，先后受业于吴莱、柳贯、黄溍等著名学者，以博学文章闻于时。元至正中，荐授翰林编修，以亲老辞，入龙门山著书。明初，应朱元璋之聘到应天（今南京市），任江南儒学提举。历仕《元史》总裁官、翰林院学士、国子司业、礼部主事等职。洪武十年（1377），致仕归家。三年后因长孙慎列入胡惟庸党之累，谪往茂州，途中死于夔州。正统年间，追谥“文宪”，著有《宋学士全集》。

宋濂长于散文，论文主张崇实务本，以“六经”为文之渊海，合义理、事功、文章三者而为一。对后来归有光、唐顺之等人倡唐宋之文有影响。他的散文也较注意汲取唐宋诸家之长，风格“醇深演迤”、“雍容深穆”，传记写景文都有特色，名垂一时。但他为迎合朱元璋的文化统治政策而写的一些论说文，对“台阁体”有不良影响。

送东阳马生序

余幼时即嗜学，家贫无从致书以观[①]，每假借于藏书之家，手自笔录，计日以还。天大寒，砚冰坚，手指不可屈伸，弗之怠[2]。录毕，走送之，不敢稍逾约。以是人多以书假余[3]。余因得遍观群书。既加冠[4]，益慕圣贤之道，又患无硕师[5]、名人与游，尝趋百里外，从乡之先达执经叩问[6]。先达德隆望尊，门人弟子填其室，未尝稍降辞色[7]。余立侍左右，援疑质理[8]，俯身倾耳以请；或遇其叱咄[9]，色愈恭，礼愈至，不敢出一言以复；俟其忻悦[10]，则又请焉。故余虽愚，卒获有所闻。

当余之从师也，负箧曳屣[11]，行深山巨谷中。穷冬烈风，大雪深数尺，足肤皲裂而不知[12]。至舍，四支僵劲不能动，媵人持汤沃灌[13]，以衾拥覆[14]，久而乃和。寓逆旅主人[15]，日再食，无鲜肥滋味之享。同舍生皆被绮绣，戴朱缨宝饰之帽，腰白玉之环，左佩刀，右备容臭[16]，烨然若神人[17]。余则缊袍敝衣处其间[18]，略无慕艳意，以中有足乐者，不知口体之奉不若人也[19]。盖余之勤且艰若此。今虽耄老[20]，未有所成，犹幸预君子之列[21]，而承天子之宠光，缀公卿之后[22]，日侍坐备顾问，四海亦谬称其氏名[23]，况才之过于余者乎？

今诸生学于太学[24]，县官日有廪稍之供[25]，父母岁有裘葛之遗[26]，无冻馁之患矣；坐大厦之下而诵诗书，无奔走之劳矣；有司业、博士为之师[27]，未有问而不告、求而不得者也。凡所宜有之书，皆集于此，不必若余之手录、假诸人而后见也。其业有不精、德有不成者，非天质之卑[28]，则心不若余之专耳，岂他人之过哉！

东阳马生君则，在太学已二年，流辈甚称其贤[29]。余朝京师[30]，生以乡人子谒余，撰长书以为贽[31]，辞甚畅达；与之论辨，言和而色夷[32]。自谓少时用心于学甚劳，是可谓善学者矣。其将归见其亲也，余故道为学之难以告之。谓余勉乡人以学者，余之志也；诋我夸际遇之盛、而骄乡人者[33]，岂知余者哉！

【题解】

东阳：县名，今属浙江省。马生：名君则。生：长辈对晚辈的称呼。序：古代的一种文体。本文属于送别赠言之类的赠序，写于明洪武十一年（1378），作者去年致仕，这年又到南京入朝。马生来访，作者作序相赠以勉。

这篇赠序，不叙交往，不叙离合，而是从自己幼年读书说起，诸如嗜学之笃、求学之难、问学之恭、力学之勤、上学之苦，不仅叙写详细，而且生动，有如“自传”，如此赠序，先宾后主，宾详主略，写法布局，均不同一般。

这篇赠序，将先前自己求学之艰难刻苦，与今日太学生读书条件之优越舒适，作了逐层对比，不假说教，而全用事实，使专心求学、刻苦自励的重要性显而易见，是对马生后学循循善诱的启发教育。

文章理明词达、情真意切。

【注释】

①致：得到。②弗之怠：不懈怠笔录书。③假：借。④加冠：古时男子二十岁时行加冠礼，表示已经成年。⑤硕师：大师，对学者的尊称。游：交游，往来。⑥先达：有地位有声望的前辈。按：宋濂曾出入同乡学者吴莱、黄溍、柳贯之门。据史实和文中所述，可能指黄溍。⑦未尝稍降辞色：不曾稍稍缓和严肃的脸色和词语。⑧援疑质理：提出疑难，质询道理。⑨叱咄(duó)：怒斥。⑩俟：等。忻悦：喜悦。⑪负箧（qiè）：背着书箱。曳屣（xǐ）：趿着鞋子。这句形容辛苦劳顿之状。⑫皲（jūn）裂：皮肤因干燥和受冻而坼裂。⑬媵（yìng）：姬妾婢女。汤：热水。沃灌：浇灌，即洗。⑭以衾拥覆：用被裹盖。⑮逆旅：客舍。主人：此指房东。⑯容臭：香物。《礼记·内则》："总角衿缨，皆佩容臭。"陈澔注："容臭，香物也。助为形容之饰，故言容臭。"⑰烨（yè）然：光彩闪烁的样子。⑱缊（yùn）袍：新絮旧絮混合的衣袍。《论语·子罕》："衣敝缊袍，与衣狐貉者立，而不耻者，其由也与?"敝衣：破旧的衣服。⑲口体之奉：衣食享用。⑳耄老：即年老。当时宋濂69岁。耄：《盐铁论·孝养》："七十曰耄。"而《礼记·曲礼上》："八十、九十曰耄。"㉑预君子之列：置身于仕宦之列，指在朝做官。预：参预。㉒缀：连缀，从属。这里是"追随"意。㉓谬：错误地。此为自谦之词。其氏名。指自己的氏名。㉔太学：中国古代的最高学府，明代以后只称国子监。㉕县官：此指朝廷。廪稍：廪食（此指伙食费用），由朝廷供给。㉖裘葛：皮裘和葛布，分指冬夏的衣服。遗：

送。㉗司业：即国子监司业。博士：国子博士，均为国子监教官。㉘天质：天资。㉙流辈：同辈。㉚余朝京师：当时宋濂已以学士承旨的名义退休；但有时仍要去京师。㉛譔：同"撰"。长书：长信。贽：初次见面时的礼物。㉜言和而色夷：说话谦和，脸色平易。㉝诋：诋毁。际遇：指好的机遇。

刘 基（1311—1375）

字伯温，处州青田（今属浙江）人。元至正年间中进士，曾任高安县丞、江浙儒学副提举、浙东行省元帅府都事等职。后因受到排挤和压抑，“遂弃官还青田，著《郁离子》以见志”。至正二十年（1360），应朱元璋之聘，到达南京，充当了朱元璋的谋士，辅佐其平定天下，创建帝业，深受重用。明朝初年各种典章制度的建立，他多参与其事。官至御史中丞兼太史令，封诚意伯。洪武四年（1371），辞官回乡。后为左丞相胡惟庸构陷，忧愤而死。一说被胡毒死。谥文成，著有《诚意伯文集》。

刘基通经世之学，尤精天文和兵法。诗文都很有名，“所为文章，气昌而奇，与宋濂并为一代之宗。”（《明史》本传）

卖柑者言

杭有卖果者，善藏柑，涉寒暑不溃[①]。出之烨然[②]，玉质而金色[③]。置于市，贾十倍[④]，人争鬻之[⑤]。予贸得其一[⑥]。剖之，如有烟扑口鼻。视其中，则干若败絮[⑦]。予怪而问之曰：“若所市于人者[⑧]，将以实笾豆，奉祭祀，供宾客乎？将衒外以惑愚瞽也[⑨]？甚矣哉为欺也！”

卖者笑曰：“吾业是有年矣[⑩]。吾赖是以食吾躯[⑪]。吾售之，人取之，未尝有言，而独不足子所乎[12]？世之为欺者不寡矣，而独我也乎？吾子未之思也。

今夫佩虎符、坐皋比者[13]，洸洸乎干城之具也[14]，果能授孙吴之略耶[15]？峨大冠、拖长绅者[16]，昂昂乎庙堂之器也[17]，果能建伊皋之业耶[18]？盗起而不知御，民困而不知救，吏奸而不知禁，法斁而不知理[19]，坐縻廪粟而不知耻[20]。观其坐高堂，骑大马，醉醇醴而饫肥鲜者[21]，孰不巍巍乎可畏[22]，赫赫乎可象也[23]？又何往而不金玉其外、败絮其中也哉[24]！今子是之不察[25]，而以察吾柑！"

予默然无以应。退而思其言，类东方生滑稽之流[26]。岂其愤世嫉邪者耶？而托于柑以讽耶？

【题解】

文章通过卖柑者的言论，淋漓尽致地讽刺了那些坐高堂、骑大马、饮美酒、食肥鲜的文臣武将，揭露了他们既非"干城之具"又非"庙堂之器"，"金玉其外，败絮其中"的腐朽本质。抒发了作者的愤世疾俗之情。

文章借事寓理，讥讽时政，构思巧妙。设辞问答，反诘推理，深化题旨。文笔犀利，对比鲜明，揭露深刻。其中买者的责问，理直气壮；而卖柑者的答辩，成竹在胸，层层进逼，句句在理，使文章叙事说理，情趣盎然。

【注释】

①涉：经历。溃：溃烂。②烨（yè）然：光彩照耀的样子。③玉质而金色：柑皮坚实光润为玉，色黄似金。④贾：同“价”。⑤鬻（yù）：买。⑥予：我。贸：交换财物，此指买。⑦败絮：破旧的棉絮。⑧若：你。市：出售。⑨“将以”四句：是将要用它祭祀天地鬼神，招待宾客呢，还是将要夸耀它的外表来欺骗傻子和瞎子呢？实：充实，装满。笾豆：古代供祭祀和宴会时盛食物之用的高脚器皿名。笾，竹制，豆，木制或陶制、铜制。衒：自我夸耀。惑：迷惑。瞽（gǔ）：瞎。⑩业是：以是为业。从事这种职业。有年：有年头了。⑪“吾赖是”句：我依靠这种职业来维持生活。食（sì）：给……吃。奉养。⑫“而独”句：却唯独不能满足你的心意吗？所：心意。《史记·绛侯周勃世家》：“此不足君所乎?”⑬“今夫”句：今天那些佩带虎形兵符，坐在虎皮坐褥上的武将。虎符：虎形兵符，古代调兵遣将的凭证。分为两半，左半留中，左半授将帅。调兵时，使臣持符验证，两半相合，方能生效。皋比：虎皮。此指虎皮坐褥。⑭洸洸（guāng）乎：勇武的样子。《诗·大雅·江汉》：“江汉汤汤，武夫洸洸。”干城：本义是捍卫城池。后用以比喻捍卫国家的将才。《诗·周南·兔罝》：“纠纠武夫，公侯干城。”毛传。“干：扞也。”具：材具。此指人材。⑮“果能”句：果真能教授孙武和吴起的谋略吗。孙、吴：孙武、吴起，分别为春秋末期和战国时期的著名军事家。略：韬略、兵法。⑯“峨大冠”句：那些戴着高冠，拖着长带的文官。峨：用作动词，高高地戴着。大冠：古代士大夫戴

的一种高冠。绅：古代士大夫束在衣外的带子。《论语·卫灵公》："子张书诸绅。"邢昺疏："以带束腰，垂其余以为饰，谓之绅。"⑰昂昂乎：气态轩昂的样子。庙堂：宗庙和明堂，古代天子、诸侯祭祖先和帝王宣明政教的地方。此泛指朝廷。器：材具。⑱伊皋：伊尹和皋陶（yáo）。伊尹：商汤的宰相。皋陶：舜的法官。后世将两人作贤臣的典型。业：功业。⑲法斁（dù）：法制败坏。理：整治。⑳坐縻廪粟：白白地消耗粮仓的粮食。坐：徒然，空。縻：同"靡"，耗费。㉑醇醴：味纯厚的美酒。饫（yù）：饱。肥鲜：肥而鲜的食物。㉒孰不：哪一个不。巍巍乎：高大的样子。㉓赫赫：气势显盛的样子。象：效法。㉔何往而不：哪里而不是。即到处都是。㉕是之不察：即"不察是"。是：代上述人和事。㉖东方生：西汉东方朔，字曼倩。常以滑稽的言谈讽刺劝谏汉武帝。褚少孙把他的事迹补入《史记·滑稽列传》。

方孝孺（1357—1402）

字希直，一字希古，宁海（今浙江省象山县）人。宋濂的门生，明太祖洪武年间，任洪中府教授。蜀献王聘为世子师，待以殊礼，名其学舍曰“正学”。建文时，为侍讲学士，为《太祖实录》及《类要》等书的总裁。燕王朱棣夺权，命其起草登极诏书。他投笔于地，骂曰：“死即死耳，诏不可草。”因而被杀，株连者数百。以理学、文章著名于时，世称“正学先生”。“每一篇出，海内争相传诵。”（《明史》本传）《四库全书总目》称其“学术醇正，而文章乃纵横豪放，颇出入于东坡、龙川间。”著有《逊志斋集》。

越巫

越巫自诡善驱鬼物[①]，人病，立坛场[②]，鸣角振铃[③]，跳掷叫呼，为胡旋舞[④]，禳之[⑤]。病幸已，馔酒食，持其赀去[⑥]。死则诿以它故[⑦]，终不信其术之妄。恒夸人曰[⑧]：“我善治鬼，鬼莫敢我抗。”

恶少年愠其诞[⑨]，瞯其夜归[⑩]，分五六人，栖道旁木上，相去各里所[⑪]。候巫过，下砂石击之。巫以为真鬼也，即旋其角[⑫]，且角且走[⑬]。心大骇，首岑岑加重[⑭]，行不知足所在。稍前，骇颇定，木间砂乱下如初。又旋而角，角不能成音，走愈急。复至前，复如初。手慄气慑不能角[15]，角坠；振其铃，既而铃坠，惟大叫以行。行闻履声及叶鸣谷响，亦皆以为鬼，号求救于人[16]，甚哀。夜半抵家，大哭叩门，其妻问故，舌缩不能言[17]。惟指床曰："亟扶吾寝[18]，吾遇鬼，今死矣。"扶至床，胆裂，死，肤色如蓝[19]，巫至死不知其非鬼。

【题解】

本文和另一篇《吴士》，都是讽谕杂文，有如唐末小品。作者有附识云："右《越巫》、《吴士》二篇。余见世人之好诞者死于诞，好夸者死于夸，而终身不自知其非者众矣，岂不惑哉！游吴越间，客谈二事类之，书以为世戒。"本文通过一个诈称"善驱鬼物"的越巫，被人装鬼吓死的故事，讽刺了社会上那些招摇撞骗，自欺欺人的人。指出了他们害人害己的骗人下场。其刺世之旨，颇似柳宗元之《三戒》。所不同者，柳氏纯为寓言，方氏所述，则去事实不远。

文中对越巫装神弄鬼的骗人言行描写具体，对他被人捉弄的狼狈相的刻划，更是生动传神，且富有层次感，使他最后被惊吓而死的下场，显得真实可信。结尾"巫至死不知其非鬼"，更是讽刺辛辣，揭露有力。

【注释】

①诡：诈称。②坛场：筑在广场中的高台，用以作祭祀、朝

会、盟誓、封拜之所。③鸣角振铃：吹号角，摇铃（以驱鬼物）。④胡旋舞：一种西域传入的盘旋飞快的舞蹈。《乐府诗集》："白居易传曰：天宝末，康居国献胡旋女。唐书·乐志曰：康居国乐舞，急转如风，俗谓之胡旋。"此指越巫盘旋跳腾的动作。⑤禳(ráng)：祈祷神鬼，消除灾祸。⑥"病幸已"三句：病人碰巧好了，巫者吃一顿酒席，拿着财物离去。已：止。此指病愈。馔(zhuàn)：饮食。赀：同"资"，财物。⑦诿以他故：推托说是别的缘故。⑧恒：常。夸人：向人自夸。⑨愠（yùn）其诞：恼恨他的虚妄。⑩瞷（jiàn)：窥视，偷看。⑪相去各里所：各相离一里左右。⑫旋其角：吹动他的号角。⑬且角且走：边吹边跑。⑭岑岑：胀痛。《汉书·外戚传》："我头岑岑也。"注："痹闷之貌。"⑮手慄：手发抖。气慑：呼吸急促。⑯号（háo)：大声哭叫。⑰舌缩，舌根敛缩僵硬。⑱亟：急，速。⑲肤色如蓝：皮肤呈蓝黑色，胆汁入血液所致。

马中锡（1446—1512）

字天禄，明故城（今属河北）人。成化十一年（1475）进士，官刑部给事中，因上疏弹劾万贵妃之弟万通，被贬。正德元年（1506）镇抚辽东，任兵部侍郎，又因忤权宦刘瑾，革职为民。刘瑾伏诛后，出任大同巡抚。正德六年（1511），以右都御史提督军务，奉命镇压刘六、刘七的起义。诸将怯弱，改用“招抚”，计又不成，以“纵贼”论罪，死狱中。马中锡“为文有隽才”，“于诗尤工”（钱谦益《列朝诗集小传》）著有《东田集》。

中山狼传

赵简子大猎于中山[①]，虞人道前[②]，鹰犬罗后[③]，骇禽鸷兽[④]，应弦而倒者不可胜数[⑤]。有狼当道，人立而啼[⑥]。简子唾手登车[⑦]。援乌号之弓[⑧]，挟肃慎之矢[⑨]，一发饮羽[⑩]，狼失声而逋[⑪]。简子怒，驱车逐之。惊尘蔽天，足音鸣雷，十步之外，不辨人马。

时，墨者东郭先生将北适中山以干仕[⑫]，策蹇驴[⑬]，囊图书[⑭]，夙行失道[⑮]，望尘惊悸[⑯]。狼奄至[⑰]，引首顾曰[⑱]：“先生岂有志于济物哉[⑲]？昔毛宝放龟而得渡[⑳]，随侯救蛇而获珠[㉑]，龟蛇固弗灵于狼也[㉒]。今日之事，何不使我得早处囊中以苟延残喘乎[23]？异时倘得脱颖而出[24]，先生之恩，生死而肉骨也[25]。敢不努力以效龟蛇之诚[26]！”

先生曰：“嘻！私汝狼以犯世卿[27]、忤权贵[28]，祸且不测[29]，敢望报乎[30]？然墨之道，‘兼爱’为本[31]，吾终当有以活汝[32]。脱有祸[33]，固所不辞也。”乃出图书，空囊橐[34]，徐徐焉实狼其中[35]，前虞跋胡，后恐疐尾[36]，三纳之而未克[37]。徘徊容与[38]，追者益近。狼请曰：“事急矣！先生果将揖逊救焚溺，而鸣銮避寇盗邪[39]？惟先生速图[40]！”乃跼蹐四足[41]，引绳而束缚之[42]，下首至尾[43]，曲脊掩胡[44]，猬缩蠖曲[45]，蛇盘龟息[46]，以听命先生。先生如其指[47]，内狼于囊[48]，遂括囊口[49]，肩举驴上，引避道左，以待赵人之过。

已而简子至，求狼弗得，盛怒，拔剑斩辕端示先生，骂曰：“敢讳狼方向者[50]，有如此辕？”先生伏踬就地[51]，匍匐以进[52]，跽而言曰[53]：“鄙人不慧[54]，将有志于世[55]，奔走遐方[56]，自迷正途，又安能发狼踪以指示夫子之鹰犬也[57]？然尝闻之：‘大道以多歧亡羊[58]。夫羊，一童子可制之，如是其驯也，尚以多歧而亡；狼非羊比，而中山之岐可以亡羊者何限？乃区区循大道以求之[59]，不几于守株缘木乎[60]？况田猎[61]，虞人之所事也，君请问诸皮冠[62]。行道之人何罪哉？且鄙人虽愚，独不知夫狼乎？性贪而狠，党豺为虐[63]，君能除之，固当窥左足以效微劳[64]，又肯讳之而不言哉！”简子默然，回车就道。先生亦驱驴兼程而进。

良久[65]，羽旄之影渐没[66]，车马之音不闻。狼度简子之去远[67]，而作声囊中曰："先生可留意矣。出我囊，解我缚，拔矢我臂，我将逝矣。"先生举手出狼，狼咆哮谓先生曰："适为虞人逐，其来甚速，幸先生生我[68]。我馁甚[69]，馁不得食，亦终必亡而已[70]。与其饥死道路，为群兽食，毋宁毙于虞人[71]，以俎豆于贵家[72]。先生既墨者，摩顶放踵[73]，思一利天下，又何吝一躯啖我而全微命乎[74]？"遂鼓吻奋爪[75]，以向先生。先生仓卒以手搏之，且搏且却[76]，引蔽驴后，便旋而走[77]。狼终不得有加于先生[78]，先生亦竭力拒，彼此俱倦，隔驴喘息。先生曰："狼负我，狼负我！"狼曰："吾非固欲负汝，天生汝辈，固需吾辈食也[79]。"相持既久，日晷渐移[80]。先生窃念[81]：天色向晚，狼复群至，吾死矣夫！因绐狼曰[82]："民俗，事疑必询三老[83]。第行矣[84]，求三老而问之，苟谓我可食即食[85]，不可则已。"狼大喜，遂与偕行。

逾时[86]，道无行人，狼馋甚，望老木僵立路侧，谓先生曰："可问是老。"先生曰："草木无知，叩焉何益[87]？"狼曰："第问之，彼当有言矣。"先生不得已，揖老木具述始末，问曰："若然，狼当食我耶？"木中轰轰有声，谓先生曰："我杏也，往年老圃种我时[88]，费一核耳，逾年华[89]，再逾年实[90]，三年拱把[91]，十年合抱，至于今二十年矣。老圃食我，老圃之妻子食我。外至宾客，下至于仆，皆食我。又复鬻实于市以规利[92]。我其有功于老圃甚巨。今老矣，不得敛华就实[93]，贾老圃怒[94]。伐我条枚[95]，芟我枝叶[96]，且将售我工师之肆取直焉[97]。噫！樗朽之材[98]，桑榆之景[99]，求免于斧钺之诛而不可得[100]。汝何德于狼，乃觊免乎[101]？是固当食汝。”言下，狼复鼓吻奋爪，以向先生。先生曰：“狼爽盟矣[102]。矢询三老[103]，今值一杏[104]，何遽见迫耶[105]？”复与偕行。

狼愈急，望见老牸[106]，曝日败垣中，谓先生曰：“可问是老。”先生曰：“向者草木无知[107]，谬言害事[108]。今牛，禽兽耳，更何问为？”狼曰：“第问之，不问将咥汝[109]。”先生不得已，揖老牸，再述始末以问。牛皱眉瞪目，舐鼻张口，向先生曰：“老杏之言不谬矣。老牸茧栗少年时[110]，筋力颇健，老农卖一刀以易我[111]，使我贰群牛[112]，事南亩[113]。既壮，群牛日以老惫[114]，凡事我都任之。役将驰驱，我伏田车[115]，择便道以急奔驰。彼将躬耕，我脱辐衡[116]，走郊垧以辟榛荆[117]。老农亲我犹左右手。衣食仰我而给[118]。婚姻仰我而毕，赋税仰我而输，仓庾仰我而实[119]。我亦自谅[120]，可得帷席之蔽如马狗也。往年家储无担石[121]，今麦收多十斛矣[122]。往年穷居无顾藉[123]，今掉臂行村社矣[124]；往年尘卮罂[125]，涸唇吻[126]，盛酒瓦盆半生未接，今酝黍稷[127]，据尊罍[128]，骄妻妾矣；往年衣短褐，侣木石[129]，手不知揖，心不知学，今持兔园册[130]，戴笠子，腰韦带[131]，衣宽博矣。一丝一粟，皆我力也。顾欺我老弱[132]，逐我郊野；酸风射眸[133]，寒日吊影[134]；瘦骨如山，老泪如雨；涎垂而不可收，足挛而不可举[135]；皮毛具亡，疮痍未瘥[136]。老农之妻妒且悍，朝夕进说曰：'牛之一身无废物也，肉可脯[137]，皮可鞟[138]，骨角且切磋为器[139]。'指大儿曰：'汝受业庖丁之门有年矣[140]，胡不砺刃于硎以待[141]？'迹是观之[142]，是将不利于我，我不知死所矣。夫我有功，彼无情若是，行将蒙祸，汝何德于狼，觊幸免乎？"言下，狼又鼓吻奋爪，以向先生。先生曰："毋欲速[143]。"

遥望老子杖藜而来[144]，须眉皓然，衣冠闲雅，盖有道者也。先生且喜且愕[145]，舍狼而前，拜跪啼泣，致辞曰："乞丈人一言而生[146]。"丈人问故，先生曰："是狼为虞人所窘[147]，求救于我，我实生之。今反欲咥我，力求不免，我又当死之。欲少延于片时，誓定是于三老。初逢老杏，强我问之，草木无知几杀我；次逢老牸，强我问之，禽兽无知，又将杀我；今逢丈人，岂天之未丧斯文也[148]！敢乞一言而生。"因顿首杖下，俯伏听命。丈人闻之，欷歔再三[149]，以杖叩狼曰："汝误矣。夫人有恩而背之，不祥莫大焉[150]，儒谓受人恩而不忍背者，其为子必孝，又谓虎狼知父子[151]。今汝背恩如是，则并父子亦无矣。"乃厉声曰："狼速去，不然，将杖杀汝。"狼曰："丈人知其一、未知其二。请愬之[152]，愿丈人垂听。初，先生救我时，束缚我足，闭我囊中，压以诗书，我鞠躬不敢息[153]，又蔓词以说简子[154]，其意盖将死我于囊而独窃其利也。是安可不咥？"丈人顾先生曰："果如是，是羿亦有罪焉[155]。"先生不平，具状其囊狼怜惜之意[156]。狼亦巧辩不已以求胜。丈人曰："是皆不足以执信也[157]。试再囊之，吾观其状果困苦否。"狼欣然从之，信足先生[158]。先生复缚置囊中，肩举驴上，而狼未之知也。丈人附耳谓先生曰："有匕首否？"先生曰："有。"于是出匕，丈人目先生使引匕刺狼。先生曰："不害狼乎？"丈人笑曰："禽兽负恩如是，而犹不忍杀，子固仁者，然愚亦甚矣，从井以救人，解衣以活友，于彼计则得，其如就死地何[159]？先生其此类乎！仁陷于愚，固君子之所不与也[160]。"言已大笑，先生亦笑，遂举手助先生操刃共殪狼[161]，弃道上而去。

【题解】

关于本文的创作旨意，"王世贞《居易录》亦称中锡为刺李梦阳负康海（李梦阳为弹劾刘瑾下狱，求救于康海，康海向刘瑾说情而出之。刘瑾伏诛，康海削职为民，李梦阳未救。）而作……然海以救梦阳坐累，梦阳特未营救耳，未尝逞凶反噬，如传所云云也。疑中钖别有所指，而好事者以康、李为同时之人，又有相负一事，附会其说。"（《四库全书总目》卷一七五）其实这是一篇寓言故事，也有人称为传奇小说，作者斥责了狼的忘恩负义，告诉人们狼的吃人本性永不改变，对其决不能讲仁慈，被其花言巧语的伪装所迷惑，而应毫不留情的打死它。

文章成功地塑造了几个人物。狼的狡诈和残忍，通过前后的对比，刻划得淋漓尽致，以至成为生活中和文学作品中恩将仇报的典型。东郭先生迂腐软弱，"仁陷于愚"，以至于老丈设计让狼就范，示意他刺死狼时，他还于心不忍，说："不害狼乎？"成了对敌心慈手软者的典型。此处老丈机智、坚定也塑造得很形象。

本文问世后，康海写了《读中山狼传》诗云：“平生爱物未筹量，那计当年救此狼。笑我救狼狼噬我，物情人意各无妨。”还改编成杂剧《东郭先生误救中山狼》。其好友王九思也写过《中山狼院本》，可见影响甚大。

【注释】

①赵简子：赵鞅，春秋末年晋国的卿，在与范氏、中行氏争斗中，扩大封地，奠定后来赵国的基础。“简”为谥号。中山：今河北省定县一带。②虞人：古代掌管山泽、狩猎的官吏。《孟子·滕文公下》：“昔齐景公田，招虞人以旌”注：“虞人守苑囿之吏。”道：即“导”。③罗后：成群地跟随于后。④骇禽：受惊的飞禽。鸷（zhì）兽：凶猛的野兽。《商君书·画策》：“虎豹熊罴，鸷而无敌。”⑤应弦而倒：谓箭不虚发。《子虚赋》：“弓不虚发，应声而倒。”⑥人立：象人一样直立。《左传·庄公八年》：“（齐侯）射之，豕人立而啼。”⑦唾手：把唾沫吐手掌上，表示要全力以赴做某事。⑧援：拉。乌号：古代良弓名。《淮南子·原道》“射者扞乌号之弓”。⑨挟（xié）：夹持。肃慎：古代民族名，分布在今东北地区，善事狩猎。曾向周朝进贡弓箭。⑩饮羽：设箭很深，以至箭尾的羽毛都不见了。饮：吞没。⑪逋（bū）：逃跑。⑫墨者：信奉墨家学说的人。墨子主张“兼爱”。东郭：复姓。适：到，往。于仕：谋求官职。⑬策：鞭打。蹇（jiān）：跛足。⑭囊：口袋。此作“装”讲。⑮夙（sù）行：清早赶路。失道：迷路。⑯惊悸：惊骇。⑰奄：突然。⑱引首：伸

长脖子。⑲济物：救助、成全别人。⑳毛宝：晋代豫州刺史，戍守邾城（今湖北省黄冈县）。相传其部下得一白龟，养于瓮中，后放回江中。一次作战失利，他投江逃命，被一物驮至岸上，回头一看，原是白龟。（见《幽明录》）㉑隋侯：姬姓，受周朝封于隋国（今湖北省隋县）为侯。他见一条受伤的蛇，为它敷药治伤。后来蛇从江中衔一明珠相答。人称“隋侯之珠”。（见《淮南子·览冥训》高诱注）㉒“龟蛇”句：龟蛇本来就不如狼机灵。固：本来。㉓苟延残喘：姑且拖延一口未断之气，喻勉强维持生命。㉔脱颖而出：原意指有才能的人，终能充分显示出来，好比布袋里的锥子，会穿透布袋露出尖头一样。典故出自《史记·平原君列传》。此指再从口袋中出来，脱离险境，保全活命。颖：东西末端的尖锐部分。㉕生死而肉骨：使死人复生，白骨长肉。表示感恩至极。《左传·襄公二十二年》：“吾见申叔夫子，所谓生死而肉骨也。”㉖“敢不”句：怎敢不努力效法龟蛇的报恩诚意呢？㉗私：此为私自庇护的意思。犯：冒犯。世卿：世袭的卿大夫，此指赵简子。㉘忤（wǔ）：冒犯，触怒。㉙祸且不测：灾祸将无法估量。㉚敢望报乎：岂敢指望报答。㉛兼爱：墨子提倡“兼相爱，交相利”，有《兼爱》上中下三篇。㉜有以活汝：有办法使你活。㉝脱有祸：即使得灾祸。㉞囊橐（tuó）：口袋。橐：无底的袋。㉟徐徐焉：慢慢地。此形容小心翼翼的样子。㊱“前虞”两句：意谓前面生怕踩着狼胡，后面担心压住狼尾。《诗·豳风·狼跋》：“狼跋其胡，载疐其尾。”虞：忧虑。跋：践踏。胡：兽颔下的垂肉。疐（zhì）：跌倒。此作践压讲。原意为狼进则踩着垂肉，退则压住尾。㊲克：能。㊳容与：迟疑不定的样子。㊴“先生”两句：先生你果真想打拱作揖谦让而救人于水火，鸣响铃铛来躲避盗贼吗？銮：车驾上的铃铛。㊵速图：赶快设法。㊶跼蹐（jújí）：蜷曲收缩。㊷引绳而束缚之：拿绳子让捆绑它。㊸下首至尾：弯下头凑到尾。㊹曲脊掩胡：弓起脊背，盖住垂肉。㊺猬缩：象刺猬一样畏缩成一团。蠖（huò）屈：象尺蠖一样弯曲身体。蠖：尺蠖，爬行时身体一伸一屈，如尺量物，故名。㊻蛇盘龟息：象蛇一样盘曲，龟一样不动。㊼如其指：按照狼的旨意。指：同“旨”。㊽内：同“纳”。㊾括：扎住。㊿讳：隐瞒。51伏踬就地：趴倒在地，头贴近地面。踬：倒地。52匍匐：爬行。53跽（jì）：长跪，双膝着地，上身挺直。54不慧：不聪慧，自谦之辞。55将有志于世：有志于济世。56遐方：远方。57“又安能”句：怎能发现狼的踪迹而指点你的鹰犬去追捕呢？《史记·萧相国世家》：“夫猎，追杀兽兔者狗也，而发踪指示兽处者人也。”58“大道”句：在大道边放羊，因岔道多，羊易丢失。语出《列子·说符》。亡：丢失。59区区：仅仅。循：沿。60“不几”句：不近乎“守株待兔”和“缘木求鱼”吗？守株待兔：比喻不知变通。《韩非子·五蠹》：“宋人有耕者，田中有株，兔走触株，折颈而死，因释其耒而守株，冀复得兔。兔不可复得，因身为宋国笑。”缘木求鱼：上树找鱼，喻目的与方法相悖，劳而无功。《孟子·梁惠王上》：“以若所为，求若所欲，犹缘木而求鱼也。”61田：同“畋”，打猎。62皮冠：古代打猎时戴的帽子。国君畋猎，以皮冠为凭证，招唤虞人。《左传·昭公二十二年》："皮冠以招虞人。"这里指掌管打猎的虞人。㊸党豺为虐：与豺结伙为非肆虐。党：结伙。豺：豺狗，凶残如狼形似犬。㊹窥左足：意谓举"足"之劳。窥：同"跬"，半步。因人走路，先迈左足，故曰"窥左足"。《汉书·息夫躬传》："京师里虽有武蜂精兵，未有能窥左足而先应者也。"㊺良久：很久。㊻羽旄：旗竿上缀有羽毛和牦牛尾的一种旗帜。㊼度：估量，揣测。适：刚才。㊽生我：救活我。㊾馁（něi）：饥饿。㊿"亦终"句：也最终是死路一条而已。⑪与其……毋宁：表不选择的关联词。意为与其……还不如……。⑫以俎豆于贵家：作为贵族家的食物。俎豆：古代宴客、祭祀的礼器。⑬摩顶放踵：从头顶到脚跟都摩伤了。《孟子·尽心上》："墨子兼爱，摩顶放踵，利天下，为之。"赵岐注："摩秃其顶，下至于踵。"踵：脚跟。⑭"又何吝"句：又何必吝惜你的身体给我吃而成全我的性命呢？啖我：给我吃。⑮鼓吻奋爪：张大嘴，舞利爪。吻：嘴。⑯且搏且却：一边搏斗，一边退却。⑰便（pián）旋而走：兜着圈子逃跑。⑱有加：此指加害。⑲"吾非"三句：我不是一定想负恩于你，但天生你们这班人，本来就需要我们来吃。⑳晷（guǐ）：日影。㉑窃念：私下考虑。㉒绐（dài）：欺骗。㉓三老：古时称帮助县令、丞、尉推行政令的乡官三老，这里只是三位老者的意思。㉔第行矣：只管走吧。㉕苟：如果。㉖逾时：过了一会儿。㉗叩焉何益：叩问它有什么用。㉘老圃：老园丁。圃：瓜果菜园。㉙逾年华：隔年开花。㉚实：结实。㉛拱把：指树的大小。拱：两手指尖合围。把：一手满握。㉜鬻（yù）：卖。规利：图利。⑬敛华就实：花谢结果。敛：收缩。⑭贯：买。此作“招惹”讲。⑮条：细枝。枚：树干。此指粗枝。《诗·周南·汝坟》：“遵彼汝坟，伐其条枚。”⑯芟（shān）：剪除。⑰工师之肆：工匠的铺子。直：值。⑱樗（shū）朽之材：无用的木材。樗：臭椿树。木质松软。《庄子逍遥游》：“吾有大树，人谓之樗，其大本拥肿而不中绳墨，其小枝卷曲而不中规矩。立之途，匠者不顾。”⑲桑榆之景：以日暮喻晚年。《太平御览》三引《淮南子》：“日西垂景在树端，谓之桑榆。”⑩斧钺（yuè）之诛：斧子的砍伐。钺：长柄斧。⑩觊（jì）：非分的希望。⑩爽盟：背盟，失约。爽：违背。⑩矢：同“誓”。⑩值：遇到。⑩遽：立刻。⑩牸（zì）：雌畜。此指雌牛。⑩向者：过去，刚才。⑩谬言害事：胡说害于事。⑩咥（dié）：咬，吃。⑩茧栗：小牛初生之角象蚕茧和栗子，故以代指小牛。⑪卖一刀以易我：只用了卖一把刀的钱买下了我。⑫贰：协助，辅助。《尚书·周官》：“少师、少傅、少保曰三孤，贰公弘化。”⑬事南亩：耕田。南亩：因古代农田多向南开辟，所以泛指农田。《诗·豳风·七月》：“馌彼南亩。”⑭老惫：衰老疲惫。⑮伏田车：低头拉田猎时的车。⑯脱：卸下。辐衡：指代车。辐：连接车轴和轮边的车条。衡：车辕前的横木。⑰郊坰（jiōng）：野外。坰：远郊。《诗·鲁颂·駉》：“駉駉牡马，在坰之野。”传：“坰，远野也。”⑱仰：仰仗，依赖。⑲庾：露天的谷仓叫“庾”。⑳自谅：自料，自信。㉑担石：形容少量的粮食。一石为石，两石为担。㉒斛（hù）：古容量单位。秦汉时十斗为一斛。南宋末改为五斗为一斛。㉓无顾藉：无人理睬。顾藉：探望慰藉。⑫掉臂：甩着臂膀走路，形容逍遥自得的样子。村社：乡里集会祭土地神的活动。⑫尘卮（zhī）罂：酒杯酒缸积满灰尘（表示一直不用）。⑫涸唇吻：嘴唇干燥（没沾酒）。⑫酝黍稷：用黍稷酿酒。酝：酿。⑫据尊罍（léi）：拿酒具喝酒。罍大于尊，上多画有云雷之形，故名罍。⑫侣木石：意为在田野劳作。⑬持兔园册：手捧识字课本。兔园册：亦作“兔园策”。唐太宗之子李恽让其幕僚杜嗣先仿科举科目的策问，制成问答题，编成书，取汉梁孝王园圃兔园为名。《新五代史·刘岳传》：“《兔园册》者，乡村俚儒教田夫牧子之所诵也。”⑬腰韦带：腰系软皮带。韦：去毛熟治的皮子。⑬顾：但。⑬酸风射眸：冷风刺目。李贺《全铜仙人辞汉歌》：“东关酸风射眸子。”⑬吊影：对影自伤。表示孤独悲哀。⑬挛：肌肉抽搐。⑬瘥（chài）：病愈，⑬脯：肉干。用作动词。⑬鞟（kuò）：去毛的皮。此指制革。⑬切磋：此作磨制讲。⑭庖丁：厨师。⑭胡：何。砺刃：磨刀。硎：磨刀石。⑭迹是：犹言“由此”。⑭毋欲速：莫性急。⑭杖藜：拄着拐杖。藜：野草，茎老可制手杖。⑭且喜且愕：又喜又惊。⑭丈人：老者尊称。⑭窘：困迫。⑭斯文：读书人。东郭自指。《论语·子罕》：“天之将丧斯文也。”⑭欷歔：叹息声。⑮不祥：不善《左传·成公十三年》：“君又不祥，背弃盟誓。”莫大焉：没比这更大的了。⑮虎狼知父子：即使虎狼，也知父子情分。⑮愬：同“诉”。⑮息：出气。⑮蔓词：不着边际拉杂之词。⑮是羿亦有罪焉：语出《孟子·离娄》。羿善射，授逢蒙。逢蒙学成后，射死羿，意欲称雄天下。

孟子谓羿过在不知择人而救。此指东郭救不该救之人。亦有过错。⑯具状：具体描述。⑰执信：作为凭证。⑱信足先生：把脚伸给东郭。信（shēn）：同“伸”。⑲“从井救人”四句：跳井救人，脱衣救友，对他人有益处，而自己处于绝境又怎以办呢！从井救人：《论语·雍也》：“宰我问曰：‘仁者，虽告之曰：井有仁焉，其从之也？子曰：‘何为其然也！君子可逝也，不可陷也。”孔子意谓应离井另想他法，不能自己也跳进去。解衣活友：《列士传》载：战国时，羊角哀与左伯桃为好友。闻楚国招贤，同往。路遇风雪，粮少衣薄。左伯桃说：“吾所学不如子，子往矣。”脱衣留食予羊角哀。自己钻入树洞中，冻饿而死。⑳“仁陷”两句：仁而陷于愚蠢的地步，君子不取。不与：不赞成。㉑殪（yì）：杀死。

何景明 (1483 – 1521)

字仲默，号大复山人，明河南信阳人。弘治十五年（1502）进士，授中书舍人。何景明性耿介，鄙荣利，因上书指控宦官刘瑾，被免官，刘瑾被诛后才复职。后出任陕西提学副使，积劳成疾，因病辞归，不久病卒。

何景明与李梦阳同为“前七子”的代表作者，文学上主张诗文复古。但他的复古，不尽拘于形式，诗文亦颇有时代气息。著有《何大复集》。

上冢宰许公书

中书舍人何某顿首[1]，上书冢宰许公下执事[2]。某诚至愚，窃见明公自入吏部[3]，所推进者[4]，皆崇饰名节[5]，砥砺廉耻之士[6]，清议攸与[7]。群望景附[8]，乡鄙末进[9]，实亦私抃[10]。

迺者主上幼冲[11]，权阉在内[12]，天纪错易[13]，举动大缪[14]。究人事，考变异[15]，未有甚于此时者也[15]。然而上下之臣，未见有秉德明恤[17]，仗义优节者[18]。某虽寡昧[19]，谅明公之所必忧也。夫国有人曰实，无曰虚，以今日观之，虽谓之虚可也。某所以系大小之望[20]，致虚实之原[21]，实惟明公之责[22]。是明公虽欲无忧，不可得也。

顷者闻权阉多干明公之正者[23]，议者难之[24]。或谓宜少自贬以为容[25]。夫自贬以为容者，患失者之所为也。孰谓明公表师百僚[26]、坚立万仞者而为此乎[27]！某于明公素未伏谒[28]，然慕义甚深，区区之怀，不敢不露。窃为明公划二策，惟明公之自择焉。一曰守正不阿[29]，不容于权阉而去者[30]，上策也。二曰自贬以求容于权阉，而不容于天下后世者，下策也。夫今之计，止是二者，二者俱为不容，然守正不容，可以激颓靡于当时[31]，流声烈于后世[32]，损少而益者多；自贬不容，则颓靡益恣[33]，声烈且败，益少而损者多。二者曷重曷轻[34]，惟明公之自择焉。

昔者子贡谓孔子曰[35]："夫子之道大，天下莫能容，盍少贬乎[36]？"孔子曰："良农能稼[37]，不能为穑[38]；良匠能巧[39]，不能为顺[40]。君子能修其道，纲而纪之[41]，统而理之[42]，而不能为容。赐[43]，尔不务修道，而务为容，尔志不远矣。"由是观之，士而未禄[44]，尚不可为容，况位冢宰、统百官而均四海者乎[45]？而何以为庶官之地[46]、天下之望乎。今时匹夫女子，咸知太息，用以为慰者，以有明公在位[47]。望明公深惟保重[48]。

某积怀甚久[49]，不敢轻造门下[50]，谨遣家人持书，托阍者通焉[51]，幸明公赐察，不即叱责。

【题解】

冢宰：又作太宰。相传殷始置，为天官之长，辅佐帝王治理国家。明清时也用作吏部尚书的别称。许公：许进，字季升，曾任吏部尚书。

何景明的学生乔士宁所撰《何先生传》称："逆瑾挠吏部权，则移书许太宰，引正大义。献吉与姜御史诘奏，又移书杨太宰，直献吉狱。少师李西涯疏上乞休，会有兵事，又援古大臣义，为书让之。三书皆非身事，而抗颜尊显，语涉时忌，议者谓忧国怜才，古今莫加也。"其为人刚正，为文之劲直可见一斑。

本文讲名节，倡清议，诋权阉，犯时忌，直言不讳，其出谋划策，分析得失，风发踔厉，大有秦汉谋臣策士的余烈风概。这样的文章，已不同于明初宋濂之雍容典雅；也不同于杨溥等人之冠冕堂皇，七子倡言"文必秦汉"，虽不免篇模句拟，流于形式；但本篇则胎息在风骨之间。

【注释】

①中书舍人：官名。中书省的属官。掌管文书诏告等。何景明曾任此职，因不能干谒，十年不调。②下执事：原指供使役的人员。此谦言自己不配直接讲话，而请下人转达。③明公：尊称许进。入吏部：许进于正德元年任吏部尚书。④推进：进用。⑤崇饰：修饰。崇，修饰。《国语·周语》："容貌有崇，威仪有则。"注："崇，饰也。容止可观也。"名节：名誉和节操。⑥砥砺：磨炼。⑦清议：公正的社会舆论。攸：所。与：赞许，⑧群望：即众望。景附，即"影附"，如影附身，喻归顺，随从。⑨乡鄙：乡下边邑。末进：犹言后进。⑩私抃（biàn）：私下高兴。抃：拍手以示赞成。⑪迺（nǎi）：同"乃"。语词。主上：指明

武宗（朱厚照）。幼冲：年幼。冲：幼小。⑫权阉（yān）：擅权的宦官。此指刘瑾，与宦官马永成、高凤等七人结党营私，残害异己，屡兴大狱，贪污纳贿，刻剥百姓，人号“八虎”。为帝宠信。⑬天纪：此指国家的纪纲。错易：错乱。⑭举动：指行政号令措施。缪（mù）：乖错。⑮究人事，考变异：考究天变与人事的关系。⑯甚：严重。⑰秉德；操持道德。明恤：明于济时救弊。⑱仗义：主持正义。伏节：死节。⑲寡昧：无知。⑳某：一本作其。大小：犹尊卑，即指上下之臣。㉑致：招致，形成。虚实：指国有人无人而言。㉒“实惟”句：实在是明公的责任。惟：句中语气词，表示判断。㉓顷者：不久前。干：犯。正：通“政”。宦官干政，历来为朝纲所忌。㉔难之：以之为难。难于对付的意思。㉕“或谓”句：有人认为应该我自退让，以求取容于权阉。贬：贬损。为容：取容于人。㉖表师：为师表。㉗坚立万仞：喻品德节操之高尚。㉘素未伏谒：一向从没有拜访。㉙阿：一本作“挠”，都是由从他人之意。㉚去：指去职。㉛激：激励。颓靡：颓废萎靡。此指士风不振。㉜流：流播。声烈：名声和功烈。㉝益恣：更加放纵。㉞曷：何。㉟“子贡”句：见《史记·孔子世家》。㊱盍：何不。㊲稼：耕种。㊳穑（sè）：收割庄稼。㊴巧：展施巧艺。㊵为顺：此指顺应每人之意。㊶纲而纪之：指治理。《诗·大雅·棫朴》：“勉勉我王，纲纪四方。”传：“以罔罟喻为政，张之为纲，理之为纪。”㊷统而理之：使之整齐划一。㊸赐：子贡名。㊹未禄：未仕。指不在官位。㊺统百官：统率百官。均四海：平治四海。㊻庶官：众官，百官。《书·周官》：

“推贤让能，庶官乃和。”地：地步。此指留有余地。㊼“今时”四句：意谓如今一般百姓都为国事忧虑叹息，然而尚用以自慰的，就因为还有您在其位。㊽深惟：深思熟虑。㊾积怀：指上述看法郁积于胸。㊿造：造访拜访。门下：对长官的敬称。朱熹《与江东陈帅书》：“不审高明，何以处此？熹则窃为门下忧之，而未敢以为贺也。”51阍者：守门者。

归有光（1506—1571）

字熙甫，号震川，昆山（今属江苏）人，幼勤学苦读，九岁能文。嘉靖十九年（1540）中举，后八试不第。遂移居嘉定（今属上海市）安亭江上，读书讲学，学生常达数百人，人称“震川先生”。嘉靖四十四年（1565），中进士，任浙江长兴知县。隆庆四年（1570），迁南京太仆寺丞，留掌内阁制敕房，修纂《世宗实录》，卒于官。著有《震川文集》。

归有光不满于当时文坛前、后七子的拟古倾向，与王慎中、茅坤、唐顺之等主张继承唐宋散文自然流畅、文从字顺的传统，被称为“唐宋派”。他的散文“家龙门而户昌黎”（钱谦益《新刊震川先生文集序》），长于叙家庭琐事，抒亲旧聚散之情，情真意切，悱恻动人，文字简洁流畅。王鸣盛对他的文章在散文发展史中的作用有如下评论：“明自永、宣以下，尚台阁体；化、治以下，尚伪秦汉，天下无真文章者百数十年。震川归氏起于吾郡，以妙远不测之旨，发其淡宕不收之音，扫台阁之肤庸，斥伪体之恶浊，而于唐宋七大家及浙东道学体，又不相袭，盖文之超绝者也。”（《钝翁类稿》）

项脊轩志

项脊轩，旧南阁子也[①]。室仅方丈[②]，可容一人居。百年老屋，尘泥渗漉[3]，雨泽下注[4]；每移案，顾视无可置者[5]。又北向不能得日，日过午已昏。余稍为修葺[6]，使不上漏。前辟四窗，垣墙周庭[7]，以当南日[8]。日影反照，室始洞然[9]。又杂植兰桂竹木于庭，旧时栏楯[10]，亦遂增胜[11]。借书满架，偃仰啸歌，冥然兀坐[12]，万籁有声[13]，而庭阶寂寂，小鸟时来啄食，人至不去。三五之夜[14]，明月半墙，桂影斑驳[15]，风移影动，珊珊可爱[16]。然予居于此，多可喜，亦多可悲。

先是庭中通南北为一[17]，迨诸父异爨[18]，内外多置小门墙，往往而是[19]。东犬西吠，客逾庖而宴[20]，鸡栖于厅。庭中始为篱，已为墙[21]，凡再变矣。家有老妪，尝居于此。妪，先大母婢也[22]。乳二世[23]。先妣抚之甚厚[24]。室西连于中闺[25]，先妣尝一至。妪每谓予曰："某所，而母立于兹[26]。"妪又曰："汝姊在吾怀，呱呱而泣[27]；娘以指扣门扉，曰：'儿寒乎？欲食乎？'吾从板外相为应答[28]。"语未毕，余泣，妪亦泣。

余自束发[29]。读书轩中。一日，大母过余曰[30]："吾儿，久不见若影，何竟日默默在此[31]，大类女郎也？"比去[32]，以手阖门[33]，自语曰："吾家读书久不效[34]，儿之成，则可待乎？"顷之，持一象笏至[35]，曰："此吾祖太常公宣德间执此以朝[36]，他日汝当用之。"瞻顾遗迹，如在昨日，令人长号不自禁[37]。

轩东故尝为厨[38]；人往[39]，从轩前过。余扃牖而居[40]，久之能以足音辨人。

轩凡四遭火，得不焚，殆有神护者。

项脊生曰[41]："蜀清守丹穴[42]，利甲天下[43]，其后秦皇帝筑女怀清台。刘玄德与曹操争天下[44]，诸葛孔明起陇中[45]。方二人之昧昧于一隅也[46]，世何足以知之？余区区处败屋中[47]，方扬眉瞬目[48]，谓有奇景，人知之者，其谓与坞井之蛙何异[49]？

余既为此志[50]，后五年，吾妻来归[51]。时至轩中，从余问古事，或凭几学书。吾妻归宁[52]，述诸小妹语曰：'闻姊家有阁子，且何谓阁子也？"

其后六年，吾妻死，室坏不修。其后二年，余久卧病无聊，乃使人复葺南阁子，其制稍异于前[53]。然自后余多在外，不常居。

庭有枇杷树，吾妻死之年所手植也，今已亭亭如盖矣[54]。

【题解】

项脊轩：作者的书斋名。起名"项脊"，有纪念意义。作者的远祖归道隆曾居江苏太仓的"项脊泾"。志：记。

文章以项脊轩的兴废为线索，叙述家庭的盛衰分合，家人的生死存亡，抒发人亡物在，世事沧桑，身世萧索的悲慨。作者长于叙事，更善于在叙事中抒情。先写轩虽小且旧，但经修葺布置，乐趣不小。作者对大家庭同堂聚居的怀恋之情，蕴寓其中；后叙"诸父异爨"，"东犬西吠"，"鸡栖于厅"的情景，笔下不胜其悲；又通过老妪的言谈，追念老母；顾瞻轩之遗迹，追怀祖母；描绘琵琶树的长大，追念其妻，表达"树犹如此，人何以堪"的哀情，凡所记叙，无不悱恻动人。林纾谓："震川力追欧公，得其法乳，故《项脊轩》一记，亦别开生面。然有轩字为主人翁，则人事变迁，家道坎壈，皆归入此轩，作睹物怀人写法，与《泷冈阡表》面目又大不同。”（《春觉斋论文·述旨》）可见他为文虽师承《史记》，取法于欧阳修，却自有特色。

【注释】

①阁子：此指小屋。②方丈：一丈见方。③渗漉（lū）：水向下渗透滴漏。④雨泽：雨水可润泽农作物，故称雨泽。注：灌注。⑤顾视：环视。无可置者：没有可放案几之处。⑥修葺（qì）：修补。⑦“前辟”两句：前面开四扇窗户，围绕庭院，砌上矮墙。⑧当：对着。⑨洞然：豁亮的样子。⑩栏楯（shǔn）：栏杆。纵为栏，横为楯。⑪增胜：增添美观。⑫冥然：沉寂的样子。兀坐：端坐。⑬万籁有声：各种声音都可听到。籁：孔穴发出的声音。⑭三五之夜：农历十五的夜晚。⑮斑驳：萧疏，错落的样子。⑯珊珊：树影轻微摇动的样子。⑰先是：先前。庭中通南北为一：院子南北相通，连成一个院子。⑱迨：到。诸父：指父亲的兄弟。异爨（cuàn）：分灶做饭。此指分家而居。归有光《家谱记》：“归氏至于有光之生，而日益衰。源远而未分，口多而心异。自吾祖及诸父而外，贪鄙作戾者，往往杂出于其间。”⑲往往而是：随处都是些小门墙。⑳客逾庖而宴：谓客人来也分到各家赴宴。旧说谓宴请宾客时，因有小门墙之阻，客人乃经过厨房而赴宴。㉑已：已而，然后。㉒先大母：去世的祖母。㉓乳二世：做过两代人的乳母。指归有光之父和姊。乳：喂养。㉔先

妣（bǐ）：去世的母亲。抚之甚厚：对她照顾得很周到。㉕室西连于中闺：项脊轩西边连着内室。㉖而：你。㉗呱呱（gū）：小孩哭声。㉘板外：门外。㉙束发：指成童（八岁，一说十五岁）。古代男孩子成童时束发为髻。㉚过余：经过我这里。㉛竟日：整天。㉜比去：等到离开时。比：及，等到。㉝阖：同“合”，关上。㉞效：此指考中科举。㉟象笏：象牙制的长方形板，古代官僚上朝时所持，以为指画或记事用。又称手板，也可用玉或竹制成。明制，四品以上的官员方可用象笏。㊱太常公：指归有光母夏氏的祖父夏昶，字仲昭，昆山人。永乐进士，官至太常寺卿，画竹有名。宣德：明宣宗（朱瞻基）的年号（1426—1435）。㊲长号：放声号哭。㊳故尝为厨：从前曾做过厨房。㊴往：指到厨房去。㊵扃牖（jióng yōu）：关上窗户。㊶项脊生；作者以轩自号。㊷蜀清：《史记·货殖列传》：“巴蜀寡妇清，其先得丹穴，而擅其利数世。……能守其业，用财自卫，不见侵犯。秦始皇以为贞妇而客之，为筑女怀清台。”丹穴：硃砂矿。㊸利甲天下：所获之利，天下第一。㊹刘玄德：刘备的字。㊺陇中：诸葛亮曾躬耕于田陇之中。一说陇中当作“隆中”，在今湖北省襄阳县西，诸葛亮曾筑庐隐居于此，刘备三顾茅庐以起之。㊻“方二人”两句：蜀清与孔明正隐没在一方的时候，世人怎么能够了解他们呢？昧昧：昏暗不明的样子。此指不为人所知。㊼区区：渺小的意思。败屋：破败的房屋。㊽方扬眉瞬目；刚睁目眨眼。㊾“其谓”句：大概会说我与坎井之蛙有什么两样。焰：同“坎”。掐井：浅井，一说指废井。掐井之蛙：典出《庄子·秋水》，常用以比喻见识浅陋，没见过大世面的人。㊿余既为此志：我已经写了这篇《项脊轩志》。这句以下是后来补写的。51来归：嫁过来。古称女嫁为“归”。《诗·召南·江有汜》：“之子于归。”郑玄笺：“妇人谓嫁曰归。”52归宁：回娘家向父母问安。《诗·周南·葛覃》：“归宁父母。”53制：指布局的格式样子。54亭亭如盖：直立茂盛，形如伞盖。

袁宏道（1568—1610）

字中郎，号石公，湖北公安人。万历二十年（1592）进士。作过吴县知县、顺天府教授。国子助教、礼部主事、稽勋郎中等官职。与兄宗道、弟中道并有才名，时称“三袁”，是明代文坛重要流派公安派的代表人物。

袁宏道认为“世道既变，文亦因之”（《江进之》）反对前后七子的复古模拟的主张。提倡诗文要“独抒性灵，不拘格套”（《小修诗叙》）他的诗文清新流畅，真率自然，散文小品，简洁生动，文笔优美。有少量反映民间疾苦，批判时政，但多为身边琐事，闲情逸致和牢骚幽愤。总之，“其诗文变板重为轻巧，变粉饰为本色，致天下耳目于一新，又复靡然而从之。”（《四库全书总目》卷一七九）有《袁中郎全集》。

满井游记

燕地寒[①]，花朝节后[②]，余寒犹厉。冻风时作[③]，作则飞沙走砾，局促一室之内[④]，欲出不得。每冒风驰行，未百步辄返。

廿二日天稍和，偕数友出东直[⑤]，至满井。高柳夹堤，土膏微润[⑥]，一望空阔，若脱笼之鹄[⑦]。于时冰皮始解[⑧]，波色乍明[9]，鳞浪层层[10]，清澈见底，晶晶然如镜之新开而冷光乍出于匣也[11]。山峦为晴雪所洗，娟然如拭[12]，鲜妍明媚，如倩女之靧面而髻鬟之始掠也[13]。柳条将舒未舒，柔梢披风，麦田浅鬣寸许[14]。游人虽未盛，泉而茗者[15]，罍而歌者[16]，红装而蹇者⑩，亦时时有。风力虽尚劲，然徒步则汗出浃背[18]。凡曝沙之鸟[19]，呷浪之鳞[20]，悠然自得，毛羽鳞鬣之间[21]，皆有喜气。始知郊田之外，未始无春[22]，而城居者未之知也。夫能不以游随事，而潇然于山石草木之间者[23]，惟此官也[24]。而此地适与余近[25]，余之游将自此始，恶能无记[26]？己亥之二月也[27]。

【题解】

满井：在北京市东直门外。《长安客话》："出安定门，循古濠而东三里许，有古井一，经五尺余。飞泉突出，冬夏不竭。好事者凿石栏以束之。水常浮起，散漫四溢。井旁苍藤丰草，掩映小亭。都人探为奇胜。"

作者先用残冬余寒的气候和自己局促一室的烦闷、渴望排解的焦急为下文描写大地春回的风光和自己如鹄脱笼的心情作了铺垫。然后，以清新秀丽的笔触，运用一系列比喻、拟人、借代、排比等修辞手法，传达出万物得时、萌芽勃发的扑面春意。"始"、"乍"、"初"、"新"等虚词的择用，不仅点明了征候由冬入春的变化，表现了作者细致的洞察力，而且使作者的欣喜之情跃然纸上。作者状难写之景，抒难达之情，一若全不经意者，堪称写景抒情的高手。

【注释】

①燕地：今河北省为战国时期燕国的主要领地，故称。此指北京。②花朝节：即俗传的“百花生日”。唐时定为二月十五日，洛阳风俗为二月二日；宋时定为二月二日，后沿之。③时作：不时而起。④局促：拘束。⑤东直：北京旧城东北门，称东直门，已拆除。⑥土膏微润：土地肥沃而有些温润。膏：肥沃的样子。⑦鹄（hú）：天鹅。⑧冰皮：表层的冰。⑨波色乍明：水波刚因流动而闪光。⑩鳞浪：鱼鳞般的波浪。⑪冷光乍出于匣：宝剑的寒光刚出剑匣。⑫娟然如拭：美好洁净如经擦拭。⑬倩（qiàn）女：美丽的少女。靧（huì）：洗脸。髻鬟（jì huán）：环形发髻。始掠：刚梳过。⑭鬣（liè）：兽颈毛。此喻矫小的麦苗。⑮泉而茗者：煮泉水饮茶的人。茗：茶的一种。《尔雅·释木》：“槚，苦荼。”郭璞注：“今呼早采者为荼，晚取者为茗。”后泛指茶。⑯罍（léi）：酒器。此指用酒器饮。⑰红装而蹇（jiàn）者：穿着鲜艳的服装，骑着驴的青年女子。蹇：驴或驽马。此用作动词。⑱浃（jiā）：湿透，遍及。⑲曝（pù）沙之鸟：在沙滩上晒太阳的鸟。曝：晒。⑳呷（xiā）浪之鳞：吸水的鱼。呷：吸，饮。㉑毛羽鳞鬣：泛指鸟鱼虫兽。㉒未始无春：未尝没有春天。㉓“夫能”两句：能够不因游玩而耽误公务，而且能潇洒舒畅于山石草木之间的人。随：通“隳”。毁坏。㉔此官：指本官。作者时任顺天府教官。㉕适与余近：恰好与我住地相近。㉖恶（wū）：怎，如何。㉗已亥：明神宗万历二十七年（1599）。

徐霞客（1586—1641）

字振之，号霞客，江苏江阴人。明代著名的旅行家。杰出的地理学家、卓越的游记文学家。自二十二岁直至去世的三十余年中，他的足迹遍于大半个中国。他在湘江遇盗，行囊被洗劫一空；登高涉险，几乎葬身深渊，却始终百折不回。对所到之处的山川地貌、地质物产、民俗风土都作详细的考察，用日记载录。今存后人据其遗稿编纂的《徐霞客游记》十卷，共六十余万字，是宝贵的科学资料，其中辨证了不少方志的疑讹之说。同时，它又是一部独树一帜的游记巨著。真实详尽，不事雕饰，气势奔放是它的最大特点。它宛如一幅幅色彩斑斓的山水长卷，展现了祖国雄奇瑰丽的万里山河。

游黄山日记（后）

戊午九月初三日[①]。出白岳榔梅庵[②]，至桃源桥。从小桥右下，陡甚，即旧向黄山路也[③]。七十里，宿江邨[④]。

初四日，十五里至汤口[⑤]，五里至汤寺[⑥]，浴于汤池[⑦]。扶杖望朱砂庵而登[⑧]，十里上黄泥岗，向时云里诸峰，渐渐透出，亦渐渐落吾杖底。转入石门[⑨]，越天都之胁而下[⑩]，则天都、莲花二顶[⑪]，俱秀出天半。路旁一歧东上，乃昔所未至者，遂前趋直上，几达天都侧。复北上，行石罅中，石峰片片夹起，路宛转石间，塞者凿之，陡者级之[12]，断者架木通之，悬者植梯接之[13]。下瞰峭壑阴森。枫松相间，五色纷披，灿若图绣。因念黄山当生平奇览，而有奇若此，前未一探，兹游快且愧矣[14]。时夫仆俱阻险行后，余亦停弗上。乃一路奇景，不觉引余独往。既登峰头，一庵翼然，为文殊院[15]，亦余昔年欲登未登者。左天都，右莲花，背倚玉屏风[16]，两峰秀色，俱可手揽[17]。四顾奇峰错列，众壑纵横，真黄山绝胜处。非再至，焉知其奇若此[18]？遇游僧澄源至[19]，兴甚勇，时已过午，奴辈适至，立庵前指点两峰，庵僧谓天都虽近而无路，莲花可登而路遥，祗宜近盼天都，明日登莲顶。余不从，决意游天都。挟澄源、奴子，仍下峡路，至天都侧，从流石蛇行而上[20]，攀草牵棘，石块丛起则历块[21]，石崖侧削则援崖[22]，每至手足无可着处，澄源必先登垂接[23]。每念上既如此，下何以堪[24]，终亦不顾，历险数次，遂达峰顶。惟一石顶，壁起犹数十丈[25]，澄源寻视其侧得级，挟予以登[26]，万峰无不下伏，独莲花与抗耳[27]。时浓雾半作半止，每一阵至，则对面不见，眺莲花诸峰，多在雾中。独上天都，予至其前，则雾徙于后，予越其右[28]，则雾出于左。其松犹有曲挺纵横者[29]，柏虽大干如臂，无不平贴石上，如苔藓然[30]。山高风巨，雾气去来无定，下盼诸峰，时出为碧峤[31]，时没为银海[32]。再眺山下，则日光晶晶[33]，别一区宇也[34]。日渐暮，遂前其足，手向后据地，坐而下脱。至险绝处，澄源併肩手相接。度险下至山坳，暝色已合，复从峡度栈以上[35]，止文殊院。

初五日。平明[36]，从天都峰坳中北下二里，石壁岈然[37]，其下莲花洞[38]，正与前坑石笋对峙[39]，一坞幽然[40]，别澄源下山，至前歧路侧，向莲花峰而趋。一路沿危壁西行，凡再降升，将下百步云梯[41]，有路可直跻莲花峰，既陟而磴绝，疑而复下。隔峰一僧高呼曰："此正莲花道也!"乃从石坡侧度石隙，径小而峻，峰顶皆巨石鼎峙[42]，中空如室，从其中迭级直上，级穷洞转、屈曲奇诡，如下上楼阁中，忘其峻出天表也[43]。一里，得茅庐，倚石罅中，方徘徊欲升，则前呼道之僧至矣。僧号凌虚，结茅于此者，遂与把臂陟顶[44]。顶上一石，悬隔二丈，僧取梯以度。其颠廓然[45]。四望空碧，即天都亦俯首矣。盖是峰居黄山之中，独出诸峰上，四面岩壁环耸，遇朝阳霁色，鲜映层发，令人狂叫欲舞。久之，返茅庵。凌虚出粥相饷[46]，啜一盂[47]，乃下。至岐路侧，过大悲顶[48]，上天门[49]。三里，至炼丹台[50]。循台嘴而下，观玉屏风、三海门诸峰[51]，悉从深坞中壁立起。其丹台一冈中垂，颇无奇峻，惟瞰翠微之背[52]，坞中峰峦错耸，上下周映，非此不尽瞻眺之奇耳。还过平天矼[53]，下后海[54]，入智空庵[55]，别焉[56]。三里，下狮子林[57]，趋石笋矼[58]，至向年所登光峰上，倚松而坐，瞰坞中峰石回攒[59]，藻缋满眼[60]，始觉匡庐、石门[61]，或具一体，或缺一面[62]，不若此之闳博富丽也。久之，上接引崖[63]，下眺坞中，阴阴觉有异。复至冈上尖峰侧，践流石，援棘草，随坑而下，愈下愈深，诸峰自相掩蔽，不能一目尽也。日暮，返狮子林。

初六日，别霞光[64]，从山坑向丞相原[65]。下七里，至白沙岭[66]，霞光复至。因余欲观牌楼石[67]，恐白沙庵无指者，追来为导。遂同上岭，指岭右隔坡，有石丛立，下分上并，即牌楼石也。余欲逾坑溯涧，直造其下，僧谓棘迷路绝，必不能行，若从坑直下丞相原，不必复上此岭，若欲从仙灯而往[68]，不若即由此岭东向。余从之，循岭脊行，岭横亘天都、莲花之北，狭甚，旁不容足，南北皆崇峰夹映[69]。岭尽北下，仰瞻右峰罗汉石，圆头秃顶，俨然二僧也。下至坑中，逾涧以上。共四里，登仙灯洞。洞南向，正对天都之阴，僧架阁连板于外[70]，而内犹穹然[71]，天趣未尽刊也[72]。复南下三里，过丞相原，山间一夹地耳。其庵颇整，四顾无奇，竟不入。复南向循山腰行，五里，渐下，涧中泉声沸然，从石涧九级下泻，每级一下，有潭渊碧，所谓九龙潭也[73]。黄山无悬流飞瀑，惟此耳。又下五里，过苦竹滩[74]，转循太平县路[75]，向东北行。

【题解】

黄山：在安徽歙县、太平、休宁、黟县之间。秦称黟山，因传说黄帝曾在此修身炼丹，故唐天宝六载（747）改今名。这里山峰劈地摩天，雄险奇峭；青松苍郁虬蟠，昂然挺拔；烟云翻飞缥缈，浩瀚似海；巧石星罗棋布，姿态万千；温泉终年喷涌，可饮可浴。是我国著名的风景区。

作者曾于万历四十四年（1616）二月初二至十一日初游黄山。有《游黄山日记》。1618 年第二次游历，故缀以“后”字。

本文以天都、莲花、丞相原三处为中心，记叙了作者游黄山的三天历程。这三处分别有澄源、凌虚、霞光三僧为向导，或绝处援曳，或迷途指引。作者抓住了黄山的四奇：峻峰、怪石、云海、苍松，表现它们的雄奇秀丽。石门“五色纷披，灿若图画”的鸟瞰图，文殊院万壑纵横，秀色可餐的千岩图，天都峰变幻神奇、气象万千的云海图以及莲花峰级穷洞转的崎岖山路、仙灯洞的天趣、九龙潭的泉声，给人“山阴道上，应接不暇”的审美享受。“五岳归来不看山，黄山归来不看岳”，是作者对黄山叹为观止的衷心赞美，而作者攀高涉险的过程和不畏艰险的精神，则体现了他对祖国山河的热爱。

【注释】

①戊午：明万历四十六年（1618）。②白岳：山名，在安徽休宁县西，为齐云山的组成部分和出入的必经之路。榔梅庵：在白岳山，离天门里许。作者万历丙辰岁（1616）游齐云、白岳时下榻于此。③“即旧”句：指1616年，作者初游黄山时走的路。④江邨：镇名。离黄山入口处的汤口20里。⑤汤口：黄山脚下的入口处。香溪、温泉从此流出，故名。⑥汤寺：即祥符寺。离汤口五里，创自唐开元十八年（730）。⑦汤池：古名硃砂泉，在黄山紫云峰下。常年水温为42℃，可饮可浴。⑧朱砂庵：即慈光寺，在黄山南部朱砂峰下。曾盛极一时，有千僧灶、洁眼泉、披云桥诸胜。⑨石门：地名。因两峰壁立如门，故名。⑩天都：黄山三大主峰之一。海拔1800米，古称“群仙所都”，意为天上都

会。胁：原意腑下，此指山腰。⑪莲花峰：在黄山中部，朱砂峰北，为黄山最高峰。因山形如莲瓣并峙，故名。⑫级：作动词“凿石级”讲。⑬植梯：架梯。⑭“兹游句”：此游既愧“前未一探”，又快得偿夙愿。⑮文珠院：在天都、莲花两峰间，背倚玉屏峰，前拱文殊台，左有狮石，右有象石。明僧普门在万历四十二年（1614）至此，辟径构屋，名文殊院，悬文殊像。院左侧下方有文殊池（今名天池）。院后毁于火。⑯玉屏风：峰名。因形得名。⑰手揽：用手摘取。⑱“非再至”两句：若非再次来游，怎知它的奇险象这样。⑲游僧：四方云游之僧。⑳流石：滑动或光滑的山石。蛇行：伏地曲折而行。㉑历块：攀越石块。㉒援崖；牵引而过崖。㉓垂接：从上向下接应。㉔“上既”两句：上山已经这么艰难，下山又怎么办呢？㉕壁起：陡起如壁嶂。㉖挟（xié）：夹持。⑰抗：匹敌，抗衡。㉘越（dì）：至。㉙曲挺纵横：形容松树的奇崛兀傲之状。㉚苔藓：青苔。㉛峤（qiáo）：山尖而高。㉜银海：云蒸雾腾，茫茫如银色海洋。㉝晶晶：光亮闪烁貌。㉞区宇：区域，境界。㉟栈：栈道。㊱平明：天亮时。㊲岈（xiā）：山深貌。㊳莲花洞：在莲花峰下。洞方广三丈，洞侧有峡。㊴石笋：以峰状的竹笋而得名。㊵坞（wù）：四面高中间凹下的地方。㊶百步云梯：为上莲花峰道。梯磴插天，足趾及腮，磴石倾侧，兀兀欲动。㊷鼎峙：如鼎三足并立。㊸天表：天外。㊹把臂：握住对方的手臂。此指“一起”的意思。㊺廓然：空阔貌。㊻饷：馈，遗。㊼啜（chuò）：饮喝。㊽大悲顶：峰名，在炼丹峰前。㊾天门：地名，在莲花峰北。两壁夹立，中窄摩肩，高数十丈，仰面而度，阴森悚骨。㊿炼丹台：以炼丹峰下。台石皆紫色，平敞旷衍，可容万人。传浮丘公曾在此炼丹，黄帝服食七粒，即升空而去。51三海门：在石门峰和炼丹峰间。这里崖石峭刻，云雾如海，故名。52翠微：峰名。在清潭峰北。全山遍布青松翠柏，故名。53平天矼（gǎng）：为黄山前海、后海的分界处。四面皆峻，独此若平地。矼：石桥。54后海：平天矼南为前海，北为后海。55智空庵：在平天矼后，庵主曰智空。作者前次游黄山，曾得其款待引路。56别焉：指与智空告别。57狮子林：庵名，在狮子峰。因峰似卧狮而名。狮子张口处有狮子林、狮林精舍等庙刹。58石笋矼：在接引崖东里许。矼脊斜亘，夹悬坞中。59回攒（cuán）：迂回簇聚。60藻缋：即藻绘，喻文采鲜丽。61匡庐：即江西九江市南的庐山。相传殷周之际有匡裕先生得道于仙人，共游此山，并卜居结庐，故名。石门：山以石门名者。所在多有，此似指浙江青田县之石门山，石洞幽邃，飞瀑喷泻，道教以为第三十洞天。62“或具”两句：或者只具备黄山的某一方面，而又缺少其另一面。63接引崖：在狮子林庵与石笋矼之间。这里乱峰争奇，崖忽中断，架木连之，上有一松，攀引可度，故名。64霞光：为狮子林庵主僧，作者前游所识。65丞相原：在石门峰、钵盂峰间。相传为南宋理宗时任右丞相的程元凤少时曾读书于此，故名。66白沙岭：在篷皮岭至丞相原途中，因沙软滑洁白而名。67牌楼石：又名天牌石、仙人榜。在散花坞中。一石通体黄色，中间绿字，宛然可辨，是谓“天牌”。68仙灯：洞名，在钵盂峰下。高数十丈，传洞口有灯，阴天也朗如明星，故名。⑥⑨崇峰夹映：高峰夹峙，互相映衬。⑦⓪“僧架阁”句：和尚在洞外架设栈道连板。阁：阁道，即栈道。⑦①穹然：高大空阔貌。⑦②“天趣”句：天然的情趣没被删除尽。刊：删除。⑦③九龙潭：又称九龙瀑；在黄山罗汉峰与香炉峰间，为黄山最壮丽的瀑布。悬千仞青壁之上，一折一潭，瀑折为九，潭蓄亦九，故名。大雨之后，瀑布如九龙飞舞，气势磅礴。⑦④苦竹滩：即苦竹溪，在九龙潭下，距汤口五里。⑦⑤太平：县名，在安徽南部，黄山北麓。

张　岱（1597—1689）

字宗子，又字石公，号陶庵，又号蝶庵，山阴（今浙江绍兴市）人。侨寓杭州。自曾祖以来，历代显官，自幼爱繁华，喜山水，通晓音乐戏剧。鲜衣美食，弹琴吟诗，过的是贵公子的生活。明亡，无所归依，避居山中，从事著述，布衣蔬食，亦常不继。现存著述有“陶庵梦忆”、《西湖梦寻》、《琅嬛文集》及《石匮书后集》等数种。

张岱是明末散文家。尤以小品散文成就最高。他的小品文凡风景名胜、茶楼酒肆、戏曲技艺，世情风俗乃至古玩器皿，无所不记，其中多故国之思，身世之悲，也反映明末社会现实的一些侧面。短小活泼，清新流丽，姿态横生，富有诗意。

湖心亭看雪

崇祯五年十二月[①]，余住西湖，大雪三日，湖中人鸟声俱绝。

是日更定矣[②]，余拏一小舟[③]，拥毳衣炉火[④]，独往湖心亭看雪。雾凇沆砀[⑤]，天与云、与山、与水上下一白，湖上影子，惟长堤一痕、湖心亭一点与余舟一芥、舟中人两三粒而已[⑥]。

到亭上，有两人铺毡对坐，一童子烧酒正沸。见余大喜："湖中焉得更有此人[⑦]！"拉余同饮。余强饮三大白而别[⑧]。问其姓氏，是金陵人[⑨]，客此[⑩]。及下船，舟子喃喃曰："莫说相公痴，更有痴似相公者。"

【题解】

湖心亭在西湖中。初名振鹭亭，又称清喜阁。始建于明嘉靖三十一年（1552），万历后方称湖心亭。

作者清晨冒寒踏雪，欣赏湖中雪景的雅兴逸情，以"湖中人鸟声俱绝"为反衬，以亭中两人品酒观雪为陪衬，可用"痴"字概括。作者迭用几个"一"字，别具匠心地运用了几个表示微小的量词"痕"、"点"、"芥"、"粒"，不仅新奇，而且以极小反衬天地之极大，写尽湖山雪景的迷朦混茫，传尽西子雪妆的风韵神姿。

【注释】

①崇祯：明思宗朱由检的年号（1628—1644）。五年：1632年。②更定：更尽天明。古时一夜分五更。③拏（ná）：牵引。④毳（cuì）：皮衣。毳：鸟兽的细毛。⑤雾凇：冬季或初春，有雾或毛毛雨时，附着于地表或物体表面的冻结物，色白，质松脆，日射则融。沆砀（hàngdàng）：白色之貌。⑥一痕：一道，一条。芥：小草。⑦"湖中"句：湖中怎么还会有这样的人。⑧大白：大酒杯。⑨金陵：今南京市。⑩客此：客寓于此。

魏学洢 (1596—1625)

字子敬，嘉善（今属浙江省）人，明末诸生。父魏大中因上疏弹劾权宦魏忠贤及其党羽而遭诬害，被捕入狱。他奋起营救，无效，父死狱中。他也因而受迫害，加之悲痛，不久也伤心而死。著有《茅檐集》。

核舟记

明有奇巧人曰王叔远，能以径寸之木为宫室器皿人物[1]，以至鸟兽木石，罔不因势象形[2]，各具情态。尝贻余核舟一[3]，盖大苏泛赤壁云[4]。

舟首尾长约八分有奇[5]，高可二黍许[6]。中轩敞者为舱[7]，箬篷覆之[8]。旁开小窗，左右各四，共八扇。启窗而观，雕栏相望焉。闭之，则右刻“山高月小，水落石出”[9]，左望“清风徐来，水波不兴[10]。”石青糁之[11]。

船头坐三人：中峨冠而多髯者为东坡[12]，佛印居右[13]，鲁直居左[14]。苏黄共阅一手卷[15]，东坡右手执卷端，左手抚鲁直背；鲁直左手执卷末，右手指卷，如有所语。东坡现右足，鲁直现左足，各微侧，其两膝相比者[16]，各隐卷底衣褶中[17]。佛印绝类弥勒，袒胸露乳，矫首昂视[18]，神情与苏黄不属[19]；卧右膝，诎右臂支船[20]，而竖其左膝，左臂挂念珠倚之[21]，珠可历历数也。

舟尾横卧一楫[22]，楫左右舟子各一人：居右者椎髻[23]仰面，左手倚一衡木[24]，右手攀右趾，若啸呼状；居左者右手执蒲葵扇，左手抚炉[25]，炉上有壶，其人视端容寂[26]，若听茶声然。

其船背稍夷[27]，则题名其上，文曰："天启壬戌秋日[28]，虞山王毅叔远甫刻[29]"。细若蚊足，钩画了了[30]，其色墨。又用篆章一[31]，文曰："初平山人"，其色丹。

通计一舟，为人五；为窗八；为箬篷、为楫、为炉、为壶、为手卷、为念珠，各一；对联题名并篆文，为字共三十有四；而计其长，曾不盈寸。盖简桃核修狭者为之[32]。

魏子详瞩既毕[33]，诧曰"嘻！技亦灵怪矣哉！庄、列所载，称惊犹鬼神者良多[34]，然谁有游削于不寸之质[35]，而须麋了然者[36]？假有人焉，举我言以复于我[37]，亦必疑其诳，乃今亲睹之。繇斯以观[38]，棘刺之端，未必不可为母猴也[39]。嘻，技亦灵怪矣哉！"

【题解】

本文选自《虞初新志》卷十。

核舟是在寸许的桃核上雕琢苏轼泛舟赤壁情景的一件精妙绝伦的工艺美术品，而本文则是一篇出色的静物写实的小品文。作者通过记述描摹，高度赞美了民间工艺美术家巧夺天工的艺术创作。

文章前为总述，尾作归纳，中间按船仓、船头、船尾、船背的顺序一一写来，层次清晰，结构完整。作者将舟中五个人物的装束、状貌、神态、动作等分别作了生动具体的描述。将五人不同的神情举措栩栩如生地再现出来，整个画面妙趣横生，浑然一体。

【注释】

①径寸：直径一寸。②罔不：无不。③贻（yí）：赠送。④大苏泛赤壁：指苏轼（为苏辙兄，故称大苏）前、后《赤壁赋》中所记述的游览赤壁的情景。⑤有奇（jī）：有余。⑥黍：古人将百粒黍排列起来作为一尺的长度。一黍即一分。⑦轩敞：宽敞明亮。⑧箬（ruò）篷：竹席做的船篷。箬：亦作箬，竹皮。⑨“山高”两句：苏轼《后赤壁赋》的句子。⑩“清风”两句：苏轼《前赤壁赋》中的句子。⑪石青：一种青色的颜料。糁（sǎn）：以米和羹。此指把石青磨细涂入字迹中。⑫峨冠：高帽。⑬佛印：即佛印禅师，名为元，字觉老。苏轼的友人。⑭鲁直：即黄庭坚，字鲁直。北宋诗人。苏轼的友人。苏轼《赤壁赋》并未说明同游人有佛印和黄庭坚。此舟雕刻有该二人系据传说创作的。⑮手卷：横卷的字画。⑯相比：相并。⑰卷底：手卷下面。衣褶（dié）：衣襟。⑱矫首：抬头。矫：举。⑲不属：不相关。⑳诎：同“屈”。㉑念珠：佛徒在吟经时用来记遍数的“数珠”。也称“佛珠”。㉒檝：同“楫”，船桨。㉓椎髻：撮在头顶心，形如木椎的一种发髻。㉔衡：即横。㉕炉：指茶炉。㉖视端容寂：

目光端直，容貌沉静。㉗夷：平。㉘天启：明熹宗（朱由校）的年号（1621—1627）。壬戌：即天启二年（1622）。㉙虞山：在今江苏省常熟市。因代指常熟。王毅，字叔远。甫：也作“父”。男子的美称。㉚钩画：指字迹。了了：清清楚楚。㉛篆章：篆体字的印章。㉜简：同“拣”，挑选。修狭：长而细。㉝详瞩：仔细地观赏。㉞“庄列”两句：《庄子》、《列子》称赞技艺之惊人犹如鬼神的内容很多。如《庄子》《养生主》的“庖丁解牛”、“《达生》的梓庆为鐻”、《知北游》的“大马捶钩”，《列御寇》的“朱泙漫屠龙”等，《列子·汤问》的“偃师制假倡”等。㉟游削：此为游刃有余的意思。《庄子·养生主》：“以无厚入有间，恢恢乎其于游刃必有余地矣。”不寸：不到一寸。质：材料。㊱须麋：同“须眉”。《荀子·非相篇》：“伊尹之状，而无须麋。”㊲复：回复，告诉。㊳繇：同“由”。明代避讳“由”（熹宗由校、毅宗由检）。㊴“棘刺”两句：《韩非子·外储说左上》记载，传说宋人（又作卫人）有一种技能，能在棘刺尖上雕刻一个母猴。母猴，又作“沐猴”。

张　溥 (1602——1641)

字天如，号西铭，太仓（江苏省太仓县）人。伯父辅之，为南京工部尚书。崇祯四年（1631）进士，改庶吉士。后以葬亲乞假归家，不再出仕。创“复社”，自称继承东林，敢于评议时政，为权贵所恶。所来成为抗清的爱国社团。曾编辑《汉魏六朝百三名家集》，著有《七录斋集》。文学上他提出“复兴古学，务为有用”的主张，以纠明末文坛空疏不实的弊病。他有史识，能文章，写了不少抨击时政之文。“诗文敏捷，四方征索者，不起草，对客挥毫，俄顷立就，以故名高一时。”（《明史》本传）

五人墓碑记

五人者，盖当蓼洲周公之被逮[①]，激于义而死焉者也。至于今，郡之贤士大夫请于当道[②]，即除魏阉废祠之址以葬之[③]，且立石于其墓之门，以旌其所为[④]。呜呼！亦盛矣哉！夫五人之死，去今之墓而葬焉，其为时，止十有一月耳[⑤]。夫十有一月之中，凡富贵之子，慷慨得志之徒，其疾病而死，死而湮没不足道者，亦已众矣。况草野之无闻者与！独五人之皦皦[⑥]，何也？

予犹记周公之初逮，在丁卯三月之望[7]。吾社之行为士先者[8]，为之声义[9]，敛赀财以送其行[10]，哭声震动天地。缇骑按剑而前[11]，问谁为哀者，众不能堪，抶而仆之[12]。是时以大中丞抚吴者[13]，为魏之私人，周公之逮所由使也[14]，吴之民方痛心焉[15]。于是乘其厉声以呵，则噪而相逐[16]；中丞匿于溷藩以免[17]。既而以吴民之乱，请于朝，按诛五人，曰颜佩韦、杨念如、马杰、沈杨、周文元[18]，即今之傫然在墓者也[19]。然五人之当刑也[20]，意气扬扬，呼中丞之名而詈之[21]，谈笑以死。断头置城上，颜色不少变。有贤士大夫，发五十金，买五人之脰而函之[22]，卒与尸合，故今之墓中，全乎为五人也。

嗟夫！大阉之乱[23]，缙绅而能不易其志者[24]，四海之大，有几人欤！而五人生于编伍之间[25]，素不闻诗书之训，激昂大义，蹈死不顾[26]，亦曷故哉[27]？且矫诏纷出[28]，钩党之捕[29]，遍于天下，卒以吾郡之发愤一击，不敢复有株治[30]。大阉亦逡巡畏义[31]，非常之谋难于猝发[32]。待圣人之出[33]，而投缳道路[34]，不可谓非五人之力也。

由是观之，则今之高爵显位[35]，一旦抵罪[36]，或脱身以逃，不能容于远近，而又有剪发杜门[37]，佯狂不知所之者[38]，其辱人贱行[39]，视五人之死，轻重固何如哉？是以蓼洲周公，忠义暴于朝廷[40]，赠谥美显[41]，荣于身后；而五人亦得以加其土封[42]，列其姓名于大堤之上[43]。凡四方之士，无有不过而拜且泣者，斯固百世之遇也[44]。不然，令五人者保其首领[45]，以老于户牖之下[46]，则尽其天年，人皆得以隶使之[47]，安能屈豪杰之流[48]，扼腕墓道[48]，发其志士之悲哉？故予与同社诸君子，哀斯墓之徒有其石也[50]，而为之记。亦以明死生之大，匹夫之有重于社稷也[51]。

贤士大夫者，冏卿因之吴公、太史文起文公、孟长姚公也[52]。

【题解】

明末太监魏忠贤独揽朝政，结党营私，剪除异己。杨涟、左光斗等人遭逮捕，魏大中又因触怒阉党被捕（后被杀死），途经苏州时，周顺昌冒死款待，于是周顺员昌又被捕（后也遭害）。周之被捕，激起苏州数万市民的极大义愤，打死了捕人的差役。阉党江苏巡抚毛一鹭捕杀了市民五人。次年（1618），明思宗朱由检即位，诛杀魏党。苏州人民重修五人墓，张溥为他们撰写了这篇碑文。

作者怀着崇敬的心情真实地记叙了这一历史上罕见的市民抗暴事件。高度赞扬了颜佩韦等五义士不畏强暴，敢于与魏党抗争的英雄气概，充分肯定了他们死难的重大意义，表现了对烈士的敬仰和悼念。

与一般的碑文不同，本文没有列叙碑主的生平事迹，而是用夹叙夹议的手法，记写了五义士的抗暴义举。记叙清晰简略，重点在围绕“激于义而死”而生发议论，抒发悲愤。作者处处设比、层层深入，用“富贵之子”的不足道，“缙绅”的屈从阉党以及“高爵显位者”的“辱人贱行”与五人的“激昂大义，蹈死不顾”相对照比较，突出五人的就义，使阉党“不敢复有株治”，能“屈豪杰之流，扼腕墓道，发其志士之悲。”文章激昂慷慨，文字遒劲，写五人就义的一段尤为气足神完。

【注释】

①蓼洲周公：周顺昌，字景文，号蓼洲，吴县人。万历四十一年进士。熹宗时，任福州推官、吏部主事等职。后辞官回家。为人刚正耿介，疾恶如仇，不畏权贵，终遭魏党诬陷，被捕入狱而死。崇祯初赠谥“忠介”。②郡：指苏州，古属吴郡。当道：执政。③“即除”句：清除魏忠贤祠的废址为五人的墓地。魏忠贤专权时，其党羽在各地为其立生祠。江苏巡抚毛一鹭为其建的生祠在虎丘山塘，名普惠祠。④旌：表彰。⑤“去今”三句：离今天修墓而安葬在这里，不过11个月罢了。⑥皦皦（jiǎo）：明亮，显眼。⑦丁卯三月之望：即熹宗天启七年（1627）三月十五日。据《明史·周顺昌传》，顺昌被捕在丙寅天启六年。望：月圆时，常指农历每月十五日。⑧“吾社”句：我们复社里那些道德品行能作读书人表率的人。吾社：指张溥与同乡张采等人于天启末年组合，正式成立于崇祯初年的复社。⑨声义：伸张正义。⑩敛赀财：募集钱财。⑪缇骑：本指汉代执金吾（掌管京师治安）手下的骑士。因身穿桔红色衣服，骑马，故称缇骑。后世用以称提拿犯人的差役。此指明代锦衣卫校尉。⑫抶（chì）而仆之：把他们击倒在地。抶：笞

打。⑬以大中丞抚吴者：以大中丞职衔任江苏巡抚的人。明代称副、佥都御史为中丞。当时，魏忠贤的党羽毛一鹭以副、佥都御史为江苏巡抚。⑭“周公”句：周顺昌的被捕是由他指使的。⑮痛心：痛恨他到极点。⑯“于是”两句：其：指毛一鹭。呵：呵叱。课而相逐：吵嚷着追逐他。⑰匿于溷藩：藏在厕所里。⑱“按诛”两句：按：举劾，提出罪状，进行审理。按诛：判处死罪。周文元：周顺昌的轿夫；颜佩韦：商人之子。杨念如为估衣商，马杰是市民，沈扬是经纪人。⑲傫（lěi）然：重叠相连的样子。《六书统》：“傫，凭高众立貌。”⑳当刑：行刑之时。㉑詈（lì）：骂。㉒脰（dòu）：颈顶，此指头。函：匣子。此指装匣。㉓大阉：指大宦官魏忠贤。㉔缙绅：指一般作官的人。古代官员常把笏板插（即“搢”，同“缙”）在腰带（绅）里，故以代指。不易其志：不改初志，即不向魏党屈服。㉕生于编伍：意谓出身普通百姓。古代乡里组织，每五家编为一伍，五伍为一里。㉖蹈死：身履死地，即冒生命危险。㉗曷：同“何”。㉘矫诏：假传皇帝的诏书。㉙钩党之捕：即“捕钩党”。天启五年（1625），魏忠贤曾大兴党狱，捕杀东林党人杨涟、左光斗等人。钩党：互相牵连为同党。《后汉书·灵帝纪》：“皆为钩党下狱”注：“钩，谓相牵引也。”㉚株治：株连治罪。㉛逡巡畏义：徘徊不定，畏惧正义。指害怕社会与论的谴责，而不敢肆意妄为。㉜非常之谋：不同寻常的阴谋。指魏忠贤篡夺帝位的阴谋。猝（cù）：急遽，忽然。㉝圣人之出：指明毅宗朱由检即位。㉞投缳道路：缢死于途中。此指魏忠贤在被贬凤阳途中自缢。《明史·宦官传二》："（崇祯）七年，遂安置忠贤于凤阳，寻命逮治。忠贤行至阜城，闻之，与李朝钦偕缢死。"㉟今之高爵显位：指魏党的高官显宦者。㊱抵罪：因犯法而得到应有的处罚。㊲剪发：或削发为僧。杜门：闭门不出。杜：塞，闭。㊳佯狂不知所之：假装疯狂，不知去向。㊴辱人贱行：使人感到可耻的卑耻行为。㊵暴：显露。㊶赠谥美显：指崇祯皇帝赠周顺昌为太常卿，谥为忠介。谥：古时帝、臣、士大夫死后，依照其生前事迹给予的称号。美显：美好而荣耀。㊷加其土封：增加坟上的封土，指重修坟墓。㊸大堤：指虎丘前苏州河上的大堤，五人墓碑在此堤上。㊹百世之遇：百代难逢的事。㊺首领：头颅。㊻老于户牖之下：死在自己家里。老：寿终。户牖：门窗。代指屋舍。㊼以隶使之：把他们当作奴仆使唤。㊽屈豪杰之流：使豪杰之流屈尊。㊾扼腕墓道：在墓前表示愤慨。扼腕：用手扼别一只手的手腕，表示激动慨叹。㊿徒有其石：指空有碑石而无碑记。51"匹夫"句：谓五人之死，关系国家兴亡，意义重大。匹夫：平民。社稷：古代帝王、诸侯所祭祀的土礼神和谷神。后代指国家。52冏（jiǒng）卿因之吴公：指太仆寺卿吴默，字因之，吴江人，万历时官至太仆夺卿。姚希孟《开读始末》："乡先生吴默收佩韦等遗骸，瘗于逆祠之旁，题曰五人墓。"冏卿：官名，即太仆寺卿，掌管皇帝的车马。据《尚书·冏命序》记载：周穆王曾命伯冏为"太仆正"。故后世以冏卿指代太仆寺卿。太史文起文公：指翰林院修撰文震孟，字文起，长洲人。著名书画家文征明曾孙。著有《药圃诗稿》。太史：明清两代，修史之事，归翰林院掌管，所以称翰林院修撰、编修、检讨等官为太史。孟长姚公：指姚希孟，字孟长，吴县人。万历年间进士，曾官翰林院检讨。

黄宗羲（1610—1695）

字太冲，号南雷，又号梨洲，浙江余姚人。父黄尊素为明末著名的东林党人，遭阉党迫害而死。黄宗羲青年时代就参加反魏忠贤的斗争，并成为继东林而起的复社领袖之一。清兵南下，他毁家纾难，召募义兵，进行抗清斗争。鲁王任为左副都御史。兵败隐居，讲学著述，坚拒清廷的多次征聘。著作颇富，有《南雷文定》、《明夷待访录》、《宋元学案》、《明儒学案》、《明文海》等。

黄宗羲是明末清初重要的思想家、史学家，思想带有鲜明的民主主义色彩。他强调诗文要有真情实感，嘲笑那些“干啼湿哭”的诗文为“肤受”。（《黄孚先诗序》）他的政论说理透辟，笔锋犀利；传记表彰节义之士，宣扬民族气节；其它散文也多直抒胸臆，朴实无华。

原　君

有生之初[①]，人各自私也，人各自利也；天下有公利而莫或兴之[②]，有公害而莫或除之。有人者出[③]，不以一己之利为利，而使天下受其利；不以一己之害为害，而使天下释其害[④]。此其人之勤劳，必千万于天下之人。夫以千万倍之勤劳，而己又不享其利，必非天下之人情所欲居也[5]。故古之人君，量而不欲入者，许由、务光是也[6]；入而又去之者[7]，尧、舜是也；初不欲入而不得去者，禹是也[8]。岂古之人有所异哉？好逸恶劳，亦犹夫人之情也。

后之为人君者不然。以为天下利害之权皆出于我，我以天下之利尽归于己，以天下之害尽归于人，亦无不可。使天下之人，不敢自私，不敢自利，以我之大私为天下之公[9]。始而惭焉，久而安焉。视天下为莫大之产业，传之子孙，受享无穷。汉高帝所谓“某业所就，孰与仲多”者[10]，其逐利之情，不觉溢之于辞矣。此无他，古者以天下为主，君为客，凡君之所毕世而经营者[11]，为天下也。今也以君为主，天下为客，凡天下之无地而得安宁者，为君也。是以其未得之也[12]，屠毒天下之肝脑[13]，离散天下之子女，以博我一人之产业[14]，曾不惨然[15]，曰：“我固为子孙创业也。”其既得之也，敲剥天下之骨髓，离散天下之子女，以奉我一人之淫乐，视为当然，曰：“此我产业之花息也[16]。”然则为天下之大害者，君而已矣！向使无君[17]，人各得自私也，人各得自利也。呜呼！岂设君之道固如是乎？

古者天下之人爱戴其君，比之如父，拟之如天，诚不为过也。今也天下之人，怨恶其君，视之如寇雠[18]，名之为独夫[19]，固其所也[20]。而小儒规规焉以君臣之义无所逃于天地之间[21]，至桀、纣之暴，犹谓汤、武不当诛之，而妄传伯夷、叔齐无稽之事[22]。乃兆人万姓崩溃之血肉[23]，曾不异夫腐鼠[24]！岂天地之大，于兆人万姓之中，独私其一人一姓乎！是故武王，圣人也，孟子之言[25]，圣人之言也；后世之君，欲以如父如天之空名禁人之窥伺者[26]，皆不便于其言[27]，至废孟子而不立[28]，非异源于小儒乎？

虽然，使后之为君者，果能保此产业，传之无穷，亦无怪乎其私之也。既以产业视之，人之欲得产业，谁不如我？摄缄縢，固扃鐍[29]，一人之智力，不能胜天下欲得之者之众，远者数世，近者及身，其血肉之崩溃在其子孙矣。昔人愿世世无生帝王家[30]，而毅宗之语公主[31]，亦曰："若何为生我家！"痛哉斯言！回思创业时，其欲得天下之心，有不废然摧沮者乎[32]？是故，明乎为君之职分，则唐、虞之世，人人能让，许由、务光非绝尘也[33]；不明乎为君之职分，则市井[34]之间，人人可欲，许由、务光所以旷后世而不闻也[35]。然君之职分难明，以俄顷淫乐，不易无穷之悲，虽愚者亦明之矣！

【题解】

原：推本究原的意思。后也成为论文之一体。《文体明辨·原》："自唐韩愈作五原，而后人因之，虽非古体，然其溯原于本始，致用于当今，则诚有不可少者。"原君：探究君主的起源和职责。

作者身处民族矛盾和阶级矛盾都异常尖锐的时代，痛感明末专制统治的腐败和皇帝的昏庸，而对封建专制主义的弊害进行了激烈的抨击。他根据古代“公天下”和天子禅让的历史传统，认为君位的设立，本来是为天下兴利除害；痛斥后世君主把天下当作私人“莫大之产业”，传给子孙后代，给天下造成无穷的祸害。他公开宣称“为天下之大害者，君而已矣”，把暴君视为“寇仇”、“独夫”。这对清末改良主义的维新运动和资产阶级民主主义革命都产生过积极的影响。

本文紧紧围绕“君主职分”这一中心，反复论证、层层推进，并采取由一般到特殊的演绎推论，逻辑严密。文章从立论、论证到结论，都成功地动用了对比手法，使论点鲜明，说理透彻。文章语言犀利，辞锋峻锐，颇有气势。

【注释】

①有生：有生命，此指有人类。②莫或兴之：没人去兴办它（公利）。③有人者出：有这么一个人出现。④释：去掉，免除。⑤“必非”句：必定不是天下的人情所愿接受的。居：居其位，此作“接受”讲。⑥“量而”两句：考虑后而不愿就（君位）的，有许由、务光两人。许由：尧时高士。据传尧想把天下让给他，他不接受，隐耕于箕山之下。（《高士传》），务光：商代高士，相传汤以天下让他，他负石自沉于水。（《列仙传》）⑦“入而”两句：谓已就君位而想离开的。⑧“初不”两句：禹：夏代开国君主。因其治水有功，舜让天下与他。他起初不愿接受；舜死，他才作了国君，建立了夏朝。⑨“以我”句：把自己的私利当作天下人的公利。大私：指君主的私利。⑩汉高帝：指汉高祖

刘邦。《史记·高祖本纪》："高祖大朝诸侯、群臣。置酒未央前殿。高祖奉玉卮，起为太上皇寿，曰：'始，大人常以臣无赖，不能治业，不如仲力。今某之业所就，孰与仲多？（意谓我今天所成就的这分家业，与二哥相比谁多？）"仲：排行第二，此指刘邦的二哥。⑪毕世：终生。⑫"是以"句：所以当他没得到天下的土地。⑬"屠毒"句：残害百姓，不惜使他们肝脑涂地。屠；宰割。毒：毒害。⑭博：求得，求取。⑮曾：竟然。⑯花息：利息。⑰向使：当初假使。⑱寇讐：强盗，仇敌。《孟子·离娄下》："君之视臣如土芥，则臣视君如寇讐。"讐：同"仇"。⑲独夫：指因暴虐无道而众叛亲离的统治者。《尚书·泰誓下》："独夫受（指商纣），洪惟作威。"蔡沈注："独夫，言天命已绝，人心已去，但一独夫耳。"⑳固其所也：原是他应得的（名份）。㉑"而小儒"句：而见识短浅的儒生以为君臣关系是无法变更、不可逃避的。规规焉：同"瞡瞡然"，浅陋拘泥的样子。《荀子·非十二子》："学者之嵬容，瞡瞡然。"《二程遗书》卷五："父子、君臣，天下之定理，无所逃于天地之间。"㉒"而妄传"句：伯夷、叔齐，相传为殷朝贵族孤竹君之二子。《史记·伯夷列传》："西伯（即周文王）卒，武王载木主，号为文王，东伐纣。伯夷、叔齐叩马而谏曰：'父死不葬，爰及干戈，可谓孝乎？以臣弑君，可谓仁乎？"'汉代以前的书无此情节的记载。无稽：没有根据。㉓兆人万姓：即亿万百姓。兆：百万。㉔"曾不异"句：意谓竟然把亿万百姓的性命视同腐鼠一样轻贱。㉕孟子之言：指《孟子·梁惠王下》所载："齐宣王问曰：'汤放桀，武王伐纣，有诸？'

孟子对曰：‘于传有之。’曰：‘臣弑其君可乎?’曰：‘贼仁者谓之贼，贼义者谓之残，残贼之人，谓之一夫。闻诛一夫纣矣，未闻弑君也。”’ ㉖窥伺：偷看伺机（夺取君位）。㉗皆不便于其言。上述这些统治者都感到孟子之言不利于他们的统治。㉘废孟子而不立：孔庙例以颜子、子思、曾子、孟子四人配享。明太祖见孟子民贵君轻章，下诏毁掉孔庙中孟子的牌位。又在洪武二十三年、二十七年下诏修订《孟子》，删除其中有关民主的章节，便有刘三吾的《孟子节文》。（见《明史·钱唐传》）㉙“摄缄縢”两句：语见《庄子·胠箧》。意谓用绳捆紧，用锁锁牢。此喻国君严刑峻法以巩固统治。摄：收紧。缄：结。縢：绳子。扃：关钮。鐍（jué）：锁钥。㉚“昔人”句：南朝宋顺帝刘准在升明三年（479）萧道成迫其下诏禅位时，“泣而弹指曰：‘愿后身世世勿复生帝王家!’宫中皆哭。”（见《资治通鉴·齐纪一》）㉛“而毅宗”三句：毅宗：即崇祯皇帝朱由检。公主：指其女长平公主。当李自成率义军攻入北京时，“帝入寿宁宫，主牵帝衣哭，帝曰：‘汝何故生我家?’以剑挥斫之，断左臂。”（见《明史·公主列传》）㉜“有不”句：意谓还有不颓丧灰心的吗？废然：颓丧的样子。摧沮：灰心气馁的样子。㉝绝尘：超尘绝俗。㉞市井：本指市集，此指民间。㉟旷后世而不闻：后代再也没听到过。旷：空，绝。

顾炎武（1613——1682）

字宁人，号亭林。初名绛，晚年化名蒋山佣，昆山（今属江苏省）人。早年入复社，参加过反阉党专政的斗争。清兵南下，参加昆山、嘉定一带人民的抗清斗争。弘光朝以贡生荐授兵部司务。唐王立，除兵部主事。义军失败后，遍游华北各省，考察山川地形，访求风俗民情，仍不忘恢复。晚年卜居陕西华阴县，卒于山西曲沃。有《日知录》、《天下郡国利病书》、《音学五书》、《亭林诗文集》行世。

顾炎武是早期民主启蒙思想家和学者，提出“天下兴亡，匹夫有责”的观点，批判宋明空谈心性的理学，强调注重“国家治乱之源，生民根本之计。”他博学贯通，对历朝典章、郡邑掌故、河漕兵农以及经史百家、音韵训诂均能“详其本末，参以证传”。他的“经世致用”、“实事求是”的论学主张，开有清一代的朴学风气。他论诗主性情，不尚奇巧。为诗多凭吊沧桑，有黍离麦秀之悲。他的散文论理清晰、简洁通达。

与友人论学书

比往来南北[①]，颇承友朋推一日之长[②]，问道于盲[③]。窃叹夫百余年以来之为学者，往往言心言性[④]，而茫乎不得其解也。

命与仁，夫子之所罕言也[5]；性与天道，子贡之所未得闻也[6]。性命之理，著之易传[7]，未尝数以语人[8]。其答问士也[9]，则曰："行己有耻[10]"；其为学，则曰："好古敏求[11]"；其与门弟子言，举尧舜相传所谓危微精一之说一切不道[12]，而但曰："允执其中，四海困穷，天禄永终[13]。"呜呼！圣人之所以为学者，何其平易而可循也！故曰："下学而上达[14]"。颜子之几乎圣也，犹曰："博我以文[15]"。其告哀公也，明善之功，先之以博学[16]。自曾子而下[17]，笃实无若子夏[18]，而其言仁也，则曰："博学而笃志，切问而近思[19]"。今之君子则不然，聚宾客门人之学者数十百人，"譬诸草木，区以别矣[20]"，而一皆与之言心言性，舍多学而识，以求一贯之方[21]，置四海之困穷不言，而终日讲危微精一之说，是必其道之高于夫子，而其门弟子之贤于子贡，祧东鲁而直接二帝之心传者也[22]。我弗敢知也。

孟子一书，言心言性，亦谆谆矣[23]，乃至万章、公孙丑、陈代、陈臻、周霄、彭更之所问[24]，与孟子之所答者，常在乎出处[25]、去就、辞受、取与之间。以伊尹之元圣[26]，尧舜其君其民之盛德大功[27]，而其本乃在乎千驷一介之不视不取[28]。伯夷、伊尹之不同于孔子[29]，而其同者，则以"行一不义，杀一不辜，而得天下不为[30]"。是故性也，命也，天也，夫子之所罕言，而今之君子之所恒言也；出处、去就、辞受、取与之辨，孔子、孟子之所恒言，而今之君子所罕言也。谓忠与清之未至于仁[31]，而不知不忠与清而可以言仁者，未之有也；谓不忮不求之不足以尽道[32]，而不知终身于忮且求而可以言道者，未之有也。我弗敢知也。

愚所谓圣人之道者如之何？曰：“博学于文[33]”，曰：“行己有耻”。自一身以至于天下国家，皆学之事也；自子臣弟友以至出入、往来、辞受、取与之间，皆有耻之事也。耻之于人大矣[34]！不耻恶衣恶食[35]，而耻匹夫匹妇不被其泽[36]，故曰：‘万物皆备于我矣，反身而诚[37]。”

呜呼！士而不先言耻，则为无本之人；非好古而多闻，则为空虚之学，以无本之人，而讲空虚之学，吾见其日从事于圣人而去之弥远也。虽然，非愚之所敢言也，且以区区之见，私诸同志，而求起予[38]。

【题解】

这是顾炎武给友人写的一封讲为学之道的信，也是一篇学术论文。顾炎武是汉学家，他推崇汉儒治经重考据训诂的朴实学风，反对宋儒的空谈义理性命。他批判了明末士大夫空疏不学。“置四海之困穷不言，而终日讲危微精一之说”，标榜清高，欺世盗名，结果使“神州荡覆，宗社丘墟”（《日知录·夫子之言性与天道》）提出“明道救世”为治学宗旨，把学术研究和解决社会问题联系起来，力图扭转当时“束书不观，游谈无根”的世风，这封信集中反映了他的为学主张。他针对时弊，提倡“博学于文”与“行己有耻”结合起来，强调“多学而识，行必有果”。这种既重视踏实治学，又注重经世致用的论学主张，形成顾炎武学术思想的鲜明特点，具有积极的进步意义。

文章重点突出，结构紧凑，逐层论析，层次清晰，引古论今，对比鲜明。具有很强的说服力。

【注释】

①比：近来。往来南北：顾炎武曾往来于山东、河北、山西、陕西、河南等地。②推一日之长：因年长而受尊重。推：推重。《论语·先进》：“子路、曾皙、冉有、公西华侍坐。子曰：‘以吾一日长乎尔，毋吾以也。’”③问道于盲：向盲人问路。此是谦词。韩愈《答陈生书》：“足下求速化之术，不于其人，乃以访愈：是所谓借听于聋，求道于盲。”④言心言性：指宋明理学，宋代陆九渊和明朝王守仁，都主张心是宇宙的本体，人称“心学”。他们还阐述性有天理、人欲之别的理论。顾炎武《日知录·心学》：“心学者以心为学也，以心为学，是以心为性也，心能具性、而不能使心即性也。是故求放心则是，求心则非。”⑤“命与仁”两句：意谓孔子很少谈论性命与仁德。《论语·子罕》：“子罕言利与命与仁。”罕：少。⑥“性与天道”两句：《论语·公冶长》：“子贡曰：‘夫子之文章，可得而闻也；夫子之言性与天道，不可得而闻也。’”子贡：孔子弟子，姓端木，名赐。⑦“性命”两句：《易经·说卦传》：“昔者圣人之作《易》也，将以顺性命之理。”又《乾卦》云：“乾

道变化，各正性命。”孔颖达疏：“性者，天生之质，若刚柔迟速之别；命者，人所禀受，若贵贱夭寿之属是也”。⑧数(shuò)以语人：屡次以性命之理告诉人。⑨其：指孔子。⑩行己有耻：持身要有廉耻。《论语·子路》：“子贡问曰：‘何如斯可谓之士矣？’子曰：‘行己有耻，使于四方，不辱君命，可谓士矣。”’⑪好古敏求：爱好古代东西，勤勉地探求。《论语·述而》：“子曰：‘我非生而知之者，好古敏以求之者也。”刘宝楠正义：“敏，勉也。言黾勉以求之友。”⑫“举尧舜”句：举：凡。危微精一：今《尚书·大禹谟》载有舜命禹的这段话：“人心惟危，道心惟微，惟精惟一，允执厥中。”据孔颖达疏，大意是说，人心是危险的，道心是微妙的，只能精心一意地执守其中正之道。按，这十六字，经明清诸儒考订，认为系后人伪造。但经宋代理学家加以宣扬，以伪为真，奉为“十六字心传”，指为尧舜禹心心相传的精微之道。⑬“允执其中”三句：意谓为政之道在不偏不倚，如四海百姓穷困，则天赐的福禄也将告终。《论语·尧曰》：“尧曰：‘咨，尔舜，天之历数在尔躬。允执其中，四海困穷，天禄永终。”朱熹注：“允，信也；中者，无过不及之名。四海之人困穷，则君禄亦永绝矣。”允：确实。天禄：天赐的福禄。⑭下学而上达：《论语·宪问》：“子曰：‘不怨天，不尤人，下学而上达。知我者其天乎？’注：“盖凡下学人事，便是上达天理；然习而不察，则亦不能以上达矣。”原意是下学人事，便可上知天命。而此指从小学起，达到高深的地步。⑮“颜子”三句：意谓颜渊几乎近于圣人了，但仍说要用各种文化知识来丰富自己。颜子：颜渊，名回，字子渊，为人好学，是孔子的得意门生。几乎：将近。《易经·系辞下》："颜氏之子其殆庶几乎。"博：广博，作动词。文：泛指各种文化知识。⑯"其告"三句：哀公：鲁国之君，姓姬名蒋。明善：辨明善恶。《礼记·中庸》："哀公问政。子曰：……诚身有道，不明乎善，不诚乎身矣。'"又论明善的步骤曰："博学之，审问之，慎思之，明辨之，笃行之。"五者之中，博学居首。⑰曾子：曾参，孔子学生，以孝著称。⑱笃实：敦厚朴实。子夏：即卜商，字子夏，孔子学生，工文学。⑲"而其"四句：《论语·子张》："子夏曰：'博学而笃志，切问而近思，仁在其中矣。'"笃志：志向专一。切问：恳切地发问。近思：考虑切实的问题。⑳"譬诸"两句：谓学者众多，情况各别，应像草木，加以区分。《论语·子张》："子夏闻之，曰：'……君子之道，孰先传焉，孰后传焉，譬诸草木，区以别矣。'"㉑"舍多学"两句：《论语·卫灵公》："子曰：'赐也，女以予为多学而识之者与？'对曰：'然，非与？'曰："非也，予一以贯之。'"又《论语·里仁》："子曰：'参乎，吾道一以贯之。'"识（zhì）：记住。一贯：用一种道理贯串于一切事物之中。㉒"祧东鲁"句：谓超越孔子，直接上接尧舜。祧（tiāo）：原指祭祀远祖的庙。此作"超越"讲。《礼记·祭法》："设庙祧坛而祭之。"郑玄注："祧之言超也，言其超然上去也。"东鲁：借指孔子。二帝：指尧、舜。心传：此指道统的互相传授。即上引《尚书·大禹谟》的十六字而言。《大学衍义》："人心惟危以下十六字，乃尧舜禹传授心法，万世圣学之渊。"㉓谆谆：教诲不倦的样子。《诗·大雅·抑》："诲尔谆谆，听我藐藐。"㉔万章：孟子弟子，曾向孟子问过宋王行政、孔子在卫及百里奚自鬻等事。（见《孟子·滕文公下》、《万章上》）公孙丑：孟子弟子，曾想让孟子往见诸侯，孟子以孔子"非其招不往"相答。(《滕文公下》）陈臻：孟子弟子。曾问孟子受宋、薛之馈而拒齐王馈金的原因，孟子答以"焉有君子而可以货取乎?"（见《公孙丑下》）周霄：魏国人。曾问孟子仕进之途，孟子答以要合乎礼义，不然就像女子私奔，为父母和国人所轻。(见《滕文公下》）彭更：孟子弟子。他曾问过孟子"传食于诸侯"的事，孟子认为这是合理的。(见孟子《滕文公下》）㉕出处：出仕和隐居。《易经·系辞上》："君子之道，或出或处。"去就：辞官或就职。《荀子·乐论》："君子慎其所去就也。"取与：收人财物和以财物予人。以上均指处世态度和做法。㉖伊尹：商汤时大臣，名挚，曾助汤灭桀，被尊为阿衡(宰相)。元圣：大圣。《尚书·汤诰》："事求元圣，与之戮力。"蔡沈注："元圣，伊尹也。"㉗尧舜其君其民：使国君像尧舜一样，使国民象尧舜的百姓。尧舜：此作使动用法。《孟子·万章上》："汤三使往聘之（伊尹），既而幡然改曰：'与我处畎亩之中，由是以乐尧舜之道，吾岂若使是君为尧舜之君哉?吾岂若使是民为尧舜之民哉? 吾岂若于吾身亲见之哉?'"㉘"而其本"句：谓其根本在于事无大小，在取与上都不苟且。《孟子·万章上》："伊尹耕于有莘之野，而乐尧舜之道焉。非其义也，非其道也，禄之以天下，弗顾也；系马千驷，弗视也。非其义也，非其道也，一介不以与人，一介不以取诸人。”驷：四马拉一车称一驷。介：同“芥”，小草。喻细小的事物。㉙伯夷：商末孤竹君长子。武王灭殷以后，伯夷与弟叔齐逃至首阳山，不食周粟而死。孟子曾说伯夷是“圣之清者”，伊尹是“圣之任者’，孔子是“圣之时者”。(见《孟子·万章下》) 所以说伯夷、伊尹不同于孔子。㉚“行一不义”三句：见《孟子·公孙丑上》。㉛“谓忠与清”句：《论语·公冶长》：“子张问曰：‘令尹子文三仕为令尹，无喜色，三已之，无愠色，旧令尹之政，必以告新令尹，何如?’子曰：‘忠矣。’曰：‘仁矣乎?’曰：‘未知，焉得仁?’‘崔子弑齐君，陈文子有马十乘，弃而违之，至于他邦，则曰：‘犹吾大夫崔子也。’违之，之一邦，则又曰：“犹吾大夫崔子也。’违之。何如?’子曰：‘清矣。’曰：‘仁矣乎?’曰：“未知，焉得仁?’”清：洁身自好。㉜“谓不忮”句：忮（zhì)：嫉妒。求：贪求。《论语·子罕》：“子曰：‘衣敝缊袍，与衣狐貉者立，而不耻者，其由也与? 不忮不求，何用不臧（好)?’子路终身诵之。子曰‘是道也，何足以臧!’按：不忮不求二句，是《诗·邶风·雄雉》中的话。㉝博学于文。《论语·雍也》：“君子博学于文，约之以礼。”㉞耻之于人大矣：语见《孟子·尽心上》。㉟不耻恶衣恶食：不以粗劣的衣食为耻。《论语·里仁》：“士志于道，而耻恶衣恶食者，未足与议也。”㊱而耻句：《孟子·万章上》：“（伊尹)思天下之民，匹夫匹妇，有不被尧舜之泽者，若己推而内之沟中。”被：遮盖，受到。泽：恩泽，恩惠。㊲“万物”两句：《孟子·尽心上》：“万物皆备于我矣，反身而诚，乐莫大焉。”原意为一切事物我都具备了，反躬自问，自己是忠实的，便是最大的快乐。此用以说明一切事业，都发端于“行己有耻。”㊳起予：启发我。《论语·八佾》：“起予者商也。”邢昺疏：“起，发也。”

林嗣环（生卒年不详）

字铁崖，明末清初福建晋江（今属福建省）人。顺治六年(1649) 进士。曾因事贬谪，戍守边疆。遇赦放还，客居杭州。著有《铁崖文集》、《湖舫存稿》等。

口技

京中有善口技者[①]，会宾客大宴[②]，于厅事之东北角施八尺屏障[③]。口技人坐屏障中，一桌、一椅、一扇、一抚尺而已[④]。众宾团坐。少顷[⑤]，但闻屏障中抚尺一下，满坐寂然，无敢哗者。

遥闻深巷中犬吠，便有妇人惊觉欠伸[⑥]，其夫呓语[⑦]。既而儿醒，大啼。夫亦醒。妇抚儿乳[⑧]，儿含乳啼[⑨]，妇拍而呜之[⑩]。又一大儿醒，絮絮不止[⑪]。当是时，妇手拍儿声，口中呜声，儿含乳啼声，大儿初醒声，夫叱大儿声[⑫]，一时齐发，众妙皆备[⑬]。满坐宾客无不伸颈，侧目[⑭]，微笑，默叹[⑮]，以为妙绝。

未几[⑯]，夫齁声起[⑰]，妇拍儿亦渐拍渐止。微闻有鼠作作索索[⑱]，盆器倾侧[⑲]，妇梦中咳嗽。宾客意少舒[⑳]，稍稍正坐。

忽一人大呼“火起”，夫起大呼，妇亦起大呼。两儿齐哭。俄而百千人大呼[21]，百千儿哭，百千犬吠。中间力拉崩倒之声[22]，火爆声，呼呼风声，百千齐作；又夹百千求救声，曳屋许许声[23]，抢夺声，泼水声，凡所应有[24]，无所不有。虽人有百手，手有百指，不能指其一端[25]；人有百口，口有百舌，不能名其一处也[26]。于是宾客无不变色离席[27]，奋袖出臂[28]，两股战战[29]，几欲先走[30]。

忽然抚尺一下，群响毕绝[31]。撤屏视之，一人、一桌、一椅、一扇、一抚尺而已。

【题解】

本文选自林嗣环的《秋声诗自序》，见于清人张潮所辑《虞初新志》，题目为选编者所加。

文章记叙了一场精彩绝妙的口技表演。演出取材于生活，表演者用声音摹仿一段首尾完整，情节曲折的日常生活和突发事件。作者着重描述表演者口中所发出的各样的音响，有远有近，有大有小，有单音，有混响，无不细微生动，维妙维肖。其间还穿插了演出的现场效果，听众的心理反应，从一个侧面突出了演技的出神入化，使听者认以为真。及演出结束，众响毕绝，撤去屏障，显露出的只是几件简单不过的道具，观众才如梦初醒，这又从另一个侧面赞扬了演出者逼真高超的演技。文章写得有张有弛，波澜起伏。

【注释】

①京中：指北京城中。②会：适逢，正遇上。③厅事：客厅、施：安放。屏障：屏风之类蔽隔视线的东西。④抚尺：也叫"醒木"，说唱艺人表演时用的长木块，用以拍案作响。⑤少顷：过一会儿。⑥欠伸：打哈欠，伸懒腰。⑦呓语：说梦话。⑧妇抚儿乳：妇人一边抚慰幼儿，一边喂奶。⑨含乳啼：含吮着乳头啼哭。⑩呜之：对孩子轻声哼吟，哄其入睡。⑪絮絮：轻声嘟囔唠叨。⑫叱：责骂。⑬众妙华备：各种妙不可言的摹仿声交织一起，全都具备。⑭侧目：听得入神的样子。⑮默叹：默默地赞叹。⑯未几：不一会儿。⑰齁（hōu）声：熟睡时的打呼声。⑱作作索索：老鼠活动时的细微声响。⑲倾侧：倾倒。⑳少舒：（紧张的情绪）稍稍放松。㉑俄而：顷刻之间。㉒间：夹杂。力拉崩倒：噼呖啪啦，东西倾倒，房屋坍塌的声音。㉓曳（yè）屋许许（hǔ）声：众人拉坍着火的屋子时，一齐用力的吼叫声。曳：拉。许许：象声词。㉔凡所应有：凡是失火时一切应有的声音。㉕不能指其一端：无法一一指示分辨清楚。一端：一件。㉖名：说出。㉗变色：吓得脸色变了。㉘奋袖出臂：捋起袖子，露出手臂，形容准备逃走前的动作。㉙两股战战：两腿不停地哆嗦。㉚几欲先走：几乎要抢先跑掉。㉛群响毕绝：各种声响全都停止了。

方　苞（1668——1749）

字凤九，号灵皋，晚年又号望溪。祖籍桐城（今属安徽），寄籍上元（今江苏南京市）。父方仲舒善诗，方苞文名早著，康熙四十五年（1706），会试中式，将应殿试，母病而归。康熙五十年（1711）因戴名世《南山集》案牵连下狱。得李光地救，免罪出狱，编入汉军旗，以奴隶身份入值南书房，后被命为武英殿修书总裁。雍正时，除军籍，复原籍。乾隆时官至礼部侍郎。后被劾落职，仍在三礼馆修书。七十五岁致仕，享年八十二岁。

方苞是清代桐城派古文的创始人，“学行继程朱之后，文章在韩欧之间”（王兆符《望溪文集序》）。他继承了唐宋古文运动文道合一的主张，提倡“义法”。以“言有物”为义，“言有序”为法。实际上鼓吹理学，以封建伦理道德为义，以讲究章法，结构严谨，语言雅洁为法。对刘大櫆、姚鼐等人影响极大，形成所谓“桐城派”。有《望溪全集》。

狱中杂记

康熙五十一年三月[①]，余在刑部狱[②]，见死而由窦出者[③]。日四三人。有洪洞令杜君者[④]，作而言曰[⑤]：“此疫作也[⑥]。今天时顺正，死者尚稀，往岁多至日十数人。”余叩所以。杜君曰："是疾易传染，遘者虽戚属不敢同卧起[7]。而狱中为老监者四，监五室，禁卒居中央[8]，牖其前以通明[9]，屋极有窗以达气[10]。旁四室则无之，而系囚常二百余。每薄暮下管键[11]，矢溺皆闭其中[12]，与饮食之气相薄[13]，又隆冬，贫者席地而卧，春气动，鲜不疫矣。狱中成法，质明启钥[14]。方夜中，生人与死者并踵顶而卧[15]，无可旋避，此所以染者众也。又可怪者，大盗积贼[16]，杀人重囚[17]，气杰旺[18]，染此者十不一二，或随有瘳[19]。其骈死，皆轻系及牵连佐证法所不及者[20]。"余曰："京师有京兆狱[21]，有五城御史司坊[22]，何故刑部系囚之多至此？"杜君曰："迩年狱讼[23]，情稍重，京兆、五城即不敢专决；又九门提督所访缉纠诘[24]，皆归刑部[25]；而十四司正副郎好事者及书吏、狱官、禁卒[26]，皆利系者之多[27]，少有连，必多方钩致[28]。苟入狱[29]，不问罪之有无，必械手足[30]，置老监，俾困苦不可忍[31]，然后导以取保[32]，出居于外，量其家之所有以为剂[33]，而官与吏剖分焉。中家以上[34]，皆竭资取保；其次，求脱械居监外板屋，费亦数十金；惟极贫无依，则械系不稍宽，为标准以警其余。或同系[35]，情罪重者，反出在外，而轻者、无罪者罹其毒[36]。积忧愤，寝食违节[37]，及病，又无医药，故往往至死。"余伏见圣上好生之德，同于往圣。每质狱词，必于死中求其生，而无辜者乃至此。傥仁人君子为上昌言[38]：除死刑及发塞外重犯，其轻系及牵连未结正者[39]，别置一所以羁之，手足毋械。所全活可数计哉？或曰：狱旧有室五，名曰现监，讼而未结正者居之。傥举旧典，可小补也。杜君曰："上推恩，凡职官居板屋。今贫者转系老监，而大盗有居板屋者。此中可细诘哉[40]！不若别置一所，为拔本塞源之道也[41]。”余同系朱翁、余生及在狱同官僧某[42]，遘疫死，皆不应重罚。又某氏以不孝讼其子，左右邻械系入老监，号呼达旦。余感焉，以杜君言泛讯之[43]，众言同，于是乎书。

凡死刑，狱上[44]，行刑者先俟于门外，使其党入索财物，名曰“斯罗”。富者就其戚属，贫则面语之。其极刑[45]，曰：“顺我，即先刺心；否则，四肢解尽，心犹不死。”其绞缢，曰：“顺我，始缢即气绝，否则，三缢加别械[46]，然后得死。”惟大辟无可要[47]，然犹质其首[48]。用此，富者赂数十百金，贫亦罄衣装[49]，绝无有者，则治之如所言。主缚者亦然[50]。不如所欲，缚时即先折筋骨。每岁大决[51]，勾者十四三[52]，留者十六七，皆缚至西市待命[53]。其伤于缚者，即幸留，病数月乃瘳，或竟成痼疾[54]。

余尝就老胥而问焉[55]：“彼于刑者、缚者，非相仇也。期有得耳。果无有，终亦稍宽之，非仁术乎[56]？”曰：“是立法以警其余[57]，且惩后也。不如此，则人有幸心[58]。”主梏扑者亦然[59]。余同逮以木讯者三人[60]：一人予二十金，骨微伤，病间月[61]。一人倍之，伤肤，兼旬愈[62]。一人六倍，即夕行步如平常。或叩之曰：“罪人有无不均，既各有得，何必更以多寡为差[63]？”曰：“无差，谁为多与者！”孟子曰：“术不可不慎[64]。”信夫！

部中老胥，家藏伪章[65]，文书下行直省[66]，多潜易之[67]，增减要语，奉行者莫辨也。其上闻及移关诸部，犹未敢然[68]。功令[69]：大盗未杀人，及他犯同谋多人者，止主谋一二人立决；余经秋审，皆减等发配[70]。狱辞上[71]，中有立决者，行刑人先俟于门外。命下，遂缚以出，不羁晷刻[72]。有某姓兄弟，以把持公仓，法应立决，狱具矣[73]。胥某谓曰："予我千金，吾生若[74]。"叩其术，曰："是无难，别具本章[75]，狱辞无易，但取案末独身无亲戚者二人易汝名[76]，俟封奏时潜易之而已[77]。"其同事者曰："是可欺死者，而不能欺主谳者[78]。倘复请之[79]，吾辈无生理矣[80]。"胥某笑曰："复请之，吾辈无生理，而主谳者亦各罢去。彼不能以二人之命易其官，则吾辈终无死道也。"竟行之，案末二人立决。主者口呿舌挢[81]，终不敢诘。余在狱，犹见某姓。狱中人群指曰："是以某某易其首者。"胥某一夕暴卒，人皆以为冥谪云[82]。

凡杀人，狱辞无谋故者[83]，经秋审入矜疑[84]，即免死。吏因以巧法[85]。有郭四者，凡杀四人，复以矜疑减等，随遇赦。将出，日与其徒置酒酣歌达曙。或叩以往事，一一详述之，意气扬扬，若自矜诩[86]。噫！渫恶吏忍于鬻狱，无责也[87]；而道之不明[88]，良吏亦多以脱人于死为功，而不求其情。其枉民[89]也，亦甚矣！

奸民久于狱，与胥卒表里[90]，颇有奇羡[91]。山阴李姓[92]，以杀人系狱，每岁致数百金。康熙四十八年，以赦出，居数月，漠然无所事。其乡人有杀人者，因代承之[93]。盖以律非故杀，必久系，终无死法也。五十一年，复援赦减等谪戍[94]，叹曰："吾不得复入此矣。"故例[95]，谪戍者移顺天府羁候[96]，时方冬停遣，李具状求在狱候春发遣[97]，至再三，不得所请，怅然而出。

【题解】

康熙四十一年（1702），方苞的同乡友人戴名世所著《南山集》付印刊行，集中有与人书，主张修《明史》应该保留南明弘光诸帝的年号。康熙五十年（1711），左都御史赵申乔告发了这件事，戴名世被以"大逆"罪处死，株连甚广，书也遭毁禁。这就是残酷的"南山集"案。方苞也因集序上刊有名字而入狱，并从江宁县狱移至刑部狱。本文即写于康熙五十一年（1712）刑部狱中。

方苞身陷囹圄，有机会目击身历人间地狱的黑暗腐败，写出这样的传世之作，文人之不幸，文章之大幸。对从郎官到狱吏的贪赃枉法、草菅人命揭露之深刻，描写之淋漓尽致，为唐宋古文家笔下所罕见，可以说是康熙盛世的一潭污泥浊水。

但是，文章所揭露者，止于胥吏；所涉及者，也止于老监。在作者看来，弊病不在封建司法制度本身，而在于管理，如能"为上昌言"，冤狱即可根除，对于"圣上的好生之德"，始终不忘颂扬。

文章以"杂记"名篇，以狱中见闻为中心，全记事实，绝少议论，因事立义，似乎信手拈来，其实精心组织，故能寓整饬于散漫中，“杂记”不杂。

作者善于用简洁疏淡的笔墨，勾画人物，轻轻点染，即能托出心理，逼肖神态。如通过“胥某”的神情语态，刻划其老奸巨滑，工于心计；对与“胥卒表里”的李姓囚犯的其人其事其语的描绘，层层深入，把他在这种病态环境中的特殊心理刻划深刻逼真。

【注释】

①康熙：清圣祖（玄烨）的年号（1662—1722）。五十一年：即1712年。②刑部狱：即当时的中央监狱。刑部是掌管司法的最高机构。③窦：洞。此指狱中偏旁小门。④洪洞（tóng）：清朝平阳府的属县。⑤作：起。《礼记·少仪》：“客作而辞”。⑥疫作：发生瘟疫传染病。⑦“遘（gòu）者”句：得这种传染病者虽亲戚家属不敢与他一起生活。遘：遭遇。⑧“而狱中”三句：谓监狱内有牢房五座，每座有五间屋子，狱卒住在中间的一间。⑨牖（yǒu）其前：在前墙开个窗洞。牖：窗，此作动词“开窗”讲。⑩屋极：屋顶。达气：透气。⑪每薄暮下管键；每到傍晚就锁门。薄：迫近。管键：锁钥。⑫矢溺：大小便。⑬相薄：互相混杂，互相袭侵。⑭质明：天刚亮。质：正，刚。《礼记·士冠礼》：“质明行事”。⑮并踵顶而卧：齐头并脚而躺着。一说作活人死人，脚顶头，头顶脚躺在一起。亦可。⑯积贼：惯盗。⑰重囚：要犯和罪重的囚犯。⑱气杰旺：体壮气旺。杰：特出。⑲或

随有瘳（chōu）：间或染了病，随即就好。痊瘉。⑳“其骈死”两句：那些接连而死的，都是轻罪囚犯、受牵连的和作证的而按法律不该判罪的人。骈：并列。㉑京兆狱：京兆府的监狱。京兆：京城及附近辖区。清时以顺天府为京兆，府治或在大兴，或在宛平。㉒五城御史司坊：指五城御史衙门及其管辖下的五城兵马司和十坊所设的监狱。五城御史：清时京师内分东西南北中五个城区，各有一“察院”，长官为巡城御史，“各率所属，办理地方之事，厘剔奸弊，整顿风俗”。司：此指清时京师五个城区各设兵马司，有指挥、副指挥、吏目等官，“专司京师访缉逃盗，稽察奸宄等事。”坊：清每司分二坊，五司共十坊，协同兵马司访缉来京官员“钻营属托”、“交通贿赂”等事。（详《光绪会典事例》卷一〇三一）㉓迩年：近年。狱讼：诉讼案件。㉔九门提督：此指提督九门步军巡捕三营统领，由兵部督管。掌管京师正阳、崇文、宣武、安定、东直、西直、朝阳、阜城九门守卫事务。所访缉纠诘；指九门提督所查访、搜捕、盘问出来的犯人。㉕皆归刑部：九门提督衙门除守卫九门外，尚有断狱、编查保甲等权责。按规定，其审断案件，杖罪以下，可自行了结；徒罪以上者，送刑部定拟。㉖十四司正副郎：清初，刑部设江南、浙江、四川、湖广等十四个清吏司，分掌所属省区的刑名案件。各司长官，正职为郎中，副的为员外郎，统称郎官。书吏：官署内管理文书的小吏。㉗皆利系者之多：都觉得囚犯多有利可图。㉘“少有连”两句：稍有牵连，就必定千方百计钩取捕捉，钩致：钩取，抓到。㉙苟：如果。㉚械手足：手足上刑具。㉛俾：使。

㉜导以取保：用化钱取保候审诱导他。㉝“量其家”句：衡量他们家产的多次，作为敲诈的依据。量：估量。剂：调剂，此作“尺度”讲。㉞中家：中等产业的人家。㉟同系：因同一案件而被拘系的人。㊱罹（lí）：遭受。毒：指非人待遇。㊲违节：失常，无规律。㊳为上昌言：向皇帝陈说。昌言：直说。㊴结正：定罪。正：治罪。㊵此中可细诘哉：意谓此中关节岂可细细盘查询问呵。㊶拔本塞源之道：指根本解决的办法。㊷同官：在同一部门为官的人。一说为县名，即今陕西省铜川市。㊸泛讯：广泛地讯问。㊹“凡死刑”两句：凡判了死刑，案子已经上奏皇帝的。㊺极刑：此指凌迟，又称剐刑。《宋史刑法志》：“凌迟者，先断其肢体，乃抉（割断）其吭（咽喉），当时之极法也。”此刑始于五代、元、明、清皆沿用之。”㊻三缢加别械：用绳子勒三次，还加用别的刑具。㊼大辟：斩首。要：要挟。㊽质其首：以人头为抵押，向家属勒索财物。㊾罄（qìng）：尽。㊿主缚者：负责捆绑犯人的人。51大决：也叫秋决。古时死刑犯人，除“立决”者外，大都在秋天处决。52勾者十四三：姓名被加勾，执行死刑的，占死囚的十分之三四。勾：一种司法程序，即皇帝在犯人名字上画勾，批准执行。未画者，暂缓执行，留待以后发落。清制，每秋由刑部会同九卿详审议定死者名单，呈报皇帝，由他裁决。53“皆缚至”句：勾者、留者都绑赴西市，候旨。西市：清京师行刑场，在今宣武区菜市口一带。54痼疾：久治不瘾的疾病，此指残疾。55胥：胥吏。衙门小吏。56仁术：原指行仁政的方法。《孟子·梁惠王上》：“无伤也，是乃仁术也。”此指善行、

好心。㊼是：代词，指这么做。㊽幸心：侥倖得免之心理。㊾主梏（gù）扑者：专管刑具和拷打的人。梏：木制手铐。扑：鞭打。㊿木讯：指用扳子、夹棍等木制刑具审问。(61)病间月：病了一个多月。间：隔。(62)兼旬：二十天。旬：十天。(63)以多寡为差：以出钱的多少区别对待。(64)术不可不慎：选择职业不可不慎重。言外是狱职使他们变坏。《孟子·公孙丑上》："矢人岂不仁于函人哉？矢人惟恐不伤人，函人惟恐伤人，巫匠亦然，故术不可不慎也。"(65)伪章：伪造的文书。(66)下行直省：下发到各省。因当时各省直属中央管辖，故称直省。(67)潜易之：多有偷换。(68)"其上闻"两句：意谓那些上奏给皇帝和送往各部的公文，还不敢这么做。移关：指移文、关文。旧制，对不相统属的官署称"移"，百官互相质询用"关"，清时，"关"已不限于质询。(69)功令：政府的法令。(70)减等发配：罪减一等，遣发到远地服役。(71)狱辞上：判决书呈报上去。(72)不羁晷（guǐ）刻：立即执行，片刻不留。羁：羁留。晷：日影。古代的日影高低定时刻的仪器称日晷。(73)狱具：具狱，罪案已判定。《汉书·于定国传》："孝妇自诬服，具狱上府。……于公争之弗能得，乃抱其具狱，哭于府上，因辞疾去。"注："具狱者，狱案已成，其文备具也。"(74)生若：让你活。(75)别具本章：另外准备奏章。(76)案末：同案中罪轻列在后面的从犯。(77)封奏时：审判书加封上奏时。(78)主谳（yàn）者：主审官。谳：审判定案、《汉书·景帝纪》注："谳，平议也。"(79)复清：谓发现案件有问题，再次上奏请示。(80)无生理：没有活的可能。(81)主者：指主审官。口呿（qū）舌挢（jiǎo）张口伸舌，吃惊的样子。呿：张口。挢：伸举。㉜冥谪：迷信报应说，谓在阴间受责罚。㉝谋故：指谋杀和有意杀人。㉞入矜疑：指归入“可矜”或“可疑”类。请制，刑部秋审时，按例将死刑案件分成情实（罪情属实）、缓决、可矜（情有可怜）、可疑（案情可疑）四类，归入后两类者，可减刑或宽免。㉟因以巧法：借此玩弄法令，从中舞弊。㊱若自矜诩（xǔ）：好像在自我夸耀。矜、自夸、诩：说大话。㊲“渫（xiè）恶吏”两句：意谓贪官污吏忍心于贪赃枉法，不值得责备。渫：污浊。鬻（yù）狱：拿官司作交易。㊳道：指治狱之道。㊴枉民：使百姓遭冤枉。㊵表里：内外勾结。㊶奇羡：赢余。此指勒索所得的财物。㊷山阴：旧县名，即今浙江省绍兴市。㊸代承之：替代别人承担杀人罪名。㊹援赦减等谪戍：根据大赦惯例，减刑发配充军。援：援引，根据：谪戍：发配边远，担任卫戍。《汉书·晁错传》：“秦之戍卒，……因以谪发之，名曰谪戍。”㊺故例：旧章程。㊻羁候：暂时关押，等候遣送。㊼“县状”句：写呈文请求留在刑部狱中，等春天再遣送。状：呈文。

郑　燮（1693—1765）

字克柔，号板桥，江苏兴化人。幼年家境贫寒。乾隆丙辰（1736）举于乡，连登进士第。授范县知县，改调潍县。以岁饥为民清赈，忤大吏，遂引疾辞归扬州，以卖画为生，有《郑板桥集》。

郑燮的文学主张接近性灵派，同时强调要反映社会现实。自称“板桥诗文，自出己意，理必归于圣贤，文必切于日用”。（《自叙》）反对王士禛的神韵说和沈德潜鼓吹的温柔敦厚的诗教。他的诗文朴实真率，多抒写民生疾苦和磊落的心怀。郑燮多才多艺，诗文之外，书画篆刻，皆为名家，是清中叶著名的“扬州八怪”之一。

题竹二则

一

予家有茅屋二间，南面种竹。夏日新篁初放[①]，绿荫照人，置一小榻其中[②]，甚凉适也。秋冬之际，取围屏骨子[③]，断去两头，横安以为窗棂[④]，用匀薄洁白之纸糊之。风和日暖，冻蝇触窗纸上，冬冬作小鼓声。于时一片竹影凌乱，岂非天然图画乎[⑤]？

凡吾画竹，无所师承，多得于纸窗粉壁日光月影中耳。

二

江馆清秋，晨起看竹，烟光日影露气，皆浮动于疏枝密叶之间。胸中勃勃[6]，遂有画意。

其实胸中之竹，并不是眼中之竹也。因而磨墨展纸，落笔倏作变相[7]，手中之竹，又不是胸中之竹也。

总之，意在笔先者[8]，定则也[9]；趣在法外者，化机也[10]。独画云乎哉[11]！

【题解】

本文选自《郑板桥集·板桥题画》。郑板桥是清代独具风格，卓有成就的画家。他爱竹，也画了一辈子的竹。他画的竹，多用简笔，能于一枝一叶、三竿两竿之中传神写意，显示气韵，表达性灵，体现他的思想和性格。而他的题画，多表现他绘画的心得体会。本文所选二则，即是精湛的艺术创作论。

其一实际讲的是艺术创作与生活的关系。郑板桥爱竹，几乎“不可一日无此君”。而且以诗人的情趣、画家的眼光去观赏竹，用心灵去体悟竹。为此，他还别出心裁地自制了一个简易“银幕”。这样在纸窗上看到日月投射的竹影，从立体到平面，又经过窗棂框子的剪裁，已不是天然的竹子，而是“天然图画”了。它既是天然的，有别于画成的艺术品；又是经过取舍投影的，是典型化、加工过的“天然”。作者由爱竹、赏竹最后到画竹，并画龙点睛地道出“凡吾画竹，无所师承，多得于纸窗粉壁日光月影中耳。”这就论述了师承前人与师法自然的关系。两者之中，后者显然是更重要的。而所谓的无所师承，也只是说自己不愿亦步亦趋，一味模仿蹈袭前人。其实他的画竹，深得文与可、徐文长、石涛诸名家之精髓，并兼众长，而能风格独标。如他论“石涛画竹好野战，略无纪律，而纪律自在其中”，这正是他学石涛的心得。

其二，郑板桥总结了眼中之竹、胸中之竹，和手中之竹三个画竹过程及其关系，这是带有普遍性的创作规律。作者着重论述了胸中之竹与手中之竹的关系。由观察、构思、推敲酝酿而将眼中之竹变成胸中之竹，即意在笔先，形成腹稿。这是创作的定则。一旦腹稿成熟，就会“胸中勃勃，遂有画意”。便有了艺术创作的激情和兴致。但是从胸中之竹到手中之竹，从凝神构思到挥毫落笔，其间会闪现灵感，激活底蕴，升华激情，收到意想不到“笔墨之趣”，这就是艺术创作的“化机”、“活法”，一种艺术创作的最高境界。这样的手中之竹，已不同于原先的胸中之竹了。正是在这个意义上，作者才说：“文与可画竹，胸有画竹；郑板桥画竹，胸无成竹。”惟其如此，他所画的竹也才能“浓淡疏密、短长肥瘦，随手写去，自尔成局，其神理具足也。”（引文均见《郑板桥集·板桥题画》）

这两则题记，既是言简意赅、精湛深邃的艺术创作心得，又是诗情画意的小品散文。读来如沐清风，如临流泉，其中作者的思想性格、生活情趣、艺术见解，熔为一体，自然清新，流畅优美。

【注释】

①篁：竹林：泛指竹子。②榻（tà）：狭长而低的坐卧用具。③围屏：可以环绕障蔽的屏风。④棂（líng）：窗上构成木格子的条。⑤天然图画：形容景色天然，美丽如画。⑥勃勃：盛貌。此状创作的冲动和灵感。⑦倏（sū）：迅速，忽然。变相：原意谓释道绘仙佛像及经文中变异之事。此作改变了原貌（眼中之竹）的意思。⑧意在笔先：谓构思在落笔之前。⑨定则：不可更易的法则（创作规律）。⑩"趣在法外"两句：意想不到的笔趣在固定不变的笔法之外，那是造化的机运，灵感的闪现，技法的升华。⑪独画云乎哉：难道惟独作画如此吗？

袁　枚（1716——1797）

袁枚，字子材，号简斋，浙江钱唐（今杭州）人。乾隆元年（1736）荐举博学鸿词，四年（1739）进士，授翰林院庶吉士，出知江宁、溧水等县。三十三岁后辞官侨居江宁（今南京市），筑园林于小仓山，号随园，度过了近半个世纪论文赋诗、优游自在的享乐生活。有《小仓山房集》、《随园诗话》等。

袁枚认为"性情之外本无诗"（《寄怀钱玙沙方伯予告归里》），主张作诗"不徇人，不欺己，不受古欺，不为习囿。"（《答施兰垞论诗书》）对当时拟古及形式主义诗风有所冲击。他的诗歌创作新巧、空灵、但多抒发士大夫的闲情逸致，缺乏关乎国计民生的重大内容。袁枚为文，兼工骈散，桐城派诋为野狐禅、其实能别树一帜。

黄生借书说

黄生允修借书[①]，随园主人授以书而告之曰[②]："书非借不能读也。子不闻藏书者乎，七略四库[③]，天子之书，然天子读书者有几？汗牛塞屋[④]，富贵家之书，然富贵人读书者有几？其他祖父积、子不弃者无论焉[⑤]。非独书为然，天下物皆然。非夫人之物，而强假焉，必虑人逼取，而惴惴焉摩玩之不已[6]，曰今日存，明日去，吾不得而见之矣。若业为吾所有，必高束焉，庋藏焉，曰姑俟异日观云尔[7]。”

余幼好书，家贫难致[8]。有张氏藏书甚富，往借不与，归而形诸梦[9]，其切如是。故有所览，辄省记[10]。通籍后[11]，俸去书来，落落大满[12]，素蟫灰丝[13]，时蒙卷轴[14]，然后叹借者之用心专，而少时之岁月为可惜也。

今黄生贫类予[15]，其借书亦类予，惟予之公书[16]，与张氏之吝书，若不相类。然则予固不幸而遇张乎，生固幸而遇予乎。知幸与不幸[17]，则其读书也必专，而其归书也必速，为一说，使与书俱[18]。

【题解】

本文由黄生借书有感而论。列举了种种有书者不读书的事例，结合自己的切身体验，说明了“书非借不能读”的道理，意在强调只有珍惜读书机会之难得，才能专心刻苦地读书。至今仍不无教育意义。

文章论点明确，论述严密，结合自身经历，运用两组正反事例加以对比，进行论证，具有较强的说服力。

【注释】

①黄生允修：生平不详。②随园主人：作者自称。③七略四库：均指皇家藏书而言。七略：书名。汉成帝时，命刘向检校秘书。刘向死后，汉哀帝使其子刘歆接替其业。刘歆总括群篇，撮

其指要，著为《七略》：一曰集略，二曰六艺略，三曰诸子略。四曰诗赋略，五曰兵书略，六曰术数略，七曰方技略。《七略》实为目录之祖。原书已佚。四库；亦即四部。自晋荀勖《中经新簿》将图书分为甲乙丙丁即经史子集四部之后，历代相沿。《新唐书·艺文志》："两都各聚书四部，以甲、乙、丙、丁为次，列经、史、子、集四库。"④汗牛塞屋：即汗牛充栋。形容藏书多，搬运时，牛累得出汗；堆放时，塞满屋子。柳宗元《陆文通先生墓表》："其为书，处则充栋宇，出则汗牛马。⑤"其他"句：其他祖父积攒而子孙扔弃的藏书，就更不必说了。⑥"非夫人"四句：意谓不是自己的东西，而是勉强向别人借来的，总担忧别人逼着归还，而忧虑不安地揣摩赏玩不止。夫：指示代词。惴惴(zhì)：忧惧的样子。摩：揣摩，研究。玩：玩赏。⑦"若业"四句：意谓假若物品已归我有，就会束之高阁，收藏起来，说且待他日观赏吧。业：已经。庋（guǐ）：置放器物的架子。俟：等待。⑧难致：难以得到。⑨归而形诸梦：回家后出现在梦中。⑩辄省记：便能记住。⑪通籍：汉制，把记有姓名、年令、身份等的竹片（即"籍"），挂在宫门外，核对相合者方能入宫。记名于门籍，叫"通籍"。(《汉书·元帝纪》) 后将初仕为通籍，意为朝中已有名籍。⑫落落大满：形容书籍堆积得很多。落落：高的样子。《文选·游天台山赋》："荫落落之长松。"吕延济注："落落，松高貌。"⑬蟫（tán)：蠹鱼。《尔雅·释虫》："蟫，白鱼。"郭璞注："衣、书中虫。"灰丝：灰尘蛛丝。⑭时蒙卷轴：书籍上不时盖满尘土和蛛丝。卷轴：古代的帛书或纸书，用轴卷束，故称书籍为卷轴。⑮类予：类似我。⑯公书：意谓乐于将私人藏书借人借览。⑰知幸与不幸：了解了借书有幸运与不幸之不同。⑱“为一说”两句：写了一篇“借书说”，把它同书一块儿交给黄生。

姚　鼐（1731—1815）

字姬传，一字梦谷，号惜抱，安徽桐城人。乾隆二十八年（1763）进士，选庶吉士，改礼部主事，历任山东、湖南乡试考官。会试同考官。充四库纂修官。不久辞官告归，先后在紫阳、敬敷、梅花、钟山等书院讲学，凡四十余年。著有《惜抱轩全集》，编有《古文辞类纂》。

姚鼐论文，继承了方苞、刘大櫆的主张，加以发展，提出了义理，考据、辞章三者相互为用的主张。以考据为义理，辞章服务。他以阳刚、阴柔区分文章的风格，认为作者的“才性气质”不同，导致文章风格的不一。他的散文多以个人生活为内容，结构严谨，语言简洁。

登泰山记

泰山之阳[①]，汶水西流[②]；其阴，济水东流[③]。阳谷皆入汶[④]，阴谷皆入济，当其南北分者，古长城也[⑤]。最高日观峰[⑥]，在长城南十五里。

余以乾隆三十九年十二月[⑦]，自京师乘风雪[⑧]，历齐河、长清、穿泰山西北谷[⑨]，越长城之限[⑩]，至于泰安。是月丁未[⑪]，与知府朱孝纯子颍由南麓登[⑫]。四十五里，道皆砌石为磴[⑬]，其级七千有余。泰山正南面有三谷，中谷绕泰安城下，郦道元所谓环水也[14]。余始循以入[15]，道少半[16]，越中岭，复循西谷，遂至其巅。古时登山，循东谷入，道有天门[17]。东谷者，古谓之天门谿水，余所不至也。今所经中岭，及山巅崖限当道者[18]，世皆谓之天门云。道中迷雾冰滑，磴几不可登。及既上，苍山负雪，明烛天南[19]，望晚日照城郭，汶水、徂徕如画[20]，而半山居雾若带然[21]。

戊申晦五鼓[22]，与子颍坐日观亭待日出[23]。大风扬积雪击面。亭东自足下皆云漫[24]。稍见云中自若摴蒱数十立者，山也[25]。极天，云一线异色[26]，须臾成五采，日上，正赤如丹[27]，下有红光，动摇承之[28]。或曰：此东海也。回视日观以西峰，或得日，或否[29]，绛皜驳色[30]，而皆若偻[31]。

亭西有岱祠[32]，又有碧霞元君祠[33]。皇帝行宫在碧霞元君祠东[34]。是日，观道中石刻，自唐显庆以来[35]，其远古刻尽漫失[36]。僻不当道者[37]，皆不及往。

山多石，少土，石苍黑色，多平方，少圜[38]。少杂树，多松，生石罅[39]，皆平顶[40]。冰雪，无瀑水，无鸟兽音迹。至日观，数里内无树，而雪与人膝齐。

桐城姚鼐记。

【题解】

泰山，又名岱岳、岱宗，是五岳中的东岳，被奉为五岳之尊。绵亘在山东省济南、泰安、历城、长清诸县市之间。

作者首先清晰地绘制出一幅两水夹流、长城中分的泰山地理图，并标明此行的目的地日观峰之所在。再叙述登山的经过，用踏冰雪，跺七千余级石磴攀陟的艰险，反衬登山后的欢快心情，山顶鸟瞰白雪、夕阳相辉映，苍山、汶水景色如画，何等惬意。然后作者捕捉瞬息万变的光色变化，用山水、云雪映带衬托，写出日观峰旭日东升时绚丽多彩的奇观。把海上旭日的丰姿韵态描摹得传神动人。结尾概括了泰山冬景的“三多”、“三少”、“三无”，与文章开头相照应。作者只写登山、不写下山，既紧扣题目，节约文字，又能给读者留下余地去想象补充。全文叙述紧扣“登”字，写景围绕“雪”字，取舍精而不蔓，叙事简而有序，考证要而不繁，寓情含而不露，造语雅而无饰，是桐城派游记文学的代表作。

【注释】

①阳：山南、水北称“阳”。②汶（wèn）水：大汶河，源于山东莱芜县东北的原山，向西南流经泰安。③济水，也称沇水，源于河南济源县王屋山，东流至山东。下游河道屡迁，并入大清河、小清河。④“阳谷”句：泰山南面山谷中的水流均汇入汶水。⑤“当其”两句：意谓长城位于阳谷和阴谷南北分界处。古长城：指战国时齐国所筑的长城，西起平阴，经泰山北冈，东至诸城入海。⑥日观峰：在泰山玉皇顶东南，为岱顶观日出处。峰北侧一巨石悬空探出，长约二丈，名拱北石。“旭日东升”为岱顶四大奇观之一。⑦乾隆：清高宗（弘历）的年号（1736—1795）。三十九年：1774年。⑧“自京师”句：从京城（北京）

冒风雪。⑨历：经过。齐河、长清：均为山东省县名。⑩限：界限。⑪是月丁未：指这个月（十二月）二十八日。⑫知府：官名，一府（略相当于今之专区）的行政长官。朱孝纯：字子颖，号海愚，山东历城人。乾隆时进士，累官两淮盐运使。善诗画，为作者所推重。有《宝扇楼诗集》。⑬砌石为磴；用石累砌成阶梯。⑭郦道元：北魏著名的地理学家、文学家。他博采汉魏以来文献所载的山川景物、风土人情、掌故传说，结合自己的实地考察，撰写《水经注》四十卷。《水经·汶水注》："（环）水出泰山南溪，南流，历中下两庙间。"环水：总称中溪，又名梳洗河。⑮始循以入：开始沿着中谷而进山。⑯道少半：路走了一小半。⑰天门：泰山有中天门、南天门，因两山夹峙，矗立如门而得名。⑱崖限：山崖对峙，有如门限。限：门槛。⑲"苍山"两句：意谓灰暗的山上积满白雪，雪光照耀着南面的天空。烛：照。⑳徂徕（cúlái）：山名，在泰安市东南四十里。㉑居雾若带然：停留在云雾，像系绕在半山的腰带一样。㉒戊申晦：二十九日。晦：农历每月末。五鼓：古时以鼓报更。五鼓即五更，约清晨四五点。㉓日观亭：在日观峰上。㉔云漫：云雾弥漫。㉕"稍见"两句：意谓依稀能够看到云雾中几十个白得像骰子般立着的是山。樗蒲（shū pú）：赌具，娄似骰子。㉖"极天"两句：天边的云出现一线奇异的颜色。㉗正赤如丹：纯红如朱砂。㉘"下有"两句：太阳下面有跳动的红光承托着它。㉙"或得"两句：有的得到日光照射，有的却没有。㉚绛皓驳色：红白相杂。绛：红色。驳：杂。㉛若偻：好像弯着腰。形容诸峰低于日观峰。㉜

岱祠：祭祀泰山神——东岳大帝的庙宇。有上中下三庙。上庙在山顶，为汉武帝封禅处。㉝碧霞元君祠：在泰山极顶南面，宋大中祥符间建。正殿供碧霞元君铜像。该建筑群范铜铸铁，玲珑精巧，为国内罕见。碧霞元君：相传为东岳大帝之女。㉞皇帝行宫：指乾隆去祭祀泰山时住过的宫室。行宫：古代京城以外供皇帝出行时居住的宫室。㉟显庆：唐高宗李治的年号（656—661）。㊱漫失：漫漶磨灭。㊲僻不当道：地处偏僻，不在行道上。㊳圜：同“圆”。㊴罅（xià）：缝隙。㊵平顶：指平顶松。

龚自珍（1792——1841）

又名巩祚，字瑟人，号定庵，浙江仁和（今杭州）人。出身于三世京官、家学渊源的家庭。祖、父皆长于史学，母为著名小学家段玉裁之女。三十八岁中进士，历任内阁中书、礼部主事。道光十九年（1839）四月辞官南归。道光二十一年，暴卒于江苏丹阳书院。

龚自珍不仅博学多才，精通经史小学，而且是著名的思想家，才华横溢的文学家。他主张改革内政，抵御外敌，是近代改良主义运动的先驱。他的诗歌反映鸦片战争前夕的社会黑暗，强烈地追求理想，文辞清奇瑰丽，为诗界革命的先声。他的散文多抒发政见，旨远文奇，不拘一格。有的恣肆而立论严谨，有的条分缕析而构思奇诡。在文坛上一扫桐城积习，为近代文学的开山作家。著有《龚定庵全集》。

病梅馆记

江宁之龙蟠[①]，苏州之邓尉[②]，杭州之西谿[③]，皆产梅。或曰：梅以曲为美，直则无姿；以欹为美[④]，正则无景[⑤]；梅以疏为美[⑥]，密则无态。固也。此文人画士，心知其意，未可明诏大号[⑦]，以绳天下之梅也[⑧]；又不可以使天下之民，斫直、删密、锄正，以殀梅、病梅为业以求钱也[9]。梅之欹、之疏、之曲，又非蠢蠢求钱之民，能以其智力为也。有以文人画士孤癖之隐[10]，明告鬻梅者[11]，斫其正，养其旁条，删其密，夭其稚枝[12]，锄其直，遏其生气[13]，以求重价，而江、浙之梅皆病。文人画士之祸之烈至此哉！

予购三百盆，皆病者，无一完者。既泣之三日，乃誓疗之，纵之，顺之，毁其盆，悉埋于地，解其棕缚[14]，以五年为期，必复之全之。予本非文人画士，甘受诟厉[15]。辟病梅之馆以贮之。呜呼！安得使予多暇日，又多闲田，以广贮江宁、杭州、苏州之病梅，穷予生之光阴以疗梅也哉？

【题解】

本文题作“馆记”，却与历来的馆阁楼台记的写法迥异，实为一篇寓言性质的杂说。

作者呼唤时代的变革，寄希望于人才的作用，所以有“九州生气恃风雷，万马齐瘖究可哀，我劝天公重抖擞，不拘一格降人才”（《乙亥杂诗》）这样的呐喊。

作者痛感封建专制，特别是宋明理学对人才的压抑摧残，正如梅之遭受斫、夭、锄、遏等种种戕害，于是辟病梅之馆而疗之：“纵之，顺之，毁其盆，悉埋于地，解其棕缚，以五年为期，以复之全之。”这是对砸碎精神枷锁，解放个性，充分自由地发挥个人才能的热切向往。文章将深刻的哲理富于生动的记叙描述之中，感慨深沉；用笔奇诡曲折，跌宕有致。有龚自珍文风的鲜明特色。

【注释】

①江宁：即江宁府，府治在今江苏南京市。龙蟠：今南京市清凉山下的龙蟠里。②邓尉：山名。在苏州市西南。汉代邓尉曾隐居于此，故名。③西溪：地名。在今杭州市灵隐山西北。④欹(qī)：歪斜不正。⑤景：同“影”。⑥疏；稀疏。⑦明诏大号：此为公开宣告，大力号召的意思。⑧绳：木匠取直用的墨线。以作动词“衡量”、“规范”讲。⑨“以殀梅”句：以断杀梅、损伤梅为职业，以求高价。殀：断杀。一说早死。病：损伤。⑩隐：偏见。⑪鬻（yù)：贩卖。⑫夭其稚枝：折杀它的嫩枝。夭：折。⑬遏：阻断。⑭棕缚：棕绳的捆缚。卖梅的人为使梅长成各种姿态，用棕绳把梅捆缚起来。⑮诟厉：责骂。

梁启超（1873—1929）

字卓如，号任公，别署饮冰室主人，广东新会人。十七岁中举人，十八岁后师从康有为，与康联合各省举人，上书请求变法。光绪二十二年（1896），在上海主编《时务报》，发表《变法通议》，编辑《西政丛书》，次年主讲长沙时务学堂，宣传维新。在戊戌百日维新（1898）时，以六品衔办京师大学堂、译书局。变法失败后，流亡日本，创办《清议报》、《新民丛报》、《新小说》等杂志。他是近代资产阶级改良运动的代表人物之一，与康并称“康梁”。但他们都反对资产阶级民主主义革命，主张君主立宪。辛亥革命后回国，参加袁世凯政府，任司法总长。后又与蔡锷组织护国学反袁。晚年在清华大学讲学，介绍西方的社会科学，整理中国的传统学术文化。他提倡“诗界革命”、“小说界革命”，而他所创作的散文，“务为平易畅达”、“纵笔所至不检束”，条理明晰，笔端挟情，号为“新文体”，风靡一时，为五四白话文运动的前驱。著有《饮冰室合集》。

少年中国说

日本人之称我中国也，一则曰老大帝国，再则曰老大帝国。是语也，盖袭译欧西人之言也。呜呼，我中国其果老大矣乎[①]？梁启超曰：恶[②]，是何言！是何言！吾心目中有一少年中国在。

欲言国之老少，请先言人之老少。老年人常思既往，少年人常思将来。惟思既往也[③]，故生留恋心；惟思将来也，故生希望心。惟留恋也故保守，惟希望也故进取。惟保守也故永旧，惟进取也故日新。惟思既往也，事事皆其所已经者，故惟知照例；惟思将来也，事事皆其所未经者，故常敢破格。老年人常多忧虑，少年人常好行乐。惟多忧也，故灰心；惟行乐也，故盛气。惟灰心也，故怯懦；惟盛气也，故豪壮。惟怯懦也，故苟且[④]；惟豪壮也，故冒险。惟苟且也，故能灭世界；惟冒险也，故能造世界。老年人常厌事，少年人常喜事。惟厌事也，故常觉一切无可为者；惟好事也，故常觉一切事无不可为者。老年人如夕照，少年人如朝阳。老年人如瘠牛[⑤]，少年人如乳虎[⑥]。老年人如僧，少年人如侠。老年人如字典，少年人如戏文[⑦]。老年人如鸦片烟，少年人如泼兰地酒[⑧]。老年人如别行星之陨石，少年人如大洋海之珊瑚岛。老年人如埃及沙漠之金字塔，少年人如西伯利亚之铁路。老年人如秋后之柳，少年人如春前之草。老年人如死海之潴为泽[⑨]，少年人如长江之初发源。此老年与少年性格不同之大略也。梁启超曰："人固有之，国亦宜然。"

梁启超曰：伤哉，老大也！浔阳江头琵琶妇，当明月绕船，枫叶瑟瑟，衾寒于铁，似梦非梦之时，追想洛阳尘中春花秋月之佳趣[10]。西宫南内，白发宫娥，一灯如穗，三五对坐，谈开元天宝间遗事，谱霓裳羽衣曲[11]。青门种瓜人，左对孺人，顾弄孺子，忆侯门似海、珠履杂遝之盛事[12]。拿破仑之流于厄蔑[13]，阿剌飞之幽于锡兰[14]，与三两监守吏，或过访之好事者，道当年短刀匹马驰骋中原，席卷欧洲，血战海楼，一声叱咤，万国震恐之丰功传烈，初而拍案，继而抚髀[15]，终而揽镜。呜呼，面皴齿尽[16]，白发盈把，颓然老矣！若是者，舍幽郁之外无心事，舍悲惨之外无天地，舍颓唐之外无日月，舍叹息之外无音声，舍待死之外无事业。美人豪杰且然，而况于寻常碌碌者耶？生平亲友，皆在墟墓[17]，起居饮食，待命于人。今日且过，遑知他日[18]。今年且过，遑恤明年。普天下灰心短气之事，未有甚于老大者。于此人也，而欲望以拿云之手段[19]，回天之事功[20]，挟山超海之意气[21]，能乎不能？

呜呼，我中国其果老大矣乎！立乎今日以指畴昔[22]，唐虞三代，若何之郅治[23]，秦皇汉武，若何之雄杰，汉唐来之文学，若何之隆盛，康乾间之武功[24]，若何之烜赫[25]。历史家所铺叙，词章家所讴歌，何一非我国民少年时代、良辰美景赏心乐事之陈迹哉！而今颓然老矣！昨日割五城，明日割十城[26]，处处雀鼠尽，夜夜鸡犬惊。十八省之土地财产[27]，已为人怀中之肉。四百兆之父兄子弟[28]，已为人注籍之奴[29]。岂所谓“老大嫁作商人妇”者耶[30]？呜呼，凭君莫话当年事[31]，憔悴韶光不忍看[32]！楚囚相对[33]，岌岌顾影[34]，人命危浅，朝不虑夕。国为待死之国，一国之民为待死之民。万事付之奈何，一切凭人作弄，亦何足怪！

梁启超曰：我中国其果老大矣乎？是今日全地球之一大问题也。如其老大也，则是中国为过去之国，即地球上昔本有此国，而今渐澌灭[35]，他日之命运殆将尽也[36]。如其非老大也，则是中国为未来之国，即地球上昔未现此国，而今渐发达，他日之前程且方长也。欲断今日之中国为老大耶？为少年耶？则不可不先明国字之意义。夫国也者，何物也？有土地，有人民，以居于其土地之人民，而治其所居之土地之事，自制法律而自守之，有主权，有服从，人人皆主权者，人人皆服从者。夫如是，斯谓之完全成立之国。地球上之有完全成立之国也，自百年以来也。完全成立者，壮年之事也。未能完全成立而渐进于完全成立者，少年之事也。故吾得一言以断之曰：欧洲列邦在今日为壮年国，而我中国在今日为少年国。

夫古昔之中国者，虽有国之名，而未成国之形也。或为家族之国[37]，或为酋长之国。或为诸侯封建之国，或为一王专制之国。虽种类不一，要之[38]，其于国家之体质也，有其一部而缺其一部。正如婴儿自胚胎以迄成童，其身体之一二官支[39]，先行长成，此外则全体虽粗具，然未能得其用也。故其唐虞以前为胚胎时代，殷商之际为乳哺时代，由孔子而来至于今为童子时代。逐渐发达，而今乃始将入成童以上少年之界焉。其长成所以若是之迟者，则历代之民贼有窒其生机者也[40]。譬犹童年多病，转类老态。或且疑其死期之将至焉，而不知皆由未完全未成立也；非过去之谓，而未来之谓也。

且我国畴昔，岂尝有国家哉！不过有朝廷耳。我黄帝子孙，聚族而居，立于此地球之上者既数千年，而问其国之为何名，则无有也。夫所谓唐、虞、夏、商、周、秦、汉、魏、晋、宋、齐、梁、陈、隋、唐、宋、元、明、清者，则皆朝名耳。朝也者，一家之私产也。国也者，人民之公产也。朝有朝之老少，国有国之老少。朝与国既异物，则不能以朝之老少而指为国之老少明矣。文、武、成、康[41]，周朝之少年时也。幽、厉、桓、赧[42]，则其老年时代也。高、文、景、武[43]，汉朝之少年时代也。元、平、桓、灵[44]，则其老年时代也。自余历朝，莫不有之[45]。凡此者谓为一朝廷之老也则可，谓为一国之老也则不可。一朝廷之老且死，犹一人之老且死也。于吾所谓中国者何与焉。然则，吾中国者，前此尚未出现于世界，而今乃始萌芽云尔。天地大矣，前途辽矣，美哉我少年中国乎！

玛志尼者，意大利三杰之魁也[46]。以国事被罪，逃窜异邦。乃创立一会，名曰“少年意大利”。举国志士，云涌雾集以应之。卒乃光复旧物，使意大利为欧洲之雄邦。夫意大利者，欧洲之第一老大国也。自罗马亡后，土地隶于教皇，政权归于奥国[47]。殆所谓老而濒于死者矣。而得一玛志尼，且能举全国而少年之，况我中国之实为少年时代者耶？堂堂四百余州之国土[48]，凛凛四百余兆之国民[49]，岂遂无一玛志尼其人者！

龚自珍氏之集有诗一章，题曰《能令公少年行》[50]。吾尝爱读之，而有味乎其用意之所存[51]。我国民而自谓其国之老大也，斯果老大矣。我国民而自知其国之少年也，斯乃少年矣。西谚有之曰："有三岁之翁，有百岁之童。"然则，国之老少，又无定形，而实随国民之心力以为消长者也。吾见乎玛志尼之能令国少年也，吾又见乎我国之官吏士民能令国老大也。吾为此惧！夫以如此壮丽浓郁翩翩绝世之少年中国[52]，而使欧西日本人谓我老大者何也？则以握国权者皆老朽之人也。非哦几十年八股[53]，非写几十年白摺[54]，非当几十年差，非捱几十年俸，非递几十年手本[55]，非唱几十年喏[56]，非磕几十年头，非请几十年安，则必不能得一官，进一职。其内任卿贰以上[57]，外任监司以上者[58]，百人之中，其五官不备者，殆九十六七人也。非眠盲，则耳聋；非手颤，则足跛；否则半身不遂也。彼其一身饮食步履视听言语，尚且不能自了，须三四人在左右扶之捉之，乃能度日，于此而乃欲责之以国事，是何异立无数木偶而使之治天下也！且彼辈者，自其少壮之时既已不知亚细、欧罗为何处地方，汉祖唐宗是那朝皇帝，犹嫌其顽钝腐败之未臻其极[59]，又必搓磨之，陶冶之，待其脑髓已涸，血管已塞，气息奄奄，与鬼为邻之时，然后将我二万里江山、四万万人命，一举而畀于其手[60]。呜呼！老大帝国，诚哉其老大也！而彼辈者，积其数十年之八股、白摺、当差、捱俸、手本、唱喏、磕头、请安，千辛万苦，千苦万辛，乃始得此红顶花翎之服色[61]，中堂大人之名号[62]，乃出其全付精神，竭其毕生力量，以保持之。如彼乞儿拾金一锭，虽轰雷盘旋其顶上，而两手犹紧抱其荷包，他事非所顾也，非所知也，非所闻也。于此而告之以亡国也，瓜分也，彼乌从而听之[63]，乌从而信之？即使果亡矣，果分矣，而吾今年既七十矣八十矣，但求其一两年内，洋人不来，强盗不起，我已快活过了一世矣！若不得已，则割三头两省之土地[64]，奉申贺敬[65]，以换我几个衙门；卖三几百万之人民作仆为奴，以赎我一条老命，有何不可，有何难办。呜呼！今以所谓老后老臣老将老吏者[66]，其修身齐家治国平天下之手段[67]，皆具于是矣。西风一夜催人老，凋尽朱颜白尽头。使走无常当医生[68]，携催命符以祝寿，嗟乎痛哉！以此为国，是安得不老且死，且吾恐其未及岁而殇矣。

梁启超曰：造成今日之老大中国者，则中国老朽之冤业也[69]。制出将来之少年中国者，则中国少年之责任也。彼老朽者何足道？彼与此世界作别之日不远矣！而我少年乃新来而与世界为缘[70]。如僦屋者然[71]，彼明日将迁居他方，而我今日始入此室处。将迁居者，不爱护其窗栊[72]，不洁治其庭庑[73]，俗人恒情，亦何足怪？若我少年者，前程浩浩，后顾茫茫，中国而为牛为马为奴为隶，则烹脔箠鞭之惨酷[74]，惟我少年当之。中国如称霸宇内主盟地球，则指挥顾盼之尊荣[75]，惟我少年享之。于彼气息奄奄与鬼为邻者何与焉？彼而漠然置之，犹可言也；而我漠然置之，不可言也。使举国之少年而果为少年也，则吾中国为未来之国，其进步未可量也。使举国之少年而亦为老大也，则吾中国为过去之国，其澌亡可翘足而待也[76]。故今日之责任，不在他人，而全在我少年。少年智则国智，少年富则国富，少年强则国强，少年独立则国独立，少年自由则国自由，少年进步则国进步，少年胜于欧洲，则国胜于欧洲，少年雄于地球，则国雄于地球。红日初升，其道大光；河出伏流[77]，一泻汪洋；潜龙腾渊，鳞爪飞扬；乳虎啸谷，百兽震惶；鹰隼试翼，风尘吸张[78]；奇花初胎[79]，矞矞皇皇[80]；干将发硎，有作其芒[81]；天戴其苍，地履其黄；纵有千古，横有八荒[82]；前途似海，来日方长。美哉我少年中国，与天不老！壮哉我少年中国，与国无疆！

三十功名尘与土，八千里路云和月。莫等闲白了少年头，空悲切。”此岳武穆[83]《满江工》词句也。作者自六岁时即口受记忆，至今喜诵之不衰。自今以往，弃“哀时客”之名[84]，更自名曰：“少年中国之少年”。作者附识。

【题解】

这是梁启超的新体散文的代表作，写于1900年。作者从改良主义的立场出发，把封建古老的中国与他想象中的未来的“少年中国”作鲜明的对比，极力歌颂少年的精神。并以辛辣的讽刺笔调，无情地嘲讽了没落的封建制度，把社会腐朽的原因归咎于“据国权者皆老朽之人也。”从而刻划出以西太后为代表的顽固派的丑恶嘴脸，抒发了作者的改良主义政治理想，对未来的中国作了生动的描绘。作者还以奔放的热情大声疾呼，激励青年发愤图强，变革现实。在当时有进步作用和感召力。但作者把封建社会的腐败黑暗，仅归之于官吏的老朽，把保守与进取、怯懦与豪壮、无为与有为等等，仅仅归之于老年与少年性格的差别，将少年一律视为先进，老年一律斥为保守，把改革的希望寄托在个别玛志尼式的人物身上，都反映出作者的局限。

文章感情充沛，气势激昂，论述往复百折，层层递进，运用排比、比喻的手法，妙趣横生，通俗酣畅，具有极大的鼓动性和感染力。作为新体文章，它一反时行的桐城义法，不求雅洁，不讲“言之有序”，而是“杂以俚语、韵语及外国语法”，虽被有的人讥为“野狐禅”，却别有一种魅力。

【注释】

①“我中国”句：我们中国果真是老朽不堪了吗？②恶（wù）：叹词，表示惊讶不满。③惟：以，由于。④苟且：只图暂时偷安。⑤瘠：瘦弱。⑥乳虎：哺乳期的母虎，因护虎子而凶猛倍常。《汉书·义纵传》注：“猛兽产乳，养护其子，则搏

嗤过常，故以喻也。”⑦戏文：戏曲。此指剧本，与字典相比，其内容丰富生动。⑧泼兰地酒：即白兰地酒，性醇烈。⑨死海：在约旦、以色列、巴勒斯坦之间的一个大咸水湖，鱼类不生，故称“死海”。潴（zhū）：水积聚。⑩“浔阳”六句：化用唐白居易《琵琶行》诗的情节意境。诗有“浔阳江头夜送客，枫叶荻花秋瑟瑟”。“老大嫁作商人妇，商人重利轻别离，前月浮梁买茶去。去来江口守空船，绕船明月江水寒，夜深忽梦少年事，梦啼汝泪红阑干。”等诗句。浔阳：今江西九江市。过去将长江流经九江的一段称浔阳江。⑪“西宫”六句：用白居易《长恨歌》故事，安史作乱，长安失陷，玄宗奔蜀，杨贵妃被迫缢死于马嵬坡（今陕西兴平）。肃宗即位，乱平，玄宗闲居西宫南内，日夜思念贵妃。“西宫南内多秋草，落叶满阶红不扫，梨园子弟白发新，椒房阿监青娥老。”玄宗触景生情，萧索之感、迟暮之悲，油然而生。此借其诗意喻中国之老大。西宫：唐太极宫，时称西内，在今长安县北。南内，即唐兴庆宫，在今长安县东南。玄宗返京，先居兴庆，后迁西宫。霓裳羽衣曲：初名“婆罗门曲”。玄宗亲为润色作词，改称今名。⑫“青门”四句：汉初召平，原为秦东陵侯。秦亡后沦为布衣，种瓜于长安城东南门（门青色，故曰青门）外。瓜甜美，时称“东陵瓜”或“青门瓜”。此借召平回忆往昔之盛，喻中国之老大。杂遝（tà）：纷杂聚集的样子。此状召平为侯时车水马龙，宾朋云集的情景。⑬拿破仑：指拿破仑一世（1769—1821）。1795年率兵进攻意大利，破奥地利，侵占埃及，1804年在法国即帝位，兼并意大利，称霸欧洲。1812 年侵俄战争遭到重大失败。1814 年反法联军攻陷巴黎，被流放到厄尔巴岛（即文中所称“厄蔑”岛，位于意大利半岛与科西嘉岛之间）。不久又返回巴黎，与英普联军战于比利时南部的滑铁卢，再次失败，被流放到大西洋南部的圣伦岛，死在那里。⑭阿剌飞：人名，疑即阿拉比（约 1839—1911），埃及民族解放运动的领袖。1881 年领导军队政变，推翻英法殖民统治。次年任新政府陆军部长，在抗击英军进攻中失败，被流放到锡兰（今斯里兰卡）。1901 年获释回国。幽：幽禁。⑮抚髀（bì）：感叹英雄无用武之地。《三国志·蜀书·先主纪》注引《九州春秋》：“备住荆州数年，尝于表坐起至厕，见髀里肉生，慨然流涕。还坐，表怪问备，备曰：‘吾常身不离鞍，骨肉皆消。今不复骑，髀里肉生，日月若驰，老将至矣！而功业不建，是以悲耳。”髀：大腿。⑯皴（cūn）：皮肤干裂，此指皮肤生皱纹。⑰墟墓：坟墓。⑱遑（huǎng）知：哪顾得上管。遑：闲暇。⑲拿云：喻志大。李贺《致酒行》：“少年心事当拏（拿）云”。⑳回天：喻挽回事势。《新唐书·张玄素传》：“张公论事，有回天之力。”㉑挟山超海：喻费大力气。《孟子·梁惠王上》：“挟泰山以超北海。”㉒畴昔：往昔，过去。㉓郅治：即“至治”，盛世的意思。㉔康：康熙年间，曾反击入侵内蒙古和西藏等地的准噶尔部族；乾：乾隆年间，曾平定新疆、西藏等地的叛乱势力，并拒绝英国增开通商口岸，给予租界的无理要求。㉕烜（xuán）赫：声威盛大。李白《侠客行》：“千秋二壮士，烜赫大梁城。”㉖“昨日”

两句：苏洵《六国》："今日割五城，明日割十城，起视四境，而秦兵又至矣。"㉗十八省：清初全国划分为十八个省。此指代全国。㉘四百兆：四万万。兆：百万。㉙注籍之奴：古代为人奴者，随主改姓，列入主人户籍。此喻丧失独立人格，沦为寄人篱下的奴隶。㉚"老大"句：语出白居易《琵琶行》。此喻晚清的衰败没落。㉛"凭君"句：化用唐曹松《己亥岁二首之一》的"凭君莫话封侯事"句。凭：请。㉜"憔悴"句：化用南唐中主李璟《山花子》词句："还与韶光共憔悴，不堪看。"韶光：美好的时光，喻青年时期。㉝楚囚相对：春秋时晋侯在军府见到戴了南人的帽子而被监禁着的钟仪，便问是什么人，回答说是"郑人所献楚囚也。"后以楚囚指代囚犯。《世说新语·言语》："过江诸人，每至美日，辄相邀新亭，藉卉宴饮。周侯（周颉）中坐而叹曰：'风景不殊，正自有山河之异。'皆相视流泪。唯王丞相（王导）愀然变色曰：'当共戮力王室，光复神州，何至作楚囚相对？'"㉞岌岌顾影：回视自身处境，十分危险。㉟澌灭：灭亡。澌：尽。㊱殆（dài）：恐怕。㊲家族之国：指原始公社的氏族组织。㊳要之：总之。㊴官支：器官和肢体。㊵民贼：指荒淫专制的统治者。窒；阻塞不通。㊶文武成康：周文王、武王都是周朝的开创者。成王、康王能秉承文武的基业，史称"成康之治"。㊷幽厉桓赧（mǎn）：西周厉王暴虐无道，被放于彘（今山西霍县）。周幽王：宠褒姒废申后，申侯联合犬戎攻周，幽王被杀，西周灭亡。东周桓王时，王室衰微，诸侯称霸。到战国末期，周王朝已成为诸侯附庸。

赧王死后不久，即为秦所灭。㊸高文景武：汉高祖灭秦败楚，建立汉王朝。文帝、景帝时，与民生息，国家强盛，史称“文景之治”。武帝时文治武功，为西汉鼎盛时期。㊹元平桓灵：西汉元帝、平帝时，国力衰微，外戚擅权，平帝死后两年，王莽篡汉、至东汉光武帝，王室中兴。传至桓帝、灵帝，朝政腐败，宦官擅权，灵帝末年，黄巾起义。㊺莫不有之：有自少年而至老年过程。㊻玛志尼（1805—1872）两句：十九世纪初至中叶，意大利独立统一事业的领导人和活动家。罗马帝国灭亡后，意大利四分五裂，受法、奥列强的宰割。玛志尼先组织烧炭党，后创“少年意大利党”，办《少年意大利》报，图谋推翻撒丁政府，被捕入狱，潜逃至南美，历尽千难万险，回国后继续从事政治与武装斗争，终于完成意大利的独立统一事业。与加里波的（1807—1882）、喀富尔（1810—1861）并称意大利三杰。魁：首。㊼“自罗马”三句：公元前一世纪至公元五世纪，古罗马帝国统一强大。后分裂为西、东二国，分别在五世纪和十五世纪灭亡。此后意大利半岛长期处于分裂状态。十九世纪二十年代后又受奥国控制。㊽堂堂：形容阵容壮大。四百余州：指全国的领土。㊾凛凛：严肃可敬畏的样子。㊿《能令公少年行》：龚自珍写于1821年，意谓人不要年老自馁，不要汲汲于功名利禄，要放宽心怀，饮酒唱歌，做自己所应做的事情，永葆青春。他用丰富的想象，描绘了一个理想世界，表现了他浪漫豪情。51味：体会。52翩翩：风流潇洒。绝世：当世无双。53哦：吟。八股：明清两代科举用的一种文体。分破题、承题、起讲、提比、虚比、中比、后比与大比诸程式。内容均限于诠释经义、字数也有限制。㉞白摺：清朝应试书的一种用白纸折叠成供书写的摺子。进士经殿试后，在授官职前，要举行一次朝考，朝考时用白摺。康有为《广艺舟双楫》："应制之书曰分二种：一曰卷，应殿试者；一曰白摺，应朝考者也。"㉟手本：清代门生见座师，下级见上级时所投用的名帖。分红、白两种，或称红禀、白禀。书写官衔姓名者谓官衔手本；书写履历听用者谓履历手本。㊱唱喏：古人见面时，相揖致敬，口有颂词，谓唱喏。㊲卿贰：卿的辅助官职。卿：此指各部长官。贰：副贰，副长官。㊳监司：清代通称各省布政使、按察使及各道道员为监司。地位高于府、州、县官高。㊴臻：达到。㊵畀(bì)：给与，交给。㊶红顶花翎：清代官僚的冠饰。红顶：帽顶用红绢制成。花翎：以孔雀翎为饰，缀帽顶。初仅有功臣和受特恩者才能载。咸丰以后，凡五品以上官员均可载。花翎上普通为一眼，多者二眼、三眼，以多为贵。㊷中堂大人：中堂：唐代于中书省设政事堂，为宰相理事的地方，后世便以中堂称宰相。清代大学士位与宰相相当，也称"中堂"。㊸乌：何。㊹三头两省：闽粤方言，即三两省的意思。㊺奉申贺敬：进献上去作为敬贺的礼物。㊻老后：老太后，指慈禧太后。㊼修身、齐家、治国、平天下：出自《礼记·大学》被宋明理学家奉为进德修业治理国家的行为准则。㊽是无常：迷信谓活人而兼作鬼差的。无常：闫王府勾取人灵魂的鬼。㊾冤业：冤仇罪孽。是佛教的说法。㊿为缘：结交。71僦（jiù）屋：租赁屋舍。72

窗栊（lóng）：窗户。⑬庭庑（wǔ）：庭院房屋。庑：古代堂下周围的房子。又大屋亦称庑。⑭烹脔（luán）箠鞭：泛指煎烹、宰割、鞭打、棍杖等酷刑。脔：切成小块的肉。动词作“宰割”讲。⑮顾盼：左右回视，志满意得的样子。⑯翘足而待：喻极短的时间。⑰河出伏流：指黄河从潜伏在地下涌出地面。《水经注·河水》：“河出昆山，伏流地中万三千里。”⑱吸张：收缩张开。⑲初胎：形成蓓蕾。⑳矞矞（yù）皇皇：明盛的样子。这里形容万物逢春生气勃勃。㉑“干将”两句：谓利剑新磨，光芒四射。干将：古代宝剑名。硎：磨刀石。发硎：刀刃新磨。《庄子·养生主》：“而刀刃若新发于硎。”㉒“天戴”四句：形容宇宙和中国历史悠久，疆域广阔。苍、黄：天玄地黄，形容天地的颜色。㉓岳武穆：岳飞的谥号。㉔哀时客：作者的笔名之一。